HEYNE BÜCHER

Tip des Monats

In derselben Reihe
erschienen außerdem als Heyne-Taschenbücher:

Alistair MacLean · Band 23/1
Willi Heinrich · Band 23/4
Desmond Bagley · Band 23/5
Victoria Holt · Band 23/6
Michael Burk · Band 23/7
Marie Louise Fischer · Band 23/8
Will Berthold · Band 23/9
Mickey Spillane · Band 23/10
Robert Ludlum · Band 23/11
Susan Howatch · Band 23/12
Hans Hellmut Kirst · Band 23/13
Colin Forbes · Band 23/14
Barbara Cartland · Band 23/15
Louis L'Amour · Band 23/16
Victoria Holt · Band 23/18
Jack Higgins · Band 23/19
Desmond Bagley · Band 23/21
Caroline Courtney · Band 23/22
Robert Ludlum · Band 23/23
Gwen Bristow · Band 23/24
Heinz G. Konsalik · Band 23/25
Leon Uris · Band 23/26
Susan Howatch · Band 23/27
Colin Forbes · Band 23/28
Craig Thomas · Band 23/30
Marie Louise Fischer · Band 23/33
Johanna Lindsey · Band 23/34
Alistair MacLean · Band 23/35
Philippa Carr · Band 23/36
Joseph Warmbaugh · Band 23/37
Mary Steward · Band 23/38
John D. MacDonald · Band 23/39
Caroline Courtney · Band 23/40
Robert Ludlum · Band 23/41
Utta Danella · Band 23/42
Johanna Lindsey · Band 23/43
Stefan Murr · Band 23/44
Marie Louise Fischer · Band 23/45
John Gardner · Band 23/46
Alistair MacLean · Band 23/47
Gwen Bristow · Band 23/48
Jackie Collins · Band 23/49
John Saul · Band 23/50
Alexandra Cordes · Band 23/51
David Morrell · Band 23/52
Philippa Carr · Band 23/53
Eric van Lustbader · Band 23/54
Barbara Cartland · Band 23/55
Mary Westmacott · Band 23/56
Schimanski · Band 23/57
Pearl S. Buck · Band 23/58
Alistair MacLean · Band 23/59
Caroline Courtney · Band 23/61
Len Deighton · Band 23/62
Marie Louise Fischer · Band 23/63
Daphne du Maurier · Band 23/64
Alexandra Cordes · Band 23/65
Evelyn Sanders · Band 23/66
Philippa Carr · Band 23/67
R. Ludlow · Band 23/68
Barbara Cartland · Band 23/69
Jackie Collins · Band 23/70
Peter Straub · Band 23/71
Marc Olden · Band 23/72

3 Romane in einem Band

Mary Westmacott

besser bekannt als

Agatha Christie

Verdrängter Verdacht

Die Rose und die Eibe

Sie ist meine Tochter

WILHELM HEYNE VERLAG
MÜNCHEN

HEYNE TIP DES MONATS
Nr. 23/73

Aus dem Englischen übersetzt von Uta McKechneay
(Dieser Band erschien bereits in der Reihe
Heyne Lady Krimi Band-Nr. 02/1621 mit dem Titel
„Ein Frühling ohne Dich".
In der Allgemeinen Reihe erschien er mit der Band-Nr. 01/7680
unter dem Titel „Verdrängter Verdacht".)

Aus dem Englischen übersetzt von Uta McKechneay
(Dieser Band erschien bereits in gekürzter Form als
Heyne Krimi Band-Nr. 02/1655 und in der
Allgemeinen Reihe als ungekürzte Ausgabe
mit der Band-Nr. 01/7743.)

Aus dem Englischen übersetzt von Uta McKechneay
(Dieser Band erschien bereits in gekürzter Form als
Heyne Krimi Band-Nr. 02/1756 und in der
Allgemeinen Reihe als ungekürzte Ausgabe
mit der Band-Nr. 01/7841.)

Printed in Germany 1991
Umschlagillustration: Bildagentur Mauritius, Mittenwald
Autorenfoto: Süddeutscher Bilderdienst, München
Umschlaggestaltung: Atelier Ingrid Schütz, München

ISBN 3-453-05476-8

Inhalt

Verdrängter Verdacht

Im Frühling
war ich nicht bei dir …

1. Kapitel

Joan Scudamore kniff die Augen zusammen und starrte angestrengt eine Frau in dem dämmrigen Speisesaal des Rasthauses an. Sie war etwas kurzsichtig.

Das ist doch – nein, sie ist es nicht. Doch, das muß Blanche Haggard sein.

Was für ein Zufall, hier in der Einöde auf eine Schulfreundin zu stoßen, die sie seit mindestens fünfzehn Jahren nicht mehr gesehen hatte.

Freude stieg in Joan auf. Sie war von Natur aus gesellig und freute sich daher immer, wenn sie Freunde und Bekannte wiedersah.

Doch gleich darauf sagte sie sich: Die liebe gute Blanche, sie kann einem leid tun, sie hat sich sehr zu ihrem Nachteil verändert. Sie sieht ja furchtbar aus, um Jahre gealtert. Sie kann doch höchstens achtundvierzig sein.

Selbstverständlich sah sie sofort in den Spiegel, der praktischerweise gleich neben ihrem Tisch hing. Als sie ihr Spiegelbild betrachtete, fühlte sie sich noch viel besser.

Ich habe mich wirklich gut gehalten, dachte Joan Scudamore.

Sie erblickte eine schlanke Frau mittleren Alters, deren Gesicht noch keine Falten aufwies. Das braune Haar durchzogen noch keine grauen Strähnen. Die blauen Augen blickten freundlich, der Mund verzog sich zu einem Lächeln. Die Frau trug ein gutes teures, doch praktisches Reisekostüm und in der Hand einen großen Koffer, in dem sie alles mit sich führte, was man auf Reisen brauchte.

Joan Scudamore befand sich auf der Rückreise von Bagdad nach London. Sie reiste auf dem Landwege, war am Vorabend mit dem Zug aus Bagdad angekommen. Sie würde die Nacht im Rasthaus der Eisenbahn verbringen.

Ihre jüngste Tochter war plötzlich erkrankt. Sie wußte, wie unpraktisch William, ihr Schwiegersohn, veranlagt war, und hatte sich daher schnellstens von England aus auf den Weg gemacht. Wenn niemand den Haushalt der Tochter ordentlich führte, würden bald chaotische Zustände herrschen.

Nun lief alles wieder bestens. Sie hatte sich der Haushaltsführung angenommen und alle nötigen Vorkehrungen getroffen, so daß alles wie gewohnt lief. Barbara befand sich auf dem Weg der Besserung. William und dem Baby ging es gut. Joan hatte für alles gesorgt, so daß es ihnen an nichts fehlte. Zum Glück habe ich schon immer einen kühlen Kopf bewahrt, sagte sich Joan.

William und Barbara waren ihr unendlich dankbar gewesen. Sie hatten sie gedrängt, doch noch bei ihnen zu bleiben und nicht gleich nach England zurückzukehren, doch sie hatte das lächelnd, wenn auch mit einem unterdrückten Seufzer abgelehnt. Sie mußte doch an Rodney denken, den armen alten Rodney, der in Crayminster festsaß und in Arbeit fast erstickte. Er hatte nur Dienstboten um sich, die für seine Bequemlichkeit sorgten und sich darum kümmerten, daß er alles hatte, was er brauchte.

»Aber was können Dienstboten schon groß tun?« meinte Joan geringschätzig.

Barbara erwiderte:

»Mutter, auf *deine* Bediensteten kannst du wirklich stolz sein. Sie sind absolut vorbildlich und über jeden Tadel erhaben. Dafür hast *du* stets gesorgt!«

Joan hatte das mit einem Lachen quittiert und sich über dieses Kompliment gefreut. Es gefiel ihr, ein wenig Anerkennung zu ernten, nachdem alles gesagt und getan war. Sie hatte sich nämlich oft gefragt, ob ihre Familie es nicht einfach als selbstverständlich ansah, daß im Haushalt alles so glatt lief und sie sich stets um alles kümmerte und der Familie jedes Opfer brachte.

Genaugenommen gab es gar nichts auszusetzen. Tony, Averil und Barbara waren wohlgeratene Kinder, an denen man viel Freude hatte. Sie und Rodney durften sich rühmen, die Kinder gut erzogen zu haben. Alle drei hatten es zu etwas gebracht.

Tony besaß Orangenplantagen in Rhodesien. Averil hatte ihren Eltern zwar vorübergehend Sorgen bereitet, war aber dann als Frau eines sehr reichen, liebenswürdigen Börsenmaklers zur Ruhe gekommen. Barbaras Mann bekleidete eine gute Stelle im Amt für Bauvorhaben im Irak.

Alle drei sahen sehr gut aus, strotzten vor Gesundheit. Mit ihren Manieren konnten sie überall Ehre einlegen. Joan fand, daß sie und Rodney sich glücklich schätzen konnten. Insgeheim neigte sie allerdings zu der Ansicht, daß man es auch als Verdienst der Eltern werten konnte, daß die Kinder alle drei so wohlgeraten waren. Schließlich hatten sie beide die allergrößte Sorgfalt auf die Erziehung der Kinder verwandt. Sie hatten keine Mühe gescheut, um die bestmöglichen Kinderschwestern und Gouvernanten auszuwählen. Später hatte sie dafür gesorgt, daß die Kinder die besten Schulen besuchten. Das Wohlergehen und Wohlbefinden der Kinder stand für die Eltern stets an erster Stelle.

Als Joan sich von ihrem Spiegelbild abwandte, glühte sie wie von innen heraus. Was ist es doch für ein schönes Gefühl, wenn man sich sagen kann, daß man seinen Aufgaben bestens gerecht geworden ist, dachte sie. Eine berufliche Laufbahn habe ich nie angestrebt. Ich habe den Mann geheiratet, den ich liebte und noch immer liebe. Er ist im Beruf sehr erfolgreich. Vielleicht verdankt er das auch ein wenig mir. Man kann so viel ausrichten, wenn man seinen Einfluß auf einen Menschen ausübt. Der liebe gute Rodney!

Ihr wurde ganz warm ums Herz bei dem Gedanken, daß sie Rodney schon bald, sogar sehr bald wiedersehen würde. So lange waren sie noch nie getrennt gewesen. Was für ein glückliches, friedvolles Leben sie miteinander führten!

Nun ja, friedvoll war vielleicht ein wenig übertrieben. Ganz ohne Schwankungen und Zwischenfälle verlief das Familienleben nie. In den Ferien geriet oft alles durcheinander, sie blieben von ansteckenden Krankheiten nicht verschont und hatten im Winter Wasserrohrbrüche zu verkraften. Eigentlich bestand das Leben aus einer Aneinanderreihung trivialer kleiner Dramen. Rodney hatte immer schwer gearbeitet, vermutlich schwerer, als es seiner Gesundheit zuträglich war. Vor sechs Jahren war er dann so am Ende, daß sein Gesundheitszustand Anlaß zu ernsten Befürchtungen gab. Joan dachte schuldbewußt: Er hat sich nicht so gut gehalten wie ich. Er ging vornübergebeugt und war schon ziemlich früh ergraut. Er wirkte immer ziemlich müde, besonders um die Augen.

So war das Leben nun einmal. Im großen und ganzen konnte

sie sich nicht beklagen. Jetzt, da die Kinder verheiratet waren, die Firma bzw. Anwaltskanzlei so gut lief und der neue Partner und Kollege Geld miteingebracht hatte, brauchte Rodney sich nicht mehr so abzurackern. Sie würden endlich einmal Zeit für sich haben, um das Leben zu genießen. Sie mußten öfter Gäste einladen und hin und wieder eine Woche in London verbringen. Rodney könnte anfangen, Golf zu spielen. Sie fragte sich ernsthaft, warum sie ihn nicht schon längst dazu überredet hatte. Was für eine gesunde Sportart – der ideale Ausgleich für die anstrengende Büroarbeit.

Da der Beschluß gefaßt war, sah sich Mrs. Scudamore wieder in dem Speisesaal nach der Frau um, die sie für ihre ehemalige Schulfreundin hielt.

Wie hatte sie Blanche Haggard bewundert, als sie noch beide die St.-Anne-Schule besuchten! Alle gerieten in Verzückung, wenn es um Blanche Haggard ging. Sie war so kühn, so amüsant und, ach, so wunderschön! Beim Anblick dieser mageren, rastlosen, ungepflegten älteren Frau konnte man sich das kaum mehr vorstellen. Wie nachlässig sie gekleidet war! Und sie sah aus wie eine Sechzigjährige...

Natürlich hatte sich im Laufe ihres Lebens sehr viel Pech gehabt, mußte Joan sich eingestehen.

Ungeduld und Verstimmung machten sich in ihr breit. Was für ein Jammer, dieses liederliche Leben! Als Blanche einundzwanzig war, lag ihr die Welt zu Füßen. Sie hatte alles, was sich ein Mensch nur wünschen konnte. Sie war eine blendende Erscheinung, kam aus einem guten Stall – alles sprach zu ihren Gunsten. Und dann mußte sie sich ausgerechnet in diesen Mann verlieben, der sie nicht verdiente. In einen *Tierarzt* – kaum zu glauben. Zu allem Unglück auch noch verheiratet. Blanches Eltern machten keinen Hehl aus ihrer Einstellung zu diesem Mann. Sie gingen mit ihr auf Weltreise. Blanche ging in Algier oder Neapel von Bord des Schiffes und eilte zurück zu ihrem Tierarzt. Der ließ seine Praxis verkommen und fing an zu trinken. Seine Frau willigte nicht in die Scheidung ein. Sie verließen Crayminster, und Joan hörte jahrelang nichts mehr von Blanche. Eines Tages traf sie sie rein zufällig in der Schuhabteilung von Harrods. Sie unterhielten sich ein Weilchen, wobei Joan sehr diskret war. Blanche dagegen hatte noch nie viel von Diskretion gehalten. Sie legte einfach keinen Wert darauf. Es stellte sich heraus, daß Blanche mit einem Mann namens Holliday verheiratet war, einen Versicherungsvertreter. Blanche glaubte, er wolle den Beruf bald an den Nagel hängen, um ein Buch zu schreiben. Eine Biographie Warren Hastings. Er wollte seine ganze Zeit darauf verwenden und nicht nur am Feierabend hin und wieder ein Stückchen weiterschreiben.

Joan hatte diskret angedeutet, daß er dann wohl über ein Privateinkommen verfügen müsse. Woraufhin Blanche fröhlich erwiderte, er besäße keinen Penny. Joan ließ verlauten, daß sie es nicht für ratsam hielt, daß er seine sichere Stellung aufgab, solange er nicht wußte, ob ihm mit dem Buch Erfolg beschieden sein würde. Joan hatte wissen wollen, ob Blanches Mann das Buch im Auftrag eines Verlages auf Provisionsbasis schreiben würde. Kein Gedanke, meinte Blanche erstaunlich unbeschwert. Sie hatte nicht einmal die begründete Hoffnung, daß Toms Buch von Erfolg gekrönt sein würde. Tom sei zwar rührend eifrig, könne aber ihrer Meinung nach nicht schreiben. Darauf hatte Joan mitfühlend gemeint, Blanche müsse versuchen zu verhindern, daß er seine Stellung aufgab, aber Blanche hatte sie nur verwundert angestarrt und entgegnet: »Aber wenn er doch so gern schreiben möchte, der arme Kerl. Danach sehnt er sich, seit ich ihn kenne.« Joan wandte ein, man müsse eben manchmal für einen anderen Menschen mitentscheiden. Blanche lachte nur dazu und meinte, sie sei nicht einmal imstande, eine vernünftige Entscheidung zu treffen, wenn es um sie selbst ging!

Wenn Joan darüber nachdachte, mußte sie sich sagen, daß das leider stimmte. Ein Jahr später sah sie Blanche mit einer lächerlich aufgetakelten Frau und zwei auffälligen Künstlern in einem Restaurant. Danach war sie nur noch einmal an Blanche erinnert worden, und zwar fünf Jahre später. Da schrieb ihr Blanche und bat sie, ihr fünfzig Pfund zu leihen. Ihr kleiner Sohn müsse dringend operiert werden. Joan hatte ihr fünfundzwanzig Pfund geschickt und sie in einem netten Brief gebeten, ihr Näheres mitzuteilen. Anstelle eines Briefes bekam sie eine Postkarte mit den hingekritzelten Sätzen: *Ich habe mich also nicht in Dir getäuscht. Ich wußte, daß Du mich nicht im Stich lassen würdest.* Das war zwar erfreulich, aber keine befriedigende Auskunft. Von da an hatte sich Blanche in Schweigen gehüllt. Die Verbindung riß ab. Und nun traf sie hier in diesem abgelegenen Eisenbahnhotel ganz unversehens auf ihre langjährige Freundin. Hier, wo die Kerosinlampen zischten und sprühten, wo es nach ranzigem Hammelfett und Paraffin roch. Ihre Freundin war unglaublich gealtert. Das ehemals so feine Mädchen aus allerbestem Hause wirkte als erwachsene Frau entsetzlich grobschlächtig. Über die Art, wie sie sich kleidete, konnte man nur die Nase rümpfen.

Blanche aß auf und wollte schon gehen, da entdeckte sie Joan. Sie blieb wie angewurzelt stehen.

»Großer Gott, wenn das nicht Joan ist!«

Sie setzte sich zu Joan, und die beiden schwatzten miteinander. Blanche kam aus dem Staunen nicht heraus.

»Meine Liebe, du siehst ja ganz fantastisch aus. Du hast dich wirklich gut gehalten. Du siehst aus wie eine Dreißigjährige. Wo hast du bloß all die Jahre gesteckt? Hast du dich einfrieren lassen?«

»Wohl kaum. Ich war die ganze Zeit in Crayminster.«

»In Crayminster geboren, aufgewachsen, verheiratet und begraben«, lästerte Blanche.

Joan meinte lächelnd: »Ist das denn so schlimm?«

Blanche schüttelte den Kopf.

»Nein«, meinte sie ganz ernst. »Ich finde das sogar sehr schön. Was machen eigentlich deine Kinder? Du hast doch mehrere Kinder, nicht wahr?«

»Ja, drei. Einen Sohn und zwei Töchter. Der Sohn lebt in Rhodesien. Die Töchter sind verheiratet. Die eine in London. Die andere habe ich gerade in Bagdad besucht. Sie heißt jetzt Wray. Barbara Wray.«

Blanche nickte.

»Ich weiß. Ich bin Barbara begegnet. Nettes Mädchen. Aber hat sie nicht viel zu jung geheiratet?«

»Das finde ich nicht«, erwidert Joan pikiert. »Wir mögen William sehr, und die beiden sind sehr glücklich miteinander.«

»Ja, sie scheinen sich zu arrangieren. Das Kind bewirkt wahrscheinlich, daß Barbara zur Ruhe kommt. Eine Frau wird eigentlich fast immer häuslich, wenn sie ein Kind bekommt. Bei mir hat das allerdings wenig genutzt«, fügte sie nachdenklich

Die Worte waren schon erloschen, bevor sie in ihr Bewußtsein dringen konnten.

Blanche heuchelte Zerknirschung.

»Tut mir leid, Joan. Laß uns in dem anderen Saal eine Tasse Kaffee trinken. Du weißt doch, daß ich schon immer einen Hang zum Vulgären hatte.«

»Nein, das stimmt doch gar nicht!« protestierte Joan ganz impulsiv. Was Blanche da behauptete, entsetzte sie.

Blanche betrachtete sie amüsiert.

»Und ob das stimmt! Erinnerst du dich nicht? Weißt du denn nicht mehr, wie ich mich heimlich davongemacht habe, um mich mit dem Bäckerjungen zu treffen oder vielmehr mit dem Sohn des Bäckers?«

Joan zuckte zusammen. Das hatte sie ganz vergessen. Damals war ihr das sehr mutig und richtig romantisch erschienen. Wirklich eine vulgäre und unerfreuliche Episode.

Blanche ließ sich in einem Korbstuhl nieder und bestellte beim Boy Kaffee. Sie lachte vor sich hin.

»Was für ein gräßliches frühreifes kleines Luder ich gewesen sein muß. Das ist ja schon immer mein Unglück gewesen. Ich hatte immer viel zuviel für Männer übrig. An was für Schufte und Halunken bin ich bloß geraten! Lauter Taugenichtse. Erst kam Harry, ein ganz übler Bursche, wenn er auch fantastisch aussah. Und dann Tom, mit dem nichts anzufangen war, wenn ich ihn auch nett fand. Mit Johnnie Pelham habe ich mich bestens amüsiert, aber eben nicht sehr lange. Gerald hat auch nicht viel getaugt...«

Der Boy servierte den Kaffee und unterbrach dadurch vorübergehend Blanches Monolog. Joan fand Blanches Aufzählung ihrer Männer mehr als geschmacklos.

Blanche entging der Gesichtsausdruck der Freundin nicht.

»Tut mir leid, Joan. Ich habe dich schockiert. Du warst ja schon immer etepetete und hattest mit derlei Dingen niemals viel im Sinn.«

»Nun, ich hoffe doch, daß ich nicht engstirnig bin und immer Verständnis für alles habe.«

Es gelang ihr, sich ein Lächeln abzuringen.

Hölzern fügte sie hinzu:

»Ich will damit nur sagen, daß es mir für dich sehr leid tut.«

»Wie, du bemitleidest mich?« Das schien Blanche zu amüsieren. »Das ist zwar sehr lieb von dir, mein Schatz, aber bei mir verschwendest du dein Mitgefühl. Ich habe mich immer bestens unterhalten.«

Joan konnte sich einen raschen Seitenblick beim besten Willen nicht verkneifen. Wußte Blanche denn nicht, was für ein beklagenswertes Bild sie bot? Mit ihrem nachlässig mit Henna gefärbten Haar und dem hohlwangigen runzligen Gesicht. Sie war eine alte Frau – zu allem Unglück auch noch eine ungepflegte alte Frau. Wer sie nicht kannte, mußte sie für eine heruntergekommene Zigeunerin halten.

Plötzlich sagte Blanche ernüchtert mit ganz ernster Miene:

»Joan, du hast völlig recht. Dein Leben kann sich sehen lassen. Mein Leben ist dagegen ein einziges Schlamassel. Mein Leben ist ein steter Abstieg, du dagegen bist geblieben, was du immer warst: der Pensionatszögling von St. Anne. Du hast den Mann geheiratet, der zu dir paßt, und für unser Nobelpensionat immer nur Ehre eingelegt!«

Joan versuchte das Gespräch auf das einzige unverfängliche Thema zu lenken, das sie beide betraf.

»Das waren schöne Zeiten, findest du nicht auch?«

»Na ja, es geht.« Blanche war nicht so begeistert. »Manchmal habe ich mich fürchterlich gelangweilt. Es war alles so steril und ganz auf die Gesundheit ausgerichtet. Ich wollte immer nur weg und die Welt kennenlernen. Das ist mir ja dann auch gelungen.« Ihr Mund verzog sich zu einem traurigen Grinsen. »Niemand kann bestreiten, das ich das Leben mit seinen Licht- und Schattenseiten kenne!«

Joan versuchte jetzt herauszufinden, was Blanche in dieses abgelegene Bahnhotel verschlagen hatte.

»Willst du nach England zurück? Fährst du morgen früh auch mit dem Konvoi?« Ihr war gar nicht wohl bei dieser Frage. Der Gedanke, den Rest der Reise mit Blanche zurückzulegen, deprimierte sie. Dieses zufällige Zusammentreffen mochte ja noch angehen, doch sie bezweifelte, daß sie auf dem langen Weg quer durch Europa freundschaftliche Gefühle für Blanche würde aufbringen können. Es erschien ihr unmöglich, weiterhin Freundschaft zu heucheln, die sie nicht empfand. Die Erinnerung an die alten Zeiten würden bald verblassen.

Blanche grinste sie an.
»Nein, ich fahre in die Gegenrichtung. Nach Bagdad. Zu meinem Mann.«
»Zu deinem Mann?«
Joan konnte es nicht fassen, daß Blanche so etwas Respektables wie einen Gatten aufzuweisen hatte.
»Ja. Er ist Ingenieur – bei der Eisenbahn. Er heißt Donovan.«
»Donovan?« Joan schüttelte den Kopf. »Ich glaube kaum, daß ich ihm schon einmal begegnet bin.«
Blanche lachte schallend.
»Nein, natürlich nicht. Er verkehrt ja nicht in deinen Kreisen. Außerdem säuft er wie ein Loch. Aber er ist der gütigste Mensch, den man sich vorstellen kann. Und er hält große Stücke auf mich. Für ihn bin ich der liebste und beste Mensch auf Erden, was dich sicher wundern wird.«
»Aber keineswegs«, widersprach Joan wahrheitsgemäß. Sie wollte auch keinesfalls unhöflich erscheinen.
»Die gute alte Joan. Nur bloß nicht aus der Rolle fallen. Du bist sicher kolossal erleichtert, daß ich nicht den gleichen Weg habe wie du. Du könntest keine gute Christin bleiben, wenn du so viel Zeit in meiner Gesellschaft zubringen müßtest. Mach dir gar nicht erst die Mühe, das zu leugnen. Ich weiß ja schließlich selber, was aus mir geworden ist – eine Proletarierin. Vor allem in deinen Augen. Na wenn schon! Ich finde, es gibt Schlimmeres.«
Joan konnte sich kaum etwas Schlimmeres vorstellen. Blanches Abstieg erschien ihr als Tragödie ohnegleichen.
Blanche fuhr fort:
»Ich wünsche dir auch weiterhin eine gute Reise, doch ich fürchte, daraus wird nichts. Es sieht mir nämlich ganz danach aus, als ob es schon bald regnet – und zwar ohne Unterlaß. Dann sitzt du vielleicht tagelang irgendwo in der Einöde fest.«
»Das wollen wir nicht hoffen. Dann würde nämlich mein ganzer Reiseplan durcheinandergeraten. Ich habe schließlich in der Bahn Plätze reserviert.«
»Bei Reisen durch die Wüste muß man damit rechnen, daß sie nicht nach Plan verlaufen. Aber wenn du erst mal durch die Wadis bist, ist das übrige ein Kinderspiel. Die Fahrer nehmen natürlich genügend Essen und Trinkwasser mit. Trotzdem ist

es furchtbar langweilig, wenn man irgendwo festsitzt und nichts tun kann als nachzudenken.«

Joan lächelte.

»Das wäre doch zur Abwechslung einmal ganz schön. Weißt du, ich hatte ja niemals Zeit, mich zu entspannen. Wie oft habe ich mir schon gewünscht, einmal eine Woche gar nichts tun zu müssen.«

»Aber diesen Wunsch hättest du dir doch jederzeit erfüllen können.«

»Wie kommst du denn darauf, meine Liebe? Ich bin auf meine Art eine vielbeschäftigte Frau. Ich bin Vorsitzende des Gartenvereins bei uns auf dem Lande. Ich bin im Ausschuß unseres Krankenhauses. Dann wäre da auch noch das Institut. Außerdem betätige ich mich politisch. Und dann führe ich den Haushalt, habe Rodney zu versorgen, gehe sehr viel aus und habe oft Gäste. Ich finde nämlich, es ist sehr wichtig für einen Anwalt, daß er am Gesellschaftsleben teilnimmt und die nötigen Kontakte pflegt. Ich hänge zudem sehr an meinem Garten und lege oft selbst Hand an. Weißt du, Blanche, ich komme eigentlich kaum je dazu, mich einmal hinzusetzen und in Ruhe nachzudenken. Vielleicht hin und wieder ein Viertelstündchen vor dem Abendessen. Ich muß auch zusehen, daß ich kulturell einigermaßen auf dem laufenden bin. Da bleibt mir wirklich nicht viel Zeit.«

»Du scheinst das alles spielend zu bewältigen. Es hat nicht die geringsten Spuren hinterlassen«, murmelte Blanche und konnte den Blick nicht von dem glatten Gesicht der Schulkameradin losreißen.

»Nun ja – wer rastet, der rostet. Ich muß allerdings zugeben, daß ich von Natur aus kerngesund bin. Das ist wirklich ein Glück. Ich weiß das sehr zu schätzen. Trotzdem reizt mich der Gedanke, einmal einen ganzen Tag oder sogar zwei Tage hintereinander Zeit zum Nachdenken zu haben.«

»Ich wüßte wirklich gern, worüber du dir dann Gedanken machen würdest«, meinte Blanche.

Joan lachte. Es war ein angenehmes, unbeschwertes Lachen.

»Es gibt doch immer eine Menge, worüber es sich nachzudenken lohnt, findest du nicht auch?« fragte sie Blanche.

Blanche grinste.

»Man kann ja in sich gehen und über seine Sünden nachdenken!«

»Da hast du allerdings recht«, stimmte ihr Joan zu. Sie sagte das höflich und ohne Ironie.

Blanche betrachtete sie interessiert.

»Damit wärst *du* allerdings sehr schnell fertig!«

Sie runzelte die Stirn und fuhr ganz abrupt fort:

»Wenn du über deine kaum nennenswerten Sünden nachgedacht hast, kannst du dazu übergehen, an all das zu denken, was du Gutes getan hast. An dein segensreiches Leben. Ach, ich weiß nicht recht. Ich finde das furchtbar langweilig.« Sie hielt eine Weile inne und fuhr dann schließlich fort: »Ich wüßte liebend gern, zu welchem Ergebnis du kämst, wenn du dich gezwungen sehen würdest, tagelang ohne Unterlaß nur über dich selbst nachzudenken.«

Joan betrachtete sie leicht amüsiert. Ihre Miene drückte Skepsis aus.

»Da würde ich wohl kaum auf etwas kommen, was ich nicht schon weiß.«

»Ich glaube schon«, entgegnete Blanche zögernd. Ein Schauder überlief sie. »Ich möchte nicht in die Zwangslage geraten, in mich gehen zu müssen.«

»Es gibt natürlich Menschen«, sagte Joan, »die einen Hang zum kontemplativen Leben haben. In die kann ich mich nur schwer hineinversetzen. Es fällt mir schwer, das Leben mystisch auszuloten. Dazu müßte man wohl frommer sein. Mir wäre das auch zu extrem, wenn du weißt, wie ich das meine.«

»Es ist natürlich einfacher, das kürzeste Gebet zu sprechen, das man kennt«, bestätigte ihr Blanche. Als Joan sie fragend ansah, sprudelte sie los: » ›Gott sei mir armem Sünder gnädig.‹ Damit wäre wohl alles gesagt.«

Joan war das offensichtlich peinlich.

»Ja, da hast du sicher recht.«

Blanche brach in schallendes Gelächter aus.

»Joan, das Schlimme an dir ist, daß du nie gesündigt hast. Du hast dir nie etwas zu schulden kommen lassen. Deshalb kannst du auch nicht beten. Dieser Weg bleibt dir versagt. Bei mir ist das Gegenteil der Fall. Manchmal kommt es mir vor, als hätte ich immer nur Dinge getan, die ich nicht hätte tun dürfen.«

Joan zog es vor zu schweigen, weil sie nicht wußte, was sie dazu sagen sollte.

Blanche nahm das Gespräch wieder auf und fuhr jetzt unbeschwert fort:

»So geht es nun einmal im Leben. Man geht, wenn man besser bliebe, oder man befaßt sich mit Dingen, an die man besser gar nicht rühren würde. Das Leben kann so schön sein, daß man zu träumen glaubt. Doch das Schicksal kann sich unversehens wenden, und man leidet Höllenqualen. Wenn sich alles gut anläßt, neigt man zu der Ansicht, daß sich das niemals ändert – was nicht den Tatsachen entspricht. Wenn man so richtig tief im Dreck steckt, befürchtet man, daß man da niemals wieder rauskommt und erstickt. So ist das Leben nun einmal, findest du nicht auch?«

Joan sah das Leben in einem völlig anderen Licht. Ihr Leben war nicht so verlaufen. Aber wie sollte sie das ihrer Kameradin nur begreiflich machen?

Blanche sprang abrupt auf.

»Joan, du kannst die Augen ja kaum mehr offenhalten. Und mir geht es genauso. Wir müssen ja in aller Herrgottsfrühe raus. Schön, daß wir uns wieder einmal über den Weg gelaufen sind.«

Die beiden Frauen reichten sich die Hände und sahen sich eine Weile schweigend an. Blanche fing unvermittelt an zu sprechen. Es kostete sie offensichtlich große Mühe. Ihre Stimme klang merkwürdig rauh und trotzdem überraschend liebevoll.

»Mach dir keine Sorgen wegen Barbara. Es wird schon alles gutgehen, da bin ich mir ganz sicher. Weißt du, Bill Wray ist ein patenter Bursche, und schließlich haben sie ein Baby. Sie ist eben noch sehr jung, und das Leben so weit weg von zu Hause ist kein Zuckerlecken. So etwas kann einer jungen Frau gehörig zusetzen.«

Joan kam zu Bewußtsein, daß sie völlig durcheinander war.

Sie sagte in scharfem Ton:

»Ich weiß wirklich nicht, wovon du redest.«

»Da zeigt sich wieder einmal der Geist der guten alten Schule. Nur niemals etwas eingestehen. Joan, du hast dich wirklich nicht die Spur geändert. Übrigens schulde ich dir noch fünfundzwanzig Pfund. Das hatte ich ja ganz vergessen. Es ist mir gerade eben erst wieder eingefallen.«

»Das ist wirklich nicht der Rede wert. Zerbrich dir nicht den Kopf darüber.«

»Keine Sorge«, lachte Blanche. »Ursprünglich hatte ich wohl wirklich vor, dir das Geld zurückzuzahlen. Aber wenn man Geld verleiht, rechnet man wohl kaum damit, daß man es je wiederkriegt. Deshalb habe ich mir weiter keine Gedanken mehr gemacht. Du bist ein feiner Kerl, Joan, eine gute Freundin. Das Geld kam wie ein Fingerzeig des Himmels – eine wahre Gabe Gottes.«

»Eines deiner Kinder sollte doch operiert werden, nicht wahr?«

»Ja, ursprünglich hatten die Ärzte das vor. Doch dann stellte sich heraus, daß das nicht nötig war. Deshalb haben wir von dem Geld eine Flachzange und einen Rollschreibtisch für Tom gekauft. Auf den war er schon eine ganze Weile regelrecht versessen.«

Plötzlich stieg die Erinnerung in Joan auf, und sie fragte:

»Hat er wirklich ein Buch über Warren Hastings geschrieben?«

Blanche strahlte vor Freude.

»Daß du das noch weißt! Ja, in der Tat, er hat das Buch geschrieben. Hundertzwanzigtausend Worte.«

»Ist es irgendwo erschienen?«

»Ach wo! Anschließend hat Tom angefangen, ein Buch über das Leben von Benjamin Franklin zu schreiben. Das war noch viel schlimmer. Ein komischer Gedanke, was? Ich will damit sagen, was für langweilige Leute! Wenn ich es mir in den Kopf setzen würde, eine Biographie zu schreiben, dann über jemanden wie Kleopatra oder Casanova – etwas Erregendes, Frivoles. Tom hat schließlich wieder eine Stelle in einem Büro angenommen – bei weitem nicht so gut bezahlt wie die vorige. Aber ich freue mich noch heute, daß er getan hat, wovon er glaubte, es tun zu müssen. Findest du nicht auch, daß es ungeheuer wichtig ist, daß die Menschen tun, woran ihnen am allermeisten liegt?«

»Ich finde, das kommt ganz auf die Lebensumstände an«, erwiderte Joan. »Da muß man alles mögliche in Erwägung ziehen.«

»Hast du denn nicht das getan, was du am liebsten wolltest? Ganz so gelebt, wie du es dir immer vorgestellt hast?«

»Ich?« fragte Joan verblüfft.

»Ja, *du*«, bestätigte Blanche. »Du wolltest doch Rodney Scudamore heiraten, oder etwa nicht? Und du wolltest Kinder. Und ein schönes Heim.« Sie lachte und fuhr fort: »Um bis an euer seliges Ende darin zu leben. Amen.«

Joan mußte ebenfalls lachen. Sie war kolossal erleichtert, weil das Gespräch jetzt nicht mehr so tierisch ernst verlief.

»Wie lächerlich das klingt, wenn du es so sagst. Ich habe eben Glück gehabt.«

Im gleichen Augenblick schon kam ihr zu Bewußtsein, daß diese Bemerkung angesichts der vom Pech verfolgten Blanche sehr taktlos war. Deshalb sagte sie hastig:

»Jetzt muß ich aber wirklich hinauf. Gute Nacht, Blanche – es hat mich sehr gefreut, dich einmal wiederzusehen.«

Freundlich drückte sie Blanche die Hand. Ob Blanche wohl von ihr erwartete, daß sie ihr einen Kuß gab? Höchstwahrscheinlich nicht. Leichtfüßig lief sie die Treppe zu ihrem Zimmer hinauf.

Die arme Blanche, ging es Joan durch den Kopf, während sie sich auszog.

Sie legte ihre Kleidung ordentlich zusammen und suchte ein Paar frische Strümpfe für den nächsten Tag heraus. Die arme, arme Blanche. Was für eine Tragödie.

Sie schlüpfte in ihren Schlafanzug und bürstete sich das Haar. Die arme Blanche. Sie sah jetzt so furchtbar gewöhnlich aus. Joan hätte ins Bett steigen können, zögerte aber unentschlossen.

Sie gehörte nicht zu den Menschen, die allabendlich ein Nachtgebet sprachen. Wenn sie es sich genau überlegte, hatte sie schon lange nicht mehr gebetet. Sie ging auch nur selten in die Kirche.

Aber selbstverständlich *glaubte* sie an Gott.

Plötzlich verspürte sie den sonderbaren Wunsch, niederzuknien und zu beten. Gleich neben dem Bett, das übrigens ziemlich unbequem aussah. Diese gräßlichen Baumwollaken. Zum Glück hatte sie wenigstens ihr eigenes weiches Kissen dabei. In dieser so fremden Umgebung sah sie sich mit einem

Male veranlaßt, ein Gebet zu sprechen – wortgetreu wie Kinder beteten.

Bei dem Gedanken daran war ihr gar nicht wohl.

Sie legte sich rasch hin und zog die Decke bis ans Kinn hoch. Dann griff sie nach dem Buch, das auf dem Nachttisch lag. *Die Memoiren von Lady Catherine Dysard.* Eine höchst amüsante, unterhaltsame Lektüre aus der Zeit der Queen Viktoria.

Sie las ein paar Zeilen und gab gleich wieder auf. Sie konnte sich nicht konzentrieren.

Ich bin schon viel zu müde, dachte sie.

Sie legte das Buch weg und knipste das Licht aus.

Wieder dachte sie daran zu beten. Was hatte Blanche da für eine kühne Behauptung aufgestellt? ›Deshalb kannst du nicht Zuflucht zu Gebeten nehmen.‹ Was hatte sie damit gemeint?

Im Geiste legte sie sich Worte zurecht, ein Gebet, das aus einzelnen abgerissenen Worten bestand.

Gott – ich danke dir – arme, arme Blanche – ich danke dir, daß *ich* nicht so geworden bin – eine große Gnade – was für ein Segen. Wie schrecklich, wenn ich wäre wie die arme Blanche. Die arme Blanche – wirklich furchtbar. Das ist natürlich ihre eigene Schuld – ganz schrecklich – ein richtiger Schock – Gott sei Dank ich bin ganz anders – arme, arme Blanche...

Mitten im Gebet fielen Joan die Augen zu.

2. Kapitel

Als Joan Scudamore das Rasthaus am nächsten Morgen verließ, regnete es. Ein feiner Nieselregen fiel. Das hätte Joan aus unerfindlichen Gründen in diesem Teil der Welt nicht für möglich gehalten.

Es stellte sich heraus, daß sie der einzige Fahrgast war, der nach Westen wollte. Wenn auch um diese Jahreszeit nicht viel Verkehr war, erschien das offensichtlich allen ziemlich ungewöhnlich. Am vorigen Freitag war ein großer Konvoi gestartet.

Ein ziemlich ramponiert aussehender Tourenwagen mit einem Europäer als Chauffeur und einem zweiten Fahrer aus der Gegend, in der sie sich befanden, erwartete sie schon. Der Hoteldirektor stand in der Morgendämmerung bereit, um sie zum Wagen zu geleiten. Er schrie die Araber an, bis sie Joans Gepäck zu seiner Zufriedenheit verstaut hatten. Dann wünschte er Mademoiselle, wie er alle seine weiblichen Gäste nannte, eine gute und bequeme Reise. Er machte eine Verbeugung wie vor einer Königin und reichte ihr ihr Lunchpaket.

Der Fahrer rief ihm fröhlich zu:

»Auf Wiedersehen, Satan – bis morgen abend oder nächste Woche. Höchstwahrscheinlich nächste Woche.«

Der Wagen fuhr los. Er wand sich durch die Straßen der orientalischen Stadt. Sie kamen auch an höchst merkwürdigen Gebäuden im mitteleuropäischen Stil vorbei. Gerade immer dann, wenn Joan es am wenigsten erwartete. Wenn die Autohupe dröhnte, sprangen die Esel verschreckt beiseite, und die Kinder liefen davon. Sie verließen die Stadt durch das Stadttor im Westen und gelangten auf eine breite, aber ziemlich ungleichmäßig gepflasterte Straße, die so bedeutend wirkte, als führe sie bis ans Ende der Welt.

Doch schon nach zwei Kilometern verlief sie buchstäblich im Sande.

Joan wußte, daß man bei gutem Wetter bis Tell Abu Hamid, wo die türkische Eisenbahnlinie endete, etwa sieben Stunden brauchte. Der Zug aus Istanbul traf dort am Morgen ein und fuhr um halb neun am Abend wieder zurück nach Istanbul. In Tell Abu Hamid gab es ein Kleines Hotel oder besser gesagt eine Art Rasthaus für die Reisenden, damit sie sich ausruhen konnten. Dort konnten sie auch essen. Auf halbem Weg etwa müßten sie auf den Konvoi in Richtung Osten stoßen.

Die Fahrt war jetzt sehr ungemütlich. Der Wagen sprang und hüpfte, daß Joan ständig von ihrem Sitz katapultiert wurde und wieder darauf niedersank.

Der Fahrer wandte sich nach hinten um und gab der Hoffnung Ausdruck, daß es seinem Fahrgast trotzdem an nichts fehlte. Die Straße sei sehr holprig. Er wolle aber so schnell wie möglich vorwärtskommen für den Fall, daß es sich als schwierig erweisen sollte, die beiden Wadis zu durchqueren, durch die sie hindurch mußten.

Von Zeit zu Zeit warf er einen ängstlichen Blick himmelwärts. Der Regen fiel jetzt dichter. Der Wagen geriet ins Rutschen.

Er schleuderte so unsanft hin und her, daß es Joan allmählich übel wurde.

Gegen elf erreichten sie das erste Wadi. Es war schon ziemlich überschwemmt, doch sie kamen ungehindert durch. Kurz sah es danach aus, als könnten sie am gegenüberliegenden Hang steckenbleiben. Doch sie brachten auch den Hang noch hinter sich. Aber zwei Kilometer weiter blieben sie im aufgeweichten Boden stecken. Sie saßen fest.

Joan zog sich den Regenmantel an und stieg aus. Sie öffnete ihr Lunchpaket, ging auf und ab und aß. Sie sah den beiden Männern bei der Arbeit zu. Die schaufelten wie die Wilden, warfen sich Wagenheber zu und schoben die mitgebrachten Bretter unter die Räder. Sie fluchten, sie schufteten sich ab. Die Räder drehten wie wild durch. Allmählich gab Joan die Hoffnung auf, von hier wieder wegzukommen, doch der Fahrer versicherte ihr, es könnte schlimmer sein, so matschig sei die Stelle gar nicht. Plötzlich und unerwartet gerieten die Räder wieder auf festen Boden. Ein dröhnendes mahlendes Geräusch. Der Wagen machte einen Satz, und die Fahrt ging weiter.

Ein Stück weiter stießen sie auf zwei entgegenkommende Wagen. Die drei Wagen hielten an. Die Fahrer berieten sich und bedachten einander mit wohlmeinenden Ratschlägen.

In den anderen beiden Wagen reiste eine Frau mit Baby, ein junger französischer Soldat, ein älterer Armenier und zwei Engländer, in denen sie Geschäftsleute vermutete.

Gleich darauf ging es wieder weiter. Zweimal blieben sie noch stecken. Wieder stand den beiden Fahrern die mühselige Aufgabe bevor, den Wagen mit dem Wagenheber anzuheben und immer wieder auszugraben. Das zweite Wadi war weit schwieriger zu durchqueren als das erste. Sie langten dort erst an, als die Dämmerung schon hereinbrach. Das Wasser ströhmte wild und unkontrolliert hindurch.

Joan erkundigte sich ängstlich:

»Wartet der Zug?«

»Die Bahn läßt meistens eine Stunde nach der fahrplanmäßigen Abfahrtszeit verstreichen. Der Zug holt die Verspätung unterwegs wieder auf. Aber er fährt spätestens um neun Uhr dreißig ab. Von jetzt an ist der Weg viel besser. Das ist eine andere Art von Boden – eine Art offener Wüste.«

Es erwies sich als ungeheuer schwierig, das zweite Wadi hinter sich zu bringen. Das gegenüberliegende Ufer hatte sich durch die Regenfälle in einen glitschigen Schlammhang verwandelt. Deshalb war es schon dunkel, als der Wagen endlich festen Grund erreichte. Von da an fuhr es sich leichter. Trotzdem langten sie erst um viertel vor zehn in Tell Abu Hamid an. Der Zug nach Istanbul war längst über alle Berge.

Joan war so erledigt, daß sie kaum mehr wahrnahm, was um sie herum vorging.

Sie stolperte regelrecht in den Speisesaal des Rasthauses. Sie lehnte es ab, etwas zu essen, und bat nur um Tee. Anschließend begab sie sich gleich in das nur schwach beleuchtete kahle Zimmer mit den drei Eisenbetten. Sie packte nur aus, was sie unbedingt brauchte, sank ins Bett und schlief wie ein Murmeltier.

Als sie die Augen am nächsten Morgen aufschlug, war sie wieder ganz die alte. Sie setzte sich im Bett auf und sah auf ihre Armbanduhr. Halb zehn. Sie stand auf, kleidete sich an und begab sich in den Speisesaal. Ein Inder mit geschlungenem Turban trat an ihren Tisch und fragte sie nach ihren Wünschen. Sie bestellte das Frühstück. Dann trat sie an die Tür und sah hinaus.

Sie verzog das Gesicht, lachte in sich hinein und sagte sich, daß sie sich nicht erinnern konnte, je in einer solchen Einöde übernachtet zu haben.

Diesmal sah es fast danach aus, als würde die Rückreise doppelt so lange dauern.

Auf dem Heimweg war sie von Kairo nach Bagdad geflogen. Diese Route war ganz neu für sie. Von Bagdad nach London reiste man für gewöhnlich sieben Tage. Drei Tage mit der Bahn von London nach Istanbul, noch zwei Tage bis Aleppo, dann noch eine Nacht bis dahin, wo die Bahn in Tell Abu Hamid endete. Dann einen Tag im Auto nach Kirkuk und weiter mit dem Zug nach Bagdad.

An diesem Morgen deutete nichts auf Regen hin. Der Himmel leuchtete blau und wolkenlos. Ringsum gleichmäßig goldbrauner pudriger Sand. Vor dem Rasthaus eine mit Stacheldraht eingezäunte Müllgrube. Auf einem anderen eingezäunten Fleckchen rannten magere Hühner aufgeregt gackernd umher. Ganze Schwärme von Fliegen ließen sich auf den Dosen nieder, in denen noch vor kurzem etwas Eßbares gewesen war. Ganz

Zwischen ________ durch:

Joan war durch die Anstrengungen der Reise so erledigt, daß sie das Essen ablehnte. Wenn man total erschöpft ist, mag man meist keine schwere Mahlzeit …
Bei uns aber ist für solche Fälle immer ein heißer Drink bereit, der schnell zwischendurch neue Kräfte weckt: Wir brauchen dazu nur einen Becher, heißes Wasser und den …

plötzlich erhob sich etwas, das wie ein Bündel schmutziger Lumpen aussah und sich als Araberjunge erwies.

Ein Stück entfernt lag hinter einem Gewirr von Stacheldraht ein flaches massives Gebäude. Das mußte wohl der Bahnhof sein. Daneben befand sich etwas, das Joan für einen artesischen Brunnen oder ein großes Wasserreservoir hielt. Weit im Norden zeichnete sich schwach eine Hügelkette ab.

Darüber hinaus absolut nicht. Kein Mensch, keine Vegetation, keine Häuser und erst recht keine Sehenswürdigkeiten – nichts, woran man sich auch nur orientieren konnte.

Ein Bahnhof, Schienen, ein paar Hühner, Unmengen von Stacheldraht – das war auch schon alles.

Eigentlich ganz amüsant, ausgerechnet hier in der Einöde festzusitzen, dachte Joan.

Der indische Bedienstete trat vor die Tür und verkündete, das Frühstück der Memsahib sei jetzt angerichtet. Joan ging wieder hinein. Sogleich umfing sie die typische Atmosphäre solcher Rasthäuser: Die Düsternis, der Geruch nach Hammelfett und Paraffin. Widerstrebend mußte sie sich eingestehen, daß ihr das schon ganz vertraut erschien.

Es gab Kaffee und Milch (Dosenmilch), einen ganzen Teller Rührei, ein paar harte kleine Scheiben runden Toasts, ein Schälchen Marmelade und ein paar verdächtig aussehende Backpflaumen.

Joan machte sich heißhungrig darüber her. Es dauerte nicht lange, da erschien der Inder wieder und wollte von ihr wissen, um wieviel Uhr Memsahib zu Mittag essen wolle.

Joan sagte, daran könne sie im Augenblick noch gar nicht denken. Sie einigten sich schließlich auf halb zwei.

Sie wußte, daß die Züge nur dreimal pro Woche fuhren – am Montag, Mittwoch und am Freitag. Jetzt war Dienstagvormittag, also konnte sie erst am Abend des nächsten Tages weiterfahren. Sie vergewisserte sich, ob das stimmte.

»Das stimmen, Memsahib. Gestern abend Zug verpassen. Wirklich schade. Straße sehr schlecht, nachts schwere Regenfälle. Das heißen, ein paar Tage keine Wagen nach Mosul fahren können und zurück.«

»Aber die Züge gehen doch?«

Die Straße nach Mosul interessierte Joan nicht im geringsten.

»O ja, Zug kommen morgen früh. Fahren morgen abend wieder ab.«

Joan nickte. Sie erkundigte sich nach dem Wagen, mit dem sie gekommen war.

»Abfahren ganz früh heute morgen. Fahrer hoffen, daß kommt durch. Aber ich nicht glauben. Glauben, er auf dem Weg zurück ein oder zwei Tage steckenbleiben.«

Joan hielt das auch für sehr wahrscheinlich. Doch es ließ sie ziemlich kalt.

Der Mann erteilte weiter Auskunft.

»Memsahib, das da drüben Bahnhof.«

Joan erklärte, sie habe sich bereits gedacht, daß das der Bahnhof sei.

»Türkischer Bahnhof. Bahnhof in Türkei. Türkische Eisenbahn. Andere Seite von Stacheldraht, Sie sehen? Stacheldraht ist Grenze.«

Diese Art von Grenze beeindruckte Joan. Grenzen sind wirklich etwas Sonderbares, ging es ihr durch den Kopf.

Der Inder erklärte fröhlich:

»Lunch genau um ein Uhr dreißig« und ging zurück ins Rasthaus. Unmittelbar darauf hörte sie ihn irgendwo im Haus mit ganz hoher Stimme wütend brüllen. Zwei andere Stimmen fielen ein. Erregte arabische Laute erfüllten die Luft ringsum.

Joan fragte sich, warum Rasthäuser wie dieses immer von Indern geleitet wurden. Vielleicht hatten sie Erfahrung mit der Lebensart der Europäer. Aber eigentlich war das ja auch gleichgültig.

Wie sollte sie nur den Morgen herumbringen? Sie konnte ja ihr amüsantes Buch weiterlesen, die *Memoiren der Lady Catherine Dysart*. Natürlich konnte sie auch Briefe schreiben. Die konnte sie dann einwerfen, wenn der Zug in Aleppo hielt. Einen Schreibblock und Umschläge hatte sie dabei. Auf der Schwelle des Rasthauses zögerte sie. Es war so dunkel drinnen, und es roch so fürchterlich. Sie entschloß sich, lieber spazierenzugehen.

Sie holte ihren dicken schweren Filzhut. Die Sonne brannte zwar um diese Jahreszeit nicht mehr so stark vom Himmel, daß sie einen Sonnenstich riskierte, wenn sie keinen Hut trug, trotzdem war es besser, vorsichtig zu sein. Sie setzte ihre Sonnenbrille auf und steckte den Schreibblock und den Füllfederhalter in die Handtasche.

Dann ging sie los, an der Müllkippe mit den leeren Dosen vorbei – nicht auf den Bahnhof zu, sondern in die entgegengesetzte Richtung; denn wenn sie versuchte, über die Grenze zu kommen, gab es womöglich internationale Verwicklungen.

Wie seltsam, einfach so drauflos zu gehen, dachte sie bei sich, so gänzlich ohne Ziel.

Diese Erfahrung war ganz neu für sie. Über Dünen durch das Moor, am Strand entlang oder neben einer Straße herzulaufen, war doch ganz etwas anderes. Da sah man immer etwas. Einen Hügel, eine Ansammlung von Bäumen, ein Stück Heideland, diesen Weg entlang gelangte man zu einer Farm, auf jener Straße in die nächste Stadt. Ging man am Strand entlang, so kam man zu der nächsten Bucht.

Hier dagegen hatte man zwar einen Ausgangspunkt, doch absolut kein Ziel. Man ließ das Rasthaus hinter sich zurück, und das war auch schon alles. Ob man sich nun nach rechts, nach links oder nach vorne wandte – man sah nichts als den Horizont.

Gemächlich ging sie vor sich hin. Die Luft war angenehm. Heiß zwar, aber nicht zu heiß. Wahrscheinlich kaum über fünfundzwanzig Grad. Eine schwache, kaum wahrnehmbare Brise wehte ihr ums Gesicht.

Sie ging etwa zehn Minuten in der eingeschlagenen Richtung weiter, dann wandte sie sich um.

Das Rasthaus und das deprimierende Drumherum sahen aus der Ferne nicht mehr so erschreckend aus. Eigentlich sogar recht hübsch. Der Bahnhof hinter dem Rasthaus wirkte von hier aus wie eine kleine steinerne Pyramide.

Joan lächelte und ging weiter. Die reine frische Luft behagte ihr. Hier roch es nicht muffig, weder nach Menschen noch nach Zivilisation.

Nichts als Sonne, Himmel, Sand. Berauschend. Joan sog die Luft in ihre Lungen. Sie war glücklich. Was für ein Abenteuer! Eine höchst willkommene Abwechslung vom sonstigen Einerlei des Lebens. Jetzt freute sie sich, daß sie den Zug verpaßt hatte. So waren ihr mit einemmal völlig unerwartet vierundzwanzig Stunden des Nichtstuns und des absoluten Friedens vergönnt.

Das würde eine Wohltat sein. Ihre Rückkehr war ja nicht so dringend. Sie würde Rodney von Istanbul aus benachrichtigen und ihm erklären, wie es zu der Verspätung gekommen war.

Der gute alte Rodney! Was er jetzt wohl machte? Diese Frage brauchte sie sich eigentlich nicht zu stellen, denn sie wußte das ja ganz genau. Sie kannte seinen Tagesablauf. Er saß in seinem Büro in der Kanzlei Alderman, Scudamore und Whitney. Er hatte dort ein schönes Büro im ersten Stock mit Blick auf den Marktplatz. Nach dem Tode des alten Mr. Whitney hatte er sein Büro in diesen Raum verlegt. Der Raum gefiel ihm sehr. Sie erinnerte sich noch gut daran, daß sie ihn eines Tages im Büro aufgesucht hatte. Da hatte er am Fenster gestanden und auf den Markt hinausgestarrt (es war Markttag). Gerade wurde eine Herde Rinder auf den Markt getrieben. »Eine schöne Herde Kurzhornrinder«, hatte er bemerkt. (Vielleicht waren es auch keine Kurzhornrinder gewesen. Joan kannte sich mit der Viehzucht und der Landwirtschaft nicht aus. Aber irgend etwas in der Art mußte es gewesen sein.) Sie hatte seine Worte ignoriert. »Übrigens, was den neuen Boiler für die Zentralheizung angeht, so finde ich den Kostenvoranschlag von Galbraith viel zu hoch. Soll ich Chamberlain mal fragen, wieviel er dafür berechnen würde?«

Sie wußte noch genau, wie sich Rodney ganz langsam umgedreht hatte. Er hatte die Brille abgenommen, sich die Augen gerieben und sie völlig geistesabwesend angesehen, als sei sie gar nicht da. Er wiederholte *»Boiler?«* als habe er dieses Wort noch nie gehört. »Ich glaube, Hoddesdon will seinen jungen Stier verkaufen. Wahrscheinlich braucht er Geld.«

Joan fand es sehr nett von Rodney, daß er Mitleid mit dem alten Hoddesdon von der Lower Mead Farm hatte. Der arme alte Mann! Alle wußten, daß es mit ihm rapide bergab ging. Trotzdem wünschte sie, Rodney hätte besser zugehört. Was sie ihm zu sagen hatte, schien ihn nicht sonderlich zu interessieren. Schließlich erwarteten die Leute von einem Anwalt, daß er schnell und gewitzt war. Wenn Rodney auch seine Mandanten so geistesabwesend ansah, machte das einen denkbar schlechten Eindruck.

Sie sagte also zärtlich, doch voller Ungeduld:

»Rodney, lenk nicht vom Thema ab. Es geht um den *Boiler* für die *Zentralheizung.*« Rodney meinte dazu, sie müßten selbstverständlich noch einen Kostenvoranschlag einholen, aber ein Boiler sei nun einmal so teuer, damit müßten sie sich wohl oder übel abfinden. Dann hatte er einen Blick auf die Papiere geworfen, die sich auf seinem Schreibtisch häuften. Joan hatte gesagt, sie wollte ihn nicht länger aufhalten, er habe offenbar sehr viel zu tun.

Rodney bestätigte das lächelnd und sagte, er habe schon genug Zeit verschwendet. Aber er müsse hin und wieder das Treiben auf dem Markt beobachten. »Deshalb gefällt mir dieser Raum so«, sagte er. »Ich freue mich schon immer auf den Freitag. Dann ist nämlich Markttag. Spitz die Ohren, und hör dir das mal an.«

Er hatte die Hand gehoben. Sie hatte pflichtschuldigst die Ohren gespitzt und Muhen und Blöken gehört. Kühe und Schafe gaben ja nun weiß Gott keine melodiösen Laute von sich. Doch Rodney schien sich daran zu erfreuen. Lächelnd und mit zur Seite geneigtem Kopf stand er da...

Nun ja, heute war kein Markttag. Rodney konnte also arbeiten, ohne abgelenkt zu werden. Ihre Befürchtungen, daß die Klienten Rodney nicht anerkennen würden, hatten sich als unbegründet erwiesen. Er war bei weitem der beliebteste Anwalt in der Kanzlei. Jeder mochte ihn. Damit war in einer Anwaltskanzlei auf dem Lande schon die halbe Schlacht gewonnen.

»Wenn ich nicht gewesen wäre«, sagte sich Joan voller Stolz, »hätte er sich um ein Haar die Zukunft ruiniert und alles hingeschmissen!«

Sie dachte wieder an den Tag zurück, an dem ihr Rodney von dem Anerbieten seines Onkels berichtet hatte.

Es handelte sich um ein alteingesessenes florierendes Familienunternehmen. Für die Familie stand schon immer fest, daß Rodney gleich nach bestandenem Staatsexamen in die Kanzlei eintreten sollte. Aber daß ihm Onkel Harry angeboten hatte, ihn zu diesen ausgezeichneten Bedingungen als Partner aufzunehmen, war ein unverhoffter Glücksfall.

Joan machte keinen Hehl aus ihrer Freude, ihrer Begeisterung ob dieses unverhofften Glücks und gratulierte Rodney zu dem Angebot. Da fiel ihr auf, daß Rodney darüber gar nicht so erfreut zu sein schien. Hatte er doch tatsächlich die unglaublichen

Worte geäußert: »Falls ich mich damit einverstanden erkläre...«

Sie hatte entsetzt ausgerufen: »Aber Rodney!«

Sie sah sein kreideweißes Gesicht noch ganz genau vor sich. Ihr war bis dahin gar nicht aufgefallen, daß Rodney so nervös war. Seine Hände zitterten. In seinen Augen lag ein flehender Ausdruck. Er sagte:

»Ich bin nun einmal kein Büromensch. Es ödet mich entsetzlich an, mein Leben im Büro zu verbringen.«

Joan bekundete Mitgefühl.

»Daß weiß ich doch, mein armer Liebling. Akten wälzen ist wahrhaftig kein Vergnügen, kein bißchen interessant. Du hast schwer gearbeitet, dich richtig abgeschuftet. Aber wenn du als Partner aufgenommen wirst, ist das doch etwas völlig anderes. Ich will damit sagen, daß du dann an allem ein ganz persönliches Interesse hast.«

»Sicher: Kontakte, Pachtverträge, Grundstücke, Vertragsklauseln und Schadenersatzansprüche sind dann sehr viel interessanter, wohingegen ich bisher...«

Sie wußte nicht genau, was er damit sagen wollte. Sicher meinte er es gar nicht ernst. Er sagte es zwar mit lachendem Mund, doch in seinen Augen lag abgrundtiefe Trauer. Er sah sie flehend an, als hinge seine ganze Zukunft davon ab, daß sie ihn jetzt verstand. Wie sie Rodney liebte!

»Es stand doch immer fest, daß du in die Kanzlei eintrittst.«

»Ja, ich weiß, ich weiß. Aber ich konnte ja nicht wissen, wie sehr ich diese Arbeit hassen würde.«

»Aber... ich meine... was sonst... was willst du denn anderes machen?«

In Rodney erwachte ein nie gekannte Eifer. Er sprudelte nur so hervor:

»Ich möchte Farmer werden. Little Mead steht zum Verkauf ausgeschrieben. Es ist ziemlich heruntergewirtschaftet. Horley hat die Farm verkommen lassen. Aber dafür kriegt man sie auch ziemlich preiswert. Das Land ist wirklich gut, das muß man auch bedenken...«

Er hatte hastig weitergesprochen, ihr seine Pläne auseinandergesetzt und sie mit Fachwörtern verwirrt. Joan war ganz durcheinander, denn sie wußte absolut nichts über Weizen oder

Hafer, über das Einbringen der Ernte, über Vieh mit Stammbaum, Zuchtvieh. Oder über Milchkühe.

Sie brachte nur bestürzt heraus:

»Little Mead ... aber das liegt ja noch hinter dem Asheldown, *meilenweit* entfernt von allem.«

»Es ist gutes Land, Joan, und sehr gut gelegen ...«

Er kam wieder in Fahrt. Sie hatte nicht einmal geahnt, daß Rodney sich so begeistern konnte, daß er so beredt und so beharrlich war.

Joan ließen ihre Zweifel keine Ruhe. »Aber Liebling, bist du denn sicher, daß wir davon leben könnten?«

»Leben? Nun ja, wir könnten unser Leben fristen, zumindest kärglich.«

»Siehst du, genau das meine ich. Es heißt doch immer, daß das kaum etwas einbringt.«

»Stimmt. Wenn man nicht ganz großes Glück hat oder viel Geld investieren kann.«

»Na, da hast du's – dein Plan ist nicht *durchführbar*.«

»Doch, Joan – natürlich ist er das. Vergiß nicht, daß ich über ein bißchen eigenes Geld verfüge. Die Farm macht sich bezahlt, und von dem kleinen Überschuß, den sie abwerfen würde, könnten wir doch leben. Denk doch nur einmal daran, was für ein schönes Leben das für uns alle wäre! Es ist wunderbar, auf einer Farm zu leben!«

»Ich glaube kaum, daß du etwas davon verstehst.«

»Und ob ich etwas davon verstehe! Weißt du denn nicht, daß mein Großvater mütterlicherseits in Devonshire ein großartiger Farmer war? Als Kinder haben wir unsere Ferien immer dort verbracht. So glücklich wie dort bin ich seitdem nie mehr gewesen.«

Es ist wirklich wahr, hatte sie bei sich gedacht: Männer sind wie Kinder ...

Mit sanfter Stimme hatte sie auf ihn eingeredet. »Das mag ja alles sein, aber das Leben besteht schließlich nicht nur aus Ferien. Wir müssen auch an unsere Zukunft denken, Rodney. Denk doch zum Beispiel mal an Tony.«

Tony war damals elf Monate alt gewesen.

»Vielleicht bleibt er nicht unser einziges Kind«, hatte sie hinzugefügt.

Rodney warf ihr einen raschen Blick zu. Joan lächelte und nickte.

»Joan, siehst du denn nicht ein, daß wir dann um so eher auf einer Farm leben sollten? Für Kinder gibt es doch nichts Schöneres, als mit der Natur aufzuwachsen. Das ist ein so gesundes Leben. Sie bekämen frische Milch und frische Eier, könnten ungehindert überall herumlaufen und lernen, wie man die Tiere versorgt.«

»Aber Rodney, bei so einer Überlegung muß alles mögliche in Betracht gezogen werden. Da wäre zum Beispiel das Schulproblem. Unsere Kinder sollen gute Gymnasien besuchen. Beziehungsweise gute Internate. Das ist sehr kostspielig. Dann braucht man eine Menge Geld für Kleidung und Arztrechnungen. Kinder brauchen nette Freunde. Du kannst nicht einfach tun, was *dir* am besten in den Kram paßt. Wenn man Kinder in die Welt setzt, muß man bei allem, was man tut, auch an das Wohl der Kinder denken. Schließlich hast du ihnen gegenüber auch eine Verpflichtung.«

Rodneys Stimme klang schon nicht mehr so überzeugt, als er störrisch sagte: »Aber sie wären glücklich auf dem Bauernhof...«

»Rodney, ich fürchte, du wirst dir das aus dem Kopf schlagen müssen. Dieser Plan ist undurchführbar. Wenn du als Partner in die Anwaltskanzlei aufgenommen wirst, verdienst du eines Tages zweitausend Pfund im Jahr.«

»Ganz bestimmt sogar. Onkel Harry verdient entschieden mehr.«

»Na siehst du! So ein fantastisches Angebot kannst du doch nicht einfach ausschlagen. Das wäre ja der reine Wahnsinn!«

Sie hatte das so entschieden gesagt, als dulde sie keinen Widerspruch. Sie sagte sich, daß sie in diesem Punkt keinesfalls nachgeben durfte. Sie mußte eben Verstand für zwei beweisen. Hier zählten nur Vernunftsgründe. Wenn Rodney sich als blind erwies und nicht wußte, was für ihn am besten war, mußte sie die ganze Verantwortung allein tragen. Was für eine alberne, ja geradezu lächerliche Idee, Farmer werden zu wollen. Entzückend und romantisch, aber so unvernünftig! Manchmal benahm sich Rodney wie ein kleiner Junge. Dann fühlte sie sich ganz besonders stark und schlüpfte auch ihm gegenüber voller Selbstvertrauen in eine Mutterrolle.

»Du darfst nicht glauben, daß ich dich nicht verstehe und nicht mit dir fühle, Rodney«, sagte sie. »Ich verstehe dich sogar sehr gut. Aber diese Idee, mit einemmal Farmer zu werden, entbehrt jeder vernünftigen Grundlage. Sie ist völlig unrealistisch.«

Er hatte sie unterbrochen und gesagt, die Landwirtschaft sei etwas sehr Reales.

»Ja, aber in unserem Fall steht das überhaupt nicht zur Debatte. Es geht schließlich um unser *aller* Leben. Du hast die einmalige Chance, als Partner in ein florierendes Familienunternehmen aufgenommen zu werden, und darfst dieses großzügige Angebot deines Onkels nicht einfach in den Wind schlagen.«

»Ja, ja, ich weiß. Ich hätte nie gedacht, daß er mir ein so generöses Angebot machen würde.«

»Du *kannst* und *darfst* das einfach nicht ablehnen! Du würdest das dein Leben lang bereuen. Du hättest ständig gegen Schuldgefühle anzukämpfen.«

»Die verdammte Büroarbeit!« murmelte er verbissen vor sich hin.

»Ach, Rodney, so schlimm ist das doch gar nicht. Das redest du dir doch nur ein.«

»Von wegen. Schließlich mache ich das schon fünf Jahre. Da muß ich doch wohl wissen, ob mir diese Arbeit liegt.«

»Du wirst dich schon daran gewöhnen. Und von jetzt an ist ja alles anders. Das kann man überhaupt nicht mehr vergleichen. Du trittst als Partner ein. Da erscheint dir die Arbeit sicher gleich viel interessanter, und du kommst ja durch deinen Beruf auch mit sehr interessanten Leuten zusammen. Du wirst sehen, Rodney, daß du dir bald gar nicht mehr vorstellen kannst, daß du alles hinschmeißen und den Beruf wechseln wolltest.«

Da hatte er sie unendlich traurig angesehen. Sehr liebevoll, und abgrundtief verzweifelt. Ein letzter Hoffnungsschimmer leuchtete in seinen Augen auf.

»Woher willst du so genau wissen«, fragte er, »daß ich irgendwann einmal gern Anwalt bin und ob es mir je gelingt, mich mit diesem Schicksal abzufinden?«

Worauf sie lebhaft und mit unerschütterlicher Heiterkeit erwidert hatte: »Du wirst schon sehen, daß es so kommt. Verlaß dich darauf.«

Sie hatte ihm aufmunternd zugenickt, um jeden Zweifel auszuschalten.

Ja, dachte Joan, das war gerade noch einmal gutgegangen. Was für ein Glück für Rodney, daß sie fest geblieben war und nicht zugelassen hatte, daß er die einmal eingeschlagene erfolgversprechende Laufbahn so einfach aufgab, um einer Laune nachzugehen! Was würden die Männer ohne ihre Frauen für Dummheiten machen, dachte sie. Die Frauen besaßen einen ausgeprägten Sinn für die Realitäten des Lebens und verschlossen sich den Vernunftsgründen nicht. Sie wichen nicht von dem Ziel ab, das sie sich einmal gesetzt hatten...

Ja, Rodney konnte sich wirklich glücklich schätzen, daß er sie zur Frau hatte.

Sie sah auf ihre Armbanduhr. Halb elf. Es hatte wenig Sinn, sehr weit zu gehen, um so mehr als es absolut kein Ziel gab, das sie anstreben konnte.

Sie sah sich um. Merkwürdig, das Rasthaus war schon fast nicht mehr zu sehen. Es verschmolz dermaßen mit der Landschaft, daß es kaum noch abstach. Ich darf nicht weitergehen, dachte sie, sonst verlaufe ich mich noch.

Was für eine Idee. Aber vielleicht war der Gedanke gar nicht so absurd. Sie konnte die Hügel in der Ferne, die Wolken und Hügel kaum mehr auseinanderhalten. Der Bahnhof entzog sich ihren Blicken völlig.

Joan sah sich aufmerksam um. Nichts zu sehen. Niemand in der Nähe, kein Mensch weit und breit.

Sie ließ sich graziös zu Boden nieder. Machte die Handtasche auf, nahm den Schreibblock und den Füllfederhalter heraus. Sie wollte ein paar Briefe schreiben. Es wäre doch ganz amüsant, einer Freundin mitzuteilen, was gerade in ihr vorging. Wem sollte sie denn schreiben? Janet Annesmore? Dorothea? Lionel West? Am besten vielleicht Janet.

Sie schraubte die Kappe ihres Füllers ab. Begann in ihrer flüssigen Handschrift zu schreiben:

Liebste Janet,

Du errätst nie, wo ich diesen Brief schreibe! Mitten in der

Wüste. Ich sitze hier zwischen zwei Zügen fest. Die Züge fahren nur dreimal in der Woche.

Ich übernachte hier in einem Rasthaus, das ein Inder leitet.

Ansonsten gibt es hier noch eine ganze Menge Hühner, ein paar verdächtig aussehende Araber und mich. Ich kann mich mit niemandem unterhalten und habe nichts zu tun. Du kannst Dir gar nicht vorstellen, wie ich das genieße.

Die Wüstenluft ist eine Wohltat – unglaublich erfrischend. Und Du kannst nicht wissen, wie wohltuend die Stille hier ist. Es ist, als hörte ich mich zum erstenmal seit Jahren denken. Man ist ständig so überaus beschäftigt, hat immer so viel zu tun, hetzt von einem Ort zum anderen. Das ist wohl nicht zu ändern, aber ich finde, man sollte sich hin und wieder die Zeit nehmen, nachzudenken um sich zu regenerieren.

Ich bin erst seit einem halben Tag hier, und doch fühle ich mich schon viel besser. Keine Leute! Ich wußte gar nicht, wie sehr ich mich danach gesehnt habe, einmal von allem wegzukommen. Vor allem von den Menschen. Es ist eine Wohltat für die angespannten Nerven, wenn man sicher sein kann, daß es im Umkreis von Hunderten von Meilen nichts als Sand und Sonne gibt...

Gleichmäßig glitt Joans Feder über das Papier.

3. Kapitel

Joan schraubte den Füller wieder zu und sah auf die Armbanduhr.

Viertel nach zwölf.

Sie hatte drei Briefe geschrieben. Im Füllhalter war keine Tinte mehr. Auch der Schreibblock ging zu Ende. Wie ärgerlich! Sie hätte sonst gerne noch ein paar Leuten geschrieben.

Doch nach einer Weile war ihr aufgegangen, daß sie doch immer nur das gleiche schrieb. Über die Sonne und den Sand und wie schön es war, endlich einmal Zeit zu haben, sich auszuruhen und über alles nachzudenken. Wenn das auch der Wahrheit entsprach, so ödete es einen doch nach einer Weile an, sich damit abzumühen, den gleichen Sachverhalt immer wieder neu zu formulieren...

Joan gähnte. Die Sonne machte schläfrig. Nach dem Mittagessen wollte sie sich ein wenig hinlegen und ein Schläfchen halten.

Sie stand auf und schlenderte gemächlich zum Rasthaus zurück.

Was Blanche jetzt wohl machte? Inzwischen mußte sie bei ihrem Mann in Bagdad sein. Der derzeitige Ehemann von Blanche mußte ein fürchterlicher Mensch sein. Die arme Blanche – was für ein Abstieg in die Niederungen des Lebens! Wäre sie doch nur nicht auf diesen blendend aussehenden jungen Tierarzt Harry Marston hereingefallen! Blanches Leben wäre an der Seite eines Mannes wie Rodney ganz anders verlaufen. Blanche hatte ja ganz aus eigenem Antrieb betont, wie charmant sie Rodney fand.

Aber nicht nur das. Blanche hatte doch noch etwas über Rodney gesagt. Was war das doch gleich wieder? Ach ja – Rodney sähe auch gern andere hübsche Frauen. Sich so gewöhnlich auszudrücken! Außerdem entsprach das nicht der Wahrheit! Ganz und gar nicht! Rodney hatte sie doch nie, kein einziges Mal –

Wieder züngelte der gleiche Gedanke wie zuvor blitzschnell vor ihrem geistigen Auge vorbei. Nur ganz oberflächlich. Er grub sich nicht tief ein.

Die kleine Randolph...

Ich kann mir beim besten Willen nicht vorstellen, warum mir dieses Mädchen immer wieder einfällt, dachte Joan verärgert. Sie ging mit einemmal unwillkürlich schneller, als würde sie den unerwünschten Gedanken auf diese Weise los. Warum fällt mir dieses Randolph-Mädchen immer wieder ein? Rodney hat ja schließlich nichts...

Ich meine, da ist ja nichts dran...

Aber auch wirklich gar nichts...

Myrna Randolph war nun einmal so ein Mädchentyp. Ein großes dunkelhaariges, sehr sinnlich wirkendes Mädchen. Wenn sich dieses Mädchen in einen Mann verknallte, gab es sich nicht die geringste Mühe, einen Hehl daraus zu machen.

Und sie hatte es nun einmal auf Rodney abgesehen. Gab ihm immer zu verstehen, daß sie ihn für einen wunderbaren Menschen hielt. Bat ihn immer wieder, mit ihr Tennis zu spielen. Auf Partys saß sie nur da und verschlang ihn mit Blicken. Sah ihn so schmachtend an, daß es für alle peinlich war.

Rodney fühlte sich natürlich geschmeichelt. Welchem Mann wäre das an seiner Stelle nicht so ergangen? Sie hätte es sogar mehr als merkwürdig gefunden, wenn Rodney sich nicht geschmeichelt gefühlt hätte. Die unverhüllte Zuneigung eines Mädchens, das so viele Jahre jünger war als er und noch dazu das schönste Mädchen in der Stadt, mußte ihm ja guttun.

Zum Glück bin ich nicht auf den Kopf gefallen, und ich habe die ganze Sache mit viel Taktgefühl aus der Welt geschafft, sagte sich Joan zufrieden...

Auf ihr Verhalten in dieser kritischen Situation konnte sie wirklich stolz sein. Sie hatte sich absolut vorbildlich verhalten. Und alles auf die sanfte Tour geregelt.

»Rodney, deine Freundin wartet doch auf dich. Du darfst sie nicht warten lassen. Ja, natürlich, ich spreche von Myrna Randolph... Sie macht sich immer wieder lächerlich.«

Woraufhin Rodney murrte:

»Ich will nicht mit dieser Göre Tennis spielen. Sie kann auf der Gegenseite spielen.«

»Aber Rodney, sei doch ein bißchen ritterlich. Du mußt mit ihr spielen.«

So mußte man die Sache handhaben – alles auf die leichte Schulter nehmen. Ganz spielerisch. Nie einen Zweifel daran lassen, daß die Sache gar nicht ernst war, daß nichts dran war und daß sie sich darüber sehr wohl im klaren war...

Für Rodney muß das sehr schön gewesen sein, wenn er auch ständig murrte und vorgab, sich zu ärgern. Myrna Randolph gehörte zu der Art von Mädchen, die alle Männer unheimlich attraktiv fanden. Sie benahm sich kapriziös und strafte ihre Bewunderer mit abgrundtiefer Verachtung. Sie warf ihnen die schlimmsten Beleidigungen an den Kopf und brauchte sie nur kurz von der Seite anzusehen, da kamen sie schon wieder angekrochen.

Was für ein widerwärtiges Geschöpf, dachte Joan erregt (was gar nicht zu ihr paßte). Sie hat alles drangesetzt, unsere Ehe auseinanderzubringen.

Sie machte Rodney keinen Vorwurf. Das Mädchen trug die

Schuld daran. Männer ließen sich so leicht umgarnen. Damals waren Rodney und sie schon etwa zehn Jahre verheiratet. In allen Büchern hieß es immer, das sei eine sehr kritische Zeit. In dieser Phase galt die Ehe als gefährdet, weil oft einer der Partner Ausbruchsversuche machte. Da galt es, seine ganze Kraft dafür einzusetzen, die stürmischen Wogen zu glätten, damit man wieder in ruhiges Fahrwasser glitt.

Das hatte sie geschafft...

Nein, sie konnte Rodney die Sache wirklich nicht zum Vorwurf machen, auch nicht, als sie ihn dabei überraschte, wie er das Mädchen küßte.

Und zwar ausgerechnet unter einem Mistelzweig!

Als sie in das Arbeitszimmer ihres Mannes kam, besaß das Mädchen doch tatsächlich die Unverschämtheit, ihr weismachen zu wollen, sie hätten nur einen alten Brauch gepflegt.

»Wir haben uns ja nur unter dem Mistelzweig geküßt, wie es nun einmal Sitte ist. Man soll das alte Brauchtum pflegen, Mistreß Scudamore. Ich hoffe, Sie haben nichts dagegen.«

Zum Glück habe ich die Beherrschung nicht verloren und mir nichts anmerken lassen, dachte Joan.

»Myrna, jetzt lassen Sie aber die Finger von meinem Mann. Suchen Sie sich einen jungen Mann in Ihrem Alter.«

Damit schob sie Myrna lachend aus dem Zimmer. Als amüsiere sie das alles köstlich.

Rodney brachte zu seiner Rechtfertigung hervor: »Tut mir leid, Joan. Aber Myrna ist ein ungeheuer attraktives Mädchen, und schließlich haben wir Weihnachten.«

Er hatte diese Entschuldigung lächelnd vorgebracht. Es schien ihn nicht besonders aufzuregen, daß Joan ihn und Myrna auf frischer Tat ertappt hatte. Das bewies ihr, daß sich die Sache noch in Grenzen hielt.

Und so sollte es auch bleiben. Dafür würde sie schon sorgen. Sie gab sich die allergrößte Mühe, Rodney von Myrna fernzuhalten. Zu Ostern hatte sich Myrna dann mit dem jungen Arlington verlobt.

An der ganzen Sache war also wirklich gar nichts dran. Rodney hatte die Bewunderung des schönen jungen Mädchens sicherlich gefreut. Der arme alte Rodney, wie sehr sie ihm das gönnte. Er war so tüchtig im Beruf und arbeitete so schwer.

Nach zehn Jahren Ehe befand man sich in einer gefährlichen Phase. Sie wußte noch sehr genau, daß selbst sie um diese Zeit eine starke innere Unruhe verspürt hatte...

Wie hieß doch dieser ziemlich unkonventionell aussehende junge Mann, dieser Maler, gleich wieder? Sein Name fiel ihr nicht mehr ein. War sie nicht ganz vernarrt in ihn gewesen?

Sie gestand sich ihre Schwäche für ihn lächelnd ein. Er war ein ernster Mensch und hatte sie mit einer entwaffnenden Eindringlichkeit angestarrt. Dann hatte er sie gebeten, ihm Modell zu sitzen.

Das war natürlich nur ein Vorwand. Er hatte ein paar Kohlezeichnungen von ihr gemacht, sie aber dann zerrissen. Er behauptete, er könne sie nicht malen. Was er auf die Leinwand bringe, entspreche nicht der Wirklichkeit.

Joan erinnerte sich noch gut daran, daß sie sich darüber freute, sich geschmeichelt fühlte. Der arme Junge, hatte sie gedacht, ich fürchte fast, er mag mich ziemlich gern. Er ist drauf und dran, den Kopf zu verlieren...

Ja, das war ein schöner Monat gewesen...

Die Sache endete ganz anders als geplant. Ausgesprochen peinlich. Michael Callaway (ja, natürlich, so hatte er geheißen), war nicht der Mensch, für den sie ihn gehalten hatte.

Sie waren in Haling Woods spazierengegangen, dort, wo der Medaway sich vom Gipfel des Asheldowns herab ergießt. Er hatte sie ganz scheu, mit belegter Stimme angefleht, diesen Spaziergang mit ihm zu machen.

Sie glaubte schon im voraus zu wissen, wie ihr Gespräch verlaufen würde. Er würde ihr wahrscheinlich seine Liebe gestehen. Sie wollte sich ganz lieb und verständnisvoll verhalten und auch durchblicken lassen, daß es ihr leid tat, ein kleines bißchen leid tat, daß aus ihnen beiden nun einmal nichts werden konnte. Sie überlegte sich schon ein paar liebenswürdige Floskeln, mit denen sie Michael trösten wollte und an die er sich dann später gern erinnern würde.

Doch alles hatte sich ganz anders abgespielt.

Mit dem, was statt dessen geschah, konnte sie weiß Gott nicht rechnen!

Michael Callaway hatte sie nämlich ohne Vorwarnung gepackt und so heftig und brutal geküßt, daß ihr einen Augenblick die Luft weggeblieben war. Dann hatte er sie wieder losgelassen und laut und triumphierend ausgerufen:

»Mein Gott, wie sehr habe ich das gebraucht!« Dann stopfte er sich völlig gefühllos und ihren wütenden Vorhaltungen gegenüber taub die Pfeife.

Er hatte sich nur gestreckt, gegähnt und tiefbefriedigt vor sich hingemurmelt: »Jetzt fühle ich mich schon viel besser.«

Wahrscheinlich hätte ein Mann an einem heißen Tag auf ein kühles Bier genauso reagiert, mußte Joan sich sagen.

Sie waren dann schweigend heimwärts getrottet – d. h., Joan hatte sich in Schweigen gehüllt. Michael Callaway hatte sonderbare Laute ausgestoßen. Vermutlich versuchte er zu singen. Als sie den Wald kaum hinter sich gelassen hatten und auf die Hauptstraße nach Crayminster kamen, war er stehengeblieben, hatte sie kühl und distanziert betrachtet und nachdenklich bemerkt:

»Wissen Sie, in meinen Augen gehören Sie zu der Sorte Frauen, die man vergewaltigen sollte. Das würde Ihnen sicher guttun.«

Sie hatte wie vom Donner gerührt dagestanden und vor Zorn nicht sprechen können. Michael schien das nicht zu stören. Er fuhr ungeniert fort:

»Ich würde Sie liebend gern selbst vergewaltigen – um festzustellen, ob das in Ihrer Haltung und in Ihrer Miene Spuren hinterläßt.«

Er trat auf die Straße hinaus und versuchte nun nicht mehr zu singen. Statt dessen pfiff er fröhlich vor sich hin.

Natürlich hatte sie nie wieder ein Wort mit ihm gesprochen. Ein paar Tage später war er aus Crayminster abgereist.

Ein merkwürdiger, verwirrender Vorfall, der sie erschütterte. Joan dachte nicht gern daran zurück. Sie wunderte sich, daß ihr das jetzt wieder eingefallen war.

Ein schreckliches Erlebnis – einfach grauenhaft!

Sie wollte nicht mehr daran denken. Warum sollte man an unangenehme Dinge denken, wenn man endlich einmal seine Ruhe hatte und sich in der Sonne aalen konnte? Und ringsum nichts als Sand. Sie wollte lieber an etwas Erfreuliches denken.

Vielleicht war das Mittagessen ja schon fertig. Sie sah auf die Uhr, doch es war erst Viertel vor eins.

Im Rasthaus angekommen, ging sie in ihr Zimmer und sah im Koffer nach, ob sie noch Briefpapier dabei hatte. Leider fand sie keins. Aber das machte ja nichts. Sie hatte das Briefeschreiben satt. Es gab kaum etwas zu berichten. Sie konnte doch nicht immer wieder über Dinge schreiben, von denen zu erzählen sich eigentlich nicht lohnte. Sie sah nach, was für Bücher sie mitgenommen hatte. Natürlich *Lady Catherine*. Und einen Kriminalroman, den William ihr noch ganz zum Schluß mitgegeben hatte. Das war zwar nett von ihm, aber eigentlich machte sie sich nichts aus Kriminalromanen. Sie stieß auch noch auf *The Power House* von Buchan. Ein altes Buch. Sie hatte es vor Jahren schon einmal gelesen.

Am Bahnhof in Aleppo konnte sie sicher noch ein paar Bücher kaufen.

Zum Mittagessen gab es ein Omelett (es schmeckte wie Leder, war zu lange in der Pfanne), Curry-Ei, Lachs (aus der Dose), Bohnen und Pfirsiche (auch aus der Dose).

Ein ziemlich schweres Essen. Nach dem Essen legte sich Joan ein bißchen hin. Sie schlief eine dreiviertel Stunde, las dann *Lady Catherine Dysart* und ging zum Tee hinunter.

Sie trank Tee mit Dosenmilch und aß Kekse dazu. Dann machte sie einen Spaziergang, kam zurück und las ihr Buch zu Ende. Zum Abendessen gab es wieder Omelett, dann Lachs mit Curry zubereitet, Rührei, Bohnen und Aprikosen aus der Dose. Nach dem Abendessen fing Joan mit dem Kriminalroman an. Sie las ihn in einem Stück aus.

Der Inder wünschte ihr fröhlich eine gute Nacht.

»Memsahib, Zug kommen morgen früh halb acht. Aber fahren erst morgen abend um halb neun.«

Joan nickte.

Sie würde hier also noch einen Tag zubringen müssen. Aber sie hatte ja noch ihr Buch *The Power House*. Ein Jammer, daß es so dünn war. Plötzlich fiel ihr etwas ein.

»Morgen kommen sicher Reisende mit dem Zug an. Aber sie fahren wahrscheinlich gleich weiter nach Mosul, nicht wahr?«

Der Inder schüttelte den Kopf.

»Nein, morgen sicher nicht. Heute keine Wagen kommen. Ich glaube, Straße nach Mosul sehr schlecht. Alle viele Tage steckenbleiben.«

Joans Miene hellte sich auf. Die Reisenden, die morgen mit dem Zug ankamen, mußten also im Rasthaus bleiben. Darauf freute sie sich schon. Unter diesen Reisenden war sicher jemand, mit dem sie sich unterhalten konnte.

Guten Mutes ging sie zu Bett. Diese Atmosphäre hier, ging es ihr durch den Kopf. Wahrscheinlich liegt es an dem Gestank nach ranzigem Fett. Richtig deprimierend.

Am nächsten Morgen erwachte sie gegen acht Uhr. Sie stand auf und zog sich an. Sie ging in den Speisesaal hinunter. Es war nur für eine einzige Person gedeckt. Sie rief nach dem Ober. Der Inder erschien.

Er schien sehr aufgeregt zu sein.

»Memsahib, Zug nicht kommen.«

»Was soll das heißen, der Zug ist nicht gekommen? Sie meinen wohl, er hat Verspätung?«

»Nein, Zug überhaupt nicht kommen. Schwere Regenfälle auf der Strecke – andere Seite Nissibin. Bahnlinie ganz hinweggespült. Drei, vier, fünf, vielleicht sechs Tage kein Zug durchkommen.«

Joan sah ihn bestürzt an.

»Aber was soll ich denn jetzt machen?«

»Sie hierbleiben, Memsahib. Viel zu essen, eine Menge Bier, viel Tee. Sehr nett. Sie warten, bis Zug kommen.«

Mein Gott, diese Orientalen, dachte Joan. Sie haben überhaupt kein Zeitgefühl. Zeit bedeutet ihnen gar nichts.

»Kann ich einen Wagen kriegen?« fragte sie.

Das schien den Inder sehr zu amüsieren.

»Memsahib meinen Auto? Woher Auto nehmen? Straße nach Mosul sehr schlecht. Andere Seite Wadi alles festgefahren.«

»Können Sie nicht irgend jemanden anrufen?«

»Wen anrufen? Telefon gehören Türken. Türken sehr schwierige Leute. Niemals etwas tun. Nur Zug betreiben.«

Joan gab sich alle Mühe, die Sache von der komischen Seite zu sehen. Jetzt bin ich wirklich abgeschnitten von jeglicher Zivilisation, dachte sie. Man kann weder telefonieren noch ein Telegramm schicken. Und einen Wagen bekomme ich hier auch nicht.

Der Inder versuchte sie zu trösten.

»Sehr schönes Wetter, viel zu essen, alles ganz bequem.«

Gegen das Wetter war nicht das geringste einzuwenden. Da kann ich mir wirklich gratulieren. Wie schrecklich, wenn ich diese endlos lange Zeit im Haus verbringen müßte, dachte Joan.

Der Inder sagte – als könne er Gedanken lesen:

»Wetter gut hier. Nur ganz selten Regen. Regnet viel mehr in Mosul, regnet auf der Strecke.«

Joan nahm an dem Tisch Platz, der für sie gedeckt war, und wartete auf ihr Frühstück. Inzwischen hatte sie sich schon mit dem Desaster abgefunden. Es hatte keinen Sinn, sich dagegen aufzulehnen. Das sah sie ein. Es war eben nicht zu ändern. Doch diese Zeitverschwendung war schon ärgerlich.

Sie lächelte in sich hinein und dachte: Es sieht ganz danach aus, als sollte sich jetzt bewahrheiten, was ich Blanche gegenüber behauptet habe. Ich wollte ja einmal ein paar Tage absolute Ruhe haben. Ohne ein einziges Buch. Das müßte eine wahre Wohltat sein. Die Kur in der Wüste.

Der Gedanke an Blanche erzeugte Unbehagen. Es gab da Dinge, an die sie sich auf keinen Fall erinnern wollte. Wozu überhaupt an diese einstige Schulkameradin denken?

Nach dem Frühstück ging sie hinaus. Wie am Tag zuvor entfernte sie sich ein gutes Stück vom Rasthaus. Dann setzte sie sich auf den Boden. Eine Weile saß sie ganz still da, die Augen halb geschlossen.

Wie schön ist es doch, wenn einen Ruhe und Frieden ganz durchdringen, dachte sie. Sie spürte richtig, wie gut ihr das tat. Die gute Luft und die schöne warme Sonne waren eine Wohltat für den Körper und die Seele. Sie genoß den Frieden ringsum.

Sie blieb eine ganze Weile so sitzen. Dann sah sie auf die Uhr. Zehn Minuten nach zehn.

Wie schnell der Morgen doch vergeht, dachte sie bei sich.

Eigentlich konnte sie Barbara ein paar Zeilen schreiben. Seltsam, daß sie gestern nicht daran gedacht hatte, Barbara zu schreiben, anstatt alberne Briefe an irgendwelche Freundinnen in England zu verfassen.

Sie nahm den Schreibblock und den Füller aus der Tasche.

»Meine geliebte Barbara«, schrieb sie. »Die Heimreise steht unter keinem guten Stern. Montag abend habe ich meinen Zug verpaßt. Jetzt sitze ich hier wahrscheinlich noch tagelang fest.

Aber die Sonne scheint, und es ist so friedlich hier, daß mir das gar nichts ausmacht.«

Sie überlegte. Was sollte sie denn sonst noch schreiben? Vielleicht irgend etwas im Zusammenhang mit William oder dem Baby? Was um alles in der Welt konnte Blanche nur gemeint haben mit diesem ominösen *›mach dir keine Sorgen wegen Barbara?‹* Das mußte wohl der Grund sein, warum sie an Blanche am liebsten gar nicht denken wollte. Blanche hatte sonderbare Dinge über Barbara gesagt.

Als ob es irgend etwas gab, was sie, Barbaras Mutter, über ihr eigenes Kind nicht wußte.

»Ich bin sicher, das jetzt alles gut wird.« Sollte das womöglich heißen, daß mit Barbara bisher irgend etwas nicht gestimmt hat?

Aber in welcher Hinsicht? Blanche hatte angedeutet, Barbara hätte viel zu jung geheiratet.

Joan fühlte sich unbehaglich. Als die Frage zur Debatte stand, hatte auch Rodney etwas Ähnliches verlauten lassen. Ganz entschieden, wie es sonst gar nicht seine Art war, hatte er gesagt:

»Joan, diese Heirat ist mir gar nicht recht.«

»Aber *warum* denn nicht, Rodney? William ist doch sehr nett, und sie passen gut zusammen.«

»Ja, er ist kein übler Bursche, aber Barbara liebt ihn nicht.«

Joan konnte es nicht fassen. Ihre Verwunderung war grenzenlos.

»Rodney, ich bitte dich, das kann doch nicht dein Ernst sein! Das ist absurd. Warum sollte sie Willilam denn sonst heiraten wollen?«

Rodney umging ihre Frage und sagte gedankenverloren: »Das eben frage ich mich ja.«

»Also weißt du, Liebling, das ist doch einfach lächerlich!«

Er ging auf ihren leichten Ton nicht ein, sondern sagte ernst: »Wenn sie William nicht liebt, dann sollte sie ihn auch nicht heiraten. Für die Ehe ist sie sowieso noch viel zu jung und viel zu zügellos. Mein Gott, dieses Temperament!«

Das amüsiert sie.

»Also wirklich, Rodney, was verstehst *du* denn schon von Temperament?«

Sie konnte nicht mehr an sich halten. Doch ein Blick in Rodneys Miene, und ihr verging das Lachen. Er sagte nämlich todernst: »Es gibt Mädchen, die nur aus einem einzigen Grund heiraten: um von zu Hause wegzukommen.«

Joan verschlug es fast die Sprache. »Aber doch nicht unsere Barbara! Kein Mädchen hat je eine glücklichere Kindheit und Jugend gehabt als unsere Barbara.«

»Joan, bist du davon wirklich überzeugt?«

»Aber ja, natürlich. Die Kinder haben es hier immer gut gehabt.«

Rodney sagte traurig und gedehnt: »Sie haben ihre Freunde kaum je mitgebracht.«

»Aber Liebling, ich gebe doch immer wieder Partys und lade jede Menge junge Leute ein. Darauf habe ich immer großen Wert gelegt. Aber Barbara sagt ja ständig, daß sie keine Partys mag und auch niemanden dazu einladen möchte.«

Da hatte Rodney verwirrt den Kopf geschüttelt. Ziemlich unbefriedigt.

Etwas später am gleichen Abend war sie gerade in das Zimmer gekommen, als Barbara ungeduldig ausrief:

»Aber Daddy, es hat doch keinen Sinn. Ich muß einfach weg von hier. Ich halte es wirklich nicht mehr aus. Rate mir jetzt bloß nicht, daß ich mir irgendwo eine Stellung suchen soll, denn danach steht mir absolut nicht der Sinn.«

»Was geht denn hier eigentlich vor, und wovon ist die Rede?« hatte Joan gefragt.

Barbara hatte eine Weile nichts gesagt und dann mit hochroten Wangen ausgerufen:

»Ach, Daddy glaubt, er weiß am besten, was mir guttut. Er möchte, daß ich jahrelang verlobt bin. Ich habe ihm gesagt, daß das nicht in Frage kommt. Ich will William heiraten und mit ihm nach Bagdad gehen. Ich bin sicher, daß es dort wunderschön ist.«

»Liebe Güte«, hatte Joan erschrocken gesagt. »Das ist ja so weit weg. Ich würde dich lieber in meiner Nähe behalten, damit ich ein Auge auf dich haben kann.«

»Mutter, ich bitte dich!«

»Ich weiß, daß dir das nicht gefällt, mein Liebling, aber du bist noch furchtbar jung und unerfahren. Wenn du irgendwo in der Nähe wohntest, könnte ich dir immer beistehen.«

Barbara quittierte diesen Vorschlag mit einem süßsauren Lächeln und erwiderte: »Es sieht aber ganz danach aus, als müßte ich mein Lebensschiffchen ganz allein durch alle Fährnisse lenken, ohne daß ich mir deine Weisheit und deine Erfahrung zunutze machen kann.«

Rodney ging langsam aus dem Zimmer. Barbara war ihm nachgestürzt, hatte ihm die Arme um den Hals geschlungen und geflüstert: »Lieber, lieber Daddy. Ach, ich habe dich so lieb...«

»Du lieber Himmel«, hatte Joan gedacht, »das Kind ist viel zu überschwenglich.« Jedenfalls hatte Barbara bewiesen, daß Rodney auf dem Holzweg war. Es gefiel Barbara lediglich, mit William in einem fremden exotischen Land zu leben. Die beiden verliebten jungen Leute, die so eifrig Zukunftspläne schmiedeten, gefielen ihr.

Wie hatte nur irgend jemand in Bagdad auf die Idee kommen können, daß Barbara nur in die Ehe geflüchtet sein sollte, um von zu Hause fortzukommen? Aber dort kursierten ja die unglaublichsten Gerüchte. Der Klatsch blühte, so daß man es kaum wagte, über irgend jemanden zu sprechen.

Zum Beispiel über Major Reid.

Sie selbst war Major Reid niemals begegnet, aber Barbara hatte ihn in ihren Briefen, die sie nach Hause schrieb, sehr oft erwähnt. Major Reid sei zum Abendessen bei ihnen gewesen. Sie wollten mit Major Reid auf die Jagd gehen. Barbara wolle während der Sommermonate nach Arkandous hinauffahren. Sie und eine andere junge Ehefrau hätten zusammen einen Bungalow bewohnt. Major Reid sei zu der Zeit auch dort gewesen. Sie hätten oft zusammen Tennis gespielt. Barbara und er hätten sogar das Doppel im Tennisclub gewonnen.

Deshalb hatte sich Joan auch nichts dabei gedacht, als sie sich in aller Unschuld nach Major Reid erkundigte. Sie sagte, sie habe so viel über ihn gehört, daß sie ihn gern kennenlernen würde.

Es war nicht zu übersehen, in welche Verlegenheit sie Barbara mit der Bemerkung brachte. Barbara war kreidebleich geworden, und William hatte sich puterrot verfärbt. Nach einer oder zwei Minuten hatte er mit ganz fremder Stimme gebrummt:

»Wir sehen uns nicht mehr.«

Das klang so abweisend, daß sie nichts mehr zu sagen wagte.

Doch später, als Barbara zu Bett gegangen war, schnitt sie das Thema wieder an. Sie sagte lächelnd, daß sie da offensichtlich in ein Fettnäpfchen getreten sei. Sie habe sich immer eingebildet, Major Reid sei ein guter Freund gewesen.

William stand auf und schlug seine Pfeife gegen den Kamin. »Ach, ich weiß nicht«, wich er aus. »Wir sind zusammen auf die Jagd gegangen und dergleichen mehr. Aber wir haben ihn schon lange nicht mehr zu Gesicht bekommen.«

Er log sehr schlecht, fand Joan. Sie lächelte in sich hinein. Männer waren so leicht zu durchschauen. Williams altväterliche Reserviertheit und Verschwiegenheit amüsierte sie. Er hielt sie wohl für eine sehr penible, korrekte, anständige, spießige Frau – eben eine Schwiegermutter, wie sie im Buche stand.

»Ich verstehe«, sagte sie. »Es muß einen Skandal gegeben haben.«

»Was willst du damit sagen?« fuhr William sie wütend an.

»Aber mein lieber Junge!« versuchte Joan ihn zu beschwichtigen. »Das ist doch nicht schwer zu erraten, so wie du auf das Thema reagierst. Vermutlich hast du irgend etwas über ihn herausbekommen und ihn fallenlassen. Keine Angst, ich stelle keine Fragen. Ich weiß, daß so etwas sehr schmerzlich ist.«

»*Ungeheuer* schmerzlich, da hast du allerdings recht«, sagte William gedehnt.

»Man nimmt die Leute so; wie sie sich geben«, meinte Joan. »Und wenn man dann feststellen muß, daß man sich in ihnen geirrt hat, ist das peinlich und enttäuschend.«

»Zum Glück hat er das Land verlassen und ist nach Ostafrika gegangen«, erklärte William.

Plötzlich kamen Joan Gesprächsfetzen wieder in den Sinn, die sie eines Tages im Alwyah-Club aufgeschnappt hatte. Es war die Rede davon, daß sich Nobby Reid nach Uganda abgesetzt hatte.

Eine Frau behauptete: »Der arme Nobby. Es ist doch nicht seine Schuld, daß ihm jede kleine Idiotin nachsteigt.«

Eine ältere Frau hatte boshaft gekichert. »Er scheut aber auch keine Mühe. Ganz taufrische Jungfrauen sind Nobby am allerliebsten. Unverdorbene Bräute. Ich muß sagen, daß er eine wunderbare Art hat, mit ihnen umzugehen. Er kann ganz reizend sein. Die Mädchen glauben immer, daß er sie leidenschaftlich liebt. Und in diesem Augenblick denkt er für gewöhnlich schon daran, wie er das Mädchen am besten wieder los wird, um zu neuen Ufern aufzubrechen.«

»Er wird uns allen fehlen«, sagte ihre Gesprächspartnerin. »Er ist so unterhaltend.«

Die ältere Dame lachte.

»Ein paar Ehemänner trauern ihm bestimmt nicht nach! Genaugenommen mögen ihn die meisten Männer nicht.«

»Hier ist ihm das Pflaster jedenfalls zu heiß geworden.«

Darauf legte die zweite Frau den Finger an die Lippen und senkte die Stimme. Joan verstand nichts mehr. Sie hatte gar nicht sonderlich auf das Gespräch geachtet, doch jetzt fiel es ihr wieder ein. Ihr war ganz sonderbar zumute.

Vielleicht war Barbara nicht so zurückhaltend, wenn William schon nicht darüber sprechen wollte.

Doch Barbara hatte ihr ganz deutlich und ziemlich ungehalten zu verstehen gegeben:

»Mutter, ich möchte nicht darüber sprechen, wenn du nichts dagegen hast.«

Joan sagte sich, daß Barbara noch nie über irgend etwas hatte sprechen wollen. Sie hüllte sich in Schweigen, was ihre Krankheit anging, und war in diesem Punkt überhaupt sehr empfindlich. Mit keinem Wort ließ sie sich über die Ursache der Erkrankung aus. Es hatte wohl mit einer Vergiftung angefangen. Joan tippte natürlich sofort auf eine Lebensmittelvergiftung. Sie neigte zu der Ansicht, daß es bei der Hitze, die dort herrschte, wo Barbara mit William und dem Baby lebte, leicht zu einer Fleischvergiftung kommen konnte. Aber weder William noch Barbara fanden sich bereit, sich darüber auszulassen. Auch der Arzt, an den sie sich als Barbaras Mutter ganz selbstverständlich wandte, hüllte sich in Schweigen und verriet ihr nichts. Er betonte immer wieder, man dürfe der jungen Mrs. Wray keine Fragen stellen und sie nicht dazu bringen, daß sie sich über ihre Krankheit ausließ.

»Sie braucht jetzt gute Pflege, damit sie wieder zu Kräften kommt. Es schadet der Patientin nur, wenn man sie mit Fragen quält. Am besten bringt man die Erkrankung überhaupt nicht zur Sprache. Das ist natürlich nur ein guter Rat, Mistreß Scudamore. Aber ich hoffe sehr, daß Sie ihn beherzigen.«

Joan hielt ihn für einen finsteren, unangenehmen Menschen. Es machte ihm anscheinend keinen Eindruck, daß die liebevolle Mutter der Patientin sofort aus England herbeigeeilt war.

Jedenfalls war Barbara ihr sehr dankbar. Das nahm sie zumindest an... Sie hatte ihrer Mutter überschwenglich gedankt. Auch William fand es großartig, daß sie gekommen war.

Sie hatte gesagt, es sei schade, daß sie nicht länger bleiben könne. William bedauerte es ebenfalls. Joan hatte gesagt, sie dürften sie nicht drängen, die Versuchung sei sehr groß. Sie würde gern einen Winter in Bagdad verbringen. Aber sie müsse schließlich auch an Barbaras Vater denken. Es sei ihm gegenüber nicht fair, wenn sie noch bliebe.

Da hatte Barbara ganz leise und zärtlich gesagt: »Geliebter Daddy.« Nach kurzem Überlegen hatte sie hinzugefügt: »Sieh mal, Mutter, du könntest doch wirklich noch bleiben.«

»Aber Liebling, du solltest auch an deinen Vater denken.«

Barbara sagte so trocken, wie es nun einmal ihre Art war, genau das tue ich ja eben. Joan widersprach energisch. Sie könne den lieben guten Rodney nicht der Dienerschaft überlassen.

Ein paar Tage vor der Abreise hätte sie es sich fast noch anders überlegt. Sie konnte doch zumindest noch einen Monat bleiben. Aber William hatte sie beredt darauf aufmerksam gemacht, daß eine Reise durch die Wüste eine sehr unsichere Sache sei, wenn sie zu spät abfuhr. Da war sie in Panik geraten und hatte beschlossen, sich doch lieber an ihre ursprünglichen Reisepläne zu halten. Daraufhin waren William und Barbara so nett zu ihr gewesen, daß sie sich um ein Haar doch noch umentschieden hätte.

Aber schlimmer hätte es auch nicht kommen können, wenn sie später abgefahren wäre.

Joan sah wieder auf die Uhr. Fünf vor elf. Offensichtlich konnte man in kurzer Zeit an vieles denken.

Sie bereute jetzt, *The Power House* nicht mitgenommen zu haben. Doch da das Buch die einzige Lektüre war, die ihr noch blieb, sollte sie sich diese vielleicht doch besser noch aufheben.

Noch zwei Stunden bis zum Mittagessen. Sie hatte das Essen heute für ein Uhr bestellt. Vielleicht sollte sie noch ein wenig spazierengehen. Eigentlich ist es sinnlos, so ohne Ziel herumzulaufen, dachte sie. Und die Sonne brannte ziemlich heiß vom Himmel.

Wie oft hatte sie sich gewünscht, ein bißchen Zeit zu haben, um in Ruhe über alles nachzudenken. Jetzt bot sich ihr die Gelegenheit dazu. Worüber hatte sie denn unbedingt nachdenken wollen?

Joan zermarterte sich das Hirn, doch ihr fiel nichts Wichtiges ein. Nur Lappalien. Sie überlegte, wo sie dies oder jenes hingetan hatte, überlegte, wie sie dem Personal den Urlaub zuteilen sollte, und machte sich Gedanken darüber, wie sie das alte Lernzimmer neu einrichten und tapezieren konnte.

Doch diese Frage erschien ihr im Augenblick ziemlich absurd und ohne Bedeutung. November war es ja noch lange nicht. Warum sollte sie sich da schon jetzt Gedanken wegen des Urlaubs der Dienstboten machen? Außerdem mußte sie wissen, wann Pfingsten war. Dazu brauchte sie einen Kalender vom nächsten Jahr. Doch sie konnte sich schon überlegen, wie sie das Lernzimmer umgestalten konnte. Die Wände vielleicht in einem ganz hellen Beigeton, haferfarbene Decken und hübsche farbenfrohe Kissen. Das würde sicher gut aussehen.

Zehn nach elf. Es hatte nicht sehr lange gedauert, den Raum in Gedanken ganz neu einzurichten!

Hätte ich das geahnt, dachte Joan, so hätte ich mir ein paar interessante Bücher mitgebracht. Über Entdeckungen, Erfindungen und die moderne Wissenschaft. Bücher, in denen zum Beispiel erklärt wird, was es mit der Quantentheorie auf sich hat.

Sie fragte sich sofort, wie sie ausgerechnet auf die Quantentheorie kam. Aber natürlich, sagte sie sich dann. Im Zusammenhang mit den Decken fiel ihr Mrs. Sherston ein.

Ihr fiel wieder ein, daß sie sich einmal mit Mrs. Sherston, der Frau des Bankdirektors, über die knifflige Frage von Chintz oder Cretonne unterhalten hatte. Mitten im Gespräch sagte Mrs. Sherston ganz abrupt: »Ich wünschte, ich besäße die Intelligenz, die Quantentheorie zu begreifen. Ist das nicht ein faszinierender Gedanke – die Energie in lauter kleine Päckchen verpackt?«

Joan hatte sie fassungslos angestarrt. Sie sah keinen Zusammenhang zwischen Chintz und solchen komplizierten Fragen. Mrs. Sherston wurde rot und sagte: »Wie dumm von mir – aber solche Sachen fallen mir immer ganz urplötzlich ein. Der Gedanke hat doch wirklich etwas Faszinierendes, finden Sie nicht auch?«

Das interessierte Joan nicht sonderlich, und das Gespräch verlief im Sande. Aber sie erinnerte sich noch gut an Mrs. Sherstons Cretonne, oder besser gesagt handbedrucktes Leinen. Das Muster bestand aus braunen, grauen und roten Blättern. »Das ist ein ungewöhnlich schöner Stoff«, äußerte sie sich dazu. »Ist er sehr teuer gewesen?« Mrs. Sherston bestätigte das. Sie fügte hinzu, sie habe diesen Stoff gekauft, weil sie Wälder und Bäume so liebte. Es sei ihr Wunschtraum, nach Burma, Malaya oder irgendwohin zu gehen, wo alles rasend schnell wuchs. So schnell, daß man fast zusehen kann, hatte sie hinzugefügt. Die Worte wurden in einer Geste der Ungeduld begleitet.

Der Stoff mußte ein Vermögen gekostet haben, sagte sich Joan. Wenn man bedachte, wieviel Geld Captain Sherston seiner Frau für den Haushalt und die Einrichtung des Hauses gab, hätte man eigentlich kommen sehen müssen, was dann auch tatsächlich geschah.

Sie hatte den Mann nie gemocht. Sie erinnerte sich noch gut daran, wie sie ihm in seinem Büro in der Bank gegenübergesessen hatte, um sich mit ihm zu beraten, wie sie einen Teil ihrer Aktien am besten neu anlegen konnten. Sherston saß ihr gegenüber – ein Berg von einem Mann, der sich sehr forsch gab und Jovialität ausstrahlte. Er übertrieb die Freundlichkeit ein wenig... gebärdete sich hochtrabend. »Werte Dame, ich bin ein Mann von Welt«, schien er sagen zu wollen. »Betrachten Sie mich nicht als Geldautomaten. Ich spiele Tennis, Golf und Bridge und bin ein guter Tänzer. Mein wahres Ich enthülle ich auf Partys, nicht hier bei der Bank, wo ich nur ein Beamter bin, der den Kunden zu verstehen gibt, daß sie ihr Konto nicht weiter überziehen dürfen.«

Ein großer aufgeblasener Windbeutel, dachte Joan indigniert. Und ein Gauner, immer schon ein Gauner. Er mußte auch damals schon angefangen haben, die Bücher zu seinen Gunsten zu verfälschen, oder wie immer er sich bereichert haben mochte. Trotzdem mochten ihn fast alle und betonten immer wieder, was für ein guter Mensch der alte Sherston sei –

ganz und gar nicht so, wie man sich einen Bankdirektor gemeinhin vorzustellen pflegte.

Nun, das konnte man wohl sagen. Normalerweise unterschlägt ein Bankdirektor nicht das Geld der Bank.

Nun, zumindest verdankte Leslie Sherston diesen Transaktionen ihr handgedrucktes Leinen. Es behauptete allerdings niemand, Sherston habe mit ihrem Hang zum Luxus ihren Mann dazu getrieben, Geld zu unterschlagen. Man brauchte Leslie Sherston nur einmal anzusehen, um zu wissen, daß Geld ihr nichts bedeutete. Sie trug immer schäbige grüne Tweedkostüme, stapfte im Garten herum oder stampfte durch die Gegend. Auch der Kleidung ihrer Kinder maß sie keinerlei Bedeutung bei. Joan erinnerte sich noch daran, wie sie einmal bei Leslie Sherston zum Tee eingeladen worden war. Da hatte Leslie einen großen Laib Brot, Butter, selbstgemachte Marmelade, das Küchengeschirr und die Teekanne auf ein Tablett gequetscht – total überladen – und hereingebracht. Leslie war eine schlampige, fröhliche, sorglose Frau mit latschigem Gang und schiefem Gesicht. Wenn sie lächelte, blieb die eine Gesichtshälfte ernst. Sie war eigentlich sehr nett, und die Leute mochten sie.

Ach, die arme Mrs. Sherston. Was für ein schweres Leben hatte sie gehabt.

Joan rutschte rastlos hin und her. Wie war sie nur auf diesen Satz gekommen, diesen Ausdruck? Ein schweres Leben. Blanche Haggard fiel ihr wieder ein. Wenn sie auch in ganz anderer Hinsicht ein schweres Leben hatte. Der Gedanke an Blanche brachte sie automatisch wieder auf Barbara und die mysteriöse Krankheit ihrer Tochter. Mußte sie denn in Gedanken immer abschweifen zu traurigen, unliebsamen Dingen?

Wieder sah sie auf die Uhr. Immerhin hatte sie eine halbe Stunde über die arme Mrs. Sherston und ihr handbedrucktes Leinen nachgedacht. Worüber sollte sie denn jetzt nachdenken? Über etwas Angenehmes ohne lästige, beunruhigende Kehrseite.

Dann dachte sie wohl am besten an Rodney. Bei ihm war sie vor unangenehmen Dingen sicher. Der liebe gute Rodney. Joan verweilte in Gedanken bei ihrem lieben Mann. Sie sah ihn wieder vor sich, wie er auf einem Bahnsteig von Victoria Station gestanden hatte, um sich von ihr zu verabschieden, bevor der Zug abfuhr.

Ja, der liebe gute Rodney. Als er so dagestanden und zu ihr hinaufgesehen hatte, schien die Sonne voll auf sein Gesicht und enthüllte gnadenlos das Netzwerk kleiner Fältchen um die Augenwinkel. Wie müde seine Augen wirkten. Müde und todtraurig. Rodney *ist* nicht etwa traurig, dachte sie. Das liegt nur am Schnitt seiner Augen. Viele Tiere haben auch so einen traurigen Blick. Für gewöhnlich trug er eine Brille. Dann sah man die Trauer in seinen Augen nicht. Doch bei ihrer Abreise hatte er tatsächlich wie ein müder alter Mann gewirkt. Kein Wunder, wo er so schwer arbeitete. Er gönnte sich praktisch niemals einen freien Tag. Das soll alles anders werden, wenn ich erst wieder zu Hause bin, dachte Joan. Er muß sich mehr Ruhe gönnen. Warum habe ich nicht schon längst daran gedacht?

Bei genauerer Betrachtung sah er mindestens so alt oder sogar älter aus, als er war. Er hatte zu ihr hinauf- und sie zu ihm hinuntergesehen. Die üblichen albernen Abschiedsfloskeln waren ihnen über die Lippen gekommen.

»Ich bin sicher, daß du in Calais nicht durch den Zoll brauchst.«

»Nein, ich glaube, daß man schnurstracks zum Simplon-Expreß durchgeht.«

»Vergiß nicht, in den Kurswagen nach Brindisi zu steigen. Ich hoffe, daß sich das Mittelmeer ordentlich benimmt.«

»Ich würde am liebsten einen oder zwei Tage in Kairo Zwischenstation machen.«

»Tu dir keinen Zwang an.«

»Aber Liebling, ich muß doch so schnell wie möglich zu Barbara. Die Flugzeuge gehen nur einmal in der Woche.«

»Ach ja, natürlich. Das habe ich vergessen.«

Ein Pfiff ertönte. Er lächelte zu ihr hinauf. »Paß gut auf dich auf, meine kleine Joan.«

»Auf Wiedersehen. Ich hoffe, daß du mich nicht allzusehr vermißt.«

Der Zug ruckte an. Joan zog den Kopf zurück. Rodney winkte ihr noch einmal zu und wandte sich dann ab. Einem Impuls folgend beugte sie sich noch einmal aus dem Fenster. Rodney schritt schon den Bahnsteig entlang dem Ausgang zu.

Beim Anblick des ihr so vertrauten Rückens durchzuckte es sie. Wie jung er plötzlich aussah – mit gestrafften Schultern und zurückgeworfenem Kopf. Das war ein regelrechter Schock für sie...

Er erweckte den Eindruck eines sorglosen jungen Mannes, der gut gelaunt und kraftvoll den Bahnsteig entlanglief.

Sie erinnerte sich an den Tag, an dem sie Rodney Scudamore zum erstenmal begegnet war.

Sie war ihm auf dem Tennisplatz vorgestellt worden. Sie hatten sich sofort darauf geeinigt, es miteinander zu versuchen – auf dem Tennisplatz, versteht sich.

»Soll ich am Netz spielen?« hatte er sie gefragt.

Sie hatte ihm dann nachgeblickt, als er seinen Platz am Netz einnahm, und hatte sich gedacht: Was er für einen attraktiven Rücken hat. Er ging so leichtfüßig und voller Selbstvertrauen. Seine Kopfhaltung sprach für seinen Stolz...

Sie war ganz nervös gewesen. Sie machte einen Fehler nach dem anderen, war ganz erhitzt und schämte sich.

Doch Rodney hatte ihr nur den Kopf zugewandt und aufmunternd gelächelt. Er hatte so ein offenes, liebenswürdiges Lächeln. Was für ein anziehender junger Mann, hatte sie gedacht und sich sofort in ihn verliebt.

Als sie Rodney aus dem Zug nachsah, bis sie ihn nicht mehr von den anderen Leuten auf dem Bahnsteig unterscheiden konnte und er ihren Blicken entschwand, stand ihr dieser Sommertag, der schon so viele Jahre zurücklag, wieder lebhaft vor Augen.

Es war, als seien die Jahre von Rodney abgefallen und als sei er wieder zu dem energiegeladenen selbstbewußten jungen Mann geworden. *Als seien die Jahre von ihm abgeglitten...*

Joan saß mitten in der Wüste, wo die Sonne auf sie herniederbrannte. Doch sie erschauerte ganz plötzlich.

Nein, ich will diesen Gedanken nicht weiterführen, dachte sie. Das führt zu nichts.

Rodney war auf dem Bahnsteig so forsch ausgeschritten, mit straffen Schultern, den Kopf zurückgeworfen, als sei eine unerträgliche Last von seinen Schultern genommen worden...

Was war denn nur in sie gefahren? Sie bildete sich Dinge

ein, die nicht den Tatsachen entsprachen. Ihre Augen hatten ihr einen üblen Streich gespielt.

Warum hatte er dem Zug nicht nachgesehen?

Warum sollte er? Er war in Eile, hatte in London viel zu erledigen. Es gab eben Menschen, die abfahrenden Zügen nicht gern nachsahen, wenn jemand drinnen saß, den sie sehr liebten.

Seltsam, wie deutlich sie vor Augen hatte, daß Rodney nicht wie sonst mit hängenden Schultern dahingeschlichen, sondern erhobenen Hauptes mit aufrechtem Gang rasch ausgeschritten war.

Sie redete sich das bestimmt nur ein... Sie wollte nicht mehr daran denken. Das änderte und besserte ja nichts. Doch der Gedankenflug war nicht mehr aufzuhalten. Der Gedanke hatte sich schon in ihr festgesetzt.

Es konnte und durfte nicht wahr sein. Der Schluß, den sie aus Rodneys Haltung zog, war sicherlich ein Trugschluß.

Sie bildete sich ein, daß Rodney froh war, sie zumindest für eine Weile los zu sein...

Das durfte doch nicht wahr sein!

4. Kapitel

Joan langte ganz erhitzt im Rasthaus an. Sie hatte die Schritte instinktiv beschleunigt, wie um den unliebsamen Gedanken zu entfliehen.

Der Inder sah sie höchst verwundert an und sagte:

»Memsahib gehen sehr schnell. Warum gehen so schnell? Viel Zeit hier.«

Das kann man wohl sagen, dachte Joan.

Das Rasthaus, der Inder, die Hühner, die vielen leeren Dosen und der Stacheldraht gingen ihr allmählich auf die Nerven.

Sie ging in ihr Zimmer und kramte ihr letztes Buch hervor, *The Power House.*

Hier drinnen ist es wenigstens kühl und dunkel, dachte sie.

Sie schlug das Buch auf und begann zu lesen.

Bis zum Mittagessen hatte sie es schon halb ausgelesen.

Zum Mittagessen gab es mit Bohnen umlegtes Omelett, anschließend heißen Lachs mit Reis und Aprikosen aus der Dose.

Joan hatte keinen großen Appetit.

Anschließend ging sie wieder in ihr Zimmer und legte sich ein wenig hin.

Falls sie sich dadurch, daß sie in der Hitze so schnell gelaufen war, einen kleinen Sonnenstich zugezogen hatte, so würde ihr ein Mittagsschläfchen guttun.

Sie schloß erschöpft die Augen, fand aber keinen Schlaf.

Sie war hellwach trotz der Erschöpfung. Wahrscheinlich überreizt. Und ganz besonders scharfsichtig.

Sie stand wieder auf, schluckte drei Aspirin und legte sich wieder hin.

Wann immer sie die Augen schloß, sah sie Rodneys Rücken vor sich. Sie kannte diesen straffen Gang nicht mehr an ihm. Er war den Bahnsteig wie ein junger Mann entlanggeeilt. Fort von ihr, nur fort! Der Gedanke war ihr unerträglich.

Sie zog die Vorhänge auf, damit ein wenig Licht ins Zimmer fiel, und las weiter in ihrem allerletzten Buch. Ein paar Seiten vor dem Schluß schlief sie dann endlich ein.

Sie träumte, sie solle mit Rodney an einem Tennisturnier teilnehmen. Sie fand die Bälle kaum, aber sie gelangten doch noch rechtzeitig zum Tennisplatz. Es stellte sich heraus, daß sie gegen Rodney und Myrna Randolph spielen sollte. Sie machte einen Fehler nach dem anderen. Rodney wird mir schon helfen, dachte sie, doch als sie sich suchend nach ihm umsah, war er nicht mehr da. Alle waren schon gegangen, und es wurde langsam dunkel. Ich bin ganz allein, dachte Joan. Mutterseelenallein.

Erschrocken fuhr sie aus dem Schlaf hoch.

»Ich bin ganz allein«, sagte sie laut.

Der Traum ließ sie nicht so schnell los. Sie erschrak zu Tode über ihre eigenen Worte.

»Ich bin ganz allein«, sagte sie noch einmal.

Der Inder steckte den Kopf zur Tür herein.

»Memsahib haben mich gerufen?«

»Ja«, sagte Joan erleichtert. »Bringen Sie mir Tee.«

»Memsahib wollen Tee? Sein aber erst drei Uhr.«

»Egal. Ich möchte Tee.«

Sie hörte, wie er sich entfernte und ausrief: »Tschai, Tschai!«

Joan erhob sich und betrachtete ihr Spiegelbild. »Du wirst doch hoffentlich nicht krank werden«, sagte sie zu ihrem Spiegelbild. »Du benimmst dich wirklich sonderbar.«

Vielleicht hatte sie ja wirklich einen Sonnenstich.

Als der Inder den Tee brachte, fühlte sie sich schon wieder viel besser. Es war ja auch wirklich nicht zu glauben: Sie, Joan Scudamore, verlor die Selbstbeherrschung und ließ ihre vielgerühmte Haltung vermissen! Aber so war es ja gar nicht, es lag an der Sonne. Sie wollte erst wieder hinausgehen, wenn die Sonne schon ziemlich tief am Himmel stand.

Sie aß ein paar Kekse und trank zwei Tassen Tee. Dann las sie ihr letztes Buch aus. Als sie das Buch zuklappte, bekam sie es mit der Angst zu tun.

Jetzt habe ich nichts mehr zu lesen, dachte sie.

Und nicht nur das. Ich habe auch kein Briefpapier mehr und auch keine Handarbeit. Ich habe nichts zu tun, als auf einen zweifelhaften Zug zu warten, der vielleicht noch tagelang nicht kommt.

Als der Inder wieder erschien, um das Teegeschirr abzuräumen, fragte sie ihn:

»Was tun Sie hier den ganzen Tag?«

Er wußte gar nicht, was sie damit meinte.

»Ich mich kümmern um die Reisenden, Memsahib.«

»Das weiß ich.« Sie konnte ihre Ungeduld kaum mehr bezähmen. »Aber doch nicht den ganzen Tag.«

»Ich ihnen machen Frühstück, Mittagessen, Tee.«

»Aber das meine ich doch nicht. Haben Sie irgendeine Hilfe?«

»Araberjungen – sehr dumm, sehr faul, sehr schmutzig. Ich ihm nicht trauen, machen alles selbst. Er bringen Badewasser, schütten Badewasser aus – er helfen kochen.«

»Dann sind Sie also zu dritt – Sie, der Koch und der Junge. Sie müssen doch viel Freizeit haben, wenn Sie nicht arbeiten. Lesen Sie in ihrer Freizeit?«

»Ich lesen? Was denn lesen?«

»Bücher.«

»Ich nicht lesen.«

»Was machen Sie denn dann, wenn Sie nicht arbeiten?«

»Warten, bis wieder arbeiten.«

Es ist völlig sinnlos, dachte Joan. Mit denen ist einfach nicht zu reden. Er weiß nicht einmal, wovon ich rede. Dieser Mann ist immer hier, Monat um Monat, Jahr um Jahr. Wahrscheinlich hat er manchmal Urlaub. Dann fährt er sicher in die nächste Stadt, betrinkt sich und besucht irgendwelche Freunde. Aber er ist wochenlang ohne Unterbrechung hier. Natürlich hat er noch den Koch und den Araberjungen zur Gesellschaft. Der Junge liegt einfach in der Sonne und schläft, wenn er nicht arbeitet. Für ihn ist alles ganz einfach. Mir nutzen diese Leute nichts. Was der Inder auf englisch sagen kann, hat immer mit dem Essen, Trinken oder dem Wetter zu tun. »Memsahib, schönes Wetter heute.«

Der Inder entfernte sich wieder. Joan lief ruhelos im Zimmer auf und ab.

»Ich darf mich nicht so gehenlassen. Ich sollte mir die Zeit einteilen. Mir genau überlegen, woran ich denke und woran besser nicht. Ich darf es mir einfach nicht gestatten, mich so aus der Fassung bringen zu lassen.«

Ihr Leben war immer ausgefüllt gewesen. Sie hatte immer so viel zu tun gehabt. Sich für so vieles interessiert. Sie hatte noch nie ohne die Segnungen der Zivilisation auskommen müssen. Wenn man ein so ausgewogenes Leben führte, warf es einen sehr viel leichter um, wenn man mit einemmal nicht das geringste zu tun hatte. Da erschien einem alles sinnlos. Je kultivierter eine Frau war und je nützlicher sie sich zu machen wußte, desto schwerer fand sie sich mit einer solchen Ausnahmesituation ab.

Natürlich gab es auch bei ihr zu Hause Menschen, die oft stundenlang nur dasaßen, ohne irgend etwas zu tun. Dieses sinnlose Warten in der Wüste würde ihnen wahrscheinlich sogar Freude machen. Sie würden die Untätigkeit begrüßen.

Selbst Mrs. Sherston hatte gelegentlich einfach nur dagesessen, ohne irgend etwas zu tun. Dabei war sie normalerweise ungeheuer fleißig und besaß Energie für zwei. Aber bei Ausflügen saß sie dann oft nur da. Sie marschierte energiegeladen los und ließ sich dann ganz unvermittelt auf einem Baumstumpf oder auf einer Wiese nieder, wo sie einfach nur ins Leere starrte.

So zum Beispiel an dem Tage, an dem sie, Joan, Mrs. Sherston und Myrna Randolph verwechselt hatte...

Eine feine Röte stieg ihr ins Gesicht, als sie sich beschämt daran erinnerte.

Sie hatte ihr richtig nachspioniert. Was für eine Schande! So etwas war sonst nicht ihre Art.

Aber wenn es um ein Mädchen wie Myrna Randolph ging, war das wohl entschuldbar...

Dieses Mädchen hatte offensichtlich gar keine Moral...

Joan versuchte sich zu erinnern, was da vorgefallen war.

Sie hatte der alten Mrs. Garnett einen Blumenstrauß gebracht und trat gerade aus dem Cottage, als sie auf dem Bürgersteig außerhalb der Hecke Rodneys Stimme hörte. Seine Stimme und die Stimme einer Frau. Die beiden unterhielten sich.

Joan verabschiedete sich rasch von Mrs. Garnett und trat aus dem Garten auf die Straße hinaus. Sie sah gerade noch, wie Rodney und wahrscheinlich Myrna Randolph um die Ecke in den Weg einbogen, der zum Asheldown hinaufführte.

Auf das, was sie dann getan hatte, war sie nicht besonders stolz. Doch sie hatte das Gefühl, daß sie wissen mußte, was da vorging. Rodney traf sicher keine Schuld, aber Myrna Randolph ganz gewiß. Jeder wußte, wozu sie imstande war.

Joan schlug den Weg ein, der durch Haling Wood führte, und kam auf der Kuppe des Asheldown an. Sie entdeckte die beiden sofort. Sie saßen da, ohne sich zu rühren, und ließen den Blick über die leuchtende Landschaft zu ihren Füßen schweifen.

Eine ungeheure Erleichterung überkam sie, als sie feststellte, daß Rodney da nicht mit Myrna Randolph, sondern mit Mrs. Sherston saß. Sie saßen nicht einmal dicht nebeneinander. Sie saßen mindestens anderthalb Meter voneinander entfernt. Sie saßen geradezu lächerlich weit auseinander. Das ließ nicht auf Vertrautheit schließen. Aber mit Leslie Sherston freundete man sich auch nicht so schnell an. Sie gab sich zwar immer freundlich, aber reserviert. Als Sirene konnte man sie wirklich nicht bezeichnen, der bloße Gedanke brachte einen schon zum Lachen. Nein, sie war auf einem ihrer Streifzüge gewesen. Rodney hatte sie wohl überholt und sie dann begleitet, höflich wie er war.

Nun hatten sie Asheldown Ridge erklommen, ruhten sich ein wenig aus und genossen die schöne Aussicht, bevor sie sich an den Abstieg machen würden.

Seltsam, daß sie sich nicht rührten und auch kein Wort sprachen. Nicht sehr gesellig, dachte Joan. Wahrscheinlich hingen beide ihren eigenen Gedanken nach. Vielleicht fanden sie auch, daß sie sich gut genug kannten, so daß sie sich keinen Zwang antun und Konversation machen mußten.

Inzwischen kannten die Scudamores Leslie Shersten nämlich schon viel besser. Die Bombe war geplatzt. Es war herausgekommen, daß Sherston sich Unterschlagungen hatte zuschulden kommen lassen. Ganz Crayminster war entsetzt. Sherston saß inzwischen im Gefängnis. Rodney hatte ihn vor Gericht vertreten und sich auch um Leslie gekümmert. Leslie, die mit zwei kleinen Kindern und ohne Geld dasaß, tat ihm entsetzlich leid. Alle waren voller Mitleid mit der armen Mrs. Sherston. Daß sich das Mitleid schon bald etwas legte, war Leslie Sherstons eigene Schuld. Mit ihrer resoluten Fröhlichkeit schockierte sie die Leute.

»Sie muß ja völlig gefühllos sein«, hatte sich Joan Rodney gegenüber geäußert.

Er hatte grob erwidert, Leslie Sherston sei der mutigste Mensch, den er kenne.

»Ja, mutig ist sie«, hatte Joan zugegeben. »Aber Mut ist doch nicht alles.«

»Nein?« Rodneys Stimme klang ganz fremd. Er machte sich ganz abrupt auf den Weg ins Büro.

Mut war eine Tugend, die man Leslie Sherston wahrhaftig nicht absprechen konnte. Sie sah sich gezwungen, sich und die beiden Kinder durchzubringen. Das gelang ihr auch ohne besondere Qualifikationen.

Sie arbeitete für einen Gärtner, der den Markt belieferte, bis sie genug davon verstand. Eine Tante unterstützte sie ein wenig. Sie zog mit ihren Kindern in zwei gemietete Zimmer um. Als Sherston entlassen wurde, lebte sie ganz anders als zuvor. Sie züchtete Obst und Gemüse für den Markt. Er fuhr mit dem Lastwagen in die nahegelegene Stadt und zurück. Die Kinder halfen mit. Irgendwann kamen sie dann wieder auf die Beine. Mrs. Sherston hatte zweifellos geschuftet wie ein Pferd. Das war besonders heroisch, weil sie zu der Zeit schon an der Krankheit litt, an der sie dann auch starb. Sie mußte große Schmerzen ausgestanden haben.

Sie mußte ihren Mann wohl lieben, dachte Joan. Sherston hatte einmal als gutaussehender Mann und Frauenheld gegolten. Als er aus dem Gefängnis entlassen wurde, war er kaum mehr wiederzuerkennen. Joan hatte ihn danach nur noch ein einziges Mal gesehen. Es entsetzte sie, welche Veränderung mit ihm vorgegangen war. Er hatte einen unsteten Blick, wirkte, als habe man die Luft aus ihm herausgelassen. Doch er prahlte immer noch, gab an und bemühte sich zu bluffen. Er war nur noch ein Schatten seiner selbst, ein absolutes Wrack. Trotzdem liebte ihn seine Frau und hielt zu ihm. Das respektierte und bewunderte Joan an Leslie Sherston.

Doch im Hinblick auf die Kinder hatte Leslie Sherston in Joans Augen einen gravierenden Fehler gemacht.

Die Tante, die ihnen nach Sherstons Verurteilung finanziell unter die Arme gegriffen hatte, erbot sich, den jüngeren Sohn der Sherstons zu adoptieren, als Sherston entlassen werden sollte. Sie überredete einen Onkel, die Schulkosten für den Älteren zu übernehmen. In den Ferien wollte sie die beiden Jungen immer zu sich nehmen. Sie konnten den Namen des Onkels durch einseitige Erklärung annehmen, und sie und der Onkel wollten finanziell für beide aufkommen.

Doch Leslie Sherston lehnte dieses Angebot uneingeschränkt ab. Joan hielt sie deshalb für egoistisch. Ihre Kinder hätten ein viel leichteres Leben haben können, und der Makel der Gefängnisstrafe ihres Vaters hätte sie nicht mehr berührt.

Wie sehr Leslie Sherston ihre Söhne auch lieben mochte, sie tat ihnen damit keinen Gefallen, sondern verbaute ihnen die Zukunft. Sie hätte an erster Stelle an die Kinder denken müssen und dann erst an sich selbst. In diesem Punkt pflichtete ihr Rodney bei.

Doch Leslie erwies sich da als unnachgiebig. Rodney wusch seine Hände in Unschuld. Es gelang ihm nämlich nicht, sie umzustimmen. Mrs. Sherston mußte selber wissen, was sie tat, hatte er geseufzt. Was für eine starrsinnige Frau, ging es Joan durch den Kopf.

Joan erinnerte sich noch gut daran, wie Leslie Sherston ausgesehen hatte, als sie an jenem Tag auf Asheldown Ridge neben Rodney saß.

Sie saß nach vorn gebeugt, die Ellenbogen auf die Knie gestützt und das Kinn in die Hände. Sie saß da so still, daß es schon fast unheimlich war. Sie betrachtete versonnen die Landschaft, die Felder, die Hänge mit Eichen und Buchen im Wald von Little Havering, deren Blätter sich golden und rötlich färbten.

Sie und Rodney saßen nebeneinander, ohne sich zu rühren. Sie schwiegen und starrten vor sich hin.

Joan konnte sich selbst nicht erklären, warum sie nicht einfach vor sie hintrat, sich zu ihnen gesellte.

Vielleicht plagte sie das Gewissen, und sie fühlte sich schuldig, weil sie Rodney mit Myrna Randolph verdächtigt hatte.

Sie hatte sie jedenfalls nicht angesprochen. Statt dessen war sie auf leisen Sohlen im Schutz der Bäume davongeschlichen. Sie dachte gar nicht gern an diesen Zwischenfall zurück. Mit Rodney hatte sie darüber nie gesprochen. Er würde doch nur glauben, sie bilde sich etwas ein und verdächtige ihn, etwas mit Myrna Randolph zu haben.

Wie Rodney so stolz aufgerichtet den Bahnsteig von Victoria Station entlanggeeilt war... Fort von ihr, von seiner Frau.

Meine Güte, fing *das* jetzt schon wieder an?

Wie kam sie denn, um Himmels willen, darauf? Daß Rodney, der sie doch wahrhaftig liebte und ihr treu ergeben war, sich freute, sie endlich einmal los zu sein?

Als ob man aus der Gangart eines Menschen Schlüsse ziehen könne!

Sie wollte nun nicht mehr an diesen Schwachsinn denken. Das war doch nur eine Ausgeburt ihrer Fantasie.

Sie durfte überhaupt nicht mehr an Rodney denken, wenn ihr im Zusammenhang mit ihm nur sonderbare und unangenehme Dinge einfallen wollten.

Die Fantasie war doch noch nie mit ihr durchgegangen.

Das *mußte* an der Sonne liegen.

5. Kapitel

Der Nachmittag und der Abend vergingen unerträglich langsam.

Joan wollte nicht wieder in die Sonne gehen, bis sie ganz tief am Himmel stand. Also blieb sie im Rasthaus.

Doch schon nach einer halben Stunde ertrug sie es nicht

mehr, untätig auf einem Stuhl zu sitzen. Sie ging wieder in ihr Zimmer, packte ihre Koffer aus und packte sie neu. Sie redete sich ein, die Kleider seien nicht ordentlich zusammengelegt. Das wollte sie jetzt besser machen.

Sie erledigte die Arbeit flink und mit peinlicher Sorgfalt. Darüber wurde es fünf Uhr. Jetzt lief sie wohl kaum mehr Gefahr, einen Sonnenbrand zu kriegen. Das Rasthaus deprimierte sie. Wenn sie doch nur etwas zu lesen hätte...

Oder wenigstens ein Puzzle, dachte Joan verzweifelt!

Draußen warf sie einen angewiderten Blick auf die leeren Konservendosen, die Hühner und den Stacheldraht. Was für ein entsetzlicher Aufenthaltsort! Einfach gräßlich.

Diesmal lief sie zur Abwechslung einmal an der Eisenbahn entlang, parallel zur türkischen Grenze. Sie hatte das angenehme Gefühl, endlich etwas Neues zu erleben. Doch nach einer Viertelstunde war davon nichts mehr zu spüren. Die Eisenbahnlinie, die eine Viertelmeile weiter rechts verlief, konnte ihr natürlich nicht das Gefühl vermitteln, nicht mehr allein zu sein.

Diese Stille – nichts als Schweigen und die sengende Sonne.

Joan dachte daran, Gedichte aufzusagen. Als sie noch ein junges Mädchen war, stand sie in dem Ruf, Gedichte ausgezeichnet rezitieren zu können. Es wäre doch interessant, einmal festzustellen, an welche Verse sie sich nach all den Jahren noch erinnerte. Früher einmal hatte sie viele Gedichte auswendig hersagen können.

Die Gnade wird nicht überstrapaziert.
Wie sanfter Regen rieselt sie vom Himmel

Wie ging es weiter? Zu dumm, es fiel ihr nicht mehr ein.

Fürchte weder die Blitze des Sommers

Das fing zumindest tröstlich an. Hoffentlich wußte sie diesmal weiter.

Noch des Winters eisiges Tosen.
Du hast auf Erden deine Aufgabe erfüllt,

Bist heimgegangen und hast den gerechten Lohn erhalten.
Auch goldene Knaben und leuchtende Mädchen
Zerfallen wie Schornsteinfeger zu Staub.

Das klang nicht gerade heiter. Ob sie wohl noch eines der Sonette rezitieren konnte? Sie hatte sie einmal gut gekonnt. So zum Beispiel *Die Seelen, die das Leben bindet* und das eine, nach dem Rodney sich erkundigt hatte.

Seltsam, daß er eines Abends plötzlich sagte:

»Dein ew'ger Sommer aber soll nicht fliehn – das ist doch von Shakespeare, oder nicht?«

»Ja, aus einem der Sonette.«

Er hatte sich erkundigt: »Ist es aus dem Sonett: *Nie soll für Seelen, die das Leben bindet, ein Hemmnis gelten?«*

»Nein, aus dem Sonett, das anfängt: *Mit einem Sommertag soll ich vergleichen dich...*

Sie rezitierte das ganze Sonett, wunderbar gesprochen, voller Ausdruckskraft und genau an den richtigen Stellen betont.

Doch anstatt sie dafür zu loben, wiederholte er nur nachdenklich die Zeile:

»So manche Knospe muß dem Sturmwind weichen... Rough winds do shake the darling buds of May. Aber wir haben doch Oktober, oder nicht?«

Das kam so unerwartet, daß sie ihn ganz verwundert angesehen hatte. Er aber fragte weiter:

»Kennst du das andere Sonett? Kannst du es rezitieren? Ich meine das von den Seelen, die das Leben bindet.«

»Ja.« Sie überlegte kurz und fing dann an:

Nie soll für Seelen, die das Leben bindet,
ein Hemmnis gelten. Liebe ist nicht Liebe,
die sich verwandelt, wo sie Wandel findet,
sich treiben ließe, wenn sie einer triebe.

O nein! Sie ist das Zeichen, fest gegründet,
das unter jedem Sturme mag bestehen,
der Stern ist sie, der jedem Schiffe zündet,
sein Stand nur läßt sich, nicht sein Wert ersehn.

Die Liebe trotzt der Zeit, ist auch die Glut
von Wang und Mund in ihren Kreis gebannt.
Die Liebe wechselt nicht mit Ebb und Flut,

sie dauert fort bis an der Zeiten Rand.
Wenn einer dies als falsch erweisen kann,
so schrieb ich nie, noch liebte je ein Mann.

Sie endete hochdramatisch, sprach die letzten Zeilen leidenschaftlich, betonte jedes Wort.

»Rezitiere ich Shakespeare nicht sehr gut? In der Schule bin ich dafür immer gelobt worden. Es hieß, daß ich viel Ausdruck und Gefühl in die Gedichte lege.«

Rodney hatte nur gemurmelt: »Man braucht so ein Sonett nicht besonders ausdrucksvoll zu sprechen. Ganz einfach, das genügt. Die Dichtung spricht für sich.«

Sie hatte mit einem Seufzer der Befriedigung geflüstert: »Shakespeare ist doch wirklich wundervoll, findest du nicht auch?«

Rodneys Antwort brachte sie völlig aus der Fassung.

»Das Wundervollste an ihm ist, daß er ein genauso armer Teufel war wie unsereins.«

»Also wirklich, Rodney, manchmal sagst du Dinge, die ich einfach nicht begreife!«

Er lächelte sie an, doch mit der Miene eines Fremden. Er schien ganz langsam aus weiter Ferne zu ihr zurückzukehren. »Wirklich?«

Er stand auf, ging aus dem Zimmer und murmelte dabei leise vor sich hin:

»So manche Knospe muß dem Sturmwind weichen,
des Sommers Pracht hat allzu kurze Frist.«

Sie fragte sich im nachhinein, warum er sie daran erinnert hatte, daß in Wahrheit schon Oktober war.

Was mochte dabei in ihm vorgegangen sein?

Sie erinnerte sich ganz genau an diesen besonders schönen und milden Oktober.

Jetzt fiel ihr ein, daß Rodney sie ausgerechnet am Abend des

Tages, an dem sie ihn neben Mrs. Sherston sitzend auf dem Asheldown angetroffen hatte, wegen der Sonette befragte. Vielleicht hatte ihn ja Mrs. Sherston auf Shakespeare gebracht und etwas rezitiert, doch das hielt sie für ziemlich unwahrscheinlich.

So herrlich wie in jenem Jahr war der Oktober selten.

Ein paar Tage später hatte Rodney sie verwirrt gefragt:

»Ist es denn normal, daß der jetzt im Oktober blüht?«

Er wies auf den Rhododendron. Die Frühsorte, die normalerweise im März oder schon Ende Februar blüht. Die Knospen brachen auf und erblühten feuerrot.

»Nein, er müßte eigentlich im Frühling blühen«, hatte sie Rodney erklärt, »aber wenn das Wetter ungewöhnlich warm und milde ist, blüht der Rhododendron manchmal auch im Herbst.«

Da war er ganz zart mit der Hand über eine der Knospen gefahren und hatte tonlos vor sich hingemurmelt.

»So manche Knospe muß dem Sturmwind weichen...«

»Was murmelst du da vor dich hin?«

»Wie Blut«, flüsterte er. »Mein Herzblut.«

Daß sich Rodney für Blumen interessierte, hörte sie zum erstenmal.

Seitdem hatte er den Rhododendronbusch besonders in sein Herz geschlossen.

Jahre später steckte er sich sogar einmal eine große Blüte von dem Strauch ins Knopfloch.

Die war natürlich viel zu schwer und fiel zu Boden – wie nicht anders zu erwarten.

Da befanden sie sich ausgerechnet auf dem Friedhof. Als sie um die Kirche herumgekommen war, hatte sie ihren Mann da stehen sehen. Sie war zu ihm getreten und hatte ihn gefragt: »Was machst du denn hier, Rodney?«

Er hatte lächelnd erklärt: »Ich denke über mein seliges Ende nach und überlege, was auf meinem Grabstein stehen soll. Bloß keinen Granitblock, die sind viel zu nobel. Und erst recht keinen feierlichen Marmorengel.«

Sie standen gerade vor einem nagelneuen Marmorgrabstein, der Leslie Sherstons Namen trug.

Rodney folgte ihrem Blick und las ganz langsam vor:

»Hier ruht Leslie Adeline Sherston, die innigst geliebte Frau von Charles Edward Sherston, die am 11. Mai 1930 zur ewigen Ruhe gebettet worden ist. Gott wird ihre Tränen trocknen.«

Rodney überlegte eine Weile.

»Kommt einem richtig albern vor. Man kann sich Leslie Sherston schlecht unter so einem kalten Marmorblock vorstellen. Und nur ein Idiot wie Sherston konnte auf diese Grabinschrift verfallen. Ich bin fast sicher, daß Leslie nie im Leben geweint hat.«

Das schockierte Joan. Was sie ihn dann fragte, grenzte schon an Blasphemie:

»Was hättest du denn ausgewählt?«

»Du meinst für Leslies Grabstein? Ach, ich weiß nicht recht. Da steht doch etwas in den Psalmen. *Es erfüllt mich mit übergroßer Freude, daß du da bist.* Oder so ähnlich.«

»Ich wollte eigentlich wissen, welchen Spruch du auf deinen eigenen Grabstein setzen würdest.«

»Ach so, ich soll einen Grabspruch für mich selbst aussuchen.« Er überlegte eine Weile und lächelte dabei träumerisch in sich hinein. *»Der Herr ist mein Hirte, mir wird nichts mangeln. Er weidet mich auf einer grünen Aue und führet mich zum frischen Wasser.* Das fände ich sehr passend.«

»In meinen Augen ist das eine ziemlich langweilige Auffassung vom Himmel.«

»Wie stellst du dir denn den Himmel vor, Joan?«

»Also ganz bestimmt nicht mit einer goldenen Himmelspforte etc. Ich sehe den Himmel eigentlich als *Staat*. Wo jeder auf wundersame Weise dazu beiträgt, die Welt schöner und glücklicher zu machen. Diesem Ziel zu dienen, das ist meine Auffassung vom Himmel.«

»Was bist du doch für eine gräßliche Pedantin und Sittenrichterin, Joan.« Dabei hatte er gelacht, um die Schärfe der Worte zu mildern. »Nein, ein grünes Tal, eine grüne Aue, das paßt gut zu mir. Am Abend, wenn es kühl wird, folgen die Schafe dem Hirten, und er führt sie wieder heim.«

Er hielt inne, um zu überlegen. Dann sprach er weiter: »Joan, ich weiß, daß das ein absurder Wunschtraum ist, aber wenn ich auf dem Weg in die Kanzlei durch die Hauptstraße gehe, spiele ich manchmal mit dem Gedanken, daß ich anstatt in den Bell

Walk auf einen Weg abbiege, der in ein einsames Tal führt, mit herrlich grünen Weiden und sanften bewaldeten Hügeln zu beiden Seiten. Diese zauberische Landschaft hat es im Herzen der Stadt schon immer gegeben. Man braucht nur von der geschäftigen Hauptstraße abzubiegen, um dort hinzugelangen. Dann ist man völlig verwirrt und fragt sich wohl: ›Wo bin ich hier?‹ Und wird ganz behutsam mit dem Gedanken vertraut gemacht, daß man gestorben ist...«

»Rodney!« rief sie erschrocken und verärgert aus. »Du bist wohl nicht bei Trost! Sag mal, fühlst du dich nicht wohl?«

Das war ein Fingerzeig, der sie hätte warnen sollen. Sie hätte wissen müssen, daß er kurz vor einem Nervenzusammenbruch stand. Kurz darauf kam es zu dem Zusammenbruch. Rodney brachte mehr als zwei Monate in einem Sanatorium in Cornwall zu. Er war damit zufrieden, ruhig dazuliegen, dem Gekreisch der Möwen zu lauschen und über die blassen baumlosen Hügel hinweg auf das Meer zu starren.

Bis zu dem Tag auf dem Friedhof war ihr nicht aufgefallen, wie überarbeitet er war. Als sie sich zum Gehen wandten und sie nach seinem Arm griff, um ihn mit sich fortzuziehen, sah sie, wie die schwere Rhododendronblüte aus seinem Knopfloch auf das Grab von Leslie fiel.

»Sieh mal, deine Rhododendronblüte«, sagte sie und bückte sich, um sie wieder aufzuheben. Doch Rodney hielt sie davon ab.

»Laß sie liegen. Gönnen wir sie Leslie Sherston. Schließlich waren wir mit ihr befreundet.«

Joan versicherte ihm eifrig, daß sie das für eine glänzende Idee hielt, und versprach ihm, am nächsten Tag einen großen Strauß gelber Chrysanthemen auf das Grab zu legen.

Er lächelte sie daraufhin so seltsam an, daß sie erschrak.

Ja, an diesem Abend hatte sie ganz deutlich das Gefühl gehabt, daß mit Rodney irgendetwas nicht stimmte. Sie war sich natürlich nicht der Tatsache bewußt, daß er kurz vor einem Nervenzusammenbruch stand, doch es fiel ihr auf, wie sehr er sich verändert hatte...

Auf dem ganzen Weg nach Hause löcherte sie ihn mit ängstlichen Fragen, doch er reagierte kaum darauf – sagte nur immer und immer wieder:

»Ich bin so müde, Joan... entsetzlich müde.«

Einmal sagte er etwas völlig Unbegreifliches. »Nicht *alle* können tapfer sein...«

Etwa eine Woche später hatte er am Morgen ganz verträumt gesagt: »Heute stehe ich nicht auf.«

Er hatte einfach nur im Bett gelegen, nichts gesagt und keinem einen Blick gegönnt. Er hatte nur so dagelegen und leise vor sich hingelächelt.

Sie hatte verschiedene Ärzte zu Rate gezogen, Pflegerinnen eingestellt. Die Ärzte hatten für eine ausgiebige Kur in Trevelyan plädiert. Er durfte keine Post, auch keine Telegramme bekommen und keinen Besuch empfangen. Nicht einmal Joan durfte zu ihm. Nicht einmal seine Frau.

Was für eine traurige, verwirrende Zeit voller Schrecknisse war das gewesen! Auch die Kinder erwiesen sich als ganz besonders schwierig. Sie waren ihr wahrhaftig keine Hilfe. Sie führten sich geradezu auf, als träfe Joan die Schuld an allem.

»Du hast ihn dazu getrieben, sich in der vermaledeiten Kanzlei halb zu Tode zu schuften. Mutter, du weißt doch ganz genau, daß Vater all die Jahre viel zu schwer gearbeitet hat.«

»Ja, das weiß ich, meine Lieben. Aber was sollte ich denn machen?«

»Du hättest ihn schon vor Jahren davor bewahren müssen. Weißt du denn nicht, wie sehr er diese Arbeit *haßt*? Weißt du denn *überhaupt* nichts über Vater? Hast du wirklich keine Ahnung, wie es in ihm aussieht?«

»Jetzt reicht es aber, Tony. Ich kenne deinen Vater durch und durch – und zwar entschieden besser als du.«

»Das bezweifle ich. Ich glaube sogar manchmal, daß du über *niemanden* auch nur das *geringste* weißt.«

»Tony, das geht entschieden zu weit!«

»Tony, hör schon auf«, ließ sich jetzt Averil vernehmen. »Was hat das denn für einen Sinn?«

Das war typisch Averil – trocken, gefühllos, zynisch. Nichts schien sie wirklich zu berühren. Angesichts ihrer Jugend wahrhaft erschreckend. Manchmal dachte Joan bedrückt: Sie hat überhaupt kein Herz. Averil verhielt sich allen Menschen gegenüber abweisend, hatte keinen Sinn für Zärtlichkeiten.

Appellierte man an ihr besseres Ich, so drang man damit gar nicht bei ihr durch.

»Mein geliebter Daddy!« jammerte Barbara. Sie war jünger als die anderen beiden Kinder und hatte ihre Gefühle noch nicht so unter Kontrolle. »Mutter, du bist schuld daran – du ganz allein. Du warst so *grausam* Daddy gegenüber – schon immer war das so!«

»Barbara!« fuhr Joan sie an. »Du weißt ja nicht, was du da sagst. Wenn hier im Haus jemand an erster Stelle kommt, so ist das dein Vater. Wie hättet ihr denn teure Schulen besuchen, gut gekleidet und ernährt sein können, wenn euer Vater mit seiner Arbeit nicht das Geld dafür verdient hätte? Er hat sich für *euch* aufgeopfert. Dazu sind Eltern nun einmal verpflichtet, und sie machen kein großes Aufhebens davon.«

»Bei der Gelegenheit möchte ich dir für all die Opfer danken, die *du* uns gebracht hast, Mutter«, erklärte Averil.

Joan sah ihre Tochter zweifelnd an. Daß man bei Averil doch nie wußte, ob sie etwas auch wirklich aufrichtig meinte. Aber so impertinent konnte das Kind doch wohl nicht sein...

Tony lenkte sie von Averil ab. Er fragte ernst:

»Es stimmt doch, daß Vater einmal Farmer werden wollte, oder?«

»Farmer? Aber nein, wo denkst du hin! Nun ja, vor Jahren einmal, aber das war doch nur ein unausgegorener Wunschtraum. Alle Söhne der Familie sind immer Anwälte gewesen. Die Kanzlei ist ein Familienunternehmen, das in diesem Teil von England sehr bekannt ist und einen guten, ja den allerbesten Ruf genießt. Das sollte dich mit Stolz erfüllen, und du müßtest dich doch freuen, daß du auch einmal als Anwalt in der Kanzlei arbeiten wirst.«

»Daraus wird nichts, Mutter. Ich gehe als Farmer nach Ostafrika.«

»Was für ein Unsinn, Tony. Davon will ich nichts mehr hören. Fängt das schon wieder an. Da kann man wirklich sagen: Der Apfel fällt nicht weit vom Stamm. Du trittst in die Kanzlei ein, damit du es nur weißt! Schließlich bist du unser einziger Sohn.«

»Ich will nicht Anwalt werden, Mutter. Vater sieht das ein. Er hat mir fest versprochen, daß ich Farmer werden kann.«

Joan starrte ihren Sohn entsetzt an. Wie siegessicher er das sagte! Völlig ungerührt.

Sie sank in einen Sessel, mit Tränen in den Augen. Wie gemein sie zu ihr waren. Sie schienen nichts im Sinn zu haben, als sie einzuschüchtern.

»Ich weiß wirklich nicht, was in euch gefahren ist. Wie könnt ihr es wagen, so mit mir zu sprechen! Wenn euer Vater hier wäre – ihr benehmt euch wirklich schändlich!«

Tony murmelte etwas vor sich hin, machte auf dem Absatz kehrt und eilte aus dem Zimmer.

Averil erklärte trocken: »Mutter, Tony ist fest entschlossen, Farmer zu werden. Er möchte Landwirtschaft studieren. In meinen Augen ist das Schwachsinn. Wenn ich ein Mann wäre, würde ich viel lieber Anwalt werden. Ich finde Jura eigentlich ganz interessant.«

»Ich hätte nie gedacht, daß meine Kinder so gemein zu mir sein könnten«, schluchzte Joan.

Averil stieß einen tiefen Seufzer aus. Barbara, die in einer Zimmerecke immer noch herzzerreißend weinte, schrie in Panik:

»Daddy stirbt bestimmt, davon bin ich überzeugt. Dann sind wir ganz allein und haben keinen Menschen mehr. Ich ertrage den Gedanken nicht. Ich halte das nicht aus!«

Averil seufzte noch einmal und sah ihre hysterisch schluchzende Schwester angewidert an. Dann warf sie einen kurzen Blick auf ihre leise weinende Mutter:

»Also, wenn ich sowieso nichts tun kann...« sagte sie.

Averil ließ sich nicht aus der Ruhe bringen. Sie verließ das Zimmer ganz gefaßt. Typisch Averil.

Eine betrübliche, sehr schmerzliche Szene. Seit Jahren hatte sich Joan so etwas nicht mehr vorstellen können.

Sie konnte sich allerdings erklären, was diesen Ausbruch hervorgerufen hatte. Der plötzliche Zusammenbruch des Vaters hatte die Kinder tief erschüttert und verunsichert. Mit der Bezeichnung ›Nervenzusammenbruch‹ wußten sie nicht viel anzufangen. Kinder fühlten sich immer besser, wenn sie jemandem die Schuld in die Schuhe schieben konnten. Ihre Mutter mußte als ›Prügelknabe‹ herhalten, weil das das Nächstliegende war. Tony und Barbary hatten sich hinterher bei ihr entschuldigt. Averil hielt das offenbar für überflüssig und war sich keiner Schuld bewußt. Wenn man die Dinge sah wie Averil, hatte sie damit vielleicht sogar recht. Was konnte denn das arme Kind dafür, daß es sozusagen ohne Herz zur Welt gekommen war.

Die Zeit, die Rodney im Sanatorium verbrachte, war für sie alle sehr schwierig und überaus traurig gewesen. Die Kinder brüteten finster vor sich hin und ließen sie ihre Launen spüren. Sie gingen ihr aus dem Weg, soweit das möglich war. Dadurch fühlte sie sich vollkommen alleingelassen. So wirkte sich ihre Trauer und Besorgtheit auf die Kinder aus. Sie wußte ja, daß ihre Kinder sie alle innig liebten. Sie befanden sich eben in einer schwierigen Phase. Barbara ging noch zur Schule. Averil war mit ihren achtzehn Jahren ziemlich linkisch und mit sich und der Welt unzufrieden. Tony verbrachte seine ganze Freizeit auf einer Farm in der Nachbarschaft. Zu dumm, daß er es sich in den Kopf gesetzt hatte, Farmer zu werden. Und Rodney unterstützte das auch noch: Da hätte er stark bleiben müssen. Wie unfair, daß alles Unangenehme immer an mir hängenbleibt, dachte Joan. Ich verstehe einfach nicht, warum Barbara immer mit den übelsten Subjekten befreundet sein muß, wo doch so nette Mädchen in die Schule von Miß Marley gehen. Ich muß Barbara klipp und klar sagen, daß sie nur Mädchen mit nach Hause bringen darf, die mir gefallen. Wahrscheinlich gibt es deswegen auch wieder Tränen, Streit und schlechte Laune. Auch Averil ist mir keine Hilfe. Dieses zynische Gerede, dieses ewige Herummäkeln – einfach gräßlich. Wie sich das für andere Leute anhören muß!

Kinder großzuziehen ist eine schwierige und undankbare Aufgabe, fand Joan.

Das wurde von keinem so richtig gewürdigt. Diese Aufgabe erforderte sehr viel Taktgefühl und einen ausgeprägten Sinn für Humor. Man mußte immer wissen, wann man unbedingt fest bleiben mußte und wann man nachgeben durfte. Niemand kann sich vorstellen, dachte Joan, was ich durchgemacht habe, als Rodney krank war.

Sie zuckte zusammen, denn ihr fiel eine sarkastische Bemerkung von Herrn Dr. McQueen wieder ein. Er hatte behauptet, daß bei jedem Gespräch früher oder später jemand behauptet: »Niemand kann sich vorstellen, was ich während dieser Zeit durchgemacht habe!« Alle hatten das lachend bestätigt.

Nun, es stimmt ja auch, dachte Joan und versuchte, den Sand aus ihren Schuhen zu schütteln. Nicht einmal Rodney ahnt, was ich durchgemacht habe, während er im Sanatorium war.

Denn als Rodney heimkam, waren alle so erleichtert, daß alles wieder seinen gewohnten Gang ging. Die Kinder waren wieder fröhlich, liebenswert und ausgeglichen. Es herrschte wieder Harmonie. Für Joan war das der Beweis dafür, daß sich die Kinder aus Angst verunsichert gefühlt hatten. Vor lauter Angst hatten sie ihr inneres Gleichgewicht verloren. Aus Angst waren sie ganz nervös und schlecht gelaunt gewesen. Eine verwirrende, aufregende Zeit. Warum mußte sie sich diese unliebsamen Vorfälle ausgerechnet jetzt wieder ins Gedächtnis rufen? Sie wollte sich schöne und nicht deprimierende Dinge ins Gedächtnis rufen.

Wie hatte das nur angefangen? Ach ja, natürlich – damit, daß sie versuchte, sich an Gedichte zu erinnern. Obwohl es ja eigentlich ein Witz war, mitten in der Wüste Gedichte aufzusagen. Aber was spielte das für eine Rolle? Es war ja niemand da, der sie belauschte.

Kein Mensch weit und breit. Ein beängstigender Gedanke. Aber es bestand doch gar kein Grund, in Panik zu geraten. Wirklich albern. Ihre Nerven spielten ihr einen üblen Streich...

Sie machte kehrt und ging zurück zum Rasthaus.

Dabei mußte sie sich richtig zwingen, nicht loszurennen.

Was war denn am Alleinsein so beängstigend – nichts, absolut nichts. Vielleicht gehörte sie ja zu den Menschen, die an dieser Phobie litten. Wie hieß das doch gleich wieder? Nicht Klaustrophobie, da fühlte man sich eingesperrt. Es war genau das Gegenteil. Das Fachwort fing mit A an. Die Angst vor großen weiten Plätzen.

Das ließ sich wissenschaftlich erklären.

Wenn das auch sehr tröstlich war, so half es ihr doch hier nicht.

Es war nicht weiter schwer, sich einzureden, daß es für das alles eine logische Erklärung gab. Doch die Gedanken, die in einem aufstiegen, ließen sich nicht kontrollieren. Sie purzelten einfach hervor wie Eidechsen, die aus irgendwelchen Löchern kriechen.

Myrna Randolph erinnerte sie an eine Schlange. Die unerwünschten Gedanken schien ihr wie Eidechsen.

Große weiträumige Plätze – und sie hatte ihr ganzes Leben wie in einer Schachtel verbracht. Zusammen mit ihren Spielzeugkindern, dem Spielzeugpersonal und ihrem Spielzeugehemann.

Aber Joan, was redest du denn da? Wie kann man nur so dumm sein? Die Kinder sind doch nun, weiß Gott, real.

Die Kinder schon, auch Rodney, auch die Köchin und auch Agnes. Vielleicht bin ich *irreal*, ging es Joan durch den Kopf. Vielleicht bin ich nur eine Spielzeugehefrau und eine Mutter aus der Spielzeugkiste.

Aber das war ja ein erschreckender Gedanke! Sie konnte nicht mehr logisch denken, keinen klaren Gedanken mehr fassen. Vielleicht wurde es besser, wenn sie noch ein paar Gedichte aufsagte. An irgend etwas würde sie sich doch erinnern.

Mit übertriebenem Pathos deklamierte sie lauthals:

»Von Euch war ich entfernt zur Frühlingszeit.«

Sie wußte nicht weiter. Wollte das auch gar nicht. Irgend etwas in ihr sträubte sich dagegen. Diese eine Zeile an sich genügte schon. Sie erklärte alles, oder etwa nicht? Rodney, dachte sie, Rodney... *Von dir war ich entfernt zur Frühlingszeit.* Allerdings haben wir jetzt November...

Sie erstarrte. Aber genau das hatte er ja an jenem Abend gesagt...

Da bestand sicher ein Zusammenhang. Es gab da einen Hinweis, einen Fingerzeig. Irgend etwas harrte ihrer, verbarg sich hinter diesem Schweigen. Dem wollte sie entfliehen, das erkannte sie jetzt ganz genau.

Aber wie entkam man diesen Eidechsen, die überall aus ihren Löchern krochen?

Es gab so vieles, woran sie nicht denken durfte. Nicht an Bagdad, nicht an Barbara und auch nicht an Blanche. Seltsam, alles fing mit B an. Auch nicht an Rodney auf dem Bahnsteig von Victoria Station. Averil, Barbara und Tony waren so gemein zu ihr gewesen.

Joan ärgerte sich allmählich darüber, daß es ihr einfach nicht gelingen wollte, an etwas Angenehmeres zu denken. Dabei gab es doch in ihrem Leben so viele schöne Dinge. So unendlich viele...

So zum Beispiel ihr reinseidenes Hochzeitskleid... Dann Averil in ihrem Kinderbettchen, aufgeputzt in Musselin mit rosa Bändern, ein entzückendes blondgelocktes Baby, die personifizierte Liebenswürdigkeit. Averil war immer ein höfliches Kind mit glänzenden Manieren gewesen, »Mistreß Scudamore, Sie sind eine hervorragende Erzieherin.« Ja, mit Averil konnte man zufrieden sein. Zumindest außer Haus. Im häuslichen Bereich gab es sehr viel an ihr auszusetzen, es kam immer wieder zu endlosen Diskussionen. Sie irritierte einen durch die Art, wie sie einen ansah – als frage sie sich, was man für ein Mensch sei. So dürfte ein Kind seine Mutter nicht ansehen. Zumindest kein zärtliches liebevolles Kind. Auch Tony hatte sich außer Haus immer zu ihrer Zufriedenheit benommen, wenn er auch zur Unaufmerksamkeit neigte und sich nie genauer über etwas ausließ. Barbara war das einzige wirklich schwierige Kind gewesen. Ihre Tobsuchtsanfälle würden ihr wohl immer genauso unbegreiflich bleiben wie die unerklärlichen Weinkrämpfe der Tochter.

Doch niemand hätte je bestritten, daß ihre Kinder alle drei nett, höflich und wohlerzogen waren.

Ein Jammer, daß Kinder erwachsen werden mußten. Damit fingen die Schwierigkeiten an.

Aber daran wollte sie nicht denken. Lieber bei der Kindheit bleiben. Sie sah Averil in der Tanzstunde vor sich in ihrem hübschen pinkfarbenen Seidenkleid. Und Barbara in dem allerliebsten Spielhöschen, die Nanny so gut zu nähen verstand.

Ihr mußte doch noch etwas Wichtigeres einfallen als die Kinderkleider! Irgend etwas Liebes, Zärtliches, was die Kinder zu ihrer Mutter gesagt hatten. Sie versuchte, sich an einen Augenblick tiefster Vertrautheit zu erinnern, in dem sie und ihre Kinder sich besonders nahe gewesen waren.

Wenn man bedachte, welche Opfer sie ihnen gebracht hatte. Sie hatte doch immer alles für ihre Kinder getan.

Schon wieder äugte eine Eidechse aus einem Loch hervor. Ihr fiel ein, wie Averil sie mit dieser erschreckend vernünftigen Miene, die sie aufzusetzen pflegte, gefragt hatte:

»Mutter, was tust du denn eigentlich für uns? Du badest und wäschst uns doch zum Beispiel nicht.«

»Nein, das nicht.«

»Du richtest uns auch nicht das Essen, bürstest unser Haar nicht. Nanny macht das alles. Sie bringt uns auch ins Bett und weckt uns morgens wieder auf. Du nähst uns auch keine Kleider. Das macht Nanny auch. Und sie geht mit uns spazieren...«

»Ja, Liebchen. Ich habe Nanny eingestellt, damit sie sich um euch kümmert und gut für euch sorgt. Dafür zahle ich ihren Lohn.«

»Ich dachte, Vater zahlt ihr den Lohn. Kommt Vater nicht für alles auf, was wir besitzen?«

»Ja, irgendwie schon, aber das spielt doch keine Rolle.«

»Aber *du* brauchst nicht jeden Morgen in die Kanzlei zu gehen, sondern Vater. Warum gehst du nicht ins Büro?«

»Weil ich mich um den Haushalt kümmern muß.«

»Dafür hast du doch Kate und die Köchin...«

»Averil, hör endlich auf!«

Eines mußte man Averil zugute halten. Wenn man ihr den Mund verbot, verstummte sie. Sie war niemals aufsässig oder frech. Doch daß sie so klaglos klein beigab, war oft irritierender als offener Widerstand.

Rodney hatte einmal lachend erklärt, bei Averil müsse das Urteil immer ›Freispruch wegen Mangels an Beweisen‹ lauten.

»Glaubst du, ich verstehe wirklich nicht, was es da zu lachen gibt. Ein Kind in Averils Alter dürfte nicht so – kritisch sein.«

»Glaubst du, daß sie noch zu klein ist, um beweiskräftige Argumente vorzubringen?«

»Jetzt redest du wie ein Jurist.«

»Wer hat denn darauf bestanden, daß ich Anwalt werde?«

»Nein, ganz im Ernst – diese ewige Kritik ist doch respektlos.«

»Ich finde, Averil ist für ein Kind ungewöhnlich höflich. Sie hat nichts von dieser verheerenden Offenheit, die Kinder manchmal an den Tag legen. Wie zum Beispiel Babs.«

Das mußte Joan allerdings zugeben. Wenn Barbara einen ihrer Wutanfälle hatte, schreckte sie vor nichts zurück. Dann schrie sie glatt: »Du bist widerlich, ganz gräßlich. Ich hasse dich! Ich wünschte, ich wäre tot. Wenn ich nicht mehr am Leben wäre, würde es dir leid tun.«

»Babs ist eben unbeherrscht. Ihr Temperament geht mit ihr durch«, meinte Joan beschwichtigend. »Hinterher tut es ihr immer leid.«

»Ja, das arme kleine Ding. Sie meint ja gar nicht wirklich, was sie sagt. Aber Averil besitzt ein ausgesprochenes Talent, jeden Humbug zu durchschauen und die Wahrheit aufzudecken.«

Joan wurde rot vor Zorn. »Was heißt denn Humbug? Ich weiß wirklich nicht, wovon du redest?«

»Jetzt hör aber auf, Joan. Natürlich weißt du das. Der ganze Mist, mit dem wir sie vollstopfen. Wir tun, als wären wir allwissend. Wir unterliegen dem Zwang vorzugeben, wir täten stets das Beste und wüßten, was das Beste ist für diese armen kleinen Wesen, die sich unserem Einfluß nicht enziehen können.«

»Du redest ja gerade so, als wären sie unsere Sklaven und nicht unsere Kinder.«

»Sind sie vielleicht nicht versklavt? Sie müssen essen, was wir ihnen vorsetzen, die Kleidung tragen, die wir ihnen aufzwingen und mehr oder weniger das von sich geben, was wir ihnen eintrichtern. Aber jeder Tag ihres Lebens bringt sie der Freiheit, der Befreiung von den Eltern näher.«

»Freiheit«, schnaufte Joan verächtlich. »Gibt es die überhaupt?«

»Nein, ich fürchte nicht, Joan«, flüsterte Rodney schwer atmend. »Wie recht du doch hast.«

Mit hängenden Schultern war er aus dem Raum geschlichen. Da hatte sie der Gedanke durchzuckt: Jetzt weiß ich, wie Rodney als alter Mann aussehen wird...

Rodney auf dem Bahnsteig von Victoria Station – im grellen Sonnenlicht sah man die Falten in seinem müden Gesicht besonders deutlich – er hatte ihr ans Herz gelegt, gut auf sich aufzupassen.

Und gleich darauf, kaum eine Minute später...

Warum kam sie nur immer wieder darauf zurück? Es stimmt doch gar nicht! Rodney vermißte sie sehr! Er fühlte sich hundeelend allein mit dem Personal im Haus! Wahrscheinlich fiel es ihm nicht ein, Leute zum Abendessen einzuladen – höchstens Idioten wie Hargrave Taylor. Was für ein langweiliger Kerl! Sie begriff nicht, was Rodney an ihm fand. Oder dieser öde Major Mills, der nur ein Thema kannte: Weideland und Viehzucht...

Selbstverständlich vermißte Rodney sie!

6. Kapitel

Joan ging zurück zum Rasthaus. Der Inder kam heraus und fragte:

»Memsahib machen schönen Spaziergang?«

Ja, bestätigte Joan, einen sehr schönen Spaziergang.

»Essen bald fertig. Sehr gutes Essen, Memsahib.«

Joan bekundete ihre Freude darüber. Doch die Bemerkung des Inders im Hinblick auf das Essen konnte wohl nur eine Floskel gewesen sein; denn das Essen unterschied sich durch nichts von den vorhergehenden Mahlzeiten – nur daß es Pfirsiche anstatt Aprikosen gab. Es mochte ja ein gutes Essen sein, doch es hatte ganz eindeutig den Nachteil, daß es nie etwas anderes zu geben schien.

Nach dem Abendessen war es noch viel zu früh, um schon ins Bett zu gehen. Wieder bedauerte es Joan unendlich, daß sie nicht entweder viel zu lesen oder aber eine Handarbeit mitgenommen hatte. Sie versuchte sogar, die unterhaltsameren Passagen der Memoiren von Lady Catherine Dysart noch einmal zu lesen, aber sie brachte es dann doch nicht über sich.

Wenn ich doch nur irgend etwas zu tun hätte, dachte Joan – was auch immer. Selbst ein Kartenspiel wäre schon eine gewisse Hilfe. Sie hätte Patiencen legen können. Oder ein anderes Spiel – Backgammon, Schach oder Halma, da hätte sie gegen sich selbst spielen können. Selbst das Leiterspiel oder etwas ähnlich Simples wäre ihr jetzt recht gewesen...

Wirklich sonderbar, was die Fantasie ihr da draußen in der Wüste vorgegaukelt hatte. Eidechsen, die die Köpfe aus irgendwelchen Löchern stecken. Was einem so alles einfällt, dachte sie. Erschreckende, furchterregende Gedanken, die man so schnell nicht wieder los wird. Gedanken, bei denen sich alles in ihr sträubte.

Doch wenn dem so war, warum dachte sie an solche Dinge? Schließlich konnte man doch selbst bestimmen, woran man denken wollte – oder etwa nicht? Ob es das wohl gab, daß sich die Gedanken unter ganz besonderen Umständen selbständig machten? Wie Eidechsen aus den Löchern lugten und hervorgekrochen kamen oder wie grüne Schlangen blitzschnell vor dem geistigen Auge vorbeizüngelten und gleich wieder verschwanden?

Irgendwo mußten die Gedanken doch ihren Ursprung haben...

Seltsam, daß sie in Panik geraten war.

Das mußte Agoraphobie sein. Genau, so lautete das Wort: Agoraphobie. Das bewies doch wieder einmal, daß einem alles wieder einfiel, wenn man gründlich genug nachdachte. Ja, genau – so hieß der Zustand. Agoraphobie – die Angst vor großen weiten Plätzen, vor der Unendlichkeit. Sonderbar, daß sie erst jetzt dahinterkam, daß sie darunter litt. Natürlich hatte sie diese Erfahrung auch noch nie gemacht. Sie hatte ja immer inmitten vieler Häuser und Gärten gelebt, war immer sehr beschäftigt gewesen und hatte immer viele Menschen um sich gehabt. Viele Menschen, daran mußte es wohl liegen. Wenn sie sich doch nur mit jemandem unterhalten könnte.

Und wenn es nur Blanche wäre...

Merkwürdig, wie sie bei der Möglichkeit zurückgezuckt war, daß Blanche die Heimreise zusammen mit ihr antreten könnte.

Dabei würde sie sich jetzt weit besser fühlen, wenn sie Blanche zur Gesellschaft hätte. Sie hätten sich über die alten Zeiten in der Schule unterhalten können. Das schien schon unendlich lang zurückzuliegen. Was hatte Blanche doch gleich wieder behauptet? »Du bist aufgestiegen und hast deinen Weg gemacht.« Später hatte sie sich dann berichtigt: »Nein, du bist geblieben, was du warst – die Schülerin von St. Anne, mit der die Schule Ehre einlegen kann.«

Hatte sie sich seit der Schulzeit wirklich so wenig verändert? Das wäre ja sehr schön. Oder vielleicht doch nicht, denn das würde ja bedeuten, daß sie stehengeblieben war, daß alles stagnierte.

Was hatte Miß Gilbey bei der Abschlußfeier doch gleich wieder gesagt? Miß Gilbey war berühmt für die ganz persönlichen Abschiedsgespräche, bei denen sie jedem Mädchen einen guten Rat mit auf den Weg gab.

Joans Gedanken glitten über all die Jahre hinweg zurück zu ihrer Schule. Sie sah die alte Schulleiterin erschreckend deutlich vor sich. Die große aggressive Nase, das Pincenez, die erbarmungslosen scharfen Augen mit dem zwingenden Blick. Sie sah sie majestätisch durch die Schule schreiten – eine zurückhaltende, disziplinierte Statue, ein Muster an Selbstbeherrschung, ohne eine Spur von Sanftheit.

Eine imponierende Gestalt, diese Miß Gilbey, zu Recht gefürchtet und bewundert. Sie schüchterte nicht nur die Schülerinnen ein, sondern auch die Eltern. Es ließ sich nicht bestreiten, daß Miß Gilbey St. Anne *verkörperte*.

Joan sah sich das Allerheiligste betreten, das Zimmer mit den Blumen, den Medici-Drucken an den Wänden. Kultur, wohin man blickte – Gelehrsamkeit und Gesellschaftlicher Schliff.

Miß Gilbey wandte sich ihr majestätisch zu.

»Komm nur herein, Joan. Setz dich, mein liebes Kind.«

Joan hatte in dem ihr zugewiesenen Ohrensessel Platz genommen. Miß Gilbey nahm ihr Pincenez ab und lächelte ganz plötzlich unwirklich und erschreckend.

»Joan, du verläßt uns nun, um aus der eng umgrenzten Welt der Schule ins Leben hinauszutreten. Bevor du aber gehst, möchte ich mich mit dir unterhalten in der Hoffnung, daß dir meine Worte eine Hilfe auf dem Weg ins Leben sind.«

»Ja, Miß Gilbey.«

»Ich weiß, daß du hier glücklich warst.«

»Ja, Miß Gilbey.«

»Und du warst eine gute Schülerin. Du hast hier viel gelernt. Mit deinen schulischen Leistungen bin ich sehr zufrieden.«

Joan wußte nicht so recht, was sie davon halten sollte. In diesem letzten Satz lag ihrer Meinung nach ein Vorbehalt. »Das freut mich, Miß Gilbey.«

»Aber jetzt trittst du ins Leben hinaus und wirst mit ganz neuen Problemen konfrontiert. Du mußt auch Verantwortung übernehmen...«

Der Redefluß wollte kein Ende nehmen. Wann immer es ihr angebracht erschien, murmelte Joan: »Ja, Miß Gilbey.«

Sie lauschte wie hypnotisiert.

Miß Gilbeys Stimme war ein Pluspunkt, der ihrem Beruf zugute kam. Blanche Haggard behauptete sogar, daß sie ein ganzes Orchester beinhaltete. Sanft wie ein Cello fing sie an zu sprechen, sie erging sich mit der Reinheit einer Flöte in Lobpreisungen. Verfiel sie in die tiefere Lage eines Fagotts, so klang das schon fast bedrohlich. Mädchen mit hervorstechenden intellektuellen Fähigkeiten malte sie mit Fanfarenklängen wie von Blechbläsern eine glänzende berufliche Karriere aus. Mädchen, deren Begabung mehr im häuslichen Bereich lag, schilderte sie die Pflichten einer Hausfrau und Mutter gedämpft wie eine Violine.

Erst am Ende des Diskurses sprach Miß Gilbey pizzicato.

»Und jetzt zu einem Punkt, der mir sehr am Herzen liegt. *Nutze deine Geistesgaben und denk nach!* Du darfst die Dinge nicht einfach unbesehen so hinnehmen, wie sie sich dir darstellen. Du mußt den Dingen auf den Grund gehen. Natürlich ist es am allereinfachsten, niemals etwas in Frage zu stellen. Dadurch ersparst du dir wahrscheinlich viel Kummer und Leid. Aber du mußt das Leben leben und darfst nichts bemänteln, nichts vertuschen, nichts beschönigen. Hüte dich vor allzugroßer Selbstzufriedenheit!«

»Ja, Miß Gilbey.«

»Denn – ganz *entre nous* – darin liegt die Gefahr bei dir, Joan. Du mußt auch an andere denken, meine Liebe, und nicht nur an dich selbst. Und mache dich darauf gefaßt, daß es jetzt allmählich an der Zeit ist, Verantwortung zu übernehmen.«

Miß Gilbey steigerte sich dem orchestralen Höhepunkt entgegen:

»Im Leben eines jeden Menschen, Joan, muß ein ständiger Fortschritt zu verzeichnen sein. Wir müssen uns von dem, was wir abgelegt haben, höheren Dingen zuwenden. Du wirst leiden, Schmerzen erdulden müssen. Aber das geht allen Menschen so. Selbst unser Herr war nicht gefeit gegen die Leiden eines Sterblichen. Er ertrug geduldig die Qualen, die ihm Gethsemane bereitete. So mußt auch du dein Päckchen tragen, Joan. Wenn du dir darüber nicht im klaren bist, bedeutet das, daß du ziemlich weit vom einzig richtigen Weg abgewichen bist. Daran solltest du denken, wenn dich Zweifel befallen. Und vergiß nicht, liebe Joan, daß ich mich immer sehr über Briefe von ehemaligen Schülerinnen freue. Ich stehe ihnen auch gern jederzeit mit einem Rat zur Seite. Gott schütze dich, mein Kind.«

Miß Gilbey segnete sie sozusagen mit einem Abschiedskuß. Dieser Kuß war eigentlich weniger Beweis für eine herzliche Zuneigung als eine glorifizierte Akkolade, eine Art staatlicher Ehrung.

Damit wurde die verdatterte Joan entlassen.

Sie ging in ihr Zimmer zurück. Dort gab Blanche Haggard mit Mary Grants Pincenez auf der Nase und einem Kissen unterm Kleid vor einem begeisterten Publikum eine Orchesterprobe zum besten:

»Aus dieser kleinen glücklichen geschlossenen Welt der Schule«, deklamierte Blanche mit dröhnendem Organ, »tretet ihr jetzt ins Leben hinaus, das viele Gefahren für euch birgt. Ihr werdet jetzt mit allen möglichen Problemen konfrontiert, ihr müßt Verantwortung übernehmen...«

Auch Joan lauschte hingerissen. Die Schülerinnen klatschten frenetisch Beifall, als Blanche den Höhepunkt dieser Tirade in Angriff nahm.

»Dir, Blanche Haggard, muß ich noch etwas mit auf den Weg geben. Was dir vor allem fehlt, ist Disziplin. Halte deine Gefühle im Zaum, übe dich in Selbstbeherrschung. Gerade deine Herzensgüte kann sich leicht gegen dich richten und zur Gefahr für dich werden. Nur durch strenge Disziplin kannst du dich zu ungeahnten Höhen aufschwingen. Meine Liebe, du bist sehr begabt, hast vielfältige Talente mitbekommen. Nutze sie. Aber du hast auch Fehler, Blanche – viele Fehler. Doch das sind die Fehler eines großzügigen Menschen, und die lassen sich durchaus beheben.

»Das Leben«, Blanche kreischte jetzt mit schriller Fistelstimme, »steigert sich beständig. Es sollte ein erkennbarer Fortschritt zu verzeichnen sein. Wir müssen uns von dem, was wir abgelegt haben, höheren Dingen zuwenden. Vergiß deine alte Schule nicht, mein Kind, und denk daran, daß Tante Gilbey dir jederzeit gern mit Rat und Tat zur Seite steht – vorausgesetzt du legst einen frankierten Rückumschlag bei!«

Blanche hielt inne, doch zu ihrer großen Verwunderung lachte und klatschte niemand. Alle wandten sich der offenen Tür zu und erstarrten zu Marmorstatuen. Miß Gilbey stand mit dem Pincenez in der Hand majestätisch an der Tür.

Alle schwiegen wie gelähmt vor Schreck. Miß Gilbey aber sagte nur:

»Blanche, wenn du vorhast, Schauspielerin zu werden, kann ich dir mehrere ausgezeichnete Schauspielschulen empfehlen, wo du Sprechunterricht bekommen und in der Vortragskunst unterwiesen werden kannst. Du scheinst recht talentiert zu sein. Das Kissen bringst du bitte sofort dorthin zurück, wo du es hergenommen hast.«

Sie ging eilends davon.

»Puh!« schnaufte Blanche. »Die alte Schreckschraube! Eigentlich hat sie sich sehr anständig benommen, aber sie weiß ganz genau, wie sie einen kleinkriegt.«

Ja, dachte Joan, Miß Gilbey war wirklich eine starke Persönlichkeit. Ein Jahr, nachdem sich Joan Averil dort eingeschrieben hatte, war Miß Gilbey schließlich in den Ruhestand getreten. Bis sie in Pension ging, unterwies sie die Schülerinnen in St. Anne in allen Regeln der Lebenskunst. Die neue Schulleiterin ließ das dynamische Wesen Miß Gilbeys vermissen. Infolgedessen ging es von da an bergab mit der Schule.

Blanche hatte völlig recht, Miß Gilbey war eine Schreckschraube gewesen. Doch sie hatte sich immer durchzusetzen gewußt. Es mangelte ihr nicht an Überzeugungskraft. Joan mußte sich sagen, daß sie im Hinblick auf Blanche völlig recht gehabt hatte. Disziplin tat Blanche am allermeisten not. Sie besaß zwar Instinkt und war ein außergewöhnlich großzügiger Mensch, doch es fehlte ihr an Selbstbeherrschung. Doch ihre Großmut war nicht zu übersehen. Blanche hatte das Geld, das Joan ihr geschickt hatte, nicht für sich selbst ausgegeben. Sie hatte Tom Holliday davon einen Rollschreibtisch gekauft. Das war sicher so ungefähr das letzte, was sich Blanche gekauft hätte. Sie war wirklich ein liebenswertes warmherziges Geschöpf. Trotzdem hatte sie ihre Kinder im Stich gelassen, war völlig gefühllos weggelaufen und hatte die beiden kleinen Menschlein schnöde im Stich gelassen, die sie selbst in die Welt gesetzt hatte.

Das bewies in ihren Augen, daß es Menschen gab, denen der Mutterinstinkt völlig abging. Die Kinder sollten immer an erster Stelle stehen, dachte Joan. Darin waren sie und Rodney sich immer einig gewesen. Rodney war eigentlich sehr uneigennützig. Dazu mußte man ihm eine Sache allerdings erst einmal richtig klarmachen. So hatte sie ihn zum Beispiel darauf hingewiesen, daß sein schönes sonniges Ankleidezimmer eigentlich viel besser als Spielzimmer für die Kinder geeignet wäre. Er hatte sich bereitwillig damit abgefunden, in das kleine Zimmer umzusiedeln, von dem aus man die Ställe überblickte. Kindern mußte man soviel Licht und Sonne zukommen lassen wie nur irgend möglich.

Als Eltern waren sie und Rodney immer sehr gewissenhaft gewesen. Auf ihre Kinder konnten sie auch stolz sein, besonders als diese noch sehr klein waren. Was für angenehme, hübsche Kinder! Sie waren zum Beispiel viel besser erzogen als die beiden Söhne der Sherstons. Mrs. Sherston schien es auch ganz egal zu sein, wie ihre Kinder herumliefen. Unglaublich, zu was allem sie sich herabgelassen hatte! So war sie zum Beispiel als Indianerin mit den Kindern auf dem Fußboden herumgekrochen und hatte dabei wilde Kriegsschreie ausgestoßen. Einmal hatten sie sogar eine Zirkusvorstellung gegeben. Da hatte Mrs. Sherston ganz lebensecht einen Seelöwen gemimt!

Das muß wohl daran liegen, sagte sich Joan, daß Leslie Sherston selbst schlecht erzogen worden ist.

Was für ein trauriges Leben hatte diese arme Frau gehabt!

Joan mußte daran denken, daß sie einmal völlig unerwartet in Somerset auf Captain Sherston gestoßen war.

Sie war zu Besuch bei Freunden in diesem Landesteil und hatte keine Ahnung, daß sich die Sherstons dort angesiedelt hatten. Auf einmal hatte Captain Sherston vor ihr gestanden. Wie nicht anders zu erwarten, kam er aus dem Dorfgasthaus.

Sie hatte ihn seit seiner Entlassung nicht mehr zu Gesicht bekommen. Von dem einst so jovialen selbstsicheren Bankdirektor hatte er nichts mehr an sich. Er war kaum mehr wiederzuerkennen. Joan konnte es kaum fassen, daß ein Mensch eine solche Wandlung durchmachen konnte.

Wenn großen dynamischen Männern kein Erfolg beschieden war, wirkten sie, als habe man die Luft aus ihnen herausgelassen. Sie bekamen hängende Schultern, ihre Kleidung schlotterte um sie herum, sie wirkten schlaff und kraftlos. Ihr unsteter Blick irritierte das Gegenüber.

Kaum zu glauben, daß auch nur ein Mensch auf der Welt diesem Mann einmal Vertrauen entgegengebracht hatte.

Sherston war erschrocken, als er ihr so plötzlich gegenüberstand, doch er faßte sich erstaunlich schnell und begrüßte sie mit einem jämmerlichen Abglanz seiner einstigen Jovialität:

»Was für eine Überraschung, Mistreß Scudamore! Die Welt ist doch ein Dorf. Was führt Sie denn nach Skipton Haynes?«

Da stand er mit gestrafften Schultern und gab sich die größte Mühe, so zu sprechen, daß er selbstsicher und jovial wie früher wirkte. Es war eine mitleiderregende Vorstellung, die er da gab. Wider Willen tat er Joan entsetzlich leid.

Wie schrecklich, so herunterzukommen! Immer Angst haben zu müssen, daß man auf jemanden stieß, den man von früher her kannte und der womöglich tat, als kenne er ihn, Sherston, nicht.

Sie gehörte natürlich nicht zu diesen Leuten, wollte freundlich zu ihm sein.

Sherston bat sie: »Kommen Sie doch mit zu uns, zu meiner Frau. Trinken wir zusammen Tee. Ich bitte Sie inständig, meine Liebe. Sie dürfen das nicht ablehnen!«

Er war eine Parodie seiner selbst. Das schmerzte Joan so sehr, daß sie sich wider besseres Wissen die Straße entlangdirigieren ließ. Sherston redete die ganze Zeit weiter auf sie ein. Alles klang ganz unnatürlich, als müsse er sich dazu zwingen.

Er wollte ihr sein kleines Häuschen zeigen – nun, so klein auch wieder nicht. Ein ganz schönes Stück Land. Dinge anzupflanzen, um sie auf dem Markt zu verkaufen, sei natürlich Schwerarbeit. Anemonen und Äpfel gingen am besten.

Ohne seinen Redestrom zu unterbrechen, stieß er ein baufälliges Tor auf, das dringend frisch gestrichen werden mußte. Sie gingen die mit Unkraut überwucherte Auffahrt hinauf. Sie erblickten Leslie, die sich über ein Anemonenbeet beugte.

»Sieh mal, wen ich mitgebracht habe«, rief ihr Sherston zu. Leslie strich sich das Haar aus dem Gesicht, trat zu ihnen und gab ihrer Überraschung Ausdruck.

Joan war sofort aufgefallen, wie elend Leslie aussah. Sie war sehr gealtert. Ständige Übermüdung und starke Schmerzen hatten tiefe Linien in ihr Gesicht gegraben. Doch abgesehen davon war sie noch ganz die alte Mrs. Sherston – genauso schlampig, unverwüstlich und energiegeladen, wie alle Welt sie kannte.

Als sie so dastanden und sich unterhielten, kehrten die beiden Söhne aus der Schule heim. Sie kamen mit einem wahren Freudengeheul die Auffahrt heraufgeprescht und stürzten sich auf Leslie. Sie rammten ihr die Köpfe in den Leib und schrien immer wieder »Mami, Mami, Mami«. Leslie ließ diesen Überfall ein paar Minuten über sich ergehen. Dann sagte sie plötzlich ganz entschieden: »Jetzt aber Schluß damit. Wir haben Besuch.«

Im Handumdrehen wurden aus den wilden Jungen Engel, Muster an Höflichkeit, die Mrs. Scudamore mit Händedruck begrüßten.

Die Jungen erinnerten sie an dressierte Hunde, die aufs Wort gehorchten.

Sie gingen bald darauf ins Haus. Leslie kümmerte sich um den Tee. Die Jungen halfen ihr dabei. Sie brachten alles auf einem Tablett herein – einen Laib Brot, Butter, selbstgemachte Marmelade und die dickwandigen Tassen aus der Küche. Leslie und die Kinder waren bester Laune und kamen aus dem Lachen gar nicht mehr heraus.

Am meisten aber wunderte sich Joan darüber, welche Wandlung in Leslies Gegenwart mit Sherston vorging. Keine Spur mehr von diesem steifen, schmerzlichen, unnatürlichen Gehabe. Er schlüpfte in die Rolle des Hausherrn und Gastgebers – eines ausgezeichneten Gastgebers. Nichts an ihm wirkte jetzt mehr aufgesetzt. Er sah ganz glücklich aus, mit sich selbst und der ganzen Welt zufrieden. Endlich schien er in seinem Element zu sein. Fast schien es, als fühle er sich nur innerhalb seiner eigenen vier Wände sicher – als habe die gesamte Außenwelt hier nichts mehr zu melden. Die Jungen bedrängten ihn lautstark, er möge ihnen bei irgendeiner Tischlerarbeit helfen. Leslie erinnerte ihn daran, daß er ihr versprochen habe, die Gartenhacke zu reparieren, und wollte von ihm wissen, ob sie die Anemonen schon gleich morgen oder erst am Donnerstag zusammenbinden sollten.

Joan dachte bei sich, daß Sherston ihr noch nie so gut gefallen hatte. Jetzt begann sie zu verstehen, wieso Leslie so an ihrem Mann hing. Außerdem mußte er einmal sehr gut ausgesehen haben.

Doch gleich darauf erlitt sie einen Schock, von dem sie sich nicht so rasch erholte.

Peter rief mit Feuereifer aus: »Erzähl uns doch die komische Geschichte von dem Gefängniswärter und dem Plumpudding.«

Sein Vater sah ihn mit ausdrucksloser Miene an, doch Peter ließ nicht locker.

»Du weißt doch, als du im Gefängnis warst. Was hat der Wärter da gesagt, und was hat der andere geantwortet?«

Sherston zögerte. Die Sache war ihm offensichtlich peinlich. Doch Leslie sagte seelenruhig:

»Nun erzähl schon, Charles. Das ist doch eine wahnsinnig komische Geschichte. Mistreß Scudamore will sie sicher gern hören.«

Er erfüllte seiner Frau den Wunsch. Die Geschichte war wirklich ziemlich komisch, wenn auch nicht ganz so lustig, wie die Jungen sie zu finden schienen. Sie wälzten sich prustend auf dem Boden und bekamen vor lauter Lachen kaum mehr Luft. Joan lachte höflich mit, doch sie erholte sich nicht gleich von ihrem Schrecken. Als Leslie später mit ihr nach oben ging, murmelte sie behutsam:

»Ich hatte keine Ahnung, daß die Jungen Bescheid wissen.«

Das schien Leslie zu belustigen. Wie gefühllos sie doch sein mußte, dachte Joan.

»Eines Tages hätten sie es sowieso erfahren«, gab ihr Leslie zu verstehen. »Deshalb war es das einfachste, es ihnen gleich zu sagen.«

Joan fand auch, daß das die einfachste Lösung sei, aber war es auch die beste für die Kinder? Sie fragte Leslie, ob man den zarten Kinderseelen, die so voller Idealismus waren, so etwas antun dürfe. Damit erschüttere man doch das Vertrauen in die Eltern.

Leslie gab ihr zu verstehen, daß sie ihre Kinder weder für besonders idealistisch noch für zartbesaitet hielt. Für die Jungen wäre es viel schlimmer, wenn sie ahnten, daß ihnen etwas Wichtiges verschwiegen wurde.

Sie machte eine vage Handbewegung, wohl weil sie nicht richtig auszudrücken wußte, was sie sagen wollte. »Diese Geheimnistuerei macht doch alles nur noch schlimmer. Als mich die Kinder fragten, warum Daddy weggegangen war, dachte ich mir, daß ich ihnen am besten reinen Wein einschenke. Also habe ich ihnen gesagt, daß er bei der Bank Geld unterschlagen hat und deswegen im Gefängnis sitzt. Schließlich wissen sie, was Diebstahl ist. Peter hat schon öfter Marmelade geklaut und ist dafür vorzeitig zu Bett geschickt worden. Wenn Erwachsene etwas entwenden, was ihnen nicht gehört, kommen sie dafür ins Gefängnis. Das ist ja nicht weiter schwer zu verstehen.«

»Trotzdem ist es doch nicht gut, wenn ein Kind auf seinen Vater herabsieht, anstatt zu ihm aufzusehen...«

»Aber sie verachten ihn keineswegs.« Der Gedanke schien Leslie zu belustigen. »Er tut ihnen höchstens leid, und sie wollen, daß er ihnen immer wieder von dem Leben im Gefängnis erzählt.«

»Ich finde das nicht angebracht«, sagte Joan entschieden.

»Nicht?« Leslie überlegte. »Nun ja, vielleicht haben Sie sogar recht. Charles hat es jedenfalls unendlich gutgetan. Als er aus dem Gefängnis kam, hat er sich gewunden und konnte uns nicht in die Augen sehen. Er benahm sich wie ein geprügelter Hund. Ich konnte das kaum mitansehen. Deshalb habe ich mir gesagt, daß es am besten ist, sich damit abzufinden, daß Charles zu einer Gefängnisstrafe von drei Jahren verurteilt worden ist. Drei Jahre kann man nicht einfach aus dem Leben streichen und unter den Tisch kehren. Wir mußten uns ganz einfach damit abfinden und froh sein, daß die schlimme Zeit überstanden war.«

»Das ist wieder einmal typisch Leslie Sherston«, dachte Joan bei sich. »Sie nimmt alles auf die leichte Schulter. Daß es auch feinfühligere Leute gibt, ahnt sie nicht einmal. Sie geht unbedingt den Weg des gerinsten Widerstandes.«

Aber Joan fand es bewundernswert, daß sie in der schweren Zeit so treu zu ihrem Mann gehalten hatte. Das gab sie ihr auch zu verstehen.

»Wissen Sie, Leslie, ich finde es großartig, daß Sie Ihren Mann nicht im Stich gelassen haben. Sie mußten sich so schrecklich abrackern, um sich und die Kinder durchzubringen, während Ihr Mann im... ich meine, als er weg war. Rodney und ich haben uns das schon oft gesagt.«

Ein komisches einseitiges Lächeln lag auf Leslies Gesicht. Das war Joan an ihr bisher noch gar nicht aufgefallen. Vielleicht hatte sie die arme Frau mit ihren Lobeshymnen in Verlegenheit gebracht. Leslie erkundigte sich mit seltsam hölzerner Stimme:

»Wie geht es Rodney eigentlich?«

»Der arme Mann erstickt ja fast in Arbeit. Dabei sage ich ihm immer wieder, daß er doch hin und wieder einen Tag Urlaub machen soll.«

Leslie meinte dazu: »Das ist nicht so einfach. Seine Arbeit nimmt wahrscheinlich genau wie meine fast seine ganze Zeit in Anspruch. Da hat er nicht oft Gelegenheit, einmal auszuspannen.«

»Das kann man wohl sagen. Außerdem ist Rodney sehr gewissenhaft.«

»Eine Ganztagsarbeit, die einem kaum noch Zeit läßt«, wiederholte Leslie leise. Sie ging langsam zum Fenster und starrte hinaus.

Etwas an ihrer Silhouette irritierte Joan plötzlich. Leslie trug zwar immer ziemlich formlose Gewänder. Aber trotzdem –

»Leslie!« rief Joan ganz impulsiv aus. »Sie sind doch wohl nicht...«

Da drehte sich Leslie um, sah Joan in die Augen und nickte ganz in sich gekehrt.

»Doch. Im August ist es soweit«, sagte sie.

»Ach, um Himmels willen«, stöhnte Joan. Sie fühlte sich vernichtet.

Da kam es plötzlich und unerwartet zu einem leidenschaftlichen Plädoyer von seiten Leslies. Sie drückte sich jetzt nicht mehr nachlässig und vage aus. Sie erschien Joan wie eine Verurteilte, die sich zu einer letzten Verteidigungsrede aufschwingt.

»Für Charles war das so furchtbar wichtig! So unendlich wichtig! Verstehen Sie das nicht? Ich kann Ihnen gar nicht sagen, wie er sich auf dieses Kind freut. Für ihn symbolisiert das Kind, daß er kein Außenseiter der Gesellschaft mehr ist, daß alles wieder ist wie früher. Seit er weiß, daß ich ein Kind erwarte, hat er sogar aufgehört zu trinken.«

Leslie sprach so leidenschaftlich, daß Joan erst viel später auffiel, wie bedeutungsschwer der letzte Satz gewesen war.

»Natürlich weiß niemand so gut wie Sie selbst, was für Sie und Ihren Mann am besten ist«, erklärte sie. »Ich finde aber, daß es im Augenblick sehr unklug ist, sich noch ein Kind anzuschaffen.«

»Sie meinen wohl, weil das Geld ohnehin schon kaum für uns reicht«, meinte Leslie lachend. »Ach, wir kommen schon durch. Fast alles, was wir essen, pflanzen wir ja selber an.«

»Noch etwas macht mir Sorge. Sie sehen nicht sehr kräftig aus.«

»Und ob ich stark bin! Sogar ganz besonders kräftig. Fast schon zu stark. Ich fürchte, was mich umbringt, bringt mich nicht so leicht um.«

Ein leiser Schauder überlief sie, als sähe sie sich schon erkrankt und schmerzgeplagt...

Sie waren dann wieder hinuntergegangen. Sherston hatte sich erboten, Mrs. Scudamore bis an die nächste Ecke zu begleiten und ihr eine Abkürzung über die Felder zu zeigen. Kurz bevor sie an dem Tor anlangten, drehte sich Joan noch einmal um. Sie sah, wie sich Leslie und ihre beiden Söhne auf dem Boden herumwälzten, hörte ihre wilden Freudenschreie. Leslie wälzt sich wie ein Tier mit ihrer Brut im Schmutz, dachte Joan leicht angewidert. Dann widmete sie Sherston wieder ihre volle Aufmerksamkeit. Sie lauschte seinen Worten.

Er gab ihr in abgerissenen Worten zusammenhanglos zu verstehen, daß es noch nie eine Frau gegeben habe und auch nicht geben werde, die es mit seiner Frau aufnehmen könne.

»Mistreß Scudamore, Sie können sich nicht vorstellen, was sie mir bedeutet. Sie haben ja nicht die leiseste Ahnung. Niemand kann sich das vorstellen. Ich verdiene Leslie gar nicht. Ich weiß ja, daß...«

Joan sah mit Besorgnis, daß ihm die Tränen in die Augen traten.

Er war offenbar ein weinerlicher Mensch, der leicht in eine rührselige Stimmung geriet.

»Immer gleichbleibend, immer heiter – alles was geschieht, scheint in ihren Augen interessant und amüsant zu sein. Und nie ein Wort des Vorwurfs, nie ein Wort der Klage. Aber sie soll es nicht bereuen. Ich schwöre, ich mache alles wieder gut.«

Joan fand, er könne ihr seine Wertschätzung am besten beweisen, wenn er sich von den Kneipen fernhielte. Wenigstens die meiste Zeit. Fast hätte sie ihm das gesagt.

Mit den Worten: »Aber selbstverständlich, Sie haben ja *so* recht!« nahm sie von Sherston Abschied. Sie versicherte ihm noch, es habe sie gefreut, ihn und seine Familie einmal wiederzusehen. Dann schlug sie den Weg durch die Felder ein. Als sie sich noch einmal umsah, stand Sherston vor der Kneipe und sah gerade auf die Uhr – wahrscheinlich um festzustellen, wann die Kneipe öffnen würde, wie lange er noch warten mußte.

Zu Hause angekommen, berichtete sie Rodney, die ganze Sache sei maßlos traurig und habe sie sehr mitgenommen.

Rodney schien sie mit Absicht falsch verstehen zu wollen. »Aber du hast doch gesagt, daß sie alle miteinander einen sehr glücklichen Eindruck machen.«

»Na ja, irgendwie schon.«

Rodney fand, es sei Leslie gelungen, das Beste aus ihrer mißlichen Lage zu machen.

»Jedenfalls ist sie in meinen Augen sehr mutig. Stell dir bloß mal vor – sie bekommt tatsächlich noch ein Kind!«

Daraufhin stand Rodney auf und ging ganz langsam zum Fenster. Da stand er dann und sah hinaus – eigentlich genau wie Leslie, wenn Joan es sich recht überlegte. Rodney hüllte sich in Schweigen. Erst nach einer ganzen Weile fragte er:

»Wann kommt das Kind zur Welt?«

»Im August. Ich finde das sehr unvernünftig.«

»So, findest du?«

»Überleg doch mal, mein Lieber. Sie leben ja jetzt schon von der Hand in den Mund. So ein kleines Baby macht doch alles noch viel schwieriger.«

Rodney sagte gedehnt: »Leslie ist sehr stark. Sie hat breite Schultern.«

»Aber sie bricht zusammen, wenn sie sich übernimmt. Sie sieht ja schon ganz elend aus.«

»Sie hat auch schon elend ausgesehen, als sie von hier weggezogen sind.«

»Sie ist auch um Jahre gealtert. Was hat es da für einen Sinn, zu sagen, daß dieses Kind für Charles sehr wichtig ist.«

»Hat sie das gesagt?«

»Ja. Sie hat gesagt, es sei *ungeheuer* wichtig gewesen.«

Rodney dachte nach. »Damit hat sie wahrscheinlich recht. Sherston gehört zu den Menschen, deren Leben davon abhängt, was andere von ihnen halten. Als der Richter damals das Urteil verkündete, ist er zusammengesackt wie ein angestochener Ballon, aus dem die Luft entweicht. Das war abstoßend und zugleich mitleiderregend. Für Sherston gibt es nur eine Hoffnung. Er muß irgendwie seine Selbstachtung wiedergewinnen. Und das ist ein schönes Stück Arbeit.«

»Trotzdem glaube ich nicht, daß ein weiteres Kind...«

Rodney unterbrach sie. Er wandte sich abrupt vom Fenster ab, ganz bleich vor Zorn. Joan erschrak. Sie erkannte ihn kaum wieder.

»Schließlich ist sie seine Frau oder vielleicht nicht? Für sie gab es nur zwei Möglichkeiten – sich von ihm zu lösen und die Kinder mitzunehmen oder auf ihn zu warten und ihm eine gute Frau zu sein. Eben das hat sie getan. Leslie gibt sich nicht mit Halbheiten zufrieden.«

Joan wollte von ihm wissen, weshalb er sich so aufregte. Dafür bestünde ihrer Meinung nach kein Grund. Rodney fauchte: »Nein, ganz gewiß nicht!« Ihm war regelrecht übel. Er hatte es gründlich satt, in so einer übervorsichtigen Welt zu leben, in der immer erst die Kosten und die Folgen berechnet wurden, bevor man irgend etwas tat. Nur, um Himmels willen, nichts riskieren, lautete die Devise. Joan sagte nur, sie hoffe, daß er mit seinen Mandanten nicht so rede. Rodney meinte grinsend: »Keine Angst, denen rate ich immer, sich außergerichtlich zu einigen!«

7. Kapitel

Vermutlich war es ganz natürlich, daß ihr Miß Gilbey nachts im Traum erschien. Miß Gilbey lief im Tropenhelm neben ihr her durch die Wüste und sagte mit befehlsgewohnter Stimme: »Joan, du hättest dich näher mit den Eidechsen befassen sollen. In Naturgeschichte lassen deine Leistungen sehr zu wünschen übrig.« Darauf erwiderte Joan selbstverständlich: »Ja, Miß Gilbey.«

Miß Gilbey machte ihr weiter Vorhaltungen: »Nun tu nur nicht so, als wüßtest du nicht, was ich meine, Joan. Das weißt du nämlich ganz genau. Ich spreche von der Disziplin.«

Joan wurde wach und glaubte im ersten Augenblick, sich wieder in der Schule zu befinden. Das Rasthaus ähnelte ja wirklich einem Schlafsaal in einem Internat. Genauso kahl und ungemütlich, eiserne Bettgestelle, alles überhaus hygienisch.

Lieber Himmel, wie soll ich den heutigen Tag herumbringen, fragte sich Joan.

Was hatte doch Miß Gilbey ihr gerade eingeflüstert? »Disziplin!«

Nun, da war wirklich etwas dran. Wie dumm von ihr, am Vortag wegen nichts in einen solchen Erregungszustand zu geraten. Sie mußte ihre Gedanken besser steuern, die Denkvorgänge systematisieren – dieser Agoraphobie einmal wirklich auf den Grund gehen.

Jetzt fühlte sie sich hier im Rasthaus eigentlich ganz wohl. Vielleicht blieb sie besser den ganzen Tag im Haus.

Doch diese Aussicht widerstrebte ihr. Den ganzen Tag in dieser Finsternis, dann der Gestank nach Hammelfett und Paraffin. Sie hatte nichts zu lesen, nichts zu tun.

Wie brachten denn Gefangene die Zeit in ihren Zellen rum? Die hatten natürlich Übung im Nichtstun, oder sie nähten Postsäcke, machten sich irgendwie nützlich. Sonst würden sie wahrscheinlich den Verstand verlieren.

Doch wer in Einzelhaft saß, wurde unweigerlich verrückt. Das konnte ja gar nicht ausbleiben.

Einzelhaft – und das Tag für Tag, Woche um Woche.

Ihr kam es vor, als sei sie schon seit *Wochen* hier! Doch wenn sie sich nicht irrte, so war dies heute erst der dritte Tag.

Lagen wirklich erst zwei Tage in der Wüste hinter ihr? Unglaublich! Wie hieß das doch bei Omar Khayyam? ›Ich mit den gestrigen zehntausend Jahren.‹ Oder so ähnlich. Warum konnte sie sich nie an den genauen Wortlaut erinnern?

Nein, um Himmels willen, nicht schon wieder. Es hatte ihr nicht im mindesten geholfen, daß sie sich das Hirn zermarterte, um sich an Gedichte zu erinnern und sie aufzusagen. Ganz im Gegenteil. Die Lyrik rüttelte einen auf, riß einen aus der Lethargie. Von der Lyrik ging eine Kraft aus, der sie sich nicht entziehen konnte...

»Du warst schon immer kalt wie ein Fisch...«

Warum durchdrang Blanches Stimme einschneidend ihre Gedankenvorgänge? Was für eine vulgäre, überflüssige Bemerkung. Das sah Blanche ähnlich! Einem Menschen wie Blanche, die sich von ihren Leidenschaften regelrecht in Stücke reißen ließ, mußte sie ja kalt erscheinen. Man konnte Blanche keinen Vorwurf daraus machen, daß sie so vulgär, so proletarisch war, das ließ sich nun einmal nicht ändern. Als sie noch ein junges

Mädchen war, war das nicht weiter aufgefallen. Ihre Schönheit und gute Erziehung täuschten darüber hinweg, doch tief im Innern mußte sie schon immer so vulgär gewesen sein.

Kalt wie ein Fisch! Von wegen.

Es hätte Blanche nur gut getan, wenn sie vom Temperament her einem Fisch ein wenig mehr geähnelt hätte!

Was für ein schändliches Leben hatte Blanche geführt. Wirklich eine Schande und eine Schmach!

Wie hatte sie sich doch gleich wieder ausgedrückt?

»Man kann ja immer über seine Sünden nachdenken.«

Die arme Blanche! Sie hatte allerdings zugeben müssen, daß Joan damit schnell fertig wäre. Sie hatte also klar erkannt, daß zwischen ihr und ihrer Schulkameradin Joan ein Unterschied bestand. Sie hatte getan, als sei sie der Meinung, daß es Joan bald langweilen würde, über ihre guten Eigenschaften und Verdienste nachzudenken. Vielleicht nahm man diese Segnungen als allzu selbstverständlich hin. Was hatte Blanche nur im Anschluß daran gesagt? Etwas sehr Sonderbares...

Ach ja, richtig. Sie hatte sich gefragt, wie man wohl vor sich selber dastand, wenn man tagelang nichts zu tun hatte, als über die eigene Person nachzudenken...

Eine interessante Frage.

Doch Blanche hatte zugegeben, daß sie das um keinen Preis versuchen wollte...

Das hatte fast geklungen, als hätte sie große *Angst* davor.

Ob man bei einer solchen Gelegenheit wirklich etwas ganz Neues, Unerwartetes über sich herausfinden würde?

Allerdings bin ich es nicht gewöhnt, mir Gedanken über mich zu machen...

Egozentrisch bin ich eigentlich nie gewesen. Ich nehme mich nicht allzu wichtig.

Was andere Menschen wohl von mir halten mögen, fragte sie sich.

Nicht im allgemeinen, sondern in ganz besonderen Fällen.

Sie versuchte, sich in bestimmten Fällen an die Reaktion der Leute zu erinnern...

Sie hatte noch Barbaras Stimme im Ohr.

»Aber natürlich, Mutter, *deine* Bediensteten sind immer perfekt. *Du* sorgst schon dafür, daß es so ist.«

Ihre Kinder sahen also ein, daß sie eine gute Hausfrau war und im Haushalt alles bestens lief, daß es an nichts fehlte. Es war doch tröstlich, daß sie ihre Arbeit zu würdigen wußten. Schließlich stimmte es ja auch, im Haus lief alles reibungslos. Sie verstand sich auf die Haushaltsführung. Die Dienstboten mochten sie – oder taten doch zumindest, was sie ihnen auftrug. Sie zeigten vielleicht kein Mitgefühl, wenn sie einmal Kopfweh hatte oder sich nicht wohlfühlte, aber sie hatte sie auch nie dazu ermutigt. Was hatte die ausgezeichnete Köchin doch gleich wieder gesagt, als sie so völlig unerwartet kündigte? Sie könne nicht bis in alle Ewigkeit ohne eine Spur von Anerkennung arbeiten – irgend etwas in der Art. Absurd und lächerlich!

»Madam, es bringt mich einfach um, daß Sie mich zwar tadeln, wenn Sie meinen, ich hätte etwas falsch gemacht, daß ich aber nie ein Wort des Lobes und der Anerkennung höre, wenn alles in bester Ordnung ist.«

Joan hatte darauf kalt erwidert: »Wenn ich nichts sage, so liegt das eben daran, daß alles in bester Ordnung ist. Das ist doch wohl selbstverständlich.«

»Madam, das mag ja sein, aber es ist entmutigend. Schließlich bin ich ein Mensch. Ich habe ein Herz und habe mir mit dem spanischen Ragout, um das Sie mich gebeten hatten, große Mühe gegeben. Es hat sehr viel Arbeit gemacht. Ich selbst mache mir aus solchen exotischen Gerichten gar nichts.«

»Es war ja auch ausgezeichnet.«

»Ja, Madam, das habe ich mir schon gedacht, weil alles aufgegessen wurde. Aber völlig kommentarlos.«

Joan hatte die Köchin ungeduldig angefahren: »Finden Sie nicht selbst, daß Sie sich albern benehmen? Schließlich habe ich Sie als Köchin eingestellt, und ich bezahle Sie dafür nicht schlecht...«

»Mit meinem Lohn bin ich ja auch zufrieden, Madam.«

»Das besagt doch wohl, daß Ihre Kochkünste ausreichen. Wenn irgend etwas nicht ausreichend oder zufriedenstellend ist, mache ich ja schließlich keinen Hehl daraus.«

»Nein, wahrhaftig nicht.«

»Das paßt Ihnen offensichtlich nicht.«

»Nein, Madam, das ist es ganz und gar nicht. Aber wir lassen das wohl besser einfach auf sich beruhen, denn es führt zu nichts. Ich gehe jedenfalls am Ende dieses Monats. Ich halte es hier nicht mehr aus.«

Mit Dienstboten hatte man doch wirklich nichts als Ärger, dachte Joan. Diese Gefühlsduselei und die Ressentiments! Alle Hausangestellten mochten Rodney, sie beteten ihn förmlich an. Das lag ganz einfach daran, daß er ein Mann war. Wenn es um ihren Herrn und Meister ging, war ihnen nichts zuviel. Und was Rodney alles über sie wußte – nicht zu fassen!

So sagte er zum Beispiel einmal unvermittelt: »Geh nicht so hart mit Edna ins Gericht. Ihr Freund hat sie verlassen und sich eine neue Freundin zugelegt, das hat sie ziemlich aus der Bahn geworfen. Deshalb läßt sie ständig etwas fallen, reicht das Gemüse zweimal rum und vergißt im Augenblick das meiste.«

»Woher weißt du das denn alles, Rodney?«

»Sie hat es mir heute morgen erzählt.«

»Wirklich merkwürdig, daß sie mit *dir* darüber spricht.«

»Ich habe sie gefragt, was mit ihr los ist. Mir ist aufgefallen, daß sie ganz verweinte Augen hat.«

Was Rodney doch für ein liebenswerter Mensch ist, dachte Joan.

Einmal hatte sie zu ihm gesagt: »Man sollte doch meinen, daß du es als Anwalt gründlich satt hast, dich in Schwierigkeiten und Gefühlsverwirrungen anderer Leute hineinziehen zu lassen.«

Er hatte nachdenklich erwidert: »Ja, das sollte man annehmen. Und doch ist es ganz und gar nicht so. Ein Familienanwalt auf dem Lande bekommt vielleicht mehr von der Schattenseite menschlicher Beziehungen mit als irgend jemand sonst, ein Arzt natürlich ausgenommen. Es sieht aber ganz so aus, als hätte man dadurch nur noch mehr Mitleid mit den Menschen, mit der gesamten Menschheit, die so verletzlich, so leicht in Angst und Schrecken zu versetzen, so mißtrauisch und so gierig ist, doch manchmal auch unerwartet tapfer und selbstlos. Vermutlich ist es das einzige Positive an meinem Beruf, daß er das Mitgefühl verstärkt.«

Am liebsten hätte sie ihn gefragt: »Das einzig Positive? Was soll das denn heißen?« Doch sie hatte sich die Frage aus unerfindlichen Gründen verkniffen. Das Thema schneide ich wohl besser gar nicht an, hatte sie sich gesagt.

Das immer stärkere Mitgefühl, das Rodney mit den Menschen empfand, wirkte sich auch praktisch aus, was sie zuweilen irritierte.

Als es zum Beispiel um Hoddesdons Hypotheken ging.

Das erfuhr sie nicht etwa von Rodney selbst, sondern von der schwatzhaften Frau von Hoddesdons Neffen. Es beunruhigte sie sehr.

Traf es wirklich zu, daß Rodney Hoddesdons Geld aus seinen eigenen Mitteln vorgeschossen hatte?

Rodney war perplex. Er war rot geworden und hatte sich hitzig ins Gefecht gestürzt.

»Wer hat denn da nicht dichtgehalten?«

Joan verriet es ihm und wollte wissen: »Warum hat er denn das Geld nicht aufgenommen, wie es üblich ist?«

»Weil er keine hinreichenden Sicherheiten bieten kann. Es ist im Augenblick sehr schwierig, auf Weideland Hypotheken aufzunehmen.«

»Warum, zum Teufel, leihst *du* ihm denn dann Geld?«

»Es geht mir schon nicht verloren. Hoddesdon ist wirklich ein guter Farmer. Aber erstens fehlt es ihm an Geld, und zweitens ließ die Ernte in den letzten beiden Jahren sehr zu wünschen übrig. Das hat ihn fast umgebracht.«

»Das ändert nichts an der Tatsache, daß er ziemlich übel dran ist und Geld aufnehmen mußte. Rodney, ich glaube wirklich nicht, daß du damit geschäftlich einen guten Riecher hattest.«

Da war es ganz plötzlich aus mit Rodneys Selbstbeherrschung.

Er hatte sie gefragt, ob sie denn wirklich keine Ahnung davon habe, mit welchen Schwierigkeiten alle Farmer im Lande zu kämpfen hätten. Ob sie sich denn nicht im klaren sei über die kurzsichtige Politik der Regierung in landwirtschaftlichen Fragen sowie über die Hindernisse, die es zu überwinden gelte. Er hatte sie mit einer Flut von Informationen über die Lage der Landwirtschaft in England überschüttet und war dann dazu übergegangen, ihr in warmen mitfühlenden Worten die Schwierigkeiten zu schildern, mit denen Hoddesdon zu kämpfen hatte.

»Das kann jedem passieren. Ganz gleich, wie intelligent und fleißig er auch ist. Das hätte mir an seiner Stelle auch passieren können. Zunächst einmal fehlt das Kapital, und dann ist man auch noch vom Pech verfolgt. Im übrigen muß ich dir sagen, Joan, daß dich das überhaupt nichts angeht. Ich mische mich ja auch nicht in die Kindererziehung und die Haushaltsführung ein. Das ist nämlich dein Ressort. Also halte du es bitte ebenso.«

Das hatte weh getan, sehr weh getan. Diesen Ton kannte sie an Rodney gar nicht. Das artete schon fast in einen Streit aus.

Und das alles wegen dieses lästigen alten Hoddesdons. Wenn es um diesen dummen alten Mann ging, war mit Rodney nicht zu reden. Sonntagnachmittag ging Rodney meistens zu Hoddesdon, lief mit ihm über die Felder. Wenn er dann zurückkam, sprach er ewig lange über die Ernte, die Krankheiten des Viehs und andere völlig uninteressante Dinge, die Landwirtschaft betreffend.

Selbst ihre Gäste mußten sich so etwas anhören.

Joan fiel wieder ein, daß Rodney und Mrs. Sherston nebeneinander auf einer Gartenbank gesessen hatten. Rodney hatte geredet und geredet. Joan hatte sich gefragt, worüber er sich da so erschöpfend ausließ, und hatte ihn belauscht. Denn er sprach ganz aufgeregt, und Leslie Sherston lauschte hingerissen.

Dabei stellte sich heraus, daß es lediglich um Milchkühe und deren Aufzucht ging.

Dieses Thema konnte Leslie doch unmöglich interessieren. Von solchen Dingen hatte sie doch keine Ahnung. Trotzdem schien sie mit gespannter Aufmerksamkeit zuzuhören. Rodney sprach übereifrig und lebendig. Leslie ließ keinen Blick von ihm.

Joan sagte leichthin: »Also weißt du, Rodney, du darfst doch die arme Mistreß Sherston nicht mit solchen Dingen langweilen.« (Die Sherstons waren erst vor kurzem nach Crayminster gekommen, und kannten sie noch nicht sehr gut.)

Rodneys Miene wirkte wie erloschen. Er wandte sich enttäuscht an Leslie.

»Entschuldigen Sie bitte. Ich wollte Sie nicht langweilen.«

Da sagte Leslie Sherston hastig und abrupt, so wie sie immer sprach:

»Mistreß Scudamore, Sie irren sich gewaltig. Ich finde es hochinteressant, was Mister Scudamore mir da erzählt hat.«

Dabei lag in ihren Augen ein sonderbarer Glanz. Joan hatte sich gesagt: »Ich glaube, diese Frau ist unberechenbar. Wahrscheinlich verliert sie leicht die Selbstbeherrschung...«

Dann kam Myrna Randolph außer Atem angesprungen und rief aus:

»Rodney, mein Lieber, komm und spiel doch diesen Satz mit mir. Wir warten alle auf dich.«

Mit der überaus charmanten, fordernden Art, die sich nur ein sehr attraktives Mädchen leisten kann, streckte sie beide Hände nach ihm aus, zog ihn von der Bank hoch, lächelte ihn strahlend an und schleppte ihn zum Tennisplatz. Ohne sich darum zu kümmern, ob Rodney wollte oder nicht!

Sie ging wie selbstverständlich neben ihm her, ihren Arm durch seinen Arm gesteckt, und sah im ins Gesicht.

Joan dachte aufgebracht: Das ist ja alles schön und gut, aber die Männer mögen Mädchen nicht, die sich ihnen an den Hals werfen.

Doch dann überlief es sie eiskalt, und sie fragte sich, ob den Männern das nicht vielleicht *doch* gefiel.

Als sie aufsah, merkte sie, daß Leslie sie beobachtete. Leslie sah jetzt nicht mehr aus, als könne sie die Selbstbeherrschung jeden Augenblick verlieren. Sie sah vielmehr aus, als täte Joan ihr furchtbar leid. Dabei bestand überhaupt kein Grund, sie zu bemitleiden. Was für eine Unverschämtheit!

Joan wälzte sich ruhelos in ihrem schmalen Bett. Wie um alles in der Welt war sie bloß wieder auf Myrna Randolph verfallen? Ach ja, sie hatte sich gefragt, wie sie wohl selbst auf andere Menschen wirken mochte. Sie nahm an, daß Myrna sie nicht mochte. Aber das konnte ihr ja gleich sein. Myrna gehörte zu den Mädchen, die Ehen auseinanderbringen, wann immer sich ihnen die Gelegenheit dazu bietet!

Aber warum sollte sie sich jetzt darüber aufregen?

Sie würde aufstehen und frühstücken. Vielleicht konnte ihr der Koch zur Abwechslung einmal Rührei machen. Oder verlorene Eier. Sie hatte diese zähen Omeletts langsam satt.

»Ei in Wasser kochen? Wirklich kochen?«

Nein, kein gekochtes Ei, versicherte ihm Joan. Sie wußte aus

Erfahrung, daß hier im Rasthaus immer hartgekochte Eier daraus wurden. Sie versuchte dem Inder zu erklären, was ein verlorenes Ei war. Doch der schüttelte den Kopf.

»Ei in Wasser legen, Ei sein nicht mehr da. Ich machen Memsahib schönes Spiegelei.«

Also aß Joan wieder einmal zwei schöne Spiegeleier, am Rande ganz verschrumpelt, das Eigelb bleich und hart. Da ist das Omelett fast noch besser, dachte sie bei sich.

Bald lag das Frühstück hinter ihr. Sie erkundigte sich nach dem Zug, doch da wußte niemand etwas zu berichten.

So saß sie also wieder einmal unverrichteter Dinge da. Ein lange Tag lag vor ihr. Wie sollte sie ihn nur herumbringen?

Jedenfalls würde sie sich ihre Zeit ganz genau einteilen. Und zwar vernünftig. Das Dumme war, daß sie bisher nur versucht hatte, die Zeit irgendwie herumzubringen.

Sie hatte ihre Zeit in Bahnhofsnähe mit dem Warten auf den Zug verbracht. Da wurde man ganz automatisch zu einem Nervenbündel. Warten, nichts als Warten mußte einen ja zermürben.

Einmal angenommen, sie würde diese Tage als Ruhepause vom täglichen Einerlei, als Zeit der Besinnung betrachten, sich in Disziplin und Selbstbeherrschung üben. Sich auf sich selbst besinnen. Zuflucht nehmen, so nannten das die Katholiken wohl. Sie machten Exerzitien, was einer geistigen Erneuerung gleichzukommen schien.

Warum sollte ich das nicht auch als eine solche Zeit betrachten, sagte sich Joan.

In letzter Zeit hatte sie allzu lasch gelebt. Alles war nur so dahingeplätschert und hatte sie nicht die geringste Anstrengung gekostet.

Miß Gilbey schien als Geist neben ihr zu stehen und ihr in der wohlbekannten Tonlage des Fagotts einzuflüstern: »Disziplin!«

Doch in Wahrheit hatte diese Ermahnung Blanche gegolten. Joan hatte sie (nicht gerade liebenswürdig) etwas anderes mit auf den Weg gegeben: *»Hüte dich vor allzugroßer Selbstzufriedenheit!«*

Joan fand das ungerechtfertigt. Denn zur Selbstzufriedenheit neigte sie nun überhaupt nicht – zumindest nicht auf diese törichte, alberne Art. *»Du mußt auch an andere denken, liebes Kind,* *und nicht nur an dich selbst.«* Genau das hatte sie getan, immer nur an andere gedacht. An sich hatte sie kaum je gedacht, war immer hinter anderen zurückgetreten. Wenn sie an die Kinder und an Rodney dachte, so durfte sie wohl mit Recht behaupten, daß sie immer ein Muster an Selbstlosigkeit gewesen war.

Averil!

Warum fiel ihr Averil plötzlich ein?

Warum sah sie das Gesicht ihrer Ältesten plötzlich so deutlich vor sich? Averil blieb immer höflich, doch in ihrer Miene spiegelte sich meistens ein etwas spöttisches Lächeln.

Leider ließ sich nicht verhehlen, daß Averil ihre Mutter nicht richtig gewürdigt hatte.

Ihre sarkastischen Äußerungen erschienen Joan oft unerträglich. Averil kamen zwar niemals ausgesprochene Grobheiten über die Lippen, aber –

Aber was?

Der leicht belustigte Gesichtsausdruck, die hochgezogenen Augenbrauen irritierten einen. Meistens ging Averil einfach allem aus dem Weg und ließ sich auf nichts ein.

Natürlich hing Averil an ihrer Mutter. Alle ihre Kinder liebten sie –

Wirklich?

Liebten ihre Kinder sie denn wirklich – machten sie sich überhaupt etwas aus ihr?

Joan wollte sich erheben, doch sie sank gleich auf ihren Stuhl zurück.

Wieso kamen ihr denn plötzlich Zweifel? Was sollte das denn bloß? Was für eine absurde, erschreckende Idee! Sie mußte sich das aus dem Kopf schlagen, durfte gar nicht mehr daran denken...

Sie vernahm Miß Gilbeys Stimme – *pizzicato* –

»Überlaß dich niemals törichten Gedanken, Joan. Finde dich nicht einfach mit den Dingen ab, vertraue nicht dem äußeren Schein. Das wäre natürlich die einfachste Methode. Dadurch ersparst du dir viel Kummer...«

Wollte sie die trüben Gedanken mit aller Macht verdrängen, um sich Kummer zu ersparen?

Denn diese Gedankengänge taten wirklich höllisch weh...

Averil...

Hing Averil wirklich an ihr? Mochte Averil sie überhaupt? Na los schon, Joan, stell dich dieser Frage, weich nicht aus.

Um der Wahrheit die Ehre zu geben – Averil war schon immer ein sonderbares Mädchen gewesen: kühl bis ans Herz und nicht die Spur emotionell.

Nein, eigentlich nicht gefühllos. Averil hatte ihren Eltern als einziges von den drei Kindern wirklich Sorgen gemacht.

Ausgerechnet die kühle, ruhige wohlerzogene Averil. Was für ein Schock war das gewesen!

Wie schockiert war *sie* gewesen!

Sie hatte den Brief geöffnet, ohne auch nur im geringsten einen Verdacht zu hegen. Die Zeilen waren von einer ungeübten Hand mühselig hingekritzelt. Sie nahm an, es sei ein Dankbrief eines Menschen, der in den Genuß einer Spende eines der Wohltätigkeitsvereine gekommen war, denen sie vorstand.

Sie las die Worte und begriff nicht, was das sollte.

»Sie sollen wissen, daß Ihre Älteste es mit dem Doktor oben im Sanatorium treibt. Sie küssen sich im Wald. Das ist eine Schande. Dagegen muß man etwas tun.«

Joan verschwamm alles vor Augen, als sie auf das schmutzige Stück Papier starrte.

Was für ein abscheulicher, widerlicher Fetzen.

Natürlich wußte sie, daß es anonyme Briefe gab. Doch sie selbst hatte noch nie einen bekommen. Da konnte einem ja richtig übel werden!

Ihre Älteste, hieß es in dem Brief, also Averil. Ausgerechnet Averil! *Treibt es mit dem Doktor oben im Sanatorium* (was für eine ekelhafte Ausdrucksweise). War damit etwa Dr. Cargill gemeint? Dieser bedeutende, über jeden Tadel erhabene Spezialist, der große Erfolge auf dem Gebiet der Lungenheilkunde zu verzeichnen hatte? Der Mann war ja mindestens zwanzig Jahre älter als Averil und mit einer überaus charmanten kranken Frau verheiratet.

Was für ein Unsinn! Was für ein widerlicher Schmutz und Schund!

Da kam Averil herein und erkundigte sich ohne sonderliche Neugier (denn neugierig war Averil nie): »Mutter, hast du irgend etwas?«

Ihre Stimme zitterte. Averil zog verwundert die zarten Augenbrauen hoch und fragte: »Was ist denn an dem Brief so schlimm?«

»Ich möchte nicht darüber reden.«

»Geht es darin um mich?«

»Ja, aber lies ihn lieber nicht.«

Doch Averil war auf sie zugetreten und hatte ihr den Brief wortlos aus der Hand genommen.

Sie las ihn, gab ihn Joan zurück und sagte nachdenklich, doch so, als ginge sie das alles gar nichts an: »Du hattest recht, der Brief ist wirklich nicht sehr schön.«

»Nicht sehr schön? Das ist noch milde ausgedrückt. Der Brief ist eine Zumutung – einfach widerwärtig! Man sollte Leute anzeigen, die solche Lügen verbreiten.«

Averil sagte seelenruhig: »Der Brief ist wirklich ekelhaft, aber gelogen ist das nicht.«

Joan glaubte, sich verhört zu haben. Alles drehte sich um sie, ihr wurde schwindlig. Sie keuchte:

»Was soll das heißen, Averil? Was meinst du denn damit?«

»Mutter, mach doch nicht so ein Geschrei darum. Es tut mir leid, daß du es erfahren hast, aber früher oder später hättest du es sowieso erfahren.«

»Soll das heißen, daß es *stimmt*? Daß du und dieser Doktor Cargill...«

»Ja.« Averil bestritt es nicht einmal. Sie gab es unumwunden zu.

»Aber das ist doch unglaublich! Was für eine Schande! Wie kann sich ein Mann in seinem Alter – noch dazu verheiratet – mit einem so jungen Mädchen einlassen?«

Averil kanzelte sie ungeduldig ab: »Mach doch nicht gleich ein Melodram daraus. Es ist ganz anders, als du glaubst. Zwischen uns hat sich alles ganz allmählich entwickelt. Ruperts Frau ist schwächlich, sehr gebrechlich, und das schon seit Jahren. Und so haben wir uns eben ineinander verliebt. Wir mögen uns sehr. Das ist alles.«

»So, das ist alles? Wie mich das freut!« Joan machte keinen Hehl daraus, was sie von der Sache hielt. Averil zuckte nur die Achseln und ließ das Donnerwetter über sich ergehen. Als Joan sich schließlich totgelaufen hatte und nichts mehr zu sagen wußte, bemerkte Averil:

»Ich verstehe deinen Standpunkt, Mutter. An deiner Stelle würde ich genauso denken. So manches, was du mir an den Kopf geworfen hast, hätte ich allerdings für mich behalten. Aber das ändert nichts an den Tatsachen, Rupert und ich mögen uns eben sehr. Es tut mir zwar sehr leid für dich, aber du kannst nichts dagegen unternehmen.«

»Unternehmen? Ich muß mit deinem Vater reden – und zwar auf der Stelle.«

»Der arme Vater. Mußt du ihn unbedingt damit belasten?«

»Er weiß bestimmt genau, was da zu tun ist.«

»Er kann doch nichts dagegen unternehmen. Aber er wird sich große Sorgen um mich machen.«

Damit begann eine nervenzermürbende Zeit.

Averil, um die es ging und die einen fürchterlichen Sturm entfachte, schien das alles gar nicht zu berühren. Sie blieb kühl wie immer.

Und hoffnungslos verstockt.

Joan gab Rodney immer wieder zu verstehen: »Ich kann mir nicht helfen, aber ich glaube, daß sie nur eine *Pose* einnimmt, in der sie sich gefällt. Sie spielt eine Rolle, das ist alles. Averil ist ja gar nicht fähig, für irgendeinen Menschen auf der Welt starke Gefühle zu entwickeln.«

Doch Rodney schüttelte den Kopf.

»Du verstehst Averil nicht. Bei Averil spielen die Sinne keine so große Rolle wie das Herz und der Verstand. Wenn sie liebt, dann so sehr, daß sie wahrscheinlich nie wieder darüber hinwegkommen wird.«

»Rodney, das ist doch Unsinn! Ich kenne Averil viel besser als du. Schließlich bin ich ihre Mutter.«

»Das besagt doch gar nichts. Es ist trotzdem möglich, daß du sie völlig verkennst, sie immer falsch eingeschätzt hast. Averil hat schon immer dazu geneigt, die Dinge herunterzuspielen. Das liegt ihr nun einmal. Oder sie kann nicht anders. Wenn sie besonders tief empfindet, verharmlost sie das unbedingt, wenn sie überhaupt darüber spricht.«

»Ich finde, das klingt ziemlich weithergeholt.«

Rodney sagte langsam und gedehnt: »Du darfst mir das ruhig glauben. Es ist die reine Wahrheit.«

»Ich kann mir nicht helfen, aber ich finde, daß du maßlos

übertreibst. Das ist doch nichts als die Verliebtheit eines Schulmädchens. Sie fühlt sich geschmeichelt. Die Fantasie geht mit ihr durch.«

Rodney unterbrach sie. »Meine Liebe, du redest dir da Dinge ein, an die du selbst nicht glaubst. Was hat das denn für einen Sinn? Averil liebt Cargill leidenschaftlich.«

»Dann sollte er sich schämen! Was für eine Schande, ein unerfahrenes junges Mädchen zu verführen, ihm den Kopf so zu verdrehen...«

»Ja, darüber zerreißt sich höchstwahrscheinlich alle Welt den Mund. Aber versetz dich doch mal in die Lage dieses armen Teufels. Verheiratet mit einer Frau, die sich von ihrem Gebrechen nie mehr erholt. Da tritt Averil in Erscheinung, ein schönes junges Mädchen und bietet ihm ihr Herz auf einem silbernen Tablett an. Sie ist so jung und unverbraucht.«

»Aber dieser Mann ist zwanzig Jahre älter als unsere Tochter!«

»Ich weiß, ich weiß. Wäre er nur zehn Jahre älter, wäre die Versuchung nicht so groß.«

»Das muß ein abscheulicher Mensch sein – einfach widerwärtig.«

Rodney seufzte.

»Das ist er ganz und gar nicht. Er ist ein ausgesprochen feiner Mensch und sehr human. Bisher ist er völlig in seinem Beruf aufgegangen, den er mit dem ganzen Enthusiasmus ausübt, dessen er fähig ist. Dieser Mann hat auf seinem Fachgebiet Großes geleistet. Er wird in die Geschichte der Medizin eingehen, daran besteht kein Zweifel. Im übrigen ist er zu seiner seit langem bettlägerigen Frau immer gleichbleibend lieb und sanft gewesen.«

»Nun versuch nicht auch noch, einen Heiligen aus ihm zu machen.«

»Das habe ich, weiß Gott, nicht vor. Im übrigen sind auch die meisten Heiligen von Leidenschaften nicht verschont geblieben. Dagegen ist niemand immun. Jeder ist Anfechtungen ausgesetzt. Außer er ist ein völlig blutleeres Wesen. Cargill ist geradezu ein Muster an Menschlichkeit. So menschlich, daß er sich verliebt hat und deswegen leiden muß. Vielleicht läßt er sich aufgrund eben dieser Menschlichkeit sogar dahin bringen, daß er sein Lebenswerk an den Nagel hängt und es auf sich nimmt, daß sein Leben zerstört wird. Das alles wird sich ja noch zeigen. Es kommt darauf an.«

»Worauf kommt es an?«

Rodney erwiderte gedehnt: »Auf unsere Tochter. Es muß sich jetzt zeigen, wie stark und wie einsichtig sie ist.«

Joan schlug aufgebracht vor: »Wir müssen sie unbedingt von hier wegschaffen. Wir können sie auf eine Kreuzfahrt schicken. In die nordischen Hauptstädte – oder auf die griechischen Inseln. Irgend etwas in der Art.«

Rodney lächelte.

»Nach dem Vorbild deiner alten Schulfreundin Blanche Haggard, wie? Überleg doch mal, wie die Geschichte ausgegangen ist.«

»Du glaubst wohl, Averil würde gleich im ersten Hafen von Bord gehen und dem geliebten Mann wieder in die Arme stürzen.«

»Averil würde die Reise gar nicht erst antreten, wie ich meine Tochter kenne.«

»Aber das ist doch Unsinn! Wir würden drauf bestehen, daß sie die Reise macht.«

»Meine liebe Joan, versuch doch endlich einmal, dich mit den Fakten abzufinden, und mach dir nicht ständig etwas vor. Eine erwachsene junge Frau kannst du zu nichts mehr zwingen. Wir können Averil weder in ihrem Zimmer einschließen noch können wir sie zwingen, aus Crayminster fortzugehen. Das würde mir auch beides im höchsten Maße widerstreben. Das wären doch nur Ablenkungsmanöver. Averil kann man nur überzeugen, indem man ihr die Fakten auftischt und ihr klarmacht, was sie mit dieser unglückseligen Liebe anrichtet.«

»Was denn für Fakten?«

»Die Realität. Die reine Wahrheit.«

»Geh doch zu Doktor Cargill und knöpf ihn dir mal vor. Drohe ihm damit, alles an die große Glocke zu hängen. Dann gibt es einen furchtbaren Skandal.«

Rodney seufzte wieder. »Ich fürchte, Joan, daß ich ihm damit nur vorgreifen und alles beschleunigen würde.«

»Was soll das denn nun schon wieder heißen?«

»Daß Cargill alles hinschmeißen und mit Averil durchbrennen könnte.«

»Aber dann wäre es doch sicher aus mit seiner Karriere.«

»Allerdings. Ich glaube zwar nicht, daß man ihm berufswidriges Verhalten vorwerfen würde, aber in seinem ganz speziellen Fall wären die Leute doch zumindest sehr befremdet.«

»Aber wenn er das zu spüren kriegt, besinnt er sich doch wohl.«

Rodney riß allmählich die Geduld. »Im Augenblick ist er nicht ganz bei sich. Verstehst du denn gar nichts von der Liebe, Joan?«

Was für absurde Fragen Rodney manchmal stellte. Sie entgegnete erbittert: »Diese Art von Liebe kann mir gestohlen bleiben!«

Sie konnte es nicht fassen, was Rodney dazu sagte. Er lächelte und murmelte ganz sanft: »Arme kleine Joan.« Er küßte sie und ging dann wortlos aus dem Zimmer.

Er wußte also immerhin, wie sehr sie diese schreckliche Geschichte mitnahm.

Ja, sie machten eine fürchterliche Zeit durch. Averil hüllte sich in Schweigen, sprach mit keinem Menschen. Wenn ihre Mutter mit ihr sprach, antwortete sie nicht mal.

»Ich habe wirklich mein Bestes getan«, dachte Joan. »Was fängt man nur mit einem Mädchen an, das einem nicht einmal zuhört?«

Averil sah blaß und erschöpft aus. Sie sagte immer wieder höflich: »Also wirklich, Mutter, mußt du immer wieder davon anfangen? Dieses ewige Gerede! Ich verstehe deinen Standpunkt ja, aber warum findest du dich nicht ganz einfach damit ab, daß du absolut nichts ändern kannst – ganz gleich, was du sagst oder tust?«

So standen die Dinge also, so spielte sich das immer wieder ab – bis zu dem Nachmittag im September, an dem Averil, noch bleicher als gewöhnlich, zu ihnen beiden gesagt hatte:

»Ich glaube, ich muß es euch sagen, Rupert und ich, wir haben beide das Gefühl, daß es so nicht weitergeht. Wir gehen zusammen fort von hier. Ich hoffe, daß sich seine Frau bald von ihm scheiden läßt. Doch wir bleiben auch zusammen, wenn sie sich nicht scheiden läßt.«

Joan wollte energisch protestieren, doch Rodney hob die Hand und gebot ihr Einhalt.

»Joan, überlaß das bitte mir. Averil, ich muß mit dir reden. Komm mit in mein Arbeitszimmer.«

Averil flüsterte mit einem schwachen Lächeln um den Mund: »Vater, jetzt redest du fast wie ein Schulmeister.«

Joan stieß entrüstet hervor: »Ich bin Averils Mutter. Ich bestehe darauf...«

»Bitte, Joan, ich möchte lieber allein mit Averil sprechen. Würdest du bitte gehen?«

Das sagte er so ruhig und entschieden, daß sie sich zum Gehen wandte. Doch Averils leise und doch so klare Stimme gebot ihr sofort wieder Einhalt.

»Mutter, bleib doch bitte. Ich will nicht, daß du gehst. Was Vater mir zu sagen hat, soll er mir lieber in deiner Gegenwart sagen.«

›Eine Mutter scheint also doch nicht ganz so unwichtig zu sein‹, dachte Joan.

Averil und ihr Vater maßen sich mit sonderbaren Blicken – abschätzend und voller Mißtrauen, wie zwei Widersacher auf der Bühne.

Rodney meinte leise lächelnd: »Sieh mal einer an, du hast ja *Angst*!«

Averils Antwort klang verwundert und ganz unverfänglich: »Vater, ich weiß wirklich nicht, wovon du redest.«

Da sagte Rodney plötzlich, anscheinend aus dem Zusammenhang gerissen: »Averil, es ist ein Jammer, daß du kein Junge bist. Manchmal erinnerst du mich nämlich ganz verteufelt an deinen Großonkel Henry. Der erwies sich immer wieder als Genie, wenn es darum ging, die Schwächen und Unzulänglichkeiten seines Klienten unter den Tisch zu kehren oder zu vertuschen, den Mandanten des Widersachers hingegen machte er so madig, er stellte ihn so erbarmungslos bloß, daß der keine Chance mehr hatte.«

Averil erklärte hastig: »In meinem Fall gibt es wohl kaum eine Schwäche aufzudecken.«

Rodney gab ihr zu verstehen: »Warte nur ab. Ich werde es dir gleich beweisen.«

Joan konnte sich nicht mehr beherrschen. Sie rief mit scharfer

Stimme aus: »Es kommt natürlich nicht in Frage, daß du so etwas Schlechtes, furchtbar Dummes tust, meine liebe Tochter. Wir verbieten dir, mit diesem Mann davonzulaufen!«

Averils Mund verzog sich zu einem angedeuteten Lächeln. Sie sah nicht ihre Mutter, sondern ihren Vater an, als wolle sie ihm diesen Ausbruch ihrer Mutter kommentarlos präsentieren.

Rodney wandte sich an Joan. »Würdest du so nett sein und mir das überlassen?«

»Ich finde, es ist Mutters gutes Recht, genau das zu sagen, was sie für richtig hält«, mischte sich Averil ein.

»Danke, Averil. Genau das werde ich jetzt tun!« Joan war nicht mehr zu halten. »Mein liebes Kind, du mußt doch einsehen, daß das, was du da vorhast, nicht in Frage kommt. Du bist noch jung und sehr romantisch. Deshalb siehst du alles in einem falschen Licht. Wenn du jetzt dem ersten Impuls folgst und überstürzt davonläufst, bereust du das später ganz sicher. Und denk doch einmal daran, was du deinem Vater und mir für Kummer bereiten würdest. Hast du dir das schon einmal überlegt? Du willst uns doch wohl nicht weh tun. Wir haben dich immer so geliebt.«

Averil hörte sich das geduldig an, würdigte ihre Mutter aber keiner Antwort. Sie wandte keinen Blick von ihrem Vater.

Als Joan schwieg, sah Averil noch immer ihren Vater an. Ihre Lippen kräuselten sich zu einem angedeuteten spöttischen Lächeln.

»Nun, Vater«, meinte sie, »hast du dem etwas hinzuzufügen?«

»Nein, hinzuzufügen nicht«, antwortete Rodney. »Aber ich habe dir selbst etwas zu sagen.«

Averil sah ihn fragend an.

»Averil«, begann er, »bist du dir überhaupt darüber im klaren, was es mit einer Ehe auf sich hat?«

Averil zog die Augenbrauen hoch. Nach einer Weile meinte sie ironisch: »Willst du vielleicht behaupten, die Ehe sei ein Sakrament?«

»Nein. Ob die Ehe für mich ein Sakrament ist oder nicht, spielt jetzt keine Rolle. Ich wollte dir nur sagen, daß die Ehe ein *Vertrag* ist.«

»So«, murmelte Averil verblüfft.

»Die Ehe ist ein Vertrag, den zwei Erwachsene im Vollbesitz ihrer geistigen Kräfte miteinander abschließen. Sie wissen ganz genau, was sie da tun. Es handelt sich dabei um eine partnerschaftliche Vereinbarung. Beide Partner verpflichten sich bei Unterzeichnung des Vertrages, die Vertragsklauseln einzuhalten. So zum Beispiel dazu, dem anderen unter allen Umständen beizustehen und zu ihm zu halten – in guten wie in bösen Zeiten. Auch wenn der Partner krank wird.

Auch wenn die Trauformel in der Kirche gesprochen und von einem Geistlichen abgesegnet wird, handelt es sich genauso um einen Vertrag wie bei einem Vertrag, den zwei Menschen in gutem Glauben miteinander eingehen. In diesem Fall kommt noch der Segen der Kirche hinzu. Einige der Verpflichtungen, die man damit eingeht, könnte man vor Gericht nicht einklagen. Doch sie sind deswegen nicht weniger bindend für die Partner, die sie eingegangen sind. Du wirst doch wohl zugeben, daß es sich so verhält.«

Averil schwieg eine ganze Weile. Dann erst sagte sie: »Schon möglich, daß es einmal so war. Aber heutzutage hat man eine ganz andere Einstellung zur Ehe. Viele Partner verzichten auf eine kirchliche Trauung. Die Trauungsformel hat also keine Gültigkeit für sie.«

»Das mag ja sein. Aber Rupert Cargill hat sich dieser Trauformel vor achtzehn Jahren in der Kirche unterworfen. Nun behaupte nur nicht, daß er diese Worte damals nicht ernst genommen hat. Willst du mir vielleicht weismachen, daß er damals gar nicht vorgehabt hat, sich an den Vertrag zu halten?«

Averil zuckte die Achseln.

Rodney konstatierte: »Du gibst also zu, daß Rupert Cargill einen solchen Vertrag mit seiner Ehefrau abgeschlossen hat, wenn die Vertragsklauseln auch nicht vor Gericht eingeklagt werden können? Bei der Eheschließung hat er die Möglichkeit in Betracht gezogen, daß einer der Partner erkranken oder verarmen könnte, hat aber erklärt, daß dies kein Grund zur Auflösung der Ehe sein soll.«

Averil war kreidebleich geworden. Sie sagte tonlos: »Ich weiß wirklich nicht, was du damit bezweckst.«

»Ich möchte, daß du zugibst, daß die Ehe – einmal abgesehen vom gefühlsmäßigen Aspekt – ein ganz gewöhnlicher Vertrag ist, wie man ihn zum Beispiel bei Geschäften abschließt. Das gibst du doch wohl zu, oder etwa nicht?«

»Ja.«

»Und Rupert Cargill will jetzt mit deinem Einverständnis vertragsbrüchig werden.«

»Ja.«

»Ohne die angestammten Rechte und Privilegien seines Vertragspartners zu berücksichtigen?«

»Ihr fehlt es doch an nichts. Sie hängt gar nicht sonderlich an Rupert. Ihr geht es ausschließlich um ihr eigenes Wohlbefinden und...«

Rodney unterbrach sie schroff. »Wir reden hier nicht über Sentimentalitäten, Averil. Ich will, daß du die *Fakten* klar und deutlich siehst.«

»Ich bin nicht sentimental.«

»Und ob du das bist. Woher willst du wissen, was in Mistreß Cargill vorgeht, was sie denkt und empfindet? Du reimst dir alles so zusammen, wie es dir am besten in den Kram paßt. Ich erwarte nichts von dir, als daß du zugibst, daß sie gewisse *Rechte* hat.«

Averil warf den Kopf zurück. »Na schön, wenn dir soviel daran liegt. Sie *hat* gewisse Rechte.«

»Dann bist du dir also darüber im klaren, was du tust?«

»Bist du jetzt endlich fertig, Vater?«

»Nein, etwas will ich noch zur Sprache bringen. Du weißt ja wohl, daß Cargills Arbeit von unschätzbarem Wert für die Menschheit ist. Mit seiner Methode zur Behandlung der Tuberkulose hat er solchen Erfolg, daß er prominent geworden ist und in die Geschichte der Medizin eingehen wird. Doch es ist leider so, daß sich das Privatleben eines Menschen ganz fatal auf seine berufliche Laufbahn auswirken kann. Mit dem, was er jetzt vorhat, kann er sich ungeheuer schaden. Wenn ihr wirklich ausführt, was ihr offensichtlich tun wollt, könnte alles, was er bisher zum Nutzen der Menschheit geleistet hat, ernsthaft in Frage gestellt sein. Vielleicht ist es dann endgültig aus mit seiner Karriere.«

»Du willst mich anscheinend davon überzeugen, daß es meine Pflicht ist, auf Rupert zu verzichten, damit er auch weiterhin zum Nutzen der Menschheit tätig sein kann.« In Averils Stimme lag eine Spur von Verachtung.

»Nein«, setzte sich Rodney zur Wehr. »Ich muß nur daran denken, wie es dem armen Teufel dann unweigerlich ergehen wird...«

Er sprach jetzt tiefbewegt und leidenschaftlich.

»Averil, du darfst mir eines glauben: Wenn ein Mann beruflich nicht das tun kann, was ihm am Herzen liegt und wofür er geschaffen ist, dann ist er nur mehr ein halber Mensch, ein Schatten seiner selbst. Ich sage dir das, so wahr ich hier stehe: Du darfst Rupert Cargill nicht um seine Arbeit bringen und ihm nicht die Möglichkeit nehmen, fortzuführen, was er mit so überwältigendem Erfolg angefangen hat. Sonst erkennst du eines Tages, daß aus dem Mann, den du liebst, ein todunglücklicher, unausgefüllter Mensch geworden ist – müde und entmutigt, vor der Zeit gealtert, nur noch ein halber Mensch, dem nichts mehr Freude macht. Und wenn du glaubst, daß du ihn mit deiner Liebe dafür entschädigen kannst, so laß dir gesagt sein, daß du eine verdammte Närrin bist!«

Er schwieg erschöpft. Lehnte sich in seinem Stuhl zurück und fuhr sich mit der Hand durchs Haar.

»Du stellst da Behauptungen auf, aber woher soll ich wissen...« Sie hielt inne und wiederholte dann: »Woher soll ich wissen...«

»Ob das den Tatsachen entspricht? Ich kann nur sagen, daß ich fest davon überzeugt bin, denn *ich weiß das aus eigener bitterer Erfahrung*. Das sage ich dir als Mann und als Vater, Averil.«

»Ja«, flüsterte Averil. »Ich verstehe dich...«

Rodneys Stimme klang unendlich müde und irgendwie erstickt. »Averil, es liegt nun ganz bei dir, meine Worte zu überdenken. Vielleicht siehst du ein, wie recht ich habe, vielleicht gelangst du aber auch zu einer anderen Überzeugung. Ich zweifle nicht an deinem Mut und deiner Scharfsichtigkeit.«

Averil ging langsam auf die Tür zu. Dort blieb sie mit der Hand schon auf dem Türgriff stehen und sah sich noch einmal um.

Joan erschrak, als sie die erbitterte, rachsüchtige Stimme ihrer Tochter hörte.

»Vater, bilde dir jetzt bloß nicht ein, daß ich dir je dankbar dafür sein werde. Ich fürchte, daß ich dich jetzt hasse.«

Sie ging und zog die Tür hinter sich zu.

Joan wollte ihr nachlaufen, doch Rodney ließ das nicht zu.

»Laß sie doch in Frieden«, sagte er. »Laß sie um Himmels willen in Ruhe. Begreifst du denn nicht, daß wir gewonnen haben?«

8. Kapitel

Und damit war die Angelegenheit erledigt, aus der Welt geschafft, stellte Joan zufrieden fest.

Averil war schweigend und in sich gekehrt herumgegeistert. Auf Fragen hatte sie nur einsilbig geantwortet und von sich aus nie gesprochen, wenn es sich irgendwie vermeiden ließ. Sie war noch dünner und blasser geworden.

Einen Monat später hatte sie den Wunsch geäußert, in London einen Sekretärinnenkurs zu besuchen.

Rodney hatte sofort zugestimmt. Also war Averil abgefahren – ohne eine Spur von Abschiedsschmerz zu heucheln.

Als sie nach drei Monaten endlich einmal zu Besuch kam, wirkte sie ganz vernünftig und normal. Nach ihren Erzählungen zu urteilen, führte sie in London ein ausgelassenes Leben.

Joan war kolossal erleichtert und sprach darüber auch mit Rodney.

»Sie hat die Sache längst verwunden. Ich habe mir ja gleich gedacht, daß es nichts Ernstes ist – nur eine dieser typischen Jungmädchenschwärmereien.«

Rodney lächelte nur nachsichtig und murmelte: »Arme kleine Joan.«

Sie ärgerte sich immer, wenn er sie so nannte.

»Du mußt doch zugeben, daß wir eine Weile allen Grund zur Besorgnis hatten.«

»Ja, Averils Zustand war allerdings besorgniserregend«, antwortete Rodney. »Aber es war ja nicht deine Sorge, Joan.«

»Was soll das denn heißen? Alles, was die Kinder betrifft, nimmt mich viel mehr mit als die Kinder selbst.«

»Glaubst du wirklich?« Rodney sah sie forschend an. »Ich weiß nicht recht...«

Averil und ihr Vater schienen sich nicht mehr so nahezustehen wie früher. Ihr Verhältnis hatte sich ganz entschieden abgekühlt. Sie gingen jetzt sehr distanziert miteinander um, höflich und formell. Von der herzlichen Freundschaft, die sie einmal verbunden hatte, war nichts mehr zu spüren. In ihrer kühlen unverbindlichen Art verhielt sich Averil ihrer Mutter gegenüber erstaunlicherweise ausgesprochen liebenswürdig.

Vielleicht weiß sie mich jetzt mehr zu schätzen, seit sie nicht mehr zu Hause lebt, sagte Joan sich.

Sie freute sich, wenn Averil zu Besuch kam. Die kühle, vernünftige Averil machte vieles leichter.

Barbara war jetzt erwachsen. Sie erwies sich als sehr schwierig.

Der Freundeskreis der Jüngsten machte Joan zunehmend zu schaffen. Barbara war nicht sehr wählerisch. Offensichtlich ging ihr jegliches Urteilsvermögen ab. In Crayminster gab es so viele nette Mädchen, aber Barbara wollte nichts mit ihnen zu tun haben. Das lag wohl an ihrem vermaledeiten Widerspruchsgeist.

»Mutter, die sind doch *sterbenslangweilig*!«

»Unsinn, mein Kind. Mary und Alison zum Beispiel sind sicher ganz reizende Mädchen und sehr unterhaltsam.«

»Nein, sie sind einfach gräßlich. Sie tragen *Haarnetze*, stell dir das einmal vor.«

Joan starrte ihr Tochter ganz verwundert an.

»Na und wenn schon. Was spielt denn das für eine Rolle?«

»Und ob das eine Rolle spielt. Das ist doch ganz typisch.«

»Entschuldige, mein liebes Kind, aber jetzt redest du wirklich Unsinn. Was ist denn mit Pamela Grayling? Mit ihrer Mutter war ich früher einmal gut befreundet. Du könntest dich doch mit Pamela anfreunden.«

»Ach, Mutter, Pamela ist so öde, daß sie mich zum Gähnen bringt. Sich mit ihr abzugeben wäre Zeitverschwendung.«

»Also, ich finde, das sind alles nette Mädchen.«

»Ja, sicher – nett und sterbenslangweilig. Außerdem kommt es nicht darauf an, was *du* von ihnen hältst.«

»Mäßige dich bitte, Barbara.«

»Ich will damit ja auch nur sagen, daß *du* dich *nicht* mit ihnen abzugeben brauchst. Deshalb kommt es nur darauf an, was ich von ihnen halte. Mir gefallen Betty Earle und Primrose Deane, aber wenn ich sie einmal zum Tee mitbringe, rümpfst du die Nase über sie.«

»Offen gesagt, sie sind einfach schrecklich. Ihr Vater veranstaltet diese fürchterlichen Ausflugsfahrten und kann kein ›H‹ aussprechen.«

»Aber er ist reich.«

»Geld ist nicht alles, Barbara.«

»Darf ich mir meine Freundinnen nun selbst aussuchen oder nicht?«

»Selbstverständlich darfst du das; aber du solltest dich dabei von mir beraten lassen. Schließlich bist du sehr jung.«

»Das bedeutet, daß ich sie mir nicht selbst aussuchen darf. Es macht mich einfach krank, daß ich absolut nichts tun darf, woran mir etwas liegt. Ich fühle mich hier richtig eingesperrt. Dieses Haus ist ein Gefängnis.«

In diesem Augenblick war Rodney dazugekommen. »Von welchem Gefängnis redest du?«

»Von diesem Haus! Meinem Zuhause!« hatte Barbara geschrien.

Rodney nahm das auf die leichte Schulter. Er lachte nur und neckte seine Jüngste: »Arme kleine Barbara – wirst hier geknechtet wie ein Galeerensträfling.«

»Ja, du triffst den Nagel auf den Kopf.«

»Aber das ist doch ganz richtig so. Ich habe schon immer dafür plädiert, daß man seine Töchter versklavt.«

Barbara fiel ihm um den Hals und sagte atemlos:

»Mein geliebter Daddy, du triffst immer genau den richtigen Ton. Ich kann dir einfach nicht böse sein – jedenfalls nicht lange.«

Joan sagte indigniert: »Das will ich aber auch hoffen...«

Rodney aber lachte nur. Als Barbara gegangen war, wandte er sich an seine Frau: »Nimm das doch nicht so tragisch, Joan. So junge Füllen müssen eben hin und wieder austreten.«

»Aber diese schrecklichen jungen Leute, mit denen sie sich abgibt...«

»Das legt sich irgendwann. Momentan gefallen ihr nun mal die Blender. Zerbrich dir nicht den Kopf darüber, Joan. Alles geht einmal vorüber.«

Er machte es sich einfach. »Zerbrich dir nicht den Kopf darüber«, so lautete sein Kommentar. Was sollte aus den Kindern werden, wenn sie sich nicht um alles kümmerte? Rodney nahm das alles auf die leichte Schulter, aber was verstand er schon von den Gefühlen einer Mutter?

Doch wenn sie die Mädchen schon mißbilligte, mit denen Barbara herumzog, so war das gar nichts im Vergleich zu den Ängsten, die sie ausstand, wenn sie an die jungen Männer dachte, mit denen Barbara befreundet war.

So George Harmon und der höchst fragwürdige junge Wilmore. Er arbeitete nicht nur bei der Konkurrenz, war Sozius in einer anderen Kanzlei, die zwielichtige Fälle übernahm – er trank auch viel zuviel, er sprach zu laut und ging sehr oft zu Pferderennen, wo er Unsummen verwettete. Bei dem Wohltätigkeitsball zu Weihnachten war Barbara mit dem jungen Wilmore aus dem Ballsaal im Rathaus verschwunden. Sie war erst fünf Tänze später wieder aufgetaucht und hatte ihre Mutter schuldbewußt, doch trotzig angesehen.

Sie hatten wohl draußen gesessen, anscheinend auf dem Dach. Joan machte Barbara klar, daß so etwas nur Mädchen taten, die leicht zu haben waren. Es hatte sie sehr mitgenommen.

»Mutter, das ist doch wirklich absurd. Manchmal kommst du mir richtig vorsintflutlich vor.«

»Ich bin alles andere als vorsintflutlich. Laß dir gesagt sein, Barbara, es kommt jetzt wieder sehr in Mode, daß Mädchen behüteter aufwachsen. Sie ziehen nicht mehr einfach wie vor zehn Jahren mit irgendwelchen jungen Männern herum.«

»Meine Güte, Mutter, übertreib nicht immer so. Man könnte wirklich meinen, ich wollte das Wochenende mit Tom Wilmore verbringen.«

»Führ nicht so lose Rede, Barbara. Ich dulde das nicht länger. Außerdem ist mir zu Ohren gekommen, daß du in Begleitung von George Harmon in einer Kneipe gesehen worden bist.«

»Ja, wir haben einen Bummel durch die Kneipen gemacht.«

»Dafür bist du noch viel zu jung. Es gefällt mir nicht, daß junge Mädchen heutzutage schon Alkohol verkonsumieren.«

»Ich habe ja nur ein Bier getrunken. Wir haben vor allem mit Wurfspießen geworfen.«

»Barbara, das alles mißfällt mir, wie gesagt. In Zukunft verbiete ich dir das. George Harmon und Tom Wilmore sind nicht mein Geschmack, und ich will nicht, daß du sie je wieder mit hierherbringst, hast du mich verstanden?«

»Sicher, Mutter, es ist ja dein Haus.«

»Ich verstehe gar nicht, was du an ihnen findest.«

Barbara zuckte die Achseln. »Das weiß ich selber nicht genau. Sie sind aufregend und sehr amüsant.«

»Bring sie nicht mehr mit hierher, hast du verstanden?«

Joan ärgerte sich fürchterlich, als Rodney den jungen Harmon am darauffolgenden Sonntag zum Abendessen mitbrachte. Sie empfand das als Affront. Sie behandelte ihn eisig. Rodney dagegen sprach überaus freundlich mit ihm und tat überhaupt alles, damit sein Gast sich wohlfühlte, doch aufgrund von Joans Verhalten fühlte George sich gar nicht wohl in seiner Haut. Er sprach entweder zu laut oder murmelte Unverständliches vor sich hin. Er prahlte und zeigte sich gleich darauf ganz kleinlaut und komplexbeladen. Joan stellte Rodney später mit scharfen Worten zur Rede. »Du weißt doch wohl, daß ich Barbara das Versprechen abgenommen habe, George Harmon nie wieder mitzubringen?«

»Ja, das weiß ich, Joan. Aber das war ein Fehler. Mit Barbaras Menschenkenntnis und Urteilsvermögen ist es wirklich nicht weit her. Sie nimmt die Leute so, wie sie sich geben. Urteilt nur nach dem äußeren Schein. Es ist ihr noch nicht gegeben, zwischen Blendern und wirklich wertvollen Menschen zu unterscheiden. Wenn sie die Leute in einer anderen Kulisse sieht, durchschaut sie sie nicht. Vor dem ihr gemäßen Hintergrund beurteilt sie sie jedoch ganz richtig. Der junge Harmon zum Beispiel ist ihr immer als ein gefährlicher aufregender Bursche erschienen. Sie hat in ihm den albernen Angeber nicht erkannt, der zuviel trinkt und in seinem ganzen Leben noch nichts Vernünftiges getan hat.«

»Das hätte ich ihr gleich sagen können!«

Rodney lächelte.

»Ach, meine Liebe, auch wenn wir uns den Mund noch so fransig reden – das läßt die Kinder völlig kalt.«

Wie recht Rodney damit hatte, erkannte Joan, als Averil wieder einmal eine Stippvisite machte.

Da hatten sie gerade Tom Wilmore zu Besuch. Angesichts Averils kühler, überaus kritischer Ablehnung wirkte Tom bald ziemlich blaß und unvorteilhaft.

Joan hörte später zufällig mit an, wie sich die beiden Schwestern unterhielten.

»Averil, gefällt er dir denn nicht?«

Averil zuckte verächtlich die Achseln und erklärte: »Ich finde ihn einfach fürchterlich. Du hast einen verheerenden Geschmack, was Männer angeht, Barbara.«

Danach trat Tom Wilmore nie mehr in Erscheinung. Als eines Tages die Sprache auf ihn kam, murmelte Barbara, die Unbeständige: »Tom Wilmore ist ein fürchterlicher Mensch.« Davon war sie dann auch wirklich überzeugt.

Joan lud zu Tennismatches ein, doch Barbara weigerte sich standhaft, dabei mitzumachen. »Mach doch nicht so ein Theater, Mutter. Ständig lädst du irgendwelche Leute ein. Warum mußt du ewig Gäste haben? Und noch dazu so öde Typen.«

Joan war beleidigt. »Wenn du dich nicht amüsierst, ist das deine eigene Schuld«, erklärte sie. »Ich weiß wirklich nicht, was du willst.«

»Ich will meine Ruhe haben, das ist alles.«

Joan äußerte sich in scharfen Worten Rodney gegenüber, Barbara sei wirklich mehr als schwierig, schwieriger als ihre anderen beiden Kinder. Rodney gab ihr stirnrunzelnd recht.

»Wenn sie doch nur sagen würde, was sie will«, fuhr Joan gereizt fort.

»Das weiß sie doch selber nicht. Sie ist doch noch so jung.«

»Eben deshalb muß man ja entscheiden, was für sie am besten ist.«

»Nein, meine Liebe, sie muß schon selbst dahinterkommen. Laß sie doch in Frieden. Laß sie ihre Freunde einladen, wenn ihr danach zumute ist, aber versuche um Himmels willen nicht, alles bis ins Detail zu planen. Denn damit ruft man bei den jungen Leuten nur Widerstand hervor.«

Das ist wieder einmal typisch Mann, dachte Joan verärgert. Einfach alles laufenlassen, die Kinder ganz sich selbst überlassen, sich nur nicht festlegen. Wenn sie es sich recht überlegte, hatte Rodney schon immer alles so locker gehandhabt. Sie besaß da viel mehr praktischen Verstand. Oder viel mehr gesunden Menschenverstand. Rodney stand praktischen Fragen in ihren Augen oft hilflos gegenüber. Trotzdem galt er als überaus geschickter Anwalt.

Joan erinnerte sich noch daran, wie Rodney eines Abends in der Zeitung die Heiratsanzeige von George Harmon und Primrose Dean entdeckte. Er neckte Barbara lächelnd:

»Erinnerst du dich noch an deine alte Flamme, Babs?« Das schien Barbara sehr zu belustigen. Sie lachte schallend.

»Ja, ich weiß, ich war mal ganz vernarrt in ihn. Dabei ist er so ein fürchterlicher Kerl. Also, wirklich schrecklich, findest du nicht auch?

»Ich habe ihn schon immer für reichlich unbedarft gehalten und konnte mir nicht vorstellen, was du an ihm findest.«

»Das weiß ich jetzt wahrhaftig auch nicht mehr.« Mit achtzehn sprach Barbara von den Narreteien der Siebzehnjährigen, als lägen sie jahrzehntelang zurück. »Weißt du, Daddy, ich habe mir halt eingebildet, in ihn verliebt zu sein. Ich dachte, Mutter würde versuchen, uns auseinanderzubringen. Dann wäre ich mit ihm durchgebrannt. Für den Fall, daß du oder Mutter uns dabei einen Stein in den Weg legen solltet, hätte ich den Kopf in den Gasherd gesteckt und mich umgebracht.«

»Erinnert mich irgendwie an Romeo und Julia.«

Barbara machte keinen Hehl aus ihrer Mißbilligung.

»Daddy, es war mir wirklich ernst damit. Wenn man etwas nicht erträgt, *muß* man sich doch umbringen.«

Joan konnte nicht mehr an sich halten und herrschte ihre Tochter an: »Wie kannst du nur so etwas Gottloses sagen! Du weißt ja nicht, was du da redest, Kind!«

»Ach, Mutter, dich hatte ich ja ganz vergessen. *Du* würdest so etwas natürlich niemals tun. Was auch geschieht, *du* bleibst immer ruhig und gefaßt.«

»Das will ich doch hoffen.«

Es kostete Joan große Mühe, die Selbstbeherrschung nicht zu verlieren. Nachdem Barbara gegangen war, wandte sie sich an Rodney:

»Du solltest das Kind bei diesem Blödsinn nicht noch unterstützen.«

»Es ist besser, wenn sie es sich von der Seele redet.«

»Natürlich würde sie so etwas Schreckliches niemals fertigbringen.«

Als Rodney dazu schwieg, sah ihn Joan verwundert an.

»Du glaubst doch wohl nicht...«

»Ich weiß nicht recht. Jedenfalls wird sie mit zunehmendem Alter bestimmt gefestigter. Dann ist es um ihr seelisches Gleichgewicht nicht mehr so schlecht bestellt. Aber vorerst ist Barbara noch sehr labil. Damit müssen wir uns abfinden, Joan.«

»Aber das ist doch einfach lächerlich!«

»Ja, in unseren Augen. Wir sehen alles in einem größeren Zusammenhang. Aber Barbara nimmt alles immer sehr tragisch. Für sie zählt nur die Stimmung, in der sie sich im Augenblick befindet. Weiter denkt sie nicht. Sie ist weder sachlich noch unvoreingenommen oder objektiv. Und es kommt noch erschwerend hinzu, daß sie keinen Funken Humor hat. In sexueller Hinsicht ist sie ausgesprochen frühreif...«

»Rodney, ich bitte dich! Du redest, als ginge es um einen dieser gräßlichen Fälle im Polizeigericht.«

»Vergiß nicht, daß es bei diesen gräßlichen Fällen im Polizeibericht um Menschen geht, um lebendige Menschen.«

»Ja, aber guterzogene Mädchen wie Barbara tun doch so etwas nicht.«

»Tun was nicht, Joan?«

»Müssen wir denn unbedingt über so etwas reden?«

Rodney seufzte.

»Nein, natürlich nicht. Aber ich wünschte wirklich, Barbara würde einen netten jungen Mann kennenlernen und sich in ihn verlieben.«

Dieses Stoßgebet zum Himmel schien sich zu erfüllen, als der junge William Wray aus dem Irak zurückkehrte und bei seiner Tante, Lady Herriot, wohnte.

Etwa eine Woche nach seinem Eintreffen sah ihn Joan zum erstenmal. Eines Nachmittags, als Barbara nicht zu Hause war, wurde er in den Salon geführt. Joan sah überrascht von ihrem Schreibtisch auf und erblickte einen hochgewachsenen kräftigen jungen Mann mit rosigem Gesicht, ruhigen blauen Augen und einem sehr markanten Kinn.

Bill Wray errötete vor Verlegenheit. Er senkte den Kopf und murmelte vor sich hin, er sei der Neffe von Lady Harriot. Er sei gekommen, um Miß Scudamore den Tennisschläger zu bringen, den sie am Vortage vergessen habe.

Joan zwang sich zur Höflichkeit und hieß ihn willkommen. Sie sagte, Barbara sei sehr nachlässig. Ständig lasse sie irgendwo etwas liegen. Barbara sei nicht zu Hause, käme aber sicher bald zurück. Joan bat Mr. Wray, zum Tee zu bleiben.

Mr. Wray schien nichts dagegen zu haben, also läutete Joan nach dem Mädchen. Sie erkundigte sich nach der Tante dieses jungen Mannes.

Nach etwa fünf Minuten war der Gesundheitszustand Lady Herriots erschöpfend behandelt. Das Gespräch geriet ins Stokken. Mr. Wray war wirklich keine große Hilfe. Er saß puterrot und kerzengerade da und wirkte furchtbar leidend. Dann wurde zum Glück der Tee gebracht. Der lenkte sie ein wenig ab.

Joan hielt zwar das Gespräch irgendwie in Gang, doch allmählich strengte sie das doch sehr an. Sie atmete daher erleichtert auf, als Rodney früher als gewöhnlich aus dem Büro nach Hause kam. Er befreite sie sofort aus ihre Zwangslage. Er kam auf den Irak zu sprechen und sorgte mit ein paar einfachen Fragen dafür, daß der Junge endlich aus sich herausging. Bill Wray legte seine Steifheit ab und gab sich ganz entspannt. Endlich schien er sich bei ihnen wohl zu fühlen. Bald sprach er ganz lokker. Rodney nahm ihn mit in sein Arbeitszimmer. Bill verabschiedete sich erst gegen sieben Uhr, und auch dann nur widerstrebend.

»Ein netter Junge«, lautete Rodneys Kommentar.

»Ja, sehr nett. Aber ziemlich schüchtern.«

»Ja, das läßt sich nicht bestreiten. Wenn ich auch glaube, daß er normalerweise gar nicht so verklemmt ist.«

»Wenn er nur nicht so schrecklich lang geblieben wäre.«

»Er hat es über zwei Stunden ausgehalten.«

»Rodney, du mußt doch furchtbar müde sein.«

»Nein, es hat mir Spaß gemacht, mich mit ihm zu unterhalten. Der Junge hat wirklich Köpfchen und weiß die Dinge ungewöhnlich gut einzuschätzen. Er macht sich ernsthaft Gedanken und neigt zum Philosophieren. Er hat Charakter und Verstand. Er gefällt mir ausnehmend gut.«

»Er muß dich auch ins Herz geschlossen haben, sonst wäre er wohl kaum so lang geblieben.«

Das schien Rodney zu amüsieren.

»Aber Joan, er ist doch nicht so lang geblieben, weil er sich mit mir unterhalten wollte. Er hat die ganze Zeit auf Barbara gewartet. Joan, ich bitte dich, siehst du einem Menschen denn nicht an, daß er verliebt ist? Der arme Junge war ja stocksteif vor Verlegenheit. Und rot wie eine Tomate. Es muß ihn große Überwindung gekostet haben, zu uns zu kommen – und dann war die Dame seines Herzens nicht mal da. Bei ihm war das Liebe auf den ersten Blick.«

Als Barbara dann gerade noch rechtzeitig zum Abendessen angestürzt kam, berichtete ihr Joan:

»Barbara, heute nachmittag ist einer deiner Freunde hier gewesen. Der Neffe von Lady Herriot. Er hat dir deinen Tennisschläger gebracht.«

»Ach, du meinst Bill Wray? Er hat ihn also gefunden. Der Schläger war neulich einfach nicht mehr zu finden.«

»Er hat geraume Zeit auf dich gewartet.«

»Tut mir leid, daß ich ihn verpaßt habe. Ich war mit Crabbes im Kino. Ein furchtbar dämlicher Film. Hast du dich sehr gelangweilt mit Bill?«

»Nein, er hat mir sehr gefallen«, sagte Rodney. »Wir haben uns über die politische Lage im Nahen Osten unterhalten. Das hätte dich wahrscheinlich nicht sehr interessiert.«

»Ferne Länder interessieren mich sogar sehr. Ich würde gern reisen und die Welt kennenlernen. Crayminster ödet mich allmählich an. Bill ist zum Glück ganz anders als die Jungen, die noch nie von hier weggekommen sind.«

»Was hältst du denn davon, einen Beruf zu erlernen?« wollte Rodney von ihr wissen.

»Einen Beruf ausüben?« Barbara rümpfte die Nase, als sei das etwas Anrüchiges. »Weißt du, Daddy, ich bin furchtbar faul. Mit Arbeit will ich nichts zu schaffen haben.«

»Höchstwahrscheinlich geht es den meisten Menschen so. Aber das nutzt ihnen nichts«, erklärte Rodney.

Barbara stürzte zu ihm und schlang ihm die Arme um den Hals.

»Ich finde, du arbeitest zuviel. Das ist eine Schande!«

Nach der stürmischen Umarmung gab sie ihn wieder frei und meinte: »Ich rufe Bill mal an. Er hat was von einem Punktspiel gesagt. In Marsden...«

Rodney sah ihr nach, als sie zum Telefon ging, das in der Halle stand. Es war ein seltsamer Blick, unsicher und fragend.

Bill Wray gefiel ihm, hatte ihm schon vom ersten Augenblick

an gefallen. Joan fragte sich, warum er dann so besorgt, so gepeinigt ausgesehen hatte, als Barbara hereingeplatzt kam und verkündete, sie hätten sich verlobt und wollten sofort heiraten, damit sie mit Bill nach Bagdad gehen könne.

Bill war jung. Er verfügte über ausgezeichnete Verbindungen und über eigenes Geld. Ihm stand eine glänzende Karriere bevor. Warum zauderte Rodney, warum hatte er Bedenken? Wieso konnte ihm an einer längeren Verlobungszeit gelegen sein? Er schlich stirnrunzelnd umher und wirkte ganz bestürzt.

Kurz vor der Hochzeit kam es dann zu diesem Ausbruch. Da behauptete er steif und fest, Barbara sei noch viel zu jung.

Barbara ließ diesen Einwand nicht gelten. Sie heiratete ihren Bill und begleitete ihn nach Bagdad. Ein halbes Jahr darauf gab Averil ihre Verlobung mit einem Börsenmakler namens Edward Harrison-Wilmott bekannt.

Der neue Schwiegersohn in spe erwies sich als sehr wohlhabender, ruhiger, angenehmer Mann von vierunddreißig Jahren.

Es hätte alles gar nicht besser kommen können, dachte Joan. Rodney wollte sich nicht zu Averils Verlobung äußern, doch sie ließ nicht locker. Schließlich sagte sie: »Ja, ja, es ist am besten so. Edward ist ein netter Mann.«

Nach Averils Heirat waren Joan und Rodney ganz allein im Haus.

Tony besuchte eine landwirtschaftliche Schule, fiel aber bei der Abschlußprüfung durch. Er machte ihnen große Sorgen. Er ging dann schließlich nach Südafrika, wo ein Klient von Rodney eine große Orangenplantage besaß.

Tony schrieb begeistert, wenn auch nicht sehr ausführlich. Eines Tages schrieb er ihnen dann, er habe sich mit einem Mädchen aus Durban verlobt. Joan regte sich sehr darüber auf, daß ihr Sohn ein Mädchen heiraten wollte, das sie gar nicht kannten. Sie besaß auch kein Geld. Was wußten sie schon über dieses Mädchen? Überhaupt nichts.

Rodney sagte nur, schließlich handle es sich ja um Tonys eigene Beerdigung, er hoffe nur, daß Tony die richtige Wahl getroffen habe. Nach den Fotos zu urteilen, die ihnen Tony geschickt hatte, sah das Mädchen ja sehr nett aus, meinte Rodney. Sie schien auch bereit zu sein, mit Tony in Rhodesien ganz neu anzufangen.

»Wahrscheinlich werden sie ihr ganzes Leben dort verbringen und kaum je nach Hause kommen. Wir hätten Tony zwingen sollen, in die Kanzlei einzutreten. Das habe ich ja damals schon gesagt, als es zur Debatte stand!«

Rodney hatte nur gelächelt und gesagt, es liege ihm nicht, jemandem etwas aufzuzwingen.

»Das ist ja alles schön und gut, aber in diesem Fall hättest du Tony zu seinem Glück zwingen *müssen*«, ereiferte sich Joan. »Er hätte sich schon damit abgefunden. Die meisten Menschen finden sich mit ihrem Leben ab.«

Das konnte Rodney nur bestätigen. Es fanden sich zwar nicht alle Menschen mit dem ihnen aufgezwungenen Leben ab, aber doch immerhin die meisten. Er hielte das jedoch in Tonys Fall für ein zu großes Risiko.

Was für ein Risiko? Joan verstand nicht, was er damit meinte.

Rodney erklärte ihr, er habe nicht riskieren wollen, daß der Junge in sein Unglück lief.

Joan wurde ungeduldig. Dieses ewige Gerede von Glücklichsein ging ihr allmählich auf die Nerven. Alle Menschen dachten schließlich an ihr Glück. Es gab im Leben schließlich wichtigere Dinge.

Was zum Beispiel, wollte Rodney wissen.

Joan zögerte nur kurz. Die Pflichten, die das Leben mit sich bringe, meinte sie schließlich.

Rodney meinte, es gebe keine Pflicht, Anwalt zu werden.

Joan erwiderte verärgert, er wisse ganz genau, wie sie das gemeint habe. Es sei Tonys Pflicht und Schuldigkeit, seinem Vater Freude zu machen, anstatt ihn zu enttäuschen.

»Tony hat mich nicht enttäuscht – ganz im Gegenteil.«

Joan hatte eingewandt, es könne ihm doch gar nicht lieb sein, daß sein einziger Sohn am anderen Ende der Welt lebte, wo sie ihn kaum besuchen könnten.

»Nein, natürlich nicht«, gab ihr Rodney seufzend recht. »Ich gebe zu, daß Tony mir ganz schrecklich fehlt. Er war so ein heiterer Mensch. Das hat mir immer gutgetan. Ja, ich vermisse ihn ganz schrecklich...«

»Was habe ich dir gesagt! Du hättest dich eben durchsetzen müssen!«

»Aber Joan, es geht um Tonys Leben, nicht um unseres. Wir

haben unser Leben mehr oder weniger gelebt – zumindest liegt der aktivste Teil schon hinter uns.«

»Ja, das stimmt.«

Sie überlegte eine Weile und fügte dann hinzu: »Es war ein schönes Leben. Das ist es natürlich immer noch.«

»Das freut mich.«

Er sah sie lächelnd an. Er hatte ein sehr nettes Lächeln – etwas schelmisch, als wolle er sie necken. Manchmal schien es fast, als lächelte er über etwas, das sie gar nicht wahrnahm.

»Wir passen aber auch sehr gut zusammen«, meinte Joan.

»Ja, wir streiten uns nicht oft.«

»Und wir haben großes Glück mit unseren Kindern. Wäre es nicht schrecklich, wenn sie nicht so wohlgeraten oder gar unglücklich geworden wären?«

»Joan, du bist wirklich ulkig.«

»Aber Rodney, du wirst doch wohl zugeben, daß das ganz schrecklich wäre.«

»Joan, ich glaube fast, es gibt nichts, was dich für längere Zeit wirklich aus der Bahn werfen könnte.«

Joan ließ sich das durch den Kopf gehen. »Nun ja, ich habe ein sehr ausgeglichenes Temperament. Ich finde aber auch, man hat die Pflicht, sich zusammenzunehmen und sich niemals gehenzulassen.«

»Ein bewundernswerter Zug und auch ungeheuer praktisch.«

»Es ist doch ein schönes Gefühl, wenn man sich sagen kann, daß einem eigentlich alles gelungen ist, findest du nicht auch?« meinte Joan zufrieden.

»Ja.« Rodney seufzte abgrundtief. »Das muß ein schönes Gefühl sein.«

Joan legte ihm lachend die Hand auf den Arm und drückte ihn.

»Sei doch nicht so bescheiden, Rodney. Kein Anwalt weit und breit hat eine größere Kanzlei oder auch nur entfernt so viele Klienten wie du.«

»Ja, in der Kanzlei läuft alles bestens.«

»Und der neue Sozius bringt frisches Kapital herein. Du hast doch nichts dagegen, einen neuen Sozius aufzunehmen?«

Rodney schüttelte den Kopf.

»Ganz und gar nicht. Wir brauchen frisches junges Blut. Wir kommen sehr gut miteinander aus.«

Ja, dachte Joan, es stimmt. Rodneys einstmals dunkles Haar ist schon ziemlich angegraut.

Joan richtete sich auf und sah auf die Uhr.

Der Morgen verging ja ziemlich schnell. Die trüben chaotischen Gedanken, die sich ihr in letzter Zeit so unwillkommen immer wieder aufzudrängen pflegten, machten ihr jetzt nicht zu schaffen. Sie blieb davon verschont.

Das bewies doch, daß sie sich nur an die Kandare nehmen, Disziplin üben mußte. Man brauchte die Gedanken nur zu ordnen und durfte nur in angenehmen Erinnerungen schwelgen. An dieses Konzept hatte sie sich den ganzen Morgen gehalten. Deshalb war er auch so schnell vergangen. In etwa anderthalb Stunden gab es schon Mittagessen. Vielleicht tat sie gut daran, einen kurzen Spaziergang zu machen. Allzuweit durfte sie sich aber vom Rasthaus nicht entfernen. Ein wenig Abwechslung wäre nicht zu verachten. So konnte sie sich auch ein wenig Bewegung verschaffen, bevor sie wieder eine dieser schweren warmen Mahlzeiten serviert bekam.

Sie holte ihren festen Sonnenhut und ging hinaus.

Der Araberjunge kniete auf dem Boden, das Gesicht Mekka zugewandt. Er verneigte sich bis auf den Boden, richtete sich wieder auf und stieß dabei in einem hohen nasalen Singsang unverständliche Worte aus.

Sie hatte den Inder gar nicht kommen sehen, doch plötzlich stand er hinter ihr und klärte sie über das Tun des Jungen auf: »Er verrichten Mittagsgebet.«

Joan nickte. Sie hielt die Erklärung für völlig überflüssig. Es war ja nicht zu übersehen, was der Junge tat.

»Junge sagen, Allah sehr mitfühlend, Allah sehr gnädig.«

»Ja, ich weiß«, sagte Joan und machte sich auf den Weg. Sie schlenderte gemächlich auf das Gewirr von Stacheldraht zu, das den Bahnhof kennzeichnete.

Ihr fiel wieder ein, daß sie sechs oder sieben Araber gesehen hatte, die versuchten, einen klapprigen alten Ford wieder flottzukriegen, der im Sand steckengeblieben war. Jeder zog und schob das baufällige Vehikel in eine andere Richtung. William, ihr Schwiegersohn, erklärte ihr, daß sie während dieser gutgemeinten, aber sinnlosen Bemühungen noch hoffnungsvoll vor sich hinmurmelten: »Allah ist gnädig.«

Allah mußte wirklich gnädig sein, hatte sie sich da gesagt, denn nur ein Wunder konnte diesen Wagen noch befreien, da ihn alle weiterhin in verschiedene Richtungen schoben.

Doch merkwürdigerweise schienen die Araber dabei alle ganz glücklich zu sein. Sie schoben und zogen das Vehikel, als gebe es kein größeres Vergnügen. Inshallah, dachten sie wohl (wenn es Gott gefällt). Sie mußten sich wohl sagen, daß es dabei keiner Bemühungen ihrerseits bedurfte. Joan sagte diese Lebensauffassung nicht zu. Sie neigte eher zu der Ansicht, man müsse alles gründlich planen und Vorsorge für die Zukunft treffen. Doch wenn man in einer Einöde wie Tell Abu Hamid lebte, erübrigte sich das vielleicht.

Wenn man sich längere Zeit hier aufhielt, dachte Joan, wußte man bestimmt schon bald nicht mehr, welcher Tag war, welches Datum der Kalender zeigte.

Mal sehen, dachte sie – heute ist Donnerstag. Ja, Donnerstag. Montag abend bin ich hier angekommen.

Inzwischen war sie bei dem Gewirr von Stacheldraht angelangt. Dahinter oder vielmehr durch den Stacheldraht hindurch erspähte sie einen Mann in Uniform. Er war bewaffnet. Er lehnte an einer großen Kiste. Er bewachte wohl die Bahnlinie, den Bahnhof oder aber auch die Grenze.

Der Uniformierte schien zu schlafen. Joan hielt es für besser, nicht näher heranzugehen. Sonst wachte der Posten vielleicht auf und schoß auf sie. Sie glaubte zu wissen, daß so etwas in Tell Abu Hamid nicht ausgeschlossen war.

Joan machte also kehrt, ging aber nicht schnurstracks zurück, sondern umrundete das Rasthaus. So ging die Zeit herum, und sie lief nicht Gefahr, wieder von dieser sonderbaren Agoraphobie heimgesucht zu werden (falls es sich überhaupt um diesen Angstzustand handelte).

Der Morgen ist ja gut verlaufen, dachte sie zufrieden. Im Geiste ging sie noch einmal alles durch, wofür sie dankbar sein mußte. Averil hatte einen lieben Mann bekommen. Edward war so zuverlässig und solide – und zu allem Überfluß noch reich. Ihr Haus in London konnte sich wirklich sehen lassen. Es lag ausgesprochen günstig, um bei Harrods einzukaufen. Auch Barbara führte eine gute Ehe. Mit Tony, ihrem einzigen Sohn, war sie nicht so zufrieden. Über seine Ehe wußte sie ja kaum etwas. Von einem Sohn hatte sie sich entschieden mehr versprochen. Tony hätte unbedingt in Crayminster bleiben und Anwalt werden sollen. Bei Alderman, Scudamore und Whitney wäre er am richtigen Platz gewesen. Er hätte ein nettes, naturverbundenes englisches Mädchen zur Frau nehmen und in die Fußstapfen seines Vaters treten müssen.

Der arme Rodney mit seinem dunklen, schon sehr angegrauten Haar. Sein einziger Sohn konnte nun nicht sein Nachfolger werden.

Rodney war Tony gegenüber viel zu nachgiebig gewesen. Er hätte sich unbedingt durchsetzen und festbleiben müssen. Manchmal ging das eben nicht anders, wenn die Kinder absolut nicht einsehen wollten, was für sie das Beste war. Rodney wäre heute arm dran, hätte ich seinerzeit nicht darauf gedrungen, daß er als Sozius in die Kanzlei eintrat. Sie konnte wirklich mit sich zufrieden sein. Es wurde ihr ganz warm ums Herz. Als Farmer wären Rodney die Schulden schon längst über den Kopf gewachsen. Er müßte sich wie Farmer Hoddesdon um ein Darlehen bemühen, um die Hypotheken abzuzahlen. Ahnte Rodney überhaupt, was ihm dank der Umsicht seiner Frau erspart geblieben war?

Joan starrte blicklos in die Ferne. Der Horizont verschwamm ihr vor den Augen. Alles schien auf- und abzuwogen. Sonderbar... Aber natürlich, so etwas nannte man eine Fata Morgana.

Man bildete sich ein, inmitten des Wüstensandes Wasserstellen zu erblicken. Sie hatte sich eine Fata Morgana ganz anders vorgestellt. Sie hatte immer geglaubt, man sähe da Städte und Bäume, also etwas viel Konkreteres.

Aber auch dieser wenig dramatische, wäßrige Effekt hatte auf sie eine sonderbare Wirkung. Man begann, an der Realität zu zweifeln.

Sie sprach die Worte Fata Morgana immer wieder aus, denn das erschien ihr furchtbar wichtig.

Worüber hatte sie gerade nachgedacht? Ach ja, es ging um Tony. Wie selbstsüchtig und rücksichtslos er doch gewesen war!

Es war schon immer schwer gewesen, an Tony heranzukommen. Er ließ sich nicht festnageln. Er machte zwar immer einen fügsamen und ergebenen Eindruck, doch wenn er auch liebenswürdig lächelte, so tat er doch immer, was er wollte. Sie war immer wieder auf ihn hereingefallen, hatte sich immer wieder täuschen lassen. Tony hatte nie so sehr an ihr gehangen wie ein Sohn an seiner Mutter hängen sollte. An seinem Vater lag ihm offenbar viel mehr.

Sie erinnerte sich noch gut daran, daß Tony mit sieben Jahren mitten in der Nacht zu seinem Vater ins Schlafzimmer gekommen war. Dort hatte er ganz ruhig und unsentimental verkündet:

»Vater, ich glaube, ich habe einen giftigen Pilz anstatt eines Speisepilzes erwischt. Ich habe schreckliches Bauchweh. Und wenn ich schon sterben muß, dann am liebsten bei dir.«

Doch Tony hatte keine Pilzvergiftung, sondern eine akute Blinddarmentzündung. Er kam sofort ins Krankenhaus. Nach ein paar Stunden war er seinen Blinddarm los. Doch Joan fand es seltsam, daß das Kind zu Rodney und nicht zu ihr gekommen war. In solchen Fällen suchten Kinder doch immer bei ihren Müttern Zuflucht.

Ja, Tony hatte sie viel Nervenkraft gekostet. In der Schule war er faul gewesen, beim Sport hatte er es auch zu nichts gebracht. Doch er war ein gutaussehender junger Mann gewesen, mit dem sie sich gern sehen ließ. Doch es widerstrebte Tony, vorgeführt zu werden. Ärgerlicherweise hatte er es sich angewöhnt, im entscheidenden Moment mit der Landschaft zu verschmelzen, so daß er unauffindbar blieb.

»Tarnfarbe«, hatte Averil das genannt. »Tony versteht es viel besser als wir, sich eine Tarnfarbe zuzulegen«, betonte seine Schwester immer wieder.

Joan hatte nicht erfaßt, was Averil damit sagen wollte. Trotzdem hatte es ihr einen Stich versetzt...

Joan sah auf die Uhr. Es hatte wenig Sinn, sich durchs Laufen zu erhitzen. Also zurück zum Rasthaus. Der Morgen war wunderbar problemlos und ganz ohne Zwischenfälle verlaufen. Es waren keine unguten Gedanken in ihr aufgekeimt, und sie war von der Agoraphobie verschont geblieben.

Du redest schon wie eine Krankenschwester, verriet ihr eine innere Stimme. Bist du vielleicht ein Invalide oder geisteskrank, Joan Scudamore? Warum bist du denn so stolz auf dich und nichtsdestoweniger so müde? Was ist denn schon so besonderes daran, einen angenehmen, ganz normalen Vormittag verbracht zu haben?

Sie floh regelrecht ins Rasthaus. Zur Abwechslung gab es zum Mittagessen Birnen aus der Dose.

Nach dem Mittagessen legte sie sich hin, um sich ein wenig auszuruhen.

Vielleicht schlief sie bis zum Tee...

Doch an Schlaf war nicht zu denken. Sie war hellwach und sah alles klar und deutlich vor ihrem inneren Auge ablaufen. Also lag sie mit geschlossenen Augen da, angespannt und auf der Hut, als warte sie auf etwas... als müsse sie sich wappnen gegen eine lauernde Gefahr. So lag sie da, verkrampft und mit angespannten Muskeln.

Ich muß mich unbedingt entspannen, dachte sie.

Doch es gelang ihr nicht. Ihr Körper war stocksteif, wie auf dem Sprung. Ihr Herz schlug viel stürmischer als sonst. Ihr Mißtrauen nahm ständig zu.

Ihr derzeitiger Zustand erinnerte sie an irgend etwas. Sie überlegte krampfhaft, doch es wollte und wollte ihr nicht einfallen. Schließlich kam sie doch noch drauf: an das Wartezimmer bei einem Zahnarzt.

Sie hatte das deutliche Gefühl, daß ihr etwas Unangenehmes bevorstand. Sie wollte nicht daran denken und suchte verzweifelt nach etwas Tröstlichem. Doch es ließ sich – genau wie beim Zahnarzt – nicht verleugnen, daß sie dem Verhängnis mit jeder Minute näherkam...

Aber was für ein Verhängnis – was erwartete sie für ein Schrecken?

Was stand ihr bevor?

Die Eidechsen haben sich wieder in ihre Löcher verkrochen, dachte sie. Sie spüren das nahende Unwetter. Die Ruhe vor dem Sturm machte ihr sehr zu schaffen. Dieses Warten! Sie mußte warten und konnte nichts dagegen tun...

Grundgütiger Himmel, was faselte sie da schon wieder?

Miß Gilbey... Disziplin... Exerzitien. Sie mußte sich auf sich selbst besinnen, meditieren. Das Om wiederholen, ständig wiederholen. Theosophie oder Buddhismus?

Was sollte das? Sie blieb am besten bei ihrer Religion. Sie wollte meditieren im Zusammenhang mit Gott. Oder der Liebe Gottes. *Gott*... Vater unser, der du bist im Himmel...

Ihr Vater fiel ihr ein – sein akkurat gestutzter brauner Bart, die blauen Augen mit dem durchdringenden Blick. Die Schiffahrt ließ ihn auch in späteren Jahren nicht los. Die Vorliebe für Sauberkeit und Ordnung sowie für alles, was man auf Schiffen vorfand, legte sich bei ihm nicht mehr. Ihr Vater, der typische Admiral im Ruhestand, erwies sich als liebenswürdiger Pedant. Ihre Mutter, eine überschlanke hochgewachsene Frau, legte sich nicht gern fest. Mit ihrer Ordnungsliebe war es nicht weit her. Mit ihrem Charme und ihrer bedenkenlosen Liebenswürdigkeit wickelte sie alle Menschen ein, so daß sie niemals etwas auf ihre Mutter kommen ließen.

Ihre Mutter brachte es fertig, mit zwei verschiedenen Handschuhen, einem völlig zerknitterten Rock und einem Hut, der ganz schief auf ihrem eisengrauen Haar saß, auf Gesellschaften zu gehen. Sie gab sich unbeschwert und heiter und wäre nie darauf verfallen, daß mit ihrer äußeren Erscheinung irgend etwas nicht ganz stimmte. Doch der Zorn des Admirals richtete sich immer gegen seine Töchter – niemals gegen seine Frau.

»Achtet doch gefälligst drauf, daß eure Mutter so nicht aus dem Haus geht. Wie sie wieder aussieht! So läuft man doch nicht rum. Ich dulde diese Nachlässigkeit nicht!« Er brüllte, daß sie zusammenzuckten. Die drei Töchter gelobten unterwürfig Besserung.

Doch im Anschluß an das Donnerwetter sagten sie sich: »Das ist leicht gesagt. Mutter ist wirklich unmöglich!«

Joan hing natürlich sehr an ihrer Mutter. Trotzdem erkannte sie ihre Unzulänglichkeiten. Die Mutter kostete sie sehr viel Nervenkraft. Niemals ging sie methodisch vor. Um ihr Durchhaltevermögen war es auch sehr schlecht bestellt. Das konnte sie auch durch ihre heitere Wesensart und warmherzige Impulsivität nicht wettmachen. Der Begriff Verantwortung existierte für sie nicht.

Als Joan nach dem Tode ihrer Mutter deren Papiere ordnete, erschrak sie bis ins Mark, als sie auf einen Brief des Vaters an die

Mutter stieß, den dieser seiner Frau zum zwanzigsten Hochzeitstag geschrieben hatte.

Mein liebes Herz, ich bin untröstlich, weil ich an diesem Tag nicht bei Dir sein kann. Ich möchte, daß Du weißt, wieviel mir Deine Liebe all diese Jahre bedeutet hat, wie wichtig Du mir bist und daß Du mir heute näher stehst als je zuvor. Deine Liebe ist die Krönung meines Lebens. Ich danke Gott, daß er mir Dich beschert hat...

Ihr war eigentlich nie aufgefallen, daß ihr Vater so an ihrer Mutter hing...

Rodney und ich feiern im Dezember dieses Jahres Silberhochzeit, dachte sie. Wie schön, wenn sie dann von ihrem Mann auch so einen Brief bekäme...

In Gedanken setzte sie den Brief auf.

Liebste Joan, ich muß Dir einfach schreiben, wie wichtig Du mir bist und wieviel ich Dir verdanke. Du ahnst sicher gar nicht, daß Deine Liebe die Krönung meines Lebens ist. Es bedeutet mir unendlich viel, von Dir geliebt zu werden...

Joan unterbrach ihren Höhenflug. Der Gedanke erschien ihr allzu irreal. Unvorstellbar, daß Rodney je so einen Brief schrieb – sosehr er sie auch liebte – sosehr er sie auch liebte...

Mußte sie das denn so trotzig wiederholen? Ein eisiger Schauer überlief sie. Warum fühlte sie sich mit einemmal so komisch? Worüber hatte sie denn vorher nachgedacht?

Ach ja, richtig! Joan erschrak heftig und kam wieder zu sich. Sie hatte doch meditieren wollen. Statt dessen waren ihr weltliche Dinge in den Sinn gekommen – ihre Eltern, schon seit vielen Jahren tot.

Sie waren gestorben und hatten sie allein gelassen.

Ganz allein in der Wüste. Allein in diesem entsetzlichen Raum, der große Ähnlichkeit mit einer Gefängniszelle hatte.

So daß ihr nichts übrigblieb, als in sich zu gehen und über ihre eigene Person nachzudenken.

Sie sprang auf. Es hatte keinen Sinn, im Bett zu liegen, wenn sie doch nicht schlafen konnte.

Joan haßte solche hohen Räume mit winzigen Fenstern, vor

denen Tüllgardinen hingen. Darin fühlte man sich eingesperrt. In solchen Räumen kam man sich ganz klein vor, fast wie ein Insekt. Ihr gefielen große luftige Salons mit farbenfrohem Cretonne, einem fröhlich knisternden Feuer im Kamin und vor allem Menschen, vielen Menschen – von denen man eingeladen wurde und die man selber einlud.

Der Zug *mußte* doch endlich einmal kommen. Sie hielt es hier einfach nicht mehr aus... Ihr wäre es auch recht gewesen, wenn ein Wagen käme, um sie hier wegzuholen – *irgendein* Gefährt...

»Ich kann hier nicht mehr bleiben«, verkündete Joan lauthals. »Ich kann einfach nicht mehr!«

(Es ist ein sehr schlechtes Zeichen, wenn man mit sich selber spricht, ging es ihr durch den Kopf.)

Sie trank eine Tasse Tee und kehrte dem Haus den Rücken. Ihr war nicht danach zumute, stillzusitzen und über irgend etwas nachzudenken.

Sie wollte bis zur völligen Erschöpfung laufen, dann brauchte sie nicht nachzudenken.

Dieses In-Erinnerungen-Graben brachte sie nur durcheinander. Man brauchte sich ja nur einmal die Leute anzusehen, die hier lebten – den Inder, den Araberjungen und den Koch. Die machten sich wahrscheinlich über nichts Gedanken, dachten niemals über irgend etwas nach.

Manchmal ich sitzen und denken, und manchmal ich einfach nur sitzen...

Wer hatte das gesagt? Was für eine bewundernswerte Lebensphilosophie?

Sie wollte nicht denken, nur laufen. Sie durfte sich nicht zu weit vom Rasthaus entfernen. Es konnte ja immerhin sein...

Sie wollte einen großen Kreis um das Rasthaus ziehen. In einem weiten Bogen immer drumherum gehen. Wie ein Tier. Wie demütigend. Sie mußte vor sich selber auf der Hut sein, sonst – was würde sonst geschehen? Sie konnte es nicht sagen, hätte es liebend gern gewußt.

An Rodney durfte sie nicht denken, auch nicht an Averil. Sie durfte nicht an Tony denken und auch nicht an Barbara. An Blanche Haggard selbstverständlich auch nicht. Sie mußte sich auch davor hüten, an scharlachrote Rhododendronblüten zu denken (und erst recht vor Rhododendronknospen!). Gedichte schlug sie sich besser aus dem Kopf...

Joan Scudamore schlug sie sich besser aus dem Kopf. Über sie nachzudenken, barg vielfältige Gefahren. Aber war sie das nicht selbst? Nein! Doch...

Was würdest du wohl in Erfahrung bringen, wenn absolut nichts anderes zu tun wäre, als über sich selbst nachzudenken?

»Ich will nichts in Erfahrung bringen, will nichts wissen«, schrie Joan auf.

Beim Klang ihrer Stimme erschrak sie. Wovor schreckte sie zurück? Was wollte sie nicht wissen?

Ich kämpfe mit mir selbst und stehe auf verlorenem Posten, dachte sie.

Wirklich mit mir selbst, aber warum denn nur?

Das spielt doch keine Rolle, dachte sie. Ich will es gar nicht wissen –

Sie hatte das Gefühl, verfolgt zu werden. Von einem Menschen, einem Wesen, das sie sehr gut kannte. Wenn sie sich umwandte... Sie drehte sich um. Kein Mensch weit und breit. Keinerlei Lebenszeichen.

Trotzdem wurde sie das Gefühl nicht los, daß jemand in der Nähe war. Das machte ihr angst. Weder Rodney noch Averil, Tony oder Barbara würden ihr helfen. Sie konnten ihr nicht helfen und wollten das auch gar nicht. Es kümmerte sie nicht – es ließ sie völlig kalt.

Joan eilte zum Rasthaus zurück auf der Flucht vor dem unbekannten Wesen, von dem sie sich verfolgt glaubte – wer immer es auch sein mochte.

Der Inder stand vor der Gittertür des Rasthauses. Er starrte sie entgeistert an, weil sie beim Gehen schwankte. Joan ärgerte sich maßlos.

»Was haben Sie denn?« herrschte sie ihn an. »Sie sehen mich doch nicht zum ersten Mal.«

»Memsahib nicht sehen gut aus. Vielleicht Memsahib haben Fieber.«

Ja, das mußte es sein! Sie hatte ganz bestimmt Fieber. Wie dumm von ihr, daß sie darauf noch nicht von selbst gekommen war. Sie stürzte ins Haus. Sie mußte Fieber messen und ihr Chinin auspacken. Sie hatte doch welches mitgebracht.

was geworden. Er lebte jetzt in Burma. Joan mußte an Leslie und ihr handbedrucktes Leinen denken. Wenn John wie seine Mutter war und den Wunsch mit ihr teilte, die wilde üppige Vegetation wachsen zu sehen, so mußte er ja glücklich sein im Fernen Osten. Ihr wår zu Ohren gekommen, daß er sich dort sehr gut machte.

Peter Sherston, der jüngere Sohn von Charles und Leslie, hatte sich mit der Bitte an Rodney gewandt, ihn in die Kanzlei aufzunehmen.

»Meine Mutter hat gesagt, sie sei ganz sicher, daß Sie mir helfen würden, Sir.«

Peter Sherston war ein gutaussehender, strebsamer junger Mann – überaus freundlich und immer bemüht, es allen recht zu machen. Joan hatte ihn schon immer für den anziehenderen der beiden Brüder gehalten.

Rodney hatte Leslies Wunsch nur allzugern erfüllt. Vielleicht nahm er den jungen Mann an Sohnesstelle auf, weil sein eigener Sohn es vorgezogen hatte, nach Übersee zu gehen, und die Verbindung zu seinen Eltern abgebrochen hatte.

Mit der Zeit hätte Rodney Peter wahrscheinlich wirklich als Sohnesersatz betrachtet. Peter besuchte sie oft in ihrem Haus. Joan gegenüber verhielt er sich stets liebenswürdig. Er besaß einen angeborenen Charme und untadelige Manieren. Die salbungsvolle Art seines Vaters lag ihm fern.

Eines Tages kam Rodney dann gebeugt nach Hause. Er sah ganz elend aus. Er wich ihren Fragen aus. Er behauptete immer wieder ungeduldig, sie bilde sich nur ein, daß etwas vorgefallen sei. Doch nach etwa einer Woche erklärte er beiläufig, Peter wolle sie verlassen. Er habe sich entschlossen, eine Stellung in einem Flugzeugwerk anzutreten.

»Ach, Rodney, und du bist so gut zu ihm gewesen. Wir haben ihn doch beide sehr gemocht.«

»Ja, er ist ein sehr anziehender junger Mann.«

»Aber es muß doch Ärger gegeben haben. War er vielleicht faul?«

»Nein, nein – mathematisch ist er sogar sehr begabt. Mit Zahlen versteht er umzugehen.«

»Das muß er von seinem Vater haben.«

»Ja, ich glaube auch. Aber alle jungen Leute fühlen sich zu den neuesten Erfindungen hingezogen.«

Doch Joan hörte gar nicht zu. Ihr war etwas eingefallen. Es ging doch nicht mit rechten Dingen zu, daß Peter Sherston sie so ohne Vorankündigung verließ.

»Rodney, er hat irgend etwas angestellt, nicht wahr?«

»Angestellt? Was soll er denn angestellt haben?«

»Na ja, denk doch mal an seinen Vater. Den Mund hat er zwar von Leslie, aber er hat den gleichen unruhigen Blick wie sein Vater. Er weicht einem immer aus, kann keinem lange in die Augen sehen. Rodney, es stimmt also. Ich habe richtig geraten. Er hat sich wirklich etwas zuschulden kommen lassen, stimmt's?«

Rodney murmelte gequält: »Na ja, es hat ein bißchen Ärger gegeben.«

»Ging es dabei um Geld? Hat er Geld veruntreut?«

»Joan, ich möchte nicht darüber sprechen. Es ist nichts von Bedeutung.«

»Er ist also ein Gauner wie sein Vater. Ist es nicht seltsam, daß man so etwas erben kann?«

»Ja, wahrhaftig. Er hätte ja ebensogut anders auffallen können.«

»Du meinst, er hätte auch nach Leslie gehen können? Also, so besonders tüchtig war sie ja nun auch nicht. Sie hat es nicht sehr weit gebracht.«

Worauf Rodney tonlos sagte: »Ich finde, sie war ungeheuer tüchtig. Sie hat viel geleistet. Was immer sie auch angefaßt hat, das ist ihr gelungen.«

»Diese arme Frau.«

Rodney sagte gereizt: »Ich wünschte, du würdest sie nicht ewig bemitleiden. Das macht mich ganz krank.«

»Also weißt du, Rodney, das ist aber nicht sehr nett von dir. Ihr Leben war doch furchtbar traurig.«

»So sehe ich das nicht.«

»Und dann ihr schrecklicher Tod –«

»Ich will nicht, daß du darüber sprichst.«

Er hatte sich brüsk abgewandt.

Alle Menschen hatten Angst vor Krebs. Jeder zuckte bei dem Wort zusammen. Sie nannten diese Krankheit immer anders, solange sich das machen ließ – eine bösartige Geschwulst. Sie sprachen von einer schweren Operation – einem unheilbaren Leiden, einem Fall für den Internisten. Selbst Rodney sprach nicht gern darüber, denn man konnte ja nie wissen. Jeder zwölfte starb an Krebs, wenn sie sich nicht irrte. Manchmal sah es fast danach aus, als befiele diese Krankheit ausgerechnet die Gesündesten. Menschen, die nie krank gewesen waren.

Joan erinnerte sich noch an den Tag, als sie es auf dem Marktplatz von Mrs. Lambert erfahren hatte.

»Meine Liebe, wissen Sie es schon? Die arme Mistreß Sherston.«

»Was ist denn mit ihr?«

»Sie ist tot!« Mrs. Lambert schien die Sensation richtig zu genießen. Sie senkte die Stimme. »Ein inneres Leiden, glaube ich. Inoperabel... Sie soll schreckliche Schmerzen gehabt haben, war aber sehr tapfer. Hat sich ein paar Wochen vor ihrem Tod noch abgeschuftet, als sie eigentlich schon ständig Morphium hätte nehmen müssen. Die Frau meines Neffen hat sie vor sechs Wochen noch gesehen. Sie hat furchtbar elend ausgesehen und dürr wie eine Bohnenstange, aber sie war noch ganz die alte, hat gelacht und gescherzt. Die Leute wollen wohl einfach nicht wahrhaben, daß sie nie wieder gesund werden. Die arme Frau, was für ein trauriges Leben! Aber davon ist sie ja gnädig erlöst worden. Der Tod *muß* eine Erlösung für sie gewesen sein...«

Joan war nach Hause geeilt, um Rodney zu erzählen, daß Leslie nicht mehr am Leben war. Doch er hatte ganz ruhig entgegnet: »Ja, ich weiß.« Da er ihr Testamentsvollstrecker war, hatte die Familie ihn sofort benachrichtigt.

Leslie Sherston hinterließ nicht viel. Das wenige, das sie ihr eigen nannte, sollte unter ihre Kinder aufgeteilt werden. Doch eine Klausel in Leslies Testament erregte die Gemüter der Bewohner von Crayminster: Leslie bestand darauf, daß man ihren Leichnam nach Crayminster überführen und sie dort begraben sollte. »Weil ich dort sehr glücklich war«, hieß es als Begründung in dem Testament.

Also wurde Leslie Adeline Sherston auf dem Friedhof von St. Mary in Crayminster zur letzten Ruhe gebettet.

Ein seltsames Verlangen, dachten manche Leute angesichts der Tatsache, daß Leslies Mann in Crayminster wegen Veruntreuung von Geldern der Bank zu einer Gefängnisstrafe verurteilt worden war. Anderen Leuten wiederum erschien Leslies Wunsch ganz natürlich. Bevor das Verhängnis über sie hereinbrach, hatte die Familie hier glücklich und zufrieden gelebt. Da mußte ihr Crayminster ja wie das verlorene Paradies erscheinen.

Die arme Leslie – ihr Leben und das ihrer Familie stand wirklich unter keinem guten Stern. Leslies Sohn Peter stürzte nach seinem Training als Testpilot mit seiner Maschine ab und überlebte diesen Absturz nicht.

Rodney nahm das ganz entsetzlich mit. Seltsamerweise fühlte er sich schuldig an dem Tod des jungen Mannes.

»Also wirklich, Rodney, wieso solltest du denn daran schuld sein? Was hast denn *du* damit zu tun?«

»Leslie hat ihren Sohn zu mir geschickt. Sie hat ihm versichert, daß ich ihm eine Stellung verschaffen und mich um ihn kümmern würde.«

»Aber das hast du doch getan. Du hast ihn eingestellt.«

»Ja, das schon.

»Dann ist er vom rechten Wege abgewichen, aber du hast ihn nicht angezeigt. Für das Defizit bist du selbst aufgekommen, stimmt das etwa nicht?«

»Ja, natürlich – aber das ist doch selbstverständlich. Begreifst du denn nicht, daß Leslie mir ihren Sohn aus eben *diesem* Grund geschickt hat? Sie hat sein großes Manko klar erkannt. Sie wußte, daß Peter genauso unzuverlässig wie sein Vater war, daß man ihm in geldlichen Dingen einfach nicht trauen konnte. John war dagegen gefeit, ein wohlgeratener Sohn. Also hat sie mir Peter anvertraut, damit ich ein Auge auf ihn habe und seine Schwäche nicht zum Ausbruch kommt. Peter war eine sonderbare Mischung aus den Eigenschaften seiner Eltern. Von seinem Vater hatte er die Unehrenhaftigkeit und von Leslie den Mut bekommen. Armadales schrieb mir, Peter sei der beste Pilot gewesen, den sie je hatten – ganz ohne Furcht und geradezu ein Hexenmeister, was die Fliegerei anging. Der Junge hat sich freiwillig dazu gemeldet, eine neue Geheimvorrichtung an einem Flugzeug zu testen. Er kannte die Gefahr und wußte ganz genau, auf was er sich da einließ. Dabei ist er dann auch umgekommen.«

»Also, das nenne ich beachtlich – wirklich sehr beachtlich.«

Rodney lachte erbittert auf.

»Ja, nicht wahr? Aber würdest du das auch so ruhig und

selbstzufrieden sagen, wenn dein eigener Sohn auf diese Weise umgekommen wäre? Wäre es dir eine innere Befriedigung, wenn du dir sagen könntest, daß Tony ehrenhaft gestorben ist?«

Joan starrte ihn verständnislos an.

»Aber Peter war nicht unser Sohn. Wie kannst du das überhaupt vergleichen?«

»Ich muß dabei an Leslie denken... und was in ihr vorgegangen wäre...«

Joan saß im Rasthaus und rutschte auf ihrem Stuhl hin und her.

Warum mußte sie immer wieder an die Sherstons denken, seit sie hier war? Schließlich hatte sie ja auch noch andere Freunde und Bekannte, die ihr viel mehr bedeuteten als die Sherstons.

Sie hatte Leslie eigentlich nie so recht gemocht. Sie hatte ihr nur leid getan. Die arme Leslie unter ihrer marmornen Grabplatte.

Joan fröstelte. Ich friere, dachte sie, mir ist wahrhaftig kalt. Irgend jemand läuft über mein Grab.

Doch sie dachte dabei an Leslie Sherstons Grab.

Wie kalt es hier drinnen ist – düster und eiskalt. Ich gehe in die Sonne hinaus. Hier drinnen halte ich es nicht mehr aus. Sie drohte in Panik zu geraten.

Der Friedhof – Leslie Sherstons Grab. Aus Rodneys Knopfloch fiel eine schwere scharlachrote Rhododendronknospe auf das Grab, auf Leslies Grab. Sie sah die Szene immer wieder vor sich.

So manche Knospe muß dem Sturmwind weichen...

9. Kapitel

Joan stürzte regelrecht in den Sonnenschein hinaus.

Sie ging eilig los – gönnte dem Müllhaufen leerer Konservendosen und den Hühnern kaum einen Blick.

In der schönen warmen Sonne fühlte man sich gleich viel besser. Die Wärme durchdrang sie bis ins Mark. Sie fror nicht mehr. Sie hatte es geschafft, alles hinter sich zu lassen...

Was sollte denn das heißen – alles hinter sich gelassen?

Plötzlich schien es ihr, als begleite sie der Geist Miß Gilbeys, als sage ihre alte Schulleiterin mit eindringlicher Stimme:

»Du mußt disziplinierter sein, Joan. Ordne deine Gedanken. Drück dich klarer aus. Überleg dir ganz genau, wovor du eigentlich davonläufst.«

Joan konnte es nicht sagen. Sie hatte keine blasse Ahnung. Etwas machte ihr angst, versetzte sie in Furcht und Schrecken.

Etwas, das schon immer dagewesen war und auf der Lauer gelegen hatte. Sie konnte nichts dagegen tun als auszuweichen, sich zu drehen und zu wenden...

»Also wirklich, Joan Scudamore«, rief sie sich zur Ordnung, »du benimmst dich sonderbar, sehr sonderbar...

Doch dieses Eingeständnis half ihr nicht. Irgend etwas stimmte nicht mit ihr. Agoraphobie konnte es ja wohl nicht sein. (Stimmte dieser Ausdruck so? Es ärgerte sie maßlos, daß sie sich nicht sicher war.) Diesmal traf diese Angst nicht zu, denn sie hatte es ja kaum erwarten können, der Enge dieses Hauses, diesem eisigen Gemäuer zu entrinnen. Sie hatte sich danach gesehnt, ins Freie hinauszukommen und sich von der Sonne bescheinen zu lassen. Hier draußen ging es ihr auch gleich viel besser.

Hinaus! Hinaus in die Sonne! Den trüben Gedanken entfliehen.

Drinnen war sie lang genug gewesen. In diesem hohen Zimmer, das ihr wie ein Mausoleum vorkam.

Das Grab von Leslie Sherston. Rodney...

Leslie... Rodney...

Hinaus...

In die Sonne...

So schrecklich kalt in diesem Zimmer...

Sie fror und fühlte sich entsetzlich einsam...

Joan beschleunigte ihre Schritte. Nur weg von diesem Mausoleum, das sich Rasthaus nannte! Wie feindselig und abschrekkend es wirkte. Wahrscheinlich fühlten sich die Reisenden dort alle wie Gefangene...

Da konnte man sich leicht einreden, daß es Gespenster gab.

Was für ein absurder Gedanke! Das Haus war ja noch nagelneu – kaum zwei Jahre alt. Es war doch allgemein bekannt, daß es in neuen Häusern keine Gespenster gab.

Und wenn in diesem Rasthaus doch Gespenster herumgeisterten, so mußte sie, Joan Scudamore, sie eingeschleppt haben.

Eine haarsträubende Idee...

Sie beschleunigte ihre Schritte.

Jedenfalls verfolgt mich niemand, dachte sie. Ich bin allein. Hier treffe ich auch niemanden. Ich stoße hier auf keine Menschenseele.

Wie war es doch gleich wieder Stanley und Livingstone ergangen? Sie waren sich inmitten der Wildnis Afrikas über den Weg gelaufen.

Sie müssen Doktor Livingstone sein.

Hier blühte ihr nichts dergleichen. Hier konnte sie nur einem einzigen Menschen begegnen, und das war Joan Scudamore.

Was für eine groteske Idee! *»Darf ich Ihnen Joan Scudamore vorstellen?« »Ich freue mich, Ihre Bekanntschaft zu machen, Mistreß Scudamore.«*

Eigentlich ein hochinteressanter Gedankengang, eine faszinierende Vorstellung...

Sich selbst begegnen...

Eine Begegnung mit sich selbst. Das war mit Selbsterkenntnis gleichzusetzen...

Oh, Gott, sie hatte solche Angst...

Sie fürchtete sich ganz entsetzlich...

Sie verfiel in einen schnellen Laufschritt. Wie gehetzt jagte sie dahin, wäre fast gestolpert. Ihre Gedanken überstürzten sich.

...Ich habe Angst...

...Oh, Gott, ich habe solche Angst...

...Wenn ich doch nicht so allein wäre! Wenn doch irgend jemand bei mir wäre...

Sie verfiel auf Blanche. Blanche wäre ihr jetzt eine große Hilfe.

Ja, Blanche war genau der Mensch, den sie jetzt brauchte.

Niemand, der ihr nahestand und der ihr lieb und teuer war. Keine ihrer Freundinnen.

Nur Blanche. Sie sehnte sich nach Blanche, dieser warmherzigen, liebenswerten Frau. Blanche meinte es sicher gut mit ihr. Man konnte sie weder in Erstaunen setzen noch schockieren.

Blanche fand die ehemalige Schulkameradin jedenfalls nett.

Blanche fand, sie, Joan, habe es im Leben weit gebracht. Blanche mochte sie.

Nur Blanche und *niemand sonst*...

Jetzt war es endlich heraus, der Gedanke, der sie schon die ganze Zeit gequält hatte. Die richtige Joan Scudamore machte sich da keine Illusionen. Sie war sich darüber im klaren, daß niemand sie mochte. Sie wußte das seit langem...

Eidechsen, die den Kopf aus Löchern und Felsspalten stekken...

Die Wahrheit...

Tröpfchenweise drang die Wahrheit in sie ein. Vereinzelte Eidechsen streckten die Köpfe hervor und sagten: »Hier bin ich. Du kennst mich. Du kennst mich sogar ganz genau. Tu nicht so, als sähest du mich zum ersten Mal.«

Mit einemmal sah sie ganz klar – das war das Schreckliche.

Sie nahm jetzt alle Facetten der Erkenntnis wahr.

Die Wahrheit grinste unverschämt, lachte sie einfach aus.

Die Wahrheit überfiel sie bruchstückhaft. Seit ihrer Ankunft hier lauerte sie ihr schon auf. Jetzt brauchte sie die einzelnen Teilchen des Puzzles nur noch zusammenzusetzen, dann ergab sich die Geschichte ihres Lebens – die wahre Lebensgeschichte von Joan Scudamore, die harrte ihrer...

Bisher war diese Frage noch nie an sie herangetreten. Es war nicht nötig gewesen, auch nur einen Gedanken daran zu verschwenden. Es war ihr ein leichtes gewesen, ihr Leben mit sinnlosen Trivialitäten auszufüllen, die ihr für die Selbsterkenntnis keine Zeit mehr ließen.

Wie hatte Blanche das formuliert?

»Wenn du tagelang gezwungen wärst, über dich selbst nachzudenken, zu welchem Schluß du dann wohl kämst?«

Was für eine dämliche, selbstgefällige, blasierte Antwort sie darauf gegeben hatte!

»Es würde sich wohl kaum etwas herausstellen, das ich nicht schon lange weiß.«

»Also wirklich, Mutter, manchmal glaube ich, daß du über keinen Menschen auch nur das geringste weißt...«

Das hatte ihr Tony einmal vorgeworfen.

Der Junge hatte ja so recht. Sie konnte sich in niemanden hineinversetzen.

Sie hatte ihre Kinder nie verstanden und auch Rodney nicht. Sie hatte sie geliebt, aber nicht verstanden.

Wäre ihr das doch bloß früher aufgegangen.

Wenn man einen Menschen liebte, sollte man ihn auch kennen und verstehen.

Sie hatte das nie wahrhaben wollen, weil es ja viel bequemer war, sich genau das einzureden, wovon man wollte, daß es zutraf – anstatt sich mit den Fakten abzufinden, die oft ärgerlich und lästig waren.

Sie dachte an ihre Älteste und die Qualen, die Averil ausgestanden hatte.

Sie hatte sich nicht eingestehen wollen, daß Averil unsagbar litt...

Averil hatte ihre Mutter immer verachtet...

Averil hatte sie nämlich schon in ganz jungen Jahren durchschaut.

Das Leben hatte Averil übel mitgespielt. Sie war ein gebrochener Mensch und würde sich von dem Verzicht auf den geliebten Mann vielleicht nie mehr erholen.

Doch wieviel Mut hatte sie bewiesen...

Genau das, was ihr selber fehlte. Mut.

»Mut ist ja nicht alles«, hatte sie einmal behauptet.

»So, meinst du?« lautete Rodneys Kommentar dazu. Rodney hatte recht gehabt...

Tony, Averil und Rodney – alle drei klagten sie an und beschuldigten sie.

Und wie stand es mit Barbara? Warum war der Arzt so zurückhaltend gewesen? Was hatten alle vor ihr geheimgehalten?

Was hatten alle vor ihr geheimgehalten?

Was hatte sich ihr Kind zuschulden kommen lassen? Dieses leidenschaftliche, undisziplinierte Kind, das gleich den ersten Mann erhört hatte, der ihm einen Heiratsantrag machte – nur um von zu Hause wegzukommen.

Ja, es hatte keinen Sinn, die Augen noch länger davor zu verschließen – genau das hatte Barbara getan. Sie war zu Hause sehr unglücklich gewesen. Weil sie, Joan, sich niemals auch nur die geringste Mühe gegeben hatte, dafür zu sorgen, daß Barbara sich zu Hause fühlen konnte.

Sie hatte Barbara nie verstanden und sie auch nicht geliebt.

Selbstsüchtig und ohne nachzudenken hatte sie bestimmt, was für Barbara am besten war. Barbaras Sehnsüchte und Wünsche, Barbaras Geschmack interessierten sie nicht im geringsten. Sie hieß Barbaras Freunde nicht willkommen, vertrieb sie regelrecht. Kein Wunder, daß ihre Tochter das ferne Bagdad wie das gelobte Land erschien.

Aus einem Impuls heraus und völlig überstürzt heiratete sie Bill Wray, ohne ihn zu lieben (das behauptete zumindest Rodney). Und was war dann geschehen?

Hatte Barbara sich auf eine Liebesaffäre eingelassen? Eine Affäre, die schlecht ausgegangen war? Wahrscheinlich war es dieser Major Reid. Ja, es mußte wohl so sein. Deshalb gerieten Barbara und ihr Mann so in Verlegenheit, als sie in aller Unschuld beiläufig seinen Namen nannte. So ein weltgewandter Mann mußte ein dummes Kind ja faszinieren, das noch nicht einmal erwachsen war.

Dann mußte Barbara in einem Verzweiflungsanfall versucht haben, sich umzubringen. Sie hatte ja schon als Kind solche heftigen Ausbrüche gehabt, ganz fürchterliche Ausbrüche, bei denen man wirklich um sie fürchten mußte. Ja, Barbara hatte wohl versucht, Hand an sich zu legen.

Barbara war sehr, sehr krank gewesen, hatte in Lebensgefahr geschwebt.

Joan fragte sich, ob Rodney wohl darüber informiert war. Jedenfalls hatte er alles getan, um sie davon abzuhalten, sofort zu Barbara zu fahren.

Nein, Rodney hatte sicher nicht Bescheid gewußt. Er hätte es ihr doch gesagt. Vielleicht aber auch nicht. Er hatte jedenfalls mit allen Mitteln versucht, ihr die Reise auszureden.

Aber sie war wild entschlossen gewesen. Sie hatte steif und fest behauptet, sie könne nicht mehr bleiben, müsse zu ihrem kranken Kind.

Zumindest das konnte doch wohl als beachtliche Gefühlsregung gelten. Aber war sie sich selbst gegenüber da ganz ehrlich? Kehrte sie da nicht schon wieder etwas unter den Tisch? Die Reise hatte sie gereizt, dieser so ganz andere Teil der Welt, dieses exotische Land. Auch gefiel sie sich in der Rolle der aufopferungsbereiten Mutter. Hatte sie sich nicht als liebenswürdige, impulsive Frau gesehen, die von der kranken Tochter und dem

verstörten Schwiegersohn als rettender Engel
mit offenen Armen empfangen werden würde
großartig von dir, daß du sofort hierher geeilt b
sie loben.

In Wahrheit jedoch hatten sie sich gar nicht ü
gefreut! Daß sie ausgerechnet zu diesem Zeitpu
war, hatte die Tochter und den Schwiegersoh
einmal milde auszudrücken. Sie war ihnen nic
war im Wege, unerwünscht. Sie hatten den Ar
mit er ihr nicht reinen Wein einschenkte, und h
nichts verlauten lassen. Sie hatten alles nur Erc
damit sie die Wahrheit nicht erfuhr. Sie wollten
was erfuhr, weil sie ihr kein Vertrauen entgeg
bara hatte ihr noch nie getraut. Deshalb wol
Preis vermeiden, daß ihre Mutter dahinterkar
lich abgespielt hatte.

Wie erleichtert sie gewesen waren, als sie ih
sie müsse nach England zurück. Natürlich h
nicht anmerken lassen. Sie hatten höflich prot
schlagen, sie solle doch noch eine Weile blei
auch nur ganz kurz überlegte, ob sie nicht d
solle, hatte William ihr das kurzerhand wied

Ihre übereilte Reise in den Osten hatte eige
tes gehabt: Sie hatte Barbara und William eir
hergebracht, weil beide vorerst nur den Wuns
wieder loszuwerden und ihr Geheimnis zu
daß ihr Besuch so gesehen doch noch zu etw
war. Joan fiel wieder ein, wie Barbara – noch
William immer wieder flehend angesehen ha
dann auf Joan eingeredet, ihr irgend etwas e
den taktlosen Fragen abgelenkt, die Joan imr

Das dankte Barbara ihrem Mann mit zärtl

Ihre Tochter und ihr Schwiegersohn hatte
gleitet. Joan sah sie noch Hand in Hand auf d
hen, Barbara schutzsuchend an ihren Manr

›Nur Mut, Liebling‹, schien Williams Ha
›Bald ist es überstanden. Jetzt fährt sie end

Nachdem der Zug abgefahren war, sind si
leichtert in ihren Bungalow in Alwyah zurü

Sie nahm das Fieberther
es sich unter die Zung
Sie mußte Fieber ha
Sie konnte ja nicht
Diese unerklärliche
– und das Herz s
Es würde sich
Erklärung gab.
Sie nahm da
peratur ab.
36,5 Grad
Untertempe
Irgendw
machte sie
der Sonne
verstand-
mußte en
›Das irk-
sie ha
Ohne dete,
jetzt h das
ja, vorge-
brau als sie
geh bleiben
schedet.
nic ein Gu-
weder nä-
Gerten, sie
ein Seltsam,
ih gewesen
nchwächt –
lliam hatte
fund so von
der stellte.
rilicken.
sur Bahn be-
gansteig ste-
dit.
Sa besagen.
der ab ...‹
kolossal er-
hrt und ha-

ben mit Mopsy gespielt. Beide liebten Mopsy über alles, dieses entzückende Baby, das William geradezu lächerlich ähnlich sah. Wahrscheinlich hatte Barbara befreit aufgeatmet und gesagt: »Was für ein Glück, daß sie weg ist und wir das Haus wieder für uns allein haben.«

Der arme William! Er liebte Barbara so sehr und mußte furchtbar unglücklich gewesen sein. Was Barbara ihm angetan hatte, änderte nichts an seiner tiefen Liebe zu ihr und an der Zärtlichkeit, die er für sie empfand.

»Mach dir ihretwegen keine Sorgen!« hatte Blanche ihr geraten. »Das kommt schon wieder in Ordnung. Schließlich haben sie ein Kind – und überhaupt.«

Blanche war wirklich rührend. Versuchte sie zu trösten und ihr die Angst zu nehmen, die sie gar nicht hatte.

Und sie hatte sich so überlegen gefühlt und nichts als Mitleid und Verachtung empfunden, was ihre alte Schulfreundin betraf.

Lieber Gott, ich danke dir, daß ich nicht bin wie diese Frau.

Ja, sie hatte sogar gewagt zu beten...

Doch jetzt in diesem Augenblick hätte sie alles dafür gegeben, wenn Blanche bei ihr sein könnte!

Blanche hatte so ein gutes Herz – es wäre ihr nie eingefallen, einen Menschen zu verurteilen.

In jener Nacht im Rasthaus hatte sie gebetet – vom Sockel ihrer vermeintlichen Überlegenheit herab.

Ob sie wohl jetzt noch beten konnte, wo es nichts mehr zu bemänteln gab? Wo sie die Augen vor der Wahrheit nicht mehr verschließen konnte?

Joan stolperte noch ein paar Schritte weiter, dann sank sie auf die Knie.

...Lieber Gott, hilf mir doch, betete sie...

...Ich fürchte, ich verliere den Verstand...

...Bitte, lieber Gott, laß mich nicht überschnappen...

...Gönn mir doch ein wenig Seelenfrieden. Ich will nicht mehr denken müssen...

Stille...

Nichts als das tödliche Schweigen ringsum und die sengende Sonne...

Und das dumpfe Pochen ihres Herzens...

Gott hat sich von mir losgesagt, dachte sie.

... Von Gott darf ich keine Hilfe mehr erwarten ..

... Ich bin allein – mutterseelenallein ...

Schrecklich, dieses Schweigen! Wie erträgt man diese Einsamkeit?

Die kleine Joan Scudamore – dumm, anmaßend und oberflächlich ...

In der Wüste, ganz allein.

Auch Jesus Christus war allein in der Wüste, ging es ihr durch den Kopf.

Vierzig Tage und vierzig Nächte ...

... Nein, ausgeschlossen, das brachte niemand fertig, das ertrug kein Mensch ...

Die Stille, die Sonne und die Einsamkeit ...

Die Angst überfiel sie wieder, die Furcht vor dieser unendlichen Weite, wo man ganz auf sich gestellt ist ...

Sie rappelte sich wieder auf.

Zurück zum Rasthaus, unbedingt zurück.

Dort war wenigstens der Inder, der Araberjunge, dort gab es Hühner und leere Konservendosen. Immerhin etwas, besser als gar nichts.

Wie gehetzt sah sie sich um. Sie traute ihren Augen nicht. Von dem Rasthaus keine Spur. Sie geriet in Panik. Auch der winzige Steinhaufen, der sich Bahnhof nannte, war nicht mehr zu sehen. Nicht einmal die fernen Hügel konnte sie am Horizont entdecken.

Sie mußte weiter gegangen sein als je zuvor – so weit, daß sie sich an nichts mehr orientieren konnte.

Als sie erkannte, daß sie sich nicht einmal mehr daran erinnern konnte, in welcher Richtung das vermaledeite Rasthaus lag, kannte ihr Entsetzen keine Grenzen.

Die Hügel – wie konnten die fernen Hügel nur verschwinden? Ringsum am Horizont, so weit das Auge reichte, hingen die Wolken tief ... Sie konnte nicht mehr unterscheiden, ob sie Hügel oder Wolken sah.

Sie hatte sich verlaufen, fand nicht mehr zurück ...

Sie mußte wohl nach Norden gehen, ja, ganz bestimmt, nach Norden.

Am Stand der Sonne konnte sie sich orientieren ...

Doch die Sonne stand direkt über ihr ... an der Sonne konnte man die Himmelsrichtung also nicht ablesen ...

Sie hatte sich verlaufen, stand mitten in der Wüste und fand nicht mehr zurück...

Plötzlich setzte sie sich wie gehetzt in Trab, sie rannte einfach los...

Zuerst in die eine Richtung, dann in Panik genau entgegengesetzt. Sie rannte hin und her, im Kreis herum. Wie eine Wahnsinnige. Nur nicht stehenbleiben.

Dann schrie sie aus Leibeskräften, rief um Hilfe...

Hilfe...

Hilfe...

Ich bin viel zu weit weg, dachte sie. *Niemand kann mich hören.*

Ihre Stimme verlor sich in der Wüste. Nichts blieb davon als ein weinerliches Gezeter. *Ich blöke wie ein Schaf,* ging es ihr durch den Kopf. *Genau wie ein Schaf...*

Er führet mich auf rechter Straße...

Der Herr ist mein Hirte...

Rodney – die grüne Weide und das Tal an der Hauptstraße...

Rodney, rief sie, *hilf mir, hilf mir doch...*

Doch Rodney ging eilig den Bahnsteig entlang, entfernte sich von ihr, mit gestrafften Schultern und zurückgeworfenem Kopf... ein erhebendes Gefühl, ein paar Wochen frei zu sein... er fühlte sich wie neugeboren...

Ihr Hilfeschrei drang nicht zu ihm durch.

Averil – ob Averil ihr nicht helfen konnte?

Averil, ich bin doch deine Mutter. Ich habe immer alles für dich getan...

Nein, Averil würde vermutlich schweigend aus dem Zimmer gehen. Sie würde höchstens sagen:

»Ich wüßte nicht, was ich da tun kann...«

Aber Tony würde ihr ganz bestimmt helfen.

Nein, Tony konnte ihr nicht helfen. Er lebte ja in Afrika. Das war zu weit weg...

Barbara – nein, Barbara war viel zu krank. Sie hatte eine Lebensmittelvergiftung.

Leslie würde mir ganz sicher helfen, dachte sie. Aber Leslie ist tot. Sie hat viel durchgemacht und ist dieser schrecklichen Krankheit zum Opfer gefallen...

Es hatte keinen Sinn, daß sie um Hilfe rief. Ihr konnte niemand helfen...

Sie rannte wieder los, zum äußersten entschlossen und ohne die geringste Ahnung, in welche Richtung sie lief. Sie rannte einfach drauflos...

Das ist das Ende, dachte sie...

Jesus Christus, das durfte doch nicht wahr sein.

Jesus würde sie nicht im Stich lassen...

Er würde hier in der Wüste zu ihr kommen...

Um sie, das verlorene Schaf, auf den rechten Weg zurückzubringen...

Die reuige Sünderin...

Und ob ich schon wanderte im finstern Tal...

Finster war es hier unter der sengenden Sonne gewiß nicht...

Das grüne Tal, die grüne Aue – sie mußte die grüne Aue finden...

Sie lag mitten in Crayminster an der Hauptstraße.

Gleich im Anschluß an die Wüste.

Vierzig Tage und vierzig Nächte.

Es waren ja erst drei Tage vergangen, Jesus mußte also noch dasein.

Jesus Christus, hilf mir doch, betete sie.

Jesus...

Was war das denn?

Da drüben, ganz weit rechts, zeichneten sich am Horizont verschwommene Umrisse ab!

Das war das Rasthaus! Sie hatte sich also doch nicht verlaufen. Jetzt fand sie den Weg zurück. Gerettet...

Gerettet...

Die Beine versagten ihr den Dienst. Sie sank zu Boden. Und lag da ziemlich lang – ein armseliges Häufchen Mensch...

10. Kapitel

Joan kam ganz langsam wieder zu sich...

Sie fühlte sich schwach und elend...

Hundeelend, schwach wie ein kleines Kind.

Aber sie war gerettet. Das Rasthaus lag in Reichweite. Sobald sie sich ein wenig besser fühlte, wollte sie aufstehen und zum Rasthaus zurückgehen.

Bis dahin wollte sie einfach liegen bleiben und über ihr bisheriges Leben nachdenken. Aber sich selbst gegenüber ehrlich sein. Es hatte keinen Sinn, die Dinge zu bemänteln und sich etwas vorzumachen.

Gott hatte sie also doch nicht im Stich gelassen...

Sie brauchte nicht mehr zu befürchten, daß niemand zu ihr hielt...

Ich muß mir Klarheit verschaffen, sagte sie sich. Muß mich endlich einmal den Tatsachen stellen. Alles so sehen, wie es wirklich ist. Deshalb bin ich hier – um mir über alles klarzuwerden...

Sie mußte endlich in Erfahrung bringen, was für eine Frau diese Joan Scudamore war...

Allein darin lag der Sinn ihres Aufenthalts in der Wüste. Dieses klare, unbarmherzige Licht würde die Wahrheit an den Tag bringen. Es würde ihr die Augen öffnen und sie deutlich erkennen lassen, was sie bisher nicht hatte wahrhaben wollen. Dinge, die sie tief im Innern *schon längst wußte.*

Einen Hinweis hatte sie ja gestern schon bekommen. Vielleicht fing sie am besten damit an. Denn da war sie doch zum erstenmal blindwütig in Panik geraten.

Sie hatte Gedichte aufgesagt. Damit hatte alles angefangen.

Von Dir war ich entfernt zur Frühlingszeit.

So lautete die Zeile. Dabei mußte sie an Rodney denken. »Aber es ist doch Herbst. Wir haben doch November...«, hatte sie gesagt.

Genau wie Rodney damals sagte: »Aber wir haben doch Oktober...«

Am Abend des Tages, an dem er mit Leslie Sherston auf dem Asheldown gesessen hatte. Beide hatten schweigend dagesessen – mehr als einen Meter voneinander entfernt. Sie haben sich wohl nichts zu sagen, hatte sie gedacht.

Jetzt wußte sie (tief im Innern ahnte sie es wohl schon länger), warum die beiden so weit auseinandersaßen.

Weil sie es nicht wagten, näher aneinanderzurücken...

Rodney und Leslie Sherston...

Nicht etwa Myrna Randolph, an ihr hatte Rodney nie etwas

gelegen. Sie hatte die Geschichte mit Myrna Randolph absichtlich gefördert, weil sie wußte, daß an der Sache absolut nichts dran war. Sie hatte Myrna Randolph in den Vordergrund geschoben, um zu vertuschen, wie es in Wirklichkeit um Rodney stand.

Zum Teil aber auch deshalb – Joan, sei jetzt endlich einmal ehrlich –, weil es ihr leichter fiel, Myrna Randolph als Konkurrenz zu akzeptieren. Leslie Sherston bedeutete eine weit größere Gefahr.

Sie wurde in ihrem Stolz nicht so sehr getroffen, wenn sie sich eingestand, daß sich Rodney zu Myrna Randolph hingezogen fühlte – einem wunderschönen jungen Mädchen, einer Sirene, die wahrscheinlich jeden Mann um den Verstand brachte, der nicht mit einer übermenschlichen Willenskraft ausgestattet war.

Leslie Sherston, die weder schön noch jung war, machte ihr weit mehr zu schaffen. Die erschöpfte Leslie mit dem seltsam schiefen Lächeln. Sie konnte und wollte sich nicht eingestehen, daß Rodney Leslie liebte, sie so leidenschaftlich liebte, daß er es nicht wagte, näher als einen Meter an sie heranzurücken. Sie hatte sich das niemals eingestehen wollen.

So erlebte sie aus zweiter Hand die verzweifelte Sehnsucht, die schmerzliche unbefriedigte Begierde, die ganze Macht der Leidenschaft, die sie selbst niemals empfunden hatte...

An jenem Tag hoch oben auf dem Asheldown hatte sie gespürt, wie es um die beiden stand. Deshalb war sie auch beschämt davongeeilt, ohne wahrhaben zu wollen, was doch so klar auf der Hand lag...

Rodney und Leslie saßen schweigend nebeneinander. Sie wagten sich nicht einmal anzusehen.

Leslie liebte Rodney so verzweifelt, daß sie dort begraben werden wollte, wo er lebte. Wenigstens im Tode wollte sie in seiner Nähe sein...

Rodney starrte auf die Marmorplatte auf dem Grab und sagte: »Ich kann mir Leslie unter so einer kalten Marmorplatte gar nicht vorstellen.« Die schwere Rhododendronknospe war ihm aus dem Knopfloch auf Leslies Grab gefallen. Ein scharlachroter Blütenregen ergoß sich auf ihr Grab.

»Herzblut«, nannte Rodney das.

Später hatte er gemurmelt: »Ich bin müde, Joan, so furchtbar müde.« Und hatte dann hinzugefügt: »Nicht jeder kann so tapfer sein...«

Dabei hatte er natürlich an Leslie gedacht. An Leslie und den Mut, den sie stets bewiesen hatte.

»Schließlich ist Mut nicht alles.«

»Wirklich nicht?«

Leslies Tod hatte zu Rodneys Nervenzusammenbruch geführt.

Dann hatte er in Cornwall im Sanatorium gelegen, hatte ohne das geringste Interesse am Leben, ohne den Willen weiterzuleben den Möwen zugehört und zugesehen und still vor sich hingelächelt...

Sie hörte noch Tonys zornige Stimme:

»Hast du denn *keine* Ahnung?« Denn sie hatte sich die Wahrheit nicht eingestehen wollen.

Sie erinnerte sich noch lebhaft daran, wie Leslie am Fenster stand und ihr erklärte, warum sie Sherstons Kind auszutragen wünschte.

Auch Rodney stand am Fenster, als er sagte: »Leslie gibt sich nicht mit halben Sachen ab...«

Was sahen diese beiden, als sie so aus dem Fenster schauten? Erblickte Leslie die Apfelbäume und die Anemonen in ihrem Garten? Sah Rodney die Tennisplätze und den Goldfischteich? Oder sahen beide die bleiche müde Landschaft und die verschwommenen Wälder auf den fernen Hügeln, die man von der Kuppe des Asheldown erblickte?

Der arme Rodney, der arme zu Tode erschöpfte Rodney...

Rodney mit seinem lieben, schelmischen Lächeln. Rodney, wie er immer sagte: arme kleine Joan. Immer war er freundlich, immer liebevoll, nie ließ er sie im Stich...

Aber schließlich war sie ihm ja auch immer eine gute Frau gewesen.

Seine Interessen standen für sie immer an allererster Stelle...

Oder etwa nicht?

Sie dachte an Rodneys flehende Blicke, seine todtraurigen Augen. Immer sah er sie so traurig an.

Rodney hatte sie ernst angesehen und gesagt: »Woher sollte ich denn wissen, daß ich die Arbeit in der Kanzlei so sehr hassen würde?« Und: »Woher willst du wissen, daß mir das Freude macht?«

Rodney hatte sie angefleht, das Leben führen zu dürfen, an dem ihm so viel lag. Sein Wunschtraum war ein Leben als Farmer.

Ihr fiel wieder ein, wie Rodney in seinem Büro am Fenster gestanden und beobachtet hatte, wie am Markttag die Rinder auf den Platz getrieben wurden.

Sie sah Rodney wieder vor sich, wie er sich mit Leslie Sherston über Milchkühe unterhalten hatte.

Rodney hatte Averil vorgehalten: »Ein Mann ist nur ein halber Mensch, wenn er nicht dem Beruf nachgehen kann, der ihm am Herzen liegt.«

Sie hatte ihrem Mann den Herzenswunsch vereitelt, dem seine ganze Sehnsucht galt.

Und hatte fieberhaft versucht, das gegen besseres Wissen vor sich zu rechtfertigen.

Sie meine es doch gut mit ihm! Man müsse das von der praktischen Seite sehen und vernünftig sein! Er müsse auch an die Zukunft ihrer Kinder denken! Sie riete ihm nicht etwa aus selbstsüchtigen Motiven davon ab!

Doch der Protestschrei blieb ihr im Halse stecken.

Hatte sie ihm nicht doch aus Egoismus abgeraten?

War es nicht doch so gewesen, daß es ihr davor graute, auf einem Bauernhof zu leben? Sicher, sie wollte das Beste für die Kinder – aber was war am besten für die Kinder? Rodney war genau wie sie berechtigt zu bestimmen, was für die Kinder gut war und was nicht.

Sie genoß da eigentlich keinerlei Vorrechte. Es lag doch wohl beim Vater zu entscheiden, wie und wo die Kinder leben sollten. Die Mutter mußte für ihr Wohlergehen sorgen und sich ansonsten getreulich an das halten, was der Vater bestimmte.

Rodney hatte behauptet, die Kinder würden auf einem Bauernhof nicht nur gesund, sondern herrlich und in Freuden aufwachsen.

Auf Tony traf das mit Sicherheit zu.

Rodney hatte dann immerhin dafür gesorgt, daß Tony genau das Leben führen konnte, das ihm selbst versagt geblieben war.

»Es liegt mir nicht, die Menschen zu irgend etwas zu zwingen«, hatte sich Rodney verteidigt.

Doch sie selbst hatte nicht die geringsten Skrupel, Rodney etwas aufzuzwingen, was ihm zuwider war, und ihn damit zu zwingen, auf das zu verzichten, was ihm über alles ging.

Ein Schmerz durchzuckte Joan. Aber ich *liebe* Rodney doch, sagte sie sich. Ich liebe ihn *wirklich.* Ich habe nicht etwa aus Lieblosigkeit so gehandelt...

Sie erkannte mit einem Mal ganz klar, daß ja gerade das so unverzeihlich war.

Obwohl sie Rodney liebte, hatte sie es fertiggebracht, sein Leben zu zerstören.

Wenn sie ihn hassen würde, wäre das vielleicht entschuldbar.

Auch wenn er ihr gleichgültig wäre, könnte man noch irgendwie rechtfertigen, daß sie ihn gezwungen hatte, ihr sein Lebensglück zu opfern.

Doch sie hatte ihn geliebt und liebte ihn noch immer. Trotzdem hatte sie ihn um sein angestammtes Recht gebracht: das Recht, selbst über sein Leben zu bestimmen.

Sie hatte skrupellos mit den Waffen einer Frau gekämpft – das Kind in der Wiege vorgebracht sowie das Kind, mit dem sie schwanger war. Damit hatte sie ihn um etwas gebracht, von dessen Verlust er sich nie wieder erholen würde. Er war seitdem nur noch ein halber Mensch, ein halber Mann.

In seiner Güte hatte er nicht dagegen angekämpft, daß sie ihm nahm, was ihm so wichtig schien. Er hatte nicht den Sieg davongetragen, Übriggeblieben war ein gebrochener Mann...

Rodney, Rodney, dachte sie...

Ich kann das nie wieder gutmachen, warf sie sich jetzt vor. Ich kann *überhaupt nichts* tun, um ihn für das zu entschädigen, was ich ihm angetan habe...

Aber ich liebe ihn. Ich liebe ihn so sehr...

Ich liebe auch meine drei Kinder und habe sie immer geliebt...

Aber eben nicht genug.

Rodney, Rodney, dachte sie – *kann ich denn wirklich gar nichts tun? Gar nichts zu meiner Rechtfertigung vorbringen?*

Von Dir war ich entfernt zur Frühlingszeit.

Ja, schon lange, dachte sie. Schon seit dem Frühling, dem ersten Frühling unserer Liebe.

Ich bin stehengeblieben, da hat Blanche ganz recht. Ich bin noch immer die Schülerin von St. Anne. Leichtlebig, oberflächlich, gedankenlos, selbstzufrieden. Ich habe immer noch diesen Horror vor der Wahrheit, vor allem, was mir unbequem ist...

Keinen *Mut*...

Was soll ich nur tun, dachte sie.

Ich kann zu Rodney gehen und ihm sagen, daß es mir unendlich leid tut, ihn um Verzeihung bitten...

Ja, das will ich tun. Ich trete vor ihn hin und sage: »Verzeih mir bitte, Rodney. Ich habe es nicht besser gewußt. Ich hatte wirklich keine Ahnung, was ich dir damit antue.«

Joan erhob sich schwankend. Sie fühlte sich entsetzlich matt und elend. Auf wackeligen Beinen stand sie da.

Dann ging sie ganz langsam los, wie eine alte Frau – als fiele ihr jeder Schritt schrecklich schwer.

Vorsichtig setzte sie einen Fuß vor den anderen.

Der Gedanke an Rodney verlieh ihr allmählich etwas Kraft.

Sie fühlte sich schon nicht mehr ganz so schwach und elend.

Was für ein langer Weg. Er nahm kein Ende.

Der Inder kam aus dem Rasthaus auf sie zugestürzt. Ein breites Grinsen lag um seinen Mund. Er winkte und gestikulierte wie wild:

»Gute Nachrichten, Memsahib! Gute Nachrichten!«

Joan starrte ihn verständnislos an.

»Zug kommen! Zug am Bahnhof. Sie fahren heute abend.«

Der Zug? Der Zug, der sie zu Rodney bringen würde.

(›Verzeih mir, Rodney. Bitte, verzeih mir!‹)

Sie hörte sich in ein wildes, unbeherrschtes Gelächter ausbrechen, das in ihren Ohren völlig fremd klang. Der Inder starrte sie entgeistert an. Da riß sie sich zusammen.

»Der Zug ist genau zur rechten Zeit gekommen«, sagte sie.

11. Kapitel

»Ich glaube, ich träume«, dachte Joan. »Ja, das alles kommt mir so unwirklich vor wie ein Traum.«

Sie ging durch die Stacheldrahtumzäunung. Der Araberjunge schleppte ihre Koffer und schwatzte schrill mit dem dikken, verdächtig aussehenden Stationsvorsteher, einem Türken.

Da stand der altvertraute Schlafwagen. Der Schlafwagenschaffner in seiner schokoladenbraunen Uniform beugte sich aus dem Fenster.

›Aleppo-Instanbul‹ besagte ein Schild an dem Waggon.

Ihr erschien der Zug als Bindeglied zwischen dem Rasthaus in der Wüste und der Zivilisation.

Der Angestellte begrüßte sie auf französich. Er schloß ihr die Tür des Abteils auf. Das Bett war schon gemacht.

Endlich kam sie wieder in den Genuß der Zivilisation...

Nach außen hin bot Joan das Bild einer routinierten, souveränen Reisenden. Sie erschien als die gleiche Mrs. Scudamore, die vor kaum einer Woche aus Bagdad abgereist war. Nur Joan selbst wußte um die wundersame, fast schon erschreckende Wandlung, die in ihr vorgegangen war. Niemandem sonst war ein Blick hinter die Fassade vergönnt.

Sie sagte sich noch einmal, daß der Zug genau zum richtigen Zeitpunkt gekommen war. Gerade als die letzten Schranken und Mauern fielen, die sie so sorgsam um sich herum errichtet hatte, und sie fast verging vor Angst und Einsamkeit.

Sie hatte eine Vision gehabt. Das war ja anderen Menschen auch schon so ergangen. Sie hatte einen Blilck in ihr Innerstes getan. Nach außen hin mochte sie zwar wie eine typische Engländerin auf Reisen wirken, deren ganzes Augenmerk den Dingen galt, die sie noch regeln mußte – doch in Gedanken war sie ganz kleinlaut und schleppte die Erkenntnisse mit sich herum, die sie in der sengenden Sonne in der Einsamkeit der Wüste über sich gewonnen hatte.

Die Fragen und Bemerkungen des Inders hatte sie wie im Traum beantwortet.

»Warum Memsahib nicht kommen zum Mittagessen? Mittagessen fertig. Sehr gutes Mittagessen. Jetzt fast fünf Uhr. Zu spät für Mittagessen. Wollen Tee?«

Das hatte sie bejaht.

»Aber wohin Memsahib gehen? Ich Memsahib suchen, aber Memsahib nirgends sehen. Nicht wissen, wohin Memsahib gehen.«

Sie erklärte ihm, sie sei ziemlich weit gegangen. Weiter als gewöhnlich.

»Das viel zu gefährlich. Memsahib verlaufen. Nicht wissen, wohin gehen. Vielleicht falsche Richtung gehen.«

Sie gab zu, daß sie sich verlaufen hatte, dann aber glücklicherweise in die richtige Richtung gegangen war. Sie machte ihm klar, daß sie jetzt Tee trinken und sich dann ein wenig ausruhen wolle. Sie erkundigte sich nach der Abfahrtszeit des Zuges.

»Zug fahren acht Uhr dreißig. Manchmal warten auf Ankunft von Konvoi. Aber heute kein Konvoi. Wadi überschwemmt, ganz schlimm, große Mengen Wasser fließen durch. Machen schschscht.«

Joan nickte geistesabwesend.

»Memsahib sehen schrecklich müde aus. Vielleicht Memsahib haben Fieber?«

Joan erklärte ihm, sie habe jetzt kein Fieber.

»Memsahib ganz anders aussehen.«

Kein Wunder, Memsahib *hatte* sich ja auch verändert. Vielleicht sah man ihr das an. Sie ging in ihr Zimmer und starrte in den fleckigen Spiegel.

Sah sie denn wirklich anders aus? Ja, ganz entschieden, nämlich älter. Sie hatte dunkle Ringe unter den Augen. Ihr Gesicht war staubig und schweißüberströmt.

Sie wusch sich das Gesicht, fuhr sich mit dem Kamm durchs Haar, legte Puder auf und malte sich die Lippen an. Dann sah sie wieder in den Spiegel.

Ja, sie sah tatsächlich anders aus. Etwas war aus dem Gesicht verschwunden, das ihr so ernst aus dem Spiegel entgegensah. Was mochte das nur sein – vielleicht die Selbstzufriedenheit?

Was für ein blassierter Mensch war sie gewesen! Seit sie da draußen in der Wüste neue Einsichten gewonnen hatte, grauste es ihr vor sich selbst. Der Mensch, der sie bisher gewesen war, widerte sie an. Jetzt übte sie sich in Demut.

Rodney, Rodney, dachte sie...

In Gedanken sagte sie den Namen ihres Mannes immer wieder leise vor sich hin...

Als wolle sie damit heraufbeschwören, was sie zu tun gedachte. Sie wollte sich alles von der Seele reden, nichts beschönigen, sich ihm ganz offenbaren. Nur das zählte. Falls das jetzt noch möglich war, würden sie von jetzt an ein ganz anderes Leben führen, praktisch ganz von vorn anfangen. Sie würde ihm gestehen: »Ich bin eine Närrin. Ich habe auf der ganzen Linie versagt. Sag mir, wie ich leben soll. Du besitzt so viel Lebensweisheit und bist so ein gütiger Mensch.«

Er würde ihr verzeihen. Da gab es sehr viel zu verzeihen. Das Schöne an Rodney war, daß er sie nicht haßte für das, was sie ihm und den Kindern angetan hatte. Das erkannte sie jetzt ganz klar. Kein Wunder, daß Rodney so beliebt war, daß ihn seine Kinder über alles liebten. Wahrscheinlich hielt auch Averil trotz ihres Widerspruchsgeistes und der Feindseligkeit, die sie jetzt ihm gegenüber an den Tag legte, auch weiterhin treu zu ihrem Vater. Selbst das Hauspersonal las ihm jeden Wunsch von den Augen ab. Er war unglaublich beliebt und hatte überall Freunde. Rodney war noch nie im Leben zu irgendeinem Menschen unfreundlich gewesen, dachte sie.

Sie seufzte. Sie war hundemüde, und alles tat ihr weh.

Sie trank ihren Tee und legte sich dann bis zum Abendessen hin. Danach mußte sie sich auf den Weg zum Bahnhof machen.

Sie fühlte sich jetzt nicht mehr ruhelos, verspürte auch keine Angst mehr. Es verlangte sie auch nicht nach Zerstreuung oder irgendwelchen Ablenkungsmanövern. Jetzt krochen keine Eidechsen mehr aus ihren Schlupfwinkeln und versetzten sie in Angst und Schrecken.

Sehr heilsam, so eine Begegnung mit sich selbst. Sie hatte einen Blick in die Abgründe ihres Wesens geworfen. Sie wußte, wie es um sie stand, und machte sich jetzt nichts mehr vor...

Joan sehnte sich nur noch nach Ruhe. Ausgepumpt wie sie war, wollte sie einfach nur friedlich daliegen. Sie sah verschwommen Rodneys Bild vor sich, erkannte sein liebes Gesicht...

Inzwischen befand sie sich im Zug. Sie hatte sich den wortreichen Bericht des Schaffners über den unfreiwilligen Aufenthalt auf freier Strecke angehört, ihm ihren Paß und ihre Fahrkarte ausgehändigt und sich versichern lassen, daß er nach Istanbul telegrafieren wollte, um ihr einen Platz im Simplon-Orientexpreß zu reservieren. Sie trug ihm auch noch auf, von Aleppo aus ein Telegramm an ihren Mann zu schicken. Mit folgendem Wortlaut: *Reise verzögert sich – alles in Ordnung – Gruß Joan.*

Rodney würde dieses Telegramm noch vor dem Termin bekommen, zu dem er sie eigentlich in London zurückerwartete.

Es war also alles geregelt. Ihr blieb nichts mehr zu tun. Sie brauchte sich um nichts mehr Gedanken zu machen. Sie konnte sich einfach fallenlassen und entspannen wie ein müdes Kind.

Fünf Tage Ruhe und Frieden, während der Taurus- und Orientexpreß in Richtung Westen raste und sie mit jedem Tag näher zu Rodney brachte, der ihr so viel zu verzeihen hatte.

Am nächsten Morgen kam sie in Aleppo an. Bis dahin hatte Joan den Zug praktisch ganz für sich allein gehabt, denn der Verkehr mit dem Irak war unterbrochen. Jetzt aber füllte sich der Zug bis zum Bersten. Es war zu Verspätungen, Annulierungen und Fehlbuchungen der Schlafwagenplätze gekommen. Überall wurde erregt diskutiert, protestiert. Allerorten kam es zu hitzigen Streitgesprächen in allen möglichen Sprachen.

Joan reiste erster Klasse. Im Taurus-Expreß befanden sich in den Schlafwagenabteilen erster Klasse stets zwei Betten.

Die Tür des Schlafwagenabteils wurde aufgeschoben, und eine schwarzgekleidete hochgewachsene Frau trat ein. Hinter ihr nahm der Schaffner durch das Fenster das Gepäck in Empfang, das ihm die Gepäckträger vom Bahnsteig aus anreichten.

Bald stand das ganze Abteil mit Koffern voll – luxuriösen Gepäckstücken mit eingeprägter Krone.

Die große Dame unterhielt sich auf französisch mit dem Schaffner. Sie gab ihm Anweisungen, wie er das Gepäck verstauen sollte. Schließlich ging er. Die Frau wandte sich Joan zu und lächelte sie freundlich an. Mit einem geübten kosmopolitischen Lächeln.

»Sie sind Engländerin«, konstatierte sie.

Sie sprach fast akzentlos. Sie hatte ein langes, schmales, unglaublich lebendiges Gesicht und ganz sonderbare hellgraue Augen. Joan schätzte sie auf etwa fünfundvierzig.

»Verzeihen Sie, daß ich so früh am Morgen hier einfalle. Ausgesprochen niederträchtig, daß der Zug zu dieser frühen Morgenstunde abfährt und ich Sie stören muß. Diese Schlafwagen sind aber auch so altmodisch. In den neuen befinden sich Einzelabteile. Trotzdem bin ich fest davon überzeugt« – sie lächelte, ein sehr liebenswertes, schon fast kindliches Lächeln – »daß wir uns nicht allzusehr auf die Nerven gehen werden. Bis Istanbul fahren wir ja nur zwei Tage, und ich bin eigentlich ein recht verträglicher Mensch. Sollte ich zuviel rauchen, sagen Sie es mir bitte. Doch jetzt lasse ich Sie weiterschlafen. Ich gehe erst einmal in den Speisewagen, der gerade erst angehängt worden ist.« Sie schwankte leicht, als es einen Ruck gab, durch den sich die Richtigkeit ihrer Behauptung erwies. »Dort warte ich dann, bis es Frühstück gibt. Ich möchte mich noch einmal dafür entschuldigen, daß ich Sie so früh aus dem Schlaf gerissen habe.«

»Aber ich bitte Sie, das macht doch nichts«, entgegnete Joan. »Mit so etwas muß man auf Reisen eben rechnen.«

»Wie ich sehe, sind Sie sehr verständnisvoll. Wir kommen sicher blendend miteinander aus.«

Als sie aus dem Abteil trat und die Tür hinter sich zuzog, hörte Joan, wie ihre Freunde auf dem Bahnsteig sie ›Sascha, Sascha‹, riefen. Sie überschütteten die fremde Frau mit einem Schwall von Worten. Joan erkannte diese Sprache nicht.

Joan war inzwischen selbst hellwach. Sie fühlte sich erfrischt und bestens ausgeruht. In Zügen schlief sie immer gut. Also stand sie auf und fing an, sich anzuziehen. Der Zug fuhr ab und ließ Aleppo hinter sich. Nachdem Joan ihre Toilette beendet hatte, trat sie auf den Gang hinaus, doch zuvor warf sie noch rasch einen Blick auf die Aufkleber bzw. Namensschilder auf den Gepäckstücken ihrer neuen Reisegefährtin.

Prinzessin Hohenbach-Salm.

Ihre neue Bekannte frühstückte im Speisewagen und unterhielt sich mit einem kleinen stämmigen Franzosen.

Die Prinzessin winkte Joan herbei und bat sie, an ihrer Seite Platz zu nehmen.

»Sind Sie aber energiegeladen!« rief die Prinzessin aus. »Ich an Ihrer Stelle würde ganz bestimmt noch schlafen. So, Monsieur Baudier, erzählen Sie doch bitte weiter. Es interessiert mich brennend.«

Die Prinzessin sprach mit Monsieur Baudier französisch. Mit Joan sprach sie natürlich englisch und mit dem Speisewagenkellner fließend türkisch. Gelegentlich wandte sie sich in ebenso fließendem Italienisch an einen melancholisch aussehenden Offizier jenseits des Mittelganges.

Nach dem letzten Bissen verneigte sich der stämmige Franzose mit ausgesuchter Höflichkeit und verabschiedete sich von den beiden Damen.

»Sie sind unglaublich sprachbegabt«, bemerkte Joan.

Die Prinzessin mit dem langen bleichen Gesicht lächelte versonnen.

»Sicher, warum nicht? Wissen Sie, ich bin Russin. Ich war mit einem Deutschen verheiratet und habe lange in Italien gelebt. Ich spreche acht oder neun Sprachen – manche ganz gut, andere weniger gut. Finden Sie nicht auch, daß es große Freude macht, sich mit allen möglichen Menschen zu unterhalten? Alle Menschen sind interessant, und uns bleibt ja nur so wenig Zeit auf Erden. Deshalb sollte man ständig den Gedanken- und Erfahrungsaustausch mit anderen Menschen suchen. Die Menschen gehen meiner Meinung nach nicht liebevoll genug miteinander um. Meine Freunde sagen immer: Sascha, es gibt Menschen, die man unmöglich lieben kann – zum Beispiel Türken, Armenier, die Levantiner eben. Aber ich bestreite das energisch. Ich mag die Menschen, liebe alle – ganz gleich, woher sie kommen. *Garçon, l'addition.*«

Joan zuckte regelrecht zusammen, denn der letzte Satz schloß sich ganz ohne Übergang an die vorhergehenden an.

Der Speisewagenkellner kam sofort angeschossen und verneigte sich ehrerbietig. Joan begriff, daß ihre Reisegefährtin eine wichtige Persönlichkeit sein mußte.

Den ganzen Morgen und auch noch am frühen Nachmittag durchfuhr der Zug die Ebene auf teilweise verschlungenen Pfaden, dann ging es langsam bergauf in das Taurus-Gebirge.

Sascha saß in ihrer Ecke, las und rauchte und machte manchmal völlig unerwartete Bemerkungen, mit denen sie Joan in Verlegenheit brachte. Joan fand immer größeren Gefallen an der Fremden, die aus einer ganz anderen Welt kam als sie selbst und die über alles so ganz anders dachte. Sie machte sich Gedanken über alles und sah die Dinge von einer ganz anderen Warte aus als Joan.

In Joans Augen war es von einem seltsamen zwingenden Charme, daß sich Unpersönliches und ganz Vertrauliches so etwa die Waage hielten.

Als Joan gar nicht damit rechnete, wandte sich Sascha ganz unvermittelt an sie:

»Sie lesen nicht, und Sie stricken auch nicht. Ihre Hände ruhen also auch. Damit unterscheiden Sie sich sehr von den meisten Engländerinnen. Trotzdem sehen Sie typisch englisch aus.«

Joan lächelte.

»Leider habe ich nichts mehr zu lesen. Ich habe ein paar Tage in Tell Abu Hamid festgesessen, weil die Strecke unpassierbar war. Da konnte ich nichts anderes tun als lesen, und so sind mir die Bücher ausgegangen.«

»Aber das scheint Ihnen nicht viel auszumachen. Sie hätten ja in Aleppo für Nachschub sorgen können. Aber es genügt Ihnen offensichtlich, einfach nur dazusitzen und aus dem Fenster auf die Bergkulisse zu starren. Doch Sie sehen die Berge gar nicht wirklich. Sie sehen vielmehr in sich hinein. Sie machen gerade eine große emotionelle Krise durch – oder eine solche Krise liegt gerade hinter Ihnen –, habe ich nicht recht? Haben Sie Kummer? Bedrückt Sie irgend etwas? Oder ist Ihnen ein großes Glück widerfahren?«

Joan runzelte die Stirn und zögerte.

Sascha lachte schallend.

»Das ist wieder typisch englisch. In Ihren Augen ist es eine Unverschämtheit, daß ich Ihnen Fragen stelle, die die Russen als ganz natürlich betrachten. Es ist doch wirklich komisch. Wenn ich Sie fragen würde, wo Sie gewesen sind, in welchen Hotels Sie gewohnt haben, was Sie alles gesehen haben, ob Sie Kinder haben und was Ihre Kinder machen, ob sie schon viel gereist sind und ob Sie in London einen guten Friseur haben – so würden Sie mir alle diese Fragen mit Freuden beantworten. Wenn ich Sie aber irgend etwas frage, was mir gerade einfällt – ob Sie Kummer haben, ob Ihr Gatte Ihnen treu ist, ob Sie oft mit Männern schlafen oder was Ihr schönstes bisheriges Erlebnis war, ob Sie sich darüber im klaren sind, daß Gott Sie liebt – dann fühlen Sie sich in die Enge getrieben und brüskiert. Dann ziehen Sie sich in Ihr Schneckenhaus zurück. Aber finden Sie nicht auch, daß solche Fragen viel interessanter sind?«

»Wir sind wohl ein sehr reserviertes Volk«, sagte Joan bedächtig.

»Das kann man wohl sagen! Man darf eine jungverheiratete Engländerin nicht einmal fragen, ob sie ein Baby erwartet. Zumindest nicht einfach so über den Tisch hinweg beim Mittagessen. Man kann die Frau höchstens beiseitenehmen und ihr die Frage ins Ohr flüstern. Wenn das Baby aber dann auf der Welt ist und in der Wiege liegt, kann man sehr wohl fragen: ›Wie geht es Ihrem Baby?‹ «

»Man fragt doch eine Frau nicht einfach, ob sie schwanger ist.«

»Aber wieso denn nicht? Neulich habe ich eine Freundin wiedergetroffen, die ich jahrelang nicht mehr gesehen hatte, eine Ungarin. Ich habe sie gefragt: Mitzi, jetzt bist du doch schon jahrelang verheiratet. Warum habt ihr noch kein Baby? Sie hat geantwortet, daß sie sehr viel drum gäbe, wenn sie das selbst nur wüßte. Sie und ihr Mann hätten sich fünf Jahre wirklich nach Kräften bemüht und es immer und immer wieder versucht. Wir befanden uns auf einer Dinnerparty, und sie fragte alle Gäste, was sie ihr vorschlagen würden. Alle überstürzten sich und machten Vorschläge, um der armen Frau zu helfen. Manche Vorschläge waren durchaus akzeptabel. Vielleicht kommt sogar etwas dabei raus.«

In Joans Ohren klang das nicht sehr überzeugend. Sie konnte sich so schnell nicht umstellen.

Doch überkam sie plötzlich die überwältigende Lust, dieser Liebenswerten Fremden ihr Herz auszuschütten. Sie sehnte sich danach, sich jemandem mitzuteilen, sich das soebend Durchgemachte von der Seele zu reden. Sie wollte sichergehen, daß sie sich nicht irrte und daß sie alles nicht nur geträumt hatte...

Sie sagte zögernd: »Es stimmt, hinter mir liegt eine erschütternde Erfahrung.«

»Sehen Sie, ich habe es gewußt. Worum ging es denn? Um einen Mann?«

»Nein, ganz und gar nicht.«

»Da bin ich aber froh. Es geht nämlich meistens um einen Mann, und das wird auf die Dauer doch etwas eintönig.«

»Ich saß mutterseelenallein in dem Rasthaus von Tell Abu Hamid fest. Ein grauenhafter Ort. Es wimmelt dort von Fliegen, leeren Konservendosen und Unmengen von Stacheldraht. Diese Düsternis im Rasthaus hat mich regelrecht zermürbt.«

»Wegen der Sommerhitze muß es drinnen dunkel sein, aber ich verstehe Sie sehr gut.«

»Ich konnte mich mit keinem Menschen unterhalten. Die paar Bücher aus meinem Reisegepäck hatte ich bald ausgelesen. Mit der Zeit geriet ich in einen merkwürdigen Gemütszustand.«

»Ja, das glaube ich Ihnen aufs Wort. Was Sie da erzählen, ist sehr interessant. Sprechen Sie doch bitte weiter.«

»Ich lernte mich selbst immer besser kennen. Mir wurde so manches über mich klar, was mir bis dahin verborgen geblieben war. Das heißt, genaugenommen hatte ich das alles immer schon gewußt, es mir aber noch nie eingestanden. Ich weiß nicht recht, wie ich es Ihnen klarmachen soll...«

»Aber ja, das ist doch nicht schwer. Ich verstehe Sie schon...«

Sascha nahm so aufrichtig Anteil, daß Joan schon bald erstaunlich unbefangen sprach. Da es Sascha ganz natürlich erschien, über die ureigensten Gefühle und die enge Beziehung zu anderen Menschen zu sprechen, fand Joan bald auch nichts mehr dabei.

Sie sprach immer freier, beschrieb ihr Unbehagen, ihre Angst, die sich ins Unermeßliche steigerte und schließlich in Panik ausartete.

»Es mag Ihnen absurd vorkommen – aber ich hatte das Gefühl, als sei ich von Gott und aller Welt verlassen...«

»Ja, das kommt vor. Mir ist es auch schon so ergangen. Man fühlt sich hundeelend und hat das Gefühl, aus eigener Kraft aus diesen Depressionen nie wieder herauszufinden... Diese dunkle Ausweglosigkeit raubt einem den Verstand...«

»Von Dunkelheit konnte bei mir keine Rede sein. Ich war dem grellsten, blendensten Licht ausgeliefert. Ich konnte mich nicht davor schützen. Es gab keinen Schatten, in den ich mich hätte flüchten können.«

»Trotzdem meinen wir genau das gleiche. Für Sie war das

Licht voller Schrecknisse, weil Sie sich so lange im Dunkeln versteckt gehalten hatten. Ihnen war daran gelegen, immer alles zu bemänteln. Mich dagegen hielt die Dunkelheit gefangen. Ich sah nichts mehr und wußte keinen Ausweg, glaubte mich verloren. Es sind die gleichen Qualen, das Wissen um die Nichtigkeit der eigenen Person und die Erkenntnis, daß Gott einem seine Liebe entzieht.«

Joan fuhr leidenschaftlich fort: »Und dann geschah ein Wunder. Mit einemmal sah ich ganz klar. Ich sah mich so, wie mich die anderen Menschen sehen. Selbsterkenntnis war mir bis dahin versagt geblieben. Die albernen Schutzwälle, die ich um mich errichtet hatte, sanken zu Boden. Ich fühlte mich wie neugeboren...«

Joan sah die Fremde fragend an. Sascha senkte den Kopf.

»Da wußte ich endlich, was ich zu tun hatte. Ich muß nach Hause fahren und ganz von vorn anfangen. Mir ein neues Leben aufbauen. Nichts darf mehr so bleiben, wie es war...«

Sie verstummte. Sascha sah Joan nachdenklich an. Ihr Gesichtsausdruck verwirrte Joan. Sie errötete und murmelte:

»Das klingt wohl sehr melodramatisch und weithergeholt...«

Sascha fiel ihr ins Wort.

»Nein, ganz und gar nicht. Ihr Erlebnis war durchaus real. Es ist schon vielen so ergangen. So zum Beispiel Paulus und vielen Heiligen – aber auch ganz gewöhnlichen Sterblichen und Sündern. Das kommt einer Bekehrung gleich. Sie haben eine Vision gehabt. Die Seele verschließt sich der Bitterkeit nicht mehr. All das ist ganz real, ebenso wirklich und wahrhaftig, wie wenn Sie essen oder sich die Zähne putzen. Aber ich frage mich trotzdem...«

»Ich bin so verständnislos gewesen, habe einem Menschen, den ich liebe, etwas Schlimmes angetan...«

»Ja, Gewissensbisse plagen Sie.«

»Ich kann es kaum erwarten, wieder heimzukommen. Ich muß ihm so vieles sagen, so vieles eingestehen.«

»Wem? Ihrem Mann?«

»Ja. Er hat immer so viel Geduld mit mir gehabt. Und ist so lieb gewesen. Aber er ist mit mir nicht glücklich. Ich habe ihn nicht glücklich machen können.«

»Und Sie glauben, daß Sie ihn jetzt glücklich machen können?«

»Jetzt können wir uns endlich aussprechen. Ich weiß jetzt genau, was ich falsch gemacht habe. Ich kann ihm sagen, wie leid es mir tut. Er kann mir dabei helfen – ach, wie soll ich das nur ausdrücken?« Ihr Kommunionsspruch ging ihr durch den Kopf. »Ein neues Leben anzufangen.«

Sascha sagte ernst. »Den Heiligen ist das gelungen.«

Joan starrte sie verwundert an.

»Aber ich – ich bin doch keine Heilige.«

»Eben. Genau das wollte ich damit ausdrücken.« Sascha verstummte, dann fuhr sie in ganz verändertem Tonfall fort: »Verzeihen Sie. Das hätte ich vielleicht nicht sagen dürfen. Vielleicht stimmt es ja auch gar nicht.«

Joan sah sie bestürzt an.

Sascha steckte sich die nächste Zigarette an und sog den Rauch in tiefen Zügen ein. Sie starrte aus dem Fenster.

»Ich weiß gar nicht, warum ich Ihnen das alles erzähle«, stammelte Joan zutiefst verunsichert.

»Weil Sie mit jemandem darüber sprechen müssen. Das ist doch ganz natürlich. Diese Wandlung läßt Ihnen keine Ruhe, Sie können an nichts anderes denken. Deshalb möchten Sie sich natürlich jemandem mitteilen.«

»Ich bin eigentlich sehr zurückhaltend.«

Sascha sah sie belustigt an.

»Und darauf sind Sie ungeheuer stolz – wie alle Engländer. Sie gehören einer sonderbaren Rasse an, wirklich höchst sonderbar. Sie schämen sich Ihrer Tugenden und kehren sie liebend gern unter den Tisch. Dafür rühmen Sie sich Ihrer Unzulänglichkeiten.«

»Ich glaube, da übertreiben Sie ein wenig«, sagte Joan hölzern.

Joan war jetzt wieder ganz die steife, zurückhaltende Engländerin und fühlte sich meilenweit entfernt von der fremdartigen blassen Frau, die in der gegenüberliegenden Ecke des Coupés saß und der sie unbegreiflicherweise gerade ihr größtes Geheimnis anvertraut hatte.

Joan beschloß, nur noch Konversation zu machen, und fragte so beiläufig wie möglich: »Fahren Sie mit dem Simplon-Orientexpreß weiter?«

»Nein, ich übernachte in Istanbul und fahre dann weiter nach Wien.« Sie fügte ganz unbefangen hinzu: »Es kann sein, daß ich dort sterbe – aber vielleicht auch nicht.«

»Soll das heißen...« Joan wußte vor Bestürzung nicht weiter. »Sagt Ihnen das ein Vorgefühl?«

»Nein, nichts dergleichen.« Sascha bekam einen Lachanfall. »Ich werde in Wien operiert. Es ist eine sehr schwere Operation, bei der der Patient nur selten überlebt. Aber in Wien gibt es ausgezeichnete Chirurgen. Der Chirurg, der mich operieren soll, ist sehr geschickt. Ein Jude. Ich habe schon immer gesagt, daß es Schwachsinn wäre, alle Juden in Europa zu vernichten. Unter den Juden gibt es hervorragende Ärzte und Chirurgen, und auch als Künstler sind sie ohnegleichen.«

»Ach, ich kann Ihnen gar nicht sagen, wie leid es mir tut«, stammelte Joan.

»Daß ich eine Todeskandidatin bin? Was spielt das für eine Rolle? Jeder Mensch muß einmal sterben. Vielleicht überlebe ich die Operation ja auch. Ich habe mir vorgenommen, in ein Kloster einzutreten, falls ich überlebe. In einen sehr strengen Orden, der sich ewiges Stillschweigen auferlegt – nur meditiert und betet.«

Joan konnte sich Sascha beim besten Willen nicht für den Rest ihres Lebens schweigend und meditierend vorstellen.

Sascha fuhr mit ernster Miene fort: »Wir müssen sowieso bald sehr viel beten – wenn der Krieg ausbricht.«

»Sie meinen, es gibt Krieg?« fragte Joan entgeistert.

Sascha nickte.

»Ja, ganz bestimmt. Nächstes oder spätestens übernächstes Jahr.«

»Ich glaube, da irren Sie sich«, widersprach Joan.

»Nein, nein. Ich habe Freunde, die bestens informiert sind. Von denen weiß ich das. Es wird Krieg geben, daran ist nicht mehr zu rütteln.«

»Aber wo soll sich der Krieg denn abspielen, und gegen wen wird denn gekämpft?«

»Der Krieg spielt sich in ganz Europa ab. Alle Nationen werden mit hineingezogen. Meine Freunde neigen zu der Ansicht, daß Deutschland den Krieg gewinnen wird, aber ich bin anderer Meinung. Außer sie gewinnen den Krieg sehr bald. Wissen Sie, ich kenne viele Engländer und Amerikaner und weiß, wie sie denken.«

»Aber es kann doch niemand wollen, daß es zum Kriegsausbruch kommt«, wandte Joan ein. Sie konnte es einfach nicht glauben.

»Wissen Sie denn nicht, was es mit Hitler und seinen Anhängern auf sich hat?«

Joan erwiderte: »Ich habe Freunde, die schon oft in Deutschland waren und die sagen, daß die Nazibewegung auch so manches für sich hat.«

»Um Himmels willen!« ereiferte sich Sascha. »Warten Sie mal ab, ob die das in drei Jahren auch noch sagen.«

Der Zug wurde langsamer und hielt. Sascha beugte sich vor.

»Sehen Sie nur, wir sind an der Kilikischen Pforte, dem Paß über den Mittleren Taurus, angelangt. Ich finde es hier wunderschön. Steigen wir doch ein Weilchen aus.«

Sie stiegen also aus und starrten durch die große Lücke in der Bergkette auf die blauverhangene Ebene tief unten...

Es war kurz vor Sonnenuntergang, die Luft herrlich kühl und angenehm.

Wie schön, dachte Joan. Wenn Rodney doch hier wäre und wir das gemeinsam erleben könnten.

12. Kapitel

Victoria Station...

Joans Herz schlug plötzlich stürmisch vor lauter Aufregung, als der Zug in die Bahnhofshalle einfuhr.

Was für eine Freude, endlich wieder zu Hause zu sein!

Alles kam ihr so vertraut vor, daß es ihr einen Augenblick lang schien, als sei sie überhaupt nicht fort gewesen. Wieder in England, ihrer Heimat. Die netten englischen Gepäckträger... Das Wetter ließ sehr zu wünschen übrig, aber es war typisch englisch, nämlich neblig.

Victoria Station konnte man weder schön noch romantisch nennen. Aber es war der gleiche alte Bahnhof wie immer. Der geliebte Bahnhof sah noch ganz genauso aus und roch auch noch wie ehedem!

Ach, wie bin ich froh, wieder zurück zu sein, dachte Joan aufatmend.

Was für eine lange anstrengende Reise durch die Türkei, durch Bulgarien und Jugoslawien, Italien und Frankreich. Immer wieder erschienen Zollbeamte, immer wieder hatte sie ihren Paß vorweisen müssen. All die verschiedenen Uniformen und die verschiedenen Sprachen. Sie war erschöpft. Ihr Bedarf an Ausländern war vorerst gedeckt. Selbst die außergewöhnliche Russin, die von Aleppo bis Istanbul das Schlafwagenabteil mit ihr geteilt hatte, war ihr schließlich doch lästig geworden. Zuerst war sie ihr interessant – sogar hochinteressant – erschienen, weil sie ein ganz anderer Mensch war als sie selbst. Aber als sie dann am Marmara-Meer entlang nach Haidar Pascha fuhren, konnte Joan es kaum erwarten, sie wieder loszuwerden. Sie geriet in tödliche Verlegenheit, wenn sie nur daran dachte, wie freizügig sie mit dieser Fremden über ihre ureigensten Angelegenheiten gesprochen hatte. Sie hatte sich ihr ohne viel Federlesen offenbart. Noch etwas nahm sie dieser Russin übel. Neben dieser Dame, dieser Frau von Welt, kam sich Joan besonders spießig vor. So richtig provinziell. Kein besonders angenehmes Gefühl. Da nutzte es auch wenig, sich zu sagen, man sei genausoviel wert wie andere Menschen. Doch sie war nicht davon überzeugt. Ihr kam voller Unbehagen zu Bewußtsein, daß Sascha trotz ihrer Freundlichkeit eine Aristokratin war, sie selbst dagegen der Mittelklasse angehörte. Sie war lediglich die Frau eines Anwalts auf dem Lande, also völlig unbedeutend. Es war natürlich albern, deswegen Minderwertigkeitskomplexe zu bekommen...

Nun, jedenfalls lag das jetzt hinter ihr. Sie war wieder zu Hause und hatte festen Boden, noch dazu Muttererde unter den Füßen.

Sie hatte Rodney ihre Ankunftszeit nicht telegrafiert. Deshalb holte sie auch niemand ab.

Sie zog es vor, Rodney erst in ihrem Haus zu begrüßen. Dort konnte sie ohne Aufschub und Pause ihr Geständnis ablegen. Das hielt sie für einfacher.

Auf dem Bahnsteig von Victoria Station konnte man den fassungslosen Ehemann schlecht um Verzeihung bitten!

Und schon gar nicht auf dem Bahnsteig, auf dem die Züge einliefen, inmitten dieses Wirrwarrs und Menschengewimmels. Und am Ende des Bahnsteigs ging es auch noch durch den Zoll.

Nein, sie wollte lieber im Grosvenor-Hotel absteigen und erst am nächsten Tag nach Crayminster weiterfahren.

Sie überlegte, ob sie sich mit Averil treffen sollte. Sie konnte sie vom Hotel aus anrufen.

Ja, genau das wollte sie tun.

Sie hatte nur Handgepäck dabei, und das war schon in Dover kontrolliert worden. Deshalb konnte sie mit dem Gepäckträger gleich ins Hotel gehen.

Sie nahm ein Bad und zog sich an. Dann telefonierte sie mit ihrer Tochter. Zum Glück war Averil zu Hause.

»Mutter, du? Ich hatte keine Ahnung, daß du wieder da bist.»

»Ich bin heute nachmittag angekommen.«

»Ist Vater auch in London?«

»Nein, ich habe ihm nicht telegrafiert, daß ich komme. Dann hätte er mich sicher abgeholt, und das wäre doch ein Jammer, falls er viel zu tun hat – und viel zu anstrengend für ihn.«

Sie glaubte, die Stimme ihrer Tochter klänge eine Spur verwundet: »Ja, allerdings, da hast du recht. Er hat in letzter Zeit sehr viel zu tun gehabt.«

»Hast du ihn oft gesehen?«

»Nein, leider nicht. Vor etwa drei Wochen war er einen Tag in London. Da haben wir zusammen zu Mittag gegessen. Mutter, wie steht es übrigens mit heute abend? Möchtest du nicht herkommen? Wir könnten irgendwo zusammen essen.«

»Liebling, wenn es dir nichts ausmacht, komm doch lieber her. Ich bin ein bißchen müde von der Reise.«

»Das kann ich mir vorstellen. Also gut, ich komme zu dir.«

»Kommt Edward denn nicht mit?«

»Er hat heute abend ein Geschäftsessen.«

Joan legte den Hörer wieder auf die Gabel. Ihr Herz schlug ein wenig schneller als gewöhnlich. Averil, meine Tochter, dachte sie.

Wie kühl und flüssig die Stimme ihrer Tochter klang... so ruhig, losgelöst und völlig unpersönlich.

Eine halbe Stunde später wurde vom Empfang aus angerufen, Mrs. Harrison-Wilmott erwarte sie unten. Joan ging hinunter in die Halle.

Mutter und Tochter begrüßten sich mit englischer Zurückhaltung. Averil sieht gut aus, dachte Joan. Sie war nicht mehr ganz so mager. Stolz stieg in ihr auf, als sie mit ihrer Tochter in den Speisesaal ging. Averil war eigentlich sehr hübsch. Sie sah so zart und distinguiert aus.

Sie nahmen Platz. Joan erschrak, als sich ihre Blicke trafen. Averil sah sie so kühl und unbeteiligt an...

Genau wie Victoria Station hatte sich auch Averil nicht geändert.

Ich habe mich geändert, dachte Joan. Aber das kann Averil ja nicht wissen.

Averil fragte nach ihrer Schwester Barbara und ließ sich von Bagdad erzählen. Joan berichtete von den unliebsamen Zwischenfällen auf der Rückreise nach London. Aus irgendeinem Grund erwies es sich als ziemlich schwierig, sich mit Averil zu unterhalten. Es kam kein flüssiges Gespräch zustande. Nach ihrer Schwester fragte Averil fast automatisch. Sie erweckte fast den Anschein, als ahnte sie, daß einschlägige Fragen indiskret gewesen wären. Doch Averil konnte ja nicht wissen, was sich tatsächlich abgespielt hatte. Neugierde war ihr fremd. Diese Zurückhaltung dagegen entsprach ihrem Wesen.

Woher will ich eigentlich *wissen*, ob es sich tatsächlich so und nicht anders abgespielt hat? In Joan steigen Zweifel auf. Vielleicht bildete sie sich das alles ja nur ein. Schließlich gab es keinerlei Beweise...

Sie verwarf den Gedanken wieder, doch daß er überhaupt – wenn auch nur kurz – aufgetaucht war, ängstigte sie schon. Angenommen sie gehörte zu den Leuten, die sich Dinge vorgaukelten, die nicht der Wahrheit entsprachen...

Averil bemerkte kühl: »Edward ist der festen Überzeugung, daß es eines Tages zum Krieg mit Deutschland kommen wird. Davon ist er nicht mehr abzubringen.«

Joan erschrak.

»Eine Frau im Zug hat das auch behauptet. Sie schien sich da ganz sicher zu sein. Sie war eine wichtige Persönlichkeit, und was sie sagte, hatte sicher Hand und Fuß. Ich kann das einfach nicht glauben. Hitler würde es nicht *wagen*, einen Krieg vom Zaun zu brechen.«

Averil meinte nachdenklich: »Da wäre ich mir nicht so sicher...«

»Aber Liebling, wer *will* denn einen Krieg? Kein Mensch!«

»Manchmal bekommt die Menschheit etwas aufgezwungen, was sie gar nicht will.«

Um das Thema endlich abzuschließen, sagte Joan entschieden:

»Ich fürchte, solche Reden könnten sehr gefährlich werden. Man bringt die Leute damit nur auf unliebsame Gedanken.«

Averil lächelte.

Sie unterhielten sich noch eine Weile sprunghaft, ohne sich auf ein bestimmtes Thema festzulegen. Das Gespräch geriet ins Stocken. Nach dem Essen gähnte Joan verstohlen. Averil meinte, sie wolle jetzt doch lieber gehen, um Joan nicht um den Schlaf zu bringen. Sie müsse müde sein.

»Ja, schrecklich müde«, bestätigte Joan.

Am nächsten Morgen kaufte Joan ein wenig ein und fuhr mit dem Nachmittagszug um halb drei nach Crayminster hinaus. Kurz nach vier Uhr käme sie an. Wenn Rodney dann zum Tee aus dem Büro nach Hause kam, würde sie ihn schon erwarten...

Sie sah gespannt aus dem Zugfenster. Landschaftlich gab es um diese Jahreszeit nicht viel zu sehen – nur kahle Bäume, in dem Dunst des Nieselregens fast nicht auszumachen. Doch alles, was sie sah, erschien ihr ganz natürlich. Heimatliche Gefühle überkamen sie. Bagdad mit seinen Basaren, durch die sich Menschenmassen wälzten, und den Moscheen mit herrlichen blauen und goldenen Kuppeln lag jetzt schon weit hinter ihr. Die Reise erschien ihr jetzt so unwirklich, als hätte sie das alles nur geträumt. Diese lange fantastische Fahrt durch die Ebenen Anatoliens, die verschneiten Berge des Taurus, die kahlen Hochebenen, dann die lange Fahrt durch gebirgige Schluchten steil bergab bis zum Bosporus hinunter. Istanbul mit seinen Minaretten. Die komischen Ochsenkarren auf dem Balkan. Die blaue Adria leuchtete und glitzerte, als sie von Triest aus weiter durch Italien fuhren. Als sie die Schweizer Alpen durchfuhren, wurde es schon dunkel. Ständig boten sich ihr neue überwältigende Szenen, wenn sie aus dem Wagenfenster sah auf dieser langen Fahrt. Nun war sie fast am Ende ihrer langen Reise angelangt. Sie fuhr durch die stille Winterlandschaft heim.

Als ob ich nie fortgewesen wäre, dachte Joan. *Als wäre ich nie fortgewesen...*

Sie war verwirrt und konnte nicht klar denken. Dieses Wiedersehen mit ihrer Tochter machte ihr sehr zu schaffen. Averil hatte sie ganz kühl und seelenruhig, ohne eine Spur von Neugier angesehen. *Averil hatte also nicht bemerkt, daß eine Wandlung mit ihr vorgegangen war.* Aber woran hätte Averil das auch merken sollen?

An ihrer äußeren Erscheinung hatte sich schließlich nichts geändert.

»Rodney«, flüsterte sie vor sich hin.

Sie glühte innerlich, machte sich große Sorgen und sehnte sich nach Liebe und Vergebung...

Es stimmt also, ich irre mich nicht, dachte sie. Jetzt fängt ein neues Leben an. Ich fange ganz von vorn an...

Vor dem Bahnhof stieg sie in ein Taxi. Agnes machte ihr die Tür auf. Sie tat sehr erfreut und überrascht. Das schmeichelte Joan.

»Da wird sich Mister Scudamore aber freuen«, meinte Agnes grinsend.

Joan ging in ihr Schlafzimmer hinauf. Dort nahm sie ihren Hut ab und ging wieder hinunter. Der Salon wirkte ein wenig kahl, doch das mochte daran liegen, daß nirgends Blumen standen.

Morgen schneide ich ein paar Lorbeerzweige, nahm sie sich vor. Und ich kaufe in dem Laden an der Ecke Nelken.

Sie war ganz aufgeregt, ging ruhelos im Zimmer auf und ab.

Sollte sie Rodney verraten, was sie im Hinblick auf Barbara vermutete? Vorausgesetzt es stimmte überhaupt...

Sie irrte sich natürlich. Das konnte gar nicht sein. Sie hatte sich das alles einfach nur *eingebildet*. Und zwar nur, weil ihr diese dumme Person, diese Blanche Haggard bzw. Blanche Donovan, das eingeredet hatte. Blanche hatte wirklich furchtbar ausgesehen – So alt und so gewöhnlich.

Joan fuhr sich mit der Hand an den Kopf. Sie sah alles wie durch ein Kaleidoskop. Das schien sich in ihrem Gehirn eingenistet zu haben. Als Kind hatte sie ein Kaleidoskop besessen, an dem sie sehr hing. Immer wieder hatte sie atemlos und fasziniert verfolgt, wie die Glasstückchen sich drehten und herumwirbelten, bevor sie ein schönes Muster bildeten...

Was war nur mit ihr los gewesen?

Dieses öde grauenvolle Rasthaus und das höchst merkwürdige Erlebnis mitten in der Wüste... Da hatte sie sich alle möglichen unangenehmen Dinge eingeredet – so zum Beispiel, daß ihre Kinder sie nicht liebten, ja nicht einmal mochten, und daß Rodney Leslie Sherston liebte, was natürlich nicht der Fall gewesen war. Was für ein absurder Gedanke. Die arme, arme Leslie! Und sie hatte sich solche Vorwürfe gemacht, weil sie es Rodney ausgeredet hatte, Farmer zu werden. Was für eine absurde Idee! In Wahrheit hatte sie Weitblick bewiesen und sehr vernünftig gehandelt...

Du liebe Güte, warum war sie nur so durcheinander? Was hatte sie sich alles eingeredet!

Entsprachen diese Dinge nun der Wahrheit oder nicht? *Sie wollte um keinen Preis, daß auch nur ein Quentchen Wahrheit dran war!*

Sie mußte sich entscheiden, mußte sich jetzt unbedingt entscheiden...

Was mußte sie entscheiden?

Es lag sicher an der Sonne, dachte Joan. Es mußte an der Sonne liegen. In dieser sengenden, flirrenden Hitze bekommt man leicht einen Sonnenstich. Da wäre es kein Wunder, Halluzinationen zu erliegen...

Sie sah sich durch die Wüste laufen, auf die Knie sinken und beten...

War das real gewesen?

Oder sah sie erst jetzt in England wieder klar?

Wahnsinn, absoluter Wahnsinn, was sie sich eingeredet hatte. Wie schön und beruhigend, nach England zurückzukehren und sich gleich so daheimzufühlen, als wäre man nie fortgewesen. Und alles war genau wie immer. So wie es ihr schon immer vorgekommen war...

Selbstverständlich war alles ganz genau wie immer.

Die Glasscherben in dem Kaleidoskop wirbelten herum. Alles drehte sich um sie...

Die Scherben bildeten ein Muster, verschoben sich noch einmal, bildeten ein neues Muster.

Verzeih mir, Rodney, ich habe nicht gewußt...

Da bin ich wieder, Rodney. Ich bin nach Hause zurückgekehrt!

Welches Muster hatte Gültigkeit? Welches war das richtige? Sie mußte sich entscheiden.

Sie hörte, wie die Haustür aufgeschlossen wurde. Ein wohlbekannter Laut. Wie vertraut ihr alles war...

Rodney kam nach Hause.

Welches Muster? Sie mußte sich entscheiden, und zwar schleunigst?

Die Tür ging auf. Rodney kam herein. Überrascht blieb er stehen.

Joan trat schnell auf ihn zu, doch sie sah ihm nicht gleich ins Gesicht. *Ich muß ihm Zeit lassen,* sich von der Überraschung zu erholen, dachte sie.

Dann sagte sie fröhlich: »*Da bin ich wieder, Rodney – nach Hause zurückgekehrt...*«

Epilog

Rodney Scudamore saß auf einem kleinen Stuhl mit niedriger Rückenlehne. Seine Frau goß Tee ein, klapperte mit den Löffeln und schwatzte munter drauflos. Immer wieder gab sie ihrer Freude darüber Ausdruck, endlich wieder zu Hause zu sein und alles genauso vorzufinden, wie sie es verlassen hatte. Sie betonte wiederholt, Rodney könne sich gar nicht vorstellen, wie schön es sei, wieder in England, zu Hause in Crayminster zu sein.

Eine dicke Schmeißfliege ließ sich von dem ungewöhnlich warmen Tag Anfang November täuschen und schoß summend die Fensterscheibe hinauf und wieder hinunter.

Die Schmeißfliege summte ohne Unterlaß.

Joans Stimme schepperte und hallte Rodney in den Ohren.

Er saß lächelnd da und nickte nachdenklich.

Was für eine Geräuschkulisse, dachte er.

Manche Leute brauchten das, andere hingegen nicht.

Als Joan ankam, hatte er geglaubt, irgend etwas stimme nicht mit ihr. Er fand sie sehr verändert. Doch er hatte sich geirrt. Joan war genau wie immer. Ihr fehlte absolut nichts. Alles lief seinen gewohnten Gang.

Joan ging bald nach oben, um das Auspacken des Gepäcks zu überwachen. Rodney zog sich in sein Arbeitszimmer zurück. Er hatte sich aus der Kanzlei Arbeit mitgebracht.

Zuallererst schloß er die kleine Schublade ganz oben rechts in seinem Schreibtisch auf und nahm den Brief von Barbara heraus. Barbara hatte ihn per Luftpost geschickt, ein paar Tage vor Joans Abreise aus Bagdad.

Es waren mehrere engbeschriebene Seiten. Inzwischen konnte er den Wortlaut fast auswendig hersagen. Trotzdem las er den Brief noch einmal. Mit der letzten Seite hielt er sich besonders lange auf.

»So, mein geliebter Daddy, nun weißt Du Bescheid, und ich habe mir alles von der Seele geschrieben. Ich wette, Du hast sowieso schon fast alles erraten. Bitte mach Dir um mich keine Sorgen. Ich weiß jetzt, was für eine verabscheuungswürdige, fast schon kriminelle kleine Närrin ich gewesen bin. Und denk bitte daran, daß Mutter keine Ahnung hat. Es war gar nicht so einfach, alles vor ihr geheimzuhalten – aber Dr. McQueen hat mitgespielt und sie hinters Licht geführt. William hat sich großartig verhalten. Ich weiß wirklich nicht, was ich ohne ihn getan hätte. Er war stets zur Stelle und hat mich glänzend abgeschirmt, wenn mich Mutter in die Enge treiben wollte. Ich bin aus allen Wolken gefallen, als sie telegrafierte, daß sie herkommen wollte. Lieber Daddy, Du hast bestimmt nichts unversucht gelassen, um sie davon abzuhalten, doch wahrscheinlich hätte sie sich durch nichts auf der Welt von ihrem einmal gefaßten Plan abbringen lassen. Irgendwie war es ja auch sehr nett von ihr, aber natürlich wollte sie gleich über unser Leben bestimmen. Es war zum Wahnsinnigwerden, und ich habe mich noch viel zu schwach gefühlt, um dagegen anzukämpfen. Erst jetzt habe ich allmählich wieder das Gefühl, daß Mopsy *mein* Kind, mein eigen Fleisch und Blut ist.

Sie ist ganz allerliebst. Ich wünschte, Du könntest sie sehen und erleben! Hast Du uns schon als Babys gemocht oder erst später? Lieber, lieber Daddy, Du ahnst ja nicht, wie glücklich es mich macht, Dich zum Vater zu haben. Mach Dir meinetwegen bitte keine Sorgen. Mir geht es wieder gut.

Deine Dich liebende Babs«

Rodney zögerte. Er konnte sich nicht von dem Brief losreißen. Wie gern hätte er ihn aufgehoben! Dieser Brief war ihm so wichtig. Seine Tochter brachte in diesem Brief zum Ausdruck, daß sie ihren Vater liebte, ihm vertraute und fest an ihn glaubte.

Aber gerade in seinem Beruf hatte er nur allzuoft erlebt, welchen Schaden ein nicht rechtzeitig vernichteter Brief anrichten konnte. Sollte ihn plötzlich und unerwartet der Tod ereilen, so würde Joan seine Papiere durchsehen und dabei auf den Brief stoßen. Was Barbara da schrieb, würde ihr nur unnötig weh tun. Warum riskieren, daß sie litt? Sollte sie doch glücklich sein und sich sicher fühlen in der Scheinwelt, die sie um sich herum errichtet hatte.

Er trat vor den Kamin und warf Barbaras Brief ins Feuer. Ja, dachte er, sie hat die Sache leidlich überstanden. Sie würden sich schon noch zusammenraufen. Um Barbara hatte er die meiste Angst gehabt. Sie war so außerordentlich labil und so gefühlsbetont. Deshalb hatte es zu einer Krise kommen müssen. Die hatte sie zwar nicht ganz unbeschadet, aber immerhin doch lebend überstanden. Schon jetzt erkannte sie ganz klar, daß Bill und Mopsy zu ihrer Welt gehörten, daß sie ihr Leben waren. Bill Wray war ein großartiger Mensch. Rodney hoffte inständig für seinen Schwiegersohn, daß er nicht zu sehr hatte leiden müssen.

Ja, Barbara hatte sich gefangen. Auch Tony ging es gut auf seiner Orangenplantage in Rhodesien. Er war zwar sehr weit weg, doch alles schien in Ordnung, und seine junge Frau schien genau die Richtige für ihn zu sein. Nichts hatte Tony jemals sehr tangiert. Wahrscheinlich würde sich daran nichts ändern. Er hatte eben ein sonniges Gemüt.

Auch bei Averil hatte sich inzwischen alles eingerenkt. Stolz erfüllte ihn – wie immer, wenn er an seine Tochter Averil dachte. Er hätte wohl Mitleid mit ihr haben sollen, doch das war nicht der Fall. Averil mit ihrem kühlen Rationalismus und ihrem Hang zum Understatement. Averil mit ihrer spitzen Zunge. Sie erschien ihm so stark wie ein Fels in der Brandung. Ihr Name paßte nicht zu ihr.

Er hatte gegen Averil angekämpft, einen harten Kampf mit seiner Tochter ausgefochten und sie im Endeffekt mit ihren eigenen Waffen geschlagen. Den einzigen Waffen, die sie in ihrem Hochmut gelten ließ – so sehr es ihm auch widerstrebte, sich solcher Waffen zu bedienen: eiskalte Logik, Begründungen, an denen nicht zu rütteln war, unwiderlegbare Fakten. Damit hatte er sie überzeugen können. Averil ließ sie gelten und zog die Konsequenzen.

Aber ob sie ihm das je verziehen hatte? Wohl kaum. Doch das spielte keine Rolle. Selbst wenn er dadurch ihre Liebe zu ihm abgetötet hatte, so zollte sie ihm doch immerhin Achtung. Hochachtung und Respekt wogen bei einem so rationell veranlagten, geradlinigen Menschen wie seiner Tochter viel schwerer als Liebe.

An Averils Hochzeitstag hatte er über den tiefen Abgrund hinweg, der sie seitdem trennte, zu seinem Lieblingskind gesagt:

»Ich hoffe, daß du glücklich wirst.«

Averil hatte ganz ruhig erwidert: »Ich will es versuchen.«

Typisch Averil – kein heldenhaftes Gehabe, sie trauerte der Vergangenheit nicht nach und zerfloß auch nicht vor Selbstmitleid. Als disziplinierter Mensch fand sie sich mit den Gegebenheiten ab. Niemand brauchte ihr zu helfen. Sie kam allein zurecht.

Jetzt sind alle meine Kinder ausgeflogen, dachte Rodney. Ich kann sie nicht mehr beschützen.

Er schob die Papiere beiseite, die sich auf seinem Schreibtisch stapelten, und ließ sich in dem Sessel rechts vom Kamin nieder. Mit einem leisen Seufzer las er den Pachtvertrag Massingham noch einmal durch.

»Der Eigentümer verpachtet und der Pächter pachtet alle Gebäude, Ländereien und Erbanwesen...« Er las weiter und drehte dann die Seite um. »... Korn... Ackerland... Brachland... Steckrüben... Raps... von Schafen kahlgefressen...«

Er entspannte sich. Seine Blicke ruhten versonnen auf dem leeren Sessel gegenüber.

Da hatte Leslie gesessen, als er mit ihr über ihre Kinder sprach. Er hielt es nicht für angebracht, daß sie mit Sherston zusammenkamen. Er hatte Leslie vorgehalten, sie müsse an die Kinder denken.

Leslie hatte darauf nur erwidert, sie *habe* ja an sie gedacht, Sherston sei schließlich ihr Vater.

Ja, ein Vater, der im Gefängnis war, wandte er ein. Ein ehemaliger Häftling, der Klatsch würde blühen, die Kinder würden geächtet werden und nie wieder ein normales Leben führen können, sie strafe ihre Söhne unverdienterweise. Man dürfe Kindern die Jugend nicht versalzen, argumentierte er. Sie verdienten eine faire Chance.

Worauf Leslie meinte: »Das ist es ja eben. Er ist nun einmal ihr Vater. Es geht nicht einmal so sehr darum, daß *sie* zu *ihm* gehören, als vielmehr darum, daß *er* zu *ihnen* gehört. Ich könnte mir natürlich wünschen, sie hätten einen anderen Mann zum Vater, doch das tue ich nicht.«

Sie hatte noch hinzugefügt: »Es ist doch ein sehr schlechter Start, wenn man damit anfängt, vor den Gegebenheiten wegzulaufen. So will ich sie nicht ins Leben entlassen.«

Selbstverständlich begriff er ihren Standpunkt. Doch er war nicht der gleichen Meinung wie sie. Er hatte für seine eigenen Kinder immer nur das Beste gewollt. Danach hatten er und Joan gehandelt. Sie hatten alle drei die bestmöglichen Schulen besucht, die sonnigsten Zimmer im Hause gehabt. Sie selbst hatten sich einschränken müssen, um den Kindern das zu ermöglichen.

Doch in ihrem Fall war das kein moralisches Problem gewesen. Da gab es keine Schande zu vertuschen, über ihrem Leben lag kein Schatten, niemand hatte versagt, es herrschte weder Angst noch Verzweiflung. Sie hatten sich nie fragen müssen: ›Sollen wir sie abschirmen und schützen oder aber sie teilhaben lassen?‹

Leslie beharrte auf ihrem Standpunkt, daß sie nicht ausgeschlossen werden sollten. Sie wollte ihren Kindern nichts ersparen. Obwohl sie ihre Söhne liebte, schreckte sie nicht davor zurück, ihren schmalen ungeübten Kinderschultern diese Bürde aufzuladen. Und das nicht etwa aus selbstsüchtigen Motiven oder um einen Teil der Bürde loszuwerden, sondern weil sie ihren Söhnen auch nicht den allerkleinsten unerträglichsten Aspekt der Realität vorenthalten wollte.

Rodney hielt das für verkehrt. Doch genau wie immer mußte er sich auch diesmal wieder eingestehen, daß sie damit Mut bewies. Dieser ungeheuerliche Mut erstreckte sich ja nicht nur auf sie selbst, sondern auch auf die Menschen, die sie liebte.

Ihm fiel wieder ein, wie Joan an jenem Herbsttag, als er ins Büro ging, sagte:

»Mut? Nun ja, aber Mut ist doch nicht alles.«

Er hatte dazu nur bemerkt: »So, findest du?«

Er sah Leslie wieder vor sich, wie sie in dem Sessel ihm gegenübersaß. Ihre linke Augenbraue hob sich, während sich die rechte senkte. Ihr rechter Mundwinkel verzog sich ein wenig, und als sie den Kopf an das blaßblaue Polster lehnte, sah ihr Haar irgendwie grün aus.

Er erinnerte sich noch gut daran, wie er ganz erstaunt gesagt hatte:

»Aber Ihr Haar ist ja gar nicht braun. Es ist – Sie haben *grünes* Haar.«

Das war das einzig Persönliche, was er ihr gegenüber je geäußert hatte. Er hatte sich eigentlich nie Gedanken darüber gemacht, wie Leslie aussah. Müde, ja, das wußte er, auch krank und elend. Doch nichtsdestoweniger *stark* – ja, physisch stark. Einmal hatte er bei ganz unpassender Gelegenheit gedacht: Sie könnte genau wie ein Mann einen Sack Kartoffeln schultern.

Nicht gerade ein romantischer Gedanke. Doch auch bei genauerem Überlegen wollte ihm im Zusammenhang mit ihr nichts Romantisches einfallen. Ihre rechte Schulter war höher als die linke. Wenn sie die rechte Augenbraue senkte, zog sie die linke hoch. Wenn sie lächelte, zuckte es um ihren rechten Mundwinkel, und ihr braunes Haar wirkte vor der verblichenen blauen Polsterung des Sessels grün.

Eigentlich nicht besonders viel, um der Liebe Nahrung zu geben, dachte er. Worin bestand denn die Liebe? Was war Liebe überhaupt? Der Friede und das Glück, das er empfunden hatte, als sie ihm hier gegenübersaß, in seinem Sessel – und ihr Haar sich gegen das blaßblaue Polster des Sessels grün abzeichnete.

Es beglückte ihn, als sie ganz plötzlich sagte: »Wissen Sie, ich habe über Kopernikus nachgedacht...«

Kopernikus? Wieso denn nur Kopernikus? Ein Mönch mit einer Idee. Der stellte sich die Form der Erde anders vor, war aber so gerissen und vernünftig, daß er einen Kompromiß mit den Mächtigen dieser Welt schloß und seine Überzeugung auf eine Art und Weise niederschrieb, die man ihm durchgehen ließ.

Und Leslie, deren Mann im Gefängnis saß und die schwer arbeiten mußte, um sich und die Kinder durchzubringen, fuhr sich mit der Hand durchs Haar und sagte: »Wissen Sie, ich habe über Kopernikus nachgedacht.«

Wann immer er jetzt diesen Namen hörte, blieb ihm das Herz fast stehen. In seinem Arbeitszimmer hing seitdem ein Kupferstich des Mönchs, zur steten Erinnerung an Leslie.

Er dachte: Hätte ich ihr doch gesagt, daß ich sie liebe. Einmal war die Gelegenheit besonders günstig. Da hätte ich es fast getan.

Aber hatte sich das nicht erübrigt? Er dachte an den Tag hoch oben auf dem Asheldown. Sie hatten in der Oktobersonne nebeneinander auf einem Baumstamm gesessen. Sie beide, Leslie und er – zusammen und doch getrennt voneinander. Diese Qual und verzweifelte Sehnsucht! Nur ein Meter hatte sie getrennt. Das war der kleinstmögliche Sicherheitsabstand. Näher an sie heranzurücken wäre zu gefährlich gewesen. Leslie hatte das verstanden. Sie mußte das verstanden haben. Er dachte ganz verwirrt: dieser Zwischenraum – ein sehnsuchtsgeladenes Magnetfeld oder Kraftfeld.

Sie hatten sich nicht angesehen. Sein Blick hatte auf dem Akkerland und der Farm im Tal geruht. Man hörte aus weiter Ferne ganz leise das Rattern des Traktors und sah die aufgeworfene Erde. Leslie hatte auf den Wald hinter dem Ackerland gestarrt.

Wie zwei Menschen, die einen Blick in das Gelobte Land tun dürfen, denen der Zugang aber verwehrt ist. Dort lag es vor ihren Augen und doch in unerreichbarer Ferne. In diesem Augenblick hätte ich ihr sagen sollen, daß ich sie von ganzem Herzen liebe, dachte er.

Doch sie hatten beide geschwiegen. Nur Leslie hatte einmal vor sich hingemurmelt: »*Dein ew'ger Sommer aber soll nicht fliehn.*«

Nichts als das. Eine aus dem Zusammenhang gerissene Zeile aus einem Gedicht oder besser gesagt aus einem Sonett. Er hatte nicht einmal gewußt, was sie damit sagen wollte.

Oder vielleicht doch. Ja, sogar sehr wahrscheinlich.

Die Polsterung des Sessels war verblichen. Auch Leslies Gesicht verblaßte immer mehr. Er konnte sich schon jetzt nicht mehr genau an ihr Gesicht erinnern. Nur das seltsame Zucken ihres rechten Mundwinkels fiel ihm wieder ein.

Trotzdem hatte sie in den letzten sechs Wochen jeden Tag hier gesessen und sich mit ihm unterhalten. Natürlich nur in seiner Einbildung. Er hatte eine Pseudo-Leslie erfunden, sie in dem Sessel postiert und ihr Worte in den Mund gelegt. Er hatte sie genau das sagen lassen, was er von ihr hören wollte. Sie hatte gehorcht, doch ihr Mund hatte sich verzogen, als müsse sie lachen über das, was er von ihr verlangte.

Diese sechs Wochen waren wunderschön, dachte er. Ich war richtig glücklich. Er hatte sich mit Watkins und Mills getroffen und einen herrlichen ausgelassenen Abend mit Hargrave Taylor verbracht, ein paar Freunde eingeladen, aber nicht zu viele. Am Sonntag war er querfeldein gewandert. Die Dienerschaft hatte ihn bestens verpflegt. Er hatte so gemächlich gegessen, wie es ihm behagte, und dabei ein Buch gelesen, das am Sodasiphon lehnte. Manchmal arbeitete er nach dem Abendessen noch, dann steckte er sich eine Pfeife an. Wenn er sich einsam fühlte, setzte er die erdachte Leslie in den Sessel gegenüber, damit sie ihm Gesellschaft leisten konnte.

Eine erdachte Leslie, ja. Aber war ihm die echte, die wirkliche Leslie, nicht auch immer nahe gewesen?

Dein ew'ger Sommer aber soll nicht fliehn.

Er vertiefte sich wieder in den Pachtvertrag.

»... er verpflichtet sich, Ackerbau und Viehzucht ordnungsgemäß und wie vereinbart zu betreiben.«

»Ich bin ein guter Anwalt«, dachte er und wunderte sich selbst darüber.

Er sagte sich auch: »Ich bin ein Erfolgsmensch«, doch das ohne sich zu wundern und ziemlich teilnahmslos.

Das Leben eines Bauern ist sehr schwer und verlangt den Einsatz aller Kräfte, dachte er.

»Mein Gott, bin ich müde«, ging es ihm durch den Kopf. Er hatte sich schon lange nicht mehr so ausgelaugt gefühlt.

Die Tür ging auf, und Joan trat ein.

»Aber Rodney, du darfst doch nicht lesen, ohne Licht zu machen.«

Sie machte sich hinter ihm zu schaffen und schaltete das Licht an. Er bedankte sich lächelnd.

»Du bist aber wirklich dumm, Liebling. Sitzt hier und verdirbst dir die Augen. Dabei brauchst du doch nur das Licht anzuknipsen.«

Sie setzte sich und fügte zärtlich hinzu: »Ich weiß gar nicht, wie du ohne mich zurechtkamst.«

»Wahrscheinlich würde ich alle möglichen schlechten Angewohnheiten einreißen lassen.«

Er lächelte schelmisch.

»Weißt du noch«, fuhr Joan fort, »wie du das großmütige Angebot von Onkel Henry ausschlagen und Farmer werden wolltest?«

»Ja.«

»Bist du jetzt nicht froh, daß ich das nicht zugelassen habe?«

Er sah sie an, bewunderte ihren Eifer und ihre Tüchtigkeit, den jugendlichen Schwung des Nackens und das glatte, hübsche, faltenlose Gesicht. Sie war so unbeschwert, so zuversichtlich und so liebevoll. Joan ist mir immer eine gute Frau gewesen, dachte er.

Er sagte leise: »Ja, jetzt bin ich froh darüber.«

Joan meinte: »Jeder hat mal Flausen, setzt sich verrückte Dinge in den Kopf.«

»Du doch nicht etwa auch?«

Er hatte sie nur necken wollen und wunderte sich daher, als sie die Stirn runzelte. Ihr Gesicht erinnerte an eine glatte Wasserfläche, die kleine Wellen plötzlich kräuseln.

»Manchmal spielen einem die Nerven einen Streich. Dann können einen ganz morbide Gedanken überfallen.«

Rodney kam aus dem Staunen nicht mehr heraus. Er konnte sich Joan beim besten Willen nicht nervös vorstellen.

Morbide Gedanken kannte er auch nicht an seiner Frau. Um das Thema zu wechseln, sagte er:

»Weißt du, ich beneide dich um deine Reise in das Morgenland.«

»Ja, es war sehr interessant. Aber ich möchte nicht in einer Stadt wie Bagdad leben.«

Rodney meinte nachdenklich: »Ich wüßte liebend gern, wie es in der Wüste ist. Dort muß es herrlich sein – diese Leere und das klare starke Licht. Der Gedanke an die Beleuchtung, die Lichtverhältnisse in der Wüste fasziniert mich. Alles ganz klar zu erkennen...«

Joan fiel ihm ins Wort. Sie unterbrach ihn heftig: »Es ist einfach grauenhaft, ein großes leeres Nichts, diese Einöde!«

Sie sah sich wie gehetzt im Zimmer um. Wie ein Tier in der Falle, dachte Rodney.

Bald glättete sich ihre Stirn, und sie entspannte sich. »Wir müssen diesen Sessel neu beziehen lassen«, sagte sie. »Der Bezug ist ganz verblichen.«

Er machte instinktiv eine heftige Handbewegung, als wolle er den Sessel schützen und bewahren, doch dann rief er sich zur Ordnung.

Warum eigentlich nicht? Der Bezug war ja wirklich schon verschossen. Und Leslie Adeline Sherston lag auf dem Friedhof unter einer Grabplatte. Die Anwaltskanzlei Alderman, Scudamore und Whitney war auf dem Weg nach oben nicht mehr zu bremsen. Farmer Hoddesdon bemühte sich nach Kräften, die nächste Hypothek aufzubringen.

Joan ging im Zimmer umher, fuhr mit dem Finger über Möbelkanten, um zu sehen, ob da Staub lag. Sie stellte ein Buch ins Bücherregal zurück und rückte die Nippesfiguren auf dem Kaminsims zurecht. Es stimmte, das Zimmer hatte in den vergangenen sechs Wochen ein unordentliches, schäbiges Aussehen angenommen.

Rodney brummte leise vor sich hin: »Der Urlaub ist zu Ende.«

»Was?« Sie wirbelte herum. »Was hast du da gesagt?«

Er sah sie mit entwaffnender Harmlosigkeit an. »Habe ich etwas gesagt?«

»Es hat sich angehört wie: Der Urlaub ist zu Ende. Du mußt

eingenickt sein und geträumt haben, daß die Ferien vorüber sind und die Kinder wieder in die Schule müssen.«

»Ja«, gab Rodney sich geschlagen. »Ich habe wohl geträumt.«

Sie sah ihn zweifelnd an. Dann schob sie ein Bild so lange hin und her, bis es gerade hing.

»Was ist das denn? Das ist doch neu, nicht wahr?«

»Ja. Ich habe es bei Hartley erstanden.«

»Aha, Kopernikus.« Joan betrachtete den Kupferstich skeptisch. »Ist das wertvoll?«

»Ich habe keine Ahnung«, antwortete Rodney wahrheitsgemäß. Nachdenklich wiederholte er: »Nicht die leiseste Ahnung...«

Was war schon wertvoll und was nicht? Worin bestand der Wert der Dinge? Ihm waren die Erinnerungen sehr viel wert.

»Wissen Sie, ich habe über Kopernikus nachgedacht...«

Das sagte ausgerechnet Leslie mit ihrem nichtsnutzigen Mann, diesem Knastbruder – geschlagen mit Armut, Krankheit, der Trunkenheit des Mannes und dem Tod.

»Die arme Mistreß Sherston, was für ein trauriges Leben!«

Aber Leslie war nicht traurig, dachte Rodney. Über Armut, Krankheit und Enttäuschung war sie hinweggeschritten, wie ein Mann ein Moor oder einen Fluß durchschreitet, wohlgemut und voller Ungeduld, als könne er es kaum erwarten, endlich ans Ziel zu gelangen...

Mit seinen müden, aber freundlichen Augen sah Rodney seine Frau an. Nachdenklich sagte er sich:

Sie ist so lebensbejahend und tüchtig und immer mit sich zufrieden. Ihr gelingt fast alles, was sie in die Hand nimmt. Oberflächlich betrachtet. Sie sieht keinen Tag älter als achtundzwanzig aus, dachte er bei sich.

Plötzlich erfaßte ihn starkes Mitleid mit Joan. Es schnürte ihm fast die Kehle zu.

Gerührt sagte er: »Arme kleine Joan.«

Sie starrte ihn mißtrauisch an und wollte von ihm wissen: »Aber wieso denn arm? Ich verstehe nicht, warum du das immer wieder sagst! Und klein bin ich auch nicht.«

Er zitierte schelmisch – als wolle er sie necken: »Hier bin ich, deine Kleine. Wenn niemand bei mir ist, dann bin ich ganz alleine.«

Da kam sie auf ihn zugestürzt und sagte atemlos:

»Ich bin aber nicht allein! Wie kommst du nur darauf? Schließlich habe ich doch *dich*!«

»Ja«, versuchte Rodney sie zu besänftigen, »natürlich hast du mich.«

Doch er wußte, daß das keineswegs der Fall war. Mitleidig dachte er:

Du bist ganz allein und wirst es immer bleiben. Doch gebe Gott, daß du das nie erkennst!

Die Rose und die Eibe

Die Blüte der Rose und die Zeit der Eibe
sind von gleicher Dauer

T. S. ELIOT

Einleitung

Ich hielt mich in Paris auf, als mein Diener Parfitt zu mir kam, um mir mitzuteilen, daß mich eine Dame zu sprechen wünsche. Sie habe gesagt, es sei von größter Wichtigkeit, fügte er hinzu.

Zu diesem Zeitpunkt hatte ich es mir schon angewöhnt, niemanden ohne vorherige Anmeldung zu empfangen. Leute, die einen in einer angeblich dringenden Angelegenheit aufsuchen, wollen fast immer Geld. Dagegen bitten Menschen, die wirklich finanzielle Unterstützung bräuchten, eigentlich fast nie darum.

Ich fragte Parfitt nach dem Namen der Besucherin. Er reichte mir ihre Karte, auf der ›Catherine Yougoubian‹ stand. Der Name kam mir nicht bekannt vor und gefiel mir auch nicht sonderlich. Ich revidierte meine Vermutung. Die Dame wollte mich wohl doch nicht um Geld angehen, sondern mir etwas verkaufen – wahrscheinlich eins dieser nachgemachten antiken Stücke, für die man einen besseren Preis erzielt, wenn man sie selber vorführt, um sie dem widerspenstigen Käufer wortreich aufzuschwatzen.

Ich wies Parfitt an, Madame Yougoubian klarzumachen, daß ich sie nicht empfangen könne, und daß ich sie bitten möchte, mir ihre Wünsche schriftlich mitzuteilen.

Parfitt senkte den Kopf und zog sich zurück. Er ist sehr zuverlässig. Ein Invalide, wie ich einer bin, braucht einen Diener, auf den er sich verlassen kann. Ich war überzeugt, daß die Angelegenheit erledigt sei. Doch zu meiner großen Verwunderung erschien Parfitt gleich darauf wieder bei mir. Er erklärte, die Dame ließe sich nicht abweisen. Sie behaupte, es gehe um Leben und Tod und würde einen alten Freund von mir betreffen.

Mit einem Schlag erwachte meine Neugier, was jedoch nicht an der Nachricht lag, die mir Parfitt überbrachte. Dies war ein sehr durchsichtiger Schachzug: Leben und Tod sowie der alte Freund müssen in solchen Fällen des öfteren herhalten. Es war Parfitts Verhalten, das mich neugierig machte. Es sah Parfitt gar nicht ähnlich, mit dem gleichen Anliegen noch einmal vor mich hinzutreten.

Aus seinem Verhalten zog ich fälschlicherweise den Schluß, Catherine Yougoubian müsse unbeschreiblich schön sein oder doch auf jeden Fall ungewöhnlich attraktiv. Anders konnte ich mir Parfitts erneutes Erscheinen nicht erklären.

Ein Mann bleibt immer ein Mann, auch als fünfzigjährigr Invalide. Daher ging ich in die Falle. Ich mußte dieses überirdische Geschöpf sehen, das es vertanden hatte, die Mauern einzurennen, die der untadelige Parfitt sonst um sich zu errichten pflegte.

Also befahl ich ihm, die Dame zu mir heraufzuführen. Als Catherine Yougoubian den Raum betrat, prallte ich regelrecht zurück. Ich fühlte mich so von ihr abgestoßen, daß es mir fast den Atem verschlug.

Inzwischen kann ich mir Parfitts Verhalten natürlich erklären. Er ist ein ausgezeichneter Menschenkenner mit unfehlbarem Urteil. Er erkannte Catherine Yougoubians Beharrlichkeit sofort und wußte, daß er gegen sie nicht die geringste Chance haben würde. Er gab sich daher klugerweise gleich geschlagen und ersparte sich dadurch einen langwierigen, ermüdenden Kampf und ein endloses Wortgefecht. Catherine Yougoubian besitzt nämlich die Beharrlichkeit eines Vorschlaghammers und weiß sich mit der gleichmäßigen Kraft eines Schweißbrenners durchzusetzen. Oder anders ausgedrückt: Steter Tropfen höhlt den Stein! Die Zeit spielt keine Rolle für sie, wenn sie ihr Ziel erreichen will. Sie hätte sicher wild entschlossen den ganzen Tag in meiner Eingangshalle herumgesessen. Sie gehört zu den Frauen, in deren Kopf nur ein einziger Gedanke Platz hat. Damit sind solche Frauen weniger eingleisig denkenden Menschen gegenüber sehr im Vorteil.

Als sie den Raum betrat, war das wie gesagt ein fürchterlicher Schock für mich. Ich hatte fest mit einer wunderschönen Frau gerechnet. Doch die Frau, die ich statt dessen zu Gesicht bekam, war ein Riesenweib, beinahe furchteinflößend, recht gewöhnlich. Sie war nicht etwa häßlich, nein, das nicht. Mit Häßlichkeit kann man sich auseinandersetzen, sie kann sogar ganz reizvoll sein. Doch Catherine hatte ein breitflächiges Gesicht, flach wie ein Pfannkuchen. Mir fiel ihr breiter Mund auf und die Andeutung eines Schnurrbarts auf der Oberlippe. Ihre kleinen dunklen Augen erinnerten an winzige Korinthen in einem miesen kleinen, runden Kuchen. Sie verfügte über eine Fülle von Haar, das schlecht frisiert war und sehr fettig wirkte. Sie machte weder einen bedürftigen noch einen wohlhabenden Eindruck. Ihr Kinn sprach für Entschlossenheit. Als sie den Mund öffnete, erschrak ich wegen ihrer rauhen, unmelodiösen Stimme.

Ich warf Parfitt einen vorwurfsvollen Blick zu. Der hielt meinem Blick mit unerschütterlichem Gleichmut stand. Sein Gesichtsausdruck besagte: ›Ich weiß es wie gewöhnlich besser.‹

»Madame Yougoubian, Sir«, meldete er mir die Besucherin und zog sich diskret zurück. Er zog die Tür hinter sich ins Schloß. Damit war ich auf Gedeih und Verderb dieser entschlossen dreinblickenden Dame ausgeliefert.

Catherine kam zielstrebig näher. Ich hatte mich noch nie so hilflos gefühlt, und es hatte mich noch nie so sehr gestört, daß ich ein Krüppel war. Es erschien mir ratsam, vor dieser Frau davonzulaufen, doch das war mir nicht möglich.

Sie sprach laut und vernehmlich – mit einer Stimme, die keinen Widerspruch duldete.

»Bitte, wenn Sie so freundlich sein wollen – Sie müssen mitkommen. Bitte!«

Von einer Bitte konnte keine Rede sein. Das war ein Befehl.

»Wie bitte?« fragte ich verschreckt.

»Ich fürchte, ich spreche nicht sehr gut englisch. Aber wir dürfen keine Zeit verlieren. Die Zeit ist mehr als knapp. Ich bitte Sie, mich zu Mr. Gabriel zu begleiten. Er ist sehr, sehr krank. Bald, sehr bald schon wird er sterben, und er verlangt nach Ihnen. Sie müssen sofort kommen, wenn Sie ihn noch lebend sehen wollen.«

Ich starrte sie fassungslos an. Ich hielt sie offen gesagt für verrückt. Der Name Gabriel kam mir nicht bekannt vor, doch das mochte an ihrer Aussprache liegen. Es hörte sich gar nicht nach Gabriel an. Doch selbst wenn der Name nach Gabriel geklungen hätte, wäre ich nicht gleich darauf gekommen, wen sie damit meinte. Diese Begegnung lag schon so lange zurück. Seit mindestens zehn Jahren hatte ich nicht einmal mehr an John Gabriel gedacht.

»Sie sagen, jemand liegt im Sterben? Jemand, den ich kenne?«

Ein abgrundtiefer Vorwurf lag in ihrem Blick.

»Aber ja, Sie kennen ihn. Sie kennen ihn sogar sehr gut. Er verlangt nach Ihnen.«

Das klang so überzeugend, daß ich mir das Hirn zermarterte. Welchen Namen hatte sie genannt? Gable? Galbraith? Einen Galbraith hatte ich gekannt, einen Ingenieur. Allerdings nur oberflächlich. Es erschien mir mehr als unwahrscheinlich, daß er auf dem Totenbett nach mir verlangte. Doch es spricht für Catherines Charakterstärke, daß ich keinen Zweifel an dem hegte, was sie da behauptete.

»Wie war der Name doch gleich wieder?« fragte ich sie. »Galbraith?«

»Nein, nein. Gabriel. *Gabriel!*«

Ich stierte sie an. Jetzt hatte ich den Namen ganz genau verstanden, doch vor meinem geistigen Auge erstand lediglich der Erzengel Gabriel mit seinen großen Flügeln. Diese Vision paßte allerdings sehr gut zu Catherine Yougoubian. Sie sah aus wie eine dieser ernsten Frauen, die für gewöhnlich ganz links in der Ecke früher italienischer Gemälde knien. Sie besaß nicht nur die charakteristische Einfachheit der Züge, sondern wirkte auch wie die Verköprperung glühender Hingabe.

Unbeirrbar und starrsinnig fügte sie hinzu: »*John* Gabriel.«

Da begriff ich!

Sofort fiel mir alles wieder ein. Mir wurde schwindlig. Alles drehte sich um mich. Übelkeit stieg in mir auf. Ich dachte an St. Loo, die alten Damen. Milly Burt und an John Gabriel mit seinem häßlichen kleinen, doch so lebendigen Gesicht, wie er auf den Absätzen auf und ab wippte. Ich mußte auch an Rupert denken, groß und gutaussehend wie ein junger Gott. Und selbstverständlich auch an Isabella...

Ich erinnerte mich daran, was in Zagrad geschehen war, wo ich John Gabriel zuletzt gesehen hatte. Eine blutrote Welle des Zorns stieg in mir auf. Mein Haß kannte keine Grenzen...

»Er liegt also im Sterben?« fragte ich erbost. »Sie ahnen nicht, wie mich das freut!«

»Wie bitte?«

Es gibt Dinge, die man nicht so einfach wiederholen kann,

wenn jemand höflich ›Wie bitte?‹ fragt. Catherine Yougoubian starrte mich verständnislos an. Daher fragte ich nur: »Er liegt also im Sterben?«

»Ja. Und er hat Schmerzen, fürchterliche Schmerzen.«

Auch das freute mich über alle Maßen. Selbst durch die allerschlimmsten Schmerzen konnte John Gabriel nicht sühnen, was er angerichtet hatte. Doch ich sah mich außerstande, das der Frau unter die Nase zu reiben, die John Gabriel offensichtlich sehr verehrte.

Ich fragte mich verärgert, was dieser Mann bloß an sich hatte, daß ihm die Frauen stets zu Füßen lagen. Einen häßlicheren Menschen kann man sich kaum vorstellen. Er war anmaßend, vulgär und ein Angeber wie er im Buche steht. Intelligenz konnte man ihm nicht ganz absprechen, er konnte recht unterhaltsam sein, wenn man keine allzu hohen Ansprüche an ihn stellte. Er besaß sogar Humor. Aber alle diese Eigenschaften lassen den Frauen einen Mann eigentlich noch nicht sehr anziehend erscheinen.

Catherine riß mich aus meinen Gedanken.

»Sie kommen doch mit? Bitte! Kommen Sie schnell. Wir dürfen keine Zeit verlieren.«

Catherine brachte mich jäh wieder in die Gegenwart zurück.

»So leid es mir tut, gnädige Frau«, sagte ich, »ich fürchte, ich kann Sie nicht begleiten.«

Sie ließ nicht locker. »Aber er verlangt nach Ihnen!«

»Ich will Sie nicht begleiten«, erklärte ich ihr unumwunden.

»Ich fürchte, ich habe mich nicht deutlich ausgedrückt«, sagte Catherine Yougoubian. »Er ist todkrank und liegt im Sterben. Er bittet Sie, zu ihm zu kommen.«

Ich machte mich auf ein langes zähes Ringen gefaßt. Inzwischen hatte ich begriffen, daß Catherine Yougoubian sich nicht so leicht geschlagen gab. Das hatte Parfitt auf den ersten Blick erkannt.

»Sie irren sich. John Gabriel ist nicht mein Freund«, erklärte ich.

Sie nickte heftig.

»Aber ja, und ob er das ist! Er hat Ihren Namen in der Zeitung gelesen. Es hieß, daß Sie als Ausschußmitglied hier sind. Er hat mich gebeten festzustellen, wo Sie abgestiegen sind und Sie dazu zu bringen, daß Sie zu ihm kommen. Bitte, kommen Sie schnell, ganz schnell. Der Doktor sagt, Gabriel hat nicht mehr lange zu leben. Bitte kommen Sie sofort.«

Nun blieb mir nichts anderes mehr übrig, als mit der Wahrheit herauszurücken. Also sagte ich:

»Von mir aus kann er zum Teufel gehen und auf immer und ewig in der Hölle schmoren!«

»Wie bitte?«

Sie sah mich freundlich und übereifrig an, die lange Nase gekräuselt. Sie hatte offensichtlich Mühe, aus meinen Worten schlau zu werden...

»John Gabriel ist *nicht* mein Freund«, wiederholte ich ganz langsam und deutlich. »Ich *hasse* diesen Menschen – hasse ihn aus tiefster Seele. Verstehen Sie mich jetzt?«

Sie kniff die Augen zusammen. Ich hatte den Eindruck, daß ihr allmählich dämmerte, wovon ich sprach.

»Sie sagen«, sprach sie so langsam wie ein Kind, das eine schwierige Lektion wiederholt, »Sie sagen – daß Sie – John Gabriel – hassen? Bitte, meinen Sie das im Ernst?«

»Ja«, bestätigte ich.

Sie lächelte. Das brachte mich auf die Palme.

»Nein, nein«, sagte sie nachsichtig, »das ist ja gar nicht möglich. Warum sollten Sie ihn hassen? Niemand haßt John Gabriel. Er ist ein großartiger, sehr guter Mensch. Wer ihn kennt, würde mit Freuden sein Leben für ihn geben.«

»Großer Gott!« schrie ich erzürnt. »Was hat dieser Mann bloß an sich, daß sich die Leute so für ihn zerreißen?«

Nun, damit hatte ich es selbst heraufbeschworen: Catherine Yougoubian vergaß die Dringlichkeit ihrer Mission. Sie setzte sich, strich sich eine fettige Haarsträhne aus der Stirn und sah mich mit einem Blick voller Enthusiasmus an. Ein Wortschwall, eine Sturzflut von Worten ergoß sich über mich...

Ich glaube, sie hatte eine Viertelstunde auf mich eingeredet. Manches blieb mir unverständlich. Die fremde Sprache machte ihr zu schaffen. Manchmal strömten ihre Worte aber auch mühelos dahin. Sie sprach, als ob sie ein Heldenepos rezitieren würde.

Sie erzählte ehrerbietig, demütig und liebevoll. Sie sprach von John Gabriel wie von einem Messias. Genau das war er in ihren Augen offenbar. Sie sagte Dinge über ihn, die mir als Fantastereien erschienen, völlig aus der Luft gegriffen. Sie berichtete von einem rücksichtsvollen, tapferen starken Menschen, einem Mann, der allen eine Stütze war und auf den man sich in jeder Situation verlassen konnte. Von einem Menschen, der nicht einmal davor zurückschreckte, sein Leben für andere aufs Spiel zu setzen, dem Grausamkeit und Ungerechtigkeit in tiefster Seele zuwider waren und der nach Kräften dagegen anging. In Catherine Yougoubians Augen war John Gabriel ein Prophet, ein König, der Retter der Menschheit, einer, der den Menschen den Mut und die Kraft gab, die in ihnen selber steckte, ohne daß sie davon wußten. Er war mehr als einmal gefoltert, schließlich zum Krüppel gemacht und fast umgebracht worden. Doch irgendwie war es ihm dank seiner eisernen Willenskraft immer wieder gelungen, seiner Gebrechen Herr zu werden, so daß er weiterhin Übermenschliches leisten konnte.

»Sie sagen, Sie wissen nicht, was er getan hat?« fragte sie zum Schluß noch einmal. »Aber jeder kennt doch Father Clement – *jeder!*«

Ich starrte sie fassungslos an. Damit hatte sie allerdings recht. Es gibt wohl kaum einen Menschen, der nicht schon von Father Clement gehört hat. Mit seinem Namen sind zahlreiche Erzählungen verbunden. Es gibt allerdings auch Leute, die davon überzeugt sind, daß es sich lediglich um einen Mythos handelt und daß es den Menschen, der sich hinter dem Nanem verbergen soll, niemals gegeben hat.

Wie soll ich die Legende um Father Clement erzählen? Man stelle sich eine Mischung aus Richard Löwenherz, Father Damien und Lawrence von Arabien vor, einen Mann, der zugleich ein Kämpfer und ein Heiliger ist, auf Abenteuer aus und tollkühn wie ein Knabe. Die Jahre nach dem 2. Weltkrieg waren für Europa und den Osten eine böse Zeit. Die Angst griff immer mehr um sich. Daraus erwuchsen ungeheuerliche Grausamkeiten und Greueltaten. Der Niedergang der Zivilisation begann. In Indien und Persien trugen sich fürchterliche Dinge zu. Überall Massaker, Hungersnöte, Folter, Anarchie...

Aus den dunklen Wolken war eine mittlerweile fast legendäre Gestalt getreten. Der Mann nannte sich ›Father Clement‹. Er rettete Kindern das Leben, bewahrte Erwachsene vor der Folter.

Er führte seine Herde auf unpassierbaren Pfaden über die Berge und brachte sie in sichere Gebiete, wo sie sich ansiedeln konnten. Er wurde geliebt und verehrt. Der Mann wurde zur Legende.

Wenn man den Worten Catherine Yougoubians Glauben schenken wollte, war Father Clement der John Gabriel, den ich von früher kannte, Parlamentsabgeordneter für St. Loo, ein Weiberheld und Trunkenbold, ein Mann, der stets nur den eigenen Vorteil im Auge hatte. Ein Opportunist und Abenteurer, dessen einzige Tugend in seinem Mut bestand.

Ich wurde schwankend, mußte mir widerstrebend eingestehen, daß Catherine Yougoubians Geschichte ganz plausibel klang, so unwahrscheinlich das auch zunächst erscheinen mochte. Sowohl Father Clement als auch John Gabriel hatten immer wieder großen Mut bewiesen. Die legendäre Gestalt des Father Clement hatte wahnwitzige, tollkühne Rettungsaktionen durchgeführt, dabei unverschämt geblufft und sich dabei der gleichen Methoden wie John Gabriel befleißigt.

Aber John Gabriel hatte es immer verstanden, sich dabei im besten Licht erscheinen zu lassen. Was er auch unternahm, es geschah stets vor großem Publikum. Wenn John Gabriel tatsächlich Father Clement war, so wüßte das mit Sicherheit die ganze Welt.

Ich konnte es einfach nicht glauben.

Als Catherine völlig außer Atem verstummte und der Glanz in ihren Augen erlosch, fragte sie beharrlich wie zuvor: »Kommen Sie jetzt bitte mit?« Ich rief sofort nach Parfitt.

Parfitt half mir auf, reichte mir meine Krücken und half mir die Treppe hinunter. Unten setzte er mich in ein Taxi. Catherine nahm neben mir Platz.

Ich wollte mir Gewißheit verschaffen. Trieb mich die Neugier? Vielleicht hatte aber auch Catherine Yougoubians Beharrlichkeit diese Wende bewirkt. Ich wollte John Gabriel sehen. Ich wollte wissen, ob Father Clement etwas mit dem John Gabriel aus St. Loo gemeinsam hatte. Möglicherweise wollte ich auch herausfinden, ob ich jetzt ahnen konnte, was Isabella damals in dem Mann gesehen hatte – was sie an ihm derart gefesselt haben mußte, daß sie so gehandelt hatte...

Ich könnte nicht einmal sagen, was ich erwartete, als ich hinter Catherine Yougoubian die enge Treppe hinaufging in das kleine Hinterzimmer. Ein französischer Arzt mit Bart und feierlichem Benehmen war zugegen. Er stand bei unserem Eintreffen über seinen Patienten gebeugt. Doch er richtete sich sofort auf und bat mich näherzutreten.

Ich merkte, wie er mich abschätzend und voller Neugier ansah. Der große Mann, der jetzt im Sterben lag, hatte den Wunsch geäußert, *mich* zu sehen...

Gabriels Anblick war ein Schock für mich. Unser Zusammentreffen in Zagrad lag schon zu lange zurück. Ich hätte die Gestalt nicht erkannt, die da so ruhig im Bett lag. Ich erkannte jedoch auf den ersten Blick, daß der Mann im Sterben lag. Das Ende war ganz nah. Nichts im Gesicht des Mannes kam mir auch nur im leisesten bekannt vor. Ich mußte zugeben, daß Catherine ganz recht hatte, was die äußere Erscheinung anging. Ich sah das abgemagerte Gesicht eines Heiligen vor mir. Die Züge des Mannes zeugten davon, daß er viel gelitten hatte und jetzt starke Schmerzen verspürte. Das Gesicht war asketisch und von einem tiefen inneren Frieden...

Derjenige, den ich als John Gabriel gekannt hatte, besaß keine dieser Eigenschaften.

Dann schlug der Mann die Augen auf und sah mich an. Er grinste. Da erkannte ich ihn wieder. Es war das altbekannte Grinsen und die gleichen Augen – wunderschöne Augen in einem häßlichen Clownsgesicht.

Er sprach mit schwacher Stimme. »Sie hat sie also hergebracht! Die Armenier sind wundervolle Menschen!«

Ja, das war zweifellos John Gabriel. Er machte seinem Arzt ein Zeichen. Mit schwacher, leidender und doch gebieterischer Stimme verlangte er das versprochene Medikament, ein Stimulans. Der Arzt protestierte, doch Gabriel ließ sich nicht abweisen. Ich nahm an, daß dieses Mittel sein Ende beschleunigen würde, doch Gabriel gab dem Arzt zu verstehen, daß ein letztes Aufflackern von Energie überaus wichtig für ihn sei.

Der Arzt zuckte die Achseln und ließ Gabriel seinen Willen. Er injizierte ihm das Mittel. Dann verließ er mit Catherine den Raum und ließ mich mit seinem Patienten allein.

Gabriel verlor keine Zeit. Er fing sofort an zu sprechen.

»Ich möchte, daß Sie alles über Isabellas Tod erfahren.«

Ich sagte ihm, daß ich schon alles über ihren Tod wisse.

»Nein«, widersprach er. »Das glaube ich kaum...«

Da erzählte er mir, was sich in dem Café in Zagrad abgespielt hatte.

Ich werde an geeigneter Stelle darüber berichten.

Im Anschluß daran sagte er noch etwas, um dessentwillen ich diese Geschichte erzähle.

Father Clement ist eine historische Gestalt. Über sein unglaublich entbehrungsreiches Leben, über seinen Mut und seine Hilfsbereitschaft mögen Leute schreiben, die zur Heldenverehrung neigen. Die Gemeinschaften, die er ins Leben gerufen hat, sind der Grundstock neuer Formen des Zusammenlebens, die sich vorerst noch im Versuchsstadium befinden. Sicher werden dem Mann, der sie geschaffen hat, noch viele Biographien gewidmet werden.

Ich will jedoch nicht über Father Clement berichten. Dies ist die Geschichte von John Merryweather Gabriel, dem im Krieg das Viktoriakreuz verliehen wurde, die Geschichte eines Opportunisten, eines sinnenfrohen Mannes, der großen Charme besaß und die Menschen dadurch sehr für sich einnahm. Wir haben die gleiche Frau geliebt, so verschieden wir auch waren.

Zunächst sind wir alle die Hauptpersonen unserer eigenen Geschichte. Später erscheint uns so manches fragwürdig. Zweifel befallen uns, wir finden uns nicht mehr zurecht. So ist es mir jedenfalls gegangen. Zuerst war es *meine* Geschichte. Dann hielt ich Jennifer und mich für die Hauptpersonen. Ich sah uns als Romeo und Julia, Tristan und Isolde. Dann, in einer Zeit der Dunkelheit und Enttäuschung, trat Isabella wie der Mond, der die Nacht erhellt, in mein Leben. Sie wurde zum bestimmenden Motiv auf dem Gobelin meines Lebens – ich selbst war nur mehr der zu bestickende Stoff. Nicht mehr, aber auch nicht weniger, denn ohne die gleichmäßige Unterlage würde das Muster nicht zur Geltung kommen.

Inzwischen haben sich die Dinge noch einmal verschoben. Dies ist aber weder meine eigene noch Isabellas Geschichte, sondern die Geschichte von John Gabriel.

Die Geschichte endet hier, wo ich sie beginne. Sie endet mit John Gabriel. Doch hier nimmt sie auch ihren Anfang.

1. Kapitel

Wo soll ich beginnen? Ich mache wohl am besten mit St. Loo den Anfang. Mit der Wahlveranstaltung in der Memorial Hall. Bei der Gelegenheit stellte ein uralter General den Anwesenden Major John Gabriel vor, Träger des Viktoriakreuzes, der für die Konservativen kandidieren wollte. Dieser trat ans Rednerpult und sprach zu uns. Sein häßliches Gesicht und seine nichtssagende, gewöhnlich klingende Stimme nahmen nicht sehr für ihn ein. Wir mußten uns jedoch sagen, daß er sehr zuvorkommend und liebenswürdig gesprochen hatte und daß es nötig war, die Wähler für uns einzunehmen – die privilegierte Oberschicht war ja inzwischen jämmerlich geschrumpft!

Ich könnte natürlich auch mit Polnorth House beginnen, mit dem niedrigen langgestreckten Zimmer mit Aussicht aufs Meer. An schönen Tagen konnte man mein Krankenbett auf die Terrasse schieben. Von dort konnte ich auf den Atlantik hinausschauen und die Wellen beobachten, die sich mit Donnergetöse am Strand brachen, oder auf die dunkelgraue Felsspitze starren, die in den Horizont hineinragte. Auf diesem Vorsprung erhoben sich die Türmchen und Zinnen des Schlosses St. Loo. Auf mich wirkte diese ganze Szene immer wie ein Aquarell, um das Jahr 1860 von einer romantischen jungen Dame gemalt, denn das Schloß von St. Loo wirkt theatralisch und so nachgemacht romantisch wie nur etwas Echtes sein kann. Es wurde zu einer Zeit erbaut, als sich die Menschen ihren romantischen Gefühlen noch hingaben, ohne sich ihrer zu schämen. Beim Anblick dieses Schlosses muß man an Drachen und Belagerungen denken, an Ritter in voller Rüstung und an Prinzessinnen, die gefangengehalten werden – an die ganze leere Pracht in einem zweitklassigen, historischen Film. Genaugenommen ist die Geschichte ja auch nichts anderes als ein schlechter Film.

Wenn man das Schloß von St. Loo betrachtete, erwartete man Menschen wie Lady St. Loo, Lady Tressilian, Mrs. Bigham Charteris und Isabella. Das Erstaunliche war, daß sie das Schloß tatsächlich bewohnten!

Soll ich vielleicht mit dem Besuch der drei alten Damen beginnen, die eine so stolze Haltung an den Tag legten, unmodern gekleidet waren und ganz altmodisch gefaßten Schmuck trugen? Oder damit, daß ich ganz hingerissen zu Teresa sagte: »Aber die kann es doch gar nicht *wirklich* geben!«

Vielleicht sollte ich noch ein wenig früher ansetzen und mit der Fahrt zum Flughafen von Northolt beginnen, wo mich Jennifer erwartete...

An diesem Tage endete mein Leben. Ich war damals achtunddreißig Jahre alt...

Aber es geht hier nicht um *mich*, wenn es auch zunächst den Anschein hatte. Die Geschichte fing mit mir, Hugh Norreys, an. Rückblickend muß ich sagen, daß sich mein Leben nicht von dem der meisten Männer unterschied. Ich führte weder ein interessanteres noch ein langweiligeres Leben als die meisten. Auch mich trafen die unvermeidlichen Schicksalsschläge und Enttäuschungen, auch ich litt geheime Qualen. Doch mein Leben war auch reich an Erregendem, verlief zuzeiten ganz harmonisch und befriedigte mich zutiefst, wenn das auch oft unerklärliche Ursachen hatte. Ich kann mir aussuchen, aus welchem Blickwinkel ich mein Leben darstellen möchte – unter dem Aspekt der Frustration oder als triumphale Chronik. Beides wäre zutreffend. Am Ende steht immer die Frage, wofür man sich entscheidet. Da gibt es einmal den Hugh Norreys, wie er sich selbst sieht und dann den Hugh Norreys, wie ihn die anderen sehen. Eigentlich muß es wohl auch noch einen Hugh Norreys geben, wie Gott ihn sich vorstellt. Den wesentlichen Hugh. Doch dessen Geschichte kann ausschließlich der Engel schreiben, der die Weltchronik verfaßt. Die wesentliche Frage ist jedoch: Was weiß ich jetzt über den jungen Mann, der Anfang 1945 in Penzance den Zug nach London bestieg? Sollte mich jemand danach fragen, so könnte ich wohl mit Recht behaupten, daß es das Leben im großen und ganzen gut mit mir meinte. Ich hatte Freude an meiner Arbeit als Lehrer in Friedenszeiten. Auch die Kriegserlebnisse hatten ihr Gutes gehabt. Nach dem Krieg konnte ich meine alte Stellung wieder antreten, und durfte hoffen, irgendwann einmal Rektor zu werden. Ich hatte Liebesaffären gehabt, die mich sehr schmerzten, aber auch Liebschaften, die mich befriedigten, doch keine war bei mir besonders tief gegangen. Meiner Familie war ich zwar verbunden, doch nicht besonders eng. Ich war damals siebenunddreißig Jahre alt. An dem Tag, von dem die Rede ist, kam mir etwas zu Bewußtsein, was ich schon seit geraumer Zeit geahnt hatte. Ich wartete auf etwas... auf ein Erlebnis, einen ungeheuren Umschwung meines Lebens...

Mir wurde plötzlich klar, daß mein ganzes bisheriges Dasein nur oberflächlich gewesen war. Nichts hatte mich wirklich berührt. Ich hoffte, etwas zu erleben, was mich wirklich mitnahm. Vermutlich überkommt dieses Gefühl jeden Menschen einmal im Leben, bei manchen früher, bei anderen erst sehr spät.

Ich bestieg den Zug in Penzance und ließ mir einen Platz fürs Mittagessen im Speisewagen reservieren, und zwar für den dritten Durchgang, denn ich kam gerade von einem sehr reichlichen Frühstück. Als der Bahnbedienstete dann durch den Zug ging und mit nasaler Stimme rief: »Zum dritten Mittagessen bitte Platz nehmen, aber nur mit Platzreservierung...« stand ich auf und ging in den Speisewagen. Der Speisewagenkellner nahm mir meine Platzkarte ab und wies mir einen freien Platz an – Jennifer gegenüber.

Sehen Sie, so kann es zugehen. Manches ergibt sich rein zufällig, man kann es nicht vorausplanen. Ich setzte mich also Jennifer gegenüber und sah, daß sie weinte.

Es fiel mir nicht sofort auf. Sie rang um Selbstbeherrschung, gab keinen Laut von sich, und rein äußerlich gesehen ließ nichts auf die so heftige Gemütsbewegung schließen. Wir sahen uns nicht an und benahmen uns ganz so, wie es die Konvention den Menschen vorschreibt, die sich in einem Speisewagen zum erstenmal begegnen. Ich reichte ihr die Speisekarte – eine höfliche, aber unsinnige Geste, denn es stand nur darauf: Suppe, Fisch oder Fleisch, Süßspeise oder Käse 4/6.

Sie beantwortete meine höfliche Geste mit einem zurückhaltenden Lächeln und Neigen des Kopfes. Der Kellner fragte uns, was wir zu trinken wünschten. Wir bestellten beide helles Ale.

Es entstand eine Pause. Ich sah mir die mitgebrachte Zeitschrift an. Der Kellner hastete mit Suppentellern durch den Speisewagen und stellte sie vor uns hin. Durch und durch ein Gentleman schob ich Jennifer Salz und Pfeffer ein Stückchen näher. Bis dahin hatte ich sie noch nicht angesehen, jedenfalls nicht richtig. Bestimmte grundlegende Dinge hatte ich natürlich sofort wahrgenommen. Jennifer war jung, wenn auch nicht mehr blutjung, auf jeden Fall aber jünger als ich. Sie war mittelgroß und hatte dunkles Haar. Sie gehörte der gleichen Gesellschaftsschicht an wie ich. Sie war anziehend genug, um mir zu gefallen, aber nicht so außerordentlich schön, daß sie mich wahrhaft aufgerüttelt hätte.

Ich nahm mir vor, sie genauer anzusehen. Wenn es mir ratsam erschien, wollte ich das Wort an sie richten, mich ganz langsam vortasten. Wie gesagt, wenn es mir ratsam erschien.

Doch sie warf all meine Pläne über den Haufen. Als ich den Blick über den Suppenteller meines Gegenübers hinweg erhob, sah ich, daß etwas in ihre Suppe tropfte. Ihr strömten Tränen aus den Augen und fielen in die Suppe – völlig lautlos. Jennifer wirkte dabei keineswegs verzweifelt.

Ich erschrak. Immer wieder sah ich sie verstohlen an. Bald versiegten die Tränen. Es gelang ihr, sie zu unterdrücken. Jennifer löffelte ihre Suppe. Ich konnte nicht widerstehen und stellte ihr die unverzeihliche Frage.

»Sie sind furchtbar unglücklich, nicht wahr?«

Darauf erwiderte sie heftig: »Ich bin eine Närrin.«

Dann schwiegen wir beide. Der Kellner nahm die Suppenteller weg. Er servierte uns winzige Portionen Fleischpastete und gab uns Kohl aus einer Riesenschüssel. Dann folgten noch zwei Bratkartoffeln, die er mit einer Miene servierte, als täte er uns damit einen großen Gefallen.

Ich blickte aus dem Fenster und ließ mich dann über die Gegend aus. Anschließend äußerte ich mich zu Cornwall. Ich erklärte, ich kenne Cornwall nicht besonders gut und fragte sie, ob sie es besser kenne. Das bejahte sie. Sie lebe dort. Wir verglichen Cornwall mit Devonshire, mit Wales und mit der Ostküste. Unser Gespräch blieb belanglos. Es diente lediglich dazu, die Tatsache zu vertuschen, daß sie vor aller Augen Tränen vergossen und ich das nicht stillschweigend übergangen hatte.

Erst als der Kaffee vor uns stand, ich ihr eine Zigarette angeboten und sie sie angenommen hatte, kamen wir wieder auf den Ausgangspunkt unseres Gesprächs zurück.

Ich äußerte mein Bedauern darüber, daß ich so dumm und ungeschickt gewesen war und gab ihr gegenüber zu, daß ich nicht hatte widerstehen können, sie anzusprechen. Sie meinte, ich müsse sie für völlig verrückt gehalten haben.

»Ganz und gar nicht«, widersprach ich. »Ich habe mir nur gedacht, Sie seien am Rand Ihrer Beherrschung. Das stimmt doch, oder nicht?«

Sie konnte das nur bestätigen.

»Es ist beschämend«, sagte sie mit verhaltener Wut, »wenn man erst einmal dahin gekommen ist, daß es einen vor lauter Selbstmitleid nicht mehr im geringsten kümmert, wie man sich aufführt und wer das mitansieht.«

»Ihnen hat das sicher etwas ausgemacht. Sie haben sich sehr bemüht, Ihre Selbstbeherrschung wiederzuerlangen.«

»Nun ja, wenigstens habe ich nicht lauthals geheult und geschluchzt. Das wollten Sie wohl damit sagen.«

Ich wollte wissen, ob es sehr schlimm sei.

Ja, sehr schlimm, gab sie zu. Sie sei am Ende und wisse nicht mehr weiter.

Das hatte ich geahnt. Sie war völlig verzweifelt. Ich konnte sie in dieser Stimmung nicht alleine lassen. Ich bat sie: »Bitte, erzählen Sie mir alles. Ich bin ja ein Fremder für Sie – da fällt das sicher leichter. Ich zähle nicht, ich bleibe ganz im Hintergrund.«

»Da gibt es gar nicht zu erzählen – außer daß ich mich ganz fürchterlich reingeritten habe. Mein Leben ist ein einziges Chaos.«

Ich gab ihr zu bedenken, daß es vielleicht gar nicht so schlimm sei. Sie wirkte ungeheuer trostbedürftig. Jemand mußte sie aufmuntern, sie ermutigen, damit ihr das Leben wieder lebenswert erschien. Jemand mußte ihr aus diesem erbarmungswürdigen Zustand des Leidens heraushelfen und sie wieder auf die Beine bringen. Ich zweifelte nicht daran, daß dazu kein Mensch so gut geeignet war wie ich... Ja, es hatte mich erwischt.

Sie sah mich zweifelnd an wie ein mißtrauisches Kind. Dann ergoß sich eine Flut von Worten über mich.

Der Kellner unterbrach sie, als er die Rechnung brachte. Ich war heilfroh, daß wir im dritten Durchgang beim Mittagessen saßen. So würde man uns nicht so bald nahelegen, den Speisewagen zu verlassen, um anderen Platz zu machen. Ich gab dem Ober zehn Schilling mehr, als die Rechnung besagte. Er verbeugte sich und zog sich diskret zurück.

Ich hörte Jennifer weiter zu.

Sie hatte es unglaublich schwer gehabt, war die Dinge aber mit einer unbeschreiblichen Beherztheit angegangen. Aber zuviel war auf sie eingestürmt und lastete auf ihr. Ihre Körperkräfte hielten sich in Grenzen. Schon von Anfang an war ihr Leben schiefgelaufen, schon während ihrer Kindheit und Jungmädchenzeit und später auch in der Ehe. Man hatte ihr aus ihrer Gutherzigkeit und Spontaneität immer wieder einen Strick gedreht. Natürlich hätte sie zwischendurch auch fliehen können, doch sie hatte durchgehalten und es vorgezogen, das Beste aus ihrer traurigen Lage zu machen. Als dies trotz ihres guten Willens fehlgeschlagen war und sich ihr ein Fluchtweg bot, war sie in einen noch schlimmeren Schlamassel geraten als zuvor.

Für alles, was geschehen war, schrieb sie sich selbst die Schuld zu. Ich fühlte mich ob dieses liebenswerten Zuges sehr zu ihr hingezogen. Sie verurteilte niemanden und kannte keinen Haß. »Irgendwie muß es wohl meine eigene Schuld gewesen sein«, erklärte sie immer wieder.

Ich wollte heftig protestieren und auffahren. »Sie trifft natürlich *keine* Schuld daran! Sehen Sie denn nicht ein, daß Sie das Opfer sind und daß sich daran niemals etwas ändern wird, wenn Sie Ihre fatale Einstellung nicht sehr bald ändern? Sie dürfen die Schuld nicht immer auf sich nehmen!«

Wie reizend sie aussah, als sie da so völlig niedergeschlagen und verängstigt saß. Als ich sie über den schmalen Tisch hinweg ansah, wußte ich schon, worauf ich gewartet hatte. Auf Jennifer...

Nicht auf Jennifer als Besitz und Beute. Ich wollte sie nur dem Leben wieder zurückführen, wollte sie glücklich machen. Bis sie wieder ganz sie selbst war.

Ja, ich ahnte es damals schon. Doch erst viele Wochen später mußte ich mir eingestehen, daß ich in sie verliebt war.

Die Dinge lagen nicht so einfach.

Wir hatten uns nicht verabredet, kein Wiedersehen vereinbart. Sie nahm wohl wirklich an, daß wir uns nie wiedersehen würden. Aber ich wußte es besser. Sie hatte mir nämlich ihren Namen genannt. Als wir den Speisewagen verließen, sagte sie unendlich sanft: »Nun heißt es also Abschied nehmen. Ich werde Sie nie vergessen und auch nicht, was Sie für mich getan haben, das dürfen Sie mir glauben. Ich war verzweifelt. Mir war sterbenselend.«

Ich griff nach ihrer Hand und verabschiedete mich von ihr. Doch ich wußte, daß wir uns wiedersehen würden. Dessen war ich mir so sicher, daß ich mich sogar bereiterklärt hätte, nie nach ihr zu suchen. Doch wie es der Zufall wollte, hatten wir gemeinsame Freunde. Ich sagte ihr nichts davon, aber wenn ich sie wiedersehen wollte, so ließe sich das ganz leicht arrangieren. Seltsam, daß wir uns bisher noch nicht begegnet waren.

Auf Caro Strangeways Cocktail-Party sahen wir uns nach einer Woche wieder. Danach gab es für uns beide keinen Zweifel mehr. Wir wußten beide, daß wir zusammenbleiben würden...

Wir sahen uns, gingen wieder auseinander, sahen uns wieder. Wir begegneten uns auf Partys, bei Bekannten, wir trafen uns in ruhigen kleinen Restaurants, wir fuhren mit dem Zug aufs Land und gingen spazieren. Wir schwammen auf einer Woge der Glückseligkeit. Wir gingen ins Konzert, ein Liederabend. Elizabeth Schumann sang: ›Auf dem Pfad, über den unsere Füße wandern, werden wir uns begegnen, alles um uns herum vergessen und uns in Träumen wiegen. Möge der Himmel die Liebe erhören, die die Erde nicht mehr unterdrücken kann...‹

Als wir im Anschluß an das Konzert auf die laute, geschäftige Wigmore Street hinaustraten, wiederholte ich die letzten Worte des Strauss-Liedes »... voller Liebe und in nicht endenwollender Seligkeit befangen...« und sah ihr in die Augen.

»Ach nein, Hugh, für uns kommt das nicht in Frage«, sagte sie.

»Doch«, widersprach ich.

Weil wir unser Leben hinfort gemeinsam verbringen müßten, fügte ich hinzu.

Sie gab zu bedenken, daß sie nicht einfach alles hinwerfen könne. Sie wisse, daß ihr Mann nicht in die Scheidung einwilligen würde. Jedenfalls nicht, wenn sie sich von ihm scheiden lassen wollte.

»Aber er würde sich von dir scheiden lassen?«

»Ja, ich glaube schon. Ach Hugh, können wir nicht einfach weitermachen wie bisher?«

»Nein, das können wir nicht«, versicherte ich ihr. Ich hatte mich in Geduld gefaßt und gewartet, bis sie wiederhergestellt und ganz gesund war. Ich wollte nicht, daß sie wichtige Entscheidungen traf, bevor sie wieder das glückliche fröhliche Geschöpf war, zu dem die Natur sie gemacht hatte. Mit meiner Hilfe hatte sie es geschafft. Sie war wieder stark – sowohl physisch als auch psychisch. Jetzt galt es, sich zu entscheiden.

Aber es ging nicht mit rechten Dingen zu. Sie brachte alle möglichen sonderbaren Einwände vor, die mich in Erstaunen versetzten. Sie zauderte vor allem meinetwegen und um meiner beruflichen Laufbahn willen. Für mich würde das bedeuten, alles aufzugeben. Ich sagte ihr, das wisse ich. Ich habe darüber nachgedacht und sei dazu bereit. Ich war ja noch nicht alt und konnte auch etwas anderes tun. Ich mußte ja nicht Lehrer bleiben.

Da fing sie an zu weinen und meinte, sie würde es sich nie verzeihen, wenn ich ihretwegen mein Leben ruinierte. Ich versicherte ihr, davon könne keine Rede sein, solange sie mich nicht verließe. Ich gab ihr zu verstehen, daß mir ohne sie nichts mehr am Leben läge.

Wir durchlebten viele Hochs und Tiefs. Oft hatte es den Anschein, als gäbe sie mir recht, doch wenn ich nicht mehr bei ihr war, wurde sie wieder schwankend. Es fehlte ihr an Selbstvertrauen.

Doch ganz allmählich konnte ich sie überzeugen. Uns verband nicht nur die Leidenschaft, sondern viel mehr als das. Wir harmonierten in jeder nur denkbaren Beziehung bestens miteinander. In geistiger Hinsicht entsprachen wir uns geradezu vollkommen. Oft lagen mir Worte auf der Zunge, die sie gleich darauf aussprach. Wir teilten tausend kleine Freuden miteinander.

Schließlich sah auch sie ein, daß ich recht hatte und wir zusammengehörten. Sie setzte sich nicht mehr zur Wehr.

»Du hast ja so recht! Ach Hugh, daß ich das erleben darf. Wie ist es nur möglich, daß ich dir so viel bedeute? Du sagst das ja nicht nur, ich spüre es und zweifle nicht daran.«

Wir hatten die Probezeit bestanden. Jetzt ging es ans Plänemachen.

An einem kalten, sonnigen Morgen erwachte ich und sagte mir: ›Heute fängt unser neues Leben an.‹ Von jetzt an würden

Jennifer und ich zusammenbleiben. Bis zu diesem Augenblick hatte ich es mir nicht gestattet, fest daran zu glauben. Ich hatte bis zum Schluß befürchtet, sie könne doch noch einen Rückzieher machen, weil sie so wenig Zutrauen zu ihren eigenen Fähigkeiten hatte.

Doch auch am letzten Morgen meines alten Lebens mußte ich mich noch einmal vergewissern. Daher rief ich sie an.

»Jennifer...«

»Hugh...«

Ihre sanfte Stimme zitterte ein wenig. Es stimmte, ich hatte mich nicht getäuscht. Ich fragte sie: »Ist es wirklich wahr? Verzeih mir, Liebling, aber ich mußte deine Stimme hören.«

»Ja, es ist wahr...«

Wir wollten uns am Flughafen von Northolt treffen. Ich summte beim Anziehen vor mich hin und rasierte mich sorgfältig. Ich erkannte mein Gesicht im Spiegel kaum mehr wieder. Ich strahlte vor Glück und wirkte fast ein bißchen dümmlich. Das war der große Tag, auf den ich achtunddreißig Jahre lang gewartet hatte. Ich frühstückte und überprüfte meinen Paß und die Flugtickets noch einmal. Dann ging ich zum Wagen hinunter. Harriman chauffierte. Ich sagte ihm, ich wolle selber fahren, er könne hinten sitzen.

Ich bog auf die Hauptstraße ein. Der Wagen schlängelte sich durch den Verkehr. Es eilte nicht. Ich hatte Zeit. Dieser strahlend schöne Morgen war ausschließlich für Hugh und Jennifer so schön. Vor Freude hätte ich am liebsten laut gejubelt oder wenigstens gesungen.

Der Lastwagen kam mit siebzig Stundenkilometrn aus einer Seitenstraße. Ich konnte ihn nicht rechtzeitig sehen, ihm also nicht entgehen. Es lag nicht an mangelhaften Fahrkünsten meinerseits oder an schlechtem Reaktionsvermögen. Später erfuhr ich, daß der Lastwagenfahrer betrunken gewesen war. Wie unwichtig sind die Gründe für ein Unglück, wenn es geschehen ist.

Der Lastwagen bohrte sich in die Breitseite des Buick. Der Wagen wurde völlig eingedrückt und begrub mich unter sich. Harriman kam dabei um.

Jennifer wartete am Flughafen auf mich. Die Maschine flog ohne mich ab.

2. Kapitel

Es hat wenig Sinn, zu erzählen, wie es weiterging. Zunächst einmal gab es keine Kontinuität. Nur Verwirrung, Dunkelheit und Schmerzen. Mir kam es vor, als wanderte ich endlos lang durch unterirdische Gänge. Zwischendurch nahm ich ganz vage wahr, daß ich mich in einem Krankenhaus befand. Ich erkannte Ärzte, Krankenschwestern mit ihren weißen Hauben. Der Geruch antiseptischer Mittel stieg mir in die Nase. Metallene Instrumente blitzten auf, glitzernde kleine glasverkleidete Wagen wurden hastig hin und her geschoben...

Die Erinnerung kehrte nur langsam zurück. Ich begriff erst ganz allmählich, was geschehen war. Die Verwirrung und die Schmerzen nahmen ab. An bestimmte Menschen oder Orte dachte ich noch nicht. Das schmerzgeplagte Tier kennt nur den Schmerz und die Schmerzfreiheit, es kann sich auf nichts anderes konzentrieren. Medikamente, die die physischen Schmerzen lindern, verwirren den Geist. Man empfindet alles chaotisch.

Doch die lichten Momente häuften sich allmählich. Endlich kam der Augenblick, in dem man zugab, daß ich einen Unfall gehabt hatte.

Da wurde mir das volle Ausmaß der Katastrophe klar, ich erkannte meine Hilflosigkeit, sah meinen geschundenen invaliden Körper. Es würde mir nicht mehr vergönnt sein, als Mensch unter Menschen zu leben.

Ich bekam Besuch – von meinem Bruder. Der war geschockt und völlig hilflos, wußte gar nicht, was er sagen sollte. Wir hatten uns niemals besonders nahegestanden. Ich konnte mit ihm nicht über Jennifer sprechen.

Aber ich dachte ohne Unterlaß an Jennifer. Sobald es mir ein wenig besser ging, bekam ich meine Post. Die Briefe, die mir Jennifer geschrieben hatte...

Bisher hatten mich nur meine Angehörigen besuchen dürfen. Jennifer war nicht mit mir verwandt oder verheiratet, daher ließ man sie nicht zu mir. Sie fiel unter die Rubrik ›Freunde und Bekannte‹.

Mein geliebter Hugh, sie lassen mich nicht zu Dir, schrieb sie. *Ich komme Dich besuchen, sobald ich darf. Gib Dir alle Mühe, damit es Dir bald besser geht. Jennifer.*

In einem anderen Brief hieß es:

Mach Dir bitte keine Sorgen, Hugh. Für mich zählt nur, daß Du am Leben bleibst. Bald sind wir für immer vereint. In Liebe, Jennifer.

Ich schrieb ihr in einer schwachen, unleserlichen Schrift, sie solle mich nicht besuchen kommen. Was konnte ich Jennifer denn jetzt noch bieten?

Erst nach dem Verlassen des Krankenhauses sah ich Jennifer im Hause meines Bruders wieder. Ihre Briefe hatten alle das gleiche besagt: Wir liebten uns! Selbst wenn ich mich nie erholte, würden wir zusammenbleiben. Sie würde für mich sorgen. Wir würden glücklich sein, wenn auch nicht ganz so, wie wir es uns erträumt hatten, aber doch immerhin glücklich.

Mein erster Impuls war, einen Trennungsstrich zu ziehen, den gordischen Knoten durchzuschneiden und Jennifer zu bitten: ›Geh und komm nicht wieder.‹ Doch dann wurde ich schwankend. Genau wie Jennifer glaubte auch ich daran, daß uns nicht nur die körperliche Anziehungskraft verband. Uns blieb ja noch die geistige Verwandtschaft. Doch sicher wäre es für sie am besten, wenn sie ging und mich vergaß. Wenn sie sich aber weigerte?

Es dauerte sehr lange, bis ich ihr gestattete, mich zu besuchen. Wir schrieben uns sehr häufig – richtige Liebesbriefe. Jennifers Briefe klangen sehr ermutigend, beinahe heroisch.

Also gab ich mir einen Ruck und ließ sie kommen...

Jennifer kam mich besuchen.

Sie durfte nicht sehr lange bleiben. Da wußten wir es sicher schon – wir wollten es uns nur nicht eingestehen. Sie besuchte mich noch eimal. Und auch ein drittes Mal. Dann ertrug ich es nicht mehr. Das dritte Mal blieb sie nur zehn Minuten. Mir kam es wir eine Stunde vor. Als ich hinterher auf die Uhr sah, konnte ich es kaum glauben. Ihr war der kurze Besuch, diese Stippvisite, zweifellos genauso lang erschienen...

Wir hatten uns nichts mehr zu sagen...

Ja, das ist die Wahrheit...

Es gab nichts mehr zu sagen, und auch sonst verband uns nichts.

Wer könnte verbitterter sein als ein Narr, der sich schon im

Paradies gesehen hat? Die geistige Verwandtschaft, die Gedankenübertragung, unsere Freundschaft, unsere Kameradschaft – nichts als eine Illusion. Die Illusion, die die Anziehungskraft zwischen Mann und Frau hervorbringt. Damit ködert und lockt uns die Natur, das ist der letzte und arglistigste Betrug, mit dem die Natur uns übertölpelt. Jennifer und mich hatte nur die Fleischeslust verbunden. Daraus war der ganze monströse Selbstbetrug entstanden. Es war nichts als Begierde und Leidenschaft zwischen uns gewesen. Diese Erkenntnis beschämte mich. In meiner Erbitterung war ich fast soweit, Jennifer genauso zu hassen wie mich selbst. Wir starrten uns verzweifelt an und fragten uns – jeder auf seine Weise – was aus dem Wunder geworden war, an das wir so fest geglaubt hatten.

Es blieb mir nicht verborgen, daß Jennifer eine gutaussehende junge Frau war. Aber ich langweilte mich, wenn sie redete. Sie langweilte sich ebenso mit mir. Wir konnten über nichts mehr sprechen, uns über nichts mehr unterhalten, was uns Freude machte.

Sie warf sich immer wieder vor, daß sie an der ganzen Sache schuld sei. Ich hätte viel darum gegeben, wenn sie das unterlassen hätte. Das erschien mir völlig überflüssig, fast schon hysterisch. Ich dachte bei mir: Warum um alles in der Welt muß sie so ein Theater machen?

Als sie nach dem dritten Besuch ging, sagte sie in ihrer beharrlichen optimistischen Art: »Hugh, mein Liebling, ich komme sehr bald wieder.«

»Nein«, bat ich sie. »Komm nicht mehr.«

»Aber natürlich komme ich wieder.« Ihre Stimme klang leer und unaufrichtig.

Da konnte ich nicht mehr an mich halten. »Jennifer, um Himmels willen, mach dir doch nichts vor. Es ist aus – ein für allemal aus.«

Sie behauptete, es sei nicht aus, sie wisse gar nicht, was ich damit sagen wolle. Sie sagte, sie werde sich immer um mich kümmern, wir würden zusammen glücklich sein. Sie war nicht davon abzubringen, sich aufopfern zu wollen. Schließlich sah ich rot. Ich wußte ja, daß das bei ihr kein leeres Gerede war. Es war ihr wirklich ernst damit. Vielleicht würde sie tatsächlich immer an meiner Seite sein, ständig auf mich einreden, gezwungenermaßen die personifizierte Liebenswürdigkeit. Ich hörte schon ihre fröhlichen albernen Bemerkungen. Ich geriet in Panik. In meinem geschwächten Zustand, krank wie ich war, wußte ich mir keinen Rat.

Ich schrie sie an, sie solle gehen und mich in Ruhe lassen. Da ging sie – und sah ganz verschreckt aus. Doch ich erkannte die Erleichterung, die in ihrem Blick lag.

Als meine Schwägerin hereinkam, um die Vorhänge zuzuziehen, sagte ich: »Teresa, es ist aus. Jennifer ist gegangen – für immer. Sie kommt doch hoffentlich nicht wieder, oder?«

»Nein, sie kommt nicht mehr«, sagte Teresa auf ihre ruhige, gelassene Art.

»Teresa, was meinst du? Sehe ich durch meine Krankheit alles in einem falschen Licht?«

Teresa wußte, was ich damit sagen wollte. Sie äußerte, daß man mit einer Krankheit wie der meinen eher dazu neigte, die Dinge so zu sehen, wie sie wirklich lagen.

»Willst du damit sagen, daß ich Jennifer erst jetzt so sehe, wie sie wirklich ist?«

Teresa erwiderte, ganz so habe sie das nicht gemeint. Ich sei wahrscheinlich auch jetzt noch nicht in der Lage zu erkennen, wie Jennifer wirklich ist. Doch ich wisse jetzt genau, wie Jennifer auf mich wirke, wenn man einmal davon absah, daß ich in sie verliebt gewesen sei.

Ich wollte von ihr wissen, was sie von Jennifer hielt.

Sie erklärte, sie habe Jennifer schon immer für nett und attraktiv gehalten. Sie finde sie nur nicht die Spur interessant.

»Teresa, glaubst du, daß sie sehr unglücklich ist?« fragte ich selbstquälerisch.

»Ja, Hugh, davon bin ich überzeugt.«

»Meinetwegen?«

»Nein, um ihretwillen.«

Ich sagte: »Sie glaubt, sie sei an meinem Unfall schuld. Sie behauptet immer wieder, das alles wäre nicht geschehen, wenn ich nicht auf dem Weg zu *ihr* gewesen wäre. Ach, ist das alles fatal.«

»Ja, das ist es.«

»Ich will nicht, daß sie sich so etwas einredet. Ich will nicht, daß sie sich Vorwürfe macht. Sie soll sich nicht quälen, Teresa.«

»Aber Hugh, ich bitte dich«, beschwichtigte mich Teresa. »Etwas mußt du ihr schon lassen.«

»Was soll denn das nun wieder heißen?«

»Sie leidet gern, sonnt sich in der Misere. Ist dir das noch nicht aufgefallen?«

Die eiskalte Logik der Gedankengänge meiner Schwägerin beunruhigt mich immer wieder und bringt mich aus dem Konzept.

Ich hielt ihr vor, es sei unmenschlich und gemein, so etwas zu behaupten.

Teresa stritt das gar nicht ab, fügte aber hinzu, sie habe gedacht, das sei jetzt sowieso egal.

»Du brauchst dir doch jetzt nichts mehr vorzumachen. Jennifer hat schon immer gerne dagesessen und in dem Gefühl geschwelgt, daß immer alles schiefgeht. Sie grübelt ständig darüber nach und regt sich dabei furchtbar auf. Aber wenn es ihr Spaß macht, so zu leben, laß sie doch.« Nach einer Weile fügte sie hinzu: »Weißt du, Hugh, man kann mit einem Menschen doch nur Mitleid haben, wenn Selbstmitleid im Spiel ist. Ein Mensch muß sich selber bemitleiden, bevor er einem anderen leidtut. Dein Mitleid war immer deine schwache Seite. Es hindert dich daran, die Dinge im richtigen Licht zu sehen.«

In diesem Augenblick fand ich eine gewisse Befriedigung darin, Teresa an den Kopf zu werfen, sie sei ein widerliches Weib. Das gab sie unumwunden zu.

»Du hast niemals Mitleid mit irgendeinem Menschen.«

»O doch. Irgendwie tut mir Jennifer leid.«

»Und was ist mit mir?«

»Ich weiß nicht, Hugh.«

Ich fragte sie voller Sarkasmus.

»Es macht wohl keinen Eindruck auf dich, daß ich ein Invalide, ein Wrack bin, für das sich das Leben nicht mehr lohnt?«

»Ich weiß nicht, ob ich Mitleid mit dir habe oder nicht. Durch den Unfall fängt für dich ein völlig neues Leben an. Du wirst jetzt alles aus einem ganz anderen Blickwinkel sehen. Vielleicht ist das ganz interessant.«

Ich hielt Teresa vor, sie sei ein Unmensch. Sie sah mich lächelnd an und ging.

Sie hatte mir sehr geholfen.

3. Kapitel

Bald darauf zogen wir nach St. Loo in Cornwall.

Teresa hatte ein Haus von einer Großtante geerbt. Der Arzt bestand darauf, daß ich aus London herauskam. Mein Bruder Robert ist Maler. Er malt Landschaftsbilder. Die meisten Leute finden, er sieht alles ganz verfremdet. Wie die meisten Künstler hatte er den Kriegsdienst in der Landwirtschaft abgeleistet. So regelte sich alles bestens.

Teresa fuhr aufs Land und richtete das Haus her. Ich mußte eine ganze Reihe von Formularen ausfüllen, dann brachte mich ein Krankenwagen hin.

»Wie ist denn das Leben hier?« fragte ich Teresa am Morgen nach meiner Ankunft.

Teresa war gut informiert. So konnte sie mir sagen, was sich hier so tat. Sie erklärte mir, daß es drei in sich geschlossene Welten gab, drei Lebensbereiche. Da war zunächst einmal das alte Fischerdorf am Hafen, bestehend aus hohen Häusern mit Schieferdächern. Alle Bekanntmachungen waren nicht nur englisch, sondern auch flämisch und französisch abgefaßt. Hinter dem Fischerdorf erstreckten sich am Meer entlang die Touristenhochburg und die Wohnviertel der Reichen. Riesige Luxushotels, tausende kleiner Bungalows und eine Unmenge kleiner Pensionen. Im Sommer ging es hier sehr rege und geschäftig zu, im Winter blieb es ruhig.

Drittens gab es noch das Schloß St. Loo, über das eine alte Witwe von Stande herrschte, Lady St. Loo. Sie war der Mittelpunkt einer völlig anderen Lebensart. Ihr Einfluß erstreckte sich über die gewundenen Wege bis zu Häusern, die versteckt in irgendwelchen Tälern neben Kirchen lagen, die die alte Welt verkörperten. »Die vornehme Gesellschaft einer Grafschaft«, erklärte mir Teresa.

»Zu welchem dieser drei Lebensbereiche gehören wir denn nun?« wollte ich von ihr wissen.

»Zur vornehmen Gesellschaft«, bekam ich zu hören. Polnorth House, unser neues Heim, habe ihrer Großtante Miß Amy Tregellis gehört. Sie, Teresa, habe es geerbt und nicht gekauft. Dadurch würden wir zu Mitgliedern der gehobenen Klasse.

»Auch Robert?« fragte ich. »Obwohl er Maler ist?«

Daran würde die feine Gesellschaft ganz schön zu schlucken haben, gab Teresa zu. In der Sommersaison wimmle es in St. Loo nur so von Malern.

»Aber er ist mein Mann«, erklärte Teresa großspurig. »Außerdem war seine Mutter eine Bolduro aus Bodmin.«

Ich forderte Teresa auf, uns zu verraten, was wir in dem neuen Heim tun sollten – oder besser gesagt, was sie zu tun gedachte. Meine Rolle stand ja fest. Ich mußte mich darauf beschränken, Zuschauer zu sein.

Teresa erklärte, sie wolle an allen hiesigen Aktivitäten teilhaben.

»Und worin bestehen die?«

Teresa äußerte die Vermutung, es ginge wohl vor allem um Politik und Gartenbau. Die Frauenverbände sprächen sicherlich ein Wörtchen mit. Sicher würden so manche Veranstaltungen einem guten Zweck dienen, so zum Beispiel den heimgekehrten Kriegsteilnehmern.

»Aber die Politik spielt wohl die größte Rolle«, meinte sie. »Die Wahlen stehen unmittelbar bevor.«

»Hast du dich denn je politisch engagiert, Teresa?«

»Nein. Ich hielt das bisher immer für völlig überflüssig. Ich habe mich darauf beschränkt, den Kandidaten zu wählen, der voraussichtlich am wenigsten Schaden anrichten würde.«

»Ein bewundernswerter Standpunkt.«

Sie wollte sich alle Mühe geben, die Politik nun endlich einmal ernst zu nehmen, gelobte Teresa. Sie werde es natürlich mit den Konservativen halten müssen. Der Besitzerin von Polnorth House bliebe keine andere Wahl. Die verstorbene Miß Tregellis würde sich im Grabe umdrehen, wenn die Nichte, der sie ihr Hab und Gut vermacht hatte, die Labour Party wählen wollte.

»Wenn du nun aber die Labour Party für die bessere hältst?«

»Davon kann keine Rede sein«, entgegnete Teresa. »Ich glaube, da gibt es keinen großen Unterschied.«

»Ein fairer Standpunkt«, meinte ich.

Zwei Wochen nach unserem Einzug stattete uns Lady St. Loo einen Besuch in Polnorth House ab.

Sie erschien in Begleitung ihrer Schwester Lady Tressilian, ihrer Schwägerin Mrs. Bigham Charteris und ihrer Enkelin Isabella.

Kaum waren sie gegangen, da sagte ich hingerissen zu Teresa: »Ich muß wohl träumen. So was gibts doch gar nicht mehr.«

Sie paßten so gut in das Schloß von St. Loo. Gestalten wie aus einem Märchen. Drei Hexen und eine wunderschöne Jungfrau.

Adelaide St. Loo war die Witwe des siebenten Barons. Ihr Mann war im Burenkrieg gefallen, ihre beiden Söhne im 1. Weltkrieg. Sie hatten beide keine Söhne hinterlassen, doch der jüngere eine Tochter – Isabella. Isabellas Mutter war bei der Geburt des Kindes gestorben. Der Titel ging auf einen Vetter über, der zu der Zeit in Neuseeland lebte. Der neunte Lord von St. Loo vermietete das Schloß nur allzugern an die alte, adelige Witwe. Isabella wuchs wohlbehütet von Großmutter und zwei Großtanten in diesem Schloß auf. Lady St. Loos verwitwete Schwester Lady Tressillian und ihre verwitwete Schwägerin Mrs. Bigham Charteris zogen zu ihr. Sie teilten sich die Kosten und ermöglichten es Isabella damit, in ihrem rechtmäßigen Heim aufzuwachsen. Zumindest sahen sie es so. Die drei alten Damen waren alle über siebzig und sahen wie drei schwarze Krähen aus. Lady St. Loo hatte ein breitflächiges, knochiges Gesicht mit einer Adlernase und einer hohen Stirn. Lady Tressilian war ziemlich gedrungen. Sie hatte ein großes rundes Gesicht mit kleinen Glitzeräuglein. Mrs. Bigham Charteris war hager und wettergegerbt. Bei ihrem Anblick fühlte man sich um Jahrhunderte zurückversetzt. Sie trugen vernachlässigten, aber zweifellos echten Schmuck – an den unmöglichsten Stellen festgesteckt. Spärlich verteilt, zumeist in Form von Halbmonden bzw. Mondsicheln, Hufeisen oder Sternen.

Soviel zu den drei alten Damen aus dem Schloß St. Loo. In ihrer Begleitung befand sich Isabella – ein ansehnliches Exemplar einer verzauberten Jungfrau. Sie war groß und schlank, hatte ein langes schmales Gesicht mit hoher Stirn und glattes aschblondes Haar. Man hätte sie für eine Gestalt aus einem ganz frühen Kirchenfenster halten können. Man konnte sie eigentlich nicht als hübsch bezeichnen, nicht einmal als attraktiv, aber sie hatte etwas an sich, das sie fast schön erscheinen ließ. Doch es war die Schönheit einer längst vergangenen Epoche. Dem modernen Schönheitsideal entsprach sie ganz gewiß nicht. Sie wirkte nicht lebendig, kam mir farblos vor. Auch wiesen ihre Züge nicht die kleinste Unregelmäßigkeit auf. Ihre Schönheit rührte eher von dem schönen Körperbau her. Sie erinnerte an Frauengestalten aus dem Mittelalter – streng und asketisch. Sie hatte beileibe kein nichtssagendes Gesicht. Adel sprach aus ihren Zügen.

Nachdem ich Teresa gegenüber geäußert hatte, daß mir die drei alten Damen unwirklich erschienen, fügte ich hinzu, daß auch das Mädchen aus einer anderen Welt zu kommen schien.

»Du meinst wohl die Prinzessin, die in der Schloßruine gefangengehalten wird?« fragte mich Teresa.

»Ja, genau. Es hätte mich nicht gewundert, wenn sie auf einem schneeweißen Streitroß hierhergeritten wäre, anstatt in einem alten Daimler vorzufahren.« Verwundert fügte ich hinzu: »Ich möchte wissen, was in ihr vorgeht.«

Während dieses offiziellen Anstandsbesuchs hatte Isabella kaum etwas gesagt. Sie hatte kerzengerade dagesessen. Ihr liebenswürdiges Lächeln hatte nicht darüber hinwegtäuschen können, daß ihre Gedanken ganz woanders weilten. Richtete jemand eine Frage an sie, so antwortete sie höflich, doch sie brauchte sich nicht groß an der Unterhaltung zu beteiligen, da ihre Großmutter und ihre Tanten das Gespräch mehr oder weniger allein bestritten. Ich fragte mich, ob sie wohl gern gekommen war, ob sie neugierig war auf uns Neuankömmlinge in St. Loo – oder ob der Besuch für sie nur eine Pflichtübung war, der sie sich schlecht entziehen konnte. Ich dachte bei mir, daß sie ein ziemlich eintöniges Leben führen mußte.

Neugierig erkundigte ich mich: »Ist ihr im Krieg keine Aufgabe übertragen worden? Hat sie während des ganzen Krieges nur zu Hause herumgesessen?«

»Sie ist doch erst neunzehn. Sie ist für das Rote Kreuz gefahren, seit sie aus der Schule ist.«

»Schule?« Ich staunte nicht schlecht. »Soll das vielleicht heißen, daß sie eine öffentliche Schule besucht hat? War sie in einem Internat?«

»Ja. In St. Ninian.«

Das wunderte mich erst recht, denn St. Ninian ist ein teures, fortschrittliches Institut. Natürlich hat es sich die Koedukation nicht zum Prinzip gemacht und neigt kaum zu Verrücktheiten, doch das Institut ist stolz auf seine moderne Weltanschauung. Von einem modischen Institut, wo man den letzten Schliff erhält, kann bei St. Ninian wirklich keine Rede sein.

»Wundert dich das etwa?« fragte mich Teresa.

»Und ob mich das wundert«, meinte ich zögernd. »Das Mädchen macht doch den Eindruck, als sei es nie von zu Hause fortgewesen, daß es in einer total verstaubten, mittelalterlichen Umgebung aufgewachsen ist, die mit dem zwanzigsten Jahrhundert nichts zu tun hat.«

Teresa nickte nachdenklich. »Ja«, meinte sie. »Ich weiß schon, was du meinst.«

An dieser Stelle mischte sich mein Bruder Robert ein. »Das zeigt doch lediglich, daß von der gesamten Umwelt nur das Zuhause einen Menschen prägt, das und die Erbanlagen«, konstatierte er.

»Trotzdem wüßte ich gern, woran sie so denkt«, sagte ich. Das Mädchen machte mich neugierig.

»Vielleicht denkt sie überhaupt nicht«, ließ Teresa verlauten.

Der Gedanke brachte mich zum Lachen. Diese Bohnenstange von einem Mädchen ließ mich nicht mehr los.

Zu dieser Zeit kam mir meine eigene Lage so richtig zu Bewußtsein. Ich quälte mich furchtbar damit. Ich war immer gesund und sportlich gewesen. Von Krankheiten oder Invalidität hatte ich nie etwas wissen wollen. Ich war zwar durchaus fähig gewesen, Mitleid zu empfinden, doch ich fühlte mich auch immer leise abgestoßen, wenn es um irgendwelche Krankheiten oder Gebrechen ging.

Jetzt war *ich* ein Krüppel, der in anderen Mitleid und Widerwillen erregte. Ein Invalide, der mit deformierten und verdrehten Gliedern auf einer Couch herumlag – unter einer Decke.

Überempfindlich lag ich auf der Lauer und wartete mit eingezogenem Kopf, wie die Menschen wohl auf meinen Zustand reagieren würden. Ich zuckte bei jeder Begegnung zusammen, ganz gleich wie die Menschen sich auch verhielten. Freundliche, mitleidige Blicke empfand ich als besonders fürchterlich. Genauso schrecklich war es mir, wenn jemand taktvoll tat, als sei ich ein ganz normaler Mensch, als sei dem Besucher gar nichts an mir aufgefallen. Ohne Teresas eisernen Willen hätte ich mich eingeschlossen und mich geweigert, in Erscheinung zu treten, wenn sich Besuch ankündigte. Doch wenn sich Teresa etwas in den Kopf gesetzt hat, ist es schwer, sie davon abzubringen. Sie wollte um jeden Preis verhindern, daß ich mich abkapselte und zum Eremiten wurde. Ohne daß sie darüber sprach, gab sie mir zu verstehen, daß ich nur die Aufmerksamkeit auf mich lenken würde, wenn ich mich allem verschloß und mich geheimnisumwittert gab. Ich wußte, was sie damit bezweckte und reagierte entsprechend. Wildentschlossen setzte ich alles daran, ihr zu beweisen, daß ich mit allem fertig wurde – was auch auf mich zukam! Seien es Mitleid, das ›taktvolle‹ Übersehen meines desolaten Zustands oder die aufgesetzte Liebenswürdigkeit dem Invaliden gegenüber, das absichtliche Vermeiden jeglichen Hinweises auf Unfälle oder Krankheiten – oder wenn ein Besucher tat, als sei ich ein Mensch wie alle anderen Menschen. All das ertrug ich mit undurchdringlicher Miene.

Es war mir nicht besonders peinlich, wie die alten Damen auf meinen Zustand reagierten. Lady St. Loo vermied es taktvoll, die Sprache darauf zu bringen. Lady Tressilian war eine mütterliche Frau. Sie konnte nicht umhin, mich ihres mütterlichen Mitgefühls zu versichern, zwar nicht mit Worten, aber sie strömte es einfach aus. Sie hatte sich im Gespräch auf die neuesten Bücher versteift. Ziemlich durchsichtig. Sie wollte von mir wissen, ob ich vielleicht Bücher rezensierte. Mrs. Bigham Charteris war nicht so sensibel. Daß sie meinen Zustand wahrnahm, merkte ich daran, daß sie genau auf ihre Worte achtete, wenn es um die Jagd oder bestimmte Sportarten ging. (Der arme Teufel, über die Jagd oder die Beagles sprechen wir wohl besser gar nicht erst.)

Nur Isabella, dieses junge Mädchen, benahm sich ganz normal. Ich konnte über ihre Natürlichkeit nur staunen. Sie hatte mich ganz ruhig angesehen, ohne den Blick gleich wieder abzuwenden. Sie hatte mich angeblickt, als wolle sie mich genau wie die anderen Anwesenden und die Möbel in dem Zimmer ganz einfach registrieren. *Ein Mann. Alter: über dreißig. Invalide...* Ein Gegenstand aus einem Katalog, in dem lauter Dinge aufgelistet sind, die nichts mit ihr zu tun hatten.

Als sie mich betrachtet hatte, wanderte ihr Blick zu dem Konzertflügel und dann zu Roberts und Teresas Tang-Pferd, das auf einem eigenen Tisch stand. Das Pferd aus der Tang-Zeit schien Interesse in ihr zu wecken. Sie fragte mich danach. Ich beantwortete ihre Fragen.

»Gefällt es Ihnen?« erkundigte ich mich.

Sie überlegte eine Weile, bevor sie antwortete. Dann sagte sie ein einziges Wort: »Ja.« Sie verlieh diesem einsilbigen Wort ein Gewicht, als sei es für sie von größter Bedeutung.

Ich fragte mich, ob sie nicht vielleicht ein wenig dümmlich sei.

»Mögen Sie Pferde?« wollte ich von ihr wissen.

Sie sagte, sie habe noch nie zuvor ein Pferd gesehen.

»Ich meine lebendige Pferde«, erklärte ich ihr.

»Ach so. Ja, ich mag Pferde. Aber ich kann es mir nicht leisten, auf die Jagd zu gehen.«

»Täten Sie das gern?«

»Eigentlich nicht besonders. Das Land ringsum ist dafür nicht so gut geeignet.«

Ich fragte Isabella, ob sie segle. Das bejahte sie. Dann verwikkelte mich Lady Tressilian in ein Gespräch über Bücher. Isabella hüllte sich in Schweigen. Mir fiel auf, daß sie sich auf eine Kunst sehr gut verstand: die Kunst des Ausruhens. Sie verstand es stillzusitzen. Sie rauchte nicht, schlug die Beine nicht übereinander und baumelte nicht mit den Beinen. Sie fuhrwerkte nicht rastlos mit den Händen herum und strich sich auch das Haar nicht glatt. Sie saß mit den Händen auf dem Schoß kerzengerade und unbeweglich in dem hohen Lehnsessel. Sie hatte auffallend lange schmale Hände. Sie war so unbeweglich wie das Tang-Pferd – das Pferd auf seinem Tisch und sie in ihrem Sessel. Sie haben etliches gemeinsam, ging es mir durch den Kopf. Beide sind sehr dekorativ, völlig unbeweglich, beide gehören einer längst vergangenen Zeit an...

Ich mußte lachen, als Teresa die Vermutung äußerte, daß sich Isabella vielleicht gar keine Gedanken machte, doch später kam mir der Gedanke, daß es sich womöglich wirklich so verhielt. Tiere denken nicht. Ihr Denkvermögen setzt aus. Sie verhalten sich passiv, bis sie ein eine Notlage geraten, mit der sie fertigwerden müssen. Das Denken (im spekulativen Sinn des Wortes) ist eigentlich ein hochgradig künstlicher Vorgang, den wir uns unter großen Mühen selbsttätig eingetrichtert haben. Wir zerbrechen uns den Kopf über irgend etwas, das wir am Vortag getan haben, überlegen krampfhaft, was wir heute machen sollen und was der morgige Tag wohl bringen wird. Aber gestern, heute und morgen führen ein Eigenleben, das mit unseren Mutmaßungen nicht unbedingt etwas gemein hat. Der gestrige Tag gehört der Vergangenheit an, der morgige Tag wird kommen. Wir könnten nichts dagegen tun, auch wenn wir das wollten.

Teresas Prognosen im Hinblick auf unser Leben in St. Loo waren bemerkenswert. Sie erwiesen sich als völlig richtig. Wir steckten sofort bis zum Hals in der Politik. Polnorth House war groß und weitläufig. Da die Einkünfte von Miß Amy Tregellis durch die Besteuerung beträchtlich geschmälert wurden, hatte sie einen Flügel des Hauses hergegeben und darin gesondert eine Küche eingerichtet. Ursprünglich war das zugunsten der Evakuierten aus den zerbombten Gebieten geschehen. Aber die Evakuierten, die mitten im Winter aus London eintrafen, hatten Polnorth House als grauenhaft empfunden und sich dort nicht eingelebt. In St. Loo mit seinen Bungalows und Läden hätten sie es sicher ausgehalten. Aber fast zwei Kilometer von dem Ort entfernt – ausgeschlossen!« Diese gräßliche gewundene Straße entlang – und dieser Matsch, ihr würdet es nicht glauben – noch dazu völlig unbeleuchtet. Jederzeit kann jemand aus dem Buschwerk springen und einen überfallen. Und das Gemüse kommt verdreckt und verkrustet direkt aus dem Garten, zuviel Grünzeug. Die Milch kommt direkt von der Kuh. Manchmal ist sie noch ganz warm. Ekelerregend! Büchsenmilch kriegt man da nicht zu sehen!« Solche und ähnliche Dinge ließen die Evakuierten verlauten. Das Leben auf dem Lande ging einfach über ihre Kraft. Mrs. Price und Mrs. Hardy samt ihrer Brut hatten sich in Polnorth House nicht wohlgefühlt. Sie machten sich im Morgengrauen heimlich auf den Weg zurück in das zerbombte London. Zogen es vor, sich samt ihren Kindern den Gefahren der Großstadt wieder auszusetzen. Es waren nette Frauen. Sie ließen alles blitzsauber zurück. Bevor sie gingen, legten sie noch einen Zettel auf den Tisch.

›Miß, wir danken Ihnen für Ihre Freundlichkeit. Wir wissen, daß Sie alles getan haben, was in Ihrer Macht stand. Aber es ist einfach zu schrecklich auf dem Lande, wo die Kinder durch den Matsch zur Schule stiefeln müssen. Wir danken Ihnen trotzdem. Ich hoffe, wir haben alles so hinterlassen, wie es sich gehört.‹

Der für die Einquartierung zuständige Beamte machte erst gar nicht den Versuch, noch einmal jemanden in Polnorth House unterzubringen. Er wußte, daß das zwecklos war. Nach einer Weile vermietete Miß Tregellis den stillgelegten Flügel an Captain Carslake, einen Repräsentanten der Konservativen, der als Luftschutzwart und in der Heimatwehr mehr als genug zu tun hatte.

Robert und Teresa hatten nichts dagegen einzuwenden, daß die Carslakes weiterhin zur Miete wohnen blieben. Vielleicht hätten sie sie auch gar nicht hinaussetzen können. Das bedeutete jedoch, daß sich ein Großteil der Aktivitäten vor der Wahl in und um Polnorth House herum abspielten sowie im Büro der Konservativen in der High Street von St. Loo.

Wie Teresa ganz richtig vorausgesagt hatte, wurde sie bald mit in den Strudel gezogen. Sie spielte den Chauffeur, fuhr überall herum, verteilte Flugblätter und ging sogar auf Stimmenfang. In welche Richtung St. Loo politisch gesehen tendierte, ließ sich nicht mehr eindeutig definieren. Als eleganter Badeort, oberhalb des Fischerdorfs gelegen und ringsum landwirtschaftlich genutzt, hatte es natürlich immer wieder einen Konservativen gestellt. Auch die Landbevölkerung ringsum rechnete sich ausschließlich zu den Konservativen. Doch in den vergangenen fünfzehn Jahren hatte sich in St. Loo allerhand geändert. Es war zu einem beliebten Touristenziel geworden. In der Sommersaison waren die kleinen Pensionen alle ausgebucht. An der Steilküste entlang erstreckte sich inzwischen eine große Künstlerkolonie. Die Häuschen hatten sich wie eine Seuche ausgebreitet. Die Leute, aus denen sich die Bevölkerung derzeit zusammensetzte, waren ernsthafte, künstlerisch begabte, kultivierte Leute. Politisch gesehen eher rosa, wenn nicht gar rot.

Nachdem Sir George Borrodaile nach seinem zweiten Schlaganfall mit neunundsechzig Jahren in den Ruhestand getreten war, hatte 1943 eine Nachwahl stattgefunden. Zum Entsetzen der alteingesessenen Bewohner von St. Loo wurde zum erstenmal in der Geschichte ein Labourabgeordneter in das Parlament gewählt.

»Allerdings kann ich nicht behaupten, daß wir das nicht heraufbeschworen haben«, erklärte Captain Carslake, als er Teresa und mich in die politische Entwicklung des Ortes einführte, wobei er ständig auf den Fußsohlen vor- und zurückschaukelte.

Carslake war ein hagerer, dunkelhaariger kleiner Mann. Er hatte etwas Pferdeartiges an sich. Vielleicht kam das daher, daß er Pferde liebte. Er war 1918 bei seinem Eintritt in das Army Service Corps Captain geworden. Politisch war er sehr versiert. Er verstand sein Fach.

Sie müssen wissen, daß ich ein blutiger Anfänger bin, was die Politik angeht. Der entsprechende Jargon ist mir völlig fremd. Wenn ich von den Wahlen in St. Loo berichte, so stimmt wahrscheinlich manches nicht. Mit der Wirklichkeit hat meine Berichterstattung wahrscheinlich genausoviel zu tun wie die von Robert gemalten Bäume mit dem Baum, den er gerade naturgetreu abzumalen glaubt. Die echten Bäume sind wirklich Bäume mit einem Baumstamm mit Rinde, mit Ästen, Zweigen und Blättern, mit Bucheckern oder auch Kastanien. Roberts Bäume dagegen sind dick aufgetragene Kleckse von Ölfarbe, die er in einer ganz bestimmten Anordnung in den erstaunlichsten Farben irgendwo auf die Leinwand plaziert. Roberts Bäume haben mit den echten Bäumen nichts zu tun. Ich behaupte, daß man in Roberts Bäumen keine Bäume mehr erkennt. Ebensogut könnte es sich um Teller mit Spinat oder um Gaswerke handeln. Aber so stellt sich Robert Bäume vor. Ich berichte über die politischen Aktivitäten in St. Loo, wie sie sich mir darstellen. Das ist meine ureigene Version des Wahlkampfs. Ein Politiker würde das gar nicht erkennen. Ich halte es durchaus für möglich, daß ich das alles nicht ganz richtig sehe, soweit es die Politik betrifft. Aber diese Wahl stellt sich mir ja nur als unerheblicher verwirrender Hintergrund, als Kulisse dar, in der ein höchst lebendiger Mensch eine entscheidende Rolle spielt – John Gabriel.

4. Kapitel

Der Name John Gabriel fiel erstmalig an dem Abend, an dem Carslake Teresa klarmachte, daß das Ergebnis der Nachwahl in seinen Augen gar kein Wunder sei.

Sir James Bradwell aus Torington Park hatte für die Konservativen kandidiert. Er war in dem Bezirk ansässig, ziemlich wohlhabend, ein waschechter Tory, ein Konservativer mit Prinzipien. Ein aufrechter geradliniger Mensch. Er war damals zweiundsechzig Jahre alt. Von geistiger Beweglichkeit oder schnellem Reaktionsvermögen konnte bei ihm keine Rede sein. Er hatte große Mühe, vor Publikum zu sprechen. Wenn man ihm Fangfragen stellte, war er völlig hilflos.

»Auf der Rednertribüne bot er einen beklagenswerten Anblick«, sagte Carslake. »Ein wahres Bild des Jammers. Er räusperte sich ständig, stieß äh und hm hervor und wußte einfach nichts zu sagen. Wir haben ihm die Reden selbstverständlich aufgesetzt, und zu wichtigen Wahlveranstaltungen haben wir natürlich immer einen guten Redner geschickt. Vor zehn Jahren hätte er das Rennen noch gemacht. Ein ehrlicher alter Bursche, hier aus der Gegend, ganz loyal – und ein perfekter Gentleman. Aber heutzutage reicht das nicht mehr aus!«

»Heutzutage verlangen die Leute auch ein bißchen Grips«, mutmaßte ich.

Vom Verstand schien Carslake nicht sehr viel zu halten.

»Sie wollen einen Burschen, der auf Draht ist, ganz gerissen – der auf alles eine Antwort weiß und der die Leute leicht zum Lachen bringen kann. Natürlich muß es jemand sein, der ihnen den Himmel auf Erden verspricht. Ein altmodischer Mensch wie Bradwell ist viel zu gewissenhaft, um den Leuten Versprechungen zu machen, die er dann nicht halten kann. Er würde nie behaupten, jeder kriegt ein eigenes Haus, der Krieg endet schon morgen und jede Frau darf sich auf Zentralheizung und eine eigene Waschmaschine freuen.

Das Pendel schwang nach der anderen Seite«, fuhr er fort. »Wir haben uns schon viel zu lange gehalten. Ein Umschwung schien angezeigt. Wilbraham, der Gegenkandidat, war ein kompetenter Lehrer, im Krieg verwundet und aus der Armee ausgeschieden. Er machte allen den Mund wässrig mit Versprechungen im Hinblick auf die heimgekehrten Kriegsteilnehmer. Er machte auch einen großen Wirbel um die Naturalisierung und das Gesundheitswesen. Er verstand es, an den Mann zu bringen, was er sagen wollte. Bekam eine Mehrheit von über zweitausend Stimmen. Das erstemal, daß so was in St. Loo passierte. Hat uns alle ganz schön mitgenommen, das kann ich Ihnen sagen. Diesmal müssen wir besser abschneiden. Wir müssen Wilbraham überflügeln.«

»Ist er eigentlich beliebt?«

»Na ja, es geht. Mit Geld ist er hier nicht sehr großzügig, aber er ist sehr gewissenhaft und ein liebenswürdiger Mensch. Wird nicht leicht sein, gegen ihn anzutreten. Wir müssen uns gewaltig anstrengen, und zwar überall.«

»Sie glauben also nicht, daß die Labour Party eine Chance hat?«

Vor der Wahl im Jahre 1945 hielten wir das für völlig ausgeschlossen.

Carslake meinte, die Labour Party habe keine Chance, das Land stände wie ein Mann hinter Churchill.

»Aber wir erreichen sicher nicht eine solche Mehrheit. Es kommt natürlich darauf an, wie viele die Liberalen wählen. Mrs. Norreys, unter uns gesagt, ich würde mich nicht wundern, wenn die Liberalen einen starken Stimmzuwachs zu verzeichnen hätten.«

Ich sah Teresa von der Seite an. Sie gab sich alle Mühe auszusehen, als läge ihr viel an der Politik.

»Sie werden uns sicher eine große Hilfe sein«, sagte Carslake herzlich.

Teresa murmelte: »Ich fürchte, ich verstehe nicht allzuviel von Politik. Ich habe mich nie näher damit befaßt.«

»Wir müssen alle tüchtig arbeiten«, meinte Carslake aufmunternd.

Er sah mich forschend an. Ich erbot mich auf der Stelle, Umschläge zu adressieren.

»Meine Arme kann ich benutzen. Die funktionieren noch«, erklärte ich.

Er geriet in tödliche Verlegenheit und fing wieder an, auf den Fußsohlen auf- und abzuwippen.

»Prächtig«, murmelte er. »Großartig. Wo haben Sie sich Ihre Verwundung zugezogen? In Nordafrika?«

Ich erzählte ihm, es sei in der Harrow Road passiert. Das gab ihm den Rest. Es war ihm so peinlich, daß er mir schon fast leid tat.

Er wandte sich an Teresa, als griffe er nach dem rettenden Strohhalm.

»Ob uns Ihr Mann wohl auch hilft?« fragte er.

Teresa schüttelte den Kopf.

»Ich fürchte nein«, erklärte sie. »Er ist nämlich Kommunist.«

Carslake hätte kaum entsetzter aussehen können, wenn sie ihm anvertraut hätte, Robert sei eine schwarze Mamba. Er schüttelte sich regelrecht.

»Na ja, er ist Maler, wissen Sie«, fügte Teresa hinzu.

Carslakes Miene hellte sich ein wenig auf. Maler, Schriftsteller und solche Leute, bei denen brauchte man sich über gar nichts mehr zu wundern...

»Verstehe«, sagte er verständnisvoll. »Ja, wenn das so ist...«

»Jetzt bleibt Robert wenigstens verschont«, sagte Teresa hinterher zu mir.

Ich hielt ihr vor, sie sei eine skrupellose Frau.

Als Robert hereinkam, sagte ihm Teresa, welche Parteizugehörigkeit sie ihm angedichtet hatte.

»Aber ich bin nie Mitglied der Kommunistischen Partei gewesen«, setzte er sich vehement zur Wehr. »Die Idee des Kommunismus sagt mir zu, das stimmt. Ich finde die ganze Ideologie sehr gut.«

»Eben«, sagte Teresa. »Genau das habe ich Carslake ja gesagt. Von Zeit zu Zeit lassen wir Karl Marx aufgeschlagen auf der Lehne deines Sessels liegen. Dann bist du sicher, und er wird dich niemals bitten, dich als Wahlhelfer zu betätigen.«

»Das ist ja alles schön und gut, Teresa«, meinte Robert zweifelnd. »Aber was ist, wenn die Gegenseite an mich herantritt?«

»Das tut sie ganz bestimmt nicht«, tröstete ihn Teresa. »Soviel ich weiß, machen die Kommunisten der Labour Party noch mehr Angst als den Tories.«

»Was unser Kandidat wohl für ein Mensch ist?« meinte ich.

Carslake hatte nämlich auf das Thema gar nicht eingehen wollen.

Teresa hatte ihn gefragt, ob Sir James wieder um einen Sitz im Parlament kämpfen würde. Carslake hatte daraufhin den Kopf geschüttelt.

»Nein. Wir werden richtig kämpfen müssen. Ich weiß nicht, wie das ausgeht.« Er wirkte irgendwie gehetzt. »Der neue Kandidat stammt nicht von hier.«

»Wie heißt er denn?«

»Es ist ein Major Gabriel, Träger des Viktoria-Kreuzes.«

»Wann ist ihm das verliehen worden? Im Ersten oder Zweiten Weltkrieg?«

»Im Zweiten. Er ist noch ziemlich jung. Erst vierunddreißig. Hat sich im Krieg glänzend bewährt. Ein richtiger Held. Das Viktoria-Kreuz ist ihm verliehen worden, weil er ›einen kühlen Kopf behalten, sich helfenhaft bewährt und eifrigst seine Pflicht getan hat‹. In der Schlacht von Salerno stand er am Maschinengewehr unter ständigem Feindbeschuß. Von seiner Mannschaft blieb nur ein einziger Soldat am Leben, alle anderen kamen um. Obwohl Gabriel verwundet worden war, hielt er die Stellung ganz allein, bis die Munition verschossen war. Dann schleppte er sich in die Hauptstellung zurück, tötete mehrere Feinde mit Hilfe von Handgranaten und zog den letzten schwerverwundeten Soldaten seiner Mannschaft aus der Gefahrenzone. Er brachte ihn in Sicherheit. Nicht übel, was? Leider macht er äußerlich rein gar nichts her – ist ein kleiner, nichtssagend aussehender Bursche.«

»Wie er sich wohl auf der Rednertribüne machen wird?« fragte ich verwundert.

Da hellte sich Carslakes Miene sichtlich auf.

»Also, da kann er sich sehen lassen. Er ist ungeheuer wendig. Sie wissen, was ich meine. Blitzschnelles Reaktionsvermögen. Bringt die Leute öfter zum Lachen. Natürlich arbeitet er oft mit primitiven Mitteln.« Carslake sah ausgesprochen angewidert aus. Ich erkannte, daß er ein wahrer Konservativer war, der die Langeweile dem aufdringlichen Amüsement vorzog. »Aber das geht den Leuten runter wie Öl. Sie schlucken es bereitwillig.«

»Natürlich kann man bei ihm nicht groß von Herkunft sprechen«, fügte er hinzu.

»Soll das heißen, daß er nicht in Cornwall beheimatet ist?« erkundigte ich mich. »Wo kommt er denn bloß her?«

»Ehrlich gesagt, ich habe keine Ahnung. Eigentlich kommt er nirgendwo her. Sie wissen sicher, was ich damit sagen will. Darüber breiten wir am besten den Schleier des Vergessens. Wir müssen seine militärische Laufbahn in den Vordergrund rükken, seine Heldentaten. Soll er den einfachen Mann verkörpern, den ganz gewöhnlichen Engländer. Natürlich hat er mit unseren bisherigen Kandidaten nicht sehr viel gemein...« Das schien Carslake zu betrüben. »Ich fürchte, Lady St. Loo ist nicht so recht mit ihm einverstanden.«

Teresa riskierte die Frage, ob es denn eine Rolle spiele, ob Lady St. Loo den Kandidaten guthieß oder nicht. Es war offensichtlich, daß ihre Meinung großes Gewicht hatte. Lady St. Loo war Vorsitzende der Conservative Women's Association. Die Conservative Women stellten in St. Loo einen wichtigen Faktor dar. Sie hatten eine Machtposition inne, setzten so manches in Bewegung und hatten großen Einfluß auf die Frauen unter den Wählern. Es sei immer schwierig vorauszusehen, wie die Frauen wählen würden, fügte Carslake hinzu.

Er entspannte sich ein wenig.

»Das ist übrigens einer der Gründe, warum ich im Hinblick auf Major Gabriel ganz zuversichtlich bin«, erklärte er. »Er versteht sich gut auf Frauen.«

»Aber bei Lady St. Loo scheint ihm das nicht viel zu nutzen.«

Lady St. Loo verhalte sich vorbildlich, verriet uns Carslake. Sie gäbe offen zu, daß sie altmodisch sei. Sie befürworte jedoch alles, was die Partei für notwendig erachte.

»Die Zeiten haben sich geändert«, sagte Carslake traurig. »Früher waren die Politiker unbedingt immer Gentleman. Das ist jetzt eine Seltenheit. Dieser Major Gabriel ist weit davon entfernt, ein Gentleman zu sein. Da kann man nichts machen. Aber wenn man schon keinen Gentleman bekommen kann, so ist ein Kriegsheld wahrscheinlich das Zweitbeste.«

Nachdem Carslake gegangen war, sagte ich zu Teresa: »Das war praktisch ein Epigramm.«

Teresa lächelte. Dann sagte sie, dieser Major Gabriel tue ihr entsetzlich leid.

»Was er wohl für ein Mensch ist?« meinte sie. »Vielleicht ein fürchterlicher Kerl.«

»Nein, ich glaube eher, daß er ein sehr netter Mensch ist.«

»Wegen des Viktoria-Kreuzes?«

»Um Himmels willen, nein! Man kann das Viktoria-Kreuz auch verliehen kriegen, wenn man unbekümmert, rücksichtslos oder unverantwortlich gehandelt hat. Sogar dafür, daß man einfach dumm gewesen ist. Weißt du, von dem alten Freddy Elton heißt es immer, er habe sein Viktoria-Kreuz dafür bekommen, daß er zu dämlich war, um zu erkennen, wann es an der Zeit war, den Rückzug anzutreten. So blieb er in seiner vorgeschobenen Stellung. Das nannte sich dann: angesichts fast unüberwindlicher Widrigkeiten die Stellung halten. In Wahrheit hat Freddy einfach nicht gemerkt, daß außer ihm keiner mehr da war.«

»Aber Hugh, das ist doch lächerlich. Wieso bist du der Meinung, daß dieser Gabriel ein netter Mensch sein muß?«

»Schon allein deshalb, weil Carslake ihn nicht mag. Carslake mag nur ausgesprochene Hohlköpfe.«

»Womit du mir zu verstehen geben willst, daß du den armen Captain Carslake unsympathisch findest.«

»Was heißt hier ›armer‹ Carslake? Nimmt sich in seiner Stellung aus wie eine Motte im Teppich. Und in was für einer Stellung!«

»Ist doch auch nicht schlimmer als irgendeine andere Position. Er muß schwer arbeiten.«

»Stimmt. Aber wenn man sein ganzes Leben damit zubringt, sich auszurechnen, wie *das* und *jenes* wirken wird, weiß man schließlich nicht mehr, worum es eigentlich geht.«

»Du meinst, man bewegt sich fern aller Realität?«

»Genau das. Tut das die Politik nicht sowieso im Endeffekt? Die Leute werden nie mit klaren Fakten konfrontiert. Es geht immer nur darum, wie man auf die Leute wirkt, was sie sich bieten lassen und was man ihnen einreden kann.«

»Da siehst du mal, wie recht ich damit habe, daß ich die Politik nicht ernst nehme.«

»Du hast immer recht, Teresa«, sagte ich und warf ihr eine Kußhand zu.

Ich bekam den Kandidaten der Konservativen erst anläßlich der großen Veranstaltung in der Drill Hall zu Gesicht.

Teresa hatte für mich ein ganz modernes Invalidenbett auf

Rädern organisiert. In diesem Bett – oder besser gesagt, auf dieser Couch – konnte ich auf die Terrasse hinausgefahren werden und an einem windgeschützten sonnigen Plätzchen stehen. Als ich beim Gefahrenwerden nicht mehr solche Schmerzen hatte, kam ich mehr heraus. Gelegentlich wurde ich im Rollstuhl nach St. Loo geschoben. Die Veranstaltung in der Drill Hall fand am Nachmittag statt. Teresa hatte es sich in den Kopf gesetzt, daß ich dabeisein sollte. Ich würde mich gut unterhalten, behauptete Teresa. Ich erwiderte darauf, sie habe eine sonderbare Vorstellung von Unterhaltung.

»Du wirst schon sehen, es wird dich ungeheuer amüsieren, wenn du siehst, wie ernst sich alle nehmen«, fügte Teresa hinzu.

»Außerdem trage ich bei der Gelegenheit meinen neuen Hut«, fuhr Teresa fort.

Teresa, die niemals einen Hut trägt, außer wenn sie zu einer Hochzeit geht, hatte extra die Fahrt nach London auf sich genommen, um sich den Hut zu kaufen, der einer konservativen Frau ihrer Meinung nach gut zu Gesicht stand.

»Wie sieht denn ein Hut aus, der zu einer Konservativen paßt?« erkundigte ich mich.

Teresa erklärte es mir ganz genau.

Der Hut muß aus einem erstklassigen Material sein, sagte sie. Er darf weder unmodern noch allzu modisch sein. Er muß gut sitzen und darf die Trägerin nicht leichtfertig erscheinen lassen.

Sie zeigte mir den Hut, den sie erstanden hatte. Er entsprach in allen Punkten dem, was Teresa als idealer Hut vorschwebte.

Teresa setzte sich den Hut auf. Robert und ich applaudierten.

»Teresa, der Hut steht dir verdammt gut«, ließ Robert verlauten. »Du siehst damit ganz ernst und zielbewußt aus.«

Sie werden daher verstehen, daß der Gedanke, Teresa mit dem Hut auf der Tribüne sitzen zu sehen, mich an einem bemerkenswert schönen Sommernachmittag unwiderstehlich zu der Drill Hall zog.

Die Drill Hall war gut besetzt. Lauter wohlhabend wirkende ältere Leute waren da. Alle unter vierzig zogen es anscheinend vor, das Leben am Meer draußen zu genießen. Sehr klug von ihnen, dachte ich bei mir. Ein Pfadfinder schob meine Liege vorsichtig neben die vorderste Reihe, von wo aus ich alles sehr gut überblicken konnte. Ich fragte mich, welchen Sinn solche Veranstaltungen wohl hatten. Alle Anwesenden waren ohnehin ganz fest entschlossen, ihre Stimme den Konservativen zu geben. Die Opposition hielt eine Gegenveranstaltung in der Mädchenschule ab. Vermutlich waren alle Teilnehmer an dieser Veranstaltung ebenso fest entschlossen, ihre Partei zu wählen. Wie wurde die öffentliche Meinung gebildet oder beeinflußt? Durch Lautsprecherwagen, die durch die Straßen fuhren? Oder durch Parteiversammlungen im Freien?

Die schlurfenden Schritte einer kleinen Gruppe von Menschen rissen mich aus meinen Überlegungen. Sie betraten die Tribüne, auf der sich zuvor nur Stühle und ein Tisch mit einem Wasserglas befunden hatten.

Sie flüsterten, gestikulierten und nahmen in der vorgesehenen Reihenfolge Platz. Teresa mit ihrem neuen Hut wurde in die zweite Reihe verbannt, in der die nicht so wichtigen Persönlichkeiten saßen. Der Vorsitzende, mehrere Tattergreise, der Redner aus der Parteizentrale, Lady St. Loo, zwei weitere Frauen und der Kandidat nahmen in der ersten Reihe Platz.

Der Vorsitzende ergriff das Wort. Er sprach mit zittriger, süßlich klingender Stimme. Seine gemurmelten Platitüden waren nur schwer verständlich. Es handelte sich um einen steinalten General, der sich im Burenkrieg Meriten erworben hatte. (Oder war es vielleicht gar der Krimkrieg, fragte ich mich.) Wie auch immer, es mußte schon eine Ewigkeit zurückliegen. Die Welt, von der er murmelte, gab es schon längst nicht mehr, fand ich. Das dünne, honigsüße Gesäusel erstarb. Spontaner begeisterter Beifall umbrandete den Redner – der Applaus, der in England jedem zuteil wird, der die Unbilden der Zeit überstanden hat... In St. Loo kannte jeder den alten General S. Sie hielten ihn für einen feinen alten Mann, einen der alten Schule.

Abschließend stellte General S. den Anwesenden einen Vertreter der neuen Schule vor, den Kandidaten der Konservativen, Major Gabriel, Träger des Viktoria-Kreuzes.

Da seufzte Lady Tressilian tief und herzzerreißend. Sie saß ganz in meiner Nähe. Das hatte ihr vermutlich ihr Mutterinstinkt eingegeben. Sie flüsterte pikiert:

»Was für ein Jammer, daß er so gewöhnliche Beine hat.«

Ich wußte gleich, was sie damit ausdrücken wollte. Doch

hätte man die Frage an mich gerichtet, was ein gewöhnliches oder nicht gewöhnliches Bein ausmachte, ich hätte es um nichts in der Welt erklären können. Gabriel war nicht groß. Ich würde sagen, daß seine Beine an seiner Größe gemessen weder zu kurz noch zu lang waren. Sein Anzug saß sehr gut. Trotzdem waren die Beine, die in den Hosenbeinen steckten, keinesfalls die Beine eines Gentleman. Ob der Knochenbau und die Wohlgeformtheit der unteren Gliedmaßen das Wesen der Vornehmheit ausmachten? Eine Frage für seine politischen Berater.

Gabriels Gesicht sagte nicht unbedingt etwas über seine Herkunft aus. Es war ein häßliches, aber sehr interessantes Gesicht mit wunderschönen Augen. Doch seine Beine verrieten ihn sofort.

Er erhob sich, lächelte sein gewinnendes Lächeln und sprach, wobei ein leichter Cockney-Akzent durchschlug.

Er sprach etwa zwanzig Minuten und er sprach sehr gut. Man dürfte mich nicht fragen, was er sagte. Unter uns gesagt: wahrscheinlich nur das Übliche – mehr oder weniger auf die übliche Art und Weise. Doch der Funke sprang über. Das lag an dem dynamischen Auftreten des Kandidaten. Wenn er sprach, vergaß man völlig, wie er aussah. Man achtete nicht mehr auf seine unangenehme Stimme und seinen Akzent. Er wirkte sehr ernsthaft. Alles, was er sagte, schien ihm ein echtes Anliegen zu sein. Man hatte deutlich das Gefühl: Dieser Bursche hat tatsächlich vor, mit vollem Einsatz an seine Aufgabe heranzugehen. Er machte einen durch und durch aufrichtigen Eindruck.

Man spürte, daß er es *ehrlich* meinte, daß ihm die Probleme, die er anzugehen gedachte, wirklich am Herzen lagen. Die Wohnungsbeschaffung war ihm ein echtes Anliegen, er fühlte mit den jungen Paaren, die keinen eigenen Hausstand gründen konnten und mit den Soldaten, die jahrelang in Übersee gewesen waren und bald heimkehren würden, die Arbeitswelt lag ihm am Herzen. Er sann auf Mittel und Wege, die Arbeitslosigkeit einzudämmen. Er sehnte sich verzweifelt nach Wohlstand im ganzen Land, denn mit dem Wohlstand würde das Glück in jeden Winkel des Landes Einzug halten. Das Wohlergehen der Bevölkerung stand bei ihm an erster Stelle. Hin und wieder machte er ganz plötzlich eine witzige Bemerkung – irgendeinen lächerlichen Scherz, der seine Wirkung nicht verfehlte. Manchmal handelte es sich um uralte Kalauer – Witze, die schon viele kannten. Auf die Leute wirkten sie sympathisch, weil sie ihnen so vertraut waren. Doch Gabriels Witz gab nicht den Ausschlag. Seine Ernsthaftigkeit zählte weit mehr. Wenn der Krieg endlich aus war und Japan auch zur Ruhe kam, würde endlich wieder Frieden herrschen. Dann sei es an der Zeit, die Ärmel aufzukrempeln und sich an die Arbeit zu machen. Wenn sie ihm dabei helfen wollten, würde er sich mit allen Kräften darum bemühen, daß bald alles wieder seine Ordnung hatte...

Das wars auch schon. Eine ganz persönliche Vorstellung, Gabriels ureigener Auftritt. Damit will ich nicht sagen, daß er die Parteiparolen einfach in den Wind schlug, denn das tat er nicht. Er sagte, was man von ihm erwartete, sprach bewundernd und voller Begeisterung von dem Parteiführer, ließ auch das Empire nicht unerwähnt. Er verhielt sich ganz korrekt. Doch er ließ durchblicken, daß es ihm nicht so sehr um die Unterstützung des Kandidaten der Konservativen ging, sondern vielmehr um Major John Gabriel ganz persönlich. Er würde dafür sorgen, daß etwas geschafft, er wollte sich voll und ganz dafür einsetzen, daß bald etwas geschah.

Die Zuhörer mochten ihn auf Anhieb. Sie waren natürlich schon in der Absicht hergekommen, ihn sympathisch zu finden. Sie waren allesamt Tories, doch ich konnte mich des Eindrucks nicht erwehren, daß er ihnen noch besser gefiel, als sie angenommen hatten. Mir kam es vor, als habe er sie aufgerüttelt. Ich sagte mir erfreut: ›Wen wundert es bei der Dynamik dieses Mannes!‹

Die Leute spendeten ihm frenetischen Beifall. Anschließend trat der Sprecher der Parteizentrale an das Rednerpult. Er hielt eine ausgezeichnete Rede. Er sagte genau das Richtige, sorgte für die Pausen an den richtigen Stellen und hatte die Lacher auf seiner Seite, wann immer ihm das angebracht erschien. Ich gebe zu, daß es mir schwerfiel, mich zu konzentrieren. Bald war ich nicht mehr bei der Sache.

Den Abschluß der Veranstaltung bildeten die üblichen Formalitäten.

Als sich alle erhoben und dem Ausgang zuströmten, kam Lady Tressilian zu mir und wich mir nicht mehr von der Seite.

Ich sollte recht behalten. Sie trat als mein Schutzengel auf. Mit ihrer asthmatischen Stimme fragte sie mich atemlos:

»Nun, was halten *Sie* von ihm? Bitte sagen Sie mir, was Sie von ihm halten.«

»Er ist gut«, erklärte ich. »Der Mann ist wirklich ausgezeichnet.«

»Sie ahnen nicht, wie es mich freut, das aus Ihrem Munde zu hören.« Sie seufzte abgrundtief.

Ich begriff nicht, wieso ihr soviel an meiner Meinung lag. Sie gab mir einen kleinen Hinweis, als sie sagte:

»Wissen Sie, ich bin nicht so klug wie Addie oder Maud. Ich habe mich eigentlich nie mit Politik befaßt. Und ich bin ausgesprochen altmodisch. Der Gedanke, daß Parlamentsmitglieder Gehaltsempfänger sind, hat mir nie behagt. Man sollte seinem Land dienen, ohne sich dafür bezahlen zu lassen.«

»Lady Tressilian, nicht alle können es sich leisten, ihrem Land zu dienen, ohne dafür bezahlt zu werden.«

»Das weiß ich. Jedenfallss ist das heute so. Aber ich finde das trotzdem jammerschade. Unsere Gesetzgeber sollten sich aus der Gesellschaftsschicht rekrutieren, die nicht gezwungen ist, für ihren Lebensunterhalt zu arbeiten. Aus den Rängen, denen man kein Gewinnstreben nachsagen kann.«

Am liebsten hätte ich gesagt: ›Meine werte Dame, das ist eine vorsintflutliche Ansicht!‹

Ich fand es hochinteressant, in einen Winkel von England geraten zu sein, in dem das alte Gedankengut noch ganz lebendig war. Die herrschende Klasse. Die Oberschicht. Alle diese verabscheuungswürdigen Begriffe. Aber ganz ehrlich – war nicht doch was dran?

Lady Tressilian fuhr fort.

»Wissen Sie, mein Vater war Parlamentsmitglied. Für Garavissey, dreißig Jahre lang. Das hat ihn sehr viel Zeit gekostet und ihn furchtbar angestrengt, aber er hielt es für seine *Pflicht*.«

Ich sah rein zufällig zur Tribüne hinauf. Major Gabriel unterhielt sich gerade mit Lady St. Loo. Seine Beine wirkten tatsächlich sehr unvorteilhaft. Ob es Major Gabriel für seine Pflicht hielt, Parlamentsmitglied zu werden? Ich hegte starke Zweifel.

»Auf mich hat er einen sehr *aufrichtigen* Eindruck gemacht«, sagte Lady Tressilian, die meinem Blick gefolgt war. »Glauben Sie nicht auch, daß er ganz ehrlich ist?«

»Ja.«

»Und er hat so schöne Worte für unseren guten Mr. Churchill gefunden... Es besteht wohl kein Zweifel daran, daß das Land geschlossen hinter Mr. Churchill steht. Meinen Sie nicht auch?«

Ich war der gleichen Meinung. Oder besser ausgedrückt: Ich neigte zu der Ansicht, daß die Konservativen mit einer kleinen Mehrheit wieder an die Macht kommen würden.

Teresa gesellte sich zu uns, und auch mein Pfadfinder erschien, um mich auf meiner Liege hinauszuschieben.

»Na, wie hat es dir gefallen?« fragte ich Teresa.

»Gut.«

»Und was hältst du von unserem Kandidaten?«

Sie antwortete mir erst, als wir die Halle schon verlassen hatten. Draußen sagte sie: »Ich weiß nicht recht.«

5. Kapitel

Ein paar Tage später lernte ich den Kandidaten kennen, als er kam, um die Wahlkampfstrategie mit Carslake zu besprechen. Carslake brachte ihn auf einen Drink zu uns mit.

Es tauchten einige Fragen im Zusammenhang mit der von Teresa verrichteten kirchlichen Arbeit auf. Teresa ging mit Carslake hinaus, um die Sache zu klären.

Ich entschuldigte mich bei Gabriel dafür, daß ich nicht aufstehen konnte. Ich bat ihn, sich selbst einen Drink zu nehmen. Mir fiel auf, daß er sich ein ordentliches Quantum Alkohol genehmigte.

Er brachte mir meinen Drink und fragte mich:

»Kriegsverletzung?«

»Nein, Harrow Road«, entgegnete ich. Diese Antwort war mir inzwischen schon zur Gewohnheit geworden. Die unterschiedlichen Reaktionen der Leute auf diese unerwartete Antwort bereitete mir eine diebische Freude. Gabriel schien meine Antwort sehr zu amüsieren.

»Tut mir leid, daß ich das sagen muß«, bemerkte er. »Aber Sie lassen sich etwas entgehen.«

»Sie erwarten doch wohl nicht von mir, daß ich den Leuten das Märchen von einer Heldentat auftische.«

Er erklärte mir, ich bräuchte doch gar nichts zu erfinden.

»Sagen Sie doch einfach ›Ich war in Nordafrika‹ – oder in Burma – oder wo immer Sie tatsächlich waren. Waren Sie in Übersee?«

Ich nickte. »In El-Alamein und so weiter.«

»Na sehen Sie, daraus läßt sich doch was machen. Lassen Sie El-Alamein ganz beiläufig ins Gespräch einfließen. Mehr ist gar nicht nötig. Kein Mensch wird Sie nach irgendwelchen Einzelheiten fragen. Alle werden sich einbilden, sie wüßten schon Bescheid.«

»Glauben Sie, daß sich das lohnt?«

»Na ja, im Hinblick auf die Frauen ganz bestimmt«, erklärte Gabriel. »Die sind ganz vernarrt in verwundete Helden.«

»Das weiß ich«, sagte ich mit einem Anflug von Verbitterung.

Er begriff sofort, was in mir vorging.

»Sicher geht Ihnen das manchmal ganz schön an die Nieren. Hier gibt es jede Menge Frauen. Manche sind sehr mütterlich veranlagt.« Er griff nach seinem leeren Glas. »Haben Sie etwas dagegen, wenn ich mir noch einen Drink genehmige?«

Ich forderte ihn auf, sich zu bedienen.

»Ich bin zum Abendessen ins Schloß eingeladen«, sagte er. »Diese alte Füchsin kann einem wirklich Angst einjagen!«

Es hätte ja immerhin sein können, daß wir mit Lady St. Loo aufs engste befreundet waren, doch ich nehme an, er wußte, daß das nicht der Fall war. John Gabriel unterlief nur sehr selten ein Fehler.

»Nur Lady St. Loo?« erkundigte ich mich. »Oder die anderen auch?«

»Die Dicke ist gar nicht so übel. Sie gehört zu der Sorte Frauen, die man schnell dahinkriegen kann, wo man sie haben will. Mrs. Bigham Charteris hat etwas von einem Pferd an sich. Aber diese Lady St. Loo gehört zu den Menschen, die durch einen durchsehen, als sei man Luft für sie. Dieser Frau kann man nichts vormachen.

Was nicht etwa heißen soll, daß ich das versuche«, fügte er hinzu.

»Wissen Sie«, fuhr er nachdenklich fort, »wenn man an einen waschechten Aristokraten gerät, ist man geliefert – dem ist man einfach nicht gewachsen.«

»Ich fürchte, ich weiß nicht, was Sie damit sagen wollen«, wandte ich ein.

John Gabriel lächelte.

»Nun ja, ich stehe eigentlich auf der falschen Seite.«

»Sie meinen, daß Sie im Grunde genommen gar kein Tory sind, was die Politik angeht?«

»Nein, nein – ich will damit nur sagen, daß ich nicht dazugehöre. Ihnen liegt noch immer viel an der alten Schulkrawatte. Sie können nicht dagegen an. Allerdings dürfen sie heutzutage nicht mehr allzu wählerisch sein. Sie sind gezwungen, sich mit Kerlen wie mir abzufinden.« Er fügte gedankenverloren hinzu: »Mein Vater war Klempner – und nicht einmal ein guter.«

Er sah mich augenzwinkernd an. Ich erwiderte den Blick mit einem Grinsen. Schon war ich seinem Charme erlegen.

»Eigentlich gehörte ich auf die Kandidatenliste der Labour Party«, gab er zu.

»Aber Sie halten nicht viel von den Grundsätzen dieser Partei?« mutmaßte ich.

Er erwiderte leichthin: »Ach, ich verkneife mir Überzeugungen und Grundsätze. Für mich ist das nur eine Frage der Zweckmäßigkeit. Ich habe dabei vor allem mein eigenes Interesse im Auge. Ich brauche eine Stellung. Der Krieg liegt nun bald hinter uns, die besten Posten gehen weg wie warme Semmeln. Ich war schon immer der Meinung, daß ich mir als Politiker einen Namen machen kann. Sie können sich darauf verlassen.«

»Deshalb stehen Sie also auf der Seite der Konservativen. Sie ziehen es vor, in der Partei zu sein, die an die Macht kommt.«

»Großer Gott«, sagte er. »Sie glauben doch wohl nicht im Ernst, daß die Tories das Rennen machen?«

Ich versicherte ihm, daß ich selbstverständlich dieser Ansicht sei. Mit einer nicht ganz so großen Mehrheit.

»Unsinn«, behauptete er. »Die Labour Party wird einen überwältigenden Erfolg zu verzeichnen haben. Mit einer großen Mehrheit siegen. Und das Land regelrecht überfluten.«

»Aber wenn Sie davon überzeugt sind, verstehe ich nicht recht –«

Ich verstummte.

»Warum ich mich nicht auf die Seite des Siegers schlage?« Er grinste. »Lieber Mann – eben deshalb habe ich mit der Labour Party nichts im Sinn. Ich will nicht von der Menge mitgerissen werden und einfach mitschwimmen. Mein Platz ist bei der Opposition. Was stellt denn die Tory Partei dar? Genaugenommen doch nichts als eine Horde von unfähigen Wirrköpfen, die höchstens für sich in Anspruch nehmen können, daß sie Gentlemen sind. Hierzu kommen Geschäftsleute, die nichts vom Geschäft verstehen. Ein völlig hoffnungsloses Unterfangen. Sie können nicht einmal eine klare Linie vorweisen. Jeder Mensch, der auch nur die geringsten Fähigkeiten hat, muß da sofort auffallen. Sie werden es ja sehen. Meinem kometenhaften Aufstieg steht nichts und niemand im Weg!«

»Wenn Sie Parlamentsmitglied werden«, wandte ich ein.

»Kein Problem.«

Ich sah ihn verwundert an.

»Sind Sie sich da so sicher?«

Er grinste.

»Wenn ich mich nicht zum Narren mache. Natürlich habe auch ich meine schwachen Punkte.« Er leerte sein Glas. »Damit meine ich vor allem meine Schwäche für Frauen. Ich muß die Finger von den Frauen lassen. Dürfte mir hier nicht schwerfallen. Obwohl ich im ›St. Loo Arms‹ ein nettes kleines Ding gesichtet habe. Ist sie Ihnen auch schon aufgefallen? Nein, natürlich nicht. Wie konnte ich so dumm sein. Entschuldigen Sie bitte.« Ihm fiel wieder ein, daß ich mich nicht mehr rühren konnte und er fügte – anscheinend ganz aufrichtig hinzu: »Was für ein Elend.«

Das war endlich einmal eine Bekundung von Mitgefühl, gegen die ich nichts einzuwenden hatte. Sie klang ganz natürlich.

»Verraten Sie mir eins«, bat ich ihn. »Reden Sie so auch mit Carslake?«

»Mit diesem Dummkopf? Nein, wo denken Sie hin?«

Ich habe mich seitdem immer wieder gefragt, was Gabriel wohl veranlaßt haben mochte, schon am ersten Abend unserer Bekanntschaft so offen mit mir zu sprechen. Ich bin zu dem

Schluß gelangt, daß er sich wohl einsam gefühlt haben muß. Er stand seinen Mann und machte eine glänzende Figur, konnte sich jedoch kaum entspannen. Er muß auch gewußt haben, daß einem verkrüppelten und bewegungsunfähigen Menschen im Endeffekt nur die Rolle des Zuhörers bleibt. Ich sehnte mich nach Zerstreuung. John Gabriel war nur allzugern bereit, mich zu unterhalten, indem er mich einen Blick hinter die Kulissen seines Lebens werfen ließ. Zudem war er von Natur aus frei und offenherzig.

Meine Neugier ließ mir keine Ruhe, und ich fragte ihn, wie sich Lady St. Loo ihm gegenüber verhalten habe.

»Großartig, wirklich großartig«, sagte er. »Aber ihre Blicke sagen alles! Damit kann sie mich wirklich in die Knie zwingen. Man kann sie auf nichts festlegen. Sie entgleitet einem. Darauf versteht sie sich. Diese häßlichen, bösen alten Weiber – wenn sie einen beleidigen wollen, so tun sie das auf eine Art und Weise, daß einem schier die Luft wegbleibt. Doch selbst wenn das nicht in ihrer Absicht liegt, kommt man gegen sie nicht an.«

Das alles brach mit einer solchen Vehemenz aus ihm heraus, daß ich mich wunderte. Es wollte mir nicht in den Kopf, wieso es ihm gar so wichtig war, daß eine alte Dame wie Lady St. Loo ihn entwürdigend behandelte. Sie fiel doch überhaupt nicht ins Gewicht. Sie gehörte einer längst vergangenen Epoche an.

Das gab ich ihm auch zu verstehen. Da warf er mir von der Seite einen sonderbaren Blick zu.

»Das können Sie ja nicht verstehen«, sagte er.

»Nein, ich fürchte, das kann ich wirklich nicht.«

»Sie hält mich für den letzten Dreck«, sagte er ganz leise.

»Aber mein lieber Freund!«

»Wie sie einen *ansehen,* diese Leute. Sie sehen glatt durch einen *durch.* Als gäbe es unsereinen überhaupt nicht. Als sei man Luft für sie. Man wird wie ein Laufbursche behandelt.«

Ich erkannte, daß Gabriels Vergangenheit noch immr in ihm arbeitete. Irgend jemand hatte den Sohn des Klempners einmal grob oder herablassend behandelt, das konnte er nicht vergessen. Der Groll darüber saß zu tief und nagte immer noch an ihm.

Er nahm mir das Wort aus dem Munde. »Ja«, sagte er, »ich bin klassenbewußt. Ich hasse diese arroganten Frauen der Oberschicht. Sie lassen mich immer wieder deutlich spüren, daß ich nie auf einer Stufe mit ihnen stehen werde, ganz gleich, was ich auch mache. Daß ich für sie immer nur ein Lakai sein werde – niemals ebenbürtig. Sehen Sie, die durchschauen mich.«

Ich war ganz erschrocken. Der Ausbruch kam völlig unerwartet; ich hatte ja nicht ahnen können, wie tief sich die Ressentiments im Laufe seines Lebens eingegraben hatten. Aus ihm sprach der blanke Haß – ein abgrundtiefer, unversöhnlicher Haß. Es hätte mich schon interessiert, auf welchen Vorfall es zurückzuführen war, daß sich dieser Groll in John Gabriels Unterbewußtsein so tief eingenistet hatte, daß er noch immer in ihm gärte.

»Ich weiß, daß diese Leute gar nicht zählen«, fuhr er fort. »Ich weiß, daß ihre Zeit vorbei ist. Sie hausen überall im ganzen Land in Häusern, die schon fast zusammenfallen, und ihre Einkünfte sind auf ein Mindestmaß zusammengeschrumpft oder sogar weniger als das. Viele dieser hochgestochenen Adeligen haben nicht einmal genug zu essen. Sie leben von dem Gemüse, das sie selbst anbauen. Oft machen sie die Hausarbeit schon selbst. Personal können sie sich nicht mehr leisten. Aber sie haben irgend etwas an sich – ich weiß nicht, wie ich es nennen soll – etwas, das ich nie erreichen werde, dieses Überlegenheitsgefühl – das Gefühl, etwas Besseres zu sein. Ich bin ebensoviel wert wie diese Leute, in mancher Hinsicht sogar mehr, aber wann immer ich mit diesen Menschen zusammenkomme, habe ich nicht mehr das Gefühl, ihnen gleich zu sein.«

Er unterbrach sich ganz abrupt und fing an zu lachen. »Am besten schenken Sie mir gar keine Beachtung. Ich mußte nur mal wieder Dampf ablassen.« Er blickte aus dem Fenster. »Ein lächerliches Pfefferkuchenschloß, bewohnt von drei krächzenden alten Raben und einem Mädchen, das die reinste Bohnenstange ist und noch dazu so eingebildet, daß sie es nicht für nötig hält, mit meinesgleichen mal ein Wort zu wechseln. So ein Mädchen muß die Prinzessin auf der Erbse wohl gewesen sein.«

Ich lächelte.

»Ich habe die Prinzessin auf der Erbse eigentlich immer für eine ziemlich weithergeholte Märchengestalt gehalten«, wandte ich ein.

Ein Wort ließ ihn nicht mehr los.

»Prinzessin, ganz genau! Sie gibt sich hoheitsvoll wie eine

Prinzessin, und so wird sie auch behandelt. Wie eine junge Dame königlichen Geblüts aus einem Märchenbuch. Sie ist aber beileibe keine Prinzessin, sondern ein ganz normales Mädchen aus Fleisch und Blut. Das sollte man bei diesem Mund jedenfalls meinen.«

Teresa und Carslake kamen wieder. Carslake ging bald darauf. Er nahm John Gabriel mit.

»Ich wünschte, er hätte noch nicht gehen müssen«, sagte Teresa bedauernd. »Wie gern hätte ich mich mit ihm unterhalten.«

»Ich rechne fest damit, daß wir ihn jetzt öfter sehen«, meinte ich.

Teresa sah mich an.

»Er interessiert dich, habe ich nicht recht?« fragte mich Teresa.

Ich ließ mir das durch den Kopf gehen.

»Es ist das erstemal seit unserer Ankunft hier, daß du Interesse an irgend etwas bekundest«, erklärte Teresa.

»Anscheinend bin ich politisch doch viel stärker engagiert als mir bewußt war.«

»Ach, mit der Politik hat das kaum etwas zu tun. Dieser Gabriel interessiert dich.«

»So was von Dynamik!« gab ich neidlos zu. »Schade, daß der Mann so häßlich ist.«

»Ja, häßlich ist er wohl«, murmelte Teresa. Nachdenklich fügte sie hinzu: »Aber trotzdem ungeheuer anziehend.«

Ich konnte es nicht fassen.

»Sieh mich doch nicht so an!« sagte Teresa. »Er ist tatsächlich attraktiv. Das würde dir jede Frau bestätigen.«

»Du erstaunst mich«, sagte ich. »Es wäre mir nie in den Sinn gekommen, daß Frauen einen solchen Mann anziehend finden könnten.«

»Da irrst du dich gewaltig«, behauptete Teresa ganz entschieden.

6. Kapitel

Am nächsten Tag erschien Isabella Charteris mit einer Nachricht von Lady St. Loo für Captain Carslake. Ich lag auf der Terrasse in der Sonne. Als Isabella den Brief abgeliefert hatte, kam sie wieder hinaus auf die Terrasse und setzte sich auf eine Steinbank ganz in meiner Nähe.

Bei Lady Tressilian hätte ich das als die Freundlichkeit gewertet, die man einem lahmen Hund erweist. Doch Isabella war ganz offensichtlich nicht um mich besorgt. Sie schien meinen desolaten Zustand gar nicht wahrzunehmen. Eine ganze Weile saß sie schweigend da. Dann sagte sie, sie säße gerne in der Sonne.

»Ich mag die Sonne auch«, bekräftigte ich. »Aber Sie sind gar nicht braun.«

»Ich werde niemals braun.«

Ihre Haut sah im Sonnenlicht wunderschön aus – sie hatte die Farbe von Magnolienblüten. Mir fiel Isabellas stolze Kopfhaltung auf. Jetzt begriff ich, warum Gabriel sie Prinzessin genannt hatte.

»Major Gabriel hat gestern bei Ihnen zu Abend gegessen, nicht wahr?« fragte ich sie.

»Ja.«

»Haben Sie seine Rede in der Drill Hall gehört?«

»Ja.«

»Ich habe Sie dort aber gar nicht gesehen.«

»Ich saß in der zweiten Reihe.«

»Hat es Ihnen gefallen?«

Darüber dachte sie eine Weile nach.

»Nein«, sagte sie dann.

»Warum sind Sie dann hingegangen?« erkundigte ich mich.

Nach reiflicher Überlegung sagte sie: »Weil das bei uns so üblich ist.«

Sie machte mich neugierig.

»Leben Sie eigentlich gern hier? Sind Sie glücklich?«

»Ja.«

Mir fiel ganz plötzlich auf, wie selten man so einsilbige Antworten zu hören bekommt. Die meisten Leute antworten ganz ausführlich. Die übliche Antwort hätte wohl gelautet: ›Ich bin gern am Meer‹ oder ›Ich bin hier zu Hause‹. Vielleicht auch ›Ich lebe sehr gern auf dem Lande‹ oder ›Mir gefällt es hier‹. Doch Isabella begnügte sich damit, ganz einfach ›ja‹ zu sagen. Trotzdem klang dieses eine Wort sehr eindringlich. Ein ganz festes Ja. Eine Zustimmung und Bestätigung, an der nicht zu rütteln war. Sie blickte zum Schloß hinüber. Ein schwaches Lächeln umspielte ihre Lippen.

Mir fiel ein, woran sie mich erinnerte. Sie war wie diese Mädchen von der Akropolis aus dem 5. Jahrhundert vor unserer Zeit. Auf ihrem Gesicht lag das gleiche seltsame, übermenschliche Lächeln.

Isabella Charteris war also glücklich im Schloß von St. Loo, in dem sie zusammen mit drei alten Frauen wohnte. Sie war auch glücklich, während sie hier so in der Sonne saß und zu dem Schloß hinüberblickte. Ich spürte das ruhige Glück, auf das sie baute und von dem sie ganz durchdrungen war, fast körperlich. Doch ich bekam es plötzlich mit der Angst zu tun. Ich hatte Angst um Isabella.

Ich fragte sie: »Sind Sie immer glücklich gewesen, Isabella?«

Ich wußte die Antwort schon im voraus, obwohl sie die Frage erst nach einer Weile bejahte. Wieder nur ein ›ja‹.

»Und waren Sie auch während Ihrer Internatszeit glücklich?«

»Ja.«

Irgendwie konnte ich mir Isabella gar nicht in der Schule vorstellen. Sie war weit entfernt von dem üblichen Produkt eines englischen Internats. Aber wahrscheinlich wirkt sich so ein Internat ganz unterschiedlich auf die Absolventen aus.

Über die Terrasse kam ein braunes Eichhörnchen gehüpft. Es machte Männchen, sah uns an. Es keckerte noch ein Weilchen, dann schoß es davon und lief einen Baum hinauf.

Plötzlich hatte ich das Gefühl, das Universum wie durch ein Kaleidoskop zu sehen. Ich sah eine Welt der Empfindung, in der das Leben alles war. Gedanken und Vermutungen dagegen gar nichts. Auf der einen Seite waren Morgen und Abend, Tag und Nacht, Essen und Trinken, Kälte und Hitze – demgegenüber Bewegung, Sinn und Zweck einer jeden Sache und ein Bewußtsein, daß noch nichts davon ahnte, daß es Bewußtsein *war*. Das war die Welt des Eichhörnchens, die Welt des grünen Grases, das emporschoß, die Welt der Bäume, des Lebens und des Atmens. Hier in dieser Welt hatte Isabella ihren Platz. Seltsamerweise fand auch ich, der Invalide, der Schatten eines Mannes, mich irgendwie in dieser Welt zurecht...

Zum erstenmal seit meinem Unfall bäumte ich mich nicht mehr gegen mein Schicksal auf. Verbitterung und Frustration versiegten. Die alten Wunden begannen zu vernarben. Ich war nicht mehr der Hugh Norreys, dem es verwehrt war, ein aktives, sinnvolles Leben zu führen, der mit dem Schicksal haderte, weil er kein Mann mehr war. Ich war der Krüppel Hugh Norreys, der von der Sonne durchdrungen auf der Terrasse lag und sich dessen voll bewußt war. Ringsum atmete die Welt. Ich nahm mein eigenes rhythmisches Atmen wahr und wußte um die Tatsache, daß sich ein Tag der Ewigkeit seinem Ende zuneigte...

Die Empfindung hielt nicht an. Aber einen kurzen Augenblick war mir ein Blick in jene Welt vergönnt gewesen, in die ich gehörte. Vermutlich lebte Isabella immer in ihr.

7. Kapitel

Ich glaube, es passierte einen oder zwei Tage später. Ein Kind fiel am Hafen von St. Loo ins Wasser. Eine ganze Gruppe von Kindern hatte am Rande der Kaimauer gespielt. Eins dieser Kinder lief beim Spiel laut schreiend los, stolperte und fiel kopfüber sieben Meter tief ins Wasser. Der Wasserstand betrug zu diesem Zeitpunkt aufgrund der Ebbe gerade ungefähr vier Meter.

Major Gabriel ging genau um diese Zeit am Kai entlang. Ohne zu zögern sprang er dem Kind nach. Etwa fünfundzwanzig Leute kamen herbeigeeilt. Am anderen Ende der Kaimauer machte ein Fischer sein Boot los und ruderte eiligst auf die Stelle zu, an der das Kind versunken war. Doch noch bevor er das Kind und Gabriel erreichte, sprang von der Kaimauer aus ein Mann ins Wasser. Der hatte nämlich gleich erkannt, daß Gabriel nicht schwimmen konnte.

Die Sache nahm ein glückliches Ende. Sowohl das Kind als auch Gabriel wurden gerettet. Das Kind war zwar bewußtlos, kam aber mit Hilfe von künstlicher Beatmung sehr rasch wieder zu sich. Die Mutter des Kindes bekam einen hysterischen Anfall und fiel Gabriel mehr oder weniger um den Hals. Sie konnte vor Schluchzen kaum sprechen, als sie sich bei ihm bedankte. Gabriel beschwichtigte sie und winkte großmütig ab. Er klopfte ihr tröstend auf die Schulter und eilte ins ›St. Loos Arms‹, um sich trockene Sachen anzuziehen und sich auf den Schrecken einen zu genehmigen.

Noch am gleichen Tage brachte Carslake ihn zum Tee mit.

»So was von Beherztheit habe ich noch nie erlebt«, sagte er zu Teresa. »Er hat nicht einen Augenblick gezögert. Hätte leicht ertrinken können – ein Wunder, daß er *nicht* ertrunken ist.«

Gabriel selbst gab sich ganz bescheiden und tat die ganze Sache mit einer geringschätzigen Handbewegung ab.

»Einfach idiotisch, so zu handeln«, meinte er. »Es wäre wahrhaftig gescheiter gewesen, Hilfe zu holen oder ein Boot flottzumachen. Das Dumme ist, daß man in einem solchen Augenblick nicht erst groß nachdenkt.«

»Eines Tages bricht Ihnen Ihre Tollkühnheit noch das Genick«, hielt ihm Teresa vor.

Sie sagte das ganz trocken. Gabriel warf ihr einen raschen Blick zu.

Nachdem sie mit dem Tablett hinausgegangen war und Carslake sich entschuldigt hatte, indem er Arbeit vorschützte, meinte Gabriel nachdenklich: »Sie ist nicht auf den Kopf gefallen.«

»Wer?«

»Mrs. Norreys. Sie trifft den Nagel auf den Kopf. Durchschaut immer gleich alles. Man kann ihr nichts vormachen.« Er fügte noch hinzu, er müsse in Zukunft auf der Hut sein.

Dann erkundigte er sich: »Hat es sich gut angehört?«

»Wie um alles in der Welt meinen Sie das denn?«

»Ich möchte wissen, ob meine Haltung überzeugend war. Daß ich die Sache abgetan habe, als sei das nichts gewesen. Als hätte ich einfach nur eine Riesendummheit gemacht.«

Er lächelte gewinnend.

»Sie haben doch hoffentlich nichts dagegen, daß ich Sie das frage«, fügte er hinzu. »Wie soll ich denn sonst herausbekommen, ob ich die gewünschte Wirkung auch erziele?«

»Müssen Sie denn Ihre Wirkung auf die Leute unbedingt berechnen? Geben Sie sich doch einfach ganz natürlich.«

Er meinte nachdenklich, das sei wohl schlecht möglich.

»Ich kann ja wohl nicht hier hereingeschneit kommen, mir befriedigt die Hände reiben und mich damit brüsten, daß ich der Retter in der Not war.«

»Sie glauben also, der Unfall war eine Art Fingerzeig Gottes?«

»Mein lieber Freund, auf so eine Gelegenheit habe ich schon lange gewartet. Auf irgend etwas in der Art. Auf ein durchgegangenes Pferd, ein Haus, aus dem die Flammen schlagen. Es wäre mir auch recht gewesen, wenn ich ein Kind vor einem heranbrausenden Auto hätte retten können. Kinder sind für solche Zwecke am besten geeignet. Alle Zeitungen sind voll davon, daß ständig Leute überfahren werden. Da sollte man doch annehmen, daß sich einem öfter mal Gelegenheit zu Rettungsaktionen bieten. Aber nichts dergleichen. Entweder ist das einfach Pech, oder die Kinder in St. Loo sind übervorsichtige kleine Ungeheuer.«

»Haben Sie das Kind vielleicht mit einem Shilling bestochen, damit es ins Wasser springt?« erkundigte ich mich.

Er nahm das für bare Münze und erwiderte ganz ernst, die Sache habe sich einfach so ergeben – ganz ohne sein Zutun.

»Mir wäre das Risiko auch viel zu groß. Das Kind würde seiner Mutter gegenüber ganz bestimmt nicht dichthalten. Und wie stände ich dann da?«

Ich lachte schallend.

»Sagen Sie mal, können Sie wirklich nicht schwimmen?« fragte ich.

»Ich kann mich allerhöchstens drei Schwimmstöße über Wasser halten.«

»Aber dann haben Sie ja wirklich Ihr Leben aufs Spiel gesetzt. Sie hätten doch ertrinken können.«

»Ja, wahrscheinlich. Aber wissen Sie, Norreys, man kann nicht alles haben. Man kann sich nicht als Held feiern lassen, wenn man nicht auch bereit ist, sich mehr oder weniger heldenhaft zu benehmen. Abgesehen davon war alles halb so schlimm. Es waren ja viele Leute da. Natürlich war niemand wild darauf, sich in die Flut zu stürzen. Aber irgend jemand mußte wohl oder übel etwas tun. Wenn schon nicht für mich, so doch für das

Kind. Außerdem lagen ja Boote am Kai. Der Mann, der mir nachgesprungen ist, hat das Kind über Wasser gehalten, und der Mann mit dem Ruderboot war da, bevor ich unterging. Aber selbst wenn man schon halb ertrunken ist, kann man durch künstliche Beatmung wieder zum Leben erweckt werden.«

Auf seinem Gesicht lag wieder einmal das für ihn so typische gewinnende Lächeln.

»Ist das nicht alles furchtbar albern?« fragte er. »Was sind die Leute doch für Narren! Mein Renommee steigt dadurch viel mehr, daß ich dem Kind nachgesprungen bin, obwohl ich gar nicht schwimmen kann. Wäre ich als perfekter Schwimmer ins Wasser gesprungen und hätte das Kind nach allen Regeln der Lebensrettungskunst an Land geschafft, so hätte das die Leute längst nicht so beeindruckt. So wird jetzt überall herumerzählt, es sei eine verdammt beherzte Tat gewesen. Wenn die Leute auch nur ein bißchen Verstand hätten, würden sie einsehen, daß es der reine Schwachsinn war. Denn anders kann man es nicht nennen. Der wahre Lebensretter – der Mann, der mir nachgesprungen ist und der das Kind *und* mich gerettet hat – genießt nicht im entferntesten das gleiche Ansehen. Er schwimmt ausgezeichnet. Der arme Teufel hat sich einen guten Anzug ruiniert. Zudem mußte er nicht nur das Kind retten, sondern auch noch mich, der ich hilflos im Wasser herumgepaddelt bin. Doch kein Mensch spricht von ihm. Niemand sieht das so – außer vielleicht Menschen wie Ihre Schwägerin, doch von denen gibts nicht viele.

Zum Glück«, fügte er hinzu. »Das Letzte, was man bei Wahlen braucht, sind Leute, die sich Gednken machen und ihren Verstand benutzen.«

»Hatten Sie denn kein mulmiges Gefühl, als Sie ins Wasser gesprungen sind? Hat sich nicht alles in Ihnen vor Angst zusammengekrampft?«

»Dafür war die Zeit zu knapp. Ich konnte mein Glück kaum fassen. Urplötzlich wurde mir die Gelegenheit auf einem silbernen Tablett serviert, auf die ich so lange vergebens gewartet hatte.«

»Ich verstehe eigentlich nicht, warum Sie solche spektakulären Aktionen für derart wichtig halten.«

Seine Miene verfinsterte sich. Er wirkte ernst und wildentschlossen.

»Sehen Sie denn nicht ein, daß ich nur einen Pluspunkt habe? Mein Aussehen läßt sehr zu wünschen übrig. Ich bin auch kein guter Redner. Über meine Herkunft breitet man am besten den Mantel des Vergessens. Ich bin alles andere als ein einflußreicher Mann. Geld habe ich auch nicht. Mir ist nur ein einziger Vorzug in die Wiege gelegt worden.« Er legte mir die Hand aufs Knie. »Ich bin mutig. Wenn mir das Viktoria-Kreuz nicht verliehen worden wäre, hätte ich als Kandidat der Konservativen nicht die geringste Chance. Das wissen Sie doch wohl.«

»Aber mein Lieber, genügt Ihnen denn das Viktoria-Kreuz noch nicht?«

»Sie verstehen nichts von Psychologie. Eine solche Wahnsinnstat wie heute morgen ist viel wirkungsvoller als ein Viktoria-Kreuz, das man sich in Süditalien verdient hat. Italien ist weit weg. Sie haben ja nicht mitangesehen, wofür mir das Viktoria-Kreuz verliehen worden ist, und ich kann es den Leuten leider nicht auf die Nase binden. Ich könnte es ihnen erklären, wenn ich über meine Heldentaten berichten würde. Wenn ich dann fertig wäre, hätten sie das Viktoria-Kreuz ebenfalls gewonnen! Doch ein großspuriges Auftreten verbieten mir die Konventionen hier im Land. Nein, ich muß bescheiden sein und murmeln, daß es nicht der Rede wert war, daß das jeder fertiggebracht hätte. Das ist natürlich Unsinn – nur die allerwenigsten hätten das geschafft. Höchstens ein halbes Dutzend Soldaten in dem Regiment – mehr nicht. Man braucht ein gutes Urteilsvermögen, wissen Sie. Man darf sich nicht verrechnen und nicht aus der Ruhe bringen lassen. Und das, was man tut, muß einem auch irgendwie Freude machen. Man muß es gern tun.« Er hielt nur ganz kurz inne und fügte dann hinzu: »Als ich Soldat wurde, habe ich mir fest vorgenommen, alles zu tun, damit mir das Viktoria-Kreuz verliehen wird.«

»Aber mein lieber Gabriel – ich bitte Sie!«

Er wandte mir sein häßliches kleines Gesicht zu, aus dem der Eifer sprach, und sah mich mit glänzenden Augen an.

»Sie haben ja recht. Man kann sich so etwas nicht einfach vornehmen. Man muß auch Glück haben. Aber ich war fest entschlossen, nichts unversucht zu lassen. Ich habe darin meine große Chance gesehen. Tapferkeit ist so ungefähr das letzte, was man im täglichen Leben braucht. Man kommt kaum je dazu, sich tapfer erweisen zu müssen. Selbst wenn der Fall einmal eintritt, bringt einen das nur selten weiter. Aber im Krieg ist das ganz anders. Im Krieg zahlt sich Tapferkeit aus. Ich bilde mir darauf nichts ein. Es ist alles Nervensache, es hängt vom Adrenalinspiegel ab oder was weiß ich. Es läuft ganz einfach darauf hinaus, daß man zufällig keine Angst vor dem Sterben hat. Damit ist man im Krieg den anderen gegenüber sehr im Vorteil.

Ich konnte natürlich nicht wissen, ob sich mir je eine Chance bieten würde. Man kann einen ganzen Krieg hindurch stillschweigend tapfer sein, ohne daß das groß auffällt, ohne daß einem ein einziger Orden verliehen wird. Oder man verhält sich im falschen Augenblick tollkühn und wird in Stücke gerissen, ohne daß einem jemand dafür dankt.«

»Die meisten Viktoria-Kreuze werden erst posthum verliehen«, murmelte ich.

»Ja, ich weiß. Hätte mir auch ganz leicht passieren können. Wenn ich daran denke, wie mir die Kugeln um den Kopf gepfiffen sind, frage ich mich allen Ernstes, wieso ich noch am Leben bin. Viermal bin ich getroffen worden, aber keine einzige Kugel hat mich wirklich schwer verletzt. Merkwürdig, finden Sie nicht auch? Trotz der vier Kugeln befand ich mich nicht in Lebensgefahr. Ich werde nie vergessen, was ich für Schmerzen hatte, als ich mich mit meinem gebrochenen Bein wegschleppte. Hinzu kam der Blutverlust durch meine Schulterwunde. Dann mußte ich den guten alten Spider James noch stützen. Ich konnte selbst kaum mehr, und Spider fluchte unentwegt. Und schwer war dieser Mann...«

Gabriel verstummte, hing seinen Erinnerungen nach. Dann seufzte er und sagte:

»Glorreiche Zeiten.« Er holte sich noch einen Drink.

»Ich schulde Ihnen großen Dank«, erklärte ich. »Sie haben mir die Illusion genommen, daß alle tapferen Männer ganz bescheiden sind.«

»Es ist aber auch wirklich eine Schande«, entrüstete sich Gabriel. »Wenn man ein Großmagnat ist und ein gutes Geschäft unter Dach und Fach bringt, kann man sich damit brüsten. Dann halten alle nur um so mehr von einem. Man kann auch zugeben, daß man ein ziemlich gutes Bild gemalt hat. Auch wenn man beim Golfspiel einen besonders guten Schlag gelandet hat, ist das gleich in aller Munde. Aber wenn man sich im Krieg als Held erweist –« Er schüttelte den Kopf. »Dann muß ein anderer das hinaustrompeten. Carslake ist dafür nicht zu gebrauchen. Als typischer Tory neigt er zum Understatement. Die haben nichts im Sinn, als den Gegner anzugreifen, anstatt ihr eigenes Loblied zu singen.« Wieder wurde er nachdenklich. »Ich habe meinen Brigadier gebeten herzukommen, damit er nächste Woche eine Rede halten kann. Er könnte vielleicht so ganz nebenbei fallenlassen, was für ein bemerkenswerter Mensch ich bin. Natürlich kann ich ihn nicht darum bitten. Idiotisch!«

»Aber mit der Aussicht darauf und dem heutigen kleinen Vorfall dürften Sie nicht allzu schlecht abschneiden«, sagte ich.

»Unterschätzen Sie den Vorfall nicht«, riet mir John Gabriel. »Sie werden sehen – jetzt wird mein Viktoria-Kreuz wieder in aller Munde sein. Dieses Kind ist ein wahrer Segen für mich. Morgen kaufe ich der Kleinen eine Puppe oder so was. Das ist auch keine schlechte Publicity.«

»Verraten Sie mir eins«, bat ich John Gabriel. »Ich frage aus reiner Neugier. Wenn keine Zuschauer dagewesen wären, kein Mensch, der Ihre Heldentat hätte mitansehen können – wären Sie dem Mädchen dann auch nachgesprungen?«

»Was hätte ich denn ohne Zuschauer davon gehabt? Dann wären wir nämlich beide ertrunken. Niemand hätte es gewußt – erst wenn uns die Strömung irgendwo an Land gespült hätte.«

»Sie wären also seelenruhig heimgegangen und hätten das Kind ertrinken lassen?«

»Nein, das natürlich nicht. Wofür halten Sie mich? Ich bin doch kein Unmensch. Ich wäre wie ein Wahnsinniger auf die Treppe zugesprintet, hätte ein Boot losgemacht und wäre mit Höchstgeschwindigkeit zu der Stelle hingerudert, an der das Mädchen versunken ist. Mit etwas Glück hätte ich sie herausgefischt, und es wäre ihr weiter nichts geschehen. Ich hätte getan, was in meiner Macht steht, damit *sie* überlebt. Ich bin nämlich kinderlieb.« Nach einer Weile fügte er hinzu: »Was meinen Sie – ob mir das Wirtschaftsministerium wohl einen neuen Anzug bewilligt? Diesen kann ich ganz bestimmt nie wieder tragen. Mein

Anzug ist bei dem unverhofften Bad beträchtlich eingelaufen. Diese Regierungsstellen sind aber leider furchtbar geizig.«

Damit bewies er Sinn fürs Praktische. Bald darauf verabschiedete er sich.

Ich dachte viel über John Gabriel nach. Ich hätte nicht einmal sagen können, ob er mir sympathisch oder unsympathisch war. Von seinem krassen Opportunismus fühlte ich mich abgestoßen, seine Offenheit hingegen nahm mich für ihn ein. Es stellte sich schon bald heraus, daß er recht behalten sollte, was die Wirkung seiner spektakulären Rettungsaktion auf die Leute anging.

Lady Tressilian äußerte sich zu dem Thema, als sie mir ein paar Bücher brachte.

»Wissen Sie«, stieß sie atemlos hervor, »ich habe schon immer gefunden, daß Major Gabriel ein sehr netter Mensch ist. Seine Tat ist der Beweis dafür, finden Sie nicht auch?«

»Inwiefern?« fragte ich.

»Ganz zu schweigen davon, was ihn das gekostet hat. Einfach kopfüber ins Wasser zu springen, obwohl er gar nicht schwimmen kann.«

»Es hat nicht viel geholfen, meinen Sie nicht auch? Ich will damit sagen, ohne Hilfe hätte er das Kind doch niemals retten können.«

»Nein, aber darüber hat er sich gar nicht erst den Kopf zerbrochen. Was ich an ihm so bewundere, ist das Impulsive – und seinen Mut, das Fehlen jeglicher Berechnung.«

Ich hätte ihr natürlich sagen können, daß dabei durchaus Berechnung mit im Spiel gewesen war.

Ihr rundes Puddinggesicht überzog sich mit einer feinen Röte wie bei einem jungen Mädchen. »Ich hege die größte Bewunderung für einen *wirklich* mutigen Mann«, fuhr sie fort.

John Gabriel hat recht behalten, dachte ich.

Mrs. Carslake, eine gerissene überspannte Frau, die ich nicht leiden konnte, wurde richtig rührselig.

»Die beherzteste Tat, die mir je zu Ohren gekommen ist. Wissen Sie, mir ist berichtet worden, daß Major Gabriel im Krieg geradezu *unglaublich* tapfer war. So etwas wie Angst ist ihm völlig fremd. Alle seine Leute haben ihn förmlich *angebetet*. Die Liste seiner Heldentaten nimmt und nimmt kein Ende. Sein Einheitsführer kommt am Donnerstag hierher. Den frage ich dann einfach schamlos aus. Major Gabriel wäre natürlich ganz schön wütend, wenn er wüßte, was ich vorhabe. Er ist ja so bescheiden, finden Sie nicht auch?«

»Er versteht es, diesen Eindruck zu erwecken«, sagte ich.

Die Zweideutigkeit meiner Bemerkung fiel ihr gar nicht auf.

»Ich finde, unsere wunderbaren wunderbaren Jungs sollten ihr Licht nicht unter den Scheffel stellen. All die fantastischen Dinge, die sie getan haben, dürften nicht verschwiegen werden. Sie sollten *publik* werden. Daß es den Männern so schwerfällt, sich zu *artikulieren!* Ich finde, die Frauen haben die Pflicht, von den Heldentaten zu berichten. Wilbraham, unser derzeitiges Parlamentsmitglied, hat während des ganzen Krieges im Büro gesessen – in Amt und Würden.«

John Gabriel hätte ihr vermutlich beigepflichtet, doch ich konnte Mrs. Carslake nicht ausstehen. Sie war ins Schwärmen geraten, doch selbt während sie diese schwärmerischen Reden führte, wirkten ihre kleinen dunklen Augen bösartig und berechnend.

»Was für ein Jammer, daß Mr. Norreys Kommunist ist«, meinte sie.

»In jeder Familie gibt es ein schwarzes Schaf«, erklärte ich.

»Sie haben so schreckliche Ideen – sie setzen sich gegen den Besitz zur Wehr.«

»Sie setzen sich auch noch gegen andere Dinge zur Wehr«, sagte ich. »Die Widerstandsbewegung in Frankreich – die Résistance – setzt sich in der Hauptsache aus Kommunisten zusammen.«

Mrs. Carslake fühlte sich daraufhin nicht mehr so wohl in ihrer Haut und ging.

Auch Mrs. Bigham Charteris, die vorsprach, um einige Rundschreiben zur Verteilung zu bringen, äußerte sich zu dem Vorfall am Hafen.

»Von irgend jemandem muß er die noble Gesinnung mitbekommen haben«, meinte sie.

»So, glauben Sie wirklich?«

»Aber selbstverständlich. Er kommt gewiß aus einem guten Stall.«

»Sein Vater war Klempner«, klärte ich sie auf.

Mrs. Bigham Charteris trug es mit Fassung.

»So etwas habe ich mir schon gedacht. Trotzdem muß er aus einem guten Stall kommen, wenn das auch vielleicht schon weit zurückliegt.

Wir müssen ihn öfter ins Schloß einladen«, fuhr sie fort. »Das muß ich Adelaide unbedingt klarmachen. Sie hat manchmal eine etwas unglückselige Art, so daß sich die Menschen in ihrer Gegenwart nicht wohlfühlen. Ich kann mir nicht helfen, aber Major Gabriel hat sich bei uns bisher nicht so gegeben, wie er wirklich ist. Ich persönlich komme dagegen sehr gut mit ihm aus.«

»Er scheint überhaupt sehr beliebt zu sein.«

»Ja, er macht seine Sache gut. Mit ihm hat man eine gute Wahl getroffen. Die Partei braucht neues Blut – sogar sehr dringend.«

Sie überlegte und fügte dann hinzu: »Ich würde mich nicht einmal wundern, wenn er ein zweiter Disraeli würde.«

»Dann glauben Sie also, daß er es sehr weit bringen wird.«

»Ich bin davon überzeugt, daß er ganz nach oben kommt. Daß er erreicht, was ein Mensch überhaupt erreichen kann. Bei seiner Vitalität besteht daran für mich kein Zweifel.«

Teresa berichtete mir, was Lady St. Loo von dieser Sache hielt. Sie war im Schloß gewesen.

»Na ja«, lautete der Kommentar der alten Dame, »er hat sich bestimmt erst vergewissert, ob auch genügend Zuschauer zur Stelle waren, bevor er den Sprung ins Wasser wagte.«

Ich konnte mir schon denken, warum Gabriel Lady St. Loo für eine boshafte alte Schachtel hielt.

8. Kapitel

Das Wetter blieb schön. Ich verbrachte einen Großteil meiner Zeit auf der sonnigen Terrasse, auf die ich immer wieder hinausgeschoben wurde. Rosenbeete zogen sich an der Terrasse entlang. Am einen Ende der Terrasse stand eine ganz alte Eibe. Von der Stelle aus, an der ich lag, konnte ich das Meer und die Zinnen des Schlosses von St. Loo sehen. Ich konnte auch Isabellas Weg verfolgen, wenn sie vom Schloß über die Felder zum Polnorth House ging.

Sie hatte es sich angewöhnt, fast jeden Tag zu kommen. Manchmal brachte sie die Hunde mit. Hin und wieder kam sie auch allein. Wenn sie eintraf, lächelte sie für gewöhnlich, sagte mir guten Morgen und setzte sich auf die ausladende Steinbank neben meiner Krankenliege.

Eine seltsame Freundschaft verband uns. Ja, eine Freundschaft, anders kann man es nicht nennen. Was Isabella mir entgegenbrachte, war nicht die Freundlichkeit, die man einem Invaliden erweist. Ebensowenig war es Mitleid oder Mitgefühl. Meiner Meinung nach hegte sie weit angenehmere Empfindungen für mich. Sie empfand Sympathie für mich. Isabella kam mich besuchen und setzte sich zu mir, weil sie mich mochte. Sie erschien ganz selbstverständlich und so unbefangen, wie sich ein Tier vielleicht verhalten hätte.

Wenn wir uns unterhielten, sprachen wir meistens über Naheliegendes – über die Dinge, die wir sahen, über die Form einer Wolke, das Licht auf dem Meer, das Verhalten eines Vogels...

Ein Vogel enthüllte mir auch indirekt eine andere Facette von Isabellas Wesen. Und zwar ein toter Vogel. Er war gegen die Scheibe des Salons geflogen. Jetzt lag der kleine Vogel tot auf der Terrasse unterhalb des Fensters, die sanften Augen gebrochen, die Beine starr in die Luft gestreckt.

Isabella entdeckte den Vogel noch vor mir. Der Anblick versetzte ihr einen solchen Schock, daß ich angesichts ihres Entsetzens erschrak.

»Sehen Sie doch«, flüsterte Isabella. »Ein Vogel. Da drüben liegt er. Er ist tot.«

Sie war so in Panik, daß ich sie forschend ansah. Sie sah wie ein völlig verschrecktes Pferd aus mit ihren zurückgezogenen Lippen. Sie zitterte am ganzen Leib.

»Heben Sie den Vogel auf«, schlug ich ihr vor.

Isabella schüttelte entsetzt den Kopf.

»Nein, ich kann ihn nicht berühren.«

»Sie können Vögel nicht anfassen?« fragte ich erstaunt. Ich wußte, daß es solche Leute gab.

»Ich kann nichts *Totes* anfassen.«

Ich starrte sie verwundert an.

»Ich habe Angst vor dem Tod«, erklärte sie. »Schreckliche Angst. Ich ertrage den Anblick von Toten einfach nicht. Weil ich dadurch daran erinnert werde, daß ich eines Tages selber sterben muß.«

»Jeder Mensch muß eines Tages sterben«, sagte ich.

(Ich dachte an das Naheliegendste.)

»Aber stört Sie das denn gar nicht? Graust es Ihnen nicht davor? Wenn man bedenkt, daß der Tod auf einen lauert, daß er immer näherrückt. Und eines Tages *ist er da*. Und setzt dem Leben ein Ende.« Sie schlug sich mit den langen schmalen Händen auf die Brust. Solche dramatischen Gesten war ich von ihr nicht gewohnt.

»Isabella, Sie sind ein merkwürdiges Mädchen«, sagte ich. »Daß Sie so empfinden, habe ich nicht gewußt.«

Sie fuhr erbittert fort: »Es ist ja noch ein wahres Glück, daß ich ein Mädchen und kein Junge bin. Dann hätte ich im Krieg Soldat sein müssen. Ich hätte sicher Schande über unser Land gebracht, wäre wahrscheinlich weggelaufen oder so was.« Ruhig, fast schon nachdenklich fuhr sie fort: »Ach, es ist schrecklich, so feige zu sein...«

Ich fühlte mich verunsichert und lachte.

»Ich glaube, Sie wären nicht feige gewesen, wenn es darauf angekommen wäre. Die meisten Menschen sind – sie haben Angst davor, daß sie Angst haben könnten.«

»Haben Sie denn Angst gehabt?«

»O ja – und ob!«

»Und im letzten Augenblick war die Angst wie weggeblasen?«

Ich erinnerte mich an einen ganz bestimmten Augenblick zurück. Was war es für eine Anspannung gewesen, im Dunkeln zu warten, auf den Befehl – den Marschbefehl. Dieses hohle Gefühl im Magen, das Übelkeit verursachte...

Ich blieb bei der Wahrheit.

»Nein«, widersprach ich. »Die Angst war nicht wie weggeblasen. Aber ich erkannte, daß ich damit fertig werden würde. Ich will damit sagen – so gut wie jeder andere auch. Wissen Sie, nach einer Weile hat man das Gefühl, daß man nie selbst die Zielscheibe für die Kugel ist, sondern daß die Kugel einen anderen trifft, nicht dich.«

»Glauben Sie, Major Gabriel hat das auch so empfunden?«

Ich zollte Gabriel die Anerkennung, die ihm zukam.

»Ich glaube vielmehr«, sagte ich, »daß Gabriel zu den wenigen Glücklichen gehört, die gar nicht wissen, was Angst ist.«

»Ja, das habe ich mir auch schon gedacht«, sagte Isabella.

Ich konnte ihren sonderbaren Gesichtsausdruck nicht deuten.

Ich fragte sie, ob sie schon immer Angst vor dem Tod gehabt habe, und ob diese Angst von irgendeinem Schock herrühre.

Isabella schüttelte den Kopf.

»Das glaube ich eigentlich nicht. Mein Vater ist allerdings umgekommen, bevor ich auf die Welt kam. Ich weiß nicht, ob das –«

»Ja, das ist sehr wahrscheinlich«, sagte ich. »Darin könnte diese Angst begründet sein.«

Isabella runzelte die Stirn und dachte an Dinge, die schon eine Weile zurücklagen.

»Als ich ungefähr fünf Jahre alt war, ist mein Kanarienvogel gestorben. Am Abend war er noch gesund, und am nächsten Morgen lag er dann tot im Käfig – wie der Vogel da drüben.« Es schüttelte sie. »Ich habe meinen Kanarienvogel in die Hand genommen. Er hat sich ganz *kalt* angefühlt...« Sie rang nach Worten. »Es gab ihn einfach nicht mehr. Das war nicht mehr mein Vogel. Er konnte nicht mehr sehen, nicht mehr hören, er spürte gar nichts mehr. Das war kein Lebewesen mehr, nur noch ein *toter Gegenstand!*«

Plötzlich stellte sie mir eine schon beinahe ergreifende Frage:

»Finden Sie es nicht auch schrecklich, daß wir sterben müssen?«

Ich weiß nicht, was ich dazu hätte sagen sollen. Jedenfalls präsentierte ich Isabella keine wohlüberlegte Antwort. Die simple Wahrheit rutschte mir heraus – nämlich das, was für mich persönlich galt.

»Manchmal bleibt einem Menschen nichts mehr, als den Tod herbeizusehnen.«

Isabella starrte mich mit weitaufgerissenen Augen an. Für eine solche Einstellung fehlte ihr jegliches Verständnis.

»Das begreife ich nicht...«

»So, das begreifen Sie also nicht?« wiederholte ich erbittert.

»Aber Isabella, sehen Sie mich doch einmal richtig an! Was glauben Sie wohl, was das für ein Leben ist, wenn man jeden Morgen wie ein Baby gewaschen, angezogen und zurechtgemacht wird, herumgeschleppt wie ein Sack Kohlen – eine unförmige, nutzlose, leblose Masse. Da liege ich nun in der Sonne und bin zu nichts mehr nutze. Ich kann mich auf nichts freuen. Alles ist völlig hoffnungslos... Einen kaputten Tisch oder Stuhl wirft man gleich auf den Müll, mich aber ziehen sie an, weil ich ein Mensch bin. Eine Decke wird über mich gebreitet, um das Wrack, das ich jetzt bin, gnädig zu verhüllen. Dann werde ich draußen in der Sonne abgestellt!«

In Isabellas Augen stand Verwirrung. Fassungslos sah sie mich an. Mir kam es vor, als sähe sie zum erstenmal nicht durch mich hindurch, als sähe sie mich endlich richtig. Ihr Blick ruhte auf mir. Trotzdem sah und begriff sie nichts – mit Ausnahme der sichtbaren Tatsachen.

»Aber Sie *sind* in der Sonne. Und Sie *sind* am Leben. Der Unfall hätte Sie ja auch das Leben kosten können«, sagte sie.

»Ja, um ein Haar hätte es auch so geendet. Begreifen Sie denn nicht, daß ich weiß Gott was darum gäbe, wenn ich umgekommen wäre?«

Nein, das verstand sie nicht. Meine Worte klangen in ihren Ohren völlig unverständlich. So unverständlich wie eine fremde Sprache. Ganz schüchtern fragte sie:

»Haben Sie die meiste Zeit sehr starke Schmerzen? Ist *das* vielleicht der Grund?«

»Von Zeit zu Zeit habe ich ziemlich starke Schmerzen, Isabella. Aber das ist nicht das Ausschlaggebende für meine Haltung. Sie müssen doch zugeben, daß mir nichts geblieben ist, wofür es sich zu leben lohnt.«

»Aber – ich weiß, daß sich das dumm anhört – muß es denn unbedingt etwas geben, wofür es sich zu leben lohnt? Warum lebt man denn nicht einfach?«

Es verschlug mir den Atem angesichts der Einfachheit und Einfalt dieser These.

Ich drehte mich weg. Oder vielmehr, ich versuchte, mich auf meiner Krankenliege umzudrehen. Dabei machte ich wohl eine ungeschickte Bewegung. Die kleine Flasche mit der Aufschrift Aspirin, die ich so sorgsam hütete, fiel dabei auf die Wiese. Der

Deckel sprang auf. Die kleinen Tabletten rollten heraus und verteilten sich weithin im Gras.

Vor Verzweiflung und Entsetzen hätte ich am liebsten laut geschrien. Meine eigene Stimme dröhnte mir in den Ohren, als ich ganz hysterisch rief:

»Bitte, heben Sie sie ganz schnell auf. Sie dürfen nicht verlorengehen. Bitte suchen Sie die Pillen, bevor sie nicht mehr zu finden sind!«

Isabella beugte sich hinunter und hob die Tabletten in Windeseile auf. Ich drehte den Kopf und sah Teresa durch die Terrassentür hinaustreten. Ein Schluchzer entrang sich meiner Kehle, als ich hastig flüsterte:

»Teresa kommt...«

Zu meiner Verwunderung tat Isabella etwas, das ich ihr niemals zugetraut hätte.

Mit einer raschen, aber keineswegs hektischen Bewegung nahm sie ihr farbiges Halstuch ab, das sie zu ihrem Sommerkleid trug und ließ es auf die Wiese flattern, so daß es die Tabletten verdeckte... Gleichzeitig sagte sie ganz seelenruhig im Unterhaltungston: »– wissen Sie, vielleicht sieht alles anders aus, wenn Rupert heimkommt –«

Jeder mußte glauben, daß wir uns unterhielten.

Teresa trat zu uns und fragte:

»Nun, wie wäre es mit etwas zu trinken?«

Ich bat sie um etwas ziemlich Zeitraubendes. Auf dem Weg zurück zum Haus bückte sich Teresa – offensichtlich um das Halstuch aufzuheben. Isabella sagte ganz gelassen:

»Bitte lassen Sie es liegen, Mrs. Norreys. Die Farben sehen auf der Wiese wunderschön aus.«

Da lächelte Teresa und ging ins Haus zurück.

Ich starrte Isabella ganz verwundert an.

»Aber meine Liebe«, sagte ich. »Warum haben Sie das getan?«

Sie sah mich ganz verschüchtert an.

»Ich habe mir gedacht, daß sie nicht wollen, daß Teresa die Tabletten sieht«, gestand sie.

»Das haben Sie allerdings recht.«

Zu Beginn meiner Genesungszeit hatte ich mir etwas vorgenommen. Ich sah ganz klar, daß sich an meinem hilflosen Zustand nichts mehr ändern würde. Ich würde mein Leben lang auf andere angewiesen sein. Daher wollte ich ständig etwas zur Hand haben, womit ich meinem Leben jederzeit ein Ende setzen konnte.

Solange mir die Ärzte noch Morphium injizierten, konnte ich nichts unternehmen. Doch irgendwann wurde das Morphium dann von Schlafmitteln abgelöst. Das kam mir sehr gelegen. Zuerst verfluchte ich diese Medikamente, denn ich bekam Chloral in Form von Zäpfchen. Aber nachdem Robert und Teresa mich bei sich aufgenommen hatten, wurden die Arztbesuche weniger. Der Arzt verschrieb mir Schlaftabletten. Ich glaube, es war Seconal, vielleicht auch Amytal. Jedenfalls sollte ich versuchen, ohne die Tabletten auszukommen. Ich hatte jedoch ein paar zur Verfügung für den Fall, daß ich nicht schlafen konnte. Nach und nach sammelte sich ein ganzer Vorrat an. Ich klagte immer wieder über Schlaflosigkeit. Der Arzt verschrieb mir daraufhin Tabletten. Nacht für Nacht lag ich wach und konnte vor Schmerzen nicht schlafen. Doch es war mir ein Trost, zu wissen, daß damit die Chance stieg, jederzeit aus dem Leben scheiden zu können. Seit geraumer Zeit reichte mein Vorrat aus – und mehr als das – um meinen Plan in die Tat umzusetzen.

Doch nun, als ich mein Ziel hätte erreichen können, verspürte ich nicht mehr den Drang, auch noch den letzten Schritt zu tun. Jetzt machte es mir nichts mehr aus, die Tat hinauszuzögern. Doch ewig wollte ich damit nicht warten.

Einen qualvollen Augenblick lang hatte ich geglaubt, mein Vorhaben sei gefährdet, es könne sich verzögern oder sei völlig zunichte gemacht. Isabellas schnelle Reaktion hatte mich davor bewahrt. Jetzt hob sie die Tabletten auf und ließ sie wieder in das Fläschchen fallen. Sie verschloß es und drückte es mir in die Hand.

Ich versteckte das Tablettenröhrchen wieder und stieß einen tiefen Seufzer aus.

»Danke, Isabella«, sagte ich gerührt.

Isabella war weder neugierig noch verängstigt. Scharfsinnig hatte sie meine Erregung wahrgenommen und war mir zu Hilfe geeilt. Ich leistete ihr insgeheim Abbitte dafür, daß ich sie für dumm gehalten hatte. Isabella war alles andere als dumm.

Was hatte sie sich wohl dabei gedacht? Sie mußte sich doch

sagen, daß es sich bei diesen Tabletten nicht um Aspirin handelte.

Ich sah Isabella an. Ihr Gesichtsausdruck verriet nicht, was sie dachte. Es fiel mir schwer, sie zu verstehen...

Plötzlich erwachte die Neugier in mir.

Sie hatte doch einen Namen genannt...

»Wer ist Rupert?« fragte ich.

»Rupert ist mein Vetter.«

»Sie meinen Lord St. Loo?«

»Ja. Vielleicht kommt er bald. Er hat den Krieg in Burma zugebracht.« Sie unterbrach sich kurz und fuhr dann fort: »Vielleicht kommt er für immer her, um hier zu leben. Wissen Sie, das Schloß gehört ihm. Wir haben es nur gemietet.«

»Es wundert mich, daß Sie so plötzlich von ihm gesprochen haben.«

»Ich wollte ganz schnell irgend etwas sagen, um den Eindruck zu erwecken, als unterhielten wir uns angeregt.« Sie überlegte. »Vermutlich ist mir Rupert eingefallen, weil ich ständig an ihn denke.«

9. Kapitel

Bis zu diesem Augenblick war Lord St. Loo nur ein Name, eine Abstraktion gewesen, hinter der kein Mensch aus Fleisch und Blut stand – nichts als der abwesende Schloßbesitzer. Jetzt sollte er leibhaftig in Erscheinung treten – eben doch ein Mensch aus Fleisch und Blut. Ich begann mir Gedanken über ihn zu machen.

Am Nachmittag erschien Lady Tressilian, um mir ein Buch zu bringen, von dem sie glaubte, daß es mich interessieren könnte. Das war aber nicht der Fall. Das sah ich auf den ersten Blick. Es war eins von den ganz witzig und smart geschriebenen Büchern, die einen glauben machen wollen, daß man dadurch eine schönere und bessere Welt erschaffen kann, wenn man flach auf dem Rücken liegt und an schöne Dinge denkt. Lady Tressilian, deren Mutterinstinkt brach lag, schleppte mir ständig irgend etwas an. Ihr Lieblingstraum lief darauf hinaus, daß ich mich schriftstellerisch betätigen sollte. Sie hatte mir schon mindestens drei komplette Fernkurse vorbeigebracht, nach dem Motto ›Wie man sich als Schriftsteller seinen Lebensunterhalt verdient – in vierundzwanzig Lektionen‹. Sie gehörte zu den netten, liebenswerten Frauen, die es um nichts in der Welt fertigbringen, einen Leidenden allein leiden zu lassen.

Ich nahm ihr das nicht übel, und sie war mir auch deshalb nicht unsympathisch, doch ich versuchte immer wieder, mich diesen vermeintlichen Wohltaten zu entziehen, was mir auch oft gelang. Manchmal war mir Teresa dabei behilflich, doch beileibe nicht immer. Manchmal sah sie mich nur lächelnd an und überließ mich absichtlich meinem Schicksal. Wenn ich ihr anschließend zürnte und ihr Vorhaltungen machte, meinte sie, ein Gegenreizmittel täte mir hin und wieder gut.

An diesem bewußten Nachmittag war Teresa nicht zu Hause. Sie war auf Stimmenfang für die Partei. Für mich gab es also kein Entkommen.

Lady Tressilian seufzte wie gewöhnlich. Sie fragte mich nach meinem Befinden und behauptete, ich sähe schon viel besser aus. Ich bedankte mich für das Buch und erklärte, es sähe sehr interessant aus. Nach diesen Floskeln sprachen wir über Politik. Im Augenblick zählte hier kaum etwas anderes. Sie berichtete von den Parteiveranstaltungen und erzählte mir, wie gut sich Gabriel zu behaupten wußte. Sie verriet mir, was das Land wirklich brauchte und ließ sich darüber aus, wie schrecklich es wäre, wenn alles verstaatlicht würde. Wie skrupellos die Gegenseite sei und was die Bauern von der Milchvertriebsgenossenschaft hielten. Das Gespräch verlief genauso wie das Gespräch, das wir drei Tage zuvor geführt hatten.

Lady Tressilian hielt kurz inne, seufzte und erklärte, es wäre wunderbar, wenn Rupert schon bald käme.

»Ist denn damit zu rechnen?« fragte ich.

»Ja. Er ist verwundet worden. In Burma, wissen Sie. Es ist wirklich schlimm, daß die Presse die 14. Armee kaum mit einem Wort erwähnt. Rupert liegt schon seit geraumer Zeit im Krankenhaus. Ihm steht ein längerer Heimaturlaub zu. Er muß hier alles mögliche regeln. Wir haben getan, was wir konnten, aber die Lage wird immer schwieriger.«

Bei den Steuern und den anderen Schwierigkeiten würde

Lord St. Loo wahrscheinlich einen Teil von seinem Land verkaufen müssen.

»Das Land am Meer ist gutes Bauland, aber der Gedanke ist uns zuwider, daß dann vielleicht noch mehr von diesen fürchterlichen kleinen Häusern aus dem Boden schießen würden.«

Ich pflichtete ihr bei. Die Architekten des East Cliff Bauprojekts hatten nicht gerade künstlerisches Feingefühl bewiesen.

Lady Tressilian erklärte: »Mein Schwager, der siebente Lord St. Loo, hat der Stadt das Land übereignet. Er wollte, daß es für die Leute gerettet wird, doch er hat keine besonderen Sicherheitsklauseln vorgesehen, also hat es der Stadtrat Stück für Stück als Bauland verkauft. Das war sehr unehrenhaft, denn *das* hat mein Schwager damit nicht bezweckt.«

Ich fragte sie, ob Lord St. Loo wohl vorhabe, in Zukunft immer hier zu leben.

»Das weiß ich nicht. Er hat noch nichts Endgültiges verlauten lassen.« Sie seufzte. »Ich hoffe es zumindest. Ich wäre froh, wenn Rupert bliebe.«

Nach einer Weile fügte sie hinzu: »Wir haben ihn nicht mehr zu Gesicht bekommen, seit er sechzehn war. Als er noch in Eton war, hat er die Ferien hier verbracht. Seine Mutter stammte aus Neuseeland – ein sehr charmantes Mädchen. Nachdem sie Witwe geworden war, ging sie zurück nach Neuseeland und nahm ihren Sohn mit. Das kann man ihr ja schließlich nicht verdenken. Trotzdem bedaure ich, daß der Junge nicht hier auf seinem eigenen Besitz aufgewachsen ist. Ich habe das Gefühl, daß er sich hier nicht mehr zu Hause fühlt, wenn er wieder heimkehrt. Aber natürlich verändert sich alles ständig...«

Ihr liebes, rundes Gesicht drückte Verzweiflung aus.

»Wir haben getan, was in unserer Macht stand. Der Tod hat uns übel mitgespielt. Isabellas Vater ist im letzten Krieg gefallen. Das Schloß mußte unbedingt vermietet werden. Da haben Addie, Maud und ich zusammengelegt und haben es selber gemietet. Das ist viel besser, als es an Fremde zu vermieten. Isabella war dort immer zu Hause.«

Sie neigte sich mir zutraulich zu. Ihre Züge nahmen einen weichen Ausdruck an.

»Ich gebe ja zu, daß ich eine sentimentale alte Frau bin – aber ich habe immer gehofft, daß Isabella und Rupert... ich meine, das wäre doch wirklich die *allerbeste* Lösung...«

Ich äußerte mich nicht dazu. Sie fuhr fort: »So ein gutaussehender, junger Mann, so charmant und liebenswürdig. Er ist zu uns allen furchtbar nett. Es ist mir immer vorgekommen, als ob er Isabella ganz besonders gern mag. Sie war allerdings erst elf, als sie sich zuletzt gesehen haben. Sie ist ihm überall hin nachgelaufen. Sie war ganz vernarrt in ihn. Addie und ich haben uns immer angesehen und geseufzt: ›Ach, wenn doch –‹ Maud gab allerdings immer zu bedenken, sie seien Vetter und Cousine ersten Grades, und das ginge einfach nicht. Aber Maud sieht immer alles vom Aspekt des Stammbaums her. Es kommt doch häufig vor, daß Vetter und Cousine ersten Grades heiraten. Das bewährt sich bestens. Wir sind ja schließlich nicht römisch-katholisch und brauchen keinen Dispens.« Wieder unterbrach sie sich. Diesmal nahm ihr Gesicht diesen versunkenen, typisch weiblichen Ausdruck an, den man bei Frauen beobachten kann, wenn sie sich als Heiratsvermittlerinnen betätigen.

»Er hat ihren Geburtstag nie vergessen. Isabella ist so ein liebes Mädchen, und sie hängt an St. Loo.« Sie warf einen Blick auf die Zinnen des Schlosses. »Wenn sie sich doch hier gemeinsam niederlassen wollten...« Ihr standen Tränen in den Augen.

»Das Schloß und seine Bewohner kommen mir von Tag zu Tag mehr vor, als seien sie einem Märchen entsprungen«, sagte ich noch am gleichen Abend zu Teresa. »Jeden Augenblick kann ein Märchenprinz eintreffen und die Prinzessin heiraten. Wo *leben* wir denn eigentlich? In einem Märchen der Gebrüder Grimm?«

»Erzählen Sie mir von Ihrem Vetter Rupert«, bat ich Isabella, als sie am darauffolgenden Tag wieder auf der steinernen Bank neben mir saß.

»Ich glaube, da gibt es gar nichts zu erzählen.«

»Aber Sie haben doch gesagt, daß Sie ständig an ihn denken. Stimmt das wirklich?«

Sie ließ sich das durch den Kopf gehen.

»Nein, ich denke nicht an ihn. Ich wollte damit sagen, daß er mir immer gegenwärtig ist. Ich glaube, daß ich Rupert eines Tages heirate.«

Sie wandte sich mir zu, als beunruhige sie mein Schweigen.

»Kommt Ihnen das absurd vor? Ich habe Rupert nicht gesehen, seit ich elf war und er sechzehn. Er hat mir damals versprochen, wiederzukommen und mich zur Frau zu nehmen. Ich habe immer fest daran geglaubt. Das tue ich auch jetzt noch.«

»Lord und Lady St. Loo wurden ein Paar und lebten bis an ihr seliges Ende im Schloß von St. Loo am Meeresgestade«, sagte ich.

»Sie glauben wohl nicht, daß es dazu kommt«, wollte Isabella von mir wissen.

Sie sah mich an, als hinge ihr Schicksal von meiner Antwort ab.

Ich holte ganz tief Luft.

»Ich könnte mir wahrhaftig denken, daß es ganz genauso kommt, wie sie sich das vorstellen. Märchen pflegen so zu enden.«

Wir wurden abrupt aus unserer Märchenwelt gerissen, als Mrs. Bigham Charteris die Terrasse betrat.

Sie schleppte ein dickes Paket, das sie ächzend neben sich ablegte. Sie forderte mich brüsk auf, es Captain Carslake zu übergeben.

»Ich glaube, er ist in seinem Büro«, erklärte ich, doch sie fiel mir barsch ins Wort.

»Ich weiß, aber ich will da nicht hinein. Im Augenblick geht seine Frau entschieden über meine Kraft.«

Mrs. Carslake ging eigentlich immer über meine Kraft, aber ich erkannte rasch, daß sich Mrs. Bighams Charteris nicht nur aus diesem Grund so abweisend und schroff verhielt.

Das fiel auch Isabella auf.

»Tante Maud, was ist denn los?« erkundigte sie sich.

»Lucinda ist überfahren worden.«

Lucinda war der rotbraune Spaniel von Mrs. Bigham Charteris. Sie liebte diesen Hund abgöttisch.

Sie sprach mit zitternder Stimme weiter und sah mich dabei eisig an, um mich daran zu hindern, ihr mein Mitgefühl auszusprechen.

»Unten am Hafen – ein paar von diesen elenden Touristen – sind viel zu schnell gefahren – haben nicht mal angehalten. Komm jetzt, Isabella. Wir müssen unbedingt nach Hause –«

Ich bot ihr keinen Tee an und enthielt mich jeder Äußerung, die nach Mitleid ausgesehen hätte.

Isabella fragte: »Wo ist denn Lucy jetzt?«

»Ich habe sie zu Burt gebracht. Major Gabriel hat mir dabei geholfen. Er war sehr liebenswürdig, wirklich furchtbar nett.«

Gabriel erschien auf der Bildfläche, als Lucinda winselnd auf der Straße lag und Mrs. Bigham Charteris neben ihrem schwerverletzten Liebling kniete. Er kniete sich neben sie und tastete den Körper des Hundes ab. Er schien sich mit derlei Dingen auszukennen.

Er erklärte:

»Die Hinterbeine des Hundes haben an Beweglichkeit eingebüßt. Wahrscheinlich hat der Hund innere Verletzungen. Wir sollten ihn zu einem Tierarzt bringen.«

»Johnson aus Polwithen hat Lucinda immer behandelt. Er versteht sich gut auf Hunde, geht fantastisch mit den Tieren um. Aber das ist viel zu weit.«

Major Gabriel nickte. »Wer ist denn der beste Tierarzt in St. Loo?«

»James Burt. Er ist zwar intelligent, aber ganz entsetzlich grob. Er ist ein richtiges Vieh. Ich würde ihm um nichts in der Welt einen Hund anvertrauen. Wissen Sie, er trinkt. Aber seine Praxis ist ganz in der Nähe. Vielleicht bringen wir Lucy besser doch zu ihm. Passen Sie auf – sie beißt vielleicht.«

Gabriel sagte zuversichtlich:

»Sie beißt mich nicht.« Er sprach besänftigend auf Lucy ein. »Keine Sorge, meine Liebe, es wird alles wieder gut.« Unendlich sanft schob er die Arme unter sie. Die kleinen Jungen, die Fischer und die jungen Frauen mit ihren Einkaufstaschen bekundeten ihr Mitgefühl und waren alle mit Ratschlägen bei der Hand.

Mrs. Bigham Charteris sagte mit zittriger Stimme:

»Gute Lucy, bist ein braver Hund.«

Dann wandte sie sich an Gabriel. »Das ist sehr nett von Ihnen. Burts Praxis liegt gleich um die Ecke am Western Place.«

Bald standen sie vor einem streng viktorianischen Haus mit Schieferdach und einem zerkratzten Messingtürschild.

Eine recht hübsche Frau von etwa achtundzwanzig Jahren öffnete ihnen: Mrs. Burt, die Frau des Tierarztes.

Sie erkannte Mrs. Bigham Charteris sofort.

»Ach, Mrs. Bigham Charteris, es tut mir furchtbar leid, aber mein Mann ist nicht zu Hause. Sein Mitarbeiter auch nicht.«

»Wann kommt er denn zurück?«

»Er müßte eigentlich jeden Augenblick hier sein. Er hat allerdings nur von neun bis zehn und von zwei bis drei Uhr Sprechstunde. Aber er tut sicher alles, was in seiner Macht steht. Was ist dem Hund denn zugestoßen? Ist er überfahren worden?«

»Ja, gerade eben. Von einem Auto überfahren.«

»Ach, wie schrecklich«, sagte Mrs. Burt mitleidig. »Die fahren viel zu schnell. Bringen Sie den Hund doch bitte in das Sprechzimmer.«

Sie sprach ganz sanft und leise. Ihre Stimme klang fast zu fein.

Mrs. Bigham Charteris streichelte Lucinda. Ihr vom Leben gezeichnetes Gesicht war tieftraurig. Sie hörte nicht auf Milly Burt, die in unzusammenhängenden Worten liebenswürdig weitersprach. Sie wußte offenbar nicht recht, wie sie sich verhalten sollte.

Sie schlug vor, in der Lower Grange Farm anzurufen, um festzustellen, ob ihr Mann dort hingefahren sei. Das Telefon stand im Gang. Major Gabriel ging mit und ließ Mrs. Bigham Charteris mit ihrem Hund und ihrem Schmerz allein. Er war ein scharfsichtiger Mensch.

Mrs. Burt wählte die Nummer der Farm. Sie erkannte die Stimme am anderen Ende der Leitung.

»Mrs. Whidden, hier ist Mrs. Burt. Ist mein Mann bei Ihnen? Ja, bitte – wenn es Ihnen nichts ausmacht – ja –« Eine kurze Pause, dann sah Gabriel wie sie errötete und zusammezuckte. Ihre Stimme klang jetzt demütig und verschüchtert.

»Es tut mir leid, Jim. Nein, natürlich nicht –« Gabriel hörte Burts Stimme am anderen Ende der Leitung, doch er konnte nichts verstehen. Milly Burt entschuldigte sich ständig.

»Es ist Mrs. Bigham Charteris – vom Schloß. Ihr Hund ist überfahren worden. Ja, sie ist jetzt hier.«

Wieder stieg ihr das Blut in die Wangen, und sie legte auf. Gabriel bekam noch mit, wie ihr Mann sie wütend anschrie:

»Warum hast du das nicht gleich gesagt, du Idiotin?«

Einen Augenblick herrschte betretenes Schweigen. Mrs. Burt

tat Gabriel leid. So ein hübsches, liebes kleines Ding und hat solche Angst vor ihrem Mann, ging es ihm durch den Kopf. Er sagte ganz aufrichtig und so freundlich, wie es seine Art war:

»Es ist furchtbar nett von Ihnen, daß Sie sich soviel Mühe machen, Mrs. Burt. Und wir wissen auch Ihr Mitgefühl zu schätzen.« Er sah sie lächelnd an.

»Aber ich bitte Sie, Major Gabriel. Sie *sind* doch Major Gabriel, nicht wahr?« Sie war ein wenig aufgeregt, weil er sich in ihrem Haus aufhielt. »Ich war neulich bei der Versammlung.«

»Das freut mich, Mrs. Burt.«.

»Ich hoffe, Sie machen das Rennen. Ich zweifle nicht daran, Ich bin davon überzeugt, daß alle Welt die Nase voll hat von Mr. Wilbraham. Wissen Sie, er gehört gar nicht hierher. Er stammt nämlich nicht aus Cornwall.«

»Ich übrigens auch nicht.«

»Ach –«

Ihr verehrender Blick erinnerte an einen Blick aus Lucindas braunen Augen. Sie hatte wunderschöne, kastanienbraunes Haar. Ihre Lippen teilten sich, sie sah John Gabriel an. Sie sah ihn irgendwo im Krieg: Wüste, Hitze, die ewigen Schießereien, Ströme von Blut und er, durch die Gegend wankend... wie in einer Szene aus einem Film, den sie in der Vorwoche gesehen hatte.

Er war ganz ungekünstelt, furchtbar nett – ein Mensch wie du und ich!

Gabriel bemühte sich, das Gespräch nicht versiegen zu lassen. Er wollte sie daran hindern, ins Sprechzimmer zurückzugehen und die arme alte Frau verrückt zu machen, die mit ihrem Hund allein sein wollte, zumal er davon überzeugt war, daß der Hund nicht überleben würde. Was für ein Jammer, so ein schönes Tier und höchstens drei oder vier Jahre alt. Mrs. Burt war eine liebe kleine Frau, doch sie würde ihr Mitgefühl bekunden wollen und einen Redestrom über die arme, alte Frau ergießen. Sie würde sich über Autos auslassen und erzählen, wie viele Hunde alljährlich überfahren wurden und was für ein entzückender Hund Lucinda war. Sie würde Mrs. Charteris Tee anbieten wollen.

Also nahm John Gabriel es auf sich, sie abzulenken. Er brachte sie zum Lachen, so daß sie ihre schönen Zähne zeigte und im Mundwinkel ein Grübchen. Sie wirkte glücklich und zufrieden, bis die Tür ganz plötzlich aufging und ein stämmiger, untersetzter Mann in Reithosen hereingestiefelt kam.

Mrs. Burt zuckte erschrocken zusammen und machte sich ganz klein. Für Gabriel war dieser Anblick unerträglich.

»Ach, Jim, da bist du ja!« rief Mrs. Burt mit zitternder Stimme. Sie war jetzt nur noch ein jammervolles Nervenbündel. »Das ist Major Gabriel.«

James Burt nickte nur kurzangebunden. Seine Frau fuhr fort: »Mrs. Charteris ist mit ihrem Hund im Sprechzimmer –«

Burt fiel ihr sofort ins Wort: »Warum hast du den Hund nicht reingebracht und dafür gesorgt, daß sie selber draußenbleibt? Du besitzt aber auch nicht das kleinste bißchen Verstand.«

»Soll ich sie vielleicht bitten –«

»Ich kümmere mich selbst darum.«

Er schob seine Frau beiseite und ging mit festen Schritten die Treppe hinunter in die Praxis.

Milly Burt kniff die Augen zusammen. Tränen liefen ihr über die Wangen. Mit einer hastigen Handbewegung wischte sie sie ab.

Dann bot sie Major Gabriel eine Tasse Tee an.

Major Gabriel nahm dankend an, weil ihm Mrs. Burt so leid tat und weil ihr Mann in seinen Augen ein ungehobelter Klotz war – um es einmal milde auszudrücken.

Und damit fing es an.

10. Kapitel

Ich glaube, es war am folgenden oder am übernächsten Tag – da brachte Teresa Mrs. Burt zu mir in den Salon.

»Das ist mein Schwager Hugh«, stellte sie mich vor. »Hugh, das ist Mrs. Burt, die sich freundlicherweise erboten hat, uns zu helfen.«

Dieses ›uns‹ war nicht persönlich gemeint. Sie bezeichnete damit die Konservativen.

Ich sah Teresa an. Sie verzog keine Miene. Mrs. Burt sah mich mit ihren sanften braunen Augen an, aus denen Mitleid sprach.

Wenn ich mich gelegentlich mal gehenließ und dem Selbstmitleid hingab, so waren solche Augenblicke wie geschaffen, mich davon zu kurieren. Ich konnte mich gegen das Mitgefühl, das aus den Blicken Mrs. Burts sprach, und gegen ihren Wunsch zu helfen, nicht zur Wehr setzen. Teresa verhielt sich niederträchtig, als sie mich mit Mrs. Burt allein ließ.

Mrs. Burt nahm sogleich neben mir Platz und machte Anstalten, mir die Ohren vollzuschwatzen. Als ich mich von meiner Befangenheit erholt hatte, erwachten meine Lebensgeister wieder, und ich gestand mir ein, daß Mrs. Burt außerordentlich sympathisch war.

»Ich finde, wir sollten für die Wahlen alles tun, was in unserer Macht steht«, sagte sie. »Ich fürchte allerdings, daß ich selbst nicht allzuviel dazu beitragen kann. Ich bin leider nicht intelligent und auch nicht redegewandt – aber ich habe Mrs. Norreys schon gesagt: Wenn ich irgend etwas für die Kirche tun oder Flugblätter austragen kann, so bin ich gern dazu bereit. Ich finde, Major Gabriel hat ganz wunderbar über die Rolle der Frauen bei der Wahlhilfe gesprochen. Er hat mir das Gefühl gegeben, daß ich der Sache bisher ziemlich gleichgültig gegenübergestanden bin und noch nichts geleistet habe. Er ist ein großartiger Redner, finden Sie nicht auch? Ach, ich habe ganz vergessen – vermutlich konnten Sie –«

Ihre Verzweiflung rührte mich. Sie sah mich ganz verängstigt an. Da kam ich ihr schnell zu Hilfe.

»Ich habe seine Eröffnungsansprache in der Drill Hall gehört. Er weiß sich wirklich ins rechte Licht zu setzen.«

Sie faßte das nicht als Ironie auf. Im Überschwang der Gefühle sagte sie:

»Ich finde ihn fantastisch.«

»Dann verläuft ja alles ganz nach Wunsch. So sollen die Leute ihn ja auch einschätzen.«

»Ja, das sollten sie wahrhaftig«, sagte Milly Burt. »Ich meine, es ist doch furchtbar wichtig, daß ein solcher Mann St. Loo vertritt. Ein hundertprozentiger Mann. Er war im Krieg und hat gekämpft. Mr. Wilbraham ist natürlich auch nicht übel, aber ich finde, diese Sozialisten sind merkwürdige Leute. Auf die kann man nicht bauen. Schließlich ist er nur Lehrer oder so was. Er sieht furchtbar schwächlich aus und spricht so affektiert. Man hat gar nicht das Gefühl, daß er schon irgend etwas *ausgerichtet* hat.«

Ich lauschte der Stimme der Wählerschaft ziemlich interessiert und bemerkte, John Gabriel habe schon allerhand getan.

Sie wurde vor Begeisterung ganz rot.

»Ich habe gehört, daß er einer der tapfersten Männer der ganzen Armee sein soll. Es heißt, er hätte das Viktoria-Kreuz immer und immer wieder verdient.«

Es war Gabriel also offenbar gelungen, die Werbetrommel hinreichend zu schlagen, wenn aus Mrs. Burt nicht nur die ganz persönliche Begeisterung für Gabriel sprach. Die Heldenverehrung machte sie sehr hübsch. Ihre Wangen waren leicht gerötet, und ihre braunen Augen strahlten.

»Er hat Mrs. Bigham Charteris geholfen«, sagte sie. »An dem Tag, an dem ihr Hund überfahren worden ist. Das war doch furchtbar nett von ihm, finden Sie nicht auch? Er war so besorgt um Mrs. Charteris und das arme Tier.«

»Vielleicht mag er Hunde gern«, bemerkte ich.

Das genügte Milly Burt nicht als Erklärung. Sie interpretierte da weit mehr hinein.

»Nein, ich glaube vielmehr, er hat den Hund zum Arzt gebracht, weil er ein guter Mensch ist – ein ganz wunderbarer Mensch. Er gibt sich ganz natürlich und hat so nett mit mir gesprochen.«

Sie schwieg nur kurz und fuhr dann fort: »Ich habe mich richtig geschämt. Weil ich mich nicht stärker für die Sache eingesetzt habe. Ich wähle natürlich immer die Konservativen, aber damit ist es ja noch nicht getan.«

»Na ja, das ist Ansichtssache«, sagte ich.

»Jetzt habe ich wirklich das Gefühl, daß ich etwas tun muß, irgend etwas. Deshalb bin ich hergekommen, um Captain Carslake zu fragen, was ich tun kann. Wissen Sie, ich habe viel Zeit. Mr. Burt hat ungeheuer viel zu tun. Er ist ja den ganzen Tag unterwegs – außer während der Sprechstunden. Und wir haben keine Kinder.«

Ihre braunen Augen nahmen vorübergehend einen ganz anderen Ausdruck an. Sie tat mir schrecklich leid. Ich fand, daß eine Frau wie sie Kinder haben sollte. Sie wäre eine gute Mutter.

Die vereitelte Mutterschaft stand ihr noch im Gesicht geschrieben, als sie den Gedanken an John Gabriel aufgab und sich statt dessen mir zuwandte.

»Sie sind in El Alamein verwundet worden, stimmt's?« fragte sie mich.

»Nein!« entgegnete ich wütend. »Ich bin in der Harrow Road verunglückt.«

»Ach so –« Sie wirkte ganz verschreckt. »Aber Major Gabriel hat mir doch erzählt –«

»Das sieht ihm wieder einmal ähnlich!« brauste ich auf. »Sie dürfen ihm kein Wort glauben.«

Mrs. Burt lächelte. Ihr Lächeln drückte Zweifel aus. Sie hielt das für einen Witz, dessen Pointe sie nicht begriffen hatte. »Sie sehen aber ausgesprochen kräftig aus«, behauptete sie, um mich aufzumuntern.

»Meine liebe Mrs. Burt, ich sehe weder kräftig aus noch fühle ich mich stark.«

Sie sagte liebenswürdig: »Captain Norreys, das tut mir entsetzlich leid.«

Bevor ich einen Mord begehen konnte, ging die Tür auf. Carslake erschien, gefolgt von Gabriel.

Gabriel machte seine Sache gut. Er strahlte und ging auf Mrs. Burt zu.

»Guten Tag, Mrs. Burt. Das ist wirklich furchtbar nett von Ihnen. Nein, wie ich mich freue!«

Sie lächelte verlegen, aber überglücklich.

»Aber Major Gabriel, ich bitte Sie! Ich kann mir gar nicht denken, daß ich Ihnen von Nutzen sein kann. Aber ich möchte *irgend etwas* tun, womit ich Ihnen helfen kann.«

»Und ob Sie helfen werden! Wir setzen Sie schon richtig ein.« Er hielt ihre Hand noch immer fest und lächelte sie an, so daß sein häßliches Gesicht gewinnend wirkte. Ich spürte den Charme und die Anziehungskraft dieses Mannes ganz deutlich. Wenn ich das sogar empfand, mußte er auf diese Frau noch viel attraktiver wirken. Sie wurde feuerrot und lachte.

»Ich werde mir die größte Mühe geben. Es ist doch schließlich wichtig zu beweisen, daß das Land sich Mrs. Churchill gegenüber ganz loyal verhält, habe ich nicht recht?«

Ich hätte ihr sagen können, daß es weit wichtiger war, daß

wir uns John Gabriel gegenüber ganz loyal verhielten, damit er mit einer Mehrheit aus dem Rennen hervorging.

»So ist es richtig. Ihre Einstellung gefällt mir«, gab ihr Gabriel zu verstehen. »Bei den Wahlen kommt es heutzutage nämlich vor allem auf die Frauen an. Sie müssen nur Gebrauch machen von der Macht, die sie besitzen.«

»Ja, ja, ich weiß«, sagte Mrs. Burt ganz ernst. »Wir *tun* einfach nicht genug.«

»Na ja«, meinte da John Gabriel. »Vielleicht ist der eine Kandidat ja gar nicht so viel besser als der andere.«

»Aber Major Gabriel!« Sie war schockiert. »Zwischen den Kandidaten besteht ein himmelweiter Unterschied!«

»Ganz richtig, Mrs. Burt«, mischte sich jetzt Carslake ein. »Ich versichere Ihnen, daß sie in Westminster staunen werden, wenn Major Gabriel erst einmal Einzug hält.«

Am liebsten hätte ich gesagt: »Tatsächlich?«, doch ich verkniff mir das. Carslake nahm sie mit, um ihr Flugblätter oder Rundschreiben auszuhändigen. Als sich die Tür hinter ihnen geschlossen hatte, sagte Gabriel:

»Wirklich eine nette kleine Frau.«

»Sie frißt Ihnen ja buchstäblich aus der Hand.«

Er sah mich stirnrunzelnd an.

»Norreys, jetzt hören Sie aber auf. Mrs. Burt ist mir sehr sympathisch. Und sie tut mir leid. Wenn Sie mich fragen, muß ihr Leben die reine Hölle sein.«

»Vermutlich. Sie sieht besonders glücklich aus.«

»Burt ist ein widerwärtiger, brutaler Mensch. Trinkt mehr als ihm guttut. Wahrscheinlich schlägt er sie. Gestern sind mir an ihrem Arm ein paar ganz gemeine Prellungen und blaue Flekken aufgefallen. Wahrscheinlich stößt er sie herum. Ich sehe rot, wenn ich nur daran denke.«

Ich wunderte mich über ihn. Meine Verwunderung fiel ihm auf. Er nickte heftig.

»Das ist kein leeres Geschwätz. Grausamkeit bringt mich auf die Palme. Mir fehlt jegliches Verständnis für gewalttätige Menschen. Haben Sie schon mal darüber nachgedacht, was manche Frauen für ein Leben führen? Sie können sich dem nicht entziehen und dürfen nicht mal drüber sprechen.«

»Sie könnten Anzeige erstatten«, sagte ich.

»Nein, Norreys, eben nicht – oder nur im äußersten Notfall. Was kann eine Frau schon tun, wenn ihr Mann sie systematisch quält, sie ständig angiftet und auch hin und wieder schlägt, wenn er eins über den Durst getrunken hat? Es bleibt ihr doch nichts anderes übrig, als das stillschweigend zu erdulden. Frauen wie Milly Burt verfügen doch nicht über eigenes Geld. Wohin soll sie sich wenden, wenn sie ihren Mann verläßt? Verwandte sind nicht erpicht auf solche Streitigkeiten zwischen Ehepaaren. Solche Frauen sind ganz allein. Kein Mensch würde für sie auch nur einen Finger rühren.«

»Ja, das stimmt«, mußte ich zugeben.

Ich sah ihn forschend an.

»Die Sache scheint Sie furchtbar aufzuregen«, meinte ich.

»Sie glauben wohl, ich bin nicht fähig, Mitleid mit jemandem zu haben? Ich mag das Mädchen nun mal, und sie tut mir leid. Ich gäbe viel darum, wenn ich ihr helfen könnte – aber ich weiß nicht wie.«

Ich fühlte mich unbehaglich und versuchte, mein Gewicht zu verlagern. Ein stechender Schmerz durchzuckte mich. Mein lädierter Körper machte mir wieder mal zu schaffen. Zu den physischen Schmerzen kamen auch noch psychische. Diese Seelenqual wog noch viel schwerer. Ich erinnerte mich daran zurück, wie ich im Zug von Cornwall nach London im Speisewagen mitangesehen hatte, wie aus den Augen meines Gegenübers Tränen in die Suppe tropften...

So hatte alles angefangen – ganz anders, als man es sich vorstellte. Es war die Hilflosigkeit des anderen, daß man sich den Widrigkeiten des Lebens auslieferte. Und wohin führte das? Ich war als Invalide auf dem Krankenbett gelandet. Für mich gab es keine Zukunft mehr. Die Vergangenheit spottete über mich...

Ich fragte Gabriel ganz abrupt (für mich bestand da ein Zusammenhang, der Gabriel bestimmt verborgen blieb):

»Was macht übrigens das nette Persönchen im St. Loo Arms?«

Gabriel grinste.

»Mein Freund, da tut sich nichts. Ich bin sehr diskret. In St. Loo lasse ich mir nichts zuschulden kommen. Es steht zuviel auf dem Spiel.« Er seufzte. »Aber es ist jammerschade. Sie ist genau mein Typ. Aber was soll man machen, man kann nun mal nicht alles haben. Ich lasse doch die Tories nicht im Stich.«

Ich wollte von ihm wissen, ob die Tory Partei denn so prüde sei. Er erwiderte, in St. Loo denke man sehr puritanisch. Die Fischer seien sogar ausgesprochen fromm.

»Obwohl in jedem Hafen ein Mädchen auf sie wartet?«

»Das war die Marine, alter Junge. Sie dürfen da nichts durcheinanderbringen.«

»Wenn *Sie* nur nichts durcheinanderbringen, was Mrs. Burt und das St. Loo Arms angeht.«

Er fuhr völlig unerwartet auf.

»Hören Sie mal, was soll das denn heißen? Mrs. Burt ist eine anständige Frau – über jeden Tadel erhaben. Sie ist ein sehr liebenswerter Mensch.«

Ich sah ihn ganz verwundert an.

»Ich sage Ihnen, daß sie in Ordnung ist«, versicherte er mir. »Für irgendwelche krummen Touren ist sie nicht zu haben.«

»Nein, das kann ich mir auch nicht denken. Aber Sie wissen hoffentlich, daß sie Sie sehr bewundert.«

»Na ja, das liegt am Viktoria-Kreuz und dem leidigen Vorfall am Hafen und an verschiedenen anderen Gerüchten.«

»Ach ja, das wollte ich Sie auch schon fragen. Wer setzt denn solche Gerüchte in die Welt?«

Er zwinkerte mir zu.

»Wer sie auch immer in Umlauf bringt – eines kann ich Ihnen sagen, sie sind mir sehr von Nutzen. Wilbraham ist gegen mich ein armer Teufel.«

»Nun sagen Sie schon, wer diese Gerüchte verbreitet. Ist es Carslake?«

Gabriel schüttelte den Kopf.

»Nein, der nicht. Viel zu schwerfällig. Der würde nur alles ruinieren. Ich muß schon selbst für die Verbreitung sorgen.«

Da prustete ich los.

»Sie wollen mir doch wohl nicht im Ernst weismachen, daß Sie es fertigbringen, den Leuten unter die Nase zu reiben, daß Sie sich noch mindestens drei Viktoria-Kreuze hätten verdienen können?«

»Nein, ganz so funktioniert das nicht. Die Frauen sind mir eine große Hilfe – die weniger intellektuellen. Sie ziehen mir die

Einzelheiten aus der Nase, die ich natürlich nur widerstrebend preisgebe. Wenn ich dann schrecklich verlegen bin und sie anflehe, mit keiner Menschenseele darüber zu sprechen, sausen sie los und erzählen es all ihren Freundinnen.«

»Gabriel, Sie schrecken wirklich vor gar nichts zurück. Haben Sie denn überhaupt kein Schamgefühl?«

»Ich will die Wahl gewinnen. Ich muß an meine berufliche Laufbahn denken. So etwas wiegt nämlich viel schwerer als die Frage, ob ich informiert bin, was die Tarife, die Reparationen und gleiche Bezahlung für gleiche Arbeit angeht. Die Frauen interessieren sich vor allem für die Persönlichkeit des Kandidaten.«

»Ach ja, da fällt mir etwas ein. Warum zum Teufel haben Sie Mrs. Burt denn weisgemacht, ich sei in El Alamein verwundet worden?«

Gabriel seufzte.

»Sie haben ihr also die Illusionen genommen. Das sollten Sie nicht tun, mein Lieber. Nutzen Sie die Lage aus, so lange es nur geht. Helden stehen im Augenblick sehr hoch im Kurs. Später sinkt der Kurs dann. Also machen Sie sich das zunutze.«

»Indem ich den Leuten etwas Falsches vorgaukle?«

»Es ist völlig überflüssig, den Frauen die Wahrheit zu verraten. Ich verkneife mir das jedenfalls. Es wäre auch gar nicht angebracht. Die Frauen wollen die Wahrheit gar nicht wissen, lassen Sie sich das gesagt sein.«

»Da könnten Sie ja ebensogut mit voller Absicht lügen. Was ist denn da der Unterschied?«

»Sie brauchen nicht zu lügen. Das habe ich ja schon für Sie getan. Sie brauchen nur zu murmeln ›Alles Unsinn ... nur ein Irrtum ... Gabriel hätte den Mund halten sollen‹. Und dann sprechen Sie über das Wetter oder die Vorgänge im finstersten Rußland. Dann geht das Mädchen und hat vor Begeisterung ganz große, runde Augen. Wollen Sie sich denn gar nicht *amüsieren*?«

»Woran sollte ich denn jetzt noch Freude haben?«

»Na ja, ich weiß natürlich, daß Sie nicht mit einer Frau ins Bett gehen können.« Gabriel versuchte niemals, irgend etwas zu bemänteln oder zu beschönigen. »Aber ein bißchen auf die Tränendrüsen drücken, das ist doch besser als gar nichts. Wollen Sie denn nicht, daß sich die Frauen um Sie reißen?«

»Nein.«

»Komisch, ich schon.«

»Wirklich?«

Gabriels Miene wurde ernster. Er runzelte die Stirn und sagte dann gedehnt:

»Vielleicht haben Sie sogar recht... wenn man es genau betrachtet, kennt man sich gar nicht wirklich... *Ich* glaube, daß ich John Gabriel sehr gut kenne. Sie deuten an, daß ich ihn längst nicht so gut kenne wie ich es mir einbilde. Darf ich Ihnen Major John Gabriel vorstellen? Ich glaube, Sie kennen sich noch nicht...«

Er ging mit schnellen Schritten im Zimmer auf und ab. ich spürte, daß ihn meine Worte sehr beunruhigten. Ich bemerkte plötzlich, daß er wie ein verschreckter kleiner Junge aussah.

»Sie irren sich«, sagte er. »Sie sind ganz gewaltig auf dem Holzweg. Und *ob* ich mich kenne. Das ist nämlich meine Stärke. Manchmal wünschte ich, es wäre nicht so. Ich weiß ganz genau, was ich für ein Mensch bin, was ich wert bin und wozu ich fähig bin. Ich bin natürlich ständig auf der Hut, damit kein Mensch dahinterkommt. Niemand soll mich durchschauen. Ich weiß, wo ich herkomme und ich weiß, wohin mein Weg mich führt. Ich weiß nämlich, was ich will, und ich werde dafür sorgen, daß ich es auch erreiche. Ich habe mir alles genauestens überlegt, und ich halte es für unwahrscheinlich, daß da irgend etwas schiefgeht.« Er überlegte einen Augenblick. »Nein – ich glaube, ich sitze fest im Sattel. Ich werde mein Ziel bestimmt erreichen.«

Beim Klang seiner Stimme begann ich aufzuhorchen. In diesem Augenblick sah ich in John Gabriel mehr als einen Scharlatan. Ich sah ihn als eine Macht, mit der man rechnen mußte.

»*Das* wollen Sie also«, sagte ich. »Na ja, vielleicht erreichen Sie es ja.«

»Ich weiß nicht, wovon Sie reden.«

»Macht. Das haben sie doch damit sagen wollen, oder etwa nicht?«

Er starrte mich verblüfft an. Dann brach er in schallendes Gelächter aus.

»Nein, wahrhaftig nicht. Für wen halten Sie mich denn – für Adolf Hitler? An Macht ist mir nicht gelegen. Ich habe nicht den Ehrgeiz, über meine Mitmenschen oder die Welt ganz allgemein zu herrschen. Großer Gott, was glauben Sie denn, wofür ich mich so abstrample, wofür ich diese Nervenprobe auf mich nehme? Macht ist doch der reine Blödsinn! Ich will nichts als einen ruhigen Posten, das ist alles.«

Ich starrte ihn fassungslos an. Seine Erklärung enttäuschte mich maßlos. Einen Augenblick lang hatte John Gabriel aus meiner Sicht die Ausmaße eines Titanen angenommen. Dann war er ganz rapide auf Normalgröße zurückgeschrumpft. Er ließ sich in einen Sessel fallen und streckte die Beine weit von sich. Ich sah ihn als den Menschen, der er war, wenn man seinen Charme einmal beiseite ließ: Er war ein rüder, grobschlächtiger, hundsgemeiner kleiner Mann – begierig, alles an sich zu reißen.

»Sie sollten dem Himmel dafür danken, daß ich nicht *mehr* will«, sagte er. »Raffgierige, krankhaft ehrgeizige Männer können der Welt keinen Schaden zufügen. Auf der Welt gibt es genug Platz für sie. Solche Menschen sind geeignet, andere zu regieren. Aber der Himmel möge alle Länder schützen, in denen Männer an der Macht sind, die Ideen haben! Ein Mann, der sich etwas in den Kopf gesetzt hat, trampelt auf den einfachen Leuten herum, er läßt die Kinder verhungern und zerbricht die Frauen, ohne daß er überhaupt bemerkt, was vorgeht. Es wäre ihm auch ganz egal. Aber ein selbstsüchtiger, raffgieriger Trottel kann keinen großen Schaden anrichten. Er will sich nur an einem bequemen Platz einnisten, und wenn das erst einmal geschafft ist, gibt er sich womöglich Mühe, den Durchschnittsmenschen glücklich zu machen. Es ist ihm sogar lieber, wenn die Leute glücklich und zufrieden sind, weil das bequemer ist. Ich weiß ganz gut, was die meisten Menschen möchten – es ist ja nicht viel. Sie wollen sich wichtig nehmen dürfen, ein wenig besser dastehen als der Nächste und nicht allzuviel herumgestoßen werden. Da wird die Labour Party einen großen Fehler machen, falls sie das Rennen macht. Sie werden schon sehen, Norreys –«

»*Falls* sie das Rennen macht«, bekräftigte ich seine Worte.

»Sie werden es ja sehen«, sagte Gabriel zuversichtlich. »Ich will Ihnen sagen, was sie dann falsch machen. Sie fangen an, die Leute zu bevormunden. Alles in der besten Absicht. Die Leute, die keine waschechten Tories sind, sind eben Querulanten. Der Himmel bewahre uns vor Querulanten! Ein wirklich idealistischer, wohlmeinender Besserwisser kann ein achtbares ordnungsliebendes Land ganz schön quälen und ihm sehr zu schaffen machen.«

»Womit Sie wohl sagen wollen, daß Sie wissen, was für das Land am besten ist.« Ich konnte es nicht lassen.

»Keineswegs. Ich weiß, was für John Gabriel am besten ist. Ich experimentiere nicht herum, da kann das Land beruhigt sein. Ich werde ausschließlich mit mir selbst beschäftigt sein und nichts im Sinn haben, als mir ein gutes Plätzchen zu sichern. Mir liegt nicht das geringste daran, Premierminister zu werden.«

»So? Das wundert mich.«

»Norreys, täuschen Sie sich nicht! Ich könnte vermutlich Premierminister werden, wenn ich wollte. Man kann erstaunlich viel ausrichten, wenn man nur darauf achtet, was die Leute von einem hören wollen und es dann auch sagt! Aber der Posten des Premierministers bringt große Sorgen, Verantwortung und sehr viel Arbeit mit sich. Ich will mir nur einen Namen machen, das ist alles –«

»Und wo soll das Geld herkommen? Mit sechshundert Pfund im Jahr kommen Sie nicht weit.«

»Wenn die Labour Party das Rennen macht, müssen sie halt was springen lassen. Vermutlich auf tausend Pfund erhöhen. Aber lassen Sie sich eins gesagt sein – in der Politik gibt es zahlreiche Möglichkeiten, zu Geld zu kommen – ganz offen und ehrlich oder auch unter der Hand. Außerdem kann man auch eine gute Partie machen –«

»So, auch das ist schon genau geplant? Was schwebt Ihnen denn so vor? Vielleicht ein Adelstitel?«

Aus unerfindlichen Gründen stieg ihm die Zornesröte ins Gesicht.

»Nein!« widersprach er heftig. »Wenn ich einmal heirate, dann nur eine Frau aus meinen Kreisen. Ich weiß, wo ich hingehöre. Ich bin kein Gentleman.«

»Bedeutet dieses Wort denn heutzutage überhaupt noch etwas?« fragte ich voller Skepsis.

»Das Wort selbst wohl weniger. Aber die Bedeutung, die dahintersteckt, ist noch allgegenwärtig.«

Er starrte vor sich hin. Als er dann wieder sprach, klang

seine Stimme nachdenklich und schien von sehr weit herzukommen.

»Ich erinnere mich noch daran, wie ich mit meinem Vater zu einem hochherrschaftlichen Haus gegangen bin. Er sollte den Boiler in der Küche reparieren. Ich blieb draußen vor dem Haus. Da kam ein Mädchen auf mich zu und sprach mich an. Sie nahm mich mit in den Garten. Es war ein herrlicher Park mit Springbrunnen, Terrassen, einer hohen Zeder und samtweichem grünen Gras. Ein Rasen wie ein Teppich. Der Bruder des Mädchens war auch da. Er war jünger. Wir spielten alles mögliche – so zum Beispiel Verstecken. Es machte Spaß. Wir verstanden uns ganz prächtig. Dann kam ein Kindermädchen aus dem Haus, in ihrer Tracht, ganz steif und zugeknöpft bis zum Hals. Pam, so hieß das Mädchen, lief auf sie zu und schlug vor, mich zum Tee ins Kinderzimmer einzuladen, ich müsse unbedingt bei ihnen bleiben. Ich sehe das pikierte Gesicht des Kindermädchens noch ganz deutlich vor mir – ganz abweisend, und ich höre noch immer ihre affektierte Stimme!

›Meine Liebe, das ist völlig ausgeschlossen. Das ist nur ein einfacher Junge aus dem Volk.‹«

Gabriel schwieg. Ich war schockiert. Was solche grausamen Worte doch anrichten können, die die Frau wahrscheinlich ausgesprochen hatte, ohne vorher groß darüber nachzudenken. Seitdem sah er das Gesicht des Kindermädchens immer wieder vor sich und hörte ihre Stimme... Sie hatte ihm sehr weh getan, hatte ihn bis ins Mark getroffen.

»Aber Sie müssen bedenken«, sagte ich, »daß es ja nicht die Mutter der beiden Kinder war. Es zeugt nicht gerade von Niveau, so etwas zu sagen. Ganz abgesehen von der Grausamkeit –«

Er erbleichte und sah mich finster an.

»Norreys, Sie begreifen nicht, worauf ich hinauswill. Ich gebe Ihnen darin recht, daß einer Dame so etwas nicht über die Lippen gekommen wäre. Eine Dame hätte sich nicht so rücksichtslos verhalten. Das ändert aber nichts an der Tatsache, daß es wahr ist. Ich *war* ein ganz gewöhnlicher kleiner Junge aus dem Volk und daran hat sich nichts geändert. Ich werde auch als ganz gewöhnlicher kleiner Junge aus dem Volk ins Grab sinken.«

»Aber das ist doch absurd! So etwas zählt doch gar nicht.«

»Sie haben recht, das zählt nicht mehr. Genaugenommen ist es heutzutage sogar sehr nützlich, kein Gentleman zu sein. Die Leute rümpfen die Nase über diese albernen, steifen alten Damen und Herren mit den großen Namen, die nicht genug zu beißen haben. Was aber die Erziehung angeht, so sind wir auch heute noch versnobt. Das ist sozusagen unser Fetisch. Das Schlimme ist nur, Norreys, daß ich kein gewöhnlicher kleiner Junge aus dem Volk sein wollte. Zu Hause sagte ich zu meinem Vater: ›Daddy, wenn ich einmal groß bin, möchte ich ein Lord sein. Lord John Gabriel.‹ ›Ein Lord kannst du nicht werden‹, sagte er. ›Als Lord muß man geboren werden. Wenn du reich genug bist, kannst du zum Peer ernannt werden, aber das ist nicht dasselbe.‹ Das ist es wirklich nicht. Es gibt eben etwas, was ich nicht bekommen kann und niemals haben werde. Ich spreche gar nicht von dem Titel. Ich meine, schon mit diesem Selbstwertgefühl geboren zu werden. Ganz genau zu wissen, was man sagen oder tun wird. Nur dann grob oder unhöflich zu sein, wenn man es für angebracht und richtig hält und nicht, weil man hitzig ist und unbedingt beweisen möchte, daß man ebensoviel wert ist wie die anderen auch. Ich möchte nicht immer schwitzend herumlaufen und mich andauernd fragen müssen, was die Leute von mir halten, sondern mich lieber fragen, was *ich* von *ihnen* halte. Wie schön muß es sein, zu wissen, daß es nicht das geringste ausmacht, wenn man sonderbar, schäbig angezogen oder auch exzentrisch ist, weil man eben etwas darstellt...«

»Weil man zum Beispiel Lady St. Loo ist?« fragte ich.

»Zum Teufel mit dem alten Drachen!« ereiferte sich Gabriel.

Ich betrachtete ihn fasziniert.

»Sie sind ein interessanter Mensch«, sagte ich.

»Für Sie klingt das gar nicht realistisch, stimmt's? Sie wissen nicht, wovon ich rede. Sie bilden sich das zwar ein, aber Sie können es nicht wirklich begreifen.«

»Ich habe doch gewußt, daß da irgendwann einmal etwas vorgefallen ist«, sagte ich ganz langsam und gedehnt. »Und das hat Ihnen einen Schock versetzt. Sie sind als Kind zutiefst verletzt worden, und in gewisser Weise haben Sie sich davon bis heute nicht erholt.«

»Ersparen Sie mir die Psychologie«, wies mich Gabriel zurecht. »Aber Sie verstehen doch jetzt sicher, warum ich glücklich und zufrieden bin, wenn mir ein nettes Mädchen wie Milly Burt über den Weg läuft. So ein Mädchen will ich einmal heiraten. Geld hat ein solches Mädchen sicher nicht, aber das spielt keine Rolle. Hauptsache, sie gehört zur gleichen Gesellschaftsschicht wie ich. Sie können sich doch wohl vorstellen, daß es die reine Hölle wäre, wenn ich ein eingebildetes Mädchen mit Pferdegesicht heiraten und dann mein Leben lang versuchen würde, ihren Vorstellungen zu entsprechen und an sie heranzureichen.«

Er schwieg und sagte dann ganz plötzlich:

»Sie waren doch in Italien. Sind Sie da auch nach Pisa gekommen?«

»Ja, ich war in Pisa – vor ein paar Jahren.«

»Ich glaube, was ich meine, befindet sich in Pisa. Da ist etwas auf die Wand gemalt... Himmel und Hölle, Fegefeuer und was sonst noch so dazugehört. Die Hölle sieht ganz lustig aus. Kleine Teufelchen stoßen und schieben die Menschen mit Mistgabeln hinein. Hoch oben der Himmel. Eine ganze Reihe Seliger sitzt mit selbstzufriedenem Gesichtsausdruck unter Bäumen. Mein Gott, diese Frauen! Sie wissen nichts von der Hölle, ahnen nichts von den Verdammten – sie haben von nichts eine Ahnung! Sie sitzen einfach nur so da und lächeln selbstzufrieden –« Er ereiferte sich immer mehr. »Balsiert und selbstzufrieden. Herrgott – ich würde sie am liebsten da herunterreißen, damit ihnen das selbstgefällige Grinsen vergeht und sie ins Fegefeuer schubsen! Dort würde ich sie dann festhalten, bis sie schmoren und sich vor Qualen winden. Es geht einfach nicht an, daß sie gar nicht wissen, was es heißt zu leiden! Sie sitzen einfach nur so da und lächeln. Nichts berührt sie, nichts geht ihnen nahe... Da sitzen sie hocherhobenen Hauptes inmitten der Sterne. Ja, inmitten der Sterne...«

Er stand auf. Die Stimme versagte ihm. Er sah an mir vorbei, durch mich hindurch. Sein suchender Blick irrte ziellos umher....

»Inmitten der Sterne«, murmelte er.

Dann brach er in schallendes Gelächter aus.

»Verzeihen Sie, daß ich Sie damit behelligt habe. Aber warum auch nicht? Wenn die Harrow Road Sie auch zum Krüppel gemacht hat, so taugen Sie doch immerhin noch für *etwas*: Sie können mir zuhören, wenn ich mich aussprechen möchte... Sie haben vermutlich schon längst festgestellt, daß sich die Leute oft und gern mit Ihnen unterhalten.«

»Ja, das habe ich schon festgestellt.«

»Und wissen Sie auch warum? Das liegt nicht etwa daran, daß Sie so ein fantastischer, einfühlsamer Zuhörer sind oder irgend etwas in der Richtung. Die Leute reden lediglich mit Ihnen, weil Sie zu nichts anderem mehr taugen.«

Mit zur Seite gelegtem Kopf stand er da und sah mich wütend an. Sein Groll war noch immer nicht versiegt. Ich glaube, er wollte mir wehtun. Doch das gelang ihm nicht. Statt dessen war ich wie erlöst, als er aussprach, was mir schon so lange durch den Kopf gegangen war...

»Ich kann mir beim besten Willen nicht vorstellen, warum Sie nicht einfach Schluß machen«, sagte er. »Oder kommen Sie nicht an die entsprechenden Mittel?«

»Doch, ich habe alles, was dazu nötig ist«, erwiderte ich ihm und schloß die Hand ganz fest um mein Tablettenröhrchen.

»Sieh mal einer an«, sagte er. »Sie haben mehr Schneid als ich dachte...«

11. Kapitel

Am nächsten Vormittag redete Mrs. Carslake eine ganze Weile auf mich ein. Ich mochte Mrs. Carslake nicht. Diese magere, dunkelhaarige Frau hatte eine scharfe Zunge. Die ganze Zeit, die ich in Polnorth House verbrachte, hat sie sich nicht einmal positiv über irgend jemanden geäußert. Manchmal stach mich der Hafer, dann nannte ich einen Namen nach dem anderen und wartete darauf, daß sich das Nette, das sie über jemanden zu sagen wußte, ins Gegenteil verkehrte.

Im Augenblick ließ sie sich über Milly Burt aus.

»Sie ist ein liebes kleines Frauchen«, sagte sie. »Und noch dazu so hilfsbereit. Leider ist sie ziemlich dumm. Von Politik hat sie nicht die leiseste Ahnung. Frauen ihrer Gesellschaftsschicht sind eben politisch völlig desinteressiert.«

Ich konnte mich des Eindrucks nicht erwehren, daß Milly Burt und Mrs. Carslake der gleichen Gesellschaftsschicht angehörten. Um sie herauszufordern, sagte ich:

»Eigentlich genau wie Teresa.«

Mrs. Carslake sah mich entsetzt an.

»Aber ich bitte Sie – Mrs. Norreys ist sehr klug.« Gleich darauf kam die übliche Einschränkung. Mrs. Carslakes Giftschleuder machte vor niemanden halt. »Für *meinen* Geschmack ist sie manchmal sogar *zu* intelligent. Ich habe oft den Eindruck, daß sie uns alle verachtet. Diese intellektuellen Frauen sind oft ausschließlich mit sich selbst beschäftigt, finden Sie nicht auch? Natürlich würde ich Mrs. Norreys nicht als ausgesprochen selbstsüchtig bezeichnen –«

Dann kam sie wieder auf Milly Burt zu sprechen.

»Ein Segen, daß Mrs. Burt etwas zu tun bekommt«, sagte sie. »Wissen Sie, ich fürchte, daß ihre Ehe nicht sehr glücklich ist.«

»Das tut mir leid.«

»Mit diesem Burt geht es bergab. Kurz vor der Sperrstunde kommt er Nacht für Nacht aus dem St. Loo Arms getorkelt. Es wundert mich, daß sie ihm überhaupt noch etwas geben. Ich glaube, daß er manchmal gewalttätig wird. Das behaupten die Nachbarn jedenfalls. Wissen Sie, die Frau hat fürchterliche Angst vor ihm.«

Ihre Nasenspitze erbebte. Ich sagte mir, daß angenehme Empfindungen dieses Beben ausgelöst haben mußten.

»Warum verläßt sie ihren Mann denn nicht?« überlegte ich.

Diese Frage schien Mrs. Carslake zu schockieren.

»Also wirklich, Captain Norreys, *das* kann sie doch nicht tun! Wo soll sie den auch hin? Verwandte hat sie nicht. Ich habe mir schon oft gedacht – wenn ihr ein mitfühlender junger Mann über den Weg liefe... Wissen Sie, ich glaube nicht, daß sie Prinzipien hat. Und sie sieht ja ziemlich gut aus, wenn auch nur oberflächlich betrachtet.«

»Sie mögen sie wohl nicht besonders, wie?« erkundigte ich mich.

»Aber ja. Allerdings kenne ich sie kaum. Ein Tierarzt, na ja, man kann ihn mit einem richtigen Arzt nicht vergleichen.«

Nachdem mir Mrs. Carslake klargemacht hatte, daß da ein gesellschaftlicher Unterschied bestand, erkundigte sie sich besorgt, ob sie etwas für mich tun könne.

»Danke, das ist sehr freundlich von Ihnen. Aber ich wüßte nicht –«

Ich sah aus dem Fenster. Sie folgte meinem Blick und sah, wer sich dem Haus näherte.

»Ach, Isabella Charteris«, bemerkte sie.

Wir sahen Isabella näherkommen. Sie kam durchs Gartentor herein und stieg die Stufen zur Terrasse hinauf.

»Ein sehr hübsches Mädchen«, sagte Mrs. Carslake. »Aber merkwürdig still. Ich habe manchmal den Eindruck, daß diese ruhigen Mädchen hinterhältig und verschlagen sind.«

Das Wort ›hinterhältig‹ fuchste mich. Doch ich konnte mich nicht mehr dazu äußern, weil Mrs. Carslake sich zum Gehen wandte.

Hinterhältig – was für ein widerliches Wort! Vor allem im Zusammenhang mit Isabella. Isabellas auffallendste Eigenschaft war ihre Ehrlichkeit – diese überaus gewissenhafte Aufrichtigkeit, die vor nichts haltmachte.

Nun ja, mir fiel plötzlich wieder ein, wie sie ihr Halstuch auf all die vermaledeiten Tabletten hatte fallen lassen. Es war ihr gar nicht schwergefallen, so zu tun, als seien wir lebhaft ins Gespräch vertieft. Sie wirkte dabei ganz natürlich und kein bißchen aufgeregt – als sei so etwas für sie an der Tagesordnung.

Hatte Mrs. Carslake das vielleicht gemeint, als sie Isabella hinterhältig nannte?

Ich nahm mir vor, Teresa später zu fragen, wie sie die Sache sah. Aus freien Stücken gab Teresa ihre Meinung selten preis, doch wenn man sie nach ihrer Meinung fragte, hielt sie damit nicht mehr hinterm Berg.

Ich sah gleich, daß Isabella aufgeregt war. Ich kann mir zwar nicht vorstellen, daß das sonst noch jemandem aufgefallen wäre, doch ich erkannte es sofort. Isabella war mir kein Rätsel mehr. Ich begann sie zu begreifen.

Ohne guten Tag zu sagen, kam sie gleich zur Sache.

»Rupert kommt – jetzt kommt er wirklich«, sagte sie. »Er kann jederzeit eintreffen. Natürlich fliegt er heim.«

Sie setzte sich und lächelte, die langen schmalen Hände im

Schoß gefaltet. Hinter ihrem Kopf zeichnete sich die Eibe scharf gegen den Himmel ab. Sie wirkte überglücklich, als sie da so dasaß. Ihre Haltung, das Bild, das sie bot, erinnerte mich an etwas. Ich hatte es erst vor kurzem gesehen – oder es war mir gerade erst zu Ohren gekommen...

»Bedeutet es Ihnen denn so viel, daß er nach Hause kommt?« erkundigte ich mich.

»Ja, ungeheuer viel. Wissen Sie, ich habe ja schon lange gewartet.«

Gehörte Isabella womöglich ein wenig in die Zeit von Tennyson?

»Auf Rupert?«

»Ja.«

»Haben Sie ihn denn so gern?«

»Ich glaube, ich mag Rupert lieber als sonst einen Menschen auf der Welt.« Dann wiederholte sie die gleichen Worte mit anderer Betonung. »Ich glaube es jedenfalls.«

»Sind Sie sich denn nicht sicher?«

Plötzlich sah sie mich ganz ernst an. Ein Hauch von Verzweiflung lag in ihrem Blick. »Kann man sich denn jemals sicher sein – ganz gleich worum es geht?«

Damit verlieh sie nicht ihren Empfindungen Ausdruck, sondern stellte mir eine Frage.

Sie fragte mich in der Hoffnung, daß ich die Antwort darauf wußte. Sie konnte sich nicht vorstellen, wie weh mir diese Frage tat.

»Nein«, sagte ich, und meine Stimme klang ganz rauh, »man kann sich niemals sicher sein.«

Sie gab sich mit dieser Antwort zufrieden und blickte auf ihre still gefalteten Hände.

»Aha«, sagte sie nur.

»Wann haben Sie Rupert denn zum letztenmal gesehen?«

»Vor acht Jahren.«

»Sie sind sehr romantisch veranlagt, Isabella«, sagte ich.

Sie sah mich fragend an.

»Weil ich daran glaube, daß wir heiraten, wenn Rupert heimkommt? Das ist gar nicht romantisch. Vielleicht ist uns das vorbestimmt. Unsere Lebenslinien laufen aufeinander zu.« Ihre langen schmalen Hände gerieten in Bewegung und zeichneten ein Muster auf das Kleid. »Ich glaube nicht, daß ich je von St. Loo wegziehen könnte. Ich bin hier geboren und habe immer hier gelebt. Ich möchte mein ganzes Leben hier verbringen. Vermutlich sterbe ich auch einmal hier.«

Bei den letzten Worten erschauerte sie. Im gleichen Augenblick wurde die Sonne von einer Wolke verfinstert.

Ich staunte wieder, welches Entsetzen sie bei dem Gedanken an den Tod erfaßte.

»Isabella, ich bin sicher, daß Sie noch lange, lange leben«, versuchte ich sie zu trösten. »Sie sind kerngesund und kräftig.«

Sie pflichtete mir eifrigst bei.

»Ja, ich bin wirklich kräftig. Ich bin noch nie krank gewesen. Vielleicht werde ich neunzig Jahre alt, oder sogar hundert, meinen Sie nicht auch? Schließlich gibt es Leute, die so alt oder sogar noch älter werden.«

Ich versuchte, mir Isabella mit neunzig Jahren vorzustellen. Es gelang mir nicht. Ich konnte mir allerdings gut vorstellen, daß Lady St. Loo hundert Jahre alt werden würde. Nun ja, Lady St. Loo war eine überaus starke Persönlichkeit, sie lebte intensiv. Was geschah, bestimmte und dirigierte sie. Darin sah sie ihren Lebenszweck. Sie kämpfte um das Leben. Isabella nahm es so hin, wie es war.

Gabriel kam zur Tür herein und sagte:

»Hören Sie mal, Norreys –« Er verstummte, als er Isabella sah.

»Ach – guten Morgen, Miß Charteris«, begrüßte er sie.

Er wirkte ziemlich linkisch und befangen. Ich fragte mich belustigt, ob Lady St. Loo ihren Schatten wohl bis hierher warf.

»Wir unterhalten uns über Leben und Tod«, erzählte ich ihm aufgeräumt. »Ich habe Miß Charteris gerade prophezeit, daß sie neunzig Jahre alt wird.«

»Ich glaube kaum, daß sie darauf erpicht ist«, sagte Gabriel. »Wer hat schon Lust, so alt zu werden?«

»Ich«, sagte Isabella.

»Aber warum denn?«

»Weil ich nicht sterben will«, erklärte sie.

»Ach so.« Das schien Gabriel zu amüsieren. »Niemand stirbt gern. Viele haben vielleicht nichts gegen den Tod einzuwenden, aber vor dem Sterben haben sie Angst. Das ist ja auch eine schmerzhafte, unappetitliche Angelegenheit.«

»Mir macht der Tod Angst«, bemerkte Isabella. »Nicht die Schmerzen. Ich kann starke Schmerzen gut ertragen.«

»Ja, von wegen«, sagte Gabriel.

Daß er das so verächtlich sagte, machte Isabella wütend.

Sie errötete.

»Und ob ich Schmerzen gut ertragen kann!«

Ihre Blicke kreuzten sich. In seinem Blick lag immer noch Verachtung. Isabella sah ihn herausfordernd an.

Dann tat Gabriel etwas, das ich beim besten Willen nicht gutheißen konnte.

Ich hatte meine Zigarette abgelegt. Mit einer blitzschnellen Bewegung beugte er sich über mich, griff nach der Zigarette und führte die glühendheiße Spitze ganz dicht an Isabellas Arm heran.

Sie verzog keine Miene und riß den Arm nicht weg.

Ich glaube, ich habe lauthals protestiert, doch die beiden nahmen keinerlei Notiz von mir. Gabriel drückte Isabella die glühende Zigarette auf den Arm.

In diesem Augenblick empfand ich es als ganz besonders bitter, ein Krüppel zu sein. Ich war gezwungen, hilflos mitanzusehen, was geschah, ohne eingreifen zu können. Wie sehr mich Gabriels Grausamkeit auch abstieß – ich konnte die Tat nicht verhindern.

Ich sah, wie Isabella vor Schmerzen erbleichte. Sie preßte die Lippen ganz fest aufeinander. Doch sie rührte sich nicht und wandte keinen Blick von Gabriel.

»Gabriel, sind Sie verrückt geworden?« schrie ich ihn an. »Was zum Teufel ist denn bloß in Sie gefahren?«

Er ignorierte mich. Tat, als sei ich gar nicht da.

Plötzlich warf er die Zigarette mit einer hastigen Bewegung ins Feuer.

»Ich muß mich entschuldigen«, wandte er sich dann an Isabella. »Sie können Schmerzen tatsächlich gut ertragen.«

Ohne ein weiteres Wort verließ er den Raum.

Seine Brutalität verschlug mir regelrecht die Sprache. Ich stammelte und versuchte etwas zu sagen.

»Dieser brutale Kerl, dieses Untier! Was zum Teufel hat er sich bloß dabei gedacht? Man sollte ihn erschießen...«

Isabellas Blicke hingen noch immer an der Tür, durch die

Gabriel entschwunden war. Sie wickelte sich langsam ein Taschentuch um den angesengten Arm. Sie tat das völlig geistesabwesend, wenn ich das einmal so sagen darf. Als sei sie in Gedanken ganz woanders.

Dann sah sie mich wie aus weiter Ferne an.

Sie fand sich nicht gleich zurecht.

»Was ist denn los?« erkundigte sie sich.

Ich konnte gar nicht zusammenhängend sprechen, als ich versuchte, ihr klarzumachen, was ich von Gabriels Verhalten hielt.

»Ich verstehe gar nicht, warum Sie sich so aufregen«, sagte sie. »Major Gabriel wollte doch nur wissen, ob ich Schmerzen aushalten kann. Jetzt weiß er, daß ich es kann.«

12. Kapitel

Am Nachmittag des gleichen Tages gaben wir eine Teegesellschaft. Eine Nichte von Mrs. Carslake hielt sich in St. Loo auf. Mrs. Carslake erzählte uns, ihre Nichte sei zusammen mit Isabella zur Schule gegangen. Ich konnte mir Isabella als Schulmädchen einfach nicht vorstellen und war daher natürlich einverstanden, als Teresa vorschlug, diese Nichte, die jetzt Mrs. Mordaunt hieß, und Mrs. Carslake zum Tee einzuladen. Natürlich lud Teresa auch Isabella ein.

»Anne Mordaunt kommt auch. Ich glaube, Sie sind zusammen zur Schule gegangen.«

»Wir hatten mehrere Annes in der Klasse«, entgegnete Isabella ausweichend. »Anne Trenchard, Anne Langley und Anne Thompson.«

»Ich weiß nicht mehr, wie sie mit Mädchennamen hieß – obwohl Mrs. Carslake es mir gesagt hat.«

Es stellte sich heraus, daß Anne Mordaunt die ehemalige Anne Thompson war. Anne Mordaunt erwies sich als lebhafte, junge Frau, deren übertrieben selbstsicheres Auftreten mich irritierte. Sie arbeitete in einem Ministerium in London, ihr Mann in einem anderen. Ihr Kind hatte sie vorläufig weggegeben, damit es Anne nicht daran hinderte, einen wichtigen Beitrag zur Lösung der Probleme zu leisten, die der Krieg mit sich brachte.

»Meine Mutter, bei der Tony untergebracht ist, findet allerdings, wir könnten ihn jetzt wieder zurückholen, wo keine Bomben mehr fallen. Aber ich finde, daß es mit einem Kind in London momentan noch zu schwierig ist. Die Wohnung ist so klein, und man findet einfach keine guten Kinderschwestern. Das Kind muß gefüttert werden, und ich bin den ganzen Tag nicht da.«

»Ich finde, es zeugt von sehr viel Gemeinsinn, daß Sie sich trotz Ihrer wichtigen Arbeit überhaupt ein Kind zugelegt haben«, sagte ich.

Ich sah Teresa lächeln. Zwischen uns stand das große silberne Tablett. Sie sah mich an und schüttelte den Kopf ganz sachte, fast unmerklich.

Doch die junge Mrs. Mordaunt schluckte die Bemerkung anstandslos. Sie schien angenehm berührt zu sein.

»Ich habe das Gefühl, daß ich mich meiner Verantwortung nicht entziehen darf«, erklärte sie. »Kinder werden jetzt dringend gebraucht – vor allem in unserer Gesellschaftsklasse.« Im nachhinein fügte sie noch hinzu: »Außerdem liebe ich Tony über alles.«

Dann wandte sie sich Isabella zu und erging sich in Erinnerungen an die alten Tage in St. Ninian. Mir kam es vor, als habe eine der Gesprächspartnerinnen ihre Rolle nicht gelernt. Anne Mordaunt mußte Isabella immer wieder aus der Patsche helfen.

Mrs. Carslake wandte sich flüsternd an Teresa und murmelte Entschuldigungen: »Es tut mir leid, daß Dick sich so verspätet. Ich kann mir gar nicht vorstellen, was ihn aufgehalten haben könnte. Er hat fest damit gerechnet, daß er um halb fünf Uhr zu Hause sein würde.«

»Ich glaube, er ist mit Major Gabriel zusammen«, äußerte sich Isabella. »Er ist vor einer viertel Stunde über die Terrasse gegangen.«

Das wunderte mich. Ich hatte keine Schritte gehört. Isabella saß mit dem Rücken zum Fenster und konnte niemanden gesehen haben, der vorbeigegangen war. Ich hatte keinen Blick von ihr gewandt. Sie hatte weder den Kopf gedreht, noch hatte man ihr angemerkt, daß sie irgend jemanden wahrgenommen hatte.

Ich wußte natürlich, daß sie außergewöhnlich gut hörte. Aber woher wollte sie denn wissen, daß es Gabriel gewesen war?

Teresa sagte: »Isabella, wenn es Ihnen nichts ausmacht – nein, bleiben Sie doch bitte sitzen, Mrs. Carslake –, gehen Sie doch bitte nach nebenan und fragen Sie die beiden Herren, ob sie nicht eine Tasse Tee mit uns trinken möchten.«

Wir sahen Isabellas hochgewachsene Gestalt durch die Tür entschwinden. Mrs. Mordaunt meinte:

»Isabella hat sich überhaupt nicht verändert. Sie ist noch genau die Gleiche. Sie war schon immer ein sonderbares Mädchen. Sie ist immer herumgelaufen wie im Traum. Wir haben uns immer gedacht, daß das an ihrem messerscharfen Verstand liegen muß.«

»Messerscharfer Verstand?« wiederholte ich verdutzt.

Mrs. Mordaunt wandte sich mir zu.

»Ja, haben Sie das nicht gewußt? Isabella ist unwahrscheinlich klug. Miß Curtis, die Direktorin, konnte es nicht fassen und war tiefbetrübt, weil Isabella nicht auf die weiterführende Schule von Somerville wollte. Sie ist schon mit fünfzehn von der Schule abgegangen und hat mehrere Auszeichnungen erhalten.«

Ich neigte immer noch dazu, Isabella als nett anzusehendes Geschöpf zu betrachten. Ich konnte mir nicht denken, daß sie übermäßig viel Verstand mitbekommen hatte. Ich starrte Anne Mordaunt ungläubig an.

»Welches waren denn ihre Lieblingsfächer?« erkundigte ich mich.

»Astronomie und Mathematik – in Mathematik war sie ganz hervorragend – und dann noch Latein und Französisch. Sie konnte alles lernen, was sie sich in den Kopf gesetzt hatte. Doch das ließ sie völlig kalt. Es bedeutete ihr nichts. Das hat der armen Miß Curtis fast das Herz gebrochen. Isabella hatte offensichtlich nichts anderes im Sinn, als hierher zurückzukehren und sich in diesem muffigen alten Schloß einzunisten.«

Isabella kam mit Captain Carslake und Gabriel zurück.

Der Nachmittag verlief recht angenehm.

»Teresa, ich finde es erschreckend«, sagte ich am Abend zu meiner Schwägerin, »daß man einfach nicht dahinterkommt, wie ein bestimmter Mensch in Wahrheit ist. So zum Beispiel Isabella Charteris. Diese Mrs. Mordaunt hat sie klug genannt. Ich hatte sie eigentlich für ziemlich dumm gehalten. Allerdings ist ihre hervorstechende Eigenschaft ihre unbedingte Ehrlichkeit. Mrs. Carslake hält sie hingegen für hinterhältig und verschlagen. Isabella und verschlagen! Was für eine gräßliche Vorstellung! John Gabriel wiederum behauptete, sie sei hochnäsig und eingebildet. Du – eigentlich weiß ich gar nicht, was du von ihr hältst, weil du dich kaum je über die Leute ausläßt. Aber wie ist sie denn nun wirklich, da die Leute sie so unterschiedlich sehen?«

Robert, der nur sehr selten einen Kommentar abgab, wenn wir uns unterhielten, ging rastlos auf und ab und sagte ziemlich unerwartet:

»Aber das ist es ja gerade! Die Menschen hinterlassen bei ihren Mitmenschen einen ganz unterschiedlichen Eindruck. Bei der Natur oder irgendwelchen Dingen ist das selbstverständlich auch der Fall. So zum Beispiel Bäume – oder auch das Meer. Wenn zwei Maler den Hafen von St. Loo malen würden, kämen ganz unterschiedliche Auffassungen zutage.«

»Du meinst, daß ihn der eine Maler ganz naturgetreu und der andere mehr symbolisch malen würde?«

Robert schüttelte den Kopf. Er sprach sehr ungern über Malerei. Er fand einfach nicht die richtigen Worte, um das auszudrücken, was er sagen wollte.

»Nein«, widersprach er. »Sie würden den Hafen tatsächlich ganz unterschiedlich *sehen*. Ich weiß ja nicht, aber wahrscheinlich sucht man sich aus allem genau das heraus, was einem wichtig erscheint.«

»Glaubst du, daß es einem mit Menschen ebenso ergeht? Aber ein Mensch kann doch keine völlig gegensätzlichen Eigenschaften haben. Isabella kann zum Beispiel nicht klug *und* auch ein Dummchen sein!«

»Ich fürchte, da irrst du dich, Hugh«, berichtigte mich Teresa.

»Aber ich bitte dich, Teresa!«

Terasa lächelte. Langsam und nachdenklich erklärte sie:

»Man kann eine Eigenschaft besitzen, ohne Gebrauch davon zu machen. So zum Beispiel, wenn man mit viel simpleren Methoden das gleiche Ergebnis erzielt oder wenn es einem weniger Mühe macht. Ja, das ist wahrscheinlicher. Tatsache ist, Hugh, daß wir uns alle schon so weit von der Einfachheit entfernt haben, daß wir das Einfache gar nicht mehr erkennen. Es ist viel leichter, etwas zu *fühlen*, zu *empfinden* – ein viel geringerer Aufwand, als wenn man eine Sache *durchdenkt*. Doch das Leben ist so komplex, daß Gefühle nicht ausreichen, um etwas ganz akkurat auszudrücken.

Um dir zu demonstrieren, was ich damit meine, nehmen wir einmal die Zeit. Wenn ich dich frage, welche Tageszeit wir haben – Morgen, Mittag, Spätnachmittag oder Abend, kannst du mir das sofort sagen, ohne erst darüber *nachzudenken*. Um mir diese Frage beantworten zu können, brauchst du weder ein spezielles Wissen noch Apparaturen wie zum Beispiel Sonnenuhren, Unterwasseruhren, Chronometer, Armbanduhren, Kirchturm- oder Bahnhofsuhren. Wenn du aber einen Termin hast, einen Zug erreichen willst oder zu einer bestimmten Zeit an einem ganz bestimmten Ort sein mußt, so ist ein Denkvorgang nötig. Komplizierte Mechanismen müssen in Kraft treten, um Genauigkeit zu gewährleisten. Ich glaube, mit der Lebenseinstellung verhält es sich ebenso. Man ist glücklich, wütend, man mag etwas oder jemanden, findet etwas oder jemanden sehr unsympathisch, oder man ist traurig. Menschen wie du und ich, Hugh – Robert nicht so sehr –, geben sich *Spekulationen* hin in bezug auf das, was sie empfinden, sie *analysieren* alles, sie machen sich *Gedanken*. Sie unterziehen alles einer gründlichen Untersuchung, weil sie *Ursachen* und Beweggründe kennen wollen. Nichts geschieht in ihren Augen grundlos. ›Ich bin glücklich wegen... ich mag den und den wegen seiner... ich bin heute traurig, weil...‹ Doch sie führen oft die falschen Gründe an, machen sich absichtlich etwas vor. Ich glaube, Isabella gibt sich keinen Spekulationen hin, sie fragt sich niemals nach den *Gründen*. Weil sie die, offen gesagt, überhaupt nicht interessieren. Wenn man sie bitten würde, darüber nachzudenken, *warum* sie ein bestimmtes Gefühl hat, könnte sie es vermutlich ganz klar sagen und eine zufriedenstellende Antwort geben. Aber sie ist wie jemand, der eine gute teure Uhr auf dem Kaminsims stehen hat, sie aber niemals aufzieht. Denn bei dem Leben, das sie führt, braucht sie nicht genau zu wissen, wieviel Uhr es ist.

Aber in St. Ninian ist ihr Intellekt gefordert worden, und Intellekt besitzt sie – aber vermutlich keinen spekulativen Intellekt. Mathematik, Sprachen und Astronomie liegen ihr ganz besonders. Für all das braucht man nicht viel Fantasie. Wir machen alle Gebrauch von unserer Fantasie und Vorstellungskraft, geben uns Spekulationen hin und ergreifen damit die Flucht, um wegzukommen, weg von uns selbst. Isabella braucht nicht vor sich selbst zu fliehen. Sie kann mit sich leben, sie ruht ganz in sich selbst. Ein vielseitigeres Leben reizt sie gar nicht.

Wahrscheinlich waren die Menschen im Mittelalter alle so, womöglich auch noch zur Zeit von Elisabeth I. Ich habe in irgendeinem Buch gelesen, daß es nur eins bedeutete, wenn in jenen Tagen von einem ›großen Mann‹ die Rede war: Es handelte sich dann um einen Menschen, der einen großen Besitz sein eigen nannte, der einfach nur reich und mächtig war. Die geistige und moralische Bedeutung, die dieser Ausdruck heute für uns hat, spielte damals überhaupt keine Rolle. Mit dem Charakter, dem Wesen eines Menschen, hatte die Bezeichnung nichts zu tun.«

»Du glaubst also, daß die Menschen damals ein ganz ungebrochenes Verhältnis zum Leben hatten und gar nicht erst Mutmaßungen angestellt haben?« fragte ich.

»Ja. Hamlet mit seinen Überlegungen, seinem ›Sein oder Nichtsein‹ paßte nicht in seine Zeit. Er war ein solcher Fremdkörper, daß die zeitgenössischen Kritiker und auch Kritiker in späterer Zeit das Stück in Grund und Boden verdammten mit der Begründung, die Handlung zeige ganz fatale Schwächen. ›Es gibt keinen Grund, der dafür spricht‹, schrieb einer dieser Kritiker, ›daß Hamlet den König nicht schon im ersten Akt tötet. Er tötet ihn auch nur aus einem Grunde nicht: Hätte er ihn im ersten Akt getötet, gäbe es das Stück nicht!‹ Sie konnten ein Stück, in dem es vor allem um den Charakter eines Menschen geht, nicht akzeptieren.

Dagegen sind wir heutzutage praktisch *alle* Hamlets und Macbeths. *›Sein oder Nichtsein‹*, diese Frage stellen wir uns ständig. Wir fragen uns immer wieder, ob es besser ist, zu leben oder tot zu sein. Und analysieren die Erfolgreichen so wie Hamlet Fortinbras analysiert und beneidet!

Heute wäre Fortinbras derjenige, der auf Unverständnis stößt. Er ist nur am Weiterkommen interessiert, zweifelt niemals an sich selbst, stellt sich keine Fragen. Wieviele Menschen dieser Sorte gibt's denn heute noch? Ich glaube, nicht sehr viele.«

»Hältst du Isabella vielleicht für eine Art weiblichen Fortinbras?« fragte ich Teresa lächelnd.

Teresa erwiderte mein Lächeln.

»Das klingt so martialisch. Aber sie ist zielstrebig. Sie würde sich wahrscheinlich niemals fragen: ›Warum bin ich so wie ich bin? Was geht eigentlich in mir vor?‹ Sie weiß, was in ihr vorgeht, und sie akzeptiert sich voll und ganz.« Leise fügte sie hinzu: »Und sie wird immer handeln, wie sie handeln muß.«

»Hältst du sie für fatalistisch?«

»Nein. Aber ich glaube, daß es für sie keine Alternative gibt. Für sie wird es nie zwei Möglichkeiten geben, sondern immer nur eine. Und es würde ihr nicht im Traum einfallen, den Rückzug anzutreten. Sie würde immer den einmal eingeschlagenen Weg weitergehen. Für Menschen wie Isabella gibt es kein Zurück...«

»Mich würde interessieren, ob es überhaupt ein Zurück gibt!« Meine Stimme klang verbittert.

Teresa sagte leise: »Höchstwahrscheinlich nicht. Aber meistens gibt es irgendwo ein Schlupfloch.«

»Erklär mir bitte, was du damit meinst, Teresa.«

»Ich bin der Meinung, daß einem für gewöhnlich eine Chance geboten wird – ein Punkt, an dem noch eine Umkehr möglich wäre, doch meistens erkennt man das erst hinterher, im nachhinein, wenn man zurückblickt...«

Ich verstummte, rauchte und dachte nach...

Als Teresa gesprochen hatte, stand mir plötzlich ein Bild lebhaft vor Augen. Ich war gerade auf der Cocktail Party von Caro Strangeway eingetroffen. Ich stand noch an der Tür und zögerte, bis sich meine Augen an das gedämpfte Licht und den Qualm gewöhnt hatte. Da sah ich Jennifer – ganz hinten in dem Raum. Sie hat mich nicht gesehen. Sie unterhielt sich lebhaft mit einem anderen Gast, wie es ihre Art war.

Ich weiß noch, daß zwei höchst widersprüchliche Empfindungen in mir gegeneinander kämpften. Zunächst überkam mich ein triumphierendes Gefühl. Ich hatte ja gewußt, daß wir uns wiedersehen würden. Mein Instinkt hatte mich nicht getrogen. Doch trotz meiner Erregung und trotz des Triumphs, den ich empfand, sehnte ich mich plötzlich danach, auf dem Absatz kehrtzumachen und die Party in den Wind zu schreiben. Ich wollte die Begegnung mit Jennifer im Zug als eigenständiges Erlebnis in Erinnerung behalten, als eine einmalige Begegnung, die ich nie vergessen würde. Es war, als hätte mir jemand eingeflüstert: »*Das* war das Beste, was ihr euch je geben konntet – ein kostbarer Augenblick der Vollkommenheit. Belaßt es doch dabei.«

Wenn Teresa im Recht war, so hatte sich mir damals die Chance geboten, einen Rückzieher zu machen...

Nun, ich hatte diese Chance nicht genutzt. Ich hatte die Bekanntschaft erneuert, fortgeführt. Und Jennifer hatte sich mir nicht entzogen. Was dann geschah, war die logische Folge. Der Glaube an unsere Liebe, der Lastwagen in der Harrow Road, mein Krankenlager, Polnorth House...

Das brachte mich zum Ausgangspunkt der Diskussion zurück. Ich wandte mich wieder dem Thema ›Isabella‹ zu. Ich machte einen letzten Einwand geltend.

»Aber hinterhältig und verschlagen ist sie nicht, Teresa. Was für ein absurder Gedanke. Nein, verschlagen ist sie ganz gewiß nicht.«

»Wer weiß?« entgegnete Teresa.

»Isabella und verschlagen?«

»Aber Verschlagenheit ist doch die einfachste und naheliegendste Methode der Verteidigung. Ist Hinterlist nicht eine der primitivsten Eigenschaften? Der Hase, der sich tot stellt! Oder denk mal an das Birkhuhn, das über die Heide flattert, um von seinem Nest abzulenken. Hinterlist ist eine der elementarsten Eigenschaften, Hugh. Davon bin ich nicht abzubringen. Wenn man hilflos mit dem Rücken zur Wand steht, ist das die einzige Waffe, die einem bleibt.«

Sie stand auf und ging zur Tür. Robert war schon zu Bett gegangen. Die Hand schon auf dem Türgriff wandte sich Teresa mir noch einmal zu.

»Ich glaube, deine Tabletten kannst du jetzt wegwerfen«, sagte sie. »Du brauchst sie doch nicht mehr.«

»Teresa!« rief ich. »Du hast davon gewußt?«

»Aber selbstverständlich.«

»Aber dann –« Ich unterbrach mich. »Warum glaubst du, daß ich sie jetzt nicht mehr brauche?«

»Glaubst du denn, daß du sie eines Tages schluckst?«

»Nein«, murmelte ich gedehnt, »du hast ganz recht. Ich nehme sie bestimmt nicht mehr. Morgen werfe ich sie weg.«

»Ach, da bin ich aber wirklich froh«, atmete Teresa auf. »Manchmal habe ich solche Angst gehabt...«

Ich sah sie ganz verwundert an.

»Aber warum hast du denn dann nicht versucht, mir die Tabletten wegzunehmen?«

Sie sagte eine Weile nichts. Und dann:

»Aber sie sind dir doch ein Trost gewesen, oder irre ich mich da? Sie haben dir das Gefühl der Sicherheit verliehen, weil du wußtest, daß du deinem Leben jederzeit ein Ende setzen konntest.«

»Ja«, gab ich ihr recht. »Das hat mir sehr geholfen.«

»Warum stellst du dann so dumme Fragen und willst von mir wissen, warum ich dir die Tabletten nicht entwendet habe?«

Ich mußte lachen.

»Teresa, ich verspreche dir, daß sie morgen im Abflußrohr verschwinden.«

»Endlich fängst du wieder an zu leben. Dein Lebenswille ist sozusagen wiederauferstanden.«

»Ja«, sagte ich verwundert, »da hast du sicher recht. Obwohl ich gar nicht weiß wieso. Trotzdem ist es wahr. Ich möchte morgen früh wieder aufwachen, den neuen Tag erleben.«

»Ja, du nimmst wieder an allem teil. Welchem Umstand das wohl zu verdanken ist? Liegt das an dem Leben in St. Loo? Oder an Isabella Charteris? Oder womöglich an John Gabriel?«

»An John Gabriel bestimmt nicht«, sagte ich.

»Da bin ich mir gar nicht so sicher. Dieser Mann hat etwas an sich –«

»Jedenfalls scheint er sehr viel Charme zu haben«, gab ich zu. »Aber mir sind solche Typen unsympatisch. Ich kann diese krassen Opportunisten einfach nicht ausstehen. Der Kerl würde nicht einmal davor zurückschrecken, seine Großmutter zu verhökern, wenn ihm das etwas einbrächte.«

»Das würde mich bei ihm nicht wundern.«

»Ich traue ihm nicht über den Weg.«

»Sehr vertrauenserweckend ist er wirklich nicht.«

Ich fuhr fort: »Er ist ein Angeber. Er läßt nichts unversucht, um die Werbetrommel für sich zu rühren. Er beutet sich selbst und auch alle anderen Menschen aus. Du glaubst doch nicht im Ernst, daß dieser Mann imstande ist, irgend etwas Uneigennütziges zu tun?«

Teresa erklärte nachdenklich: »Möglicherweise ist er durchaus dazu fähig – doch wenn das einmal geschieht, dann ist es für alle Zeiten aus mit ihm.«

An diese Bemerkung Teresas sollte ich bald erinnert werden.

13. Kapitel

Das nächste Ereignis, das die Gemüter in St. Loo erregte, war das Whistturnier. Der Frauenverein organisierte es.

Veranstaltungen fanden immer in der Long Barn statt, der ›großen Scheune‹ von Polnorth House. So auch dieses Whistturnier. Mir wurde sehr bald klar, daß die Long Barn etwas ganz Besonderes war. Begeisterte Antiquitätenhändler kamen von weither, um sie zu bewundern, sie auszumessen, zu fotografieren und um darüber zu schreiben. In St. Loo galt die Long Barn als Allgemeinbesitz. Die Einheimischen waren ebenso stolz darauf wie die Besitzer.

In den nächsten beiden Tagen ging es sehr geschäftig zu. Mitglieder des Frauenvereins, die das Whistturnier organisierten, gaben sich die Klinke in die Hand.

Ich blieb glücklicherweise so ziemlich unbehelligt, doch gelegentlich sorgte Teresa für Gesellschaft. Sie traf eine ganz genaue Auswahl unter den Leuten und schickte nur diejenigen zu mir, von denen sie glaubte, aß ich mich mit ihnen gut unterhalten würde.

Da Teresa wußte, daß mir Milly Burt gefiel, schickte sie sie oft zu mir in den Salon. Wir widmeten uns gemeinsam den verschiedensten Aufgaben. So schrieben wir zum Beispiel Merkzettel oder wir bastelten Dekorationen.

Während wir damit beschäftigt waren, bekam ich Millys Lebensgeschichte zu hören. Wie Gabriel mir so brutal und unverblümt zu verstehen gegeben hatte, lag meine einzige Daseinsberechtigung darin, mich sozusagen als stets aufnahmebereites Gerät zu erweisen. Wenn ich auch sonst zu nichts mehr taugte, so erfüllte ich doch wenigstens noch diesen Zweck.

Milly Burt sprach ganz unbefangen mit mir. Die Worte sprudelten aus ihr heraus. Sie breitete ihr Leben vor mir aus, für sie ein Akt der Befreiung.

Sie kam immer wieder auf Major Gabriel zu sprechen. Ihre Verehrung kannte keine Grenzen. Sie hatte sich sogar verstärkt, anstatt allmählich in normalen Bahnen zu verlaufen.

»Wissen Sie, Captain Norreys, ich finde es großartig von ihm, daß er so freundlich und so liebenswürdig ist. Auch wenn er noch so viel zu tun hat, und zwar wirklich wichtige Dinge, und völlig abgehetzt ist, ist er aufmerksam und redet immer so lieb und neckt einen dabei. Ein Mensch wie er ist mir noch nie begegnet.«

»Ja, das kann ich mir denken«, sagte ich.

»Obwohl er sich im Krieg so heldenhaft verhalten hat und ausgezeichnet worden ist, kann kein Mensch behaupten, daß er überheblich oder eingebildet ist. Er ist zu mir genauso nett wie zu wichtigeren Leuten. Er ist zu allen Menschen freundlich und weiß auch, was sie bedrückt – ob ihre Söhne im Krieg gefallen oder in Burma oder in irgendeinem anderen fürchterlichen Land sind. Er sagt immer haargenau das Richtige, und er weiß, wie er die Leute aufheitern und zum Lachen bringen kann.«

»Er muß wohl ›*If*‹ von Kipling gelesen haben«, sagte ich eisig.

»Ja, ich glaube, er legt in jeder kurzen Minute eine solche Rekordstrecke zurück, wie es niemand außer ihm fertigbringt.«

»Vermutlich zwängt er hundertundzwanzig Sekunden in eine Minute«, mokierte ich mich über ihn. »Mit sechzig Sekunden begnügt sich Gabriel nicht.«

»Wenn ich doch nur mehr von Politik verstehen würde«, sagte Milly sehnsuchtsvoll. »Natürlich habe ich alle Broschüren und Merkblätter gelesen, aber es fällt mir schwer, die Wähler zu bearbeiten und zu beeinflussen. Wissen Sie, ich kann ihre Fragen nicht beantworten.«

»Ach, man braucht nur den Dreh herauszuhaben, dann ist

alles nur Gewohnheit«, versuchte ich zu trösten. »Außerdem ist es meiner Meinung nach sehr unmoralisch, die Wähler zu beeinflussen.«

Sie sah mich fassungslos an.

»Sie sollten nicht versuchen, jemanden dazu zu bringen, daß er gegen seine Überzeugung wählt«, erklärte ich.

»Ach so, jetzt weiß ich, was Sie meinen. Aber wir sind nun einmal der Ansicht, daß nur die Konservativen den Krieg beenden und Frieden schließen können, und zwar so, wie es sich gehört. Habe ich nicht recht?«

»Mrs. Burt, Sie sind ja eine glänzende kleine Tory«, sagte ich. »Geben Sie den Leuten das zu verstehen, wenn Sie Wahlpropaganda machen?«

Sie errötete.

»Nein. Ich weiß einfach nicht genug, um mich über Politik auslassen zu können. Aber ich kann den Leuten sehr wohl sagen, daß Major Gabriel ein großartiger Mensch ist, aufrichtig durch und durch, daß Menschen wie er sehr wichtig sind und einmal eine große Rolle spielen werden.«

Lieber Himmel, das würde Gabriel runtergehen wie Öl, sagte ich mir. Sie hatte ganz ernst und mit hochrotem Gesicht gesprochen. Ihre braunen Augen glänzten. Einen Augenblick beschlich mich das unbehagliche Gefühl, daß ihr Verhalten vielleicht schon ein bißchen über die reine Heldenverehrung hinausging.

Millys Miene verfinsterte sich. Als wolle sie sich zu meinen unausgesprochenen Gedanken äußern, sagte sie:

»Jim hält mich für völlig übergeschnappt.« Es klang widerwillig.

»So? Warum denn das?«

»Er sagt, ich sei so dumm, daß ich von Politik rein gar nichts verstände. Und überhaupt sei alles Schiebung. Und er sagt, ich könnte unmöglich nützlich sein und wenn ich herumliefe und mit den Leuten redete, könnte ich mich darauf verlassen, daß alle, mit denen ich gesprochen habe, die Gegenpartei wählen. Glauben Sie, daß er damit recht hat, Captain Norreys?«

»Nein«, sagte ich mit fester Stimme.

Da hellte sich ihre Miene wieder auf.

»Ich weiß ja, daß ich in so mancher Hinsicht dumm bin. Aber nur, wenn man mich völlig durcheinanderbringt. Jim schafft das immer wieder. Es macht ihm Spaß, mich aus dem Gleichgewicht zu bringen und mich zur Raserei zu treiben. Es macht ihm Freude –« Sie verstummte. Ihre Lippen zitterten.

Plötzlich warf sie die Zettel hin, an denen sie gearbeitet hatte, und brach in Tränen aus. Sie schluchzte herzergreifend.

»Aber meine liebe Mrs. Burt –«, stammelte ich hilflos.

Was zum Teufel kann ein Mann in einem solchen Fall ausrichten, wenn er unbeweglich auf dem Krankenlager liegt? Ich konnte ihr nicht tröstend auf die Schulter klopfen. Dazu saß sie zu weit entfernt. Ich konnte ihr auch kein Taschentuch in die Hand drücken. Ich konnte nicht einmal eine Entschuldigung murmeln, um mich dann zu verdrücken. Und ich konnte auch nicht sagen: »Ich bringe Ihnen eine Tasse Tee.«

Ich konnte lediglich die einzige Funktion ausüben, die mir noch geblieben war: zuhören. Gabriel war ja so nett (oder so grausam) gewesen, mich mit der Nase darauf zu stoßen. Also sagte ich nur hilflos: »Aber meine liebe Mrs. Burt –« und wartete.

»Ich bin ja so unglücklich, so furchtbar unglücklich. Ich weiß jetzt, daß ich Jim niemals hätte heiraten dürfen.«

Dazu sagte ich nur lahm: »Ich bitte Sie – so schlimm wird es doch wohl nicht sein.«

»Er war so quicklebendig und hatte so viel Schwung. Und all die schönen Witze, die er machte! Wenn irgend etwas mit den Pferden nicht in Ordnung war, kam er vorbei, hat sie untersucht. Mein Vater hatte eine Reitschule. Jim machte auf einem Pferd eine sehr gute Figur.«

»Ja, ja.«

»Damals hat er auch noch nicht so viel getrunken – mir ist jedenfalls nichts aufgefallen. Wahrscheinlich hätte ich es wissen müssen, denn die Leute sind zu mir gekommen, um mich darauf aufmerksam zu machen. Sie behaupteten, er schaue öfter mal zu tief ins Glas. Aber ich habe es einfach nicht geglaubt. Manches will man eben einfach nicht wahrhaben, wissen Sie?«

»Ja, ich weiß.«

»Ich habe fest daran geglaubt, daß das aufhören würde, sobald wir verheiratet wären. Während unserer Verlobungszeit hat er sicher nicht getrunken. Ganz bestimmt nicht.«

»Nein, wahrscheinlich nicht«, pflichtete ich ihr bei. »Wenn

ein Mann um eine Frau wirbt, kann er auf fast alles verzichten und fast jedes Opfer bringen.«

»Mir wurde auch noch zugetragen, er solle grausam und brutal sein. Ich schlug diese Warnung in den Wind, weil er so lieb zu mir war. Allerdings habe ich einmal mitangesehen, wie er bei einem Pferd die Beherrschung verlor und es malträtierte –.« Sie erschauerte und schloß die Augen bis auf einen kleinen Spalt. »Da war mir einen Augenblick ganz merkwürdig zumute. ›Wenn er so ein Mensch ist, heirate ich ihn besser nicht‹, dachte ich bei mir. Es war ganz komisch, wissen Sie. Er kam mir plötzlich wie ein Fremder vor. Ich erkannte meinen Jim nicht wieder. Es wäre doch ulkig gewesen, wenn ich die Verlobung damals gelöst hätte, finden Sie nicht auch?«

Ulkig war wohl nicht ganz das richtige Wort, doch wir beließen es dabei und einigten uns darauf, daß das ein wahres Glück gewesen wäre.

Da sprach Milly weiter. »Aber es ging vorüber. Jim erklärte mir den Sachverhalt und seine Reaktion. Er machte mir klar, daß jeder Mann hin und wieder die Beherrschung verliert. Ich nahm das damals nicht so wichtig. Wissen Sie, ich dachte mir, daß ich ihn so glücklich machen würde, daß er nie wieder zur Flasche greifen und die Beherrschung verlieren würde. Ich wollte ihn unbedingt glücklich machen. Vor allem aus diesem Grund wollte ich ihn heiraten.«

»Der Sinn der Ehe liegt eigentlich nicht darin, einen anderen Menschen glücklich zu machen«, sagte ich.

Milly Burt starrte mich verwundert an.

»Wenn man einen Menschen liebt, ist einem aber doch vor allem daran gelegen, ihn glücklich zu machen.«

»Das ist eine der heimtückischeren Formen der Selbstaufgabe«, belehrte ich sie. »Noch dazu sehr weit verbreitet. Dadurch haben sich vermutlich schon weit mehr Ehepaare ins Unglück gestürzt als durch irgendeinen anderen, in den Ehestatistiken aufgeführten Aspekt.«

Sie starrte mich noch immer an. Ich zitierte zwei Zeilen aus Emily Brontës trauriger Erkenntnis:

»Auf hundert Arten wußte ich meine Liebe zu beweisen, doch der Geliebte beklagte jede einzelne.«

»Aber das ist ja *fürchterlich!*« protestierte sie.

»Wenn man jemanden liebt«, erklärte ich, »belastet man diesen Menschen damit immer ungeheuerlich.«

»Captain Norreys, Sie sagen manchmal merkwürdige Dinge.«

Milly sah aus, als würde sie gleich losprusten.

»Am besten hören Sie nicht auf mich«, riet ich ihr. »Ich habe ziemlich unorthodoxe Ansichten, die auf traurigen Erfahrungen beruhen.«

»Sind Sie auch schon einmal unglücklich gewesen? Haben Sie –«

Angesichts des erwachenden Mitgefühls, das sich in ihrem Blick ausdrückte, zog ich mich in mein Schneckenhaus zurück. Ich kam wieder auf Jim Burt zu sprechen. Was für ein Pech, dachte ich bei mir, daß ausgerechnet ein so liebes, leicht einzuschüchterndes Geschöpf wie Milly an einen solchen Grobian geraten war. Sie hätte es kaum schlimmer treffen können, als mit einem solchen Manne eine Ehe einzugehen. Nach allem, was man so über ihn hörte, erwartete er von einer Frau, daß sie temperamentvoll war – genau wie bei einem Pferd. Eine irische Xanthippe hätte ihm wahrscheinlich imponiert. Mit einer solchen Frau hätte er sich widerstrebend arrangiert. Daß ausgerechnet er Macht über ein Tier oder einen Menschen hatte, war fatal. Sein Hang zum Sadismus wurde durch die grauenhafte Angst, die seine Frau vor ihm hatte, nur noch verstärkt. Mit Tränen und Seufzern stachelte sie ihn auf. Was für ein Jammer, dachte ich, denn Milly Burt wäre den meisten Männern eine gute Frau gewesen. Sie hätte eine glückliche Ehe führen können. Sie hätte jedem Ehemann stets zugehört, ihm viel geschmeichelt und alles Menschenmögliche für ihn getan. Sie hätte das Selbstwertgefühl des Ehemannes gesteigert und ihn stets bei Laune gehalten.

Sie wäre auch John Gabriel eine gute Frau gewesen, ging es mir plötzlich durch den Kopf. Vielleicht hätte sie ihn in seinem Ehrgeiz nicht bestärkt (aber war er wirklich ehrgeizig? Ich bezweifelte das nämlich). Doch sie hätte unbedingt die Bitterkeit und das mangelnde Selbstvertrauen gelindert, wovon er ganz durchdrungen war. Wirkte er nach außen auch unerträglich von sich überzeugt – so schimmerten die Selbstzweifel doch immer wieder durch.

James Burt vernachlässigte seine Frau zwar sträflich, war aber trotzdem krankhaft eifersüchtig. Das ist durchaus nicht ungewöhnlich. Wenn er auch ständig über seine arme Frau herzog und ihr Dummheit und mangelnde Lebhaftigkeit vorwarf, so setzte er sich doch vehement gegen das kleinste Anzeichen zur Wehr, was dafür sprach, daß ein anderer Mann ihr gegenüber freundschaftliche Gefühle hegte.

»Sie werden es nicht glauben, Captain Norreys, aber er hat sogar Major Gabriel schreckliche Dinge nachgesagt. Nur weil Major Gabriel mich gebeten hat, mit ihm im ›Ginger Cat‹ zu frühstücken. Vorige Woche. Er war so nett – ich meine Major Gabriel, nicht Jim – wir haben dort lange zusammengesessen, obwohl ich sicher bin, daß er eigentlich gar keine Zeit dafür hatte. Wir haben uns so schön unterhalten. Er hat sich nach Dad und den Pferden erkundigt und wollte wissen, wie es damals in St. Loo war. Netter hätte er gar nicht sein können! Und da – und da sagt Jim so schlimme Sachen über ihn – er hat einen richtigen Wutanfall bekommen und mir den Arm verdreht. Ich habe mich losgerissen und mich in meinem Zimmer eingeschlossen. Manchmal habe ich fürchterliche Angst vor Jim... Ach, Captain Norreys, ich bin ja so unglücklich. Ich wünschte, ich wäre tot.«

»Aber nein, Mrs. Burt, das ist doch wohl nicht Ihr Ernst.«

»Doch, es ist mir ernst damit. Wie soll das denn weitergehen? Was soll aus mir werden? Es gibt nichts, worauf ich mich freuen könnte. Ich habe vom Leben nichts mehr zu erwarten. Es wird nur immer schlimmer werden... Jim hat schon viele Patienten eingebüßt, weil er soviel trinkt. Darüber regt er sich dann ganz besonders auf. Ich habe solche Angst vor ihm, solche grauenhafte Angst...«

Ich tröstete sie, so gut ich konnte. Ich hielt das alles für weniger tragisch, als sie es hinstellte. Nichtsdestoweniger stand es fest, daß sie sehr unglücklich war.

Ich berichtete Teresa, daß das Leben für Mrs. Burt ein wahrer Alptraum war, doch das schien Teresa nicht sonderlich zu interessieren.

»Davon willst du wohl nichts hören?« fragte ich. In meiner Stimme lag ein leiser Vorwurf.

»Nein, nicht unbedingt«, antwortete Teresa. »Unglückliche

Ehefrauen sind einander so ähnlich, daß eine Leidensgeschichte wie die andere klingt.«

»Ich bitte dich, Teresa!« ereiferte ich mich. »Was bist du für ein Unmensch!«

»Ich gebe zu, daß Mitleid noch nie meine starke Seite war«, sagte Teresa.

»Ich habe das ungute Gefühl«, erklärte ich, »daß das arme kleine Ding in Gabriel verschossen ist.«

»Ganz bestimmt sogar«, meinte Teresa trocken.

»Aber leid tut sie dir trotzdem nicht.«

»Deshalb ganz bestimmt nicht. Ich stelle es mir angenehm vor, sich in Gabriel zu verlieben.«

»Aber Teresa! Bist du womöglich selbst in ihn verliebt?«

Nein, das sei sie nicht, behauptete Teresa. Leider, fügte sie hinzu.

Da hakte ich ein. Ich warf ihr vor, unlogisch zu sein. Sie habe doch gerade erst gesagt, es sei ein Vergnügen, sich in John Gabriel zu verlieben.

»Nicht für mich«, entgegnete Teresa. »Emotionen habe ich mich schon immer widersetzt.«

»Ja, das glaube ich dir aufs Wort«, sagte ich nachdenklich. »Aber wieso denn? Ich verstehe das nicht.«

»Das kann ich nicht erklären.«

»Du solltest es wenigstens versuchen«, schlug ich vor.

»Mein lieber Hugh, dir ist es offensichtlich ein Bedürfnis, allem auf den Grund zu gehen! Vermutlich fehlt es mir an Instinkt. Der Gedanke ist mir unerträglich, daß mein Wille und mein Verstand gänzlich von Emotionen überschwemmt werden könnten. Wenn ich keine Kontrolle mehr über mein Tun habe und größtenteils nicht einmal mehr über meine Gedanken, so empfinde ich das als Demütigung. Meinen Emotionen ausgeliefert zu sein, geht mir gegen den Stolz.«

»Du glaubst doch nicht, daß die Gefahr besteht, daß sich zwischen John Gabriel und Mrs. Burt etwas anbahnt?« fragte ich.

»Man redet schon über sie. Carslake macht sich große Sorgen. Mrs. Carslake sagt, daß ständig über die beiden geklatscht wird.«

»Die hat es gerade nötig! Daran ist sie bestimmt nicht unbeteiligt.«

»Davon bin ich überzeugt. Aber sie repräsentiert die öffentliche Meinung. Die Meinung der boshaften, klatschsüchtigen Schicht von St. Loo. Und soviel ich weiß, hält Burt seine Zunge nicht im Zaum, wenn er ein paar Gläser intus hat. Und das kommt ziemlich häufig vor. Natürlich weiß jeder, daß er sehr eifersüchtig ist und nicht alles, was er sagt, wird für bare Münze gehalten. Trotzdem kommen Gabriel und Mrs. Burt immer mehr ins Gerede.«

»Gabriel muß sich vorsehen«, sagte ich.

»Ich glaube kaum, daß es ihm liegt, sich vorzusehen«, äußerte sich Teresa.

»Glaubst du denn nicht, daß er Mrs. Burt wirklich sehr gern hat?«

Teresa überlegte eine Weile. »Ich glaube, sie tut ihm ganz entsetzlich leid«, sagte sie dann. »Er hat ein sehr mitleidiges Herz.«

»Hoffentlich versucht er nicht, sie dazu zu bringen, daß sie ihren Mann verläßt. Das wäre eine Katastrophe.«

»Glaubst du wirklich?«

»Aber Teresa, dann würde doch alles wie ein Kartenhaus in sich zusammenfallen.«

»Ja, ich weiß.«

»Wäre das nicht schrecklich?«

Teresas Stimme klang ganz seltsam, als sie fragte: »Schrecklich für John Gabriel? Oder für die Konservativen?«

»Ich habe dabei in erster Linie an Gabriel gedacht«, erwiderte ich. »Für die Konservativen wären das selbstverständlich auch ein Unglück.«

»Natürlich liegt mir die Politik nicht sonderlich am Herzen«, gab Teresa zu. »Mir ist es ganz egal, ob noch ein Mitglied der Labour Party Einzug ins Parlament hält. Es wäre natürlich schrecklich, wenn mich die Carslakes so reden hören könnten. Ich frage mich nur, ob es für John Gabriel eine Katastrophe wäre oder nicht. Nehmen wir einmal an, er würde dadurch zu einem glücklicheren Menschen...«

»Aber er ist doch ganz versessen darauf, die Wahl zu gewinnen«, gab ich ihr zu bedenken.

Teresa erklärte daraufhin, Glück und Erfolg seien zwei grundverschiedene Dinge.

»Ich fürchte, sie sind nicht unter einen Hut zu bringen«, sagte sie.

14. Kapitel

Am Morgen des Tages, an dem das Whistturnier stattfinden sollte, erschien Captain Carslake, um sich von der Seele zu reden, was ihn belastete. Er war in Panik und wirkte völlig mutlos.

»Da ist nichts *dran,*« behauptete er. »Natürlich ist das alles nur Gerede. Ich kenne sie, seit ich hier bin. Sie ist eine anständige Frau – ganz streng erzogen – ein furchtbar nettes kleines Frauchen. Aber Sie wissen ja, was für eine schmutzige Fantasie die Leute haben.«

Ich wußte, daß das zumindest auf seine Frau zutraf. Nach diesem Kriterium beurteilte er wahrscheinlich alle Leute.

Er ging erregt auf und ab und rieb sich die Nase vor Verzweiflung.

»Gabriel ist ein gutmütiger Bursche. Er ist sehr nett zu Mrs. Burt gewesen, aber viel zu arglos. Das kann man sich im Wahlkampf nicht erlauben.«

»Damit wollen Sie offensichtlich sagen, daß er es sich nicht leisten darf, nett zu jemandem zu sein.«

»Ja, genau. Gabriel war zu freundlich – und zwar vor aller Augen. Mit ihr im ›Ginger Cat‹ zu frühstücken! Was macht denn das für einen Eindruck? Warum um alles in der Welt frühstückt er denn dort mit ihr?«

»Spricht denn etwas dagegen?«

Carslake ignorierte meine Frage.

»Wo doch um diese Zeit alle Klatschbasen herumsitzen. Ich glaube, er ist auch neulich einmal ziemlich lange mit ihr spazierengegangen. Er soll sie vielmehr begleitet und ihr sogar die Einkaufstasche getragen haben.«

»Ein Gentleman und Konservativer kann doch gar nicht anders handeln«, murmelte ich vor mich hin.

Carslake nahm wieder keinerlei Notiz davon.

»Eines Tages hat er sie auch in seinem Wagen mitgenommen,

draußen bei der Farm von Sprague. Ziemlich abgelegen. Hat den Eindruck erweckt, als hätten sie zusammen einen Ausflug gemacht.«

»Wir leben schließlich im Jahre 1945 und nicht 1845«, sagte ich.

»Hier hat sich seitdem nicht viel geändert«, meinte Carslake. »Von den neuen Häusern und dem buntgemischten Völkchen will ich gar nicht reden – die sind ganz modern, ihre Moral läßt sehr zu wünschen übrig –, aber sie wählen sowieso die Labour Party. Die respektablen altmodischen Leute hier im Ort machen mir die größten Sorgen. Gabriel muß sich in Zukunft wirklich besser vorsehen.«

Kaum eine halbe Stunde später kam Gabriel selbst erhitzt und zornig hereingestürzt. Carslake hatte ihn mit dem ihm eigenen Taktgefühl auf die mißliche Lage hingewiesen, in die sich Gabriel brachte. Gabriels Verhalten unterschied sich durch nichts von der üblichen Reaktion auf solche taktvollen Fingerzeige.

»Carslake ist ein altes Waschweib mit einer schmutzigen Fantasie«, ereiferte sich Gabriel. »Wissen Sie, was er sich erdreistet hat, mir an den Kopf zu werfen?«

»Ja, ich weiß Bescheid«, versuchte ich ihn abzuweisen. »Um diese Tageszeit pflege ich mich übrigens auszuruhen. Da empfange ich keinen Besuch.«

»Unsinn!« rief John Gabriel aus. »Sie brauchen sich nicht auszuruhen. Schließlich ruhen Sie den ganzen Tag. Sie müssen sich anhören, was ich dazu zu sagen habe. Verdammt noch mal, irgendwo muß ich schließlich Dampf ablassen. Ich habe Ihnen ja neulich schon gesagt, daß Sie sonst zu nichts mehr taugen. Besitzen Sie doch wenigstens den Anstand, den Leuten zuzuhören, die sich am Klang ihrer eigenen Stimme erfreuen wollen!«

»Ja, ich weiß noch gut, wie liebenswürdig Sie sich ausgedrückt haben«, sagte ich.

»Ich habe mich absichtlich so ausgedrückt, weil ich wollte, daß es Ihnen unter die Haut geht.«

»Ich weiß.«

»Na ja, es war wohl sehr brutal, Ihnen das so an den Kopf zu werfen, aber schließlich sollten Sie sich abgewöhnen, so dünnhäutig zu sein.«

»Ihre Reden haben mir sogar Mut gemacht«, gestand ich ihm.

»Alle Menschen sind mir immer nur mit Takt und Rücksichtnahme begegnet. Es hat sich als wahre Wohltat für mich erwiesen, daß Sie kein Blatt vor den Mund genommen haben.«

»Na sehen Sie – Sie machen sich allmählich«, lobte mich Gabriel. Dann lud er weiter bei mir ab, was ihn belastete.

»Kann ich denn nicht mal eine todunglücklich, junge Frau in aller Öffentlichkeit in einem Café zu einer Tasse Kaffee einladen, ohne daß sich gleich alle das Maul darüber zerreißen und mich der Unmoral bezichtigen?« ereiferte er sich. »Wie komme ich denn dazu, auch nur das geringste auf das Gerede von Leuten zu geben, die doch nur Dreckschleudern sind?«

»Sie wollen doch Parlamentsmitglied werden, oder nicht?«

»Das will ich nicht nur, das werde ich auch.«

»Carslake vertritt den Standpunkt, daß Sie keine Chance haben, wenn Sie Ihre Freundschaft mit Mrs. Burt auch weiterhin pflegen.«

»Was sind die Menschen doch für miese Schweine!«

»Das kann ich nur bekräftigen!«

»Und die Politik ist das allerschmutzigste Geschäft!«

»Auch da bin ich ganz Ihrer Meinung.«

»Hören Sie auf zu grinsen, Norreys. Heute morgen ärgern Sie mich ständig. Und falls Sie glauben sollten, daß sich zwischen Mrs. Burt und mir irgend etwas Unrechtes abgespielt hat, so sind Sie auf dem Holzweg. Sie tut mir einfach leid. Ich habe niemals auch nur ein Wort zu ihr gesagt, das ihr Mann und sämtliche Klatschmäuler von St. Loo nicht hören dürften. Mein Gott, wenn man bedenkt, wie ich mich zurückgehalten habe, was die Frauen angeht. Dabei mag ich Frauen *wirklich!*«

Er war zutiefst verletzt. Die Sache hatte aber auch ihre komische Seite.

Er sagte ganz ernst: »Die arme Frau ist todunglücklich. Sie können sich nicht vorstellen, was sie alles durchgemacht hat. Wie tapfer sie alles ertragen hat. Und wie loyal sie ist. Sie beklagt sich nicht einmal. Behauptet, sie habe das Gefühl, daß sie zumindest eine Mitschuld träfe. Burt würde ich mir liebend gern einmal vornehmen – der Kerl ist ein richtiges Vieh. Wenn ich dann mit ihm fertig wäre, würde ihn selbst seine Mutter nicht mehr wiedererkennen!«

»Um Himmels willen«, rief ich. Allmählich geriet ich wirklich in Panik. »Haben Sie den Verstand verloren, Gabriel? Durch einen Streit mit Burt in aller Öffentlichkeit, durch eine Schlägerei würden Sie sich um die Chance bringen, als Repräsentant der Konservativen Einzug ins Parlament zu halten.«

Gabriel sagte lachend: »Wer weiß – vielleicht ist es das wert. Ich kann Ihnen sagen –.« Er verstummte.

Ich sah auf, um festzustellen, was seinen Redefluß so plötzlich eingedämmt hatte, und erblickte Isabella. Sie war gerade durch die Terrassentür hereingekommen. Sie sagte uns beiden guten Morgen und ließ verlauten, Teresa habe sie hergebeten, um bei den Vorbereitungen für den Abend mitzuhelfen.

»Miß Charteris, ich hoffe, daß Sie uns dann die Ehre geben«, sagte Gabriel.

Er sprach salbungsvoll und mit aufgesetzter Munterkeit, was gar nicht zu ihm paßte und ihn nicht im besten Licht erscheinen ließ. Isabella schien keinen guten Einfluß auf ihn auszuüben.

Sie bejahte. »Wir besuchen solche Veranstaltungen immer.«

Dann machte sie sich auf die Suche nach Teresa. Gabriel fuhr aus der Haut.

»Die Prinzessin ist zu liebenswürdig!« ereiferte er sich. »Läßt sich tatsächlich dazu herab, sich unter das gewöhnliche Volk zu mischen! Wie gnädig von ihr! Ich will Ihnen mal was sagen, Norreys. Milly Burt ist mehr wert als ein Dutzend von diesen hochnäsigen Schnepfen wie Isabella Charteris. Isabella Charteris! Wer ist sie denn schon?«

Das lag klar auf der Hand. Aber Gabriel konnte nicht anders, als sich über dieses Thema auszulassen.

»Arm wie eine Kirchenmaus. Lebt in einem baufälligen alten Schloß, einer richtigen Ruine, und tut, als könnte sie sich über alle anderen erheben. Sitzt nur herum, dreht Däumchen und tut nichts. Hofft inständig, daß der hehre Erbe heimkehrt, um sie zur Frau zu nehmen. Sie kann sich kaum an ihn erinnern, kennt ihn überhaupt nicht, interessiert sich einen Dreck für ihn. Trotzdem würde sie ihn heiraten. Aber ja! Pfui Teufel! Diese Weiber machen mich ganz krank. Sie sind verwöhnte und verzärtelte Pekinesenhündchen. Ja, das sind sie, Norreys. Sie hat sich in den Kopf gesetzt, Lady St. Loo zu werden. Was zum Teufel bringt es heutzutage ein, Lady St. Loo zu werden?

So was Verstaubtes zählt doch schon längst nicht mehr. Wirkt heute höchstens noch komisch, ist ein Witz –«

»Also wirklich, Gabriel«, sagte ich. »Sie stehen auf der falschen Seite. An Wilbrahams Rednerpult würden Sie sich glänzend machen. Warum laufen Sie nicht einfach zur anderen Seite über?«

»Für so ein Mädchen«, keucht Gabriel, »ist Milly Burt nur die Frau des armseligen Tierarztes. Jemand, den man bei politischen Veranstaltungen herablassend behandeln kann, den man aber keinesfalls zum Tee ins Schloß einlädt. Nein, nein, dafür ist sie nicht standesgemäß genug. Ich schwöre Ihnen, daß Milly Burt zehnmal soviel wert ist wie Isabella Charteris mit ihrer Überheblichkeit.«

Ich schloß erschöpft die Augen.

»Gehen Sie jetzt bitte, Gabriel«, forderte ich den Besucher auf. »Wie Sie auch dazu stehen mögen – ich bin immer noch sehr anfällig und krank, und ich möchte jetzt meine Ruhe haben! Sie sind ein furchtbar anstrengender Mensch.«

15. Kapitel

Alle äußerten sich zu dem Thema John Gabriel und Milly Burt – und zwar alle früher oder später mir gegenüber. Während der emsigen Vorbereitungen für das Whistturnier wurde mein Zimmer zum allgemeinen Künstlerzimmer. Ständig tauchten neue Leute auf, um sich hier eine Tasse Tee oder ein Glas Sherry zu genehmigen. Teresa hätte sie mir natürlich vom Halse halten können, doch sie dachte nicht im Traum daran. Dafür war ich ihr sehr dankbar, denn es faszinierte mich mitzuerleben, wie sich das Netz boshaften Klatsches und mißgünstigen Neides immer enger zog.

Ich war davon überzeugt, daß zwischen John Gabriel und Milly Burt nichts vorgefallen war, dessen sie sich schämen müßten. Er hatte Mitleid mit ihr und empfand nichts als Freundschaft für sie, und Milly erging sich in Heldenverehrung.

Ich mußte mir jedoch widerstrebend eingestehen, daß sich die boshaften Verleumdungen im Nachhinein doch noch bewahrheiten konnten. Milly war sich dessen selbst wohl nicht bewußt, doch sie war vermutlich auf dem besten Wege, sich in John Gabriel zu verlieben. Und Gabriel war im Grunde genommen ein sehr sinnlicher Mensch. So konnte das ritterliche Beschützenwollen jederzeit in Leidenschaft umschlagen.

Ich dachte bei mir, daß aus den Freunden vielleicht schon ein Liebespaar geworden wäre, stünde die Wahl nicht auf dem Spiel. Ich vermutete, daß Gabriel ein Mensch war, der geliebt und gleichzeitig bewundert werden wollte. Solange er jemanden hegen und beschützen konnte, trat die tief in ihm schlummernde Bosheit nicht ans Tageslicht. Milly Burt gehörte zu den Frauen, die man hegen und beschützen mußte.

Mit einem Hang zum Zynismus sagte ich mir, daß es ja eine positivere Art des Ehebruchs wäre, die nicht so sehr auf Fleischeslust beruhte als auf Liebe, Mitleid, Liebenswürdigkeit und Dankbarkeit. Trotzdem wäre nicht daran zu rütteln, daß die beiden Ehebruch begingen. Ein Großteil der Wähler von St. Loo würde den Tatbestand auch als solchen betrachten, ohne mildernde Umstände gelten zu lassen. Die Wähler würden sich für den vertrockneten Mr. Wilbraham mit dem untadeligen Lebenswandel entscheiden. Oder aber die Leute würden ganz einfach zu Hause bleiben, ohne ihre Stimme abzugeben. Gabriel bestritt den Wahlkampf mittels seiner eigenen Persönlichkeit, seiner Anziehungskraft – was man davon auch halten mochte. Wer seine Stimme den Konservativen gab, entschied sich damit für John Gabriel und nicht für Winston Churchill. Doch Gabriel bewegte sich auf dünnem Eis.

»Ich weiß ja, daß ich gar nicht darüber sprechen sollte«, sagte Lady Tressilian atemlos. Sie war sehr schnell gegangen. Sie entledigte sich ihres grauen Flanellmantels und nippte dankbar an dem Tee, der ihr in einer der Rockingham-Tassen der verstorbenen Miß Amy Tregellis serviert worden war. Sie senkte die Stimme zu einem verschwörerischen Flüstern. »Ich wüßte gern, ob jemand mit Ihnen über Mrs. Burt – und unseren Kandidaten gesprochen hat.«

Sie sah mich mit dem Blick eines verzweifelten Spaniels an.

»Ja, ich fürchte, sie sind ins Gerede gekommen.«

Ihr liebes Gesicht nahm einen sorgenvollen Audruck an.

»Meine Güte«, sagte sie. »Wenn sich die Leute doch beruhigen wollten. Sie ist wirklich nett, wissen Sie? Ausgesprochen sympathisch. Und ganz und gar nicht der Typ – ich meine, es ist wirklich unfair. Wenn an dem Gerede tatsächlich etwas dran wäre – wenn sie wirklich auf der Hut sein müßten, dann wären sie auch vorsichtig, und niemand würde etwas ahnen. Aber weil alles in bester Ordnung ist und sie sich nichts vorzuwerfen haben, haben sie eben nicht daran gedacht –«

Genau an dieser Stelle kam Mrs. Bigham Charteris hereingestampft. Sie wirkte furchtbar verärgert, wahrscheinlich wegen eines Pferdes oder eines anderen Tieres.

»Unglaublich, diese Fahrlässigkeit«, ereiferte sie sich. »Auf diesen Burt ist einfach kein Verlaß. Er trinkt immer stärker. Jetzt macht sich das beruflich schon bemerkbar. Natürlich wußte ich schon immer, daß er ein hoffnungsloser Fall ist, was die Hunde angeht, aber bei Pferden und Kühen hat er sich bisher immer zusammengerissen. Die Bauern schwören alle auf ihn. Doch jetzt ist mir zu Ohren gekommen, daß Polneathys Kuh beim Kalben draufgegangen ist. Das ist nur auf Burts Nachlässigkeit zurückzuführen. Und jetzt auch noch Bentleys Stute. Wenn Burt sich nicht vorsieht, ist er seine Patienten bald los.«

»Ich habe mit Captain Norreys gerade über Mrs. Burt gesprochen«, erklärte Lady Tressilian. »Ich wollte wissen, ob ihm etwas zu Ohren gekommen ist –«

»Das Getratsche ist natürlich barer Unsinn und entbehrt jeder Grundlage«, sagte Mrs. Bigham Charteris barsch, »aber es bleibt immer etwas hängen. Inzwischen versteigen sich die Leute schon zu der Behauptung, daß Burt *deshalb* soviel trinkt. Alles purer Blödsinn. Burt hat auch schon viel zu tief ins Glas geschaut und seine Frau geschlagen, bevor Major Gabriel auf der Bildfläche erschienen ist.«

Sie schwieg nachdenklich und fuhr schließlich fort: »Trotzdem muß man etwas unternehmen. Jemand muß mit Major Gabriel sprechen.«

»Ich glaube, das hat Carslake schon getan«, erklärte ich.

»Der Mann hat doch überhaupt kein Taktgefühl«, sagte Mrs. Bigham Charteris. »Wahrscheinlich ist Gabriel gleich in die Luft gegangen.«

»Ja, das kann man wohl sagen.«

»Gabriel ist ein verdammter Narr«, sagte Mrs. Bigham Charteris. »Er ist zu gutherzig, das ist das Elend. Hm, jemand sollte sich *Mrs. Burt* vielleicht einmal vornehmen und ihr zu verstehen geben, daß sie besser getrennte Wege gehen, bis der Wahlkampf entschieden ist. Sie hat sicher keine Ahnung, daß sich die Leute die Mäuler zerreißen.« Sie wandte sich ihrer Schwägerin zu. »Agnes, vielleicht solltest du das übernehmen.«

Lady Tressilian verfärbte sich blutrot und jammerte: »Aber Maud, ich bitte dich, mich zu verschonen. Ich wüßte gar nicht, was ich sagen soll. Ich bin dafür denkbar ungeeignet.«

»Wir dürfen aber auf keinen Fall riskieren, daß Mrs. Carslake sich der Sache annimmt. Das wäre reines Gift.«

»Hört, hört«, sagte ich gefühlvoll.

»Und ich habe den Verdacht, daß sie selbst die Urheberin der Gerüchte ist.«

»Das kann ich mir nicht denken, Maud. Sie würde doch nichts tun, was die Chancen unseres Kandidaten schmälern könnte.«

»Ach, Agnes, du würdest dich wundern«, deutete Mrs. Bigham Charteris geheimnisvoll an. »Du glaubst ja nicht, was ich da schon alles erlebt habe. Wenn eine Frau boshaft und gehässig sein möchte, schreckt sie vor nichts zurück. Da setzt sie sogar die Aufstiegschancen ihres Mannes aufs Spiel. Ich glaube, daß sie selbst gern ein wenig mit John geflirtet hätte!«

»Maud!«

»Frag doch Captain Norreys, was er dazu meint. Er ist ja praktisch immer Zeuge gewesen, und es heißt ja, Zuschauer bekämen am meisten von dem Spiel mit.«

Sie sahen mich beide erwartungsvoll an.

»Ich kann mir eigentlich nicht denken«, fing ich an und überlegte es mir anders. »Ich glaube, Sie haben völlig recht«, sagte ich zu Mrs. Bigham Charteris.

Plötzlich dämmerte es mir, was Mrs. Carslakes vage Andeutungen und Blicke zu bedeuten hatten. So unwahrscheinlich das auch klang, ich hielt es jetzt für durchaus möglich, daß Mrs. Carslake nicht nur nichts dagegen unternommen hatte, daß sich die einmal aufgekommenen Gerüchte in Windeseile verbreiteten – sie hatte sie vermutlich selber in die Welt gesetzt.

Was für eine schäbige Welt, dachte ich.

»Ich glaube, Captain Norreys ist am geeignetsten, Milly Burt gut zuzureden«, sagte Mrs. Bigham Charteris völlig unerwartet.

»Nein!« rief ich erschrocken.

»Aber Milly mag Sie, und ein Invalide nimmt immer eine Vorzugsstellung ein.«

»Oh, ja, dem kann ich nur aus vollem Herzen beipflichten«, rief Lady Tressilian aus. Die Idee entzückte sie, denn ihr blieb diese unangenehme Aufgabe dadurch erspart.

»Nein!« sagte ich noch einmal ganz entschieden.

»Sie ist gerade dabei, die Scheune zu schmücken«, erklärte Mrs. Bigham Charteris und erhob sich. Sie duldete ganz offensichtlich keinen Widerspruch. »Ich schicke Mrs. Burt zu Ihnen. Ich sage ihr, daß sie hier eine Tasse Tee bekommt.«

»Ich spreche *nicht* mit ihr!« rief ich erbost.

»Selbstverständlich sprechen Sie mit ihr«, rief mich Mrs. Bigham Charteris zur Ordnung. Sie war ja nicht umsonst die Frau eines Obersten gewesen. »Wir müssen *alle* unseren Teil dazu beitragen, um zu verhindern, daß diese gräßlichen Sozialisten das Rennen machen.«

»Damit unterstützen wir den lieben Mr. Churchill«, fügte Lady Tressilian hinzu. »Nach allem, was er für das Land getan hat.«

»Jetzt, wo er den Krieg für unser Land gewonnen hat, sollte er es sich bequem machen und über den Krieg berichten, so wie er ihn sieht«, sagte ich. »Heutzutage schreibt nämlich kaum jemand so gut wie er. Er sollte sich ein wenig von den Strapazen ausruhen, während sich die Labour Party im Frieden der Mißwirtschaft befleißigt.«

Mrs. Bigham Charteris war entschlossen durch die Terrassentür hinausgegangen. Deshalb wandte ich mich jetzt ausschließlich an Lady Tressilian.

»Churchill hat sich eine Ruhepause verdient«, sagte ich.

»Unter der Labour Party würden schon bald chaotische Zustände herrschen«, meinte Lady Tressilian.

»Es wird auf jeden Fall in ein Chaos ausarten«, erklärte ich. »Nach einem Krieg kann das gar nicht ausbleiben. Finden Sie nicht auch, daß es entschieden besser wäre, wenn man der Gegenseite dieses Chaos in die Schuhe schieben könnte, wenn sie die Wahl gewinnt? Im übrigen bin ich davon überzeugt«, fügte ich hektisch hinzu, als ich draußen Schritte und Stimmen hörte, »daß Sie Milly Burt die Situation am besten klarmachen können. Eine Frau tut sich bei so etwas viel leichter.«

Doch Lady Tressilian schüttelte den Kopf.

»Nein«, sagte sie, »das stimmt nicht unbedingt. Maud hat völlig recht. Sie eignen sich am besten. Milly wird es sicher einsehen.«

Ich war mir nicht so sicher.

Mrs. Bigham Charteris schleppte Milly Burt an wie ein Zerstörer, der ein Handelsschiff geleitete.

»So, da wären wir«, sagte sie betont munter. »Da ist der Tee. Schenken Sie sich eine Tasse ein, ruhen Sie sich ein wenig aus und unterhalten Sie sich mit Captain Norreys. Agnes, ich brauche dich jetzt unbedingt. Was hast du denn mit den Preisen gemacht?«

Die beiden Frauen hasteten aus dem Zimmer. Mrs. Burt goß sich gehorsam Tee ein und nahm ganz in meiner Nähe Platz. Sie wirkte ein wenig verschreckt.

»Stimmt irgend etwas nicht?« erkundigte sie sich.

Wenn sie diese Frage nicht gestellt hätte, so hätte ich mich sicherlich vor der mir gestellten Aufgabe gedrückt. Doch auf diese Frage hin fiel es mir ein wenig leichter zu sagen, was mir aufgetragen worden war.

»Milly, Sie sind ein besonders netter Mensch«, begann ich. »Ist Ihnen schon aufgefallen, daß die meisten Menschen nicht so nett sind?«

»Was wollen Sie denn damit sagen, Captain Norreys?«

»Ich will auf etwas ganz Bestimmtes hinaus«, erklärte ich. »Ist Ihnen eigentlich bekannt, daß die Leute über Sie und Major klatschen? Daß man Sie übler Dinge bezichtigt?«

»Was kann man Major und mir denn nachsagen?« Sie starrte mich verdattert an. Langsam stieg ihr eine brennende Röte in die Wangen, die sich bald bis zum Haaransatz zog. Das war mir so peinlich, daß ich mich abwandte. »Soll das etwa heißen, daß nicht nur Jim – daß auch Außenstehende behaupten – daß sie tatsächlich glauben –?«

»Während eines Wahlkampfes muß derjenige, der kandidieren will, ganz besonders auf der Hut sein«, erklärte ich ihr widerstrebend. »Er muß auch den leisesten Anschein des Bösen vermeiden, um einmal mit Paulus zu sprechen... Wissen Sie, wie ich das meine? Oft genügen schon Lappalien, und die Leute ergehen sich in Mußmaßungen, bis sich der Klatsch wie ein Lauffeuer verbreitet. Wenn Sie zum Beispiel mit Major im ›Ginger Cat‹ frühstücken oder er Sie unterwegs zufällig trifft und Ihnen Ihre Einkaufstasche trägt, macht das die Leute schon mißtrauisch.«

Die braunen Augen weit aufgerissen, sah sie mich erschrokken an.

»Aber Sie wissen doch, daß sich zwischen uns niemals etwas abgespielt hat, oder? Daß er nie ein Wort gesagt hat, das nicht jeder hören dürfte. Daß er nur freundlich zu mir war. Das ist alles. Wirklich, Sie können es mir ruhig glauben.«

»Aber selbstverständlich, Mrs. Burt, das weiß ich doch. Es ist nun einmal leider so, daß sich ein angehender Kandidat nicht einmal Freundlichkeit erlauben darf. So steht es um die Reinheit unserer politischen Ideale«, fügte ich erbost hinzu.

»Ich würde ihm doch niemals schaden wollen«, sagte Milly. »Um nichts auf der Welt.«

»Davon bin ich überzeugt.«

Sie sah mich flehend an.

»Was kann ich denn bloß tun, um die Dinge wieder ins rechte Lot zu rücken?«

»Ich würde vorschlagen, daß Sie ihn nicht mehr sehen, bis der Wahlkampf entschieden ist. Sorgen Sie wenigstens dafür, daß man Sie nicht mehr zusammen antrifft, wenn es sich machen läßt.«

Sie nickte eifrig.

»Ja, natürlich. Ich bin Ihnen ja so dankbar, daß Sie mir reinen Wein eingeschenkt haben, Captain Norreys. Ich wäre nie darauf gekommen. Ich – er hat sich mir gegenüber so wunderbar benommen. So großartig –«

Milly Burt erhob sich, und alles wäre glattgegangen, wenn John Gabriel in diesem Augenblick nicht hereingekommen wäre. »Hallo«, sagte er. »Was ist denn hier los? Ich komme gerade von einer Wahlveranstaltung, wo ich mich heiser geredet habe. Darf ich einen Sherry nehmen? Anschließend muß ich Mütter besuchen. Eine Whiskyfahne macht sich da nicht allzugut.«

»Ich muß gehen«, sagte Milly. »Auf Wiedersehen, Captain Norreys. Auf Wiedersehen, Major Gabriel.«

Gabriel bat sie, auf ihn zu warten. Er wolle sie heimbegleiten.

»Nein, nein, bitte nicht. Ich muß jetzt wirklich los.«

»Na schön, dann verzichte ich eben auf den Sherry.«

»Bitte!« Sie wand sich vor Verlegenheit. Ihr Gesicht überzog sich wieder mit einer flammenden Röte. »Ich möchte nicht, daß Sie mich begleiten. Ich möchte allein nach Hause gehen.«

Sie stürzte aus dem Zimmer. Gabriel fuhr auf mich los.

»Wer hat ihr so was eingeredet? Sie?«

»Ja«, gestand ich.

»Wie kommen Sie dazu? Mischen Sie sich nicht in meine Angelegenheiten!«

»Ihre Angelegenheiten interessieren mich einen Dreck. Mir geht es ausschließlich um die Konservativen.«

»Sie wollen doch wohl nicht im Ernst behaupten, daß Ihnen die Konservativen am Herzen liegen?«

»Nein, wahrhaftig nicht«, gestand ich.

»Warum stecken Sie dann Ihre Nase in anderer Leute Angelegenheiten?«

»Das kann ich Ihnen sagen. Weil ich die kleine Mrs. Burt sehr gern mag, und wenn sie später einmal glauben müßte, daß Sie die Wahl wegen der Freundschaft mit ihr verloren haben, wäre sie todunglücklich.«

»Dadurch, daß wir befreundet sind, verliere ich die Wahl nicht.«

»Gabriel, das könnte durchaus sein. Sie unterschätzen die Macht der schmutzigen Fantasie.«

Er nickte.

»Wer hat Sie dazu gebracht, mit ihr zu reden?«

»Mrs. Bigham Charteris und Lady Tressilian.«

»Diese alten Schreckschrauben. Lady St. Loo doch wohl auch?«

»Nein, Lady St. Loo hat nichts damit zu tun«, erklärte ich.

»Wenn ich wüßte, daß *sie* den Befehl erlassen hat, würde ich übers Wochenende mit Milly Burt verreisen und mir sagen, daß die Leute doch zum Teufel gehen sollen!«

»Damit wären Sie geliefert«, sagte ich. »Sie wollen doch die Wahl gewinnen, oder nicht?«

Da grinste er ganz plötzlich. Diese Sache konnte ihm die gute Laune auf die Dauer nicht verderben.

»Selbstverständlich gewinne ich die Wahl«, behauptete er steif und fest.

16. Kapitel

Der Abend war einer der schönsten Sommerabende in diesem Jahr. Die Menschen strömten in die Scheune, die Long Barn. Sie waren alle festlich gekleidet. In der Scheune fand nicht nur das Whistturnier statt, es wurde auch getanzt.

Teresa schob mich auf meiner fahrbaren Liege hin, damit auch mir ein Blick auf das Geschehen vergönnt war. Alle schienen den Abend zu genießen. Gabriel war in Hochform. Er gab Geschichten zum besten, er mischte sich immer wieder unter die Menge und erwies sich als sehr witzig und schlagfertig. Er wirkte an diesem Abend ganz besonders aufgeräumt und voller Selbstvertrauen. Er widmete den anwesenden Damen seine ungeteilte Aufmerksamkeit, wobei er vielleicht sogar ein wenig übertrieb. Ich hielt das für einen sehr geschickten Schachzug. Seine gute Laune wirkte ansteckend, und es wurde ein beschwingter Abend.

Lady St. Loo, eine hagere, eindrucksvolle Erscheinung, sorgte dafür, daß alles glattging. Durch sie kam erst richtig Leben in die Gesellschaft. Sie verlieh dem festlichen Abend Glanz: Ihr Erscheinen galt als Kompliment. Mir war aufgefallen, daß die Menschen sie zwar mochten, sie aber auch fürchteten. Lady St. Loo nahm meistens kein Blatt vor den Mund und nannte die Dinge beim Namen. Andererseits war sie aber auch auf ganz unspektakuläre Weise menschenfreundlich. Das wechselhafte Schicksal der kleinen Stadt St. Loo lag ihr sehr am Herzen.

›Das Schloß‹ wirkte auf alle sehr respekteinflößend. Als sich der Quartiermeister die Haare raufte, weil es sich als so schwierig erwies, die Evakuierten zu Kriegsbeginn unterzubringen, wollte Lady St. Loo unmißverständlich wissen, warum man bei ihr keine Evakuierten einquartiere.

Mr. Pengelley hatte sich zu der lahmen Erklärung aufgeschwungen, er habe sie nicht behelligen wollen. Manche der Kinder seien sehr undiszipliniert. Lady St. Loo hatte ungerührt erwidert:

»Wir tragen selbstverständlich auch unseren Teil bei. Fünf Schulkinder können wir leicht aufnehmen. Oder auch zwei Mütter mit ihren Kindern – was Ihnen lieber ist.«

Die Mütter mit ihren Kindern nahmen bald wieder Reißaus. Die langen hallenden Gänge im Schloß hatten den Frauen aus London Angst eingejagt. Sie schauderten und hatten etwas von Gespenstern gemurmelt. Als es vom Meer her heftig stürmte, hatten sie sich – mit vor Kälte aufeinanderschlagenden Zähnen – dicht aneinandergedrängt, denn die Heizung entsprach nicht gerade modernen Anforderungen. Nach der behaglichen Wärme und menschlichen Nähe in ihren Londoner Mietwohnungen empfanden sie das Schloß als Alptraum. Sie suchten bald das Weite. An ihrer Stelle wurden Schulkinder im Schloß einquartiert. Die fanden das Schloß furchtbar aufregend und konnten sich gar nichts Schöneres vorstellen. Sie kletterten überall herum und wurden es nicht müde, nach vermeintlichen unterirdischen Gängen zu suchen. Sie ließen sich bereitwillig von Lady Tressilian bemuttern. Lady St. Loo faszinierte sie und ließ sie vor Ehrfurcht erstarren. Mrs. Bigham Charteris nahm ihnen die Angst vor Pferden und Hunden. Mit der alten Köchin aus Cornwall verstanden sie sich bestens. Sie machte ihnen kleine runde Safrankuchen.

Lady St. Loo sprach dann noch zweimal bei dem Quartiermeister vor. Ein paar Kinder waren auf abgelegenen Bauernhöfen untergebracht worden. Lady St. Loo hielt die entsprechenden Bauern weder für kinderlieb noch für vertrauenswürdig. Sie bestand darauf, daß Erkundigungen eingezogen wurden. In einem Fall stellte sich dann auch wirklich heraus, daß die Kinder schrecklich unterernährt waren. In dem anderen Fall nagten sie zwar nicht am Hungertuch, waren dafür aber schmutzig und verwahrlost.

All das trug dazu bei, daß die Leute noch mehr Respekt vor der alten Dame hatten. Im Schloß sorge man dafür, daß alles seine Ordnung habe, hieß es. Die Schloßbewohner ließen es nicht zu, daß irgendein Unrecht geschehe.

Lady St. Loo verließ das Whistturnier bald wieder. Sie, ihre

Schwester und ihre Schwägerin gingen. Isabella blieb noch, um Teresa, Mrs. Carslake und den anderen Damen zu helfen.

Ich selbst blieb etwa zwanzig Minuten, um mir alles anzusehen. Dann kam Robert und schob mich zum Haus zurück. Auf der Terrasse angelangt, bat ich ihn, mich nicht hineinzuschieben. Es war eine warme Sommernacht, und im Mondschein sah alles wie verzaubert aus.

»Ich möchte draußen bleiben«, sagte ich.

»Gut. Möchtest du eine Decke?«

»Nein danke, es ist ja noch ganz warm.«

Robert nickte. Er machte auf dem Absatz kehrt und ging zurück zur Scheune, wo er verschiedene Aufgaben übernommen hatte.

Ich lag ganz friedlich da und rauchte. Die Umrisse des Schlosses hoben sich deutlich von dem Meer ab, das im Mondlicht schimmerte. Es erinnerte mehr denn je an eine Bühnendekoration. Von der Scheune her drangen Musikfetzen und Stimmen herüber. Hinter mir war das dunkle Haus. Nur ein Fenster war noch offen. Das Mondlicht spielte einen Streich: Es sah aus, als sei Polnorth House durch einen Lichtstrahl mit dem Schloß verbunden.

Ich spann den Faden weiter und stellte mir vor, daß eine Gestalt in glänzender Rüstung auf diesem Lichtstrahl ritt. Die Heimkehr des jungen Lord St. Loo... Eine Soldatenuniform war leider längst nicht so romantisch wie ein Kettenhemd.

Mit den Menschenstimmen, die aus der Scheune drangen, wetteiferten die vielen tausend Laute dieser lauen Sommernacht. Es raschelte und knackste. Winzigkleine Tiere krabbelten herum. Blätter wurden aufgewirbelt. Aus weiter Ferne hörte ich ganz schwach den Schrei einer Eule...

Zufriedenheit erfüllte mich. Es entsprach der Wahrheit, was ich Teresa gegenüber zugegeben hatte – ich fing wieder an zu leben. Jennifer und die Vergangenheit waren in weite Ferne gerückt, zu einem strahlenden, aber wesenlosen Traum geworden. Zwischen der Vergangenheit und mir erstreckte sich ein Sumpf der Dunkelheit, der Schmerzen und der Lethargie. Erst jetzt gelang es mir allmählich, mich wieder herauszuarbeiten. Ich konnte nicht mehr wie früher leben – damit war es ein- für allemal vorbei. Für mich fing jetzt ein neues Leben an. Was stand mir wohl bevor? Was konnte ich jetzt aus meinem Leben machen? Was war der neue, wiederauferstandene Hugh Norreys für ein Mensch? Interesse regte sich in mir. Was wußte ich schon? Was durfte ich mir erhoffen? Was würde ich tun?

Ich sah eine hochgewachsene, weißgekleidete Gestalt aus der Scheune kommen. Nach einem Augenblick des Zögerns kam sie auf mich zu. Ich hatte sofort erkannt, daß es Isabella war. Sie setzte sich auf die steinerne Bank. Nun war die Nacht vollkommen.

Lange saßen wir so beieinander, ohne daß ein Wort fiel. Ich war überglücklich. Wollte den Zauber nicht dadurch brechen, daß ich sprach. Ich wollte nicht einmal denken.

Erst als vom Meer her eine Brise aufkam und Isabellas Haar zerzauste, brach der Zauber. Isabella hob den Arm und strich sich übers Haar. Ich drehte den Kopf zur Seite, sah sie an. Isabella starrte auf den Mondstrahl, der das Schloß mit Polnorth House verband – ganz so wie ich vorher auch.

»Heute abend müßte Rupert kommen«, sagte ich.

»Ja.« Sehnsucht sprach aus ihrer Stimme.

»Ich habe mir schon ausgemalt, daß er in Kettenhemd und Ritterrüstung angeritten kommt«, erzählte ich. »Doch ich vermute, er kommt in Uniform.«

»Er *muß* bald kommen«, sagte Isabella. »Ach, wenn er doch endlich käme ...«

Das klang verzweifelt.

Ich wußte nicht, was in ihr vorging – aber ich machte mir Sorgen um sie, ohne genau zu wissen warum.

»Sie dürfen keine allzugroßen Erwartungen in seine Ankunft setzen«, warnte ich sie. »Immerhin kann es ja sein, daß alles anders kommt.«

»Ja; ich weiß, das kommt vor.«

»Sie erwarten etwas«, sagte ich. »Und das geht vielleicht gar nicht nicht Erfüllung.«

»Rupert muß *bald* kommen«, sagte Isabella.

Aus ihr sprach die nackte Verzweiflung. Die Dringlichkeit in ihrer Stimme beunruhigte mich.

Ich wollte fragen, was sie damit meinte, doch da kam John Gabriel aus der Scheune und gesellte sich zu uns.

»Mrs. Norreys hat mich hergeschickt, damit ich nachsehe, ob

Sie irgend etwas brauchen«, wandte er sich an mich. »Wie wär's mit einem Drink?«

»Nein, danke.«

»Bestimmt nicht?«

»Nein.«

Er ignorierte Isabella mehr oder weniger.

»Holen Sie sich was zu trinken«, bat ich ihn.

»Nein, ich möchte nichts.« Er schwieg und fuhr dann fort: »Eine herrliche Nacht. In so einer Nacht hat der junge Lorenzo – na ja, Sie wissen schon.«

Wir schwiegen alle drei. Aus der Scheune klang ganz leise Musik zu uns herüber. Gabriel wandte sich Isabella zu.

»Miß Charteris, würden Sie mitkommen und mit mir tanzen?«

Da erhob sich Isabella und sagte höflich: »Ja, sogar sehr gern. Ich danke Ihnen.«

Sie gingen steif davon, sprachen nicht miteinander.

Ich dachte an Jennifer. Wo sie jetzt wohl war und was sie tat? Ich hätte gern gewußt, ob sie glücklich oder unglücklich war. Hatte sie ›jemanden gefunden‹, wie es so schön heißt? Ich hoffte es. Ich gönnte es ihr wirklich.

Es tat mir nicht weh, an Jennifer zu denken, denn die Jennifer, die ich gekannt hatte, hatte es gar nicht gegeben. Ich hatte sie erfunden, weil mir das Freude machte. Über die wahre Jennifer hatte ich mir nie den Kopf zerbrochen. Zwischen uns hatte die Gestalt von Hugh Norreys gestanden, der in Jennifer verliebt war.

Ich erinnerte mich noch vage daran, wie ich als Kind vorsichtig schwankend eine große Treppe hinuntergegangen war, hatte das schwache Echo meiner Stimme noch im Ohr, die großsprecherisch verkündete: ›Hugh kommt die Treppe hinunter...‹ Später lernt ein Kind zu sagen ›ich‹. Aber dieses ›ich‹ dringt nicht ganz bis ins Innerste durch. So geht der Mensch nicht als sein ›Ich‹, sondern als Zuschauer durchs Leben. Er sieht sich in einer Bilderfolge. Ich hatte Hugh Jennifer trösten sehen. Ich hatte mitangesehen, wieviel Hugh Jennifer bedeutete, hatte als Zuschauer miterlebt, daß Hugh Jennifer glücklich machen konnte, hatte geglaubt, daß Hugh alles wiedergutmachen würde, was Jennifer angetan worden war.

Ja, dachte ich plötzlich bei mir. Genau wie Milly Burt. Milly Burt hatte sich entschlossen, ihren Jim zu heiraten. Sie sah sich als die Frau, die ihn glücklich machen konnte, die ihn von seiner Trunksucht heilen würde. Ihr war eigentlich gar nicht daran gelegen, den wahren Jim kennenzulernen und zu akzeptieren.

Ich überlegte, ob das auch für John Gabriel galt. Das kleine Frauchen tut John Gabriel leid. Er ist nett zu ihr, heitert sie auf und hilft ihr damit.

Dann nahm ich mir Teresa vor. Ich sehe Teresa, wie sie Robert heiratet. Ich sehe Teresa...

Nein, bei Teresa würde das System nicht funktionieren. Teresa war erwachsen. Sie verstand es, ›ich‹ zu sagen.

Aus der Scheune kamen zwei Gestalten. Doch sie kamen nicht zu mir. Statt dessen gingen sie in die Gegenrichtung die Treppe hinunter zu der unteren Terrasse und zum Teich...

Ich nahm mein Spielchen wieder auf. Lady Tressilian war an der Reihe. Sie sah sich als diejenige, die mir den Wunsch eingegeben hatte, wieder gesund zu werden und mich dem Leben wieder zuzuwenden. Mrs. Bigham Charteris sah sich als diejenige, die immer wußte, wie man alles regeln mußte. In ihren eigenen Augen war sie immer noch die tüchtige Frau des Obersten. Und warum auch nicht? Das Leben ist so schwer, daß wir unsere Träume brauchen.

Hatte Jennifer Träume gehabt? Was war Jennifer eigentlich für ein Mensch gewesen? Hatte ich mir überhaupt je die Mühe gemacht, das herauszubekommen? Hatte ich Jennifer nicht immer nur so gesehen, wie ich sie sehen wollte? Als meine getreue, unglückliche, wundervolle Jennifer?

Wie aber war sie wirklich? Vielleicht doch nicht so wundervoll und genaugenommen auch nicht sehr loyal. Unglücklich war sie allerdings gewesen. Weil sie es so wollte. Ich erinnerte mich noch gut an die Vorwürfe, die sie sich machte, an die Selbstbezichtigungen. Sie gab sich die Schuld daran, daß ich nur noch ein zerschlagener Krüppel, ein Invalide war. In ihren Augen war immer alles *ihre* Schuld, *ihr* Werk gewesen. Das konnte nur bedeuten, daß sich Jennifer immer in einer tragischen Rolle gesehen hatte.

Alles was geschehen war, mußte sie verschuldet haben. Jennifer sah sich als tragische, unglückliche Gestalt, der alles schiefging und die auch noch die Schuld dafür auf sich nahm, wenn auch bei anderen Menschen nicht immer alles ganz nach Wunsch verlief. Milly Burt sah sich wahrscheinlich genau im gleichen Licht. Milly – ich schob die graue Theorie weit von mir und kehrte in die Wirklichkeit zurück. Milly war heute abend nicht gekommen. Vielleicht ein sehr geschickter Schachzug. Es konnte natürlich auch sein, daß ihr Fernbleiben nur wieder Anlaß zu Gerede gab.

Ich erschauerte ganz plötzlich und erschrak. Ich mußte wohl ein wenig eingenickt sein. Es war jetzt ganz entschieden kühler...

Ich hörte, wie sich von der unteren Terrasse her Schritte näherten. John Gabriel kam auf mich zu. Mir fiel sein schwankender Gang auf. Ob er wohl angetrunken war?

Er kam zu mir herauf. Er sah ganz verändert aus. So sehr, daß ich erschrak. Er sprach undeutlich, seine Stimme klang ganz heiser. Alles sprach dafür, daß er betrunken war, doch der Alkohol war nicht allein an seinem aufgelösten Zustand schuld.

Er lachte das rauhe Gelächter eines Betrunkenen.

»Dieses Mädchen!« sagte er. »Ich kann Ihnen sagen, dieses Mädchen ist genau wie alle anderen! Wenn sie auch den Kopf in den Wolken hat – sie steht mit beiden Beinen fest auf der Erde. Ein durch und durch irdisches Geschöpf.«

»Gabriel, was faseln Sie denn da?« fragte ich ihn streng. »Sind Sie betrunken?«

Er brüllte vor Lachen.

»Das ist ein guter Witz! Nein, ich bin nicht betrunken. Ich hatte etwas Besseres zu tun. Nämlich ein stolzes eingebildetes Geschöpf in die Mangel zu nehmen. Eine feine Dame, die sich nicht mit dem gemeinen Volk abgibt! Ich habe ihr gezeigt, wo's langgeht und wo sie hingehört. Ich habe sie von ihrem hohen Roß gestoßen und ihr bewiesen, daß sie auch nur ein ganz gewöhnlicher Mensch ist. Ich habe Ihnen ja schon immer gesagt, daß sie keine Heilige ist... nicht bei diesem Mund. Sie ist ein ganz gewöhnlicher Mensch genau wie wir alle. Die Frauen sind doch alle gleich, mit welcher man auch schläft... sie sind alle gleich.«

»Hören Sie mal, Gabriel!« fuhr ich ihn wütend an. »Was haben Sie getan?«

Eine Kaskade meckernden Gelächters quoll aus seinem Mund.

»Alter Junge, ich habe mich bestens amüsiert«, erklärte er. »Jetzt wissen Sie es also. Ich hatte meinen Spaß. Ganz so, wie ich es mag, und es war verdammt gut, das kann ich Ihnen sagen.«

»Wenn Sie diesem Mädchen zu nahegetreten sind –«

»Mädchen, daß ich nicht lache. Sie ist erwachsen, eine Frau. Sie weiß, was sie tut oder sollte es zumindest wissen. Sie ist eine Frau, das können Sie mir glauben, und was für eine Frau!«

Er lachte wieder schallend. Das Echo dieses teuflischen Gelächters verfolgte mich noch jahrelang. Es war ein ordinäres, sehr unangenehmes Kichern. Ich haßte Gabriel in diesem Augenblick, und daran sollte sich auch nichts mehr ändern.

Meine Hilflosigkeit kam mir in diesem Augenblick so richtig zu Bewußtsein, meine Unbeweglichkeit. Durch einen raschen verächtlichen Seitenblick erinnerte er mich daran. Ich kann mir keinen widerwärtigeren Menschen vorstellen als John Gabriel in dieser Nacht...

Er lachte auch noch, als er schwankenden Schrittes auf die Scheune zuging.

Ich war völlig außer mir vor Zorn, als ich ihm nachsah. Während ich noch an der bitteren Pille meines desolaten Zustands kaute, hörte ich, wie jemand mit leichten leisen Schritten die Stufen zur Terrasse erklomm.

Isabella erschien auf der Terrasse. Sie kam auf mich zu und setzte sich neben mich auf die steinerne Bank.

Mir fielen auch jetzt wieder ihre ruhigen sicheren Bewegungen auf. Auch jetzt saß sie zunächst wieder schweigend neben mir. Und doch war diesmal alles anders. Es war, als suche sie Trost – ohne daß irgendwelche äußeren Anzeichen dafür sprachen. Sie wirkte hellwach und verschreckt. Ich spürte, daß sie sich in einem Zustand der tiefsten Verwirrung befand. Doch was wirklich in ihr vorging, konnte ich nicht wissen, ja nicht einmal ahnen. Womöglich wußte sie es selbst nicht.

»Isabella, meine Liebe, ist alles in Ordnung?« fragte ich sie plötzlich.

Ich wußte nicht genau, was ich damit sagen wollte.

Sie antwortete ausnahmsweise einmal gleich. »Ich weiß es nicht…«

Nach ein paar Minuten schob sie ihre Hand unter die meine. Eine schöne Geste, die mich rührte, weil sie mir verriet, daß Isabella vollstes Vertrauen zu mir hatte. Ich habe diese Geste nie vergessen. Fast eine Stunde saßen wir so da und schwiegen. Dann kamen die Leute allmählich aus der Long Barn. Mehrere Leute traten zu uns und schwatzten. Sie beglückwünschten sich gegenseitig, weil alles reibungslos geklappt hatte. Eine dieser Frauen fuhr Isabella mit ihrem Wagen heim.

Ich glaubte zu träumen – so unwirklich erschien mir alles.

17. Kapitel

Ich hatte fest damit gerechnet, daß Gabriel mir am nächsten Tag aus dem Weg gehen würde, doch man wußte bei ihm nie, woran man war. Er betrat mein Zimmer kurz vor elf.

»Ich habe gehofft, Sie allein anzutreffen«, sagte er. »Ich fürchte, ich habe gestern abend den schlimmsten Narren aus mir gemacht, den man sich nur denken kann.«

»Das kann man wohl sagen. Das ist sogar noch milde ausgedrückt, Gabriel, Sie sind ein widerliches Schwein.«

»Was hat sie gesagt?«

»Nichts hat sie gesagt.«

»War sie aufgeregt? Oder vielleicht wütend? Verdammt noch mal, *irgend etwas* muß sie doch gesagt haben. Sie war doch fast eine Stunde hier bei Ihnen.«

Ich wiederholte: »Sie hat nichts gesagt.«

»Ich wünschte weiß Gott, ich hätte sie nie –« Er unterbrach sich. »Sagen Sie mal – Sie denken doch hoffentlich nicht, ich hätte sie verführt. Das ist nämlich nicht der Fall. Wahrhaftig nicht. Ich habe nur – nun ja – ich habe sie nur ein bißchen liebgehabt, sonst nichts. Der Mond schien, Isabella ist ein hübsches Mädchen. Ich meine, das wäre doch sicher jedem so ergangen.«

Ich sprach kein Wort. Doch Gabriel reagierte auf mein Schweigen, als hätte ich etwas gesagt.

»Sie haben ja recht«, sagte er. »Ich bin auch nicht besonders stolz auf mich. Aber sie hat mich zum Wahnsinn getrieben. Sie hat mich um den Verstand gebracht, seit ich sie das erstemal gesehen habe. Sieht aus wie eine Heilige, die kein Mensch je berühren darf. Deshalb habe ich sie mir gestern abend vorgenommen. Aber es war alles andere als schön. Es war ganz abscheulich. Doch sie hat sich nicht zur Wehr gesetzt, sondern reagiert wie eine ganz normale Frau. Sie ist genau wie irgendein Weibsbild, das man am Samstagabend aufliest. Wahrscheinlich haßt sie mich jetzt abgrundtief. Ich habe heute nacht kein Auge zugetan.«

Er ging erregt im Zimmer auf und ab. Dann fragte er noch einmal: »Sind Sie sicher, daß sie nichts gesagt hat? Überhaupt nichts?«

»Ich habe es Ihnen schon zweimal gesagt.« Meine Stimme klang eisig.

Er schlug die Hände vors Gesicht. Diese Geste wäre normalerweise komisch gewesen, doch in seiner Lage wirkte sie nur tragisch.

»Ich weiß nie, was in ihr vorgeht«, klagte er. »Ich weiß überhaupt nichts über sie. Ich kann sie einfach nicht erreichen. Sie ist immer ganz weit weg. Wie dieses vermaledeite Fries ins Pisa. Da sitzen die Seligen lächelnd im Himmel unter Bäumen. Ich *mußte* sie aus der Reserve locken, mußte sie zu mir herunterziehen. Ich hätte es nicht mehr ausgehalten. Ich wollte sie demütigen, sie auf die Erde zurückholen. Ich wollte erreichen, daß sie sich schämt. Ich wollte, daß sie mit mir zusammen durch die Hölle geht –«

»Gabriel, halten Sie endlich den Mund«, fuhr ich ihn wütend an. »Haben Sie denn überhaupt kein Gefühl für Würde und Anstand?«

»Nein. Sie übrigens auch nicht, wenn Sie durchgemacht hätten, was ich durchgemacht habe. All die Wochen. Ich wünschte, ich hätte Isabella niemals zu Gesicht bekommen. Ich gäbe viel darum, wenn ich sie vergessen könnte. Hätte ich doch nie erfahren, daß es sie überhaupt gibt.«

»Ich habe nicht gewußt –«

Er unterbrach mich.

»*Sie* können das ja nicht begreifen! Sie sehen niemals auch nur einen Deut über Ihre eigene Nasenspitze hinaus. Sie sind das selbstsüchtigste Individuum, das mir je begegnet ist. Alle Ihre Gedanken kreisen immer nur um die eigene Person. Sehen Sie nicht, daß ich erledigt bin? Wenn das so weitergeht, interessiert es mich nicht mehr, ob ich Parlamentsmitglied werde oder nicht.«

»Was vielleicht ein Glück für England wäre«, sagte ich.

»In was für ein Schlamassel bin ich bloß geraten«, murmelte Gabriel düster.

Ich schwieg dazu. Ich hatte schon so oft mitanhören müssen, wie Gabriel prahlte und sich brüstete, daß es mir jetzt eine gewisse Befriedigung verschaffte, ihn so niedergeschlagen zu sehen.

Mein Stillschweigen irritierte ihn. Das freute mich. Ich wollte ja, daß er sich über mich ärgerte.

»Norreys, wissen Sie überhaupt, wie selbstzufrieden Sie aussehen? Ein richtiger Puritaner. Was glauben Sie denn, was ich machen soll? Mich bei ihr entschuldigen? Behaupten, ich hätte den Kopf verloren oder so was?«

»Was soll ich Ihnen da schon sagen? Sie haben ja soviel Erfahrung mit Frauen, daß Sie das eigentlich selbst wissen müßten.«

»Mit einem solchen Mädchen habe ich noch nie zu tun gehabt. Glauben Sie, das war ein Schock für sie? Glauben Sie, es hat sie angewidert? Ob sie mich jetzt wohl für ein Schwein hält?«

Wieder sagte ich ihm die reine Wahrheit, und ich tat es mit Freuden. Ich sagte ihm, ich wisse nicht, was in Isabella vorging.

»Aber ich glaube, da kommt sie gerade«, fügte ich hinzu, als ich aus dem Fenster sah.

Gabriel wurde feuerrot. Ein gehetzter Ausdruck trat in seine Augen.

Er baute sich vor dem Kamin auf – mit gespreizten Beinen, das Kinn hoch in die Luft gereckt. Das wirkte nicht sehr vorteilhaft. Er sah aus wie ein Galgenvogel und noch dazu dämlich. Bei seinem Anblick empfand ich eine boshafte Freude. Er sah gewöhnlich, hinterhältig und verschlagen aus.

»Wenn sie mich ansieht, als wäre ich die Beute einer Katze –«, setzte er an, doch dann sprach er nicht weiter.

Isabella sah ihn aber nicht so an. Sie sagte guten Morgen, begrüßte erst mich und dann ihn. Sie behandelte uns beide gleich.

Sie verhielt sich wie gewöhnlich überaus höflich und ernst. Und wirkte dabei genauso unberührt wie immer. Sie hatte Teresa eine Nachricht überbringen wollen. Als sie erfuhr, daß Teresa nebenan bei den Carslakes war, machte sie sich auf die Suche nach meiner Schwägerin. Sie lächelte uns beiden freundlich zu und ging.

Kaum hatte sich die Tür hinter ihr geschlossen, als Gabriel zu fluchen anfing. Er verfluchte sie mit giftigen, ätzenden Worten. Ich versuchte, seinen unflätigen Worten und Verwünschungen Einhalt zu gebieten, doch vergebens. Gabriel schrie mich an:

»Halten Sie den Mund! Das geht Sie gar nichts an! Ich schwöre Ihnen, daß ich mich an diesem hochnäsigen, eingebildeten Luder rächen werde, und wenn es mich das Leben kostet.«

Er stürzte aus dem Zimmer und schlug die Tür so heftig zu, daß Polnorth House in seinen Grundfesten zu erbeben schien.

Ich wollte Isabella auf keinen Fall verfehlen, wenn sie von den Carslakes kam. Also läutete ich und ließ mich auf die Terrasse hinausschieben.

Ich brauchte nicht lange zu warten. Isabella trat durch die hinterste Terrassentür und kam auf mich zu. Ganz selbstverständlich hielt sie direkt auf die Steinbank zu und setzte sich. Sie schwieg. Ihre langen schmalen Hände lagen wie gewöhnlich locker verschränkt in ihrem Schoß.

Für gewöhnlich begnügte ich mich damit, doch an diesem Tage gab ich mich allen möglichen Vermutungen hin. Ich wollte wissen, was in diesem edel geformten Kopf vor sich ging. Ich hatte ja eben miterlebt, in welchem Zustand Gabriel sich befand. Ich hatte keine Ahnung, welchen Eindruck die Geschehnisse der letzten Nacht bei Isabella hinterlassen hatten. Vielleicht gar keinen. Das Schwierige bei Isabella war, daß man alles in einfache Worte kleiden mußte. Wenn man sie mit blumigen Umschreibungen ansprach, sah sie ihren Gesprächspartner bestürzt und verständnislos an.

Doch wie es nun einmal Brauch war, stellte ich ihr zunächst einmal eine zweideutige Frage.

»Alles in Ordnung, Isabella?«

Sie sah mich fragend an.

»Gabriel ist heute morgen völlig durcheinander«, sagte ich.

»Ich glaube, er möchte sich für das entschuldigen, was gestern nacht geschehen ist.«

»Warum sollte er sich denn entschuldigen?« fragte Isabella.

»Na ja«, sagte ich gedehnt, »weil er findet, daß er sich schlecht benommen hat.«

Sie ließ sich das durch den Kopf gehen und sagte dann: »Ach so.«

Sie wirkte nicht die Spur verlegen. Meine Neugier ließ mir keine Ruhe. Ich stellte ihr noch weitere Fragen, obwohl ich mir natürlich sagen mußte, daß mich das alles überhaupt nichts anging.

»Finden Sie denn *nicht*, daß er sich schlecht benommen hat?« erkundigte ich mich.

Sie sagte: »Ich weiß es nicht... ich weiß es einfach nicht...« Fast entschuldigend fügte sie hinzu: »Wissen Sie, ich habe einfach noch keine Zeit gehabt, darüber nachzudenken.«

»Waren Sie denn nicht schockiert? Sind Sie nicht furchtbar erschrocken? Waren Sie nicht aufgeregt?«

Diese Fragen ließen mir einfach keine Ruhe.

Isabella ließ sich meine Fragen offensichtlich durch den Kopf gehen. Sie sah aus, als überlege sie sich etwas, das nichts mit ihr zu tun habe. Schließlich sagte sie:

»Nein, nicht daß ich wüßte. Hätte ich das denn sein müssen?«

Nun hatte sie es mir heimgezahlt. Darauf wußte ich nun wieder keine Antwort. Was sollte ein normales Mädchen empfinden, wenn sich ihm ein ziemlich grober Mann leidenschaftlich näherte? Von Liebe oder auch nur von Zärtlichkeit konnte in ihrem Fall wohl kaum die Rede sein.

Ich hatte immer das Gefühl gehabt, daß Isabella etwas außerordentlich Reines, Jungfräuliches an sich hatte. Vielleicht hatte ich mir das aber auch nur eingeredet. War sie wirklich so, wie ich sie bisher gesehen hatte? Mir fiel wieder ein, daß Gabriel wiederholt von ihrem Mund gesprochen hatte. Ich sah mir ihren Mund daraufhin an. Die volle Unterlippe fiel mir auf – fast schon ein habsburgischer Mund. Isabella benutzte keinen Lippenstift. Ihre Lippen leuchteten in einem frischen, natürlichen Rot. Ja, sie hatte tatsächlich einen sehr sinnlichen, leidenschaftlichen Mund.

Gabriels Annäherungsversuche hatten sie nicht kalt gelassen.

Aber wie hatte sie darauf reagiert? Rein sinnlich? Oder ganz instinktiv? Hatte sie ihre Reaktion mit ihrem Verstand unter einen Hut bringen können?

Da stellte mir Isabella eine Frage. Sie wollte einfach von mir wissen, ob ich Major Gabriel mochte.

Manchmal wäre es mir schwergefallen, diese Frage zu beantworten. Aber heute nicht. Heute bestand kein Zweifel daran, was ich von Major Gabriel hielt.

Also verneinte ich ihre Frage ganz entschieden.

Da meinte sie nachdenklich: »Mrs. Carslake mag ihn auch nicht.«

Es mißfiel mir außerordentlich, mit Mrs. Carslake in einen Topf geworfen zu werden.

Ich fragte Isabella:

»Isabella, mögen Sie ihn denn?«

Sie sagte lange nichts. Als sie sich endlich zum Sprechen durchgerungen hatte, bemerkte ich, daß sie zutiefst verwirrt war. Es schien, als stecke sie in einem Sumpf, aus dem sie sich aus eigener Kraft kaum mehr befreien konnte.

»Ich kenne und verstehe ihn doch gar nicht... Ich weiß gar nichts über ihn. Es ist schrecklich, wenn man mit niemandem darüber sprechen kann.«

Es fiel mir schwer, zu erfassen, was sie damit sagen wollte, denn wann immer ich mich zu einer Frau hingezogen gefühlt hatte, so hatte mich das gegenseitige Verstehen angezogen. Der Glaube (wenn auch zuweilen ein irriger Glaube) an eine ganz besondere Seelenverwandtschaft zwischen uns. Das Entdecken von Dingen, die wir beide mochten oder gegen die wir beide eine Aversion hatten. Es ging um Bücher, Theaterstücke, moralische Gesichtspunkte, um Sympathien oder Antipathien, die wir gemeinsam hatten.

Oft hatte eine Beziehung damit angefangen, daß man warme Freundschaft zu empfinden glaubte, obwohl in Wahrheit von Freundschaft gar keine Rede sein konnte, weil die Sexualität die größte Rolle spielte.

Teresa hatte die Behauptung aufgestellt, Gabriel wirke sehr anziehend auf Frauen. Vermutlich hatte sich auch Isabella zu ihm hingezogen gefühlt. Sollte das aber der Fall gewesen sein, so mußte sich Isabella über seine männliche Anziehungskraft im klaren gewesen sein – nicht übertüncht von vermeintlichem Verständnis füreinander. Er war als Fremder, als Fremdkörper hier eingedrungen. Ob sie ihn wirklich anziehend fand? Vielleicht fand sie nur seine Annäherungsversuche anziehend, nicht ihn selbst.

Ich wußte natürlich, daß ich mich nur Vermutungen hingab. So etwas lag Isabella nicht. Was sie auch für Gabriel empfinden mochte – sie würde ihre Gefühle niemals analysieren. Sie akzeptierte sie ganz einfach wie ein Stück aus einem Gobelin, der das Leben darstellte. Irgendwann würde sie zum nächsten Muster ihres Lebensteppichs übergehen.

Mir wurde plötzlich klar, daß genau das Gabriel fast bis zum Wahnsinn trieb. Für den Bruchteil einer Sekunde regte sich Mitgefühl in mir. Ich begriff, was ihn in diese unbezähmbare Wut versetzte.

Da sprach Isabella.

Mit ihrer ernsten Stimme fragte sie, warum sich rote Rosen im Wasser gar nicht hielten.

Wir sprachen über diese Frage. Ich wollte von ihr wissen, welches ihre Lieblingsblumen seien.

Rote Rosen, ganz dunkelblauer Goldlack und ganz dicht wirkende, blaß-malvenfarbene Blumen, sagte sie.

Ich hielt das für eine sonderbare Auswahl. Fragte sie, warum sie gerade diese Blumen mehr als alle anderen liebte. Sie behauptete, das könne sie nicht sagen.

»Sie sind denkfaul, Isabella«, sagte ich. »Sie könnten es sehr wohl sagen, wenn Sie sich nur einmal die Mühe machen wollten, darüber nachzudenken.«

»Glauben Sie wirklich? Na schön, dann denke ich darüber nach.«

Sie saß kerzengerade da und machte sich ernsthaft Gedanken...

(Wenn ich an Isabella denke, sehe ich sie so vor mir – bis in alle Ewigkeit, beziehungsweise bis ans Ende meiner Tage werde ich sie so sehen. Wie sie da in der Sonne auf der Steinbank sitzt, den Kopf stolz erhoben, die langen schmalen Hände friedlich im Schoß gefaltet. So macht sie sich mit ernster Miene Gedanken über Blumen.)

Nach einer längeren Denkpause bekam ich ihre Erkenntnisse

zu hören. »Ich glaube, ich mag diese Blumen ganz besonders, weil sie aussehen, als fühlten sie sich sehr gut an – weich wie Samt... Und weil sie so herrlich duften. Wie die Rosen wachsen, das paßt gar nicht zu ihnen. Es sieht schrecklich aus. Einer Rose gebührt eine Glasvase ganz für sich allein, dann sieht sie wunderhübsch aus, aber eben nur ganz kurze Zeit. Dann verwelkt sie. Da hilft es auch nichts, wenn man Aspirin ins Wasser gibt oder die Stengel anzündet. Bei roten Rosen nutzt das nichts, bei anderen mag es helfen. Aber man kann nichts tun, damit sich die langstieligen dunkelroten Rosen halten. Ich wünschte, sie würden nicht verwelken.«

So lange und ausführlich hatte ich Isabella noch nie reden hören. Es lag ihr weit mehr, über Rosen zu sprechen als über Gabriel.

Ich werde diese Szene wie gesagt niemals vergessen. Mein Blick fiel auf den Feldweg, der vom Schloß zu uns herüber führte. Eine Gestalt schritt diesen Weg entlang auf Polnorth House zu und näherte sich uns – eine Gestalt in Uniform und Baskenmütze. Ein heftiger Schmerz durchzuckte mich. Lord St. Loo war heimgekehrt.

18. Kapitel

Manchmal bildet man sich ein, man habe eine ganz bestimmte Folge von Geschehnissen schon bis zum Überdruß erlebt. Eben diesen Eindruck hatte ich, als ich den jungen Lord St. Loo auf uns zukommen sah. Es kam mir vor, als hätte ich immer und immer wieder hilflos dagelegen und mitansehen müssen, wie Rupert St. Loo durch das Feld dahergeschritten kam, und ich war zur Unbeweglichkeit verdammt... Als hätte sich die Situation schon häufig abgespielt und würde auch in Zukunft immer wieder so ablaufen... bis in alle Ewigkeit.

Isabella, sagte mir mein Herz, *das ist der Abschied*. Dein Schicksal hat dich eingeholt.

Wieder eine Atmosphäre wie im Märchen. Alles erschien mir so unwirklich wie eine Illusion. Ich würde als Zuschauer Zeuge sein, wie ein wohlvertrautes Märchen glücklich endete.

Ich seufzte leise, als ich Isabella ansah. Ihr war noch nicht bewußt, daß sich ihr Schicksal näherte. Sie sah auf ihre schneeweißen, langen schmalen Hände hinunter. Wahrscheinlich dachte sie noch immer über Rosen nach – oder auch über dunkelbraunen Goldlack...

»Da kommt jemand, Isabella«, sagte ich ganz leise.

Sie blickte ganz gemächlich auf, ohne sonderliches Interesse. Sie drehte den Kopf. Ein freudiger Schreck durchzuckte sie. Ein kleiner Schauder überlief sie.

»Rupert...«, sagte sie. »Das ist ja Rupert...«

Es hätte natürlich auch sein können, daß es gar nicht Rupert war. Aus der Entfernung konnte man das nicht erkennen. Doch es war tatsächlich Rupert.

Er trat ein wenig zögernd durch das Gartentor und kam die Treppe herauf, die auf die Terrasse führte. Er sah aus, als wolle er sich entschuldigen, denn Polnorth House gehörte Fremden, die er noch gar nicht kannte... Aber man hatte ihm im Schloß gesagt, hier fände er seine Cousine.

Als Rupert die Terrasse betrat, stand Isabella auf und ging zwei Schritte auf ihn zu. Er eilte ihr entgegen.

Als sie voreinanderstanden, sagte sie ganz leise: »Rupert...«

»Isabella!« sagte er.

Sie standen einfach nur da und hielten sich an den Händen. Rupert neigte sich zu ihr hinab, als wolle er sie schützen.

Ein Bild der Vollkommenheit. Hätte es sich um eine Szene aus einem Film gehandelt, man hätte sie nicht noch einmal zu drehen brauchen... Bei einem Theaterstück hätte an dieser Stelle jede passionierte Theaterbesucherin in fortgeschrittenen Jahren einen Kloß im Hals gehabt. Eine ganz unwirkliche Idylle. Das Happy-end eines Märchens. Eine Liebesgeschichte mit glücklichem Ausgang par excellence.

Ein junger Mann und ein junges Mädchen, die sich sieben Jahre lang nacheinander verzehrt hatten, hatten sich endlich wiedergefunden. Sie hatten sich beide Illusionen über den anderen hingegeben, doch als sie endlich wieder vereint waren, mußten sie feststellen, daß sich die Illusionen wie durch ein Wunder mit der Wirklichkeit deckten...

Da hieß es immer, daß es so etwas in Wirklichkeit nicht gäbe. Und doch spielte es sich hier vor meinen Augen ab.

Es stand praktisch alles von Anfang an fest. Rupert hatte sich all die Jahre ganz fest vorgenommen, eines Tages nach St. Loo zurückzukehren und Isabella zu heiraten. Isabella sonnte sich in der beruhigenden Gewißheit, daß Rupert eines Tages heimkehren und sie zur Frau nehmen würde – und daß sie dann bis an ihr seliges Ende in St. Loo leben würden.

Ihrer beider feste Überzeugung hatte sich bewahrheitet. Ihre Zukunftsvision hatte sich erfüllt.

Doch dieser Augenblick währte nicht lange. Isabella wandte sich mir zu. Sie strahlte vor Glück.

»Captain Norreys«, sagte sie und stellte uns einander vor. »Mein Vetter Rupert.«

St. Loo trat auf mich zu und schüttelte mir die Hand. Ich sah ihn mir genau an.

Ich glaube, ich habe bis heute keinen so gutaussehenden Mann zu Gesicht bekommen. Ich will damit nicht etwa sagen, daß er aussah wie ein griechischer Gott. Er war ein ausgesprochen schöner Mann, durch und durch männlich. Er hatte ein schmales wettergegerbtes, braungebranntes Gesicht, einen ziemlich großen Schnurrbart, tiefblaue Augen, eine stolze Kopfhaltung, breite Schultern, schmale Hüften und wohlgeformte Beine. Er sprach mit tiefer angenehmer Stimme. Und ganz ohne Akzent. Die Kolonien hatten nicht auf seine Sprache abgefärbt. Sein Gesicht drückte Humor, Intelligenz, Durchhaltevermögen und eine ganz ruhige Festigkeit aus.

Er entschuldigte sich dafür, daß er einfach so hereingeschneit war ohne Voranmeldung, doch seine Maschine sei gerade erst gelandet und er sei vom Flughafen direkt mit dem Wagen hergekommen. Lady Tressilian hätte ihm bei seiner Ankunft im Schloß verraten, daß Isabella nach Polnorth House gegangen sei und sich sicher noch dort aufhalte.

Es sah Isabella augenzwinkernd an.

»Du hast dich ganz schön herausgemacht, seit du ein Schulmädchen warst, Isabella«, sagte er. »Damals hattest du ganz lange, spindeldürre Beine, flatternde Zöpfe, und du warst immer ungeheuer ernst.«

»Ich muß ja furchtbar ausgesehen haben«, sagte Isabella nachdenklich.

Lord St. Loo gab der Hoffnung Ausdruck, daß er auch meine

Schwägerin und meinen Bruder kennenlernen würde, dessen Bilder ihm ausnehmend gut gefielen.

Isabella erklärte, Teresa sei bei den Carslakes und erbot sich, sie zu holen. »Soll ich die Carslakes auch gleich mitbringen?« erkundigte sie sich.

Rupert sagte, auf die Carslakes wolle er lieber verzichten. Er könnte sich sowieso nicht mehr an sie erinnern, auch wenn sie schon hiergewesen wären, als er sich als Schüler zum letztenmal in St. Loo aufgehalten habe.

»Rupert, ich fürchte, du mußt sie mit in Kauf nehmen«, sagte Isabella. »Sie freuen sich sicher sehr darüber, daß du da bist. Alle freuen sich.«

Der junge Lord St. Loo wirkte leicht beunruhigt. Er erklärte, er habe nur einen Monat Urlaub.

»Mußt du dann wieder in den Fernen Osten zurück?« fragte Isabella.

»Ja.«

»Aber wenn der Krieg mit Japan zu Ende ist, kommst du doch für immer her, um hier zu leben, ja?«

Sie fragte das mit ganz ernster Miene. Da nahm auch sein Gesicht einen ernsten Ausdruck an.

»Das hängt von verschiedenen Faktoren ab...«

Er ging nicht näher darauf ein. Eine kurze Pause entstand, in der beide sich an das Gleiche dachten. Zwischen ihnen herrschte jetzt schon die schönste Harmonie. Sie verstanden sich auf Anhieb.

Dann machte sich Isabella auf die Suche nach Teresa. Rupert St. Loo nahm Platz, um sich mit mir zu unterhalten. Wir fachsimpelten und führten ein Gespräch unter Männern. Für mich war das eine Wohltat. Seit ich nach Polnorth House gekommen war, lebte ich gezwungenermaßen in einer weiblichen Welt. St. Loo war einer der abgelegenen Winkel im Lande, der mit dem Krieg nie in Berührung kam. Hier kannte man den Krieg nur vom Hörensagen. Nur Klatsch und Gerüchte kamen einem hier zu Ohren. Wenn sich hier einmal Soldaten blicken ließen, so waren es Fronturlauber und dergleichen, die im Urlaub vom Krieg nichts hören wollten.

Statt dessen sah ich mich gezwungen, mich wenigstens am Rande in die Politik zu stürzen. In Orten wie St. Loo machen im wesentlichen die Frauen die Politik. Man lebt in einer Welt, in der Wirkungen ganz genau berechnet sind. Es geht um Überzeugungskraft, um tausend subtile kleine Dinge. Hinzu kommt noch im Übermaß die sterbenslangweilige Plackerei – der weibliche Beitrag zur Existenz. Es ist eine in sich geschlossene Welt in Miniaturausgabe. Blutvergießen und Greueltaten tauchen in dieser Welt allerhöchstens als Bühnenhandlung auf. Während ›draußen‹ noch der 2. Weltkrieg tobte, kämpften wir einen provinzlerischen, rein persönlichen Kampf. Das geschah überall in England – unter dem Deckmantel hehrer Vorstellungen. Die Schlagworte Demokratie, Freiheit, Sicherheit, Empire, Nationalisierung, Loyalität, schöne neue Welt fielen immer wieder.

Doch vermutlich war es schon immer so gewesen, daß es bei den Wahlen in Wahrheit nicht um die Schlagworte, Namen und Begriffe ging, die ständig proklamiert wurden, sondern um den persönlichen Vorteil.

Welche Partei kann mir ein Haus verschaffen, in dem ich leben kann? Welche Partei bringt mir meinen Sohn, den Johnnie, meinen Gatten David aus Übersee zurück? Welche Partei wähle ich am besten, damit meine kleinen Kinder später einmal die besten Chancen haben? Welche Partei kann verhindern, daß mir durch Kriege mein Mann und vielleicht auch meine Söhne genommen werden?

Mit schönen Worten ist es nicht getan. Welche Partei kann mir dazu verhelfen, daß ich meinen Laden wieder weiterführen kann? Welche Partei garantiert uns, daß wir mehr zu essen kriegen, daß wir mehr Kleidermarken, mehr Handtücher und mehr Seife bekommen?

Gegen Churchill ist nichts einzuwenden. Er hat dafür gesorgt, daß wir den Krieg gewonnen haben und uns davor bewahrt, daß die Deutschen hier Einzug gehalten haben. Deshalb halte ich auch weiterhin zu Churchill.

Wilbraham ist Lehrer. Mit Wissen und einer guten Ausbildung können es Kinder mal weit bringen. Die Labour Party hat uns mehr Wohnungen versprochen. Churchill kann nicht so schnell dafür sorgen, daß unsere Jungs nach Hause kommen. Die Bergwerke müssen verstaatlicht werden, dann haben wir alle Kohle.

Major Gabriel gefällt mir. Er ist der richtige Mann. Er setzt sich wirklich ganz persönlich ein. Er ist im Krieg verwundet worden. Er hat überall in Europa gekämpft und hat nicht einfach nur seinen sicheren Posten zu Hause weiter ausgeübt. Er versteht, wie uns zumute ist, wenn wir an unsere Söhne da draußen denken. Wir brauchen einen Mann wie ihn und keinen verdammten Schulmeister. Überhaupt Lehrer! Diese evakuierten Lehrer helfen Mrs. Polwidden nicht einmal, das Frühstücksgeschirr zu spülen. Sie sind hochnäsig und eingebildet.

Im Grunde genommen kann man die Politik mit zwei nebeneinanderstehenden Jahrmärkten auf dem Jahrmarkt der Welt vergleichen. In beiden bietet ein billiger Jakob marktschreierisch ein preisgünstiges Wundermittel an, das alle Leiden heilt. Und die leichtgläubigen Leute schlucken das Geschwätz.

In dieser Welt hatte ich gelebt, seit ich von den Toten auferstanden war und mein zweites Leben anfing. Mit diesen Dingen hatte ich bis dahin nie zu tun gehabt. Ein neues Leben tat sich vor mir auf.

Anfänglich erschien es mir verächtlich, und ich tat es als Spektakel und Nervenprobe ab. Doch dann wurde mir allmählich klar, worauf dieses Spektakel beruhte, wie die Wirklichkeit aussah und welche Kämpfe ausgefochten wurden, bei denen es ums Überleben ging. Es war die Welt der Frau – nicht die des Mannes. Der Mann war immer noch der Jäger – sorglos, abgerissen, öfter einmal hungrig, vorwärtsstrebend, eine Frau und ein Kind im Gefolge. In einer solchen Welt, in einem solchen Leben, war kein Platz für Politik, da erwies sie sich als überflüssig. Da mußte man nur die Augen offenhalten, sich an das Wild heranpirschen und dann ganz rasch zuschlagen.

Aber die Zivilisation ist fest in der Erde verankert – der Erde, die blüht und gedeiht und Früchte hervorbringt. In der zivilisierten Welt werden Häuser gebaut und mit Besitztümern angefüllt – eine fruchtbare, mütterliche Welt, in der das Überleben entschieden schwerer ist. Ob man überlebt oder aber untergeht, hängt von vielerlei Dingen ab. Die Frauen sehen die Sterne nicht. Sie haben die vier Wände vor Augen, die sie vor dem Sturmwind schützen, oder den Kochtopf auf dem Herd – vor allem aber die Gesichter ihrer gutgenährten schlafenden Kinder.

Dieser Welt der Frauen hätte ich mich liebend gern entzogen. Robert war mir dabei keine Hilfe. Er war Maler. Ein Maler ist wie eine Mutter bestrebt, neues Leben hervorzubringen. Gabriel erwies sich zwar als durch und durch männlich. Durch sein Erscheinen war das Netz der Intrigen zerrissen. Doch im Grunde genommen hatten wir uns nichts zu sagen. Wir waren uns nicht sympathisch.

Rupert St. Loo hingegen gehörte zu meiner Welt. Der Welt von El Alamein, Kairo, Sizilien und Rom. Wir sprachen eine gemeinsame Sprache, verstanden uns auf Anhieb und stellten sogar fest, daß wir gemeinsame Bekannte hatten. Endlich fühlte ich mich wieder wohl in meiner Haut, ein ganzer Mann – in die Kriegszeit zurückversetzt, wo man furchtlos dem Tod ins Auge sah, sich die Zuversicht nicht nehmen ließ und keine körperlichen Anstrengungen scheute.

Rupert St. Loo gefiel mir sehr. Er war garantiert ein hervorragender Soldat und hatte zudem ein sehr einnehmendes Wesen. Er besaß Verstand, Humor und war ein sensibler, hochintelligenter Mensch. Solche Menschen sind wichtig, um eine neue Welt zu schaffen, dachte ich bei mir. Traditionsbewußte Menschen, die auch modern und progressiv denken.

Teresa gesellte sich mit Robert zu uns. Sie erzählte Rupert, daß wir alle mitten in einem Wahlkampf steckten und daß es dabei oft hoch herging. Rupert St. Loo gestand, er habe mit Politik nicht viel im Sinn. Dann erschienen noch die Carslakes mit Gabriel im Schlepptau. Mrs. Carslake gebärdete sich schwärmerisch, und Carslake gab sich wieder einmal als Ausbund an Aufrichtigkeit und Tüchtigkeit. Er sei entzückt, die Bekanntschaft Lord St. Loos zu machen. Dies sei unser Kandidat, Major Gabriel.

Rupert St. Loo und Gabriel begrüßten sich freundlich. Rupert wünschte ihm viel Glück, ließ sich eine Weile über die Wahlkampagne aus und erkundigte sich bei Gabriel, wie es denn so liefe. Sie standen nebeneinander, die Sonne im Rücken. Mir stach sofort der Kontrast zwischen diesen beiden Männern ins Auge. Einen krasseren Gegensatz konnte man sich beim besten Willen nicht vorstellen. Das lag nicht nur daran, daß Rupert ausgesprochen gut aussah, während Gabriel ein häßlicher kleiner Gnom war – die Ursachen lagen viel tiefer. Rupert St. Loo wirkte selbstsicher und gelassen. Er war von Natur aus ein zuvorkommender, überaus freundlicher Mensch. Man spürte instinktiv, daß er grundanständig war. Ich will es einmal so ausdrücken: Ein chinesischer Kaufmann hätte ihn getrost auch die größte

Menge Waren ohne vorherige Bezahlung mitnehmen lassen können. Gabriel nahm sich gegen Lord St. Loo erbärmlich aus. Er gebärdete sich überaus nervös, gab sich übertrieben selbstsicher, spreizte sich und konnte nicht stillstehen. Er fühlte sich augenscheinlich nicht wohl in seiner Haut. Der arme Teufel wirkte neben Lord St. Loo wie ein ordinärer, hundsgemeiner kleiner Mann – oder noch schlimmer – man hätte ihn für einen dieser Menschen halten können, die nur so lange ehrlich blieben, wie es sich für sie lohnt. Er erinnerte an einen Hund mit zweifelhaftem Stammbaum, der sich gar nicht mal so übel ausnahm, bis man ihn auf einer Ausstellung neben einem Rassehund plazierte.

Robert stand neben meiner Liege. Ich machte ihn leise murmelnd auf die beiden Männer aufmerksam.

Er wußte sofort, was ich meinte und betrachtete sie nachdenklich. Gabriel trat noch immer ruhelos von einem Fuß auf den anderen. Er sah sich gezwungen, zu Rupert aufzublicken, während sie sich unterhielten. Ich bin sicher, daß ihm das sehr mißfiel.

Noch jemand wandte keinen Blick von diesen beiden Männern – Isabella. Es kam mir vor, als nähme sie sie erst einmal beide in Augenschein. Doch dann ließ sie ihren Blick auf Rupert ruhen. Sie öffnete den Mund ein wenig, warf stolz den Kopf zurück. Eine zarte Röte stieg ihr in die Wangen. Dieser stolze, glückliche Blick in Isabellas Augen entzückte mich.

Robert nahm Isabellas Haltung mit einem raschen Seitenblick zur Kenntnis. Dann ruhten seine Augen wieder nachdenklich auf Rupert St. Loo.

Als die anderen hineingingen, um sich etwas zu trinken zu holen, blieb Robert bei mir auf der Terrasse. Ich fragte ihn, wie ihm Rupert gefiel. Er gab mir eine merkwürdige Antwort.

»Ich würde sagen, an seiner Wiege hat keine einzige böse Fee gestanden.«

19. Kapitel

Rupert und Isabella brauchten nicht sehr lange, um sich einig zu werden. Ich neige zu der Ansicht, daß alles vom ersten Augenblick an feststand, als sie sich auf der Terrasse neben meiner Liege erstmals wieder gegenüberstanden.

Ich glaube, sie atmeten beide erleichtert auf, weil die Qual nun ein Ende hatte und der Traum, den sie beide all die Jahre insgeheim gehegt hatten, sich nicht in Luft auflöste, sondern der Wirklichkeit entsprach.

Rupert erzählte mir ein paar Tage später, er habe immer von Isabella geträumt.

Wir standen schon auf sehr vertrautem Fuße miteinander. Auch er war froh über die männliche Gesellschaft. Die Frauen im Schloß überschütteten ihn förmlich mit Bewunderung, mit Liebe und Zärtlichkeit. Die drei alten Damen beteten ihn an, selbst Lady St. Loo taute ein wenig auf.

Rupert entfloh dem gern und kam mich oft besuchen, um sich mit mir zu unterhalten.

Eines Tages sagte er ganz plötzlich: »Ich hielt mich selber für verrückt, was Isabella angeht. Sie können sagen, was Sie wollen, aber es ist doch sonderbar, daß man beschließt, ein Mädchen später einmal zu heiraten, das noch ein Kind ist – und noch dazu ein klapperdürres Kind. Und seine Meinung nicht zu ändern.«

Ich bekannte, so etwas sei mir schon öfter zu Ohren gekommen.

Er meinte nachdenklich: »Es ist wohl wirklich so, daß Isabella und ich zusammengehören... Ich hatte schon immer das Gefühl, daß Isabella ein Teil von mir ist. Ein Teil, der noch nicht greifbar ist. Ich habe mir immer gesagt, daß ich erst ein vollwertiger Mensch bin, wenn es einmal so weit ist. Merkwürdig, finden Sie nicht? Sie ist ein eigenartiges Mädchen.«

Schweigend rauchte er ein Weilchen. Schließlich sagte er: »Ich glaube, daß sie keinen Humor hat, gefällt mir am besten an ihr.«

»Glauben Sie wirklich, daß sie so humorlos ist?«

»Ja, Humor geht ihr völlig ab. Das ist so herrlich beruhigend.

Ich habe schon immer den Verdacht gehabt, daß der Sinn für Humor eine anerzogene Eigenschaft ist, die uns salonfähig machen und vor Enttäuschungen bewahren soll. Wir bemühen uns ganz bewußt, alles in einem komischen Licht zu sehen, weil wir uns ganz einfach des Verdachts nicht erwehren können, daß sie im Grunde genommen unbefriedigend sind.«

Da war sicher etwas dran. Mit einem gezwungenen Lächeln dachte ich darüber nach. Was Rupert da von sich gegeben hatte, war nicht von der Hand zu weisen.

Er starrte zum Schloß hinüber. Dann stieß er hervor:

»Ich fühle mich hier zu Hause. Ich liebe den Ort und das Schloß. Schon seit ich denken kann. Trotzdem bin ich heilfroh, daß ich in Neuseeland aufgewachsen bin, bis ich nach Eton ging. Dadurch habe ich Abstand gewonnen. Ich kann jetzt alles hier aus einer gewissen Distanz heraus sehen, mich aber auch mit dem Schloß identifizieren, ohne erst groß darüber nachzudenken. Es war ein komisches gespenstisches Gefühl, in den Ferien herzukommen, als ich noch in Eton auf die Schule ging – zu wissen, daß es mir gehörte und ich eines Tages in dem Schloß, das mir gehört, auch leben kann – es als etwas anzuerkennen, was ich schon immer haben wollte. Als ich es zum erstenmal gesehen habe, hatte ich schon das sonderbare, unerklärliche Gefühl, nach Hause zu kommen.

Isabella gehörte einfach dazu. Ich war mir damals schon ganz sicher – und daran hat sich nichts geändert –, daß wir heiraten und bis ans Ende unserer Tage hier leben würden.« In sein Gesicht trat ein Ausdruck eiserner Entschlossenheit. »Und wir *werden* auch hier leben! Trotz der hohen Steuern, der hohen Kosten und der Reparaturen. Trotz der drohenden Gefahr der Verstaatlichung des Landbesitzes. Isabella und ich sind nun einmal hier zu Hause.«

Am fünften Tag nach Ruperts Heimkehr verlobten sie sich offiziell.

Lady Tressilian überbrachte uns die Nachricht. Sie erklärte, es werde am nächsten oder übernächsten Tag in der *Times* stehen, doch wir sollten es als erste erfahren. Und das alles machte sie *unendlich* glücklich!

Ihr liebes rundliches Gesicht erzitterte vor Rührung. Teresa und ich freuten uns mit ihr, weil sie so glücklich war. Nun zeigte es sich deutlich, daß sie in ihrem eigenen Leben bestimmte Dinge eben doch entbehrte. In ihrer freundlichen Erregung verhielt sie sich mir gegenüber nicht entfernt so mütterlich wie sonst. So sagte mir ihre Gesellschaft entschieden mehr zu. Es war das erste Mal, daß sie mir keine Bücher und Traktate aufdrängte, und sie gab sich auch keine Mühe, besonders heiter und aufmunternd auf mich zu wirken. Ihre Gedanken kreisten offenbar ausschließlich um Rupert und Isabella.

Die beiden anderen alten Damen verhielten sich ein wenig anders. Mrs. Bigham Charteris erwies sich als doppelt so energiegeladen und betriebsam wie sonst. Sie nahm Rupert auf lange Spaziergänge über das Besitztum mit, stellte ihn seinen Pächtern vor und belehrte ihn über die unbedingt erforderlichen Reparaturen. Sie klärte ihn auch darüber auf, was man noch aufschieben konnte.

»Amos Polflexen nörgelt ständig. Dabei sind die Mauern vor zwei Jahren neu verstrichen worden. Mit dem Kamin von Ellen Heath muß allerdings etwas geschehen. Sie hat große Geduld bewiesen. Die Heaths sind schon seit dreihundert Jahren Pächter auf dem Besitztum.«

Ich fand jedoch, daß sich Lady St. Loo am auffälligsten verhielt. Eine ganze Weile kam ich nicht dahinter, was ihr Verhalten zu bedeuten hatte. Eines Tages ging es mir dann auf. Sie triumphierte. Doch es war ein seltsamer Triumph. Sie feixte, als habe sie eine Schlacht gegen einen unsichtbaren, nicht existierenden Widersacher gewonnen.

»Jetzt ist alles gut«, sagte sie zu mir.

Und dann seufzte sie abgrundtief, als wolle sie sagen: *»Herr, laß nun deine Dienerin in Frieden hinscheiden ...«* Auf mich machte sie den Eindruck, als habe sie fürchterliche Angst gehabt, die sie aber nie zu zeigen wagte und als sonne sie sich jetzt in der Gewißheit, daß sie hinfort nichts mehr zu fürchten hatte.

Nun ja, es war ja auch wahrhaft nicht sicher, daß der junge Lord St. Loo heimkehren und die Cousine tatsächlich heiraten würde, die er seit acht Jahren nicht gesehen hatte. Da war doch eher anzunehmen, daß Rupert in den Kriegsjahren eine fremde Frau ehelichen würde. In Kriegszeiten werden Ehen rasch geschlossen. Ja, es sprach sehr viel dagegen und schien nicht sehr wahrscheinlich, daß Rupert Isabella wirklich heiraten würde.

Und trotzdem schien es das einzig Richtige zu sein – sie erschienen mir füreinander geschaffen.

Ich fragte Teresa, ob sie nicht auch dieser Meinung sei. Sie nickte nachdenklich.

»Sie sind ein wunderbares Paar«, äußerte sie sich.

»Wie füreinander geschaffen. Das pflegen die alten Bediensteten der Familie bei Hochzeiten zu sagen. In diesem Fall trifft es wirklich einmal zu.«

»Ja, kaum zu glauben. Hugh, hast du nicht auch manchmal das Gefühl, als müßtest du aus einem Traum erwachen?«

Ich überlegte, denn ich wußte, was sie damit sagen wollte. »Im Zusammenhang mit Schloß St. Loo erscheint mir alles wie aus einem Märchen«, sagte ich.

John Gabriel hielt nicht mit seiner Meinung hinterm Berg. Er äußerte sich mir gegenüber genauso offen wie gewöhnlich. Ich entnahm seinen Bemerkungen, daß Gabriel Lord St. Loo nicht mochte. Das war ja auch kein Wunder, denn Rupert St. Loo stahl Gabriel selbstverständlich die Show.

Ganz St. Loo freute sich über die Ankunft des rechtmäßigen Schloßbesitzers. Die Alteingesessenen dachten dabei stolz an seinen Adelstitel und erinnerten sich noch an seinen Vater. Die Neuhinzugezogenen waren Snobs und gerieten deshalb aus dem Häuschen.

»Eine widerliche Hammelherde«, sagte Gabriel verächtlich. »Ich kann nur immer wieder staunen, wie den Engländern ein Titel imponiert, wenn sie es auch nicht zugeben wollen.«

»Sie dürfen die Leute hier in Cornwall auf keinen Fall als Engländer bezeichnen«, hielt ich ihm vor. »Haben Sie das denn noch immer nicht begriffen?«

»Das ist mir nur so rausgerutscht. Aber habe ich nicht recht? Entweder verhalten sie sich kriecherisch und schmeicheln denjenigen, die einen Titel haben oder aber sie verfallen ins andere Extrem und behaupten, das sei doch nichts als eine lächerliche Farce. Sie werden richtig grob. Das ist nichts als auf den Kopf gestellter Snobismus.«

»Und was ist mit Ihnen selbst?« wollte ich von ihm wissen.

Gabriel fing an zu grinsen. Es flößte ihm Achtung ein, wenn man etwas vorbrachte, was gegen ihn sprach.

»Ich gebe ja gern zu, daß ich einer dieser umgekehrten Snobs bin«, gestand er mir ein. »In meinen Augen hätte mir nichts Besseres passieren können, als als Rupert St. Loo auf die Welt zu kommen.«

»Sie setzen mich in Erstaunen«, gab ich zu.

»Es gibt ein paar Dinge, mit denen muß man schon geboren werden. Ich gäbe viel darum, wenn ich seine Beine hätte«, murmelte Gabriel nachdenklich.

Mir fiel wieder ein, was Lady Tressilian bei der ersten Begegnung mit Gabriel geäußert hatte, und ich wollte wissen, wie scharfsichtig Gabriel war.

Ich fragte ihn, ob er das Gefühl habe, daß ihm Rupert St. Loo den Wind aus den Segeln nahm und ihm die Show stahl.

Gabriel dachte ganz ernsthaft über diese Frage nach und schien nicht die Spur verärgert zu sein.

Er sagte nein, das mache wohl nichts aus, denn Lord St. Loo sei ja nicht sein politischer Widersacher. Er betrachte ihn als zusätzlichen Pluspunkt für die Konservativen.

»Doch ich würde sagen, wenn er als Kandidat aufträte – ich meine, wenn das *ginge* (doch das ist natürlich ausgeschlossen, weil er ein Angehöriger des hohen Adels ist), würde er höchstwahrscheinlich für die Labour Party kandidieren.«

»Das kann ich mir nicht denken«, wandte ich ein. »Doch nicht als Grundbesitzer.«

»Er wäre natürlich gegen die Verstaatlichung des Grundbesitzes, aber heutzutage steht ja wirklich alles auf dem Kopf. Bauern und ganz solide Angehörige der Arbeiterklasse machen die getreuesten Konservativen aus, und junge Intellektuelle mit Diplomen und Unmengen von Geld wählen die Labour Party. Ich nehme an, daß das hauptsächlich daran liegt, daß sie noch nie im Leben von ihrer Hände Arbeit gelebt haben und nicht den blassesten Schimmer von den wahren Bedürfnissen der Arbeiterklasse haben.«

»Und was wollen die Arbeiter?« fragte ich, weil ich ja wußte, daß Gabriel verschiedene Antworten auf diese Frage parat hielt.

»Die Arbeiterklasse wünscht sich Wohlstand für das Land, damit sie selbst im Wohlstand leben kann. Die Arbeiterklasse glaubt, daß die Konservativen dem Land eher zum Wohlstand verhelfen können, weil sie entschieden mehr vom Geld verstehen. Das ist natürlich ein sehr vernünftiger Standpunkt. Ich würde sagen, daß Lord St. Loo in Wahrheit ein altmodischer Liberaler ist, aber für einen Liberalen hat natürlich niemand mehr Verwendung. Nein, wahrhaftig nicht. Norreys, Sie brauchen den Mund erst gar nicht aufzumachen, um zu sagen, was Sie sagen wollten. Warten Sie nur das Wahlergebnis ab. Da werden die Liberalen so zusammengeschrumpft sein, daß Sie die mit einer Lupe suchen müssen. Für die Ideen der Liberalen kann sich sowieso kein Mensch erwärmen. Ich will damit sagen, daß niemand gern den Mittelweg einschlägt. Der ist zu lau.«

»Und Sie glauben, daß Rupert diesen Mittelweg repräsentiert?«

»Ja, genau das. Er ist ganz vernünftig. Hängt am Althergebrachten, weist aber auch das Neue nicht ganz von der Hand. Damit ist er aber weder Fisch noch Fleisch. Pfefferkuchen träfe noch am ehesten auf ihn zu!«

»Wie bitte?« Ich glaubte, mich verhört zu haben.

»Sie haben mich genau verstanden. Pfefferkuchen. Ein Pfefferkuchenmännchen mit einem Pfefferkuchenhaus. Besitzer eines Pfefferkuchenschlosses.« Er verzog das Gesicht zu einer hämischen Grimasse. »Bald feiert er eine Pfefferkuchenhochzeit«, schnaubte er.

»Mit einer Pfefferkuchenbraut?«

»Nein, das nicht. Sie ist ganz in Ordnung, ist nur zufällig da hineingeraten, so wie Hänsel und Gretel in Grimms Märchen in das Pfefferkuchenhaus. Pfefferkuchen schmeckt sehr gut, man kann sich ein Stück abbrechen, um dran zu knabbern. Es ist eßbar, und es schmeckt sogar.«

»Sie mögen Rupert St. Loo nicht besonders, was?«

»Warum sollte ich? Im übrigen mag er mich auch nicht.«

Ich ließ mir das durch den Kopf gehen. Nein, Rupert St. Loo mochte Gabriel wahrscheinlich auch nicht.

»Trotzdem wird er sich mit mir abfinden müssen«, sagte Gabriel. »Denn er muß mit mir rechnen, wenn ich als Parlamentarier dieses Stückchen Land repräsentiere. Er muß mich hin und wieder zum Essen einladen und neben mir auf dem Podium sitzen.«

»Sie scheinen sich Ihrer Sache ja sehr sicher zu sein, Gabriel. Noch sind Sie nicht Parlamentsmitglied.«

»Doch daran ist nicht mehr zu rütteln. Es *darf* einfach nichts schiefgehen, denn diese Chance bekomme ich nicht noch einmal. Mit mir wird sozusagen experimentiert. Wenn das Experiment nicht klappt, bin ich nur noch ein Stück Dreck – dann bin ich geliefert. In den Militärdienst kann ich auch nicht mehr zurück. Für den Verwaltungsdienst bin ich einfach nicht geschaffen. Ich bin nur von Nutzen, wenn es wirklich hoch hergeht. Wenn der Japan-Krieg erst einmal aus ist, dann ist es auch mit mir aus. Wie bei Othello. Der Mohr hat seine Schuldigkeit getan.«

»Ich habe Othello noch nie für eine glaubwürdige Gestalt gehalten«, sagte ich.

»Warum denn nicht? Eifersucht ist natürlich niemals glaubwürdig.«

»Nun, ich will es einmal so ausdrücken: Er löst kein Mitgefühl aus. Er tut einem gar nicht leid. Man hat lediglich den Eindruck, daß er ein verdammter Narr ist.«

»Nein«, sagte Gabriel nachdenklich, »leid tut er einem wirklich nicht. Jedenfalls nicht so wie Jago.«

»Was, Jago soll einem leid tun? Wieso sollte man mit Jago Mitleid haben? Also wirklich, Gabriel, ich finde es sehr sonderbar, wie Sie Ihre Sympathien verteilen.«

Er warf mir einen ganz merkwürdigen Blick zu.

»Na ja, das hätte ich mir denken können«, sagte er. »*Sie* verstehen das natürlich nicht.«

Er erhob sich und ging auf und ab, mit ungeschickten eckigen Bewegungen. Er verschob ein paar Sachen auf dem Schreibtisch, ohne daß er das bemerkte. Ich stellte ganz verwundert fest, daß ihn etwas bedrückte, was er nicht in Worte fassen konnte.

»Ich verstehe Jago«, sagte er. »Ich weiß auch, warum der arme Teufel im Endeffekt nichts sagt als:

Dringt nicht in mich. Was ihr wißt, das wißt ihr.
Hinfort will ich kein Wort mehr sagen.«

Er sah mich an. »Norreys, was wissen Leute wie Sie schon über die Jagos, über die kleinen Bösewichte, die von Anfang an verdammt sind? Sie haben immer im Einklang mit sich selbst gelebt. Sie waren von Anfang an mit sich im Reinen, wenn ich es einmal so ausdrücken darf. Mein Gott, wenn ich je ein Shakespeare-Stück herausbrächte, würde ich mir mit Jago wirklich die allergrößte Mühe geben. Ich würde diese Rolle mit einem Schauspieler besetzen, der sein Fach versteht – mit einem Schauspieler, der Sie bis ins Innerste aufwühlt! Stellen Sie sich einmal vor, was es für ein Gefühl ist, als Feigling geboren zu sein – immer nur zu lügen, zu betrügen und damit durchzukommen. Und das Geld so sehr zu lieben, daß man mit dem Gedanken an das Geld aufwacht, ißt und schläft und seine Frau küßt. Und dabei immer ganz genau zu *wissen*, was für ein erbärmliches Subjekt man ist...

Das Leben ist die reine Hölle, wenn an der Wiege neben lauter bösen Feen auch eine gute Fee gestanden hat. Und wenn es die bösen Feen geschafft haben, einen in ein Stück Dreck zu verwandeln, dann hebt die gute Fee hold die Hand und flötet: ›Ich verleihe dir die Gabe, alles zu durchschauen und zu wissen...‹

›Wir müssen das Höchste lieben, wenn wir es erblicken.‹ Welcher verdammte Narr hat das gesagt? Wahrscheinlich Wordsworth, ein Mensch, der sich nicht einmal mit dem Anblick einer Schlüsselblume zufriedengeben wollte...

Norreys, ich kann Ihnen sagen, daß man das Höchste haßt, wenn man es sieht. Man haßt es, weil man es selber nicht erreichen kann. Weil man nie der werden kann, der man so gern wäre. Obwohl man sogar seine Seele verkaufen würde, um so zu sein. Derjenige, der Mut wirklich zu schätzen weiß, ist oft gerade der, der bei drohender Gefahr die Flucht ergreift. Ich habe das öfter erlebt. Glauben Sie, die Menschen sind so, wie sie gern wären? Ein Mensch bleibt der, als der er zur Welt gekommen ist. Glauben Sie vielleicht, daß der arme Teufel, der so am Gelde hängt, am Gelde hängen möchte? Oder sind Sie der Ansicht, daß ein Mensch, der sehr sinnlich veranlagt ist, sinnlich veranlagt sein möchte? Glauben Sie, daß ein Mensch, der stets die Flucht ergreift, das gern tut?

Man beneidet eigentlich nicht die Menschen, die es weiter gebracht haben als man selbst, sondern diejenigen, die wirklich besser *sind*.

Wenn man im Morast versinkt, haßt man die Menschen, die ganz oben sind und in den Wolken schweben. Man will sie runterreißen, auf die Erde zurückholen. Dorthin, wo man selbst im

Morast herumwatet. Ich behaupte, mit Jago muß man Mitleid haben. Wäre er Othello nicht begegnet, wäre es ihm nicht einmal schlecht ergangen. Er hätte sich in das Vertrauen der Leute eingeschlichen und wäre damit gut gefahren. Heute würde er Schafsköpfen an der ›Ritz Bar‹ wahrscheinlich Aktien von Goldminen verkaufen, die es gar nicht gibt.

Ein glaubhafter Bursche, dieser Jago – so ehrlich und trotzdem imstande, den einfachen Soldaten zu betrügen. Je höher der Rang des Soldaten, desto ahnungsloser ist er in geschäftlichen Dingen. Immer sind es die Soldaten, die Aktien nicht existierender Firmen kaufen und die auf die Lüge hereinfallen, daß sie reich werden können, wenn man versunkene Galeonen mit einem Schatz an Bord mit ihrer Hilfe wieder heben läßt. Sie erwerben Hühnerfarmen, die praktisch schon am Ende sind. Soldaten sind nun einmal leichtgläubig. Othello gehört zu den Trotteln, die auf jedes Märchen hereinfallen, das man ihnen auftischt. Vor allem, wenn sie es mit einem so gerissenen Kerl zu tun haben. Jago war nämlich gerissen. Man muß in diesem Drama nur zwischen den Zeilen lesen. Es ist sonnenklar, daß Jago die Regimentskasse veruntreut hat. Othello will das nicht glauben: Aber nein, doch nicht der einfältige, ehrliche Jago. Der gute Alte ist nur ein wenig verwirrt. Doch Othello setzt Jago Cassio vor die Nase. Cassio war ein Emporkömmling und ein Buchhalter, wie er im Buche steht. Othello hielt Jago für einen guten, ehrlichen Kerl. Doch er hielt ihn nicht für klug genug, um ihn zu befördern.

Norreys, erinnern Sie sich noch daran, wie sich Jago mit seinen Heldentaten in den Schlachten brüstet? Alles nur erfunden, Norreys, nichts davon ist wahr. So was kann man jederzeit in jeder Kneipe hören, und zwar ausschließlich von Männern, die nicht einmal in der Nähe der Front gewesen sind. Das erinnert stark an Falstaff, doch diesmal handelt es sich nicht um eine Komödie, sondern um ein Drama. Der arme Teufel Jago wollte Othello sein. Er wollte ein tapferer Soldat und ein aufrechter ehrlicher Mann sein, aber das war genauso unmöglich wie der aufrechte Gang eines Buckligen. Er wollte bei den Frauen Aufsehen erregen, doch die Frauen wollten gar nichts von ihm wissen. Auch seine schlampige Frau hatte für ihn nichts als Verachtung übrig. Sie war nur allzugern bereit, mit anderen Männern ins Bett zu steigen. Mit Othello wollten alle Frauen ins Bett, das können Sie mir glauben! Ich will Ihnen mal was sagen, Norreys. Mit Männern, die in sexueller Hinsicht so beschämt und verachtet werden, gehen oft merkwürdige Dinge vor. Ich habe das schon öfter beobachten können. Sie werden pathologisch. Shakespeare hat das gewußt. Wann immer Jago auch den Mund auftut, ergießt sich ein Strom der schwärzesten sexuellen Verwünschungen aus ihm. Seine ganze Verbitterung tritt zutage. Aber niemand scheint sich klarzumachen, wie dieser Mann gelitten hat! Schönheit gegenüber war er ja nicht blind, und auch ein edles Wesen erkannte er sofort. Ich kann Ihnen sagen, Norreys, wenn man jemanden um materielle Dinge beneidet, um Geld, Besitztümer oder um den Erfolg, dann ist das noch gar nichts im Vergleich zu dem Neid, den man empfindet, wenn man jemanden in geistiger Hinsicht beneidet! Das brennt wie Vitriol, das einen zerfrißt und auslöscht. Man sieht das Allerhöchste und liebt es gegen seinen Willen. Dadurch entsteht ein solcher Haß, daß man nicht ruhen kann, bevor man es vernichtet hat – bis man es niedergerissen und totgetrampelt hat... Ja, Jago ist ein armer Teufel. Er hat sehr gelitten...

Und wenn Sie mich fragen, so hat Shakespeare das gewußt und Mitleid mit dem armen Hund gehabt. Jedenfalls im Endeffekt. Zu Anfang hat er wahrscheinlich die Feder tief in das Tintenfaß getaucht oder womit sie damals halt geschrieben haben – mit der Absicht, einen durch und durch verkommenen Bösewicht zu Papier zu bringen. Doch dazu mußte er Jago auf seinem ganzen Lebensweg begleiten und mit ihm in die Tiefe hinabsteigen. Er mußte genau das Gleiche empfinden wie Jago. Als Jago die Strafe erteilt und er für das büßen muß, was er getan hat, läßt ihm Shakespeare seinen Stolz. Er läßt ihm das einzige, was ihm noch bleibt – seine Verschwiegenheit. Shakespeare ist selbst mit zu den Toten hinabgestiegen. Er weiß, daß man nicht darüber spricht, wenn man in der Hölle war...«

Gabriel fuhr herum. Sein häßliches Gesicht war ganz verzerrt, doch in seinen Augen lag ein sonderbarer Glanz, der Aufrichtigkeit ausdrückte.

»Wissen Sie, Norreys, ich habe nie an Gott geglaubt. An Großvater, der die Tiere und die Blumen geschaffen hat. An Gott, der uns liebt und für uns sorgt. An Gott, den Schöpfer der

Welt. An diesen Gott kann ich nicht glauben. Aber manchmal glaube ich an Jesus. Ich kann nicht dagegen an. Weil Jesus in die Hölle hinabgestiegen ist. So groß war seine Liebe...

Er hat dem reuigen Dieb das Paradies versprochen. Aber was ist mit dem anderen? Mit demjenigen, der ihn verflucht und ihn verschmäht hat? Christus ist mit ihm durch die Hölle gegangen. Vielleicht danach...«

Gabriel erschauerte ganz plötzlich. Er schüttelte sich richtig. Der Ausdruck seiner Augen veränderte sich wieder. Jetzt blickten mich schöne Augen aus einem häßlichen Gesicht an.

»Ich habe zuviel geredet«, sagte er. »Auf Wiedersehen.«

Er wandte sich schroff ab und ging.

Ich fragte mich anschließend, ob nun von Shakespeare die Rede gewesen war oder von Gabriel. Bestimmt hatte er damit auch ein wenig sich selbst gemeint...

20. Kapitel

Gabriel hatte im Hinblick auf das Wahlergebnis Zuversicht geäußert. Er hatte behauptet, er wisse nicht, was da noch schiefgehen könne.

Womit er nicht gerechnet hatte, war das Mädchen Poppy Narracott. Sie war Bardame im ›Smugglers Arms‹ in Greatwithiel. John Gabriel hatte dieses Mädchen nie gesehen, er ahnte nichts von ihrer Existenz. Und doch setzte Poppy Narracott Dinge in Bewegung, durch die sich die Ereignisse nur so überstürzten und schmälerte damit John Gabriels Chancen ungeheuerlich.

Denn James Burt und Poppy Narracott kannten sich sehr gut. Wenn James Burt einen über den Durst getrunken hatte, wurde er grob, ja geradezu sadistisch. Poppy gab ihm den Laufpaß. Sie lehnte es kategorisch ab, weiterhin mit ihm zu tun zu haben und ließ sich nicht mehr umstimmen.

Deshalb kam James Burt eines Abends stockbetrunken heim. Er war furchtbar aufgebracht und kannte sich kaum mehr vor Zorn. Seine völlig verängstigte Frau Milly machte ihn noch wütender. Mit seiner Beherrschung war es aus. Seine ganze Wut und die unerfüllte Begierde, die er für Poppy empfand, die nichts mehr von ihm wissen wollte, entluden sich daheim. Er führte sich wie ein Wahnsinniger auf. Milly Burt verlor den Kopf, was man ihr nicht verdenken kann.

Sie hatte Angst, von ihrem Mann umgebracht zu werden.

Sie riß sich los und stürzte aus dem Haus. Sie hatte keine Ahnung, wohin sie gehen und an wen sie sich wenden sollte. Es wäre ihr nicht eingefallen, zur Polizei zu gehen. Sie hatten in der Gegend keine Nachbarn. Ringsum lagen nur Geschäfte, die schon längst geschlossen hatten.

Ihr Instinkt lenkte ihre Schritte auf der Flucht vor ihrem Mann. Und führte sie zu dem Mann, den sie liebte – zu dem Menschen, der so nett zu ihr gewesen war. Sie machte sich nicht klar, was sie ihm damit eventuell antat, daß es vielleicht einen Skandal geben würde. Sie war völlig außer sich vor Angst und rettete sich zu John Gabriel. Sie glich einem verzweifelten, gehetzten Tier auf der Suche nach einem Zufluchtsort.

Völlig aufgelöst und atemlos lief sie ins ›Kings Arms‹. James Burt verfolgte sie bis dahin, wobei er ihr Rache schwor.

Zufällig hielt sich Gabriel dort auf.

Meiner Meinung nach mußte sich Gabriel so verhalten, wie er es getan hat. Diese Frau gefiel ihm und sie tat ihm furcht leid. Ihr Mann war nicht nur betrunken, sondern auch gewalttätig. Als James Burt hereingestürmt kam, ihn beschimpfte und ihm befahl, die Finger von seiner Frau zu lassen, ja ihm sogar auf den Kopf zusagte, er habe ein Verhältnis mit seiner Frau, da warf ihm Gabriel an den Kopf, er sollte doch zum Teufel gehen, er hätte eine solche Frau gar nicht verdient, und er, John Gabriel, wolle dafür sorgen, daß sie vor ihm sicher sei.

James Burt stürzte sich daraufhin wie ein wildgewordener Stier auf Gabriel. Gabriel schlug ihn nieder. Dann nahm er ein Zimmer für Mrs. Burt und riet ihr, drinzubleiben und sich einzuschließen. Er sagte, sie könne jetzt nicht nach Hause zurück, und am nächsten Morgen werde man dann weitersehen.

Aber am nächsten Morgen hatte sich die Angelegenheit schon in ganz St. Loo herumgesprochen. James Burt war ›dahintergekommen‹, wie es um Major Gabriel und seine Frau stand. Es hieß, Gabriel und Mrs. Burt lebten im ›Kings Arms‹ zusammen.

Man kann sich ja lebhaft vorstellen, wie sich das zwei Tage vor der Wahl auswirkte.

»Jetzt hat er sich selbst die letzte Chance vermasselt«, murmelte Carslake geistesabwesend. Ratlos ging er in meinem Salon auf und ab. »Jetzt ist es aus mit uns, wir sind geschlagen. Wilbraham wird das Rennen machen. Das ist eine Katastrophe – eine Tragödie. Ich habe diesen Kerl noch nie gemocht. Wir hätten uns nicht auf ihn verlassen dürfen. Ich habe ja von Anfang an gewußt, daß er uns im Stich lassen würde.«

Mrs. Carslake jammerte, um eine besonders feine Sprache bemüht: »Das kommt davon, wenn man einen Kandidaten ins Feld führt, der kein Gentleman ist.«

Mein Bruder beteiligte sich fast nie an unseren Gesprächen über Politik. Wenn er überhaupt zugegen war, rauchte er nur schweigend seine Pfeife. Doch bei der Gelegenheit nahm er die Pfeife aus dem Mund und sprach:

»Das Dumme daran ist nur, daß er sich sehr wohl wie ein Gentleman verhalten hat.«

War es nicht eine Ironie des Schicksals, daß es Gabriels Ansehen nur geholfen hatte, wann immer er sich einen eklatanten Lapsus zuschulden kommen ließ und Dinge tat, die ein Gentleman nicht tat? Doch als er sich diesmal so ritterlich wie Don Quichote verhielt, drohte ihm gerade das den Hals zu brechen.

Gabriel selbst erschien auf der Bildfläche. Er wirkte ganz verbissen und zeigte keine Spur von Reue.

»Es hat keinen Sinn, daß Sie sich groß aufregen, Carslake«, sagte er. »Vielleicht können Sie mir einmal verraten, was ich sonst hätte machen sollen.«

Carslake wollte wissen, wo sich Mrs. Burt befand.

Gabriel berichtete, sie sei immer noch im ›Kings Arms‹. Er wisse auch nicht, wo sie sonst hingehen solle. Und es sei ja sowieso zu spät, fügte er hinzu. Er fuhr herum und wandte sich an Teresa, die in seinen Augen wohl die einzige war, die die Dinge so sah, wie sie wirklich lagen. »Habe ich nicht recht?« fragte er.

Teresa sagte ja. Es sei allerdings zu spät.

»Eine Nacht bleibt eine Nacht«, meinte Gabriel. »Den Leuten sind nur die Nächte wichtig, für die Tage interessieren sie sich nicht.«

»Also wirklich, Major Gabriel, ich bitte Sie!« sagte Carslake indigiert. Er war zutiefst schockiert.

»Meine Güte, was für eine schmutzige Fantasie Sie haben«, hielt ihm Gabriel vor. »Ich habe die Nacht nicht mit Mrs. Burt verbracht, falls Sie darauf hinauswollen. Aber das spielt für die Bewohner von St. Loo ja leider keine Rolle. Für sie zählt nur, daß wir beide im ›Kings Arms‹ übernachtet haben.«

Bei den Leuten fiele ausschließlich das ins Gewicht, fügte er hinzu. Und die Szene, die Burt ihm gemacht hatte, und natürlich auch der Vorwurf gegen ihn und seine Frau.

»Wenn sie doch wegginge – irgendwohin«, überlegte Carslake. »Man müßte sie dazu bringen, daß sie ihre Sachen packt und sie dann wegschaffen. Vielleicht würde das –.« Das erschien ihm wohl als Hoffnungsschimmer, doch dann schüttelte er den Kopf. »Nein, das würden die Leute nur in ihrem Verdacht bestärken«, sinnierte er. »Das würde höchst verdächtig wirken...«

»Die Sache hat ja auch noch einen anderen Haken«, mischte sich Gabriel ein. »Was sollte denn dann aus ihr werden?«

Carslake starrte ihn verständnislos an.

»Was soll denn diese Frage?«

»Sie haben sich wohl nicht überlegt, was das für Mrs. Burt bedeuten würde.«

»Um solche Lappalien können wir uns jetzt nicht kümmern«, sagte Carslake hochmütig. »Wir müssen uns jetzt überlegen, wie wir Sie aus diesem Schlamassel befreien können, damit kein Schatten auf Sie fällt.«

»Selbstverständlich«, sagte Gabriel. »Mrs. Burt spielt dabei keine Rolle. Wer ist schon Mrs. Burt? Niemand, der ins Gewicht fällt. Nur ein grundanständiges, todunglückliches Mädchen, das geschunden und mißhandelt worden ist, bis es fast den Verstand verloren hat. Eine junge Frau, die über kein eigenes Geld verfügt und jetzt nicht weiß, was aus ihr werden soll.«

Er sprach immer lauter.

»Ich will Ihnen mal was sagen, Carslake. Ihre Einstellung gefällt mir ganz und gar nicht. Ich will Ihnen mal sagen, wer diese Burt ist. Sie ist ein Mensch! Sie dagegen sind eine Maschine, für die nichts und niemand zählt außer dieser Wahl. Das war schon immer das Widerwärtige an der Politik. Was hat doch Mr. Baldwin in grauer Vorzeit gleich wieder gesagt? ›Hätte ich die Wahrheit gesagt, so hätte ich die Wahl verloren.‹ Nun, ich bin nicht Mr. Baldwin – ich bin ein Durchschnittsmensch, ein Niemand. Sie wollen mir zu verstehen geben: ›Sie habe sich wie ein ganz gewöhnlicher Mensch verhalten, deshalb verlieren Sie die Wahl!‹ Wenn das so ist, dann zum Teufel mit der Wahl! Dann können Sie sich Ihre verfluchte, schmutzige Wahl an den Hut stecken. In erster Linie bin ich nämlich ein Mensch und erst in zweiter ein Politiker. Ich habe zu dieser armen jungen Frau kein einziges Wort gesagt, das nicht jeder hören könnte. Und ich habe nicht mit ihr geschlafen. Sie tut mir nur entsetzlich leid, sonst nichts. Sie hat sich zu mir geflüchtet, weil sie nicht wußte, an wen sie sich sonst wenden sollte. Sie kann bei mir bleiben. Ich werde mich um sie kümmern, für sie sorgen. Zum Teufel mit St. Loo und Westminster und dem ganzen schmutzigen Geschäft!«

»Major Gabriel«, jammerte Mrs. Carslake. Ihre Stimme klang gequält. »Das *dürfen* Sie nicht tun! Was ist denn, wenn Burt sich von ihr scheiden läßt?«

»Wenn er sich scheiden läßt, dann wird sie meine Frau.«

Carslake fuhr ihn wütend an: »Gabriel, Sie können uns nicht so hängenlassen. Das gäbe einen furchtbaren Skandal. Das dürfen Sie uns doch nicht antun!«

»Sie glauben wohl, ich bringe das nicht fertig? Sie werden es ja sehen. Warten Sie's nur ab.« Gabriels Augen sprühten vor Zorn. Er war mir noch nie so sympathisch vorgekommen.

»Sie können mich nicht einschüchtern. Wenn eine Horde minderwertiger Wähler sich dafür einsetzt, daß ein Mann seine Frau mißhandeln, sie fast um den Verstand bringen und widerliche, völlig aus der Luft gegriffene Anschuldigungen gegen sie vorbringen kann – bitte, dann sollen sie das tun! Aber wenn sie für die simple christliche Nächstenliebe sind, dann können sie mich ja wählen.«

»Tun sie aber nicht«, sagte Teresa seufzend.

Gabriel sah sie an. Da wurden seine Züge merklich weicher.

»Nein, wahrscheinlich nicht«, stimmte er zu.

Robert nahm die Pfeife wieder aus dem Mund.

»Diese Narren«, sagte er.

»Mr. Norreys, wir wissen natürlich, daß Sie Kommunist sind«, sagte Mrs. Carslake eisig.

Ich kann mir beim besten Willen nicht vorstellen, was sie damit sagen wollte.

In diese vergiftete Atmosphäre und Verbitterung drang Isabella ein. Sie betrat das Zimmer durch die Terrassentür. Sie machte einen kühlen, ernsten und gefaßten Eindruck.

Sie nahm keinerlei Notiz von dem, was hier im Zimmer vorging. Sie war gekommen, um etwas zu sagen, und das sagte sie. Sie ging direkt auf Gabriel zu, als sei er ganz allein im Zimmer und teilte ihm vertraulich etwas mit.

»Ich glaube, so ist es am besten«, sagte sie.

Gabriel starrte sie fassungslos an. Alle starrten sie an.

»Ich spreche von Mrs. Burt«, erklärte Isabella.

Das Thema schien ihr keineswegs peinlich zu sein. Ganz im Gegenteil – sie wirkte so zufrieden wie ein einfältiger Mensch, der glaubt, das Richtige getan zu haben.

»Sie ist im Schloß«, erklärte sie.

»Im *Schloß*?« wiederholte Carslake ungläubig.

Isabella wandte sich ihm zu.

»Ja«, bestätigte sie. »Sobald wir erfahren haben, was geschehen war, sagte ich mir, daß es doch das Allerbeste wäre, sie ins Schloß zu holen. Ich habe das mit Tante Adelaide besprochen, und sie hat mir beigepflichtet. Da sind wir sofort mit dem Wagen zum ›Kings Arms‹ gefahren.«

Mir wurde sofort klar, daß das ein genialer Geistesblitz gewesen war. Der ideale Schachzug. Isabella war blitschnell auf den einzig möglichen Gegenzug verfallen.

Die alte St. Loo hatte wie gesagt auf die Bewohner von St. Loo sehr großen Einfluß. Ihre moralischen Vorstellungen nahm man sich zum Vorbild. Wenn die Leute auch manchmal über sie herzogen, sie reaktionär und altmodisch nannten, so respektierten sie sie doch, und wenn sie etwas guthieß, war es sehr unwahrscheinlich, daß sich dem jemand widersetzte.

Sie kam also großartig in dem alten Daimler vorgefahren. Isabella hatte sie begleitet. Lady St. Loo bot einen großartigen Anblick, als sie das ›Kings Arms‹ betrat und Mrs. Burt verlangte.

Bald darauf kam Milly Burt mit rotgeweinten Augen und ganz eingefallen, ein Häufchen Elend, die Treppe herunter. Ihr wurde ein königlicher Empfang bereitet. Lady St. Loo beschönigte nichts, und sie senkte auch die Stimme nicht.

»Meine Liebe«, sagte sie laut und vernehmlich, »mir ist zu Ohren gekommen, was Sie durchgemacht haben. Sie glaubte gar nicht, wie leid mir das tut. Major Gabriel hätte Sie gleich gestern abend zu uns bringen sollen. Aber er ist so rücksichtsvoll, daß er uns wohl so spät am Abend nicht mehr stören wollte.«

»Ich – ich – Sie sind sehr liebenswürdig.«

»Holen Sie Ihre Sachen, meine Liebe. Ich nehme Sie gleich mit.«

Milly Burt errötete und murmelte, sie habe eigentlich gar nichts mitnehmen können...

»Mein Gott, wie dumm von mir«, sagte Lady St. Loo. »Wir fahren zu Ihrem Haus und holen, was Sie brauchen.«

»Aber –«, Milly zuckte zusammen.

»Steigen Sie nur ein. Wir fahren bei Ihnen vorbei und holen Ihre Sachen.«

Milly senkte den Kopf und beugte sich damit der Autorität. Die drei Frauen stiegen in das Auto. Ein paar Meter weiter hielt es in der Fore Street.

Lady St. Loo stieg mit Milly aus und begleitete sie in das Haus. James Burt kam mit blutunterlaufenen Augen aus dem Sprechzimmer gestürmt und wollte zu einer wütenden Tirade ansetzen.

Doch ein Blick in Lady St. Loos Augen belehrte ihn eines Besseren.

»Meine Liebe, packen Sie ein paar Sachen ein«, wandte sich Lady St. Loo freundlich, aber bestimmt an Milly Burt.

Milly hastete die Treppe hinauf. Lady St. Loo wandte sich an James Burt.

»Sie haben sich Ihrer Frau gegenüber schändlich benommen«, sagte sie. »Wirklich ganz unglaublich. Burt, Sie trinken zu viel, das ist das Schlimme. Sie sind kein angenehmer Mensch, um es einmal milde auszudrücken. Ich werde Ihrer Frau dazu raten, sich von Ihnen zu trennen. Sie haben Lügen über sie verbreitet und haben ganz genau gewußt, daß es nicht die Wahrheit ist. Da irre ich mich doch wohl nicht?«

Sie sah den sich windenden Mann so streng an, als wolle sie ihn hypnotisieren.

»Na ja – ich fürchte – wenn Sie es sagen...«

»Sie wissen doch, daß Sie gelogen haben – daß Ihre Behauptungen nicht der Wahrheit entsprechen.«

»Ist ja schon gut, ich gebe es ja zu. Gestern abend war ich völlig außer mir.«

»Dann lassen Sie aber jetzt gefälligst verlauten, daß Sie *Lügen* über Ihre Frau verbreitet haben. Sonst rate ich Major Gabriel, daß er eine Verleumdungsklage gegen Sie anstrengt. Ach, da sind Sie ja wieder, Mrs. Burt.«

Milly Burt kam mit einem kleinen Koffer in der Hand die Treppe herunter.

Lady St. Loo nahm ihren Arm und ging mit ihr zur Tür.

»Was soll denn das – wo geht Milly denn hin?« fragte James Burt verdattert.

»Sie kommt mit mir ins Schloß«, erklärte Lady St. Loo. Und fügte angriffslustig hinzu: »Oder haben Sie etwas dagegen einzuwenden?«

Burt schüttelte den Kopf. Lady St. Loo sagte mit scharfer Stimme: »James Burt, ich rate Ihnen, daß Sie sich zusammenreißen, bevor es endgültig zu spät ist. Hören Sie auf zu trinken. Gehen Sie Ihrem Beruf nach. Sie sind ein guter Tierarzt. Wenn Sie so weitermachen wie bisher, nimmt es einmal ein schlimmes Ende. Nehmen Sie sich doch zusammen, Burt. Sie können das, wenn Sie es wirklich wollen. Und halten Sie Ihre Zunge im Zaum.«

Sie und Milly gingen und stiegen in den Wagen. Milly saß neben Lady St. Loo, Isabella den beiden gegenüber. Sie fuhren durch die Hauptstraße, am Hafen entlang und über den Marktplatz zum Schloß. Das war wieder einmal ein sehr geschickter Schachzug, denn so bekamen fast alle Einwohner von St. Loo den Wagen samt Insassen zu Gesicht.

Am Abend sagten dann die Leute:

»Es muß wohl alles seine Ordnung haben, sonst würde Lady St. Loo sie bestimmt nicht im Schloß haben wollen.«

Es gab jedoch auch Leute, die behaupteten, ohne Feuer gäbe es auch keinen Rauch. Warum sollte Milly Burt mitten in der Nacht aus dem Haus stürzen und zu Major Gabriel laufen? Selbstverständlich habe sich Lady St. Loo nur der Politik wegen für ihn eingesetzt.

Doch die Leute, die so redeten, waren in der Minderheit. Was zählte, war Charakter. Und Lady St. Loo hatte Charakter. Sie stand in dem Ruf absoluter Integrität. Wenn Milly Burt im Schloß empfangen oder vielmehr aufgenommen wurde und Lady St. Loo auf ihrer Seite stand, so hatte Milly Burt sich nichts zuschulden kommen lassen. Sonst hätte Lady St. Loo sich nicht für sie eingesetzt. Die alte Lady St. Loo war eine durch und durch rechtschaffene Frau. Auf sie war Verlaß. Sie war ein ganz besonderer Mensch!

Darüber berichtete uns Isabella in knappen, kurzen Sätzen. Sie kam vom Schloß herüber, sobald Milly dort untergebracht worden war.

Als Carslake erfuhr, daß sich dadurch alles änderte, hellte sich seine finstere Miene wieder auf. Er schlug sich auf die Beine.

»Mein Gott«, rief er aus, »ich glaube, damit wäre alles wieder eingerenkt. Die alte Dame ist unschlagbar. Sie ist wahrhaftig nicht auf den Kopf gefallen. Das war eine glänzende Idee.«

Es war jedoch Isabellas Idee gewesen. Ein genialer Einfall. Ich staunte, daß sie die Lage so rasch erkannt und sofort gehandelt hatte.

»Ich muß mich sofort an die Arbeit machen«, sagte Carslake. »Wir müssen sehen, wie es weitergeht. Und die geeignetste Version zurechtlegen. Komm jetzt, Janet. Major Gabriel –«

»Ich komme gleich nach«, versprach Gabriel.

Die Carslakes gingen. Gabriel trat ganz dicht vor Isabella hin.

»Das ist Ihr Werk«, sagte er. »Warum haben Sie das getan?«

Sie sah ihn ganz verwirrt an.

»Wegen der Wahl natürlich.«

»Soll das heißen, daß Ihnen so viel daran liegt, daß die Konservativen das Rennen machen?«

Isabella wunderte sich über seine Frage.

»Nein. Ich wollte *Ihnen* damit helfen.«

»Mir?«

»Ja, Ihnen. Ihnen liegt doch sehr daran, die Wahl zu gewinnen, oder nicht?«

Gabriels Miene wirkte sonderbar verschreckt. Er wandte sich ab. Und sagte – mehr zu sich selbst als zu jemanden von uns:

»Ist mir wirklich so daran gelegen? Also, ich weiß es nicht...«

21. Kapitel

Ich berichte hier wie schon gesagt nicht detailliert über eine Wahlkampagne. Ich war ja nicht am Geschehen beteiligt und kann deshalb nicht aus eigener Anschauung, sondern nur über das, was mir zu Ohren kam, berichten. Ich spürte die zunehmende Aufregung der anderen vor dem großen Ereignis.

Die letzten zwei hektischen Tage vor der Wahl rückten heran. An diesen Tagen kam Gabriel zweimal auf ein Glas zu mir. Wenn er sich dann entspannte, wirkte er erschöpft. Seine Stimme klang ganz heiser von den zahlreichen Ansprachen im Freien. Doch seine Vitalität war ungebrochen, wenn er auch etwas müde wirkte. Er sprach kaum mit mir. Er wollte wohl seine Stimme schonen und seine Kräfte sparen.

Er kippte einen Drink in einem Zug hinunter und murmelte: »Was für ein höllisches Leben! Was für einen Schwachsinn man den Leuten auf die Nase binden muß. Sie haben und kriegen genau die Regierung, die sie verdienen. Geschieht ihnen recht.«

Teresa saß die meiste Zeit am Steuer irgendeines Wagens. Der Wahltag rückte heran. Am Morgen kam vom Atlantik her eine steife Brise auf. Der Sturmwind heulte, und der Regen prasselte aufs Dach.

Kurz nach dem Frühstück tauchte Isabella auf. Sie trug einen schwarzen Regenmantel, ihre Haare waren naß, und ihre Augen glänzten. Sie trug eine riesige blaue Rosette an ihrem Regenmantel.

»Ich fahre den ganzen Tag Leute zu den Wahllokalen«, sagte sie. »Rupert auch. Ich habe Mrs. Burt vorgeschlagen, herzukommen und Sie zu besuchen. Sie haben doch hoffentlich nichts dagegen einzuwenden. Sie sind doch allein, nicht wahr?«

Nein, ich hatte nichts dagegen einzuwenden, daß mich Mrs. Burt besuchte, obwohl mich die Aussicht auf einen friedlichen Tag gelockt hatte, an dem ich mich ganz meinen Büchern widmen wollte.

Es paßte nicht zu Isabella, daß sie sich wegen meiner Einsamkeit Gedanken machte. Fast schien es mir, als habe sie ganz plötzlich die Einstellung ihrer Tante Agnes mir gegenüber übernommen.

»Isabella, die Liebe macht sie anscheinend weichherziger«, hielt ich ihr vor. »Oder ist Lady Tressilian auf die Idee gekommen?«

Isabella lächelte.

»Tante Agnes wollte selbst herkommen und Ihnen Gesellschaft leisten«, sagte sie. »Sie dachte, daß Sie vielleicht einsam sind. Wie hat sie sich doch gleich wieder ausgedrückt? Ach ja – Sie könnten sich als Außenseiter fühlen.«

Sie sah mich fragend an. Ich sah ihr an, daß sie niemals auf die Idee gekommen wäre.

»Sind Sie nicht der gleichen Ansicht?«

Isabella antwortete so offen und ehrlich wie gewöhnlich: »Na ja, Sie stehen ja auch nicht mittendrin. Sie sind ein Außenseiter.«

»Wie recht Sie haben!«

»Tut mir leid, wenn ich Ihnen zu nahegetreten bin, aber ich glaube, es wäre sinnlos, wenn Tante Agnes herkäme, um sie zu bemuttern. Damit würde sie lediglich erreichen, daß auch sie am Rande des Geschehens steht.«

»Ich bin mir ganz sicher, daß sie liebend gern alles hautnah miterlebt.«

»Ich habe vorgeschlagen, daß Mrs. Burt herkommt, weil sie sich sowieso von der Schußlinie fernhalten muß. Und ich habe mir gedacht, daß Sie vielleicht einmal mit ihr reden könnten.«

»Mit ihr reden?«

»Ja.« Isabella legte ihre weiße Stirn in Falten. »Wissen Sie, ich kann das nicht so gut – mit den Leuten reden. Ich bin nicht einmal eine gute Zuhörerin. Die Leute vertrauen sich mir nicht gern an. Mrs. Burt kann sich einfach nicht beruhigen.«

»Sie kann ich nicht beruhigen? Was beunruhigt sie denn so?«

»Es hat doch keinen Sinn, daß sie sich so aufregt. Ich kann ihr das aber nicht richtig klarmachen. Vielleicht können Sie es.«

»Ich weiß noch immer nicht, worüber sie sich aufregt.«

Isabella setzte sich auf die Sessellehne. Sie sprach ganz bedächtig, mit leicht gerunzelter Stirn, und bot dabei das genaue Abbild eines Reisenden, der dabei ist, die merkwürdigen Riten eines wilden Stammes zu beschreiben.

»Über das, was vorgefallen ist. Daß sie zu Major Gabriel geeilt ist. Sie jammert immer wieder, das sei alles ihre Schuld. Sollte er die Wahl verlieren, so träfe sie die Schuld daran. ›Wäre ich doch vorsichtiger gewesen‹, sagte sie immer wieder. Sie hätte wissen müssen, wohin ihr Verhalten führen mußte. Sie behauptet auch, James Burt hätte sicher nicht so viel getrunken, wenn sie netter zu ihm gewesen wäre und mehr Verständnis für ihn aufgebracht hätte. Sie betont immer wieder, sie mache sich die größten Vorwürfe und könne nachts nicht schlafen. Sie sei schon ganz krank vor Sorgen und gäbe viel darum, wenn sie vernünftiger gewesen wäre. Sie würde es sich nie verzeihen, wenn sie Major Gabriels Laufbahn durch ihre Schuld zerstört hätte. Es sei alles ihre Schuld. Sie sei schon immer an allem schuld gewesen.«

Isabella verstummte. Sie sah mich an. Wie auf einem silbernen Teller präsentierte sie mir etwas, das ihr völlig unbegreiflich war.

Ich hörte ein schwaches Echo aus der Vergangenheit. Sah Jennifer wieder vor mir, wie sie die schönen Augenbrauen runzelte und die Schuld für Dinge auf sich nahm, die andere falsch gemacht hatten.

Ich hielt dieses Schuldbewußtsein damals für einen von Jennifers liebenswertesten Zügen. Doch als sich Milly Burt jetzt ebenso verhielt, empfand ich diese Einstellung lediglich als irritierend. Wo liegt der Unterschied, wenn man die eine für ein liebes kleines Frauchen hält und in die andere verliebt ist, dachte ich zynisch.

»Na ja«, sagte ich schließlich nachdenklich, »sie denkt wohl nicht ganz grundlos so. Finden Sie nicht auch?«

»Nein«, sagte Isabella.

»Aber wieso denn nicht? Erklären Sie mir das mal.«

»Sie wissen doch, daß ich mich nicht auszudrücken weiß«, sagte Isabella vorwurfsvoll. Sie verstummte, runzelte die Stirn und sprach dann weiter. Doch was sie sagte, klang sehr zweifelnd. »Etwas geschieht entweder oder eben nicht. Ich sehe ja noch ein, daß man sich vielleicht vorher Gedanken darüber macht –.«

Mir war klar, daß Isabella nicht einmal diese Haltung behagte.

»Aber sich auch noch im nachhinein das Hirn darüber zu zermartern – das ist doch, wie wenn man beim Spazierengehen in einen Kuhfladen tritt. Es hat wenig Sinn, daß man während des ganzen Sapziergangs immer wieder jammert: ›Ich bin nur reingetreten, weil ich nicht auf den Weg geachtet habe. Immer passieren mir solche dummen Sachen.‹ Der Kuhfladen pappt nun mal am Schuh, daran ist nicht zu rütteln, aber man braucht sich doch nicht auch noch in *Gedanken* ständig damit zu beschäftigen. Schließlich gibt es ja auch noch andere Dinge, an die man denken kann: die Felder, der Himmel, die Hecken und den Menschen, mit dem man spazierengeht. Den Kuhfladen braucht man sich erst wieder in Erinnerung rufen, wenn man nach Hause kommt. Dann muß man überlegen, wie man den Schuh am besten wieder sauberkriegt. Erst dann ist man gezwungen, wieder dran zu denken –«

Übertriebene Selbstbezichtigungen waren eine interessante Frage, über die es sich nachzudenken lohnte. Ich wußte, daß Milly Burt gerne in Selbstbezichtigungen schwelgte. Aber ich konnte mir beim besten Willen nicht vorstellen, warum manche Menschen anfälliger dafür waren als andere. Teresa hatte mir einmal zu verstehen gegeben, daß Menschen wie ich, die immer versuchten, andere aufzuheitern und die Dinge wieder zurechtzurücken, gar nicht so hilfreich waren wie sie glaubten. Doch das hatte noch nichts mit der Frage zu tun, warum es einigen Menschen solche Freude machte, sich in übertriebenem Maße verantwortlich zu fühlen.

Isabella gab der Hoffnung Ausdruck, daß ich mich bereiterklären würde, mit Mrs. Burt zu sprechen.

»Aber einmal angenommen, es macht ihr Freude, die Schuld immer nur bei sich zu suchen«, sagte ich. »Warum sollte man ihr diese Freude nehmen?«

»Weil ich mir vorstellen kann, daß das für *ihn* ganz schrecklich ist – für Major Gabriel. Es muß doch furchtbar ermüdend sein, wenn man einem Menschen ständig versichern muß, daß alles in bester Ordnung ist und daß ihn keine Schuld trifft.«

Das war allerdings ermüdend, dachte ich. Ich erinnerte mich gut daran, wie anstrengend Jennifer gewesen war. Aber Jennifer hatte auch herrlich volles, blauschwarzes Haar, große graue Augen, aus denen Trauer sprach und das entzückendste Näschen gehabt, das man sich nur denken konnte...

Sicher fand Major Gabriel Gefallen an Millys kastanienbraunem Haar und ihren sanften Augen, so daß es ihm nicht schwerfiel, ihr immer wieder zu versichern, daß alles in Ordnung war.

»Hat Mrs. Burt irgendwelche Pläne?« erkundigte ich mich.

»Aber ja. Großmutter hat ihr Arbeit in Sussex besorgt. Als Haushälterin bei Bekannten. Das ist eine gut bezahlte Stellung, in der sie gar nicht viel zu tun hat. Und die Zugverbindung nach London ist gut. Sie kann also öfter mal hinfahren und ihre Freunde besuchen.«

Ob Isabella mit den Freunden wohl Major Gabriel meinte? Milly war hoffnungslos in Gabriel verliebt. Ob er wohl auch ein wenig in Milly verliebt war? Ich neigte dazu, diese Frage zu bejahen.

»Ich finde, daß sie sich scheiden lassen sollte«, meinte Isabella. »Leider ist eine Scheidung ziemlich teuer.«

Sie stand auf. »Ich muß jetzt gehen. Sie reden doch mit ihr, nicht wahr?« An der Tür blieb sie noch einmal stehen. »Heute in einer Woche heiraten Rupert und ich«, sagte sie leise. »Glauben Sie, daß Sie in die Kirche kommen können? Wenn das Wetter gut ist, könnten Sie sich ja hineinschieben lassen.«

»Ist Ihnen denn daran gelegen, daß ich komme?«

»Aber ja, mir liegt sehr viel daran.«

»Gut, dann komme ich.«

»Das freut mich. Mir bleibt dann noch eine Woche mit Rupert, bevor er wieder nach Burma zurück muß. Aber ich glaube, der Krieg dauert nicht mehr lange, meinen Sie nicht auch?«

»Sind Sie glücklich, Isabella?« fragte ich ganz ernsthaft.

Isabella nickte.

»Es ist schon fast beängstigend, wenn sich etwas bewahrheitet, wovon man so lange geträumt und was man sich so sehnlich gewünscht hat... Ich habe Rupert nie vergessen, aber sein Bild war schon ganz verblaßt...«

Sie sah mich an.

»Obwohl sich alles tatsächlich abspielt, glaube ich immer noch zu träumen und habe das Gefühl, daß ich irgendwann aus diesem Traum erwache...«

Leise fügte sie hinzu: »Alles zu bekommen... Rupert... und St. Loo. Alle meine Wünsche sind in Erfüllung gegangen...«

Dann schrie sie plötzlich ganz erschrocken auf: »Ich hätte

nicht so lange bleiben dürfen. Mir waren nur zwanzig Minuten für eine Tasse Tee vergönnt.«

Ich schloß daraus, daß ich diese Tasse Tee gewesen war.

Am Nachmittag kam mich Milly Burt besuchen. Sie pellte sich aus ihrem Regenmantel, nahm die Regenhaube ab und zog sich die Galoschen aus. Dann strich sie sich das braune Haar glatt, puderte sich scheu die Nase und setzte sich neben mich. Sie ist wirklich sehr hübsch, dachte ich bei mir, und auch sehr liebenswert. Es war unmöglich, Milly nicht zu mögen – selbst wenn man es sich vornahm, was bei mir natürlich nicht der Fall war.

»Ich hoffe, Sie fühlen sich nicht schrecklich vernachlässigt«, sagte sie. »Haben Sie schon zu Mittag gegessen? Kann ich irgend etwas für Sie tun?«

Ich versicherte ihr, daß ich nichts entbehrte, daß alles für meine Bequemlichkeit vorbereitet war.

»Später trinken wir zusammen Tee«, versprach ich ihr.

»Das freut mich.« Sie rutschte unruhig hin und her. »Captain Norreys, Sie glauben doch auch, daß er die Wahl gewinnt und Parlamentsmitglied wird, nicht wahr?«

»Das kann man noch nicht sagen. Das wäre verfrüht.«

»Aber was glauben Sie denn, Sie ganz persönlich?«

»Seine Chancen stehen ganz bestimmt nicht schlecht«, sagte ich, um sie zu trösten.

»Ohne mich hätte gar nichts mehr schiefgehen können! Wie konnte ich nur so dumm sein – und so *gemein*. Ach, Captain Norreys, ich kann an nichts anderes mehr denken. Ich mache mir ja solche *Vorwürfe*!«

Da haben wir's, dachte ich.

»Ich würde einfach nicht mehr daran denken«, schlug ich vor.

Sie riß die großen braunen Augen auf und sah mich mit einem mitleiderregenden Blick an. »Aber ich kann doch gar nicht anders, als ständig daran zu denken.«

»Dann müssen Sie sich eben an die Kandarre nehmen. Mobilisieren Sie Ihre Willenskraft, dann klappt es schon.«

Millys Miene drückte Zweifel aus.

»Ich finde nicht, daß ich das auf die leichte Schulter nehmen darf. Schließlich trifft mich die Alleinschuld.

»Meine Liebe, es hilft Gabriel auch nicht, Parlamentsmitglied zu werden, wenn Sie ständig über Ihre Fehler nachgrübeln.«

»Nein, natürlich nicht... Aber wenn ich ihm durch mein Verhalten beruflich geschadet und seine Karriere beeinträchtigt haben sollte, so werde ich mir das nie verzeihen.«

Alles, was sie sagte, kam mir bekannt vor. Wie oft hatte ich solche Gespräche mit Jennifer ausgefochten. Der einzige Unterschied war, daß ich jetzt kaltblütig argumentierte, weil ich nicht in Milly Burt verliebt war. Sie war mir zwar sympathisch, doch sie brachte mich allmählich auf die Palme.

»Lieber Himmel!« rief ich schließlich aus. »Machen Sie doch nicht so ein Geschrei darum! Tun Sie Gabriel den Gefallen – wenn sonst schon niemandem.«

»Aber ich mache mir ja *seinetwegen* solche Sorgen.«

»Wissen Sie, der arme Kerl hat schon genug am Hals. Nun quälen Sie ihn nicht auch noch mit Ihrem Schuldkomplex und Ihren tränenreichen Selbstbeschuldigungen.«

»Aber wenn er die Wahl verliert –.«

»Wenn er die Wahl verliert – aber er hat sie ja noch nicht verloren – und wenn Sie daran eine Mitschuld trifft, dann ist die Enttäuschung darüber, daß er den Kampf verloren hat, schon schlimm genug für ihn. Wenn dann noch eine reuige Frau mit ihren Schuldgefühlen an seinen Nerven zerrt, macht sie damit alles nur noch schlimmer.«

Sie sah mich ganz bestürzt an, blieb aber störrisch bei ihrer Haltung.

»Aber ich will doch wieder gutmachen, was ich angerichtet habe.«

»Das dürfte wohl kaum möglich sein. Falls es Ihnen doch gelingt, dann nur dadurch, daß Sie Gabriel einreden, es sei ein fantastischer Glücksfall für ihn, die Wahl verloren zu haben, denn jetzt sei er wieder frei und könne sich interessanten, wichtigeren Dingen widmen.«

Milly schien mein Vorschlag Angst zu machen.

»Ich glaube kaum, daß ich *das* fertigbrächte«, sagte sie.

Ich traute es ihr auch nicht zu. Eine findigere Frau mit einem Hang zur Skrupellosigkeit hätte das geschafft. Wenn Teresa an John Gabriel gelegen wäre, brächte sie das fertig.

Ich glaube, Teresa steht auf dem Standpunkt, daß Angriff die beste Verteidigung ist und überhaupt die beste Methode, durchs Leben zu kommen.

Milly Burt hingegen neigte zweifellos dazu, sich immer gleich geschlagen zu geben. Aber vielleicht behagte es John Gabriel, die Trümmer ihres Selbstbewußtseins aufzulesen und wieder zusammenzusetzen. Mir hatte das ja früher auch gelegen.

»Sie mögen Gabriel sehr, nicht wahr?« fragte ich Milly Burt.

Sie hatte Tränen in den Augen.

»Ich... ich... ja, ich mag ihn sehr. Ein Mensch wie er ist mir noch nie begegnet...«

Mir war auch noch niemand wie Gabriel begegnet, doch er hatte auf mich eine ganz andere Wirkung als auf Milly Burt.

»Captain Norreys, ich würde alles für ihn tun. Ja, wirklich alles.«

»Wenn Sie so sehr an ihm hängen, ist das doch schon etwas. Belassen Sie es dabei.«

Wer hatte nur gesagt! ›Liebe sie, aber laß sie allein?‹ Irgendein Psychologe, der Müttern schriftliche Ratschläge gab? Trotzdem war das ein weiser Ratschlag, wenn man ihn nicht auf Kinder, sondern auf Erwachsene anwandte. Aber es ist uns wirklich gegeben, einen Menschen allein zu lassen? Vielleicht unsere Feinde – aber die Menschen, die wir lieben?

Ich nahm Abstand von dem, was man fruchtlose Spekulationen nennt. Anstatt dessen läutete ich nach dem Tee.

Beim Tee sprach ich ausschließlich über Filme, an die ich mich noch erinnerte. Milly ging sehr gern in Kino. Sie hielt mich auf dem laufenden, indem sie mir die Handlung der neuesten Meisterwerke erzählte. So gestaltete sich dieser Nachmittag doch noch sehr angenehm, und als Milly ging, bedauerte ich das.

Die Wahlkämpfer kehrten nacheinander heim. Sie waren zu Tode erschöpft und in ganz unterschiedlicher Stimmung – teils optimistisch, teils verzweifelt. Nur Robert kam gut gelaunt wie meistens zurück. Er war in einem stillgelegten Steinbruch auf einen umgestürzten Baum gestoßen – eine Buche. Genau danach hatt er schon lange gesucht. Außerdem hatte er in einem kleinen Gasthaus vorzüglich gegessen. Malerei und gutes Essen sind Roberts bevorzugte Gesprächsthemen. Beide haben eine Menge für sich.

22. Kapitel

Spät am Abend kam Teresa dann hereingeplatzt. Sie strich sich erschöpft das dunkle Haar aus dem Gesicht und sagte: »Also, er hat es geschafft.«

»Und wie sieht es mit der Mehrheit aus?« erkundigte ich mich.

»Zweihundertvierzehn.«

Ich stieß einen Pfiff aus.

»Ganz schön knapp.«

»Ja. Carslake vertritt die Ansicht, daß es Gabriel ohne die Geschichte mit Milly auf mindestens tausend Stimmen gebracht hätte.«

»Carslake weiß auch nicht mehr als andere Leute.«

»Überall im Land ist ein Linksrutsch zu verzeichnen. Im ganzen Land liegt die Labour Party an der Spitze. Diese Gegend hier zählt zu den wenigen, wo die Konservativen die Oberhand gewonnen haben.«

»Gabriel hat also recht behalten«, sagte ich. »Erinnerst du dich noch daran, daß er das vorausgesagt hat?«

»Ja, natürlich. Sein Urteilsvermögen ist geradezu unheimlich.«

»Jetzt kann die kleine Milly Burt endlich wieder ganz beruhigt einschlafen. Es wird sie sehr glücklich machen, daß sie ihm diese große Chance nicht vermasselt hat. Das muß eine ungeheure Erleichterung für sie sein.«

»Glaubst du wirklich?«

»Aber ja, Teresa. Das arme Ding betet Gabriel ja förmlich an.«

»Das weiß ich auch.« Nachdenklich fügte sie hinzu. »Sie passen auch sehr gut zusammen. Ich glaube, er könnte mit ihr ganz glücklich werden – wenn ihm daran liegt. Es soll ja Leute geben, die das gar nicht wollen.«

»John Gabriel macht auf mich keinen übertriebenen asketischen Eindruck«, sagte ich. »Ich glaube, er hat sein Hauptaugenmerk immer nur darauf gerichtet, es sich gutgehen zu lassen und sich zu nehmen, was er nur kriegen kann. Für ihn kommt sowieso nur eine Geldheirat in Frage. Das hat er mir selbst gesagt. Ich bin sicher, daß er sich daran halten wird. Er ist ein Erfolgsmensch – in einer stark vergröberten Form. Milly hingegen ist für die Rolle des Opfers geradezu prädestiniert. Jetzt wirst du mir bestimmt weismachen wollen, daß sie sich in dieser Rolle gefällt.

»Nein, keineswegs. Aber es gehört schon eine ganze Portion Charakterstärke dazu, sich und den anderen einzugestehen: Ich habe mich zum Narren gemacht, darüber zu lachen und dann zur Tagesordnung überzugehen. Die Schwachen brauchen etwas, woran sie sich festhalten können. Sie müssen ihre Fehler klar erkennen und dürfen sie nicht einfach als Versagen abtun, mit dem sie sich arrangieren können, sondern als wirklichen Fehler, als tragische Sünde.«

Sie fügte schroff hinzu: »Ich glaube an das Böse. Alles Unglück auf der Welt rührt von den Schwachen her. Für gewöhnlich meinen sie es gut und handeln in der besten Absicht, so daß sie in einem ganz romatischen Licht erscheinen. Ich fürchte mich vor ihnen, denn sie sind gefährlich. Sie sind wie herrenlose Schiffe, die im Dunkeln einfach nur dahintreiben und starke, seetüchtige Schiffe zum Sinken bringen.«

Gabriel sah ich erst am nächsten Tag. Er sah aus, als habe man die Luft aus ihm herausgelassen. Von sein er sonstigen Vitalität war nicht mehr viel übrig. Ich erkannte ihn kaum wieder. Er wirkte völlig verändert.

»Ist das der Kater nach der Wahl?« fragte ich ihn.

Er stöhnte.

»Sie sagen es. Der Erfolg verursacht Übelkeit. Wo steht der beste Sherry?«

Ich verriet es ihm, und er bediente sich.

»Wilbraham hat die Wahl verloren. Er ist wohl kaum in Hochstimmung.«

Gabriel grinste schwach.

»Nein, wohl kaum. Der arme Teufel. Zu allem Überfluß nimmt er sich und die Politik auch noch tierisch ernst. Na ja, das ist vielleicht ein bißchen übertrieben, aber es ist ihm doch ziemlich ernst damit. Ein Jammer, daß er so unsympathisch ist.«

»Wahrscheinlich haben Sie sich gesagt, was man in solchen Fällen eben so daherredet. Daß es ein fairer Wahlkampf war, sehr sportlich ausgetragen etc.«

Wieder grinste Gabriel.

»Ja, wir haben die Regeln eingehalten. Dafür hat Carslake schon gesorgt. Was das doch für ein mieser Kerl ist – weiß alles in- und auswendig –, bloß daß nicht die Spur von Intelligenz dahintersteckt.«

Ich hob mein Sherryglas und prostete ihm zu.

»Ich wünsche Ihnen viel Erfolg und daß sich auch in Zukunft alles so gestaltet, wie Sie sich das vorstellen. Der Grundstein ist ja nun gelegt.«

»Ja«, sagte Gabriel. »Der Anfang ist gemacht, der erste Schritt getan.« Das klang nicht gerade begeistert.

»Das scheint Sie nicht sonderlich zu freuen.«

»Das ist nur der Kater nach der Wahl – wie Sie ja schon sagten. Es sieht nicht immer gleich alles rosig aus, wenn man dem Gegner ein Schnippchen geschlagen hat. Aber ich habe noch viele Kämpfe durchzustehen. Achten Sie darauf, wie ich mich nach vorne dränge, um mich den Leuten in Erinnerung zu bringen.«

»Die Labour Party hat eine beachtliche Mehrheit zu verzeichnen.«

»Ich weiß. Wirklich großartig!«

»Gabriel, ich bitte Sie! Sie führen ja sonderbare Reden, wenn man bedenkt, daß Sie gerade erst Parlamentsmitglied geworden und ein frischgebackener Tory sind.«

»Ach, zum Teufel mit dem Tory und dem Parlamentsmitglied. Ich habe meine Chance gehabt. Wen haben wir denn schon, der die Tory Partei wieder auf die Beine bringen könnte? Winston Churchill ist ein großartiger, alter Kämpfer in Kriegszeiten. Aber er ist schon zu alt, um sich in Friedenszeiten zu bewähren. Mit dem Frieden ist das nämlich so eine Sache. Und Eden ist ein netter Leisetreter. Der englische Gentleman, wie er im Buche steht.«

So zählte er eine ganze Reihe bekannter Namen auf, die zu den Stützen der Konservativen zählten.

»Keiner hat je einen konstruktiven Vorschlag gebracht. Sie werden Zeter und Mordio schreien, sobald es um die Nationalisierung geht und hämisch über die Fehler herziehen, die die Sozialisten machen. Und was die für Fehler machen werden! Eine Meute von Dummköpfen. Die alten Unentwegten, die unnachgiebigen Gewerkschafter und verantwortungslosen Theoretiker aus Oxford. Unsere Seite wird im Parlament die alten Tricks vorführen – wie alte Hunde auf dem Jahrmarkt. Zuerst heißt es kläff, kläff, kläff, dann stehen sie auf den Hinterbeinen und drehen sich im Takt eines langsamen Walzers.«

»Und wo bleibt John Gabriel angesichts des faszinierenden Bildes der Opposition?«

»Die Alliierten können erst in Frankreich landen, wenn die Aktion bis in die letzte Einzelheit durchdacht ist. Dann aber mit voller Kraft voraus! Ich will mit jungen Leuten zusammenarbeiten, die Ideen haben und für gewöhnlich ›gegen die Regierung‹ sind. Denen will ich etwas schmackhaft machen und das dann auch durchpeitschen.«

»Und was wollen Sie ihnen schmackhaft machen?«

Gabriel sah mich verärgert an.

»Sie verstehen immer alles falsch. Es ist doch egal, *was* ich ihnen schmackhaft mache. Darum geht es gar nicht. Mir würde jederzeit ein halbes Dutzend Dinge einfallen. Es gibt nur zwei Dinge, die die Leute reizen können, wenn es um Politik geht. Erstens muß es sich für sie finanziell lohnen. Zweitens muß man ihnen eine Idee eingeben, die scheinbar alles in Ordnung bringt und doch dazu leicht durchzuführen ist. Wenn sie nobel klingt, aber vage und undurchsichtig bleibt, entfacht man bei den Leuten ein inneres Feuer. Sie sehen sich gern als gutbezahlte Wohltäter. Sie wollen keine allzu praktische Idee – einfach irgendwas Humanes, das sich nicht gegen eine konkrete Person richtet. Ist Ihnen schon aufgefallen, daß die Leute wie wild Geld spenden, um den Erdbebenopfern in der Türkei, in Armenien oder wo auch immer zu helfen? Aber niemand würde so ein armes Kind von dort in sein Haus aufnehmen wollen. So sind die Menschen nun einmal.«

»Ich bin sehr gespannt, wie Ihre Karriere weiterhin verläuft. Ich behalte Sie im Auge«, versicherte ich ihm.

»Sie werden erleben, daß ich in zwanzig Jahren Fett ansetze, ein ganz bequemes Leben führe und wahrscheinlich als Wohltäter der Menschheit angesehen werde«, meinte Gabriel.

»Und was dann?«

Was soll das heißen?«

»Würden Sie sich da nicht langweilen?«

»Ach, irgend etwas wird sich da schon finden, was mich interessiert.«

Es faszinierte mich immer wieder, daß Gabriel nicht im geringsten daran zweifelte, daß alles so verlaufen würde, wie er sich das dachte. Allmählich glaubte ich fast selbst daran, daß sich seine Prognosen bewahrheiten würden. Er hatte Übung darin, immer recht zu behalten. Er hatte auch vorausgesehen, daß die Labour Party den Wahlsieg davontragen würde. Und er hatte fest daran geglaubt, daß er Parlamentsmitglied werden würde. Sein Leben würde nicht um Haaresbreite von dem Kurs abweichen, den er einmal eingeschlagen hatte.

»So steht in der besten aller möglichen Welten also alles so zum besten?« fragte ich ihn.

Er runzelte die Stirn und sah mich verärgert an.

»Sie haben ein ausgesprochenes Talent, Ihren Finger auf die offene Wunde zu legen, Norreys.«

»Wieso? Ist irgend etwas nicht in Ordnung?«

»Nein, nein, alles läuft bestens. Fast alles.« Er hielt kurz inne bevor er weitersprach. »Sind Sie schon einmal mit einem Dorn im Finger herumgelaufen? Wenn ja, dann wissen Sie, wie einen das irritieren kann. Es ist nichts wirklich Schlimmes, aber man wird ständig daran erinnert. Es sticht und schmerzt...«

»Und wer ist der Dorn?« erkundigte ich mich. »Etwa Milly Burt?«

Er starrte mich verwundert an. Ich erkannte, daß ich auf dem Holzweg war. Milly konnte es nicht sein.

»Sie ist ganz nett«, äußerte er sich. »Zum Glück ist ja kein Schaden angerichtet worden. Ich mag sie. In London können wir uns vielleicht mal sehen. Wo es diesen provinziellen Klatsch nicht gibt.«

Eine feine Röte stieg ihm ins Gesicht, als er ein Päckchen aus der Tasche zog.

»Ich möchte Sie bitten, sich das einmal anzuschauen. Das ist doch geeignet, oder nicht? Als Hochzeitsgeschenk für Isabella Charteris. Ich muß ihr doch wohl etwas schenken. Wann findet denn die Hochzeit statt? Am Dienstag nächste Woche? Oder halten Sie es für ein idiotisches Geschenk?«

Neugierig packte ich das Päckchen aus. Und stieß auf etwas, was mich zutiefst in Erstaunen setzte. Nie hatte ich John Gabriel ein solches Hochzeitsgeschenk zugetraut.

Es war ein Stundenbuch. Ein wahres Prachtexemplar mit prächtigen Illustrationen. Es gehörte eigentlich in ein Museum.

»Ich weiß nicht so genau, was das eigentlich ist«, erklärte Gabriel. »Irgendwas Katholisches. Mehrere hundert Jahre alt. Aber ich hatte das Gefühl – ich weiß nicht, wie ich Ihnen das erklären soll – daß das zu ihr paßt. Wenn Sie es allerdings für albern halten –«

Ich konnte es kaum erwarten, ihn vom Gegenteil zu überzeugen.

»Das Buch ist wunderschön«, versicherte ich ihm. »Über so etwas würde sich wohl jeder freuen. Ein wahres Prachtexemplar. Ein Museumsstück.«

»Ich glaube eigentlich nicht, daß sie sich besonders darüber freuen wird, aber ich finde eben, daß es sehr gut zu ihr paßt, daß es sehr geeignet ist. Verstehen Sie, was ich damit sagen will?« Ich nickte. Und ob ich das verstand. »Schließlich muß ich ja irgend etwas schenken. Es ist nicht etwa so, daß ich das Mädchen mag. Ich könnte sie überhaupt nicht brauchen. Ein hochnäsiges, überhebliches Ding. Hat sie sich den Lord doch tatsächlich geangelt. Ich wünsche ihr viel Spaß mit diesem aufgeblasenen Kerl.«

»Er ist alles andere als ein aufgeblasener Kerl.«

»Stimmt, ich gebe es ja zu. Jedenfalls muß ich mich gut mit ihnen halten. Als hiesiges Parlamentsmitglied werde ich zum Essen aufs Schloß eingeladen. Ich muß in Zukunft auch auf die alljährliche Gartenparty und was nicht noch alles. Die alte Lady St. Loo wird wohl jetzt aufs Altenteil umziehen müssen – in das moderige alte Gemäuer bei der Kirche. Ich glaube, jeder der da hinzieht, stirbt bald an Rheumatismus.«

Er nahm das kostbare Stundenbuch wieder an sich und verpackte es.

»Was meinen Sie? Kann ich ihr das wohl schenken?«

»Es ist ein herrliches und sehr ungewöhnliches Geschenk«, beteuerte ich.

Teresa kam herein. Gabriel behauptete, er habe gerade gehen wollen.

»Was ist denn mit dem los?« fragte mich Teresa, als Gabriel gegangen war.

»Vermutlich ist das die Reaktion auf den Erfolg.«

Doch so leicht ließ sich Teresa nicht abspeisen. »Nein, es ist weit mehr als das.«

»Ich kann mir nicht helfen, aber ich finde, es ist ein Jammer, daß er die Wahl gewonnen hat«, ließ ich verlauten. »Ein Fehlschlag hätte sich vielleicht ernüchternd auf ihn ausgewirkt. So wird er sich in ein paar Jahren marktschreierisch und aufdringlich gebärden. Ein unangenehmer Mensch. Aber er wird es sicher sehr weit bringen. Den hält auf dem Weg nach oben niemand auf. Ich sehe ihn schon in der Baumkrone sitzen.«

Robert fühlte sich vermutlich von dem Wort ›Baum‹ angesprochen und sah sich selbst veranlaßt zu reden. Er war zusammen mit seiner Frau hereingekommen, doch so unauffällig, wie es seine Art war. Wir erschraken, als er plötzlich sprach.

»Nein, da irrst du dich.«

Wir sahen ihn beide fragend an.

»Ich sehe ihn nicht in der Baumkrone. Er schafft den Weg nach oben nicht. Völlig ausgeschlossen –«

Er ging suchend durch das Zimmer und wollte allen Ernstes von uns wissen, warum ständig jemand sein Handwerkszeug versteckte.

23. Kapitel

Die Hochzeit von Lord St. Loo und Isabella Charteris war auf Donnerstag festgesetzt. In aller Herrgottsfruhe, ich glaube gegen ein Uhr morgens, hörte ich auf der Terrasse Schritte.

Ich hatte noch keinen Schlaf gefunden. Es war eine dieser schlimmen Nächte, in denen mich die Schmerzen ganz besonders plagten.

Ich dachte mir, daß einem die Fantasie oft sonderbare Streiche spielt, denn ich hätte schwören können, daß ich draußen Isabellas Schritte hörte.

Dann drang tatsächlich ihre Stimme an mein Ohr.

»Darf ich hereinkommen, Hugh?«

Die Terrassentür war nur angelehnt – wie immer, wenn es nicht gerade stürmte. Isabella kam herein. Ich knipste die

Lampe neben meiner Couch an. Ich glaubte immer noch zu träumen.

Isabella wirkte riesengroß. Sie trug einen langen, dunklen Tweedmantel und hatte sich ein dunkelrotes Tuch um das Haar geschlungen. Sie machte einen ernsten, gefaßten und ziemlich traurigen Eindruck.

Ich konnte mir beim besten Willen nicht vorstellen, was sie mitten in der Nacht hier wollte – oder genauer gesagt so früh am Morgen. Irgendwie beunruhigte mich das.

Ich wußte inzwischen, daß ich nicht träumte. Ganz im Gegenteil. Mir erschien alles, was seit der Ankunft von Rupert St. Loo geschehen war als Traum. Jetzt kam das Erwachen.

Mir fiel wieder ein, daß Isabella gesagt hatte: »Ich habe noch immer das Gefühl, als könnte ich plötzlich aufwachen.«

Ich begriff, daß genau das geschehen war. Das Mädchen, das da neben mir stand, träumte nicht mehr. Es war aufgewacht.

Noch etwas fiel mir ein: Robert hatte sich einmal dahingehend geäußert, daß an der Wiege von Rupert St. Loo keine böse Fee gestanden hatte. Ich hatte ihn gefragt, was er damit sagen wollte. Er erklärte mir: »Wenn keine böse Fee vorkommt, ergibt sich auch keine interessante Handlung. Keine böse Fee – kein Märchen.« Vielleicht wirkte Rupert St. Loo trotz seines guten Aussehens, seiner Intelligenz und seiner Gradlinigkeit deshalb nicht wie ein richtiger Mensch aus Fleisch und Blut.

All das ging mir durch den Kopf – in den paar Sekunden, die vergingen, bevor Isabella sagte:

»Hugh, ich bin gekommen, um mich zu verabschieden.«

Ich starrte sie völlig verständnislos an.

»Verabschieden? Was soll das heißen?«

»Na ja, ich gehe fort...«

»Sie gehen fort? Mit Rupert, wollen Sie wohl sagen.«

»Nein. Mit John Gabriel...«

Ich war wie vom Donner gerührt und traute meinen Ohren nicht. Was Isabella da sagte, war unglaublich. Etwas so Absurdes durfte einfach nicht geschehen.

Doch irgend etwas in mir sagte, daß das ja kein Wunder sei. Es war, als flüsterte eine innere Stimme spöttisch: ›Du hast das schon die ganze Zeit gewußt, gib es nur zu...‹ Ich erinnerte mich, wie Isabella John Gabriels Schritte auf der Terrasse erkannt hatte, ohne sich umzudrehen. Ich sah noch ihren Gesichtsausdruck vor mir, als sie an dem Abend, an dem das Whistturnier stattfand, aus dem Garten heraufgekommen war. Und wie schnell hatte sie gehandelt, als die Sache mit Milly Burt John Gabriel zu gefährden drohte. So manches fiel mir wieder ein. So zum Beispiel, wie dringlich ihre Stimme geklungen hatte, als sie sagte: »Rupert muß bald kommen...«

Sie hatte Angst gehabt vor dem, was in ihr vorging.

Ich begriff nur unvollkommen, welcher dunkle Drang sie Gabriel in die Arme trieb. Aus unerfindlichen Gründen fühlten sich die Frauen sehr stark zu ihm hingezogen. Teresa hatte das ja auch gesagt...

Ob Isabella Gabriel liebte? Ich konnte es mir eigentlich nicht vorstellen. Und ich konnte nicht glauben, daß ein Mann wie Gabriel sie glücklich machen konnte. Ein Mann, der sie zwar begehrte, aber ganz bestimmt nicht liebte.

Von seiner Seite her gesehen war es der reine Wahnsinn. Seine politische Karriere wäre damit jäh beendet, sein Ehrgeiz bliebe ungestillt. Mir wollte es nicht in den Kopf, warum er bereit war, diesen unsinnigen Schritt zu tun.

Ob er sie wohl liebte? Es erschien mir unwahrscheinlich. Ich dachte eher, daß er sie in gewisser Weise sogar haßte. Sie gehörte zu der Welt (dem Schloß, der alten Lady St. Loo), die ihn gedemütigt hatte, seit er hierhergekommen war. Was war wohl der obskure Grund für diese Wahnsinnstat? Wollte er vielleicht für die Demütigung Vergeltung üben? War er tatsächlich bereit, sein eigenes Leben zu zerstören, wenn er damit auch den Untergang derjenigen herbeiführen konnte, durch die ihm die Demütigung zuteil geworden war? Rächte sich der ›einfache kleine Junge‹ auf diese Art und Weise?

Ich liebte Isabella. Darüber war ich mir inzwischen klargeworden. Ich liebte sie so sehr, daß es mich glücklich machte, sie glücklich zu sehen. Und sie *war* mit Rupert glücklich gewesen, als ihr Wunschtraum in Erfüllung ging und es so aussah, als sollte sie ihr ganzes Leben mit ihm in St. Loo zubringen... Sie hatte nur gefürchtet, sie könne aus dem Traum erwachen –.

Aber was war Traum, und was war Wirklichkeit? Verkörperte John Gabriel für sie das wahre Leben? Nein, was sie vorhatte, war Wahnsinn. Man mußte sie doch daran hindern, diesen fatalen Schritt zu tun, ihr gut zureden und sie davon überzeugen, daß das Wahnsinn war.

Die Worte lagen mir schon auf der Zunge. Ich konnte kaum noch an mich halten. Doch die Worte blieben ungesagt. Ich schwieg – und weiß bis heute nicht warum...

Ich habe nur eine Erklärung dafür – Isabella ist und bleibt eben Isabella, habe ich mir wohl gesagt.

Ich versuchte nicht, sie davon abzubringen, mit John Gabriel fortzugehen.

Sie beugte sich über mich und küßte mich zum Abschied. Es war kein Kleinmädchenkuß. Ihr Mund war der Mund einer Frau. Ihre Lippen fühlten sich kühl und frisch an. Sie drückte sie so fest und süß auf meine, daß ich es nie vergessen werde. Es war, als bekäme man einen Kuß von einer Blume.

Sie sagte mir auf Wiedersehen und ging durch die Terrassentür hinaus. Sie verschwand aus meinem Leben und ging zu John Gabriel, der auf sie wartete.

Ich habe nicht versucht, sie davon abzuhalten...

24. Kapitel

Mit dem Weggang Gabriels und Isabellas aus St. Loo endet der erste Teil meiner Geschichte. Mir ist klargeworden, wie sehr es ihre Geschichte ist und nicht die meine. An Dinge, die sich nach ihrem Weggang abgespielt haben, kann ich mich kaum mehr erinnern. Ich sehe sie nur ganz blaß und schemenhaft, was wohl auf meine Gefühlsverwirrung zurückzuführen ist.

Der politische Aspekt unseres Lebens in St. Loo hat mich nie berührt. Für mich gab es allenfalls den Hintergrund ab, die Kulisse, vor der die Helden des Dramas agierten. Trotzdem müssen die politischen Auswirkungen ziemlich tiefgreifend gewesen sein – ich weiß genau, daß sie es waren.

Hätte John Gabriel im Hinblick auf die Politik Verantwortungsgefühl bewiesen, hätte er nicht so gehandelt, sondern sich anders verhalten. Der Gedanke, seine Partei im Stich zu lassen, hätte ihn ganz sicher abgeschreckt. Mit seinem unbegreiflichen Verhalten traf er die Bewohner von St. Loo empfindlich. Sie hätten garantiert Druck auf ihn ausgeübt und ihn dazu gebracht, sein Amt sofort wieder niederzulegen, wenn er das nicht auch unaufgefordert getan hätte. Er brachte die Konservativen mit seinem Verhalten sehr in Mißkredit. Ein traditionsbewußter Mann von Ehre hätte das gespürt und nicht so schändlich handeln können. Doch ich glaube, John Gabriel ließ die Ehre völlig kalt. Ihm war es nur um sein eigenes Fortkommen gegangen. Das jähe Ende dieser gerade erst angelaufenen Karriere hatte er sich selber eingebrockt. So sah er die Sache. Er hatte ja vorausgesagt, daß nur eine Frau sein Leben ruinieren könnte. Das hatte sich jetzt bewahrheitet. Er hatte nicht geahnt, wer diese Frau sein würde.

So wie er veranlagt und aufgewachsen war, konnte er nicht ermessen, welches Entsetzen und was fur einen Schock seine Handlungsweise bei Menschen wie Lady Tressilian und Mrs. Bigham Charteris hervorrief. Lady Tressilian war mit der Überzeugung großgeworden, daß es ein Mann seinem Vaterland schuldig war, zu kandidieren und als Parlamentsmitglied zu dienen. So hatte zumindest ihr Vater sich das vorgestellt.

Gabriel wäre niemals zu dieser Auffassung gelangt. In seinen Augen hatten die Konservativen mit ihm einen Blindgänger in ihre Reihen aufgenommen. Es war ein Glücksspiel, das sie verloren hatten. Wäre alles ganz normal verlaufen, so hätten sie zufrieden sein können. Aber es bestand immer ganz entfernt die Möglichkeit, das alles anders kam – und dieser Fall war eingetreten.

Es gab jemanden, der genau die gleiche Meinung wie Gabriel vertrat. Sonderbarerweise war das ausgerechnet Lady St. Loo, die wohlhabende Witwe.

Sie äußerte sich Teresa und mir gegenüber nur ein einziges Mal im Salon von Polnorth House.

»Auch uns trifft ein Teil der Schuld«, erklärte sie. »Schließlich wußten wir ja, mit wem wir es bei Gabriel zu tun hatten. Wir haben einen Außenseiter ins Parlament gewählt, einen Mann, der an nichts glaubt, der nicht traditionsbewußt ist und auch nicht integer. Wir wußten ganz genau, daß der Mann ein Abenteurer ist. Wir haben ihn trotzdem akzeptiert, weil er Eigenschaften hat, die ihn der Masse anziehend erscheinen lassen. Er hat sich im Krieg bewährt, ist ausgezeichnet worden und hat es verstanden, sich beliebt zu machen. Wir haben es zugelassen, daß er uns benutzt, weil wir *ihn* ausnutzen wollten. Wir haben versucht, uns damit herauszureden, daß wir mit der Zeit gehen. Doch wenn die Tradition der Konservativen noch etwas bedeutet, so müssen sie auch weiterhin im Einklang mit der Tradition leben. Wir müssen uns von Männern vertreten lassen, die zumindest aufrichtig sind, die sich für ihr Vaterland einsetzen und die auch bereit sind, die Verantwortung für diejenigen zu übernehmen, die ihnen unterstehen, die sich nicht scheuen oder sich unbehaglich fühlen, wenn sie sich als Oberschicht bezeichnen, weil sie nicht nur die Privilegien der Oberschicht genießen, sondern auch die Pflichten auf sich nehmen, die dieser Stand mit sich bringt.«

Aus ihr sprach ein Regime, das in den letzten Zügen lag. Ich teilte ihre Ansicht nicht, doch ich respektiere sie. Neue Ideen wurden entwickelt. Ein ganz neues Leben bahnte sich an. Das bisherige wurde einfach hinweggefegt. Doch Lady St. Loo beharrte auf ihrem Standpunkt und bot ein Musterbeispiel für alles, was an dem alten System positiv gewesen war. Sie wußte, wo sie stand, daran war nicht zu rütteln, und daran würde sich auch bis zu ihrem Tod nichts ändern.

Von Isabella sprach sie nicht. Die Wunde saß zu tief. In ihren Augen hatte Isabella Verrat an ihrer Gesellschaftsschicht begangen, was in ihren Augen unverzeihlich war. Bei John Gabriel fand die alte Dame das Verhalten unter Umständen sogar entschuldbar. Ihm fehlte die gute Kinderstube, er wußte es nicht besser, aber Isabella hatte die Zitadelle von innen her ausgehöhlt.

Lady St. Loo äußerte sich also nicht zu Isabella. Lady Tressilian tat das sehr wohl. Ich glaube, sie sprach mit mir über Isabella, weil sie nicht wußte, mit wem sie sonst über das Mädchen sprechen sollte. Sicher war sie auch der Ansicht, daß ich als Invalide gar nicht zählte. Angesichts meiner Hilflosigkeit verhielt sie sich nach wie vor mütterlich mir gegenüber. Sie konnte gar nicht anders. Sie nahm sich das Recht heraus, beinahe so mit mir zu sprechen, als sei ich tatsächlich ihr Sohn.

Adelaide sei nicht ansprechbar, erklärte sie mir. Maud schimpfte nur und ginge mit den Hunden hinaus. Lady Tressilian mit ihrer Sentimentalität und ihrem großen Herzen mußte sich irgendwo aussprechen dürfen.

Mit Teresa über ihre Familie zu sprechen, wäre ihr als Verrat erschienen. Bei mir kam ihr das gar nicht in den Sinn, was auch daran liegen mochte, daß sie wußte, daß ich Isabella liebte. Auch sie hing abgöttisch an Isabella, hatte sie fest ins Herz geschlossen und mußte ständig an sie denken. Isabellas unvorhergesehener Schritt bestürzte und verwirrte sie zutiefst.

»Das sieht ihr doch gar nicht ähnlich, Hugh – das paßt gar nicht zu ihr. Ich kann mir nicht helfen, aber dieser Mann muß sie verhext haben. Ich habe ihn schon immer für sehr gefährlich gehalten... Isabella hat so einen glücklichen Eindruck gemacht. Sie war glücklich und zufrieden. Sie und Rupert schienen füreinander geschaffen zu sein. Ja, das waren sie wirklich. Glauben Sie nicht auch?«

Ich tastete mich vorsichtig heran und pflichtete ihr zunächst bei. Ich wollte noch hinzufügen, daß es manchmal nicht ausreicht, glücklich zu sein, aber ich konnte mir nicht vorstellen, daß Lady Tressilian das verstehen würde...

»Ich kann mir nicht helfen – aber ich bin mir ganz sicher, daß dieser schreckliche Mensch wie sie von hier *weggelockt* hat. Er muß sie irgendwie hypnotisiert haben. Addie bestreitet das jedoch. Sie behauptet, Isabella würde niemals etwas tun, wozu sie nicht voll und ganz bereit sei. Wenn sie fortgegangen sei, so sei das ihr ureigener Entschluß gewesen. Ich weiß nicht, was ich glauben soll.«

Lady St. Loo hatte Isabellas Verhalten sicher ganz richtig gedeutet.

Lady Tressilian fragte mich: »Was meinen Sie – ob sie wohl geheiratet haben? Wo mögen sie jetzt nur sein?«

Ich fragte sie, ob sie denn noch keine Nachricht von Isabella hätten.

»Nein, nichts. Wir haben nur den Brief, den Isabella hiergelassen hat. Er ist an Addie adressiert. Sie schreibt, sie rechnet nicht damit, daß Addie ihr jemals verzeiht und daß sie damit wahrscheinlich recht hat. Und sie schreibt: ›Es hat wenig Sinn, daß ich behaupte, daß es mir leidtut, daß ich euch allen solchen Kummer mache. Denn täte es mir wirklich leid, dann wäre ich nicht weggegangen, um euch diesen Kummer zu ersparen.

Vielleicht versteht mich Rupert, aber sicher bin ich mir da nicht. Ich werde euch alle immer lieben, auch wenn wir uns vielleicht niemals wiedersehen.‹«

Lady Tressilian sah mich mit Tränen in den Augen an.

»Der arme Junge – der arme, arme Junge. Der liebe gute Rupert, wir hängen alle so an ihm.«

»Er leidet sicher sehr darunter.«

Ich hatte Rupert St. Loo seit Isabellas Flucht nicht mehr gesehen. Er reiste schon am nächsten Tag aus St. Loo ab. Ich weiß nicht wohin. Ich weiß auch nicht, was er in den nächsten Tagen tat. Jedenfalls kehrte er nach einer Woche zu seiner Einheit in Burma zurück.

Lady Tressilian schüttelte den Kopf. Ihr Gesicht war tränenüberströmt.

»Er war so liebenswürdig, so freundlich zu uns allen. Aber er wollte nicht darüber sprechen. Niemand spricht darüber.« Sie seufzte. »Ich muß ständig daran denken, wo sie jetzt wohl sind und was sie jetzt wohl machen. Ich überlege mir immer wieder, ob sie wohl einmal heiraten und wo sie dann leben.«

Lady Tressilian besaß einen typisch weiblichen Verstand. Sie ging die Dinge ganz direkt, ohne Umschweife und von der praktischen Seite an. Das Alltagsgeschehen nahm sie ganz gefangen. In Gedanken konstruierte sie sich schon ein Bild von Isabellas Leben, wenn auch noch reichlich schemenhaft. Sie sah Isabella schon verheiratet, als Mutter und mit eigenem Haus. Es fiel ihr nicht schwer, Isabella zu verzeihen. Sie liebte sie. Was Isabella getan hatte, war wirklich eine Schande. Sie hatte ihre Familie nicht nur im Stich gelassen, sondern sie auch bis auf die Knochen blamiert. Aber daß Isabella durchgebrannt war, empfand sie als romantisch. Und Lady Tressilian war selbst überaus romantisch veranlagt.

Ich kann mich wie gesagt an alles, was in den folgenden zwei Jahren in St. Loo geschah, nur noch sehr vage erinnern. Eine Nachwahl wurde angesetzt, Mr. Wilbraham wurde mit einer überwältigenden Mehrheit wiedergewählt. Wer für die Konservativen kandidierte, kann ich nicht einmal mehr sagen. Vermutlich irgendein Landedelmann von untadeligem Lebenswandel, dafür aber ziemlich farblos. Ohne John Gabriel verlor ich jegliches Interesse an der Politik. Mein Gesundheitszustand beschäftigte mich fast ausschließlich. Ich begab mich in ein Krankenhaus und unterzog mich mehreren Operationen. Hinterher ging es mir nicht gerade schlechter, aber auch kaum besser. Robert und Teresa blieben weiterhin in Polnorth House. Die drei alten Damen zogen aus dem Schloß von St. Loo in ein kleines viktorianisches Haus mit einem hübschen Gärtchen um. Ein Jahr lang wurde das Schloß dann an irgendwelche Leute aus dem Norden von England vermietet. Nach achtzehn Monaten kehrte Rupert St. Loo nach England zurück und heiratete eine reiche Amerikanerin. Teresa schrieb mir, daß sie vorhätten, das Schloß im großen Stil zu restaurieren, sobald es ihnen die Bauvorschriften gestatteten. Es entbehrte zwar jeder Logik, aber der Gedanke behagte mir nicht, daß das Schloß von Grund auf restauriert werden sollte.

Niemand wußte, wo sich Gabriel und Isabella aufhielten und womit Gabriel ihren Lebensunterhalt bestritt.

Im Jahre 1947 stellte Robert seine Bilder aus Cornwall in London aus. Er erregte großes Aufsehen damit.

Um diese Zeit wurden auf dem Gebiet der Chirurgie große Fortschritte gemacht. Auf dem Festland hatten mehrere ausländische Chirurgen in Fällen wie dem meinen große Erfolge zu verzeichnen. Einer der wenigen Vorteile, die der Krieg so mit sich bringt, ist der gewaltige Fortschritt, der erzielt wird, wenn es darum geht, die Leiden der Menschheit zu lindern. Mein Chirurg in London ließ sich begeistert über die Erkenntnisse aus, die ein jüdischer Arzt in der Slowakei gewonnen hatte. Während des Krieges hatte er im Untergrund gearbeitet, gewagte Experimente gemacht und großartige Ergebnisse erzielt. Mein Londoner Chirurg hielt es durchaus für möglich, daß sich diese Kapazität in Fällen wie dem meinen an Dinge heranwagte, die noch kein Chirurg in England in Betracht zog.

Deshalb reiste ich im Herbst des Jahres 1947 nach Zagrad, um Dr. Crasswitsch zu konsultieren.

Dr. Crasswitsch, den ich als einfühlsamen klugen Chirurgen kennenlernte, war überzeugt, daß sich mein Zustand durch eine Operation ganz entscheidend bessern würde. Er hoffte, ich sei dann fähig, mich mit Hilfe von Krücken zu bewegen anstatt weiter hilflos als Wrack dazuliegen, auf die Hilfe anderer Menschen angewiesen.

Unsere Hoffnungen erfüllten sich. Nach einem halben Jahr konnte ich allein mit Krücken laufen, wie er es mir versprochen hatte. Ich kann gar nicht beschreiben, wie aufregend das für mich war. Für mich begann damit ein neues Leben. Ich blieb noch in Zagrad. Mehrmals in der Woche mußte ich zur Heilbehandlung. An einem Sommerabend quälte ich mich mühselig durch die Hauptstraße der Stadt. Vor einem kleinen Café ließ ich mich nieder und bestellte mir ein Bier.

Ich ließ meinen Blick über die besetzten Tische schweifen. Da entdeckte ich John Gabriel.

Ich war schockiert. Ich hatte schon seit einer ganzen Woche nicht mehr an ihn gedacht. Ich hatte keine Ahnung, daß es ihn hierher verschlagen hatte. Doch die äußere Erscheinung dieses Mannes schockierte mich noch mehr.

Mit ihm war es bergab gegangen. Seine ohnehin schon groben Gesichtszüge waren so derb geworden, daß er kaum mehr wiederzuerkennen war. Sein Gesicht war aufgedunsen und von einer ungesunden Farbe. Die blutunterlaufenen Augen kannte ich an ihm noch nicht. Ich bemerkte, daß er angetrunken war.

Er erkannte mich, als er sich umsah. Er erhob sich schwerfällig und kam mit unsicheren Schritten auf meinen Tisch zu.

»Nun sieh mal einer an, wen wir hier haben!« rief er aus. »Wirklich der allerletzte Mensch, mit dem ich gerechnet hätte.«

Ich hätte John Gabriel mit Freuden meine Fäuste spüren lassen, um ihm die Visage übel zuzurichten. Aber einmal abgesehen davon, daß mich mein Gesundheitszustand noch immer kampfunfähig machte, wollte ich natürlich wissen, wie es Isabella ging. Ich bat ihn also, sich an meinen Tisch zu setzen und lud ihn zu einem Glas ein.

»Danke, Norreys, gern. Was macht St. Loo mit seinem Pfefferkuchenschloß und all den alten Klatschbasen?«

Ich erzählte ihm, daß ich schon seit geraumer Zeit nicht mehr in St. Loo gewesen war, daß das Schloß vermietet war und die drei alten Damen infolgedessen ausziehen mußten.

Er sagte hämisch, das müsse für die alte Witwe eine bittere Pille gewesen sein, die zu schlucken ihr gewiß nicht leichtgefallen sei. Ich sagte, daß sie meiner Meinung nach ausgezogen sei und erzählte ihm, Rupert St. Loo habe sich verlobt und gedenke bald zu heiraten.

»Dann hat sich ja alles für alle zum besten gewendet«, sagte Gabriel.

Ich verkniff mir einen Kommentar, was mir weiß Gott nicht leichtfiel. Seine Miene verzog sich zu dem wohlbekannten Grinsen.

»Aber Norreys«, sagte er. »Sie sitzen da, als hätten Sie einen Frosch verschluckt. Nun fragen Sie mich schon nach ihr. Das ist es doch, was Sie so brennend interessiert, nicht wahr?«

Das Schlimme an Gabriel war, daß er mich immer noch durchschaute. Ich gab mich geschlagen.

»Wie geht es Isabella?« erkundigte ich mich.

»Ganz gut. Ich habe nicht getan, was für Verführer typisch ist. Ich habe sie nicht in einer jämmerlichen Dachkammer sitzenlassen.«

Jetzt fiel es mir noch schwerer, nicht über Gabriel herzufallen. Er hatte schon immer das Talent besessen, mich zu provozieren. Jetzt, wo es mit ihm bergab ging, verhielt er sich noch viel verletzender.

»Ist sie hier in Zagrad?« fragte ich.

»Ja. Sie sollten sie einmal besuchen. Es täte ihr sicher gut, einen alten Freund wiederzusehen und zu erfahren, was in St. Loo inzwischen vorgefallen ist.«

Ich fragte mich, ob sie das wirklich als Wohltat empfinden und sich darüber freuen würde. Lag in Gabriels Stimme nicht vielleicht ein Anflug von Sadismus?

Ich stellte ihm eine Frage, die mir peinlich war und die mir weiß Gott nicht leichtfiel. »Sind Sie verheiratet?«

Gabriel grinste teuflisch, anders kann man das nicht nennen.

»Nein, Norreys, wir sind nicht verheiratet. Das können Sie der alten Schreckschraube in St. Loo berichten, wenn Sie wieder heimkehren.«

(Seltsam, daß ihm Lady St. Loo noch immer so zu schaffen machte.)

»Über dieses Thema werde ich bestimmt nicht mit ihr sprechen«, versicherte ich ihm eisig.

»Ach, so ist das also. Isabella hat Schande über die Familie gebracht.« Er kippte seinen Stuhl ein Stück nach hinten. »Ich hätte ungeheuer viel darum gegeben, wenn ich am nächsten Morgen hätte sehen können, was sie für Gesichter machten, als sie feststellten, daß wir zusammen durchgebrannt waren. Für diesen Anblick hätte ich viel gegeben.«

»Gabriel, Sie sind ein Schwein!« fuhr ich ihn an. Mit meiner Selbstbeherrschung war es aus.

Er nahm mir das nicht übel.

»Kommt ganz darauf an, wie man es sieht«, erklärt er. »Sie sehen natürlich alles von einer ganz anderen Warte aus. Engstirnig, mit Scheuklappen sozusagen.«

»Jedenfalls trete ich die Menschenwürde nicht mit Füßen. Davor bewahrt mich mein Instinkt«, sagte ich ausgesprochen bissig.

»Sie sind ein ganz typischer Engländer. Ich muß Sie unbedingt in die kosmopolitischen Kreise einführen, in denen Isabella und ich verkehren.«

»Sie sehen nicht allzu gut aus, um es einmal milde auszudrükken«, sagte ich.

»Das liegt daran, daß ich zuviel trinke«, gab Gabriel unumwunden zu. »Ich habe gerade einen sitzen. Aber Kopf hoch«, fuhr er fort. »Isabella trinkt nicht. Ich kann mir das zwar nicht erklären, doch sie trinkt nicht. Sie hat noch immer einen Teint wie ein Schulmädchen. Sie wird Ihnen gefallen.«

»Ja, ich würde sie gern wiedersehen«, sagte ich gedehnt. Doch ich war mir nicht ganz sicher, ob das stimmte.

Wollte ich sie wirklich wiedersehen? Wäre das nicht nur eine Qual für mich? Ob sie mich wohl wiedersehen wollte? Höchstwahrscheinlich nicht. Wüßte ich doch nur, wie sie die Sache sah, was in ihr vorging...

»Wir haben übrigens keine kleinen Bastarde in die Welt gesetzt. Das wird Sie sicher freuen«, erklärte Gabriel fröhlich.

Ich sah ihn an. Er fragte mich ganz sanft:

»Sie hassen mich. Ich bin Ihnen zuwider, Norreys, stimmt's?«

»Dazu habe ich ja wohl auch allen Grund.«

»Ich sehe das ganz anders. In St. Loo war ich für Sie doch eigentlich sehr unterhaltsam. Geben Sie es ruhig zu. Sie haben interessiert verfolgt, was ich so getrieben habe. Wahrscheinlich hat Sie das davor bewahrt, Selbstmord zu begehen. Ich an Ihrer Stelle hätte mich sicher umgebracht. Sie sollten mich nicht hassen, bloß weil Sie verrückt nach Isabella sind. Und ob Sie das sind, streiten Sie das bloß nicht ab. Das war schon damals so, und daran hat sich bis heute nichts geändert. Deshalb zwingen Sie sich jetzt, freundlich zu mir zu sein, obwohl ich Ihnen in tiefster Seele zuwider bin.«

»Isabella und ich waren miteinander befreundet«, sagte ich. »Aber das übersteigt wahrscheinlich Ihre Vorstellungskraft.«

»Aber alter Junge, ich wollte doch damit nicht sagen, daß Sie ihr zu nahegetreten sind. Ich weiß doch, daß das nicht Ihre Art ist. Ich spreche lediglich von Seelenverwandtschaft, einer erhebenden geistigen Gemeinschaft. Jedenfalls wird es ihr guttun, einen alten Freund wiederzusehen.«

»Ich weiß nicht recht«, sagte ich zweifelnd. »Glauben Sie wirklich, daß sie mich gern sehen würde?«

Sein Verhalten änderte sich ganz abrupt. Er fuhr mich wütend an:

»Warum denn nicht, zum Teufel? Warum sollte sie Sie denn nicht sehen wollen?«

»Ich habe Sie danach gefragt«, beharrte ich.

»Ich will, daß sie Sie wiedersieht«, erklärte er.

Das paßte mir nun ganz und gar nicht. »Ich richte mich da ganz nach *ihr*«, gab ich ihm zu verstehen.

Plötzlich lächelte er wieder strahlend.

»Selbstverständlich machen Sie ihr eine große Freude, wenn Sie sie besuchen, alter Junge. Ich wollte Sie nur ein wenig durch den Kakao ziehen. Ich gebe Ihnen die Adresse. Sie können sie jederzeit besuchen. Sie ist fast immer zu Hause.«

»Wovon leben Sie denn eigentlich?« erkundigte ich mich.

Er zwinkerte mir zu, schloß die Augen und legte den Kopf auf die Seite.

»Geheimaufträge, alter Junge. Da kann man gar nicht vorsichtig genug sein. Leider furchtbar schlecht bezahlt. Als Parlamentsmitglied würde ich jetzt tausend Pfung pro Jahr verdienen. Ich rufe Isabella immer wieder ins Gedächtnis, was ich ihretwegen aufgegeben habe. Das mache ich ihr immer wieder klar.«

Dieser Teufel war der reinste Hohn! Ich haßte diesen groben Klotz! Ich hätte ihm liebend gern so manches angetan, wozu ich körperlich nicht imstande war. Statt dessen riß ich mich zusammen und griff nach dem schmutzigen Zettel, auf den er die Adresse gekritzelt hatte und den er mir hinschob.

Am Abend fand ich lange keinen Schlaf. Ich ängstigte mich um Isabella. Ob ich sie wohl dazu bringen konnte, Gabriel zu verlassen? Die Sache war ja offensichtlich schiefgegangen.

Wie schlimm es wirklich stand, wurde mir erst am nächsten Tag so richtig klar. Ich machte mich auf den Weg zu Isabella und fand die angegebene Adresse auch an. Ich stieß auf ein völlig heruntergekommenes Haus in einer verwahrlosten Straße und in einem übel beleumundeten Stadtteil. Das verrieten mir die unruhigen, verstohlenen Blicke der Männer und die aufdringlich geschminkten Frauen, denen ich begegnete. Vor dem Haus angelangt, erkundigte ich mich auf deutsch bei einer aufgeschwemmten Frau, die in der Tür stand, nach der Dame aus England.

Zum Glück verstand sie mich. Sie schickte mich ins oberste Stockwerk hinauf. Ich erklomm die steile Treppe nur unter größten Schwierigkeiten. Immer wieder rutschten meine Krükken ab. In dem schmutzigen Haus stank es ganz fürchterlich. Es schmerzte mich, daß meine schöne, stolze Isabella ihr Leben jetzt so kläglich fristen mußte. Ich war wild entschlossen, sie hier herauszuholen.

Meine Entschlußkraft wuchs mit jedem Schritt. Sie mußte mit mir nach England zurückkehren.

Keuchend und völlig außer Atem langte ich endlich oben an. Ich klopfte an die Tür.

Jemand rief drinnen etwas auf tschechisch. Ich erkannte die Stimme sofort – Isabella. Ich stieß die Tür auf und trat ein.

Ich bin außerstande, zu beschreiben, was für einen ungeheuerlichen Eindruck das Zimmer auf mich machte.

Zunächst einmal fiel auf, wie dürftig und armselig dieses Zimmer war. Kaputte Möbel, geschmacklose Vorhänge und Bilder, ein häßliches, liederliches Messingbett. Das Zimmer war zugleich sauber und auch schmutzig. Die Wände waren schmutzverkrustet, die Decke völlig schwarz. Und doch war eigentlich kein Schmutz zu sehen. Das Bett war ordentlich gemacht, die Aschenbecher sauber. Ich entdeckte nirgends Staub, und es lag auch nichts herum.

Trotzdem konnte man das Zimmer nur als Elendsquartier bezeichnen. Und mittendrin saß Isabella und bestickte ein Stück Seide.

Sie sah noch ganz genauso aus wie zu der Zeit, als sie St. Loo verlassen hatte. Ihr Kleid war genaugenommen schäbig. Aber es war stilvoll und sehr gut geschnitten. Wenn es auch schon alt war, so trug sie es doch mit Würde und wie selbstverständlich. Ihr schimmerndes Haar trug sie noch immer lang im Pagenschnitt. Und sie war wunderschön. Ihre ruhige ernste Miene fiel mir auf. Sie und dieses Zimmer hatten nichts miteinander gemein, das spürte ich ganz deutlich. Sie saß hier in diesem Zimmer, als säße sie mitten in der Wüste oder auch an Deck eines Schiffes. Sie betrachtete das Zimmer nicht als ihr Zuhause. Sie wohnte nur zufällig vorübergehend hier.

Sie starrte mich einen Augenblick verwundert an, dann kam sie freudestrahlend auf mich zugestürzt mit ausgestreckten Händen. Gabriel hatte ihr offensichtlich nicht verraten, daß ich in Zagrad war. Ich konnte mir das nicht erklären.

Zärtlich nahm sie meine Hände, hob das Gesicht und zu mir empor und küßte mich.

»Hugh, ich freue mich ja so.«

Sie fragte mich nicht, was ich in Zagrad tat. Sie ließ sich auch mit keinem Wort darüber aus, daß ich jetzt wieder laufen konnte, während ich noch ans Bett gefesselt war, als sie damals fortging. Für sie zählte nur, daß ihr Freund gekommen war und sie sich darüber freute. Sie war meine Isabella.

Sie stellte mir einen Stuhl hin, direkt neben ihren.

»Na, Isabella, was machen Sie denn so?« fragte ich sie.

Ihre Antwort war wieder einmal typisch. Sofort zeigte sie mir ihre Stickerei.

»Damit habe ich vor drei Wochen angefangen. Gefällt es Ihnen?«

Das schien ihr sehr wichtig zu sein. Ich griff nach ihrer Handarbeit. Sie arbeitete an einem Stück alter Seide – ganz zart taubengrau und leicht verblichen. Der Stoff fühlte sich ganz zart und weich an. Isabella bestickte ihn mit dunkelroten Rosen, Goldlack und blassen malvenfarbenen Blüten. Eine wunderschöne, unendlich feine Stickerei, hervorragend ausgeführt.

»Isabella, das ist wunderschön. Wirklich ganz, ganz herrlich«, sagte ich.

In Isabellas Nähe kam ich mir immer wie im Märchen vor. Diese sonderbare versponnene Atmosphäre empfand ich auch jetzt wieder deutlich. Isabella verkörperte die Jungfrau, die ein böser Menschenfresser in seinem Turm gefangenhielt. Die schöne Jungfrau vertrieb sich die Zeit mit Sticken.

»Eine prächtige Arbeit«, sagte ich und gab ihr die Handarbeit zurück. »Aber dieses Zimmer ist ein wahrer Alptraum.«

Das schien sie zu wundern. Sie sah sich völlig desinteressiert im Zimmer um.

»Ja«, sagte sie schließlich, »da haben Sie sicher recht.«

Das war alles, was sie dazu zu sagen hatte. Ich war wie vor den Kopf gestoßen. Isabella verstand es immer wieder, mich zu verblüffen. Ich begriff, daß es Isabella ziemlich kalt ließ, wie und wo sie wohnte. Die unmittelbare Umgebung spielte für sie nur eine untergeordnete Rolle. Sie beachtete sie kaum. So wie das Polster oder die ganze Einrichtung eines Eisenbahnwaggons die Menschen nicht berührt, die ein wichtiges Ziel vor Augen haben. Sie lebte nun einmal vorübergehend in diesem Zimmer. Wenn man sie daraufhin ansprach, gab sie unumwunden zu, daß das Zimmer nicht gerade schön war, doch das belastete sie nicht im geringsten.

Ihre Handarbeit interessierte sie weit mehr.

»Gestern abend bin ich auf John Gabriel gestoßen«, sagte ich.

»So? Er hat mir nichts davon erzählt.«

»Von ihm habe ich Ihre Adresse«, fuhr ich fort. »Er hat mich gebeten, Sie doch einmal zu besuchen.«

»Ich bin ja so froh, daß Sie gekommen sind. Sie können sich nicht vorstellen, wie ich mich freue!«

Ich empfand ihre Freude herzerwärmend.

»Isabella – liebe Isabella«, sagte ich. »Geht es Ihnen gut? Sind Sie einigermaßen glücklich?«

Sie starrte mich voller Zweifel an – als wisse sie nicht, was ich damit sagen wollte.

»Das ist hier alles so ganz anders als das Leben, das Sie von früher her gewohnt sind«, sagte ich. »Geben Sie dieses Leben auf und kommen Sie mit mir nach England zurück. Wenn Sie nicht mehr auf St. Loo zurückwollen, dann eben nach London.«

Isabella schüttelte den Kopf.

»John hat hier zu tun. Ich weiß nicht genau, was er macht –«

»Ich möchte gern von Ihnen wissen, ob Sie mit ihm glücklich sind. Ich kann es mir nicht vorstellen... Wenn Sie einmal einen großen, schwerwiegenden Fehler gemacht haben, Isabella, so darf es Ihnen doch Ihr Stolz jetzt nicht verbieten, das zuzugeben und sich entsprechend zu verhalten. Sie müssen ihn verlassen.«

Ihr Blick ruhte auf ihrer Handarbeit. Auf ihren Lippen lag sonderbarerweise ein Anflug eines Lächelns.

»Nein, das kann ich nicht.«

»Aber Isabella, lieben Sie ihn denn so sehr? Sind Sie denn wirklich glücklich mit ihm? Ich stelle Ihnen diese Frage nur, weil mir so unendlich viel an Ihnen liegt.«

Isabella fragte mich ganz ernst: »Meinen Sie glücklich wie damals in St. Loo?«

»Ja.«

»Nein, das bin ich natürlich nicht...«

»Dann werfen Sie doch alles von sich ab. Kommen Sie mit mir zurück nach England und fangen Sie ein neues Leben an.«

Wieder verzog sie das Gesicht zu diesem sonderbaren Lächeln.

»Nein, das bringe ich nicht fertig.«

Ich konnte nicht umhin, einen Punkt anzusprechen, der mir sehr peinlich war. »Sie sind ja schließlich nicht mit ihm verheiratet.«

»Nein, ich bin nicht verheiratet...«

»Aber finden Sie denn nicht –« Ich geriet in immer größere Verlegenheit. Ich durfte gar nicht daran denken, was Isabella ganz offensichtlich alles nicht war. Trotzdem mußte ich unbedingt genauestens in Erfahrung bringen, wie diese beiden merkwürdigen Menschen zueinander standen. »Warum haben Sie denn nicht geheiratet?« fragte ich ganz unverfroren.

Isabella nahm mir das nicht übel. Es kam mir sogar vor, als hätte sie sich diese Frage selbst noch nie gestellt. Warum waren sie nicht verheiratet? Sie saß ganz ruhig da und dachte über diese Frage nach.

Ihre Stimme klang zweifelnd. Sie sagte ganz verwirrt:

»Ich glaube, John will mich nicht heiraten.«

Ich rang um Selbstbeherrschung und wäre um ein Haar explodiert.

»Warum sollte er Sie *nicht* heiraten?« fragte ich. »Dafür gibt es doch wohl keinen Grund.«

»Nein.« Das klang nicht sehr überzeugend.

»Er ist es Ihnen schuldig, Sie zu heiraten. Das ist doch das mindeste, was er für Sie tun kann.«

Isabella schüttelte den Kopf, ganz langsam und bedächtig.

»Nein, so war das nicht geplant«, erklärte sie.

»Ich weiß nicht, wie Sie das meinen.«

Sie suchte nach Worten und berichtete langsam und stokkend, wie alles abgelaufen war.

»Als ich aus St. Loo fortging, da habe ich das nicht in der Absicht getan, John zu heiraten anstelle von Rupert. Er wollte, daß ich mit ihm fortgehe, und das habe ich getan. Von Heirat war nicht die Rede. Das ist ihm wohl gar nicht in den Sinn gekommen. Wir führen keine Ehe. Sehen Sie doch selbst.« Damit meinte sie nicht ihre schauderhafte Wohnung oder die heruntergekommene Gegend, in der sie wohnten, sondern vielmehr die Unverbindlichkeit ihres Zusammenlebens. »Eine Ehe ist etwas völlig anderes.«

»Sie und Rupert –«, setzte ich zum Sprechen an.

Sie war wohl froh darüber, daß ich wußte, was sie hatte sagen wollen, denn sie fiel mir gleich ins Wort.

»Ja«, sagte sie. »Das wäre eine richtige Ehe gewesen.«

Aber was war dann das Zusammenleben mit John Gabriel in ihren Augen? Ich wollte sie das nicht so unverblümt fragen.

»Isabella, was verstehen Sie unter einer Ehe?« fragte ich sie. »Was bedeutet Ihnen die Ehe? Einmal abgesehen von der rein juristischen Bedeutung…«

Sie überlegte lange.

»Ich glaube, die Ehe bedeutet, daß man wirklich zu seinem Ehepartner gehört und zum festen Bestandteil seines Lebens wird. Man hat seinen festen Platz im Leben, seinen rechtmäßigen Platz, der einem zusteht und wo man hingehört.«

Ich begriff, daß die Ehe für Isabella eine strukturelle Bedeutung hatte.

»Wollen Sie damit sagen, daß Sie das Leben nicht mit Gabriel teilen können, daß Sie an seinem Leben nicht teilhaben?« fragte ich.

»Ja. Ich wüßte nicht, wie ich das anstellen sollte. Ich wünschte, ich könnte es. Ich weiß gar nichts über ihn –« Sie streckte ihre langen schmalen Hände vor sich aus.

Ich sah sie an, war fasziniert. Sie empfand das instinktiv ganz richtig. Sie wurde aus John Gabriel nicht im geringsten schlau. Sie würde ihn nie verstehen, wie lange sie auch noch mit ihm zusammenlebte. Doch ich begriff auch, daß das die Gefühle, die sie für ihn hegte, nicht etwa schmälerte.

Und er saß mit ihr im gleichen Boot, erkannte ich ganz plötzlich. Er kam mir wie ein Mensch vor, der ein teures, unendlich kompliziertes Kunstwerk gekauft (oder vielmehr erbeutet) hatte und der keine blasse Ahnung hatte, wie es funktionierte, weil er den Mechanismus nicht verstand.

»Die Hauptsache ist, daß Sie nicht unglücklich sind«, sagte ich langsam und gedehnt.

Sie erwiderte meinen Blick. Doch ohne mich zu sehen, sah sie mich an wie eine Blinde. Entweder beantwortete sie meine Fragen mit voller Absicht nicht oder aber sie konnte sie nicht beantworten. Wahrscheinlich wußte sie darauf selber keine Antwort. Sie durchdachte eine grundlegende und ungeheuer wichtige Phase ihres Lebens, doch es war ihr nicht gegeben, ihre Erfahrungen um meinetwillen genau zu definieren.

»Soll ich alle in St. Loo herzlich von Ihnen grüßen?« fragte ich sie leise.

Isabella rührte sich nicht, Tränen glitzerten in ihren Augen, quollen hervor und fielen ihr über die Wangen.

Sie weinte nicht etwa vor Kummer, sondern wegen der Erinnerung an ihr Leben in St. Loo.

»Isabella, würden Sie wieder so handeln, wenn Sie die Uhr zurückdrehen könnten und noch einmal vor der gleichen Wahl stünden?« fragte ich.

Isabella sah mich an, ohne zu begreifen, was ich damit meinte.

»Hat man denn je die Wahl? Ganz gleich, um was es geht?«

Das ist natürlich Auffassungssache. Für Realisten wie Isabella Charteris, die keine Kompromisse kennen, ist das Leben höchstwahrscheinlich leichter, denn für sie gibt es ja keine Ausweichmöglichkeiten. Doch ich bin jetzt davon überzeugt, daß es auch in Isabellas Leben einen Augenblick gegeben hat, wo sie sich entscheiden mußte. Da hat sie die Wahl getroffen, ganz bewußt – und sich keinen Illusionen hingegeben.

Als ich so dastand und Isabella ansah, hörte ich, daß jemand die Treppe heraufgetorkelt kam. John Gabriel stieß die Tür mit einem Ruck auf und kam ins Zimmer geschlurft. Er bot nicht gerade einen erhebenden Anblick.

»Tag«, sagte er. »Sie haben also hergefunden.«

»Ja«, sagte ich kurzgebunden.

Ich konnte mich nicht zwingen, mehr zu sagen. Ich ging auf die Tür zu.

»Tut mir leid, ich muß jetzt gehen...«, murmelte ich.

Er trat beiseite, um mich vorbeizulassen.

»Sie können wirklich nicht behaupten, daß ich Ihnen keine Chance gegeben hätte«, sagte er mit einem Gesichtsausdruck, den ich nicht zu deuten wußte.

Ich konnte mir nicht erklären, was er damit meinte.

Er fuhr fort: »Essen Sie doch morgen abend mit uns im Café Gris! Ich gebe eine Party. Isabella würde sich sehr freuen, wenn Sie kämen – stimmt's nicht, Isabella?«

Ich sah Isabella an. Sie lächelte, doch ihre Miene blieb dabei ganz ernst.

»Ja, kommen Sie doch bitte«, sagte sie.

Sie wirkte ganz ruhig und gelassen. Sie strich über ihre Stickerei, um den Stoff zu glätten.

Ich erhaschte einen flüchtigen Blick in Gabriels Gesicht. Ich wurde aus dem Gesichtsausdruck nicht schlau. Er wirkte irgendwie verzweifelt.

Ich humpelte die schmuddelige Treppe hinunter, so schnell es mir vergönnt war – so schnell ein Krüppel eben gehen kann. Ich konnte es kaum erwarten, aus dem Haus zu kommen – hinaus in die Sonne und weg von diesem sonderbaren Paar. Was verband Gabriel und Isabella miteinander? Gabriel hatte sich verändert – auf eine Weise, die man beim besten Willen nicht gutheißen konnte. Isabella dagegen war noch ganz die alte.

Ich konnte nicht klar denken, spürte aber instinktiv, daß diese Beziehung eine Bedeutung hatte, die ich nicht verstand.

25. Kapitel

Es gibt Erinnerungen, die sind so grauenhaft, daß man sie nie vergißt – ganz gleich, wie sehr man sich darum bemüht. Einer dieser Alpträume, die ewig im Gedächtnis haften bleiben, war der Abend im ›Café Gris‹. Ich bin davon überzeugt, daß Gabriel diese Party extra arrangiert hatte, um mich – boshaft wie er war – zu quälen und mir einen üblen Streich zu spielen. In dem Café in Zagrad lernte ich John Gabriels Freunde und Geschäftspartner kennen – und mitten unter ihnen saß Isabella. Es handelte sich ausnahmslos um Leute, mit denen Isabella niemals in Berührung hätte kommen dürfen. Lauter Trunkenbolde, grell geschminkte Freudenmädchen und völlig heruntergekommene Rauschgiftsüchtige. Sie verbreiteten eine Atmosphäre der Gemeinheit und der Lasterhaftigkeit.

Und das wurde nicht etwa durch künstlerische Begabung wettgemacht, was ja immerhin als positiv zu werten wäre. Diese Leute waren keine Schriftsteller, Musiker, Lyriker oder Maler – nicht einmal geistreiche Gesprächspartner. Sie waren der Bodensatz und Abschaum der Weltbürger. Gabriel hatte sie sich ausgesucht. Er scheute offensichtlich keine Mühe, mir zu beweisen, wie tief er sinken konnte.

Alles in mir wehrte sich gegen die verlotterte Gesellschaft. Isabella gehörte hier nicht hin. Wie konnte Isabella es wagen, sich dem auszusetzen?

Doch meine Ressentiments verflogen, als mein Blick auf Isabella fiel. Sie wandte sich nicht von den Leuten ab, zeigte keinen Widerwillen, und sie bemühte sich auch keineswegs, irgend etwas zu beschönigen. Sie schien die Situation nicht als peinlich oder auch nur schwierig zu empfinden. Sie saß ganz ruhig da und lächelte – das entrückte Lächeln der Jungfrau von der Akropolis. Sie verhielt sich ernst und höflich. Die Gesellschaft, in der sie sich bewegte, berührte sie nicht. Ich sah, daß diese verkommenen Leute ebensowenig Einfluß auf sie hatten wie die ärmliche Behausung, in der sie und Gabriel lebten. Mir fiel wieder ein, daß ich sie vor langer Zeit einmal gefragt hatte, ob sie sich für Politik interessierte. Sie hatte ausweichend geantwortet: »Bei uns gehört das nun einmal dazu.« Bei dieser Party war das offensichtlich auch der Fall. Hätte ich sie gefragt, was sie von dieser Party hielt, so hätte sie wahrscheinlich im gleichen Tonfall geantwortet: »Diese Art von Partys geben wir nun einmal.« Sie nahm das ohne sonderliches Interesse hin, wehrte sich auch nicht dagegen. Denn John Gabriel wollte es nun einmal so.

Ich sah sie über den Tisch hinweg an. Sie lächelte mir zu. Den Schmerz und die Verzweiflung, die ich ihretwegen empfand, konnte ich mir sparen. Eine Blume blüht ebenso auf einem Misthaufen wie in ihrem Beet. Jedenfalls fällt sie dort viel mehr auf...

Die ganze Gesellschaft verließ das Café. Fast alle waren betrunken.

Als wir auf die andere Straßenseite gehen wollten, kam ein großer Wagen geräuschlos aus der Dunkelheit auf uns zugeschossen. Fast hätte er Isabella angefahren, doch sie erkannte die Gefahr noch rechtzeitig und sprang mit einem Satz auf den Bürgersteig zurück. Sie war leichenblaß. Das nackte Entsetzen lag in ihrem Blick, als sie dem Auto nachsah, das laut hupend weiterfuhr.

Das ging ihr also doch an die Nieren. Mit dem Leben wurde sie spielend fertig. Doch der Tod erschien ihr unerträglich. Befand sie sich in Lebensgefahr, so ging das über ihre Kraft. Obwohl ihr keine Gefahr mehr drohte, zitterte sie noch am ganzen Leib und war noch immer leichenblaß.

»Mein Gott, das ist ja gerade noch einmal gutgegangen. Alles in Ordnung, Isabella?« rief ihr Gabriel zu.

»Ja, es ist schon gut«, erwiderte Isabella.

Doch ihre Stimme klang noch immer furchtsam. Sei sah mich an und sagte: »Sehen Sie, ich bin noch immer feige.«

Viel mehr gibt es nicht zu berichten. Im ›Café Gris‹ habe ich Isabella an diesem Abend zu letztenmal gesehen.

Wie meistens kam es ganz ohne Vorwarnung zu der Tragödie.

Ich überlegte noch, ob ich Isabella noch einmal besuchen, ihr einfach schreiben oder aus Zagrad abreisen sollte, ohne sie noch einmal gesehen zu haben. Da suchte mich Gabriel auf.

Ich kann nicht behaupten, daß mir an ihm etwas aufgefallen wäre. Nun ja, er wirkte vielleicht etwas angespannt, nervös, erregt. Ich weiß nicht recht...

Er verkündete ganz ruhig: »Isabella ist tot.«

»Ich starrte ihn an und begriff zunächst überhaupt nichts. Ich glaubte es ihm einfach nicht.

Er sah meinen ungläubigen Blick.

»Doch, es stimmt«, bekräftigte er seine Worte. »Sie ist erschossen worden.«

Ein eisiger Schauer überlief mich. Verzweifelt über diesen schrecklichen Verlust fand ich meine Sprache wieder.

»Erschossen?« wiederholte ich. »*Erschossen?* Wieso denn bloß erschossen. Wie ist das denn passiert?«

Er erzählte mir den Hergang. Sie hatten in dem Café gesessen, in dem ich ihn in Zagrad das erstemal gesehen hatte.

»Haben Sie schon einmal ein Foto von Stolanow gesehen?« fragte er. »Ist Ihnen aufgefallen, daß ich ihm ähnlich sehe?«

Stolanow war damals der Diktator in der Slowakei. Ich sah mir Gabriel daraufhin ganz genau an und kam zu dem Schluß, daß sie sich tatsächlich frappierend ähnlich waren, was die Gesichtszüge anging. Wenn Gabriel die Haare unordentlich ins Gesicht fielen, was sehr oft der Fall war, war die Ähnlichkeit besonders groß.

»Was ist denn geschehen?« erkundigte ich mich.

»Es war ein Student, ein verdammter Narr. Er glaubte, er habe in mir Stolanow erkannt. Er hielt einen Revolver in der Hand. Er rannte durch das Café, ballerte herum und schrie dabei: ›Habe ich dich endlich erwischt, Stolanow! Er schoß. Doch er hat mich nicht getroffen. Dafür aber Isabella...«

Er hielt inne. Doch dann fuhr er fort: »Sie war auf der Stelle tot. Die Kugel hat sie direkt ins Herz getroffen.«

»Mein Gott«, sagte ich. »Konnten Sie denn gar nichts tun?« Ich konnte einfach nicht glauben, daß Gabriel da wirklich völlig machtlos war.

Gabriel wurde rot.

»Nein«, sagte er, »ich konnte gar nichts tun... Ich saß ja hinter dem Tisch an der Wand. Ich bin gar nicht mehr dazu *gekommen*, irgendwas zu tun...«

Ich schwieg. Ich war wie betäubt, konnte gar nicht mehr klar denken.

Gabriel ließ mich nicht aus den Augen. Er zeigte keinerlei Gemütsbewegungen.

»Das haben Sie ihr also eingebrockt«, murmelte ich schließlich.

Er zuckte nur die Achseln.

»Nun ja – wenn Sie es so nennen wollen.«

»Es ist Ihre Schuld, daß sie hier gelandet ist – in diesem stinkenden Haus, in dieser gräßlichen Stadt. Ohne Sie wäre sie ganz sicher noch –«

Ich verstummte. Er sprach den Satz zu Ende.

»– noch am Leben. Sie hätte Lady St. Loo werden und in einem Schloß am Meer leben können. In einem Pfefferkuchenschloß, mit einem Pfefferkuchenmann als Gatten und vielleicht auch mit einem Pfefferkuchenkind auf dem Schoß.« Seine Stimme klang so spöttisch, daß ich nur noch rot sah.

»Gabriel, ich glaube nicht, daß ich Ihnen das je verzeihen werde!« fuhr ich ihn an.

»Es berührt mich gar nicht weiter, ob Sie mir verzeihen oder nicht. Lassen Sie sich das gesagt sein, Norreys.«

»Was tun Sie denn hier überhaupt?« fragte ich ihn wütend. »Warum haben Sie mich aufgesucht? Was wollen Sie von mir?«

Er entgegnete ganz ruhig: »Ich möchte, daß Sie sie mit nach St. Loo zurücknehmen. Ich glaube, daß sich das machen läßt. Sie sollte dort beerdigt werden und nicht hier, wo sie nicht hingehört.«

»Nein«, sagte ich, »hierhin gehört sie wirklich nicht.« Ich sah ihn an. War ich bisher wie betäubt gewesen, so traf mich jetzt der Schmerz mit voller Wucht. Trotzdem erwachte meine Neugier im Hinblick auf Gabriel.

»Warum haben Sie sie aus St. Loo weggelockt? Sie müssen doch Ihre Gründe dafür gehabt haben. Haben Sie sie so begehrt? War Ihnen so an ihr gelegen, daß Sie dafür Ihre Karriere aufgegeben haben? Alles, worauf Sie hingearbeitet haben?«

Wieder zuckte er die Achseln.

»Ich verstehe das einfach nicht!« schrie ich ihn an.

»Natürlich verstehen Sie das nicht!« Beim Klang seiner Stimme erschrak ich. Seine Stimme klang heiser und brüchig. »*Sie* werden nie etwas begreifen. Was wissen Sie schon von der Leidensfähigkeit des Menschen?«

»Eine ganze Menge«, sagte ich betroffen.

»Nein, da sind Sie auf dem Holzweg. Sie wissen nicht, was es heißt, ganz entsetzlich zu leiden. Begreifen Sie denn nicht, daß es mir kein einziges Mal vergönnt war, zu wissen, was in Isabella vorging? Ich konnte nicht mit ihr reden. Ich schwöre Ihnen, Norreys, ich habe alles getan, um diese Mauer zu durchdringen, um an sie heranzukommen. Ich habe sie gedemütigt und mit dem Abschaum der Menschheit zusammengebracht, doch ich fürchte, das ist ihr nicht einmal aufgefallen! ›Sie fühlt sich nie beschmutzt, und nichts jagt ihr je Angst ein.‹ Ich glaube, das trifft auf Isabella zu. Es war schrecklich, kann ich Ihnen sagen. Ich hatte mir immer eingebildet, daß es Tränen und Streitigkeiten geben und sie sich mir widersetzen würde. Mich sah ich dabei selbstverständlich stets als Sieger aus dem Kampf hervorgehen! Doch von einem Sieg kann keine Rede sein. Wie kann man als Sieger aus einem Kampf hervorgehen, wenn man gegen einen Gegner kämpft, der gar nicht merkt, daß ein Kampf stattfindet? Ich konnte niemals mit ihr reden. Nie kam ein Gespräch zustande. Ich habe bis zur völligen Besinnungslosigkeit getrunken, ich habe Rauschgift genommen, bin mit anderen Frauen ins Bett gegangen... Nichts von alledem hat sie berührt. Sie hat immer nur mit angezogenen Füßen dagesessen und Blumen auf Seide gestickt. Oft hat sie dabei vor sich hingesungen... Man hätte meinen können, sie befände sich noch immer in dem Schloß am Meer und sei in ihrer verfluchten Märchenwelt befangen. Sie hat ihre Welt mit hergebracht –«

Am Schluß sprach er in der Gegenwart, ohne es zu merken. Er unterbrach sich und ließ sich in einen Sessel fallen.

»Aber das verstehen Sie ja nicht«, hielt er mir vor. »Wie sollten Sie auch? Ich bin erledigt. Ich habe nur Ihren Körper besessen. Darüber hinaus bin ich nicht an sie herangekommen. Jetzt habe ich nicht einmal mehr ihren Leib. Sie hat sich mir ganz entzogen...« Er stand auf. »Bringen Sie sie nach St. Loo zurück.«

»Gut«, versprach ich. »Und möge Ihnen Gott verzeihen, was Sie ihr angetan haben, Gabriel.«

Da fuhr er wütend herum.

»Was ich *ihr* angetan habe? Von dem, was sie *mir* angetan hat, ist natürlich keine Rede! Will es Ihnen denn nicht in den arroganten Schädel, Norreys, daß ich Höllenqualen ausgestanden habe, seit mein Blick zum erstenmal auf dieses Mädchen fiel? Ich kann Ihnen nicht erklären, was schon beim bloßen Anblick dieses Mädchens in mir vorging. Es war, als riebe einem jemand Chilis und Cayennepfeffer in eine offene Wunde. Sie schien alles in sich zu vereinigen, was ich mir je vom Leben erträumt und wonach ich mich mein Leben lang verzehrt hatte. Ich wußte, daß ich ein grober Klotz, ein Schmutzfink und ein Lustmolch war. Doch das hat mich nicht gestört, bis ich sie kennenlernte.

Norreys, sie hat mir weh getan und mich gequält – verstehen Sie das nicht? Sie hat mir zugesetzt wie nichts und niemand je zuvor. Ich mußte sie vernichten und sie auf mein Niveau hinunterziehen. Begreifen Sie denn nicht – nein, Sie begreifen gar nichts. Sie sind unfähig, irgend etwas zu verstehen oder einzusehen. Sie machen es sich bequem und ziehen sich zurück, als sei das Leben ein Buch, das Sie gerade lesen! Ich dagegen bin durch die Hölle gegangen, das können Sie mir glauben. Durch die *Hölle,* versichere ich Ihnen.

Einmal, nur ein einziges Mal, sah ich einen Ausweg und dachte, ich hätte auch einmal ein wenig Glück. Als nämlich diese nette, dumme kleine Frau ins ›St. Loo Arms‹ gestürzt kam und mir alles vermasselte. Damit war die Wahl für mich gelaufen, und ich war erledigt. So sah es zumindest aus. Es sah ganz so aus, als hätte ich Milly Burt nun auf dem Hals. Ihr brutaler Ehemann hätte sich von ihr scheiden lassen. Ich hätte das einzig Ehrenhafte getan und sie geheiratet. Das wäre die Rettung für mich gewesen. Das hätte mich von dieser schrecklichen Tortur, von dieser Besessenheit geheilt.

Doch da hat Isabella die Sache in die Hand genommen. Ohne zu ahnen, was sie mir damit antat. Es gab kein Entkommen, keine Rettung. Ich wußte, daß alles weitergehen würde wie bisher. Dabei hatte ich die ganze Zeit noch insgeheim gehofft, daß ich die Trennung von ihr irgendwie überstehen würde, wenn auch nur mit Mühe. Ich hatte ihr sogar ein Hochzeitsgeschenk besorgt.

Aber ich hielt es nicht aus. Ich mußte sie einfach haben...«

»Und jetzt ist sie tot«, sagte ich mit tonloser Stimme.

Diesmal gönnte er mir das letzte Wort.

Er wiederholte nur ganz leise: »Und jetzt – ist sie tot...«

Er machte auf dem Absatz kehrt und ging.

26. Kapitel

So verlief die letzte Begegnung mit Gabriel in Zagrad. Wir schieden im Zorn voneinander und bekamen uns dann nicht mehr zu Gesicht.

Es erwies sich als ziemlich schwierig, die nötigen Vorkehrungen zu treffen, um Isabellas Leichnam nach England mitnehmen zu dürfen.

Isabella wurde auf dem kleinen Friedhof von St. Loo am Meer begraben, wo auch die anderen verstorbenen Familienmitglieder zur letzten Ruhe gebettet worden waren. Nach der Beerdigung begleitete ich die drei alten Damen in ihr viktorianisches Haus. Sie dankten mir dafür, daß ich Isabella wieder heimgebracht hatte...

Sie waren in den letzten beiden Jahren geradezu erschrekkend alt geworden. Lady St. Loo erinnerte mehr denn je an einen Adler. Ihre Haut spannte sich über die Knochen. Sie wirkte so zerbrechlich, daß ich befürchtete, sie könnte jeden Augenblick tot umfallen. Doch sie lebte noch eine ganze Reihe von Jahren. Lady Tressilian war zwar viel stämmiger, doch plagte sie das Asthma. Sie flüsterte mir zu, daß Ruperts Frau ihnen allen sehr sympathisch sei.

»Sie ist so praktisch veranlagt und so klug. Sie werden sicher sehr glücklich miteinander. Natürlich hatten wir uns etwas anderes erträumt...«

Tränen glitzerten in ihren Augen. »Mein Gott, *warum* mußte das geschehen?« murmelte sie traurig.

Genau diese Frage stellte auch ich mir immer wieder.

»Dieser nichtsnutzige Mann...«, fuhr sie fort. Die drei alten Damen trauerten wie ich um das tote Mädchen. Wir alle haßten Gabriel.

Mrs. Bigham Charteris wirkte zäher und lederner denn je. Als ich mich schließlich verabschieden wollte, fragte sie mich: »Erinnern Sie sich noch an die junge Mrs. Burt?«

»Ja, natürlich. Was ist aus ihr geworden?«

Mrs. Bigham Charteris schüttelte den Kopf. »Ich fürchte, daß sie ein zweitesmal hereingefallen und sich unglücklich machen wird. Haben Sie gehört, was Burt zugestoßen ist?«

»Nein.«

»Eines Nachts, als er einen über den Durst getrunken hatte, ist er in einen Graben gestürzt und mit dem Kopf auf einen Stein gefallen. Das hat er nicht überlebt.«

»Mrs. Burt ist also Witwe.«

»Ja. Meine Freunde in Sussex haben mir berichtet, sie habe sich mit einem der Farmer ganz in der Nähe angefreundet. Sie wollen heiraten. Der Mann hat einen denkbar schlechten Ruf. Er trinkt unmäßig und soll auch ein ziemlicher Grobian sein.«

Milly Burt war also wieder auf den gleichen Typ hereingefallen, dachte ich.

Wußte überhaupt je ein Mensch die zweite Chance zu nutzen, die ihm geboten wurde?

Als ich am nächsten Tag nach London zurückfuhr, beschäftigte mich diese Frage mehr denn je. Ich war in Penzance in den Zug gestiegen und hatte mir einen Platz für das erste Mittagessen reservieren lassen. Als ich im Speisewagen saß und auf die Suppe wartete, dachte ich an Jennifer.

Caro Strangeways erzählte mir von Zeit zu Zeit von ihr. Sie hatte mir berichtet, Jennifer sei sehr unglücklich. Durch ihre eigene Schuld verlaufe ihr Leben unglaublich kompliziert, doch sie sei sehr mutig und beherzt. Man könne nicht umhin, sie zu bewundern.

Bei dem Gedanken an Jennifer lächelte ich in mich hinein. Jennifer war ein lieber Mensch, doch ich verspürte nicht den leisesten Wunsch, sie wiederzusehen.

Es macht keinen Spaß, sich immer wieder die gleiche Platte anzuhören...

So landete ich in Teresas Haus in London. Bei ihr konnte ich mich aussprechen...

Schweigend hörte sie sich an, wie ich Gabriel schmähte und verwünschte. Ich berichtete ihr, was in Zagrad vorgefallen war und endete mit Isabellas Beerdigung auf dem Friedhof von St. Loo.

Ich verstummte. Im Geiste hörte ich die Brecher des Atlantiks gegen die Klippen schlagen und sah, wie sich die Umrisse des Schlosses von St. Loo gegen den Himmel abzeichneten...

»Eigentlich müßte ich jetzt das Gefühl haben, daß sie dort in Frieden ruht, Teresa. Habe ich aber nicht. Alles in mir wehrt sich gegen diesen frühen Tod. Sie war noch so jung. Sie hatte ihr Leben noch nicht zu Ende gelebt. Sie hat mir gegenüber einmal den Wunsch geäußert, sehr sehr alt zu werden. Und sie hätte auch alt werden können. Sie war ja sehr kräftig. Der Gedanke ist mir unerträglich, daß ihr Leben so jäh enden mußte...«

Teresa saß vor einem großen bemalten Wandschirm. Jetzt rührte sie sich und sagte:

»Du mißt der Zeit viel Bedeutung bei. Die Zeit ist aber völlig ohne Bedeutung. Fünf Minuten sind gleichbedeutend mit Tausenden von Jahren.« Leise zitierte sie: »Die Blüte der Rose und die Zeit der Eibe sind von gleicher Dauer...«

(Eine gestickte dunkelrote Rose auf verblichener grauer Seide...)

Teresa fuhr fort: »Hugh, du hast eine ganz bestimmte Vorstellung vom Leben und willst, daß alle Leute dieser Vorstellung entsprechen – sie sollen das Leben führen, das dir vorschwebt. Aber jeder lebt nach seiner eigenen Vorstellung. Jeder will nach seiner eigenen Facon selig werden.

Nur wenige Menschen sind so klarsichtig, daß sie wissen, was sie wollen. Ich glaube, Isabella war eine dieser wenigen Menschen... Sie war schwer zu verstehen – für *uns* schwer zu verstehen. Aber nicht etwa, weil sie so vielschichtig und kompliziert gewesen wäre, sondern weil sie so einfach war – geradezu erschreckend einfach. Für sie zählte nur das Wesentliche.

Du willst Isabellas Leben unbedingt als etwas sehen, was ganz abrupt geendet hat. Du glaubst, sie sei völlig aus der Bahn geworfen, ihr Lebensfaden sei ganz plötzlich abgeschnitten worden... Doch ich kann mich des Verdachts nicht erwehren, daß es in sich abgeschlossen war...«

»Die Blüte der Rose?«

»Wenn du es so nennen willst.« Leise fügte sie hinzu: »Hugh, du bist ein Glückspilz.«

»Ich ein Glückspilz?« Ich starrte sie verwundert an.

»Ja, weil du sie geliebt hast.«

»Ja, ich habe sie wohl geliebt. Aber es war mir nie vergönnt, etwas für sie zu tun... Ich habe nicht einmal versucht, sie davon abzuhalten, als sie mit Gabriel wegging...«

»Nein«, sagte Teresa, »weil du sie wirklich geliebt hast. Du hast sie so geliebt, daß du ihr keine Schwierigkeiten machen wolltest und ihre Entscheidung respektiert hast.«

Widerstrebend ließ ich Teresas Definition der Liebe gelten. Wahrscheinlich ist das Mitleid schon immer mein Verhängnis gewesen. Die Schwäche, der ich immer wieder nachgegeben habe. Am Mitleid habe ich mich emporgerankt. Es hat mein Herz erwärmt.

Doch mit Isabella hatte ich niemals Mitleid. Ich habe nie versucht, ihr meine Hilfe anzubieten, um ihr das Leben zu erleichtern. Ich habe mich nie erboten, ihr die Last von den Schultern zu nehmen. In ihrem kurzen Leben war sie ganz sie selbst. Mitleid ist eine Gefühlsaufwallung, die sie nicht nötig hatte und nicht verstanden hätte. Ich habe sie so geliebt, daß ich ihre Entscheidung respektieren konnte, wie es Teresa ausgedrückt hat. Ich habe sie in Ruhe gelassen und mich nicht eingemischt...

»Lieber Hugh, natürlich hast du sie geliebt«, sagte Teresa sanft. »Und es hat dich glücklich gemacht, sie zu lieben.«

»Ja«, gab ich verwundert zu. »Ich bin wirklich sehr glücklich gewesen.«

Der Zorn übermannte mich wieder.

»Trotzdem hoffe ich inständig, daß John Gabriel in dieser und in der nächsten Welt Höllenqualen leidet!«

»Ich weiß nicht, wie es mit der nächsten ist«, sagte Teresa, »aber ich versichere dir, daß dein Wunsch in Erfüllung geht, was diese Welt betrifft. Es wird sich finden, was ihm im Jenseits blüht. Laß dir gesagt sein, daß John Gabriel todunglücklich ist. Man kann sich kaum einen unglücklicheren Menschen vorstellen...«

»Dir tut er offensichtlich auch noch leid, aber ich kann dir sagen –«

Teresa unterbrach mich. Sie sagte, er tue ihr nicht direkt leid, es ginge entschieden tiefer.

»Du weißt nicht, was ich meine. Wenn du ihn in Zagrad gesehen hättest... Er hat immer nur von sich gesprochen. Isabellas Tod schien ihn gar nicht weiter zu berühren.«

»Woher willst du das denn wissen? Wahrscheinlich hast du ihn dir gar nicht genau angesehen. Du siehst dir die Menschen niemals richtig an.«

Als Teresa das sagte, wurde mir ganz plötzlich klar, daß ich mir auch Teresa noch nie richtig angesehen hatte. Ich habe sie in dieser Erzählung nicht einmal beschrieben.

Ich sah sie an, und es kam mir vor, als sähe ich sie zum erstenmal, ihre hohen Wangenknochen, das hochgekämmte schwarze Haar, das nach einer Mantilla und einem großen spanischen Kamm zu verlangen schien. Ich sah, daß sie den Kopf sehr stolz auf den Schultern trug. Wahrscheinlich hatte sie die gleiche Kopfhaltung wie ihre kastilische Urgroßmutter.

Als ich sie ansah, konnte ich mir gut vorstellen, wie sie als junges Mädchen ausgesehen haben mußte. Mit leidenschaftlichem Interesse und einem Schuß Abenteuerlust hatte sie das Leben in Angriff genommen.

Ich hatte keine Ahnung, was sie vom Leben hielt...

»Hugh, warum starrst du mich so an?«

Ich erwiderte gedehnt: »Ich muß gerade daran denken, daß ich dich noch nie genau angesehen habe.«

»Nein, bestimmt nicht.« Sie lächelte ganz schwach. » – Und, wie siehst du mich?«

Sie lächelte ironisch. In ihrer Stimme lag Gelächter. Den Ausdruck ihrer Augen konnte ich nicht deuten.

»Teresa, du bist immer sehr gut zu mir gewesen«, sagte ich. »Aber eigentlich weiß ich gar nichts über dich...«

»Nein, Hugh, du weißt rein gar nichts.«

Sie erhob sich brüsk und zog den Vorhang zu, damit die Sonne nicht so grell ins Zimmer fiel.

»Und was Gabriel angeht –«, fing ich wieder an.

»Überlaß ihn ruhig Gott«, sagte Teresa mit ihrer tiefen Stimme.

»Merkwürdig, daß du das sagst, Teresa.«

»Es ist das einzig Richtige. Das habe ich schon immer so empfunden.

Vielleicht verstehst du eines Tages, was ich damit sagen will«, fügte sie hinzu.

Epilog

Damit wäre ich am Ende der Geschichte angelangt, der Geschichte des Mannes, den ich in St. Loo in Cornwall kennenlernte und den ich zuletzt in einem Hotelzimmer in Zagrad zu Gesicht bekommen hatte.

Des Mannes, der jetzt in einem Hinterzimmer in Paris im Sterben lag.

»Hören Sie, Norreys«, sagte er mit schwacher Stimme. Doch er sprach ganz deutlich. »Ich will Ihnen sagen, was sich in Zagrad wirklich zugetragen hat. Sie müssen das unbedingt erfahren. Ich habe Ihnen das damals nicht erzählt. Ich glaube, zu dem Zeitpunkt hatte ich selbst noch nicht begriffen, was vor sich gegangen war...«

Er unterbrach sich, rang nach Luft.

»Sie wissen doch, daß sie – daß Isabella schreckliche Angst vor dem Sterben hatte. Davor hat sie sich mehr gefürchtet als vor irgend etwas sonst auf der Welt.«

Ich nickte. Ja, das war mir bekannt. Ich erinnerte mich noch an die Panik in ihrem Blick, als sie den toten Vogel auf der Terrasse in St. Loo erblickte. Und ich mußte daran denken, wie sie mit einem Satz auf den Bürgersteig zurückgesprungen war, als das Auto sie fast überfahren hätte. Sie war kreidebleich gewesen.

»Dann hören Sie mir gut zu, Norreys. *Hören Sie mir zu!* Der Student hielt den Revolver genau auf mich gerichtet. Er stand kaum zwei Meter entfernt und konnte mich gar nicht verfehlen. Ich saß ja hinter dem Tisch fest und konnte mich nicht rühren. Isabella sah kommen, was geschehen würde. *In dem Augenblick, in dem er schoß, warf sie sich vor mich...«*

Gabriels Stimme wurde lauter.

»Begreifen Sie jetzt, Norreys? Sie wußte, was sie tat. Sie wußte, daß sie es das Leben kosten würde. Sie ist für mich gestorben. Hat mich durch ihren Tod gerettet.«

Seine Stimme nahm einen warmen Klang an.

»Anfangs wußte ich noch nicht, was das bedeutete, erst als ich darüber nachdachte. Wissen Sie, ich habe bis dahin nicht begriffen, daß Isabella mich *geliebt* hat... Ich dachte, ich war davon überzeugt, daß sie sich nur körperlich zu mir hingezogen fühlte und ich sie dadurch halten konnte...

Aber Isabella hat mich geliebt, so sehr geliebt, daß sie ihr Leben für mich hingegeben hat, obwohl sie immer solche Angst vor dem Sterben hatte...«

Ich sah das Café in Zagrad vor mir. Sah den Fanatismus des hysterischen Studenten, sah Isabella, die die Gefahr sofort erkannte, sah, daß sie vor Angst verging, die Panik sie zu übermannen drohte. Doch dann entschied sie sich blitzschnell. Ich sah, wie sie sich rasch nach vorn warf und John Gabriel mit ihrem Körper schützte...

»Das war also das Ende...«, sagte ich.

Da richtete sich Gabriel auf. Mit weit offenen Augen, diesen wunderschönen Augen, verkündete er mit klarer Stimme laut und triumphierend: »Nein, da irren Sie sich gewaltig. Das war nicht das Ende, *sondern ein neuer Anfang*...«

Sie ist meine Tochter

BUCH I

1. Kapitel

1

Ann Prentice stand winkend auf dem Bahnsteig von Victoria Station.

Der Zug fuhr mit einem Ruck an, dampfte schwankend aus der Bahnhofshalle. Er würde auf der Fähre übersetzen. Sarahs dunkler Schopf verschwand, Ann Prentice wandte sich um und schritt langsam auf den Ausgang zu.

Wie so oft, wenn man sich von einem Menschen verabschieden muß, an dem man hängt, bewegten sie die widerstreitendsten Empfindungen.

Ihre geliebte Sarah – sie vermißte sie schon jetzt. Sarah wollte allerdings nur drei Wochen wegbleiben..., aber ohne ihre Tochter würde ihr die Wohnung leer erscheinen. Nur sie und Edith und sonst niemand... zwei langweilige Frauen in mittleren Jahren...

Sarah war so vital, so überaus lebendig. Sie gab sich stets so sicher und sah die Dinge im allerbesten Licht... Und doch war sie noch ein richtiges Kind, ihr geliebtes kleines schwarzhaariges Mädchen.

Schrecklich, das auch nur zu denken! Sarah wäre sehr verärgert, wüßte sie, was ihrer Mutter da so durch den Kopf fing. Sarah und die anderen Mädchen ihres Alters schienen großen Wert darauf zu legen, ihren Eltern gegenüber eine ziemlich gleichgültige Haltung an den Tag zu legen. Sie setzten sich vehement dagegen zur Wehr, daß man so ein Theater um sie machte. ›Reg dich doch nicht auf, mach nicht so ein *Getue*‹, hielten sie ihren Müttern immer wieder vor.

Doch ganz so wörtlich war das nicht gemeint. Sie gestatteten es den Müttern gern, die Kleidung der Töchter in die Reinigung zu bringen und auch wieder abzuholen. Und sie durften das selbstverständlich auch bezahlen. Auch schwierige Telefongespräche ließ man die Mutter übernehmen (›Mutter, wenn *du* Carol anrufst, ist das doch viel wirkungsvoller‹). Selbstverständlich durften die Mütter auch ständig hinter den Töchtern herräumen. (›Mutter, ich wollte dieses Chaos natürlich selbst beseitigen, aber leider habe ich es furchtbar *eilig*‹)

›Also, als ich noch jung war...‹, ging es Ann durch den Kopf.

Sie dachte an ihre Jugend zurück, an das altmodische Zuhause, in dem sie aufgewachsen war. Ihre Mutter war schon über vierzig gewesen, als sie Ann zur Welt gebracht hatte – ihr Vater noch wesentlich älter, etwa fünfzehn oder sechzehn Jahre älter als die Mutter. Das Haus wurde so geführt, wie es der Vater wünschte.

Es galt als selbstverständlich, daß man Zuneigung füreinander empfand. Daraus hatte auch niemand ein Hehl gemacht.

›Mein liebes, kleines Mädchen.‹ – ›Vaters Liebling.‹ – ›Liebe Mutter, kann ich irgend etwas für dich tun?‹

Es war Ann ganz selbstverständlich erschienen, im Haus aufzuräumen, Aufträge auszuführen, Erledigungen zu machen, die Lieferanten zu kontrollieren, Einladungen auszusprechen bzw. anzunehmen und am Gesellschaftsleben teilzuhaben. Töchter waren dazu da, ihren Eltern zu dienen – und nicht umgekehrt.

Als Ann an der Bahnhofsbuchhandlung vorbeikam, fragte sie sich plötzlich: Was ist denn nun am besten?

Es war gar nicht so einfach, eine Antwort auf diese Frage zu finden.

Sie ließ die Blicke über die ausgestellten Bücher gleiten, auf der Suche nach einer Lektüre, die sie sich am Abend vor dem Kamin zu Gemüte führen konnte. Und kam dabei völlig unerwartet zu dem Schluß, daß es eigentlich keine Rolle spielte. Es waren lediglich Verhaltensweisen, nichts sonst. Wie man sich in einem bestimmten Jargon ausdrückt. Irgendwann einmal war alles ›Spitze‹, dann wieder ›einfach göttlich‹, oder ganz schlicht ›wunderbar‹, manchmal hieß es ›ich bin ganz deiner Meinung‹. Diese oder jenes gefiel einem ›wahnsinnig‹ gut.

Es kam nicht darauf an, ob die Kinder die Eltern oder die Eltern die Kinder bedienten. Entscheidend waren die zwischenmenschlichen Beziehungen, was man füreinander empfand. Ann liebte ihre Tochter tief und aufrichtig. Sarah empfand für ihre Mutter sicher dasselbe. Davon war Ann fest überzeugt. Wie war das eigentlich bei ihr und ihrer eigenen Mutter gewesen?

Wenn sie es sich recht überlegte, so hatte die Zuneigung und Zärtlichkeit, die sich nach außen zeigte, wohl nur die beiläufige und liebenswürdige Gleichgültigkeit kaschiert, mit der man einander heute begegnete.

Ann lächelte vor sich hin und erstand ein Penguin-Buch, das sie vor Jahren schon einmal gelesen hatte. Es hatte ihr damals gefallen. Vielleicht würde sie es heute ein wenig sentimental finden, aber das schadete ja nichts. Sarah war nicht da...

›Sie wird mir fehlen‹, dachte Ann. ›Ich werde sie vermissen, aber es wird eine *friedliche* Zeit sein...‹

Sie dachte weiter: ›Auch Edith kann sich endlich einmal ausruhen. Es macht sie ganz nervös, wenn alle Pläne ständig über den Haufen geworfen werden und sie das Essen nicht immer zu gleichen Zeit servieren kann.‹

Bei Sarah und ihren Freunden herrschte nämlich ein ständiges Kommen und Gehen. Dauernd klingelte das Telefon und nichts verlief nach Plan. ›Mutter, können wir heute einmal ganz früh essen? Wir wollen noch ins Kino gehen.‹ – ›Mutter, bist du es? Ich rufe an, um dir zu sagen, daß ich heute doch nicht zum Essen kommen kann.‹

Edith, die schon seit über zwanzig Jahren bei ihnen angestellt war, arbeitete jetzt dreimal so viel wie vorgesehen. Dieses Durcheinander brachte sie in Rage.

Edith war oft sauer, wie Sarah das zu nennen pflegte. Trotzdem war sie Sarah treu ergeben. Auch wenn sie schimpfte und murrte, sie liebte Sarah sehr.

Ja, so allein mit Edith würde es sehr ruhig sein. Friedlich und sehr, sehr ruhig. Ein seltsames Gefühl der Kälte ließ Ann mit einemmal erschauern. Sie dachte: ›Von jetzt an herrscht nur noch Stille.‹ Eine Stille, die sich in ihr Leben einschleichen und nicht mehr von ihr weichen würde, bis sie eine alte Frau war, bis sie schließlich starb. Es gab nichts mehr, worauf sie sich noch freuen konnte.

›Aber was erwarte ich denn eigentlich?‹ fragte sie sich. ›Ich habe doch alles gehabt. Ich durfte die Liebe erleben und war mit Patrick glücklich. Ich habe ein Kind. Ich habe alles bekommen, was man sich nur wünschen kann. Das gehört nun eben der Vergangenheit an. Sarah wird da weitermachen, wo ich aufhöre. Sie wird heiraten und Kinder kriegen. Dann bin ich Großmutter.‹

Sie lächelte vor sich hin, denn sie freute sich darauf, Großmutter zu werden. Sie sah sich von hübschen, lebhaften Kindern umringt – Sarahs Kindern. Von verschmitzten ungebärdigen Jungen mit Sarahs kaum zu bändigendem schwarzen Haar und rundlichen kleinen Mädchen. Sie würde ihnen vorlesen und Märchen erzählen...

Bei dem Gedanken daran lächelte sie wieder still in sich hinein, doch das Gefühl der Kälte wollte nicht weichen. Wenn doch Patrick nicht so früh gestorben wäre. Der alte Kummer, den sie schon längst überwunden glaubte, stieg wieder in ihr auf. Das alles lag schon so lange zurück. Sarah war damals erst drei gewesen. Sie hatte den Verlust eigentlich schon längst verschmerzt und konnte jetzt ganz liebevoll an Patrick denken, ohne daß es weh tat. An ihren stürmischen jungen Gatten, den sie so geliebt hatte. Aber das war lange her und gehörte der Vergangenheit an.

Doch heute wanderten ihre Gedanken immer wieder zurück. Sarah wäre auch zum Wintersport in die Schweiz gefahren, wenn Patrick noch am Leben wäre. Irgendwann hätte sie ihrem Elternhaus den Rücken gekehrt, um mit ihrem Mann zu gehen und mit ihm eine Familie zu gründen. Doch Patrick und sie wären ja dann noch zusammen – zwar älter und ruhiger geworden, doch sie könnten alles miteinander teilen, was das Leben ihnen abverlangte oder noch zu bieten hatte. Sie wäre nicht allein...

Ann Prentice zwängte sich durch die Menschenmenge in der Bahnhofshalle und trat auf den Bahnhofsvorplatz hinaus. Sie dachte bei sich: ›Wie finster all diese roten Busse aussehen. Sie stehen in Reih und Glied wie wilde Tiere vor der Fütterung.‹ Insgeheim schienen sie ein Eigenleben zu führen, wie fremde Wesen, von denen etwas Bedrohliches ausging. Was für ein abstruser Gedanke.

Wir geschäftig, laut und wirr es auf der Welt zuging. Da herrschte ein ständiges Kommen und Gehen. Alle waren in Eile, stürzten durch die Gegend, sprachen, lachten, jammerten, begrüßten sich und gingen hastig auseinander.

Plötzlich überfiel sie wieder dieses beklemmende Gefühl der Kälte – sie fühlte sich jämmerlich allein.

Dann dachte sie: ›Es wurde höchste Zeit, daß Sarah einmal wegfuhr. Ich klammere mich viel zu sehr an sie. Vielleicht verhindere ich dadurch, daß sie selbständig wird und erreiche nur, daß sie sich allzusehr auf *mich* verläßt. Das ist nicht gut. Man sollte sich nicht an seine Kinder klammern, sie nicht daran hindern, daß sie ein eigenes Leben führen. Das wäre egoistisch und wirklich sehr von Übel...‹

Sie mußte sich zurückhalten,in den Hintergrund treten und Sarah Mut zusprechen, damit sie ihr Leben selber in die Hand nahm, in ihrem eigenen Freundeskreis verkehrte.

Bei dem Gedanken lächelte sie. Dazu brauchte man Sarah weiß Gott nicht zu ermuntern. Sarah hatte zahllose Freunde und steckte ständig voller Pläne. Sie genoß das Leben in vollen Zügen, es fehlte ihr nicht an Selbstvertrauen, und sie war ständig unterwegs. Sie liebte ihre Mutter sehr, bevormundete und gängelte sie aber in aller Liebenswürdigkeit. An ihrem Leben ließ die Tochter sie nur ganz am Rande teilhaben, weil sie ihr wegen ihres fortgeschrittenen Alters jegliches Verständnis absprach. In Sarahs Augen gehörte man mit einundvierzig Jahren schon zur älteren Generation, während es Ann noch immer ziemlich schwerfiel, sich als Frau in mittleren Jahren zu sehen. Sie hatte sich bisher noch nicht dazu durchringen können. Es war nicht etwa so, daß sie versuchte, das Rad zurückzudrehen. Sie benutzte kaum Make-up und kleidete sich noch immer etwas ländlich – wie eine junge Ehefrau und Mutter, die in die Stadt gekommen war. Sie trug ordentliche Jacken, Röcke und Mäntel und eine echte Perlenkette.

Ann seufzte: »Ich weiß gar nicht, warum ich so viel nachdenke«, führte sie laut Selbstgespräche. »Vermutlich liegt es daran, daß ich mich von Sarah trennen mußte.«

Wie hieß es doch bei den Franzosen? *Partir c'est mourir un peu...*

Ja, das stimmte... Als Sarah in dem fauchenden und qualmenden Zug aus der Bahnhofshalle fuhr, war sie in diesem Augenblick für ihre Mutter tot. ›Aber ich für sie wahrscheinlich auch‹, ging es Ann durch den Kopf. ›Seltsam, dieses sich voneinander entfernen. Getrennt durch Zeit und Raum...‹

Sarah lebte ihr Leben und Ann das ihre. Jeder war für sich selbst verantwortlich.

Eine angenehme Empfindung trat an die Stelle der inneren Kälte, die sie zuvor so stark gefühlt hatte. Es stand ihr jetzt völlig frei, um welche Zeit sie aufstand, was sie tat. Sie konnte endlich tun, was ihr gefiel. Vielleicht früh zu Bett gehen und sich das Abendessen auf einem Tablett servieren lassen. Sie konnte aber auch ins Kino oder ins Theater gehen. Oder mit dem Zug aufs Land fahren und spazierengehen – durch die kahlen Wälder wandern, wo man durch die Zweige den blauen Himmel sah...

Natürlich konnte sie das alles jederzeit tun. Aber wenn man mit einem anderen Menschen zusammenlebte, bestimmte zumeist einer das Leben, das der andere führte. Ann hatte Sarahs lebhaftes Kommen und Gehen aus zweiter Hand miterlebt und genossen.

Es war zweifellos eine Freude, Mutter zu sein. Man hatte das Gefühl, als lebte man sein Leben noch einmal, aber ohne die Kümmernisse der Jugendzeit. Inzwischen wußte man ja aus Erfahrung, daß viele Probleme sich von selbst lösten. Deshalb lächelte man nachsichtig angesichts der Nervenkrisen, zu denen es hin und wieder kam.

»Also wirklich, Mutter«, pflegte Sarah dann eindringlich zu sagen, »es ist furchtbar ernst. Lach doch nicht darüber. Nadia glaubt, daß ihre ganze Zukunft davon abhängt!«

Aber mit einundvierzig wußte man, daß die Zukunft nur selten auf dem Spiel stand. Das Leben war entschieden unproblematischer, als man sich früher eingebildet hatte.

Als sie während des Krieges Krankenpflegerin gewesen war, hatte Ann zum erstenmal begriffen, wie unwichtig die kleinen Dinge, die einem zuvor so wichtig erschienen, im Endeffekt doch waren. Der Neid, die Eifersüchteleien, die oberflächlichen Vergnügungen. Man regte sich schon auf, wenn der Schuh drückte oder der Kragen scheuerte. All das erschien einem im Augenblick wichtiger als die unumstößliche Tatsache, daß man jeden Augenblick umkommen konnte. Das hätte zu einer sicheren Gewißheit führen müssen, doch in Wahrheit gewöhnte man sich erstaunlich schnell daran. Die Nebensächlichkeiten drängten sich in den Vordergrund – vielleicht, weil hinter allem der Gedanke stand, daß einem vielleicht nur noch eine kurze Zeit vergönnt war. Sie hatte auch eine ganze Menge über die Widersprüchlichkeit der menschlichen Natur gelernt und begriffen, daß es sehr schwierig war, die Menschheit in ›gute‹ und ›böse‹ Menschen zu unterteilen, wozu sie in ihrer jugendlichen Unerfahrenheit neigte. Eines Tages sah sie, daß jemand unglaublichen Mut bewies, indem er ein Opfer rettete. Doch der gleiche Mensch, der sein Leben aufs Spiel gesetzt hatte, schreckte dann nicht davor zurück, den soeben Geretteten auf gemeinste Weise zu bestehlen.

Mit einem Wort: Die Menschen waren eben keine geradlinigen, berechenbaren Wesen.

Als Ann jetzt unentschlossen an der Bordsteinkante stand, riß das schrille Hupen eines Taxis sie aus ihren Träumen und Überlegungen, denen sie sich hingegeben hatte. Sie wandte sich wieder praktischeren Dingen zu und überlegte, was sie tun sollte, jetzt sofort.

Am Morgen hatte sie nur daran gedacht, Sarah zum Zug zu begleiten, der die Tochter in die Schweiz bringen sollte. Weiter wollte sie sich noch keine Gedanken machen. Am Abend würde sie mit James Grant zum Essen gehen. Der liebe gute James, wie lieb und fürsorglich er immer war. »Ohne Sarah wirst du dich sicher ziemlich einsam fühlen. Deshalb könnten wir ausgehen und ein wenig feiern.« Ja, das war wirklich nett von James. Sarah hatte gut lachen. Sie nannte James immer ›Dein *pukka Sahib* Freund, liebes Mütterlein‹. James war ein sehr liebenswerter Mensch. Manchmal fiel es einem allerdings schwer, sich bis zum Schluß auf seine langen, entsetzlich weitschweifigen Erzählungen zu konzentrieren. Aber wenn man jemanden schon fünfundzwanzig Jahre kannte, war man ihm ein geduldiges Zuhören schuldig.

Ann sah auf die Uhr. Sie konnte ja noch in die Army und Navy Stores gehen. Edith brauchte ein paar Sachen für die Küche. Damit war Anns Problem zunächst einmal gelöst. Doch während sie sich Kochtöpfe und Tiegel ansah und nach den Preisen fragte (die unglaublich gestiegen waren), wurde sie wieder von dieser merkwürdigen eiskalten Panik ergriffen, die sie nicht mehr losließ.

Schließlich folgte sie einer plötzlichen Eingebung, betrat eine Telefonzelle und wählte eine Nummer.

»Ich möchte bitte Mylady Laura Whitstable sprechen.«

»Wen darf ich bitte melden?«

»Mrs. Prentice.«

»Einen Augenblick bitte, Mrs. Prentice.«

Eine kurze Pause, dann vernahm sie eine tiefe, volltönende Stimme. »Ann?«

»Ach, Laura, ich weiß ja, daß ich Sie um diese Zeit nicht anrufen sollte, aber ich habe Sarah gerade zum Bahnhof gebracht. Haben Sie heute noch sehr viel zu tun?«

Die Antwort kam nach kurzem Nachdenken: »Am besten essen Sie mit mir zu Mittag. Es gibt Roggenbrot und Buttermilch. Das ist Ihnen doch recht?«

»Mir ist alles recht, Sie sind wirklich ein Engel.«

»Dann erwarte ich Sie also. Um viertel nach eins.

2

Genau eine Minute vor der vereinbarten Zeit fuhr Ann im Taxi zu dem Haus in der Harley Street. Sie bezahlte den Taxifahrer und läutete an der Haustür.

Der tüchtige Harkness ließ sie ein. Er begrüßte sie lächelnd und bat sie: »Gehen Sie nur gleich hinauf, Mrs. Prentice. Lady Laura kommt sicher in ein paar Minuten.«

Leichtfüßig lief Ann die Treppe hinauf. Das Eßzimmer des Hauses diente jetzt als Salon und Empfangsraum. Im oberen Stockwerk des geräumigen Hauses waren durch einen Umbau gemütliche Wohnräume entstanden. Im Salon stand ein kleiner Tisch, der für zwei Personen gedeckt war. Der Raum erinnerte eher an ein Herrenzimmer als an einen Damensalon. Große überaus bequeme Sessel, schon gründlich eingesessen, eine Unmenge von Büchern, die sich auch auf der Stühlen stapelten und Samtvorhänge allerbester Qualität in satten Tönen.

Ann brauchte nicht lange zu warten. Lady Lauras Stimme klang wie eine Fanfare durchs Haus. Dann erschien sie selbst und küßte ihren Gast freundschaftlich auf beide Wangen.

Lady Laura Whitstable war vierundsechzig Jahre alt. Sie hatte eine ungeheuer sympathische Ausstrahlung. Alles an ihr wirkte überlebensgroß – ihre Stimme, ihr entschlossen vorgestreckter kastenartiger Busen, ihr hochaufgetürmtes dichtes eisengraues Haar und ihre Raubvogelnase.

»Mein liebes Kind, ich bin entzückt, daß Sie mich wieder einmal besuchen«, tönte sie. »Ann, Sie sehen reizend aus. Und die Veilchen, die Sie gekauft haben, passen ausgezeichnet zu Ihnen. Das Veilchen entspricht Ihnen nämlich von allen Blumen am meisten.«

»Das Veilchen, das vor allem zurückschreckt? Also wissen Sie, Laura.«

»Die Süße des Herbstes ruht verborgen inmitten von Blättern.«

»Laura, das sieht Ihnen gar nicht ähnlich. Sonst sind Sie immer so grob!«

»Ich finde, daß sich das bezahlt macht, aber manchmal ist es ziemlich anstrengend. Wir wollen sofort essen. Bassett, wo ist denn dieser Bassett? Aha, da ist er schon. Sie bekommen Seezunge, Ann. Ich hoffe, das schmeckt Ihnen. Und ein Glas weißen Rheinwein.«

»Aber Laura, das wäre doch nicht nötig gewesen. Ich hätte auch Roggenbrot gegessen und Buttermilch getrunken.«

»Die Buttermilch reicht gerade noch für mich allein. Setzen Sie sich bitte. Sarah ist also in die Schweiz gefahren. Wie lange bleibt sie denn?«

»Drei Wochen.«

»Wie schön.«

Der eckige Bassett hatte das Zimmer verlassen. Lady Laura trank von ihrer Buttermilch, die ihr zu schmecken schien. Sie sagte sehr treffend: »Sie wird Ihnen fehlen. Aber Sie haben mich nicht angerufen und sind nicht gekommen, um mir das zu sagen. Na kommen Sie schon, Ann. Erzählen Sie mir, was Sie bedrückt. Wir haben nicht viel Zeit. Ich weiß, daß Sie mich mögen – aber wenn mich jemand anruft und mich sofort sprechen möchte, will er gewöhnlich einen guten Rat von mir haben.«

»Ich fühle mich entsetzlich schuldbewußt«, murmelte Ann.

»Unsinn, meine Liebe. Ich fasse das vielmehr als Kompliment auf.«

Ann sagte hastig:

»Ach, Laura, ich kann es selbst nicht verstehen, aber ich bin richtig in *Panik* geraten. Victoria Station und all diese Busse! Ich habe mich – ich habe mich so entsetzlich *allein* gefühlt.«

»Ja, das verstehe ich...«

»Nicht nur, weil Sarah weggefahren ist und sie vermisse. Es ist mehr als das...«

Laura Whitstable nickte und sah Ann mit ihren klugen grauen Augen seelenruhig an.

Ann sagte gedehnt: »Im Grunde genommen ist man natürlich immer einsam und allein...«

»Aha, Sie sind also dahintergekommen. Natürlich kommt jeder Mensch früher oder später darauf. Komischerweise ist diese Erkenntnis meistens ein Schock. Wie alt sind Sie, Ann? Einundvierzig? Sehr gut, daß Sie diese Erkenntnis in Ihrem Alter gewonnen haben. Wenn Sie es zu spät merken, kann es sich verheerend auswirken, in allzu jungen Jahren erfordert es viel Mut, sich damit abzufinden.«

»Laura, haben Sie sich schon einmal allein gefühlt?« erkundigte sich Ann. Sie konnte ihre Neugier nicht bezähmen.

»O ja. Mir kam die Erleuchtung mit sechsundzwanzig Jahren und das ausgerechnet anläßlich eines Familientreffens, bei dem sich die Familienmitglieder besonders herzlich gaben. Ich war ganz verschreckt und bekam es mit der Angst zu tun. Doch ich habe diese Tatsache akzeptiert und mich damit abgefunden. Man muß sich der Wahrheit stellen. Wir haben in unserem ganzen Leben nur einen einzigen wirklichen Gefährten, einen Gefährten, der uns von der Wiege bis zum Grab begleitet. Und der ist man selbst. Sorgen Sie dafür, daß Sie mit diesem Gefährten gut auskommen – *lernen Sie mit sich zu leben*. Anders geht es nun einmal nicht. Aber das ist nicht immer einfach.«

Ann seufzte.

»Das Leben kam mir so völlig sinnlos vor. Ich will Ihnen alles sagen, Laura. Ich hatte das Gefühl, daß sich die Jahre endlos vor mir dehnen und ich nichts mehr habe, womit ich diese Leere ausfüllen kann. Na ja, ich bin eben nur eine alberne und unsichere Frau...«

»Aber, aber, wo bleibt denn da Ihr gesunder Menschenverstand? Sie haben während des Krieges vielen geholfen. Und eine Tochter aufgezogen, die das Leben genießt und sich zu benehmen weiß. Und auf Ihre stille Art und Weise hängen auch Sie am Leben. Das ist doch alles sehr befriedigend und kann sich sehen lassen. Wenn Sie zu mir in die Sprechstunde kämen, würde ich Sie wieder wegschicken, ohne Geld von Ihnen zu verlangen, obwohl ich eine geldgierige alte Frau bin.«

»Liebste Laura, wie tröstlich das klingt. Aber ich glaube wirklich, daß ich zu sehr an Sarah hänge.«

»Papperlapapp!«

»Ich mache mir ernsthafte Sorgen. Ich will nicht zu diesen besitzergreifenden Müttern gehören, die ihre Kinder mit Haut und Haaren verschlingen.«

Laura Whitstable sagte trocken: »Immer dieses Gerede von den besitzergreifenden Müttern! Manche Frauen wagen kaum noch, ihren Kindern die Zuneigung zu zeigen, die sie für sie empfinden. Die ganz normale Mutterliebe!«

»Aber es ist *wirklich* schlimm, sich so an einen Menschen zu klammern!«

»Allerdings. Ich werde täglich damit konfrontiert. Mit Müttern, die ihre Söhne damit quälen und Vätern, die sich einbilden, die Töchter seien ihr alleiniger Besitz. Aber das ist nicht immer nur die Schuld der Eltern. Ann, ich hatte einmal ein Vogelnest in meinem Zimmer. Als die Jungen flügge geworden waren, verließen sie das Nest. Doch einer der eben flügge gewordenen Vögel konnte sich nicht dazu durchringen. Er zog vor, im Nest zu bleiben und weiterhin gefüttert zu werden. Er wollte es nicht riskieren, unsanft auf dem Boden zu landen. Das irritierte die Vogelmutter unheimlich. Sie machte dem Kleinen immer wieder vor, wie man sich seiner Flügel bediente. Sie breitete die Flügel aus und flog vom Nestrand hinunter. Sie tschilpte und zwitscherte, flog vor dem Jungen auf und ab. Doch es half alles nichts. Sie konnte ihr Junges nicht zum Fliegen animieren. Sie hörte auf, ihr Junges zu füttern und brachte zwar Futter im Schnabel an, flog aber damit auf die entgegengesetzte Seite des Zimmers, um den Kleinen anzulocken. Es gibt auch Menschen, die sich so verhalten. Kinder, die nicht erwachsen werden wollen, die sich weigern, sich mit den Anforderungen abzufinden, die das Erwachsensein an einen Menschen stellt. Das ist keine Sache der Erziehung. Das liegt einzig und allein an *ihnen selbst*.«

Sie hielt kurz inne, bevor sie weitersprach:

»Es gibt nicht nur den Wunsch, jemanden zu vereinnahmen, manche Menschen wollen auch vereinnahmt werden. Es sei dahingestellt, ob diese Menschen einfach unreif sind oder nicht erwachsen werden wollen. Über das Wesen, die Persönlichkeit des Menschen ist immer noch viel zu wenig bekannt.«

»Finden Sie nicht, daß ich zu sehr an meiner Tochter hänge?« erkundigte sich Ann, die kein Interesse für diese mehr allgemeinen Ausführungen aufzubringen vermochte.

»Ich habe schon immer gefunden, daß Sie und Sarah sich sehr gut verstehen. Sie beide verbindet eine tiefe, ganz natürliche Liebe.« Nachdenklich fügte sie hinzu: »Allerdings ist Sarah ziemlich kindlich für ihr Alter.«

»Ich dachte immer, daß sie ihren Altersgenossen voraus ist.«

»Das finde ich nicht. Was ihre geistige Entwicklung angeht, so würde ich sie für jünger als neunzehn halten.«

»Aber sie ist sehr selbstsicher und lebensbejahend. Sehr kultiviert und weltgewandt. Und sie steckt voller Ideen.«

»Ja, aber das sind Ideen, wie sie zur Zeit jedermann durch den Kopf gehen. Es wird noch eine ganze Weile dauern, bis sie ihre *eigenen* Vorstellungen verwirklichen kann. Heutzutage machen alle jungen Menschen einen selbstsicheren lebensbejahenden Eindruck. Doch das täuscht. Sie brauchen eine Art Rückversicherung. Wir leben in einer unsicheren Zeit. Man kann auf nichts mehr bauen. Die jungen Menschen spüren das. Das ist in der Hälfte aller Fälle der Grund für die Schwierigkeiten. Das Fehlen der Stabilität. Die kaputten Familien. Der Mangel an moralischen Prinzipien. Ein junges Pflänzchen muß man hochbinden, bis es fest verwurzelt ist und richtig wächst.«

Plötzlich lächelte sie fröhlich.

»Ich predige, wie alle alten Frauen – auch wenn ich eine distinguierte alte Frau bin.« Sie trank ihre Buttermilch aus. »Wissen Sie, warum ich so was trinke?«

»Weil Buttermilch gesund ist?«

»Ach was! Weil ich gern Buttermilch trinke. Hat mir schon immer gut geschmeckt, seit ich meine Ferien einmal auf einem Bauernhof verbracht habe. Es gibt aber noch einen Grund dafür: Ich trinke Buttermilch, um mich von den anderen zu unterscheiden. Man nimmt immer eine Pose ein. Alle Menschen tun das. Es bleibt ihnen gar nichts anderes übrig. Ich neige mehr dazu als andere. Aber gottlob bin ich mir darüber wenigstens im klaren. Doch jetzt zu Ihnen, Ann. Bei Ihnen ist alles in bester Ordnung. Sie kommen gerade wieder zu Atem, das ist alles.«

»Ich komme wieder zu Atem? Wie meinen Sie das, Laura? Damit wollen Sie doch wohl nicht sagen...« Sie zögerte.

»Ich denke dabei nicht an Äußerlichkeiten, sondern an das psychische Wohlbefinden. Die Frauen haben im allgemeinen mehr Glück als sie ahnen. Wie alt war die heilige Teresa, als sie es auf sich nahm, die Klöster zu reformieren? Sie war fünfzig Jahre alt. Man könnte viele Beispiele dafür anführen. Im Alter von zwanzig bis vierzig liegt der Schwerpunkt bei den Frauen auf dem biologischen Aspekt. Das ist auch ganz richtig so. Sie widmen sich ihren Kindern, dem Gatten, den Geliebten, ihr Leben wird von persönlichen Beziehungen bestimmt. Manche Frauen finden auch im Beruf eine befriedigende Tätigkeit und machen Karriere. Doch wenn die Frau älter wird, orientiert sie sich wieder mehr nach außen, und die rein persönlichen Dinge treten in den Hintergrund. Die Interessen der Männer nehmen ab, die Frauen hingegen erweitern ihren Horizont. Ein Mann von sechzig Jahren wiederholt sich für gewöhnlich wie eine Schallplatte. Eine Frau von sechzig Jahren ist ein interessanter Mensch, wenn sie es geschafft hat, ihre Persönlichkeit zu entwickeln.«

Ann dachte an James Grant und lächelte.

»Die Frauen sind auf der Suche nach neuen Aspekten, machen sich in diesem Alter allerdings auch oft zum Narren. Manchmal wird ihr Leben von der Sexualität bestimmt. Aber einer Frau in mittleren Jahren stehen alle Möglichkeiten offen.«

»Laura, Sie verstehen es wirklich, einen zu trösten. Meinen Sie, ich sollte etwas tun? Vielleicht im sozialen Bereich?«

»Das hängt ganz davon ab, wie wichtig Ihnen Ihre Mitmenschen sind«, sagte Laura Whitstable ernst. »Ohne innere Bereitschaft ist das sinnlos. Fangen Sie nichts an, was Ihnen nicht zusagt, nur um einer inneren Leere zu entkommen! Es gibt nichts Widerwärtigeres, wenn ich das einmal sagen darf. Wenn es Ihnen Freude macht, kranke alte Frauen zu besuchen oder mit unattraktiven Rangen, die unmögliche Manieren haben, ans Meer zu fahren, sollten Sie das tun. Viele Leute machen so etwas. Aber ich rate Ihnen davon ab, sich zu irgendwelchen Aktivitäten zu zwingen, Ann. Sie müssen bedenken, daß jeder Boden auch einmal brachliegen muß. Bisher sind Sie hauptsächlich Mutter gewesen. Ich kann mir Sie nicht als Initiatorin von Reformen vorstellen, genausowenig wie als Künstlerin oder im Sozialdienst. Sie sind eine ganz gewöhnliche Frau, Ann, aber eine außergewöhnlich liebenswerte. Warten Sie nur ab. Verlieren Sie den Glauben und die Hoffnung nicht. Dann werden Sie ja sehen, was sich für Sie ergibt. Was an Lohnendem an Sie herantritt und Ihr Leben ausfüllt.«

Sie zögerte, dann fragte sie: »Sie haben nie eine Affäre gehabt, nicht wahr?«

Ann wurde flammend rot.

»Nein.« Sie nahm all ihren Mut zusammen. »Glauben Sie, ich sollte mich mit einem Mann einlassen?«

Laura schnaubte. Das explosive Geräusch ließ die Gläser auf dem Tisch erzittern.

»Dieses moderne Getue! Diese Scheinheiligkeit! Zur Zeit von Queen Victoria hatten wir einen Horror vor der Sexualität. Alles war zugeknöpft bis obenhin. Die Sexualität ist totgeschwiegen worden. Nichts davon drang nach außen. Wirklich übel. Aber inzwischen ist das ins Gegenteil umgeschlagen. Wir gehen mit der Sexualität um, als könne man sie auf Bestellung erwerben. Genau wie irgendwelche Pillen. Man stellt sie auf eine Stufe mit Schwefeltabletten und Penicillin. Junge Frauen konsultieren mich und fragen: ›Sollte ich mir einen Liebhaber zulegen?‹ ›Sollte ich mir ein Kind zulegen?‹ Man könnte meinen, es sei eine heilige Pflicht, mit einem Mann ins Bett zu gehen und kein Vergnügen. Ann, Sie sind keine leidenschaftliche Frau. Sie verfügen über ein großes Reservoir an Zuneigung und Zärtlichkeit. Das kann die Sexualität zwar einschließen, doch bei Ihnen steht sie nicht im Vordergrund. Wenn ich Ihnen etwas prophezeien darf, so sage ich Ihnen auf den Kopf zu, daß Sie in absehbarer Zeit noch einmal heiraten.«

»Aber nein. Ich glaube kaum, daß ich das noch einmal fertigbrächte.«

»Warum haben Sie dann heute einen Strauß Veilchen gekauft und sie sich ans Revers gesteckt? Man kauft Blumen für die Wohnung, aber man trägt sie nur selten selbst. Diese Veilchen sind ein Signal, Ann. Sie haben es gekauft, weil Sie tief im Innern von Frühlingsgefühlen bewegt werden. Ihr zweiter Frühling steht unmittelbar bevor.«

»Wohl eher ein Altweibersommer«, erwiderte Ann lächelnd.

»Wenn Sie es so nennen wollen.«

»Nun ja, Laura, das klingt ja alles sehr verlockend, aber ich habe diese Veilchen nur erstanden, weil die Frau, die sie verkauft hat, so elend und verfroren aussah.«

»Ja, von wegen. Geben Sie sich da bloß keinen Illusionen hin. Das ist nur eine Selbsttäuschung. Aber überlegen Sie einmal, welches der wahre Grund sein könnte. Selbsterkenntnis, Ann. Üben Sie sich darin, das halte ich für sehr wichtig. Grundgütiger Himmel, es ist ja schon nach zwei. Ich muß mich beeilen. Was machen Sie denn heute abend?«

»Ich gehe mit James Grant essen.«

»Mit Colonel Grant? Ja, natürlich. Ein netter Mann.« Sie zwinkerte Ann zu. »Er ist schon lange hinter Ihnen her.«

Ann Prentice errötete und lachte.

»Ach, das ist nur die Macht der Gewohnheit.«

»Aber er hat Sie doch wiederholt gebeten, seine Frau zu werden – oder nicht?«

»Ja, das schon – aber das wäre doch absurd. Oder glauben Sie vielleicht, ich sollte...? Weil wir uns beide einsam fühlen.«

»Ann, wenn es um die Ehe geht, darf es gar kein *sollte* geben! Ein falscher Partner ist viel schlimmer als überhaupt kein Partner. Der arme Colonel Grant – das heißt, so bemitleidenswert erscheint er mir gar nicht. Ein Mann, der eine Frau ständig bittet, ihn zu heiraten, und sie nicht umstimmen kann, genießt es insgeheim, hoffnungslosen Dingen anzuhängen. Dünkirchen hätte ihm gefallen, wenn er dabei gewesen wäre. Ich wage sogar zu behaupten, daß ihm das Signal zum Angriff der Leichten Brigade noch mehr gelegen hätte! Wie wir doch in diesem Land an unseren Fehlern und Niederlagen hängen! Dafür schämen wir uns unserer Siege!«

2. Kapitel

1

Als Ann wieder in ihre Wohnung kam, begrüßte die getreute Edith sie ausgesprochen kühl.

»Einen schönen Goldbutt hatte ich für Sie zum Mittagessen«, klagte sie, als sie an der Küchentür erschien. »Und Karamel-Creme.«

»Es tut mir furchtbar leid. Ich war bei Lady Laura zum Essen eingeladen. Aber ich habe doch rechtzeitig angerufen und gesagt, daß ich nicht komme.«

»Na ja, ich hatte den Goldbutt ja auch noch nicht zubereitet», gab Edith widerstrebend zu. Sie war eine hochgewachsene hagere Frau, die sich kerzengerade hielt, und ähnelte einem Grenadier. Ihr Mißfallen war unübersehbar.

»Es paßt gar nicht zu Ihnen, so kurzfristig umzudisponieren. Bei Miß Sarah hätte mich das nicht gewundert. Die Handschuhe, die sie so verzweifelt gesucht hat, fand ich erst, als sie schon fort war und sie ihr nichts mehr nutzten. Hinter dem Sofa festgeklemmt.«

»Was für ein Jammer.« Ann nahm die in fröhlichen Farben gestrickten Wollhandschuhe aus Ediths Hand entgegen. »Jetzt ist sie schon seit Stunden unterwegs.«

»Vermutlich war sie froh, mal wegzukommen.«

»Ja, die ganze Clique konnte es kaum erwarten. Alle waren richtig ausgelassen.«

»Bis zur Heimkehr ist ihnen der Übermut vielleicht vergangen. Kann gut sein, daß sie dann mit Krücken humpeln.«

»Aber Edith, malen Sie doch nicht den Teufel an die Wand.«

»Furchtbar gefährlich, diese Wintersportorte in der Schweiz. Man bricht sich die Arme oder Beine, und dann wird das nicht richtig eingerenkt und eingegipst. Unter dem Gips kommt es dann zum Brand, dann ist es aus mit einem. Riecht auch widerwärtig.«

»Na, dann wollen wir hoffen, daß Sarah sich nichts bricht«, sagte Ann. Sie kannte Ediths düstere Prophezeiungen zur Genüge. Edith schien das ungeheuer zu genießen.

»Ohne Miß Sarah wird uns die Wohnung ganz anders vorkommen«, meinte Edith. »Wir werden und selbst nicht mehr wiedererkennen, so ruhig wird es hier sein.«

»Da können Sie sich endlich einmal ein bißchen ausruhen, Edith.«

»Ausruhen?« wiederholte Edith indigniert. »Warum sollte ich mich ausruhen? Ich brauche mich nicht zu erholen. Wer rastet, der rostet, das hat meine Mutter immer zu mir gesagt. Auf diesem Standpunkt stehe ich auch. Jetzt wo Miß Sarah weg ist und sie und ihre Freunde nicht ständig ein- und ausgehen, daß es zugeht wie in einem Taubenschlag, kann ich endlich mal wieder gründlich saubermachen. Das ist nämlich bitter nötig.«

»Ich finde, die Wohnung ist pieksauer, Edith.«

»Da irren Sie sich aber gewaltig. Ich habe einen besseren Blick dafür. Ich muß die Vorhänge abnehmen und einmal gründlich ausschütteln, die Lampen sollten abgewaschen werden – hundert Dinge sind zu tun.«

Ediths Augen leuchteten. Sie konnte es offensichtlich kaum erwarten, sich auf den Hausputz zu stürzen.

»Nehmen Sie sich eine Hilfe.«

»Was? Kommt nicht in Frage. Ich lege Wert darauf, daß alles ordentlich gemacht wird. So jemand ist heutzutage schwer zu finden. Sie haben schöne Sachen. Die muß man gut pflegen, damit sie auch schön bleiben. Aber durch die Kocherei und dies und jenes komme ich nicht so häufig dazu, wie es notwendig wäre.«

»Sie kochen ganz fantastisch, Edith. Aber das wissen sie ja selbst.«

Der Anflug eines dankbaren Lächelns erschien auf Ediths Gesicht. Für gewöhnlich drückte ihre Miene tiefes Mißfallen aus.

»Ach, das Kochen«, sagte sie abfällig. »Was ist denn da schon groß dabei? Das würde ich nicht mal Arbeit nennen – ganz und gar nicht.«

Bevor sie wieder in die Küche ging, fragte sie ihre Herrin noch:

»Um wieviel Uhr soll ich Ihnen den Tee servieren?«

»Jetzt noch nicht. Etwa um halb fünf.«

»An Ihrer Stelle würde ich die Füße ein bißchen hochlegen und ein Schläfchen halten. Dann fühlen Sie sich heute abend wieder frisch. Sie sollten den Frieden genießen, solange er Ihnen vergönnt ist.«

Ann lachte. Sie ging in den Salon und ließ es zu, daß Edith sie bequem auf das Sofa bettete.

»Edith, Sie umsorgen mich, als wäre ich ein kleines Mädchen.«

»Als ich zu Ihrer Ma gekommen bin, waren Sie das ja auch, und Sie haben sich nicht sehr geändert. Colonel Grant rief an. Ich soll Sie daran erinnern, daß Sie um acht Uhr im Restaurant Mogador mit ihm verabredet sind. Ich habe ihm gesagt, daß Sie das natürlich wissen. Aber so sind die Männer nun einmal. Um alles machen sie so ein Theater. Die Militärs sind da am allerschlimmsten.«

»Es ist doch nett von ihm, daran zu denken, daß ich mich heute abend vielleicht einsam fühlen könnte und mich einzuladen.«

Edith meinte sachlich: »Ich habe nichts gegen den Colonel einzuwenden. Wenn er auch ein bißchen umständlich ist, so ist er doch ein Gentleman. Genau der richtige.« Sie unterbrach sich und fuhr fort: »Im großen und ganzen ist Colonel Grant gar nicht so übel. Sie hätten es weit schlimmer treffen können.«

»Wie bitte, Edith? Was haben Sie gesagt?«

Edith sah sie an, ohne mit der Wimper zu zucken.

»Ich habe gesagt, da gibt es wahrhaftig schlimmere Männer... Also, ich glaube, diesen Mr. Gerry werden wir jetzt kaum zu sehen kriegen, wo Miß Sarah weg ist.«

»Sie können ihn nicht leiden, Edith, stimmt's?«

»Na ja, ich mag ihn und mag ihn auch wieder nicht, wenn Sie wissen, was ich meine. Er hat auch nette Seiten, das kann man nicht bestreiten. Aber er gehört nun einmal nicht zu den Menschen mit Durchhaltevermögen. Meine Schwester Marlene ist mit so einem Mann verheiratet. Er hält es in keiner Stellung länger als sechs Monate aus, und was auch passiert – nie ist es seine Schuld.«

Edith ging aus dem Zimmer. Ann lehnte sich zurück, so daß ihr Kopf auf den Kissen ruhte. Die Augen fielen ihr zu.

Der Verkehrslärm klang schwach und gedämpft durch das geschlossene Fenster, ein angenehmes Summen wie von einem weit entfernten Bienenschwarm. Auf einem Tisch stand eine Vase mit gelben Narzissen, die betörend dufteten.

Ein unendlicher Friede überkam sie. Sie war glücklich. Sarah würde ihr natürlich fehlen, aber es war sehr erholsam, auch einmal allein zu sein.

Seltsam, daß sie am Morgen regelrecht in Panik geraten war...

Sie fragte sich, wen James Grant wohl noch zum Abendessen eingeladen hatte.

2

Das Mogador war ein altmodisches kleines Restaurant, in dem man sehr gut aß. Auch der Wein war ausgezeichnet. Die Atmosphäre wirkte sehr entspannt.

Ann erschien als erste von der Tischgesellschaft. Colonel Grant saß an der Bar. Er klappte seinen Uhrdeckel immer wieder auf und zu.

»Ach, Ann, da sind Sie ja!« Er sprang auf, um sie zu begrüßen und sah sie bewundernd an. Ihr schwarzes Kleid und ihre einreihige Perlenkette schienen ihm zu gefallen. »Es ist großartig, wenn es einer hübschen Frau auch noch gelingt, pünktlich zu sein.«

»Ich komme genau drei Minuten zu spät«, entgegnete Ann und sah lächelnd zu ihm auf.

James Grant war ein hochgewachsener Mann mit starrer soldatischer Haltung. Er trug sein graues Haar kurzgeschnitten, und aus seinem Gesicht ragte ein störrisches Kinn.

Ungeduldig sah er wieder auf die Uhr.

»Warum können die anderen nicht auch endlich kommen? Der Tisch ist für viertel nach acht Uhr für uns reserviert und vorher wollen wir noch etwas trinken. Möchten Sie einen Sherry? Der ist Ihnen doch lieber als ein Cocktail, oder?«

»Ja, vielen Dank. Wer sind denn die anderen Gäste?«

»Die Massinghams. Kennen Sie sie?«

»Aber ja.«

»Und Jennifer Graham. Meine Cousine ersten Grades. Ich weiß nicht, ob Sie ihr schon mal begegnet sind?«

»Ich glaube, ich habe sie einmal in Ihrer Begleitung gesehen.«

»Und dann kommt noch Richard Cauldfield. Vor kurzem bin ich ihm ganz zufällig über den Weg gelaufen. Ich hatte ihn seit Jahren nicht gesehen. Er war lange Zeit in Burma. Jetzt wo er nach England zurückgekehrt ist, findet er sich nicht mehr so leicht zurecht.«

»Das kann ich mir denken.«

»Netter Bursche. Ziemlich traurige Geschichte. Seine Frau starb bei der Geburt des ersten Kindes. Er hat sie sehr geliebt. Konnte ihren Tod lange nicht verwinden. Hatte das Gefühl, er müsse sofort weg – deshalb ist er nach Burma gegangen.«

»Und das Baby?«

»Das ist auch gestorben.«

»Wie traurig.«

»Ach, da kommen ja die Massinghams.«

Mrs. Massingham, die Sarah immer die ›Mem Sahib‹ nannte, begrüßte sie umständlich und ließ dabei die Zähne blitzen. Sie war eine hagere, sehnige Frau mit einer durch den jahrelangen Aufenthalt in Indien ganz ausgelaugten Haut. Ihr Mann war klein und dickbäuchig und fiel durch seine abgehackte Sprechweise auf.

»Wie schön, Sie wiederzusehen«, sagte Mrs. Massingham und schüttelte Ann erfreut die Hand. »Und wie erfreulich, wenn jemand ganz korrekt gekleidet diniert. Ich trage hier selten Abendkleider, denn überall sagt man mir: ›Sie brauchen sich nicht umzuziehen.‹ Das Leben ist heutzutage wirklich trostlos. Und was man alles selber machen muß! Mir kommt es vor, als ob ich den ganzen Tag am Spülbecken stünde! Ich finde, wir sollten nicht in England bleiben. Wir haben schon an Kenia gedacht.«

»Viele Leute verlassen England«, bemerkte ihr Mann. »Haben es einfach satt. Verflixte Regierung.«

»Ach, da ist ja Jennifer«, sagte Colonel Grant. »Und Cauldfield.«

Jennifer war eine Frau von etwa fünfunddreißig Jahren mit Pferdegesicht und einem wiehernden Lachen, Richard Cauldfield ein Mann in mittleren Jahren mit sonnenverbranntem Gesicht.

Er setzte sich neben Ann. Sie nahm das Gespräch auf und

fragte ihn, ob er schon lange in England sei und was er von den Zuständen hier hielt.

Er entgegnete, er habe sich erst daran gewöhnen müssen. Alles sei ganz anders als es vor dem Krieg gewesen war. Er habe sich nach einer Stellung umgesehen, aber es sei nicht leicht etwas zu finden, vor allem nicht bei einem Mann in seinem Alter.

»Ja, ich fürchte, da haben Sie recht. Mir kommt es vor, als sei nichts mehr in Ordnung.«

»Ja, schließlich habe ich die Fünfzig noch nicht überschritten.« Er lächelte entwaffnend und wirkte dabei ausgesprochen kindlich. »Ich bin nicht ganz unvermögend und habe mir schon überlegt, ob ich mir nicht ein kleines Haus auf dem Land kaufen soll. Ich könnte Gemüse anpflanzen und auf dem Markt verkaufen. Oder Hühner.«

»Nein, keine Hühner«, meinte Ann. »Ich habe mehrere Freunde, die sich auf Hühner verlegt haben. Anscheinend bekommen die immer irgendwelche Krankheiten.«

»Ja, ein gärtnerisches Unternehmen wäre vielleicht sinnvoller. Der Profit würde sich wahrscheinlich in Grenzen halten, aber man könnte ein angenehmes Leben führen.«

Er seufzte.

»Alles ist sehr schwierig geworden. Ein Regierungswechsel könnte vielleicht eine Änderung bewirken.«

Ann pflichtete ihm zweifelnd bei. Diese Meinung war allgemein verbreitet.

»Es ist sicher nicht leicht, eine Entscheidung zu treffen und sich dann darauf festzulegen«, sagte sie.

»Ach wo, ich mache mir keine Sorgen. Ich gehöre nicht zu den Menschen, die ständig besorgt sind. Wenn man Selbstvertrauen besitzt und fest entschlossen ist, lösen sich die Schwierigkeiten meist in Luft auf.«

Das war eine anmaßende Behauptung. Ann blickte zweifelnd drein.

»Na, ich weiß nicht recht.«

»Ich versichere Ihnen, daß es so ist. Ich habe gar keine Geduld mit Leuten, die einem ständig die Ohren damit volljammern, daß sie vom Pech verfolgt sind.«

»Da kann ich Ihnen nur zustimmen«, sagte Ann mit solchem Nachdruck, daß Cauldfield fragend die Augenbrauen hob.

»Es hört sich ganz danach an, als hätten Sie damit Erfahrung.«

»Und ob! Einer der Freunde meiner Tochter kommt immer wieder an, um uns von seinem neuesten Mißgeschick zu berichten. Anfänglich war ich voller Mitgefühl, aber jetzt bin ich schon ganz abgestumpft und langweile mich entsetzlich.«

Mrs. Massingham sagte über den Tisch hinweg: »Solche Erzählungen können einen zur Verzweiflung bringen.«

Colonel Grant warf ein: »Von wem ist denn die Rede? Von dem jungen Gerald LLoyd? Der wird es nie zu etwas bringen.«

Richard Cauldfield wandte sich leise an Ann: »Sie haben also eine Tochter. Die schon so groß ist, daß sie einen Freund hat.«

»Ja. Sarah ist neunzehn.«

»Haben Sie sie sehr gern?«

»Natürlich.«

Seine Miene drückte Schmerz aus. Sie mußte wieder daran denken, was Colonel Grant ihr über Cauldfield erzählt hatte.

Er sagte mit gesenkter Stimme: »Sie sehen so jung aus, daß man Ihnen noch gar keine erwachsene Tochter zutraut...«

»Das ist wohl das übliche Kompliment, das man einer Frau in meinemAlter macht«, entgegnete Ann lachend.

»Schon möglich, aber ich meine es ganz ehrlich. Ist Ihr Mann...«, er zögerte, »nicht mehr am Leben?«

»Nein, er ist schon lange tot.«

»Warum haben Sie nicht noch einmal geheiratet?«

Man hätte das für eine indiskrete Frage halten können, doch seine Stimme drückte aufrichtige Anteilnahme aus. Daher wollte Ann ihm so etwas nicht unterstellen. Sie hatte ganz deutlich das Gefühl, daß Richard Cauldfield ein sehr geradliniger Mensch war. Die Antwort schien ihn tatsächlich zu interessieren.

»Ach, weil –«, sie unterbrach sich. Dann erklärte sie wahrheitsgemäß: »Ich habe meinen Mann sehr geliebt. Nach seinem Tod habe ich mich nie wieder für einen anderen Mann interessiert. Und schließlich war ja auch noch Sarah da.«

»Ja«, sagte Cauldfield, »das kann ich gut verstehen.«

Grant stand auf und schlug den anderen vor, ins Restaurant zu gehen und sich an den reservierten Tisch zu setzen. An dem runden Tisch saß Ann neben ihrem Gastgeber. An ihre andere

Seite hatte man Major Massingham plaziert. Es ergab sich keine Gelegenheit mehr für ein Gespräch mit Cauldfield, dem es offensichtlich schwerfiel, sich auf Miß Grahams Unterhaltung zu konzentrieren.

»Was glauben Sie – ob sie wohl Gefallen aneinander finden?« flüsterte der Colonel ihr ins Ohr. »Wissen Sie, er braucht nämlich eine Frau.«

Dieser Gedanke mißfiel Ann gründlich. Ausgerechnet Jennifer Graham mit ihrer lauten durchdringenden Stimme und ihrem wiehernden Lachen! Sie war ganz und gar nicht die richtige Ehefrau für Cauldfield.

Man servierte die Austern. Die Tischgesellschaft ließ sie sich munden und unterhielt sich dabei.

»Ist Sarah heute morgen abgefahren?«

»Ja, James. Hoffentlich liegt noch genug Schnee.«

Ja, eben. Das ist um diese Zeit gar nicht mehr so sicher. Jedenfalls wird sie die Ferien genießen. Hübsches Mädchen, Ihre Sarah. Ach, übrigens, ich hoffe, daß der junge Lloyd nicht auch mitgefahren ist.«

»Nein, nein. Er ist gerade in die Firma seines Onkels eingetreten und kann jetzt nicht weg.«

»Das ist gut. Sie müssen seine Annäherungsversuche im Keim ersticken, Ann.«

»Ach, James, heutzutage kann man da nicht mehr viel machen.«

»Nein, wahrscheinlich nicht. Aber sie sind ja nicht auf den Kopf gefallen, Ann. Jetzt ist Sarah erst einmal eine Weile außer Reichweite.«

»Ja, das habe ich mir auch gesagt.«

»Hoffentlich wendet sie sich dort einem anderen jungen Mann zu.

»Sarah ist noch sehr jung, James. Ich glaube nicht, daß ihr sehr viel an Gerry Lloyd lag.«

»Kann schon sein. Aber als ich sie das letztemal gesehen habe, war sie sehr besorgt um ihn.«

»Sarah ist sehr hilfsbereit und kümmert sich gern um andere. Sie hört jedem zu und gibt gute Ratschläge. Ihre Freunde können sich auf sie verlassen.«

»Sie ist ein liebes Mädchen. Und sehr attraktiv. Aber Ihre

Ausstrahlung wird sie nie erreichen, Ann. Sie ist härter. Wie nennt man das doch gleich – hartgesotten.«

»Ich glaube nicht, daß Sarah besonders hartgesotten ist. Aber so verhält sich ihre Generation nun mal.«

»Schon möglich... aber manche dieser Mädchen könnten von ihren Müttern lernen, was es heißt, charmant zu sein.«

Er sah sie zärtlich an. Mit einer plötzlichen Aufwallung von Wärme dachte Ann bei sich: ›Der liebe gute James. Er ist ja wirklich rührend. Hält mich tatsächlich für vollkommen. Ist es nicht dumm von mir, daß ich nicht zugreife angesichts all dessen, was er mir zu bieten hat? Geliebt und verwöhnt zu werden–‹

Unglücklicherweise fing Colonel Grant in diesem Augenblick an, ihr die Geschichte eines seiner Subalternen und der Frau des Majors in Indien zu erzählen. Es war eine endlose Geschichte, die sie schon dreimal gehört hatte.

Das Gefühl der Wärme erlosch. Über den Tisch hinweg beobachtete sie Richard Cauldfield, um ihn richtig einzuschätzen. Ein wenig zu selbstsicher, zu bestimmt – nein, berichtigte sie sich, das konnte man eigentlich nicht sagen... Das war nur ein Schutzpanzer gegen eine fremde und möglicherweise feindselige Welt.

Eigentlich ein trauriges Gesicht. Das Gesicht eines einsamen Mannes...

Er hat viele gute Eigenschaften, dachte sie. Er war freundlich, ehrlich und ausgesprochen fair. Möglicherweise ein wenig starrsinnig und gelegentlich voreingenommen. Ein Mann, der es nicht gewohnt war, viel zu lachen oder ausgelacht zu werden. Sein wahrer Charakter würde sich erst zeigen, wenn er sich sicher sein konnte, daß er geliebt wurde.

»Und ob Sie es glauben oder nicht«, schloß der Colonel triumphierend, »er hatte die ganze Zeit Bescheid gewußt!«

Ann erschrak und lächelte pflichtschuldig.

3. Kapitel

1

Als Ann am nächsten Morgen erwachte, wußte sie im ersten Augenblick nicht, wo sie sich befand. Die Umrisse des Fensters waren nur schwach auszumachen. Das Fenster müßte doch rechts sein und nicht links, sagte sie sich... Und dann die Tür, der Kleiderschrank...

Ihr wurde klar, daß sie geträumt hatte. Im Traum sah sie sich wieder in ihre Mädchenzeit zurückversetzt, in das Haus in Aplestream. Ganz aufgeregt war sie dort angelangt, begrüßt von ihre Mutter und einer verjüngten Ausgabe von Edith. Sie war im Garten rumgelaufen, hatte sich durch laute Ausrufe zu allem möglich geäußert und war dann ins Haus gegangen. Nichts hatte sich geändert, alles war noch ganz genauso, wie sie es in Erinnerung hatte... der ziemlich dunkle Flur, der Salon mit seinen chintzbezogenen Möbeln, den man von der Diele aus betrat. Dann sagte ihre Mutter zu ihrer Verwunderung: ›Wir trinken heute *hier* Tee.‹ Sie hatte sie durch eine weitere Tür in einen neuen Raum geführt, den sie noch gar nicht kannte. In ein sehr schönes Zimmer mit chintzbezogenen Polstermöbeln und vielen Blumen. Das Zimmer was von Sonnenlicht durchflutet. Irgend jemand fragte sie: ›*Du hast gar nicht gewußt, daß es diese Zimmer gibt, nicht war?* Wir haben sie voriges Jahr entdeckt!‹ Es gab noch mehr neue Zimmer. Eine kleine Stiege führte nach oben, und dort fanden sich weitere Räume. Das alles war sehr spannend und aufregend gewesen.

Selbst jetzt in wachem Zustand hatte sie noch nicht ausgeträumt. Sie war immer noch das Mädchen Ann, ein Geschöpf, das am Anfang seines Lebens stand. Alle diese bis dahin unentdeckten Zimmer! Wenn man sich vorstellte, daß während vieler Jahre niemand etwas davon geahnt hatte! Wann sie wohl entdeckt worden waren? Erst vor kurzem? Oder schon vor Jahren?

Langsam sickerte die Wirklichkeit in diesen wirren, aber angenehmen Schwebezustand zwischen Traum und Wachen. Alles war nur ein Traum gewesen, ein wunderschöner Traum. Schmerzlich hing sie diesem Traum nach, von nostalgischen

Gefühlen überwältigt. Es gab kein Zurück. Sie begriff nicht, weshalb sie so eine merkwürdige, schon fast ekstatische Freude empfand. Schließlich hatte sie von diesen neuen Zimmern ja nur geträumt. Und plötzlich machte es sie ein wenig traurig, daß es diese Räume in Wahrheit nie gegeben hatte.

Ann lag im Bett und sah, daß sich die Umrisse des Fensters immer deutlicher abzeichneten. Es mußte wohl schon ziemlich spät sein, mindestens neun Uhr. Morgens war es jetzt immer so dunkel. Wenn Sarah in der Schweiz erwachte, schien bestimmt die Sonne, und es lag viel Schnee.

Doch in diesem Augenblick erschien ihr Sarah ganz unwirklich. Sarah war weit weg, ganz weit entfernt, nahm keine feste Form an...

Dafür war etwas anderes real: das Haus und Cumberland, die chintzbezogenen Polstermöbel, die Sonne und die Blumen – und natürlich ihre Mutter. Und auch Edith, die respektvoll in einiger Entfernung stand. Ihre Miene drückte wie gewöhnlich Mißfallen aus, obwohl die Haut der jungen Edith noch ganz glatt war und ihr Gesicht noch keine Falten aufwies.

Ann lächelte und rief: »Edith!«

Edith betrat das Zimmer und zog die Vorhänge auf.

»Na also«, sagte sie beifällig. »Da haben Sie ja mal so richtig ausgeschlafen. Ich hätte Sie nicht aufgeweckt. Es ist sowieso kein schöner Tag. Ich glaube, es kommt Nebel auf.«

Wenn man aus dem Fenster blickte, wirkte alles schwefelgelb. Keine schönen Aussichten, doch Ann fühlte sich so wohl, daß sie sich davon nicht aus der Fassung bringen ließ. Sie lag da und lächelte in sich hinein.

»Ihr Frühstück steht bereit. Ich bringe es Ihnen.«

Edith blieb noch einmal stehen, bevor sie aus dem Zimmer ging und warf ihrer Herrin einen neugierigen Blick zu.

»Sie scheinen ja heute morgen sehr mit sich zufrieden zu sein, das muß ich schon sagen. Anscheinend haben Sie sich gestern abend sehr gut unterhalten.«

»Gestern abend?« Ann überlegte einen Augenblick. »Ach so, ja. Ich habe mich tatsächlich bestens amüsiert. Edith, kurz vor dem Erwachen habe ich geträumt, ich wäre wieder zu Hause. Sie waren da, und es war Sommer. In dem Haus gab es noch Zimmer, von denen wir gar nichts geahnt hatten.«

»Ein Glück!« lautete Ediths Kommentar. »Die Zimmer haben mir auch so schon gereicht. So ein riesengroßes weiträumiges altes Haus! Und diese Küche! Wenn ich nur daran denke, welche Unmengen von Kohle dieser Herd verschlungen hat! Ein Glück, daß Kohle damals billig war.«

»Edith, in meinem Traum waren Sie wieder ganz jung, und ich natürlich auch.«

»Na ja, man kann die Uhr nicht zurückdrehen, so gern wir das auch möchten. Diese Zeit ist endgültig vorbei und kommt nicht wieder.«

»Endgültig vorbei«, wiederholte Ann leise.

»Es ist nicht etwa so, daß ich nicht ganz zufrieden wäre, so wie die Dinge stehen. Ich bin noch immer ganz gesund und stark, obwohl es immer heißt, daß man in den mittleren Jahren am meisten gefährdet ist, was diese Tumore angeht. Das ist mir in letzter Zeit öfter durch den Kopf gegangen.«

»Edith, Sie haben sicher keinen Tumor.«

»Ach, das kann man nie wissen. Das weiß man erst, wenn man ins Krankenhaus gekarrt und aufgeschnitten wird, aber dann ist es meistens schon zu spät.« Mit düsterer Miene ging Edith aus dem Zimmer, doch sie genoß die Szene offensichtlich.

Nach ein paar Minuten brachte sie Anns Frühstück – bestehend aus Toast und Kaffee – auf einem Tablett herein.

»So, Madam, nun setzen Sie sich mal schön auf, damit ich Ihnen das Kissen in den Rücken stopfen kann.«

Ann blickte auf und sagte ganz impulsiv?

»Edith, Sie sind so gut zu mir.«

Damit brachte sie Edith in Verlegenheit. Die Angestellte errötete heftig.

»Ich weiß eben, was man tun muß, das ist alles. Irgend jemand muß sich schließlich um Sie kümmern. Sie gehören nicht zu diesen emanzipierten Frauen. Wenn man dagegen an Mylady Laura denkt – gegen die könnte sich nicht einmal der Papst in Rom behaupten.«

»Laura ist eine starke Persönlichkeit, Edith.«

»Ja, ich weiß. Ich habe sie schon im Radio gehört. Man braucht sie nur anzusehen, um zu wissen, daß sie etwas darstellt. Nach allem, was man so hört, hat sie sogar einen Mann abbekommen. Ist sie geschieden oder ist ihr Mann gestorben?«

»Er ist gestorben.«

»Ich finde, das ist das beste, was er tun konnte. Neben ihr kann sich kaum einer behaupten, aber natürlich gibt es auch Männer, denen es lieber ist, wenn ihre Frau die Hosen anhat.«

Im Hinausgehen bemerkte Edith noch: »Meine Liebe, hetzen Sie sich bloß nicht ab. Ruhen Sie sich einmal richtig aus, bleiben Sie im Bett. Denken Sie an etwas Angenehmes und genießen Sie den Frieden.«

»Frieden«, dachte Ann belustigt. »So nennt sie das also.«

Eigentlich hatte Edith recht. Ihr war vorübergehend Frieden vergönnt, sie machte sozusagen Urlaub, nahm Abstand von dem täglichen Einerlei. Ihr Leben verlief derzeit nach einem anderen Rhythmus als sonst. Wenn man mit einem Kind zusammenlebte, das man liebte, mußte man immer befürchten, sich zu sehr an das Kind zu klammern. »Ist sie glücklich?« fragte man sich immer wieder. »Sind die Freunde auch der richtige Umgang für mein Kind? Bei der Tanzerei gestern abend muß irgend etwas schiefgelaufen sein. Was ist da wohl passiert?«

Sie hatte sich niemals eingemischt und auch nie Fragen gestellt. Sie fand, daß Sarah selbst wissen mußte, was sie für sich behalten und worüber sie mit ihrer Mutter sprechen wollte. Sie mußte ihre eigenen Erfahrungen machen und sich ihre Freunde selbst aussuchen. Doch weil sie Sarah liebte, betrachtete sie die Probleme, die Sorgen ihrer Tochter auch als ihre eigenen. Ann rechnete ständig damit, daß Sarah sie brauchte. Sie mußte bereit sein, wenn Sarah sich hilfesuchend an ihre Mutter wandte, ganz gleich ob sie nun einen praktischen Rat oder Verständnis von ihr erwartete...

Manchmal dachte Ann auch an die Möglichkeit, daß Sarah eines Tages unglücklich wäre. Aber selbst dann dürfte sie ihr keine Fragen stellen, wenn Sarah das nicht wollte.

In letzter Zeit machte sie sich Sorgen wegen Gerald Lloyd, diesem verbiesterten, streitsüchtigen jungen Mann. Sarah fühlte sich offensichtlich zunehmend zu ihm hingezogen. Ein Glück, daß Sarah nun wenigstens drei Wochen von diesem jungen Mann getrennt war. In dieser Zeit würde sie sicher viele andere junge Männer kennenlernen.

Jetzt, wo Sarah in der Schweiz war, konnte sie sich endlich anderen Dingen zuwenden und einmal ganz ausspannen. Gemütlich im Bett liegen und sich überlegen, was sie unternehmen sollte. Sie hatte sich auf der Dinnerparty am Abend zuvor sehr gut unterhalten. Der liebe gute James, was für ein netter Mensch. Aber sterbenslangweilig, der Arme! Diese endlosen Geschichten, das war nicht auszuhalten! Männer seines Alters sollten ein Gelübde ablegen, daß sie keine Geschichten und Anekdotenmehr erzählen würden. Sicher hatten sie keine Ahnung, wie deprimierend es für ihre Freunde war, wenn sie wider einmal in ihrer Vergangenheit schwelgten.

Nun konnte man natürlich sagen: »Ja, James, du hast es schon dreimal erzählt.« Doch damit würde man den armen Kerl verletzen, und das wollte man nun auch nicht.

Und wie stand es mit Richard Cauldfield? Der war naturlich viel jünger, aber wahrscheinlich würde auch er eines Tages anfangen, immer wieder die gleichen endlosen langweiligen Geschichten zu erzählen...

Sie überlegte... es war zwar möglich, aber sie konnte es eigentlich nicht glauben. Er würde wohl eher herrisch auftreten, den Leuten Vorschriften machen, sich schulmeisterlich benehmen. Vielleicht wäre er voller Vorurteile und vorgefaßter Meinungen. Man mußte ihn necken, aber ganz behutsam... Manchmal würde er sich sicher ganz absurd verhalten, aber er war ein lieber Mensch und einsam, ein schrecklich einsamer Mann und er tat ihr leid. Er ließ sich treiben, befand sich in einer Art Schwebezustand. Das Leben in London empfand er als frustrierend. Was für eine Stellung er wohl annehmen würde? Heutzutage war es gar nicht leicht, etwas Passendes zu finden. Wahrscheinlich würde er sich auf dem Land niederlassen, sich seinen Bauernhof kaufen, Gemüse anbauen und von den Erträgen leben.

Ob sie ihn wohl wiedersehen würde? Sie nahm sich vor, James bald einmal zum Abendessen einzuladen. Dann konnte sie ihn bitten, Richard Cauldfield mitzubringen. Das wäre eine gute Tat – er fühlte sich ganz offensichtlich einsam. Sie würde auch noch eine Frau einladen. Man konnte ins Theater gehen oder sonst etwas unternehmen.

Was Edith für einen Lärm machte. Sie hielt sich nebenan im Salon auf, und es hörte sich an, als seien ganze Heerscharen von Umzugsleuten bei der Arbeit. Ein ständiges Geschiebe und Geholpere, zwischendurch das schrille Geheul des Staubsaugers. Edith war ganz in ihrem Element.

Gleich darauf steckte Edith den Kopf zur Tür herein. Sie hatte sich ein Staubtuch um den Kopf gebunden und trug die verzückte erhabene Miene einer Priesterin zu Schau, die eine rituelle Orgie zelebrierte.

»Sie essen wohl nicht zufällig außer Haus zu Mittag? Ich habe mich geirrt, was den Nebel angeht, er scheint sich doch zu lichten. Es wird wohl noch ein richtig schöner Tag. Ich habe das Stück Goldbutt nicht vergessen, aber wenn er sich bis jetzt gehalten hat, hält er sich auch noch bis zum Abend. Man kann nicht bestreiten, daß die Sachen in diesen Kühlschränken frisch bleiben, aber irgendwie leidet der Geschmack darunter. Das lasse ich mir nicht ausreden.«

Ann sah Edith an und lachte.

»Ist ja schon gut – ich esse also außer Haus zu Mittag...«

»Ganz wie Sie wünschen – *mir* ist es egal.«

»Na schön, Edith, aber übertreiben Sie es nicht. Lassen Sie sich doch von Mrs. Hopper helfen, wenn Sie schon einen Hausputz machen wollen.«

»Mrs. Hopper, Mrs. Hopper. Die ist mir zu sprunghaft, nicht gründlich genug. Als sie letztesmal hier war, habe ich sie das schöne Kamingitter aus Messing putzen lassen. Hinterher war es dann ganz verschmiert. Diese Frauen können höchstens die Linoleumböden putzen, aber dazu ist wohl jeder in der Lage. Erinnern Sie sich noch an das schöne schmiedeeiserne Kamingitter in Applestream? Das mußte schon ordentlich gepflegt werden und war mein ganzer Stolz. Sie haben schöne Möbelstücke hier, die kann man wunderbar polieren. Ein Jammer, daß vieles gleich eingebaut ist.«

»Aber das macht weniger Arbeit.«

»Für meinen Geschmack erinnert das zu sehr an ein Hotel. Sie gehen also aus? Gut. Da kann ich mir die Bettvorlagen und Teppiche mal vornehmen.«

»Darf ich heute abend wiederkommen? Oder wäre es Ihnen lieber, wenn ich im Hotel übernachten würde?«

»Also wissen Sie, Miß Ann, Sie mit Ihren Scherzen. Übrigens, dieser Topf, den Sie mir von den Stores mitgebracht haben, taugt überhaupt nichts. Erstens ist er viel zu groß, und dann hat er auch eine ganz ungünstige Form. Man kann darin kaum umrühren. Ich möchte wieder so einen wie den alten.«

»Edith, ich fürchte, die werden nicht mehr hergestellt.«

»Diese Regierung!« sagte Edith angewidert. »Und was ist mit den Souffléformen aus Porzellan, um die ich Sie gebeten hatte? Miß Sarah mag es gern, wenn man das Soufflé darin serviert.

»Ach, die habe ich ganz vergessen. Aber solche finde ich bestimmt. Da dürfte es kaum Schwierigkeiten geben.«

»Na sehen Sie, da haben Sie etwas zu tun.«

»Also wirklich, Edith!« rief Ann aufgebracht. »Sie behandeln mich, als wäre ich ein kleines Mädchen, das man zum Seilspringen rausschickt.«

»Ich muß zugeben, daß Sie mir jünger vorkommen, seit Miß Sarah fort ist. Aber es war ja nur ein Vorschlag, Madam.« Edith richtete sich zu ihrer vollen Größe auf und sagte griesgrämig und steif: »Könnte ja sein, daß es Sie in die Nähe der Army oder Navy Stores oder von John Barker's verschlägt.«

»Ist ja schon gut, Edith. Nun gehen Sie mal wieder ins Wohnzimmer und springen Sie selber Seil.«

»Also wissen Sie!« fauchte Edith und verschwand.

Das Rücken und Geschiebe ging sofort wieder los, doch bald kam noch ein anderes Geräusch hinzu. Edith sang mit dünner Stimme unmelodiös ein ganz besonders düsteres Lied:

»Dies ist ein Land der Qualen und des Kummers,
Ohne Freude, ohne Sonne, ohne Licht.
O wasche uns und bade uns in Deinem Blut,
Auf das wir richtig trauern.«

2

Ann hielt sich ausgesprochen gern in der Porzellanabteilung der Army und Navy Stores auf. Heutzutage waren so viele Dinge minderwertig und ließen sehr zu wünschen übrig. Da nahm man mit Erleichterung zur Kenntnis, daß in England doch noch gutes Porzellan, gutes Glas und gutes irdenes Geschirr hergestellt wurden.

Die abschreckenden Schilder ›Nur für den Export bestimmt‹

taten ihrer Bewunderung für die ausgestellten Dinge keinen Abbruch. Sie trat zu den Tischen, auf denen der Ausschuß stand, die ausgemusterten, nicht für den Export bestimmten Gegenstände. Dort drängten sich immer Frauen, die eifrig nach schönen Stücken Ausschau hielten.

An diesem Tag war Ann selbst vom Glück begünstigt. Da stand ein fast vollständiges Frühstücksgeschirr – schöne breitrandige runde Tassen, in einem sympathischen Braun glasiert und gemustert – ein irdenes Service. Der Preis hielt sich in Grenzen, und sie griff gerade noch rechtzeitig zu. Als ihre Adresse gerade notiert wurde, erschien eine andere Frau und sagte aufgeregt: »Das nehme ich.«

»Tut mir leid, Madam, aber das Service ist schon verkauft.«

Ann sagte: »Es tut mir wirklich leid für Sie«, doch das war nur eine höfliche Floskel. Strahlend ging sie weiter, voller Freude über diesen Kauf. Sie hatte auch sehr hübsche Soufflé-Schälchen in der richtigen Größe gefunden, jedoch aus Glas und nicht aus Porzellan. Sie hoffte, Edith würde sich damit abfinden, ohne allzuviel zu murren.

Von der Porzellanabteilung aus ging sie über die Straße in das Gartencenter. Der Blumenkasten vor dem Fenster der Etagenwohnung war erneuerungsbedürftig.

Während sie sich noch mit dem Verkäufer unterhielt, sprach jemand sie von hinten an: »Oh, guten Morgen, Mrs. Prentice.«

Sie drehte sich um und stand vor Mr. Cauldfield. Er freute sich so offensichtlich, sie zu sehen, daß Ann sich sehr geschmeichelt fühlte.

»Wenn man sich vorstellt, daß wir uns hier rein zufällig über den Weg gelaufen sind, kann man das schon als Glück bezeichnen. Ich habe übrigens gerade an Sie gedacht. Wissen Sie, gestern abend wollte ich Sie eigentlich noch fragen, wo Sie wohnen und ob ich Sie einmal besuchen darf. Aber dann habe ich mir gesagt, daß sie das vielleicht für aufdringlich halten könnten. Sie haben einen großen Freundeskreis, und –«

Ann fiel ihm ins Wort: »Aber Sie können mich gern besuchen, es würde mich freuen. Ich habe schon daran gedacht, Colonel Grant zum Essen einzuladen und ihm vorzuschlagen, daß er Sie mitbringt.«

»Tatsächlich? Wollten Sie das wirklich tun?«

Sein Eifer und seine Freude waren nicht zu übersehen. Ann fühlte sich von einer Woge der Sympathie für diesen Mann ergriffen. Der arme Mann, wie einsam er sich fühlen mußte. Mit seinem glücklichen Lächeln wirkte er wie ein großer Junge.

Sie erklärte ihm: »Ich habe einen neuen Blumenkasten bestellt. In einer Wohnung ist das aber nur ein kläglicher Ersatz für einen Garten.«

»Ja, das fürchte ich auch.«

»Und was suchen Sie hier?«

»Ich habe mir Brutkästen angesehen.«

»Es steht Ihnen der Sinn also noch immer nach den Küken.«

»Ja, irgendwie schon. Ich habe mir alles angesehen, was es so an Ausrüstung für Geflügel gibt. Diese elektrische Anlage ist wohl der letzte Schrei.«

Gemeinsam strebten sie dem Ausgang zu. Richard Cauldfield fragte hastig:

»Ich möchte Sie gern fragen, ob Sie mit mir zum Essen gehen möchten – natürlich nur, wenn Sie nicht schon andere Pläne haben.«

»Ich esse gern mit Ihnen. Das trifft sich sogar gut. Mein Mädchen Edith stürzt sich auf den Frühjahrshausputz und zelebiert das richtig. Sie hat mir sehr davon abgeraten, zum Mittagessen heimzukommen.«

Das schien Richard Cauldfield zu schockieren. Er fand das offensichtlich überhaupt nicht komisch.

»Ist das nicht sehr eigenmächtig?«

»Edith genießt Sonderrechte.«

»Trotzdem, es zahlt sich einfach nicht aus, die Dienstboten zu verwöhnen, wissen Sie.«

Er weist mich zurecht, dachte Ann belustigt. Sie sagte liebenswürdig:

»Es gibt gar nicht mehr so viele Dienstboten, denen man Sonderrechte einräumen könnte. Außerdem ist Edith eher eine Freundin als eine Angestellte. Sie ist schon seit so vielen Jahren bei mir.«

»Ach so.« Er hatte das Gefühl, daß sie ihn sanft zur Ordnung rief, doch das änderte nichts an dem Eindruck, den er hatte. Diese hübsche Frau ließ sich offenbar von einer tyrannischen Hausangestellten bevormunden. Sie gehörte wohl nicht zu den

Menschen, die sich durchzusetzen wußten. Dazu war sie vom Wesen her viel zu sanft und nachgiebig.

Er fragte verdutzt: »Frühjahrshausputz? Um diese Jahreszeit?«

»Na ja, eigentlich macht man so etwas im März. Aber meine Tochter ist für ein paar Wochen in der Schweiz, deshalb nutzt Edith die Gelegenheit. Wenn Sarah zu Hause ist, geht es viel zu turbulent zu.«

»Sie fehlt Ihnen sicher sehr.«

»Ja.«

»Die Mädchen sind heutzutage anscheinend nicht mehr darauf versessen, zu Hause zu bleiben. Ich nehme an, sie können es kaum erwarten, selbständig zu werden und so zu leben, wie es ihnen Spaß macht.«

»Ach, so stark ist dieser Wunsch eigentlich gar nicht mehr. Die jungen Leute fühlen sich meist ganz wohl daheim.«

»Heute ist so ein schöner Tag. Sollen wir durch den Park gehen, oder würde Sie das sehr ermüden?«

»Aber nein. Ich wollte Ihnen das auch gerade vorschlagen.«

Sie überquerten Victoria Street, gingen durch eine schmale Gasse und erreichten den St. James Park. Richard Cauldfield betrachtete die Plastiken von Epstein.

»Bedeutet Ihnen das irgend etwas? Verdienen es diese Dinger wirklich, daß man sie als *Kunst* bezeichnet?«

»Ja, ich finde schon. Sogar unbedingt.«

»Aber sie *gefallen* Ihnen doch wohl nicht?«

»Nein, mir persönlich nicht. Ich bin da ganz altmodisch und ziehe immer noch die klassischen Skulpturen vor und alles, womit ich aufgewachsen bin. Ich glaube, um die neuen Formen der Kunst richtig einschätzen zu können, muß man sehr gebildet sein. Das gilt auch für die Musik.«

»Musik! So kann man das wohl kaum mehr nennen.«

»Mr. Cauldfield, finden Sie nicht selbst, daß das eine etwas engstirnige Betrachtungsweise ist?«

Sein Kopf fuhr ruckartig herum. Er sah sie an. Ann war rot geworden. Ihre Nervosität war nicht zu übersehen. Doch sie hielt seinem Blick stand, ohne mit der Wimper zu zucken.

»Engstirnig? Na ja, vielleicht bin ich das. Ich glaube, wenn man sehr lange weg war, neigt man dazu, alles abzulehnen, was nicht genauso ist, wie man es in Erinnerung hatte.« Plötzlich lächelte er. »Ich könnte ja bei Ihnen in die Schule gehen.«

Ann sagte hastig: »Ach, ich bin ja selbst schrecklich altmodisch. Aber in meinen Augen ist es wirklich ein Jammer, daß man sich mit zunehmendem Alter immer mehr Dingen gegenüber verschließt. Ich weiß nicht so recht, wie ich mich ausdrükken soll. Das wirkt auf andere so ermüdend, und außerdem besteht ja die Gefahr, daß einem etwas Wichtiges entgeht.«

Richard ging eine Weile schweigend neben ihr her. Dann sagte er: »Es klingt so absurd, wenn sie von sich als alternder Frau sprechen. Mir ist schon lange kein Mensch begegnet, der so jugendlich wirkt. Sie sind viel jünger als manche dieser beunruhigenden Mädchen. Die machen mir manchmal wirklich Angst.«

»Ja, ich habe auch ein bißchen Angst vor ihnen. Aber ich finde sie trotzdem sehr nett.«

Inzwischen hatte die Sonne die letzten Nebelschwaden vertrieben. Es war ein fast warmer Tag.

»Wohin sollen wir jetzt gehen?«

»Zu den Pelikanen.«

Zufrieden sahen sie sich die Pelikane an und unterhielten sich über die verschiedenen Arten der Wasservögel. Jetzt wo Richard so ganz entspannt und glücklich dastand, benahm er sich jungenhaft und ganz natürlich. Ein charmanter Begleiter. Sie schwatzten und lachten miteinander. Jeder fühlte sich in der Gesellschaft des anderen ausgesprochen wohl.

Richard fragte: »Wollen wir uns ein bißchen in die Sonne setzen? Oder glauben Sie, daß Sie dann frieren?«

»Nein, mir ist ganz warm.«

Sie nahmen auf zwei Stühlen Platz und sahen auf das Wasser. Die ganze Szenerie erinnerte dank ihrer zarten Farben an eine japanische Radierung.

Ann sagte leise: »Wie schön London sein kann. Das vergißt man manchmal ganz.«

»Ja. Es ist fast unwirklich.«

Sie saßen eine Weile schweigend da, dann sprach Richard weiter:

»Meine Frau hat immer gesagt, man müsse im Frühling unbedingt in London sein. Sie fand, daß die Knospen, die Mandelbäume und später auch der Flieder vor einem Hintergrund aus Zement und Ziegeln am besten zur Geltung kämen. Sie meinte, auf dem Lande sei ein zu vielfältiges Durcheinander, als daß man die Einzelheiten richtig genießen könne. Doch in einem Vorstadtgarten bräche der Frühling über Nacht aus.«

»Ich finde, damit hatte sie ganz recht.«

Es kostete Richard große Überwindung, als er sagte: »Sie ist gestorben, schon vor Jahren.« Er sah Ann dabei nicht an.

»Ich weiß. Colonel Grant hat es mir erzählt.«

Richard wandte sich ihr zu und sah sie an.

»Hat er Ihnen auch gesagt, woran sie gestorben ist?«

»Ja.«

»Das ist etwas, was ich nie verwinden werden. Ich muß mir wohl bis ans Ende meines Lebens vorwerfen, daß ich sie auf dem Gewissen habe.«

Ann zögerte nur kurz, dann entgegnete sie: »Ich verstehe,, was in Ihnen vorgeht. An Ihrer Stelle würde ich wahrscheinlich genauso empfinden. Aber Sie sind im Irrtum. Sie trifft keine Schuld an ihrem Tod.«

»Doch.«

»Nein, nicht in den Augen einer Frau. Die Frau nimmt die Verantwortung auf sich und geht das Risiko aus freien Stücken ein. Das ist ganz selbstverständlich, da sie den Mann liebt. Sie dürfen nicht vergessen, daß sie sich das Kind ja wünscht. Hat Ihre Frau das Kind gewollt?«

»O ja. Aline hat sich sehr auf das Baby gefreut. Ich auch. Sie war eine starke und gesunde Frau. Man konnte deshalb nicht voraussehen, daß irgend etwas schiefgehen würde.«

Wieder schwiegen beide.

Schließlich sagte Ann: »Es tut mir so leid, so schrecklich leid.«

»Es ist schon lange her.«

»Ist das Baby auch gestorben?«

»Ja. Irgendwie bin ich sogar ganz froh darüber. Wahrscheinlich hätte ich dem armen kleinen Ding verübelt, daß es seine Mutter das Leben gekostet hat. Und ich könnte sicher nie vergessen, wie hoch der Preis für dieses Kind war.«

»Erzählen Sie mir von Ihrer Frau.«

Als sie da so in der blassen Wintersonne saßen, sprach er von Aline. Wie schön und lustig seine Frau gewesen war. Und daß sie zwischendurch auch immer wieder lange Zeit in Schweigen verfiel und er sich dann gefragt hatte, woran sie wohl denken mochte und warum sie sich so weit von ihm entfernte.

Einmal unterbrach er seine Erzählung und meinte ganz verwundert: »Ich habe schon seit Jahren mit keinem Menschen mehr über sie geredet.« Ann bat in sanft: »Erzählen Sie weiter.«

Alles war so schnell gegangen, ihnen war nur kurze Zeit vergönnt gewesen. Drei Monate nach ihrer Verlobung hatten sie geheiratet. »Das übliche Theater. Wir wollten das eigentlich alles gar nicht, aber ihre Mutter hat darauf bestanden. Die Flitterwochen verbrachten sie in Frankreich. Sie sahen sich die Schlösser an der Loire an.

Plötzlich wechselte er das Thema.

»Wissen Sie, bei Autofahrten war sie sehr nervös. Da lag ihre Hand immer auf meinem Knie. Das schien sie zu beruhigen. Ich weiß nicht, was der Grund für die Nervosität war. Sie ist nie in einen Unfall verwickelt gewesen.« Er hielt inne, überlegte und fuhr fort: »Als sie schon tot war, spürte ich manchmal noch immer ihre Hand auf meinem Knie, wenn ich in Burma herumfuhr. Ich habe mir das eingebildet, wissen sie... Ich konnte es lange Zeit nicht fassen, daß es sie nicht mehr gab, daß sie so mitten aus dem Leben gerissen worden war...«

Ja, dachte Ann, dasselbe Gefühl hatte ich auch. Man kann es einfach nicht fassen. Genauso war es ihr bei Patrick ergangen. Sie suchte ihn mit ihren Gedanken. Er *mußte* doch imstande sein, ihr das Gefühl zu geben, daß er in der Nähe war. Ein Mensch, den man liebte, konnte doch nicht einfach verschwinden, ohne daß etwas von ihm zurückblieb. Es war eine so schreckliche Kluft zwischen den Toten und den Lebenden!

Richard fuhr in seiner Erzählung fort.

Er sprach von dem kleinen Haus in einer Sackgasse, das sie gefunden hatte, mit einem Fliederbusch und einem Birnbaum.

Als er schließlich mit rauher Stimme endete, sagte er noch einmal verwundert: »Ich weiß wirklich nicht, warum ich Ihnen das alles erzählt habe...«

Doch insgeheim war er sich im klaren darüber. Nachdem er Ann ziemlich nervös gefragt hatte, ob es ihr recht sei, wenn sie zum Mittagessen in seinen Club gingen und sie ihm zustimmte, verließen sie den Park und gingen in Richtung Pall Mall.

Ganz deutlich wurde ihm jetzt bewußt, daß er für immer Abschied von Aline genommen hatte, hier in der kalten, fast überirdischen Schönheit dieses Parks im Winter.

Er würde sie am See zurücklassen, unter den kahlen Zweigen der Bäume, die sich filigranzart gegen den Himmel abzeichneten.

Hier hatte er sich ihre Jugend, ihre Kraft und ihr trauriges Schicksal zum letztenmal vor Augen gehalten. Es war wie ein Abschiedsgesang und eine Lobeshymne – eine Mischung aus beidem.

Damit trug er sie nun endgültig zu Grabe.

Er ließ Aline im Park zurück und trat mit Ann auf die Straßen Londons hinaus.

4. Kapitel

1

»Ist Mrs. Prentice da?« erkundigte sich Mylady Laura Whitstable.

»Nein, im Augenblick nicht. Aber ich bin davon überzeugt, daß sie bald zurückkommt. Möchten Sie nicht eintreten und auf sie warten, Madam? Ich weiß, daß sie sich über Ihren Besuch sehr freuen würde.«

Edith trat respektvoll beseite, um Mylady Whitstable einzulassen.

Laura sagte: »Ich kann ja eine Viertelstunde warten. Es ist schon eine ganze Weile her, seit ich sie zuletzt gesehen habe.«

»Ja, Madam.«

Edith führte sie ins Wohnzimmer und ging zum Kamin, um das elektrische Feuer einzuschalten. Mylady Laura sah sich derweil im Zimmer um und rief erstaunt: »Die Möbel sind umgestellt worden, wie ich sehe. Dieser Schreibtisch stand in der Ecke gegenüber, und das Sofa steht auch nicht mehr an der gleichen Stelle.«

»Mrs. Prentice fand, es müßte gut aussehen, wenn man die Möbel umstellt«, sagte Edith. »Eines Tages kam ich rein und ertappte sie dabei, wie sie die Möbel rumschob und nichts mehr an der alten Stelle ließ. ›Edith, finden Sie nicht auch, daß das Zimmer so viel besser aussieht?‹ hat sie mich gefragt. ›So wirkt es doch viel geräumiger.‹ Also, ich fand nicht, daß dadurch irgendwas verbessert wurde, aber das wollte ich ihr natürlich nicht sagen. Ladys haben eben ihre eigenen Ansichten. Deshalb sagte ich nur: ›Madam, Sie dürfen sich nicht überanstrengen. Das schwere Heben und das Umherschieben ist das Schlimmste, was Sie Ihren inneren Organen antun können. Wenn erst mal ein Schaden entstanden ist, renkt sich das nicht mehr so leicht ein.‹« Sie schüttelte den Kopf und fuhr dann fort: »Ich muß es ja schließlich wissen. Das ist nämlich meiner Schwägerin passiert. Beim Öffnen des Schiebefensters. Ihr restliches Leben hat sie dann auf dem Sofa verbracht.«

»Was vermutlich gar nicht nötig gewesen wäre«, ließ sich Laura ungerührt vernehmen. »Zum Glück sind wir inzwischen von der irrigen Auffassung abgekommen, daß das Herumliegen ein Allheilmittel für jedes Übel und Wehwehchen ist.«

»Jetzt gönnt man den Müttern nach der Geburt eines Kindes nicht mal mehr einen Monat Ruhe«, murmelte Edith mißbilligend. »Meine arme Nichte wurde dazu gezwungen, schon am fünften Tag wieder herumzulaufen.«

»Wir sind jetzt ein weit gesünderer Menschenschlag als früher.«

»Das kann man nur hoffen«, meinte Edith düster. »Ich war als Kind entsetzlich zart. Sie haben nicht geglaubt, daß sie mich durchbringen. Ich hatte immer wieder Ohnmachtsanfälle und ganz fürchterliche Krämpfe. Und im Winter lief ich richtig blau an. Kälte hat mir immer schwer zu schaffen gemacht.«

Laura interessierte sich nicht im geringsten für Ediths Kinderkrankheiten. Sie nahm das Zimmer im Hinblick auf die umgestellten Möbel genauestens in Augenschein.

»Ich finde, das Umstellen der Möbel macht das Zimmer hübscher«, sagte sie. »Mrs. Prentice hat ganz recht. Warum hat sie das nicht schon längst getan?«

»Sie baut sich ein Nest«, sagte Edith wichtigtuerisch.

»Wie bitte?«

»Nestbau. Habe ich bei Vögeln schon gesehen. Die fliegen mit Zweigen im Schnabel herum.«

»Ach so.«

Die beiden Frauen sahen sich an. Ohne daß sich ihr Mienenspiel auch nur im geringsten änderte, schienen sie sich wortlos zu verstehen. Lady Laura fragte so beiläufig wie möglich?

»Colonel Grant in letzter Zeit öfter zu Gesicht bekommen?«

Edith schüttelte den Kopf.

»Der arme Mann«, sagte sie. »Wenn Sie mich fragen, steht es um seine Aussichten nicht sehr gut.«

»Ach so, ich verstehe. Sie meinen, er hat den Laufpaß bekommen.«

»Er war ein netter Herr«, sagte Edith mit Grabesmiene – als sei er bereits tot und als läse sie die Inschrift von seinem Grabstein ab. »Ach ja!«

Bevor sie aus dem Zimmer ging, sagte sie noch: »Wollen Sie wissen, wem es gar nicht schmecken wird, daß die Möbel umgestellt sind? Miß Sarah. Sie haßt Veränderungen.«

Laura Whitstable zog die buschigen Augenbrauen hoch. Dann nahm sie ein Buch aus dem Bücherregal und blätterte darin.

Bald darauf wurde ein Schlüssel ins Schloß geschoben. Die Wohnungstür ging auf. Sie hörte Anns Stimme und die eines Mannes, die sich angeregt und fröhlich in der kleinen Diele unterhielten.

Ann sagte: »Ah, Post. Ein Brief von Sarah.«

Mit dem Brief in der Hand betrat sie den Salon. Zunächst war sie so verwirrt, daß sie wie angewurzelt stehenblieb.

»Ach, Laura – wie schön, daß Sie da sind.« Sie wies auf den Mann, der ihr gefolgt war. »Darf ich vorstellen – Mr. Cauldfield, Mylady Laura Whitstable.«

Laura schaute ihn nur kurz an und erfaßte das Wesentlichste auf der Stelle.

Konventioneller Mensch. Möglicherweise starrsinnig. Ehrlich. Gutherzig. Kein Humor. Wahrscheinlich empfindlich. Bis über beide Ohren in Ann verliebt.

Sie verwickelte ihn sofort auf ihre einschüchternde Art in ein Gespräch.

Ann murmelte: »Ich sage Edith, daß sie uns Tee bringen soll«, und ging aus dem Zimmer.

»Für mich nicht, meine Liebe«, rief Laura ihr noch nach. »Es ist ja schon fast sechs.«

»Richard und ich wollen Tee. Wir waren im Konzert. Was möchten Sie denn trinken?«

»Brandy mit Soda.«

»Gut.«

Laura erkundigte sich:

»Sie mögen also Musik, Mr. Cauldfield?«

»Ja. Besonders Beethoven.«

»Alle Engländer lieben Beethoven. Ich schlafe leider ein dabei, aber ich bin auch nicht besonders musikalisch.«

»Zigarette, Mylady?« Cauldfiel hielt ihr sein Zigarettenetui hin.

»Nein danke, ich rauche nur Zigarren.«

Sie sah ihn durchdringend an und fügte hinzu: »Sie trinken um sechs Uhr also lieber Tee als einen Cocktail oder Sherry.«

»Nein, das nicht. Ich mache mir eigentlich nichts aus Tee. Aber Ann ist es offensichtlich so am liebsten –« Er unterbrach sich. »Sie finden mich sicher komisch!«

»Nein, überhaupt nicht. Das läßt auf Ihren Scharfblick schließen. Ich will damit nicht sagen, daß Ann keinen Cocktail oder Sherry trinkt. Das tut sie sehr wohl, aber eigentlich gehört sie zu den Frauen, die beim Tee am besten zur Geltung kommen – mit einem Teetablett aus wunderschönem alten Silber und einem Teeservice aus allerfeinstem Porzellan.«

Richard war begeistert.

»Sie haben völlig recht!«

»Ich kenne Ann schon seit so vielen Jahren. Ich mag sie sehr.«

»Ich weiß. Sie hat schon oft über Sie gesprochen. Natürlich kenne ich Sie nicht nur durch Ann. Sie sind mir schon länger ein Begriff.«

Laura grinste fröhlich.

»Das wundert mich nicht. Ich bin schließlich eine der bekanntesten Frauen in England. Ich sitze ständig in irgendwelchen Ausschüssen oder verbreite meine Ansichten durch das Radio. Ich trete gebieterisch auf und verkünde, was der Menschheit zum Segen gereicht. Doch über eines bin ich mir im klaren: Was man erreicht, ist lächerlich wenig. Das hätte jemand anders auch mit Leichtigkeit erreicht.«

»Aber ich bitte Sie!« protestierte Richard. »Da sind Sie aber zu einem sehr deprimierenden Schluß gelangt.«

»So würde ich das nicht sehen. Alle Bemühungen sollten auf Bescheidenheit basieren.«

»Da kann ich Ihnen aber nicht beipflichten.«

»Nein?«

»Nein. Ich finde, ein Mensch, der etwas leisten will, darf nicht an sich zweifeln. Selbstvertrauen ist in meinen Augen die Voraussetzung dafür, daß man irgend etwas Nennenswertes vollbringt.«

»Aber wieso denn eigentlich?«

»Ich bitte Sie, Mylady...«

»Ich bin eben altmodisch. Selbsterkenntnis ist in meinen Augen wichtiger. *Glauben* sollte man nur an Gott.«

»Aber ist das nicht das gleiche – Glaube und Erkenntnis?«

»Keineswegs! Meine Lieblingstheorie (die sich natürlich nicht in die Tat umsetzen läßt, das ist ja das Angenehme an den Theorien) besagt, daß jeder Mensch einen Monat pro Jahr mitten in der Wüste verbringen sollte. Er muß natürlich an einem Brunnen lagern und auch ausreichende Mengen Datteln zur Verfügung haben oder was immer man in der Wüste ißt.«

»Wäre vielleicht gar nicht mal so schlecht«, sinnierte Richard. »Ich würde jedoch dafür plädieren, daß man auch ein paar der besten Werke der Weltliteratur dabei hat.«

»Aber das ist es ja eben! Keine Bücher. Bücher sind eine Droge, die zur Gewohnheit werden kann. Wenn dafür gesorgt ist, daß man nicht verhungert und verdurstet, man ansonsten aber nichts zu tun hat, überhaupt nichts, bietet sich einem die Chance, sich selbst einmal kennenzulernen.«

Richard lächelte ungläubig. »Glauben Sie denn nicht, daß sich die meisten Menschen ganz gut kennen?«

»Das glaube ich ganz und gar nicht. Heutzutage hat man ja gar keine Zeit mehr, irgend etwas zur Kenntnis zu nehmen, was über die angenehmeren Eigenschaften hinausgeht.«

»Na, worüber diskutieren Sie denn da?« erkundigte sich Ann. Sie kam mit einem Glas herein. »So, Laura, da ist Ihr Brandy mit Soda. Edith bringt den Tee gleich.«

»Ich trage wieder einmal meine Theorie vor, daß man in der Wüste meditieren sollte«, sagte Laura.

»Das ist eins von Lauras Lieblingsthemen«, behauptete Ann lachend. »Man sitzt in der Wüste fest, hat absolut nichts zu tun und kommt dahinter, was für ein fürchterlicher Mensch man ist!«

»Ist das denn unbedingt nötig?« fragte Richard trocken. »Ich weiß, daß die Psychologen einem das einreden wollen. Aber weshalb tun sie das eigentlich?«

»Wenn man nicht genug Zeit hat, um sich richtig kennenzulernen, fischt man sich für gewöhnlich den angenehmeren Teil heraus. Das habe ich ja eben schon erklärt«, sagte Laura wie aus der Pistole geschossen.

»Laura, das ist ja alles schön und gut«, mischte sich jetzt Ann wieder ein. »Aber was nutzt es einem, wenn man in der Wüste gesessen und seine eigenen Unzulänglichkeiten erkannt hat. Ist man dann auch fähig, sich zu ändern?«

»Das halte ich für sehr unwahrscheinlich – aber man denkt zumindest darüber nach, was man in bestimmten Situationen tun würde und vor allem, *warum* man es tut. Das ist ein nicht zu unterschätzender Aspekt.«

»Aber kann man sich nicht ohnehin gut vorstellen, wie ungewöhnliche Anforderungen zu meistern sind? Man braucht sich doch nur in die Lage zu versetzen.«

»Aber Ann, ich bitte Sie! Stellen Sie sich doch bloß mal einen Mann vor, der dauernd übt, was er seinem Vorgesetzten sagen will – oder seiner Freundin oder seinem Nachbarn. Er hat es sich immer wieder vorgebetet und kann es in- und auswendig, doch im entscheidenden Augenblick bringt er entweder kein einziges Wort heraus,oder aber er sagt etwas völlig anderes! Die Menschen, die insgeheim glauben, daß sie sich in jeder Notlage zu helfen wüßten, verlieren oft den Kopf, wenn es dann einmal wirklich darauf ankommt, während die Ängstlichen zu ihrer eigenen Verwunderung oft im entscheidenden Augenblick völlig Herr der Lage sind.«

»Ja, aber das ist nicht ganz fair. Sie sprechen von imaginären Taten und Gesprächen, die die Leute proben, *weil sie sich wünschen, so ein Verhalten an den Tag zu legen*. Sie sind sich vermutlich im klaren darüber, daß sie in Wirklichkeit ganz anders reagieren würden. Ich bin davon überzeugt, daß man im Grunde genommen *weiß*, wie man sich verhält und wie man veranlagt ist.«

»Ach, mein liebes Kind!« Laura hob die Hände. »Sie glauben also, Ann Prentice zu kennen – na, ich weiß nicht recht.«

Edith brachte den Tee.

»Ich glaube, ich bin kein besonders liebenswerter Mensch«, sagte Ann lächelnd.

»Madam, hier ist Miß Sarahs Brief. Sie haben ihn im Schlafzimmer liegenlassen«, erklärte Edith.

»Vielen Dank, Edith.«

Ann legte den Brief ungeöffnet neben ihren Teller. Laura warf ihr einen raschen Blick zu.

Richard Cauldfield trank hastig seinen Tee und verabschiedete sich von den Damen.

»Damit hat er Takt bewiesen«, meinte Ann. »Er spürte wohl, daß wir uns unter vier Augen unterhalten möchten.«

Laura sah ihre Freundin forschend an. Sie staunte, welche Veränderung mit Ann vorgegangen war. Ann hatte in ihrer ruhigen Art schon immer sehr gut ausgesehen, doch jetzt war sie eine richtige Schönheit geworden. Laura Whitstable erlebte das nicht zum erstenmal, und sie wußte, worauf es zurückzuführen war. Daß Ann so strahlend glücklich aussah, konnte nur eines bedeuten: Sie war verliebt. Wie ungerecht es doch ist, ging es Laura durch den Kopf, daß die Verliebtheit die Frauen schöner macht, während verliebte Männer eher wie traurige Schafsköpfe aussahen.

»Nun, Ann, wo haben Sie in letzter Zeit gesteckt, und was haben Sie so getan?« erkundigte sie sich.

»Ach, ich weiß nicht. Ich bin hin und wieder ausgegangen. Eigentlich nichts Besonderes.«

»Richard Cauldfield ist ein neuer Freund, nicht wahr?«

»Ja. Ich kenne ihn erst seit zehn Tagen. Seit der Dinnerparty von James Grant.«

Sie erzählte Laura von Richard und fragte sie dann ganz naiv: »Er gefällt Ihnen doch, nicht wahr?«

Obwohl sich Laura durchaus noch nicht sicher war, ob sie ihn mochte oder nicht, erwiderte sie prompt:

»Ja, sehr.«

»Ich habe das Gefühl, daß er im Leben schon viel durchgemacht hat.«

Das war Laura schon öfter zu Ohren gekommen. Sie verkniff

sich ein Lächeln und sagte statt dessen: »Und was gibt es Neues von Sarah?«

Auf diese Frage strahlte Ann.

»Ach, Sarah amüsiert sich bestens. Der Schnee könnte gar nicht besser sein, und anscheinend hat sich noch niemand etwas gebrochen.«

Laura meinte trocken, Edith würde sehr enttäuscht sein. Beide brachen in Gelächter aus.

»Das hier ist ein Brief von Sarah. Sie haben doch nichts dagegen, wenn ich ihn jetzt aufmache?«

»Natürlich nicht.«

Ann riß den Umschlag auf und las den kurzen Brief. Dann lachte sie zärtlich und reichte ihn Laura.

Geliebte Mutter (schrieb Sarah),
der Schnee ist ganz fantastisch. Alle hier sagen, das sei die beste Saison aller Zeiten. Lou hat ihre Prüfung gemacht, ist aber leider durchgefallen. Roger hat tüchtig mit mir trainiert. Das ist sehr nett von ihm, weil er doch so ein Ski-As ist. Jane behauptet, er ist in mich verknallt, aber das kann ich mir nicht denken. Ich glaube vielmehr, es bereitet ihm ein sadistisches Vergnügen, wenn er sieht, wie ich mich immer wieder total verknote und kopfüber in einer Schneewehe lande. Lady Cronsham ist mit diesem fürchterlichen Südamerikaner hier. Sie sind wirklich unmöglich. Ich bin in einen der Skilehrer ganz vernarrt. Er sieht unglaublich gut aus. Aber leider ist er es gewöhnt, der Hahn im Korb zu sein. Ich habe daher keine Chance. Ich kann jetzt endlich Walzer auf Schlittschuhen.

Und wie kommst du so zurecht, geliebte Mutter? Ich hoffe, daß Du viel mit all Deinen Kavalieren ausgehst. Sei vorsichtig bei dem alten Colonel. Manchmal hat er so ein verdächtiges Poona-Glitzern in den Augen. Was macht der Professor? Hat er Dir in letzter Zeit mal wieder von irgendwelchen barbarischen Hochzeitsriten erzählt?

Bis bald, liebe Mutter,
Sarah.

Laura gab Ann den Brief zurück.

»Ja, Sarah scheint es zu gefallen. Mit dem Professor meint sie wohl den Archäologen, mit dem Sie befreundet sind.«

»Ja, Sarah neckt mich gern mit ihm. Ich wollte wirklich mit ihm essen gehen, aber ich hatte einfach keine Zeit.«

»Ja, es sieht ganz so aus, als seien Sie sehr beschäftigt.«

Ann faltete Sarahs Brief mehrmals neu zusammen. Sie stieß einen kleinen Seufzer aus und stöhnte: »Lieber Himmel?«

»Warum stöhnen Sie denn, Ann?«

»Nun ja, ich will es Ihnen sagen. Wahrscheinlich haben Sie es ohnehin schon längst erraten. Richard Cauldfield hat mich gebeten, seine Frau zu werden.«

»Wann denn?«

»Heute.«

»Und, wie schaut es aus? Wollen Sie ihn heiraten?«

»Ich glaube ja. Ach, warum rede ich eigentlich um den heißen Brei herum? Natürlich will ich.«

»Das ging aber schnell, Ann!«

»Sie meinen, weil ich ihn noch nicht sehr lange kenne. Aber wir sind uns beide völlig sicher.«

»Und Sie wissen eine Menge über ihn – durch Colonel Grant. Meine Liebe, ich freue mich ja so für Sie. Sie sehen sehr glücklich aus.«

»In Ihren Ohren klingt das sicher albern, Laura – aber ich liebe ihn sehr.«

»Warum sollte das albern klingen? Man sieht, daß Sie in ihn verliebt sind.«

»Und er liebt mich auch.«

»Daß er Ihre Liebe erwidert, kann einem kaum verborgen bleiben. Mir ist noch nie ein Mann begegnet, der so große Ähnlichkeit mit einem Schaf hat!«

»Aber Laura, was reden Sie da?«

»Ein verliebter Mann sieht *immer* schafsdämlich aus. Das scheint eine Art Naturgesetz zu sein.«

Ann ließ nicht locker. »Laura, sagen Sie mir bitte ehrlich, was Sie von ihm halten.«

Diesmal antwortete Laura Whitstable nicht wie aus der Pistole geschossen. Sie ließ sich Zeit und sagte schließlich: »Wissen Sie, Ann, er ist ein ganz einfacher Mann.«

»Einfach? Kann schon sein. Aber das ist doch schön, finden Sie nicht auch?«

»Nun, das könnte sich auch als schwierig erweisen. Und er ist empfindlich – überempfindlich.«

»Sie sind sehr scharfsinnig, Laura, weil Sie das erkennen. Das würde nicht jedem gleich auffallen.«

»Ich bin ja auch nicht ›jeder‹.« Sie zögerte und fragte dann: »Weiß Sarah schon davon?«

»Nein, natürlich nicht. Wann hätte ich ihr denn schreiben sollen? Richard hat mich ja heute erst gefragt.«

»Ich wollte eigentlich wissen, ob Sie ihn in Ihren Briefen an Sarah schon einmal erwähnt haben – um sie sozusagen schonend darauf vorzubereiten.«

»Nein, eigentlich nicht.« Sie hielt inne und fügte dann hinzu: »Ich werde es aber noch heute nachholen.«

»Ja, tun Sie das.«

Ann zögerte wieder, bevor sie weitersprach: »Sarah wird sich sicher nicht dagegen sperren, meinen Sie nicht auch?«

»Schwer zu sagen.«

»Sie ist immer lieb zu mir gewesen. Niemand kann sich vorstellen, wie lieb Sarah sein kann – ich meine, ohne daß sie groß Worte darüber verliert. Na ja, ich fürchte allerdings –« Ann sah ihre Freundin flehend an. »Vielleicht findet sie das *komisch*.«

»Höchstwahrscheinlich. Stört Sie das?«

»Nein, *mich* stört das nicht. Aber es wird Richard stören.«

»Ja, ja. Aber Richard wird sich damit abfinden müssen. Es bleibt ihm gar nichts anderes übrig. Jedenfalls sollten Sie Sarah unbedingt reinen Wein einschenken, bevor sie zurückkommt. Da kann sie sich an den Gedanken gewöhnen. Wann soll den die Hochzeit sein?«

»Richard möchte, daß wir so bald wie möglich heiraten. Und wir haben ja auch keinen Grund, noch lange zu warten.«

»Nein, natürlich nicht. Je eher Sie heiraten, desto besser, finde ich.«

»Wir können wirklich zufrieden sein. Richard hat gerade eine Stelle angetreten – bei Hellner Bros. Einen der Teilhaber kennt er noch vom Krieg in Burma her. So ein Glück!«

»Mein Liebe, das klingt alles wunderbar. Wie mich das für Sie freut!«

Laura Whitstable stand auf, trat zu Ann und küßte sie.

»Warum runzeln Sie die Stirn?«

»Ach, wegen Sarah. Ich hoffe so sehr, daß sie nichts dagegen hat.«

»Aber meine liebe Ann – um wessen Leben geht es denn? Um Ihr Leben oder Sarahs?«

»Um mein Leben, aber...«

»Wenn Sarah Vorbehalte hat, dann dürfen Sie das nicht ernst nehmen! Sie wird es schon verwinden. Sie hat Sie doch schließlich lieb.«

»Ja, ich weiß.«

»Es ist höchst unbequem, geliebt zu werden. Früher oder später kommt jeder mal dahinter. Je weniger Menschen einen lieben, desto weniger hat man zu leiden. Was für ein Glück für mich, daß ich den meisten Leuten unsympathisch bin. Und wem ich nicht zuwider bin, den lasse ich einfach kalt.«

»Laura, das stimmt doch überhaupt nicht. Ich zum Beispiel schätze Sie sehr.«

»Auf Wiedersehen, Ann. Und zwingen Sie Ihren Richard nicht, Ihnen weiszumachen, daß ich ihm sympathisch bin. Er hegt sogar eine heftige Abneigung gegen mich. Aber das spielt keine Rolle.«

Am gleichen Abend mußte der Professor, der bei einem offiziellen Essen neben Laura saß, bekümmert feststellen, daß sie seiner Darstellung einer revolutionären Neuerung um Hinblick auf die Schocktherapie kein Gehör geschenkt hatte. Sie sah ihn mit einem leeren Blick an und war in Gedanken ganz und gar nicht bei der Sache.

»Sie haben mir überhaupt nicht zugehört!« hielt er ihr vor.

»Entschuldigen Sie bitte, David. Ich habe über eine Mutter und ihre Tochter nachgedacht.«

»Aha, über einen Ihrer Fälle.« Er sah sie erwartungsvoll an.

»Nein, ich bin mit beiden befreundet.«

»Vermutlich handelt es sich um eine dieser krankhaft eifersüchtigen Mütter.«

»Nein«, widersprach Laura, »es geht ausnahmsweise einmal um eine krankhaft eifersüchtige Tochter.«

5. Kapitel

1

»Ann, meine Liebe«, sagte Geoffrey Fane, »da kann man Sie ja nur beglückwünschen – oder was man bei solchen Anlässen sagt. Hm, ja also – er ist ein Glückspilz, wenn ich das so ausdrücken darf. Ja, er hat das große Los gezogen. Ich fürchte, ich kenne ihn garnicht. Ich kann mich jedenfalls nicht erinnern, seinen Namen schon einmal gehört zu haben.«

»Kein Wunder. Ich habe ihn ja selbst erst vor ein paar Wochen kennengelernt.«

»Mein Güte!« rief er mißbilligend. »Kommt das alles nicht ein bißchen plötzlich? Ist das nicht verfrüht?«

»Nein, das finde ich nicht.«

»Bei den Matawayala beträgt die Zeit der Werbung mindestens anderthalb Jahre.«

»Das muß ein sehr mißtrauisches Volk sein. Ich habe immer gedacht, daß die Wilden ganz primitiven Impulsen gehorchen.«

»Die Matawayala sind absolut keine Wilden«, berichtigte sie George Fane entrüstet. »Sie sind ein ausgesprochenes Kulturvolk. Ihre Hochzeitsriten sind merkwürdig kompliziert. Am Vorabend der Hochzeit dürfen die Freundinnen der Braut – hm, ja, ich will nicht näher darauf eingehen. Aber es ist hochinteressant und läßt darauf schließen, daß die geheiligte rituelle Verehelichung der Oberpriesterin – nein, ich muß meine Zunge im Zaun halten. Sprechen wir lieber über das Hochzeitsgeschenk. Ann, was wünschen Sie sich denn von mir zur Hochzeit?«

»Aber Geoffrey, Sie brauchen mir doch kein Hochzeitsgeschenk zu machen.«

»Es ist bei solchen Anlässen wohl üblich, etwas Silbernes zu schenken, nicht wahr? Ich glaube mich zu erinnern, daß ich einmal einen silbernen Becher geschenkt habe – allerdings anläßlich einer Taufe. Wie wäre es mit Silberlöffeln? Oder mit einem Ständer für den Toast? Ach, jetzt habe ich's – eine Rosenschale wäre sicher am geeignetsten. Eine Frage, meine liebe

Ann: Was wissen Sie denn eigentlich über diesen Mann? Haben Sie gemeinsame Freunde? Kann sich jemand für ihn verbürgen? Man liest oft so schreckliche Dinge.«

»Er hat mich schließlich nicht am Hafen aufgelesen, und ich habe keine Lebensversicherung zu seinen Gunsten abgeschlossen.«

Geoffrey Fane warf ihr einen überaus besorgten Blick zu. Er konstatierte kolossal erleichtert, daß sie lachte.

»Ist ja schon gut, ist ja schon gut. Habe befürchtet, Sie könnten mir vielleicht böse sein. Aber man muß vorsichtig sein. Und wie hat es das kleine Mädchen aufgenommen?«

Anns Miene verfinsterte sich vorübergehend.

»Ich habe Sarah geschrieben. Sie macht Ferien in der Schweiz. Ich erhielt aber noch keine Antwort. Natürlich war die Zeit zu knapp. Trotzdem hatte ich eigentlich erwartet –« Sie verstummte.

»Man vergißt oft, Briefe zu beantworten. Das stelle ich bei mir in immer stärkerem Maße fest. Ich sollte im März in Oslo eine Reihe von Vorlesungen halten. Ich wollte den Brief natürlich schreiben, habe es aber dann vergessen. Ich bin erst gestern zufällig wieder auf den Brief gestoßen – in der Tasche eines alten Mantels.«

»Aber da bleibt Ihnen ja noch genügend Zeit«, versuchte Ann ihn zu trösten.

»Meine liebe Ann – ich sollte die besagten Vorlesungen im vergangen März halten.«

»Lieber Himmel! Geoffrey, wieso steckt ein Brief denn so lange in Ihrer Manteltasche?«

»Es ist ein uralter Mantel. Ein Ärmel ist schon fast ganz ausgerissen. Deshalb kommt man schlecht hinein. Ich – hm – ich habe ihn daher erst einmal weggelegt.«

»Geoffrey, Sie brauchen jemanden, der für sie sorgt.«

»Es ist mir entschieden lieber, wenn *niemand* für mich sorgt. Ich hatte einmal eine übertrieben diensteifrige Haushälterin. Sie kochte ausgezeichnet, aber ihre fanatische Ordnungsliebe ging mir auf die Nerven. Sie litt unter der unausrottbaren Zwangsvorstellung, ständig überall für Ordnung sorgen zu müssen. Sie hat es doch tatsächlich fertiggebracht, meine Notizen über die Bulyano-Regenmacher wegzuwerfen. Ein nicht wiedergutzumachender Verlust. Sie entschuldigte sich damit, sie habe sie im Kohleneimer vorgefunden. Ich habe ihr erklärt, daß ein Kohleneimer kein Papierkorb ist. Ich kann mich nicht einmal mehr daran erinnern, wie sie hieß. Ich fürchte, Frauen fehlt der Sinn für das Wesentliche. Sie können nicht beurteilen, was wirklich wichtig ist und was nicht. So messen sie dem Reinemachen eine übermäßige Bedeutung bei. Sie begeben sich an den Hausputz, als handle es sich um ein Ritual.«

»Manche Menschen scheinen tatsächlich auf diesem Standpunkt zu stehen. Laura Whitstable, die Sie vielleicht kennen, hat mich richtig erschreckt. Menschen, die sich zweimal täglich den Hals waschen, sind ihr sehr suspekt. Anscheinend gilt da die Devise: Je weniger auf das Äußere geachtet wird, desto höher sind die inneren Werte!«

»Tatsächlich? Ich muß jetzt gehen.« Er seufzte. »Ich werde Sie vermissen, Ann. Mehr, als ich Ihnen sagen kann.«

»Aber Geoffrey, Sie verlieren mich doch nicht. Ich gehe ja nicht fort. Richard hat hier in London eine Stellung. Er wird Ihnen ganz bestimmt gefallen.«

Wieder seufzte Geoffrey Fane.

»Das ist etwas anderes. Wenn eine hübsche Frau einen anderen Mann heiratet –« Er drückte ihr die Hand. »Ann, Sie bedeuten mir sehr viel. Ich war so verwegen, mich in der Hoffnung zu wiegen – aber nein, daraus wäre ja doch nichts geworden. Ein verknöcherter alter Kerl wie ich. Aber ich finde Sie sehr sympathisch, Ann, und wünsche Ihnen von ganzem Herzen, daß Sie glücklich werden. Wissen Sie, woran Sie mich immer erinnert haben? An diese Zeilen von Homer.«

Hingebungsvoll zitierte er eine längere Textstelle auf griechisch.«

»Danke, Geoffrey«, sagte Ann. »Aber ich weiß nicht, was das heißt.«

»Ich übersetze es Ihnen gern.«

»Nein, tun Sie das nicht. So schön, wie es sich anhört, kann es gar nicht sein. Was für eine herrliche Sprache Griechisch ist. Auf Wiedersehen, lieber Geoffrey, und vielen vielen Dank... Vergessen Sie Ihren Hut nicht. Nein, das ist nicht Ihr Regenschirm, sondern Sarahs Sonnenschirm. Und – einen Augenblick noch – hier ist Ihre Aktentasche.«

Sie schloß die Haustür hinter ihm.

Edith steckte den Kopf zur Küchentür heraus.

»Hilflos wie ein Säugling«, sagte sie. »Und dabei ist er gar nicht einmal so vertrottelt. Auf seinem Gebiet versteht er sicher sehr viel. Aber ich finde, diese Stämme, von denen er ständig erzählt, sind sehr primitiv. Die hölzerne Skulptur, die er Ihnen mitgebracht hat, habe ich ganz hinten im Wäscheschrank vergraben. Die braucht einen Büstenhalter und ein Feigenblatt. Doch der alte Herr Professor selbst ist gar keines schmutzigen Gedankens fähig, obwohl er doch noch gar nicht alt ist.«

»Er ist fünfundvierzig.«

»Na sehen Sie. Durch all das Lernen und Studieren ist er schon ziemlich kahl geworden. Mein Neffe hat seine Haare durch eine fiebrige Erkrankung verloren. Er war kahl wie ein Hühnerei. Doch nach einer Weile sind die Haare wieder nachgewachsen. Ach, übrigens, hier sind zwei Briefe für Sie.«

Ann nahm die Briefe an sich.

»Zurück an den Absender?« Sie wurde blaß. »Lieber Himmel, Edith, mein Brief an Sarah ist zurückgekommen. Wie dumm von mir! Ich habe das Hotel zwar angegeben, aber den Ort vergessen. Ich weiß wirklich nicht, was in letzter Zeit mit mir los ist.«

»Ich kann es mir schon denken«, sagte Edith mit bedeutungsvoller Miene.

»Ich bin im Augenblick zu jeder Dummheit fähig... Der andere Brief ist von Laura. Ach, wie nett von ihr. Ich muß sie unbedingt anrufen.«

Sie ging in den Salon und wählte Lauras Nummer.

»Laura? Ich habe Ihren Brief bekommen. Das ist wirklich nett von Ihnen. Über einen Picasso würde ich mich sehr freuen. Ich habe mir schon immer gewünscht, einen Picasso zu besitzen und werde ihn über meinen Schreibtisch hängen. Sie sind so lieb zu mir. Ach, Laura, wie dumm bin ich doch! Ich habe Sarah alles mitgeteilt, und jetzt ist der Brief zurückgekommen. Die Adresse war unvollständig. Ich habe nur geschrieben ›Hotel des Alpes, Schweiz‹. Hätten Sie gedacht, daß mir so etwas passieren kann?«

Laura sagte mit ihrer tiefen Stimme:

»Das ist ja hochinteressant.«

»Was meinen Sie damit?«

»Weil man daraus einige Schlüsse ziehen kann.«

»Diesen Tonfall kenne ich bei Ihnen. Sie wollen doch auf etwas ganz Bestimmtes hinaus. Sie möchten mir wohl zu verstehen geben, daß ich Sarah gar nicht informieren wollte. Irgend etwas in der Art. Sie vertreten doch den Standpunkt, daß man alle Fehler in Wahrheit mit voller Absicht begeht.«

»Das ist nicht nur meine Theorie.«

»Jedenfalls trifft das nicht zu! Übermorgen kommt Sarah schon zurück. Sie ist völlig ahnungslos. Sie wird mir gegenübersitzen, während ich ihr reinen Wein einschenke. Das ist doch noch viel peinlicher. Es wird mir furchtbar schwerfallen, die richtigen Worte zu finden. Ich weiß dann sicher gar nicht, wo ich anfangen soll.«

»Ja, das haben Sie sich nun eingehandelt, weil Sie nicht wollten, daß Sarah Ihren Brief bekommt.«

»Aber ich wollte doch, daß sie ihn kriegt. Ärgern Sie mich nicht auch noch.«

Laura kicherte.

Ann sagte pikiert:

»Jedenfalls ist das eine völlig lächerliche Theorie! Geoffrey Fane ist gerade hier gewesen. Er hat vor einer Weile in der Tasche eines alten Mantels eine Einladung gefunden, in Oslo Vorlesungen zu halten, und zwar im vergangenen Frühjahr. Der Brief kam vor einem Jahr. Wollen Sie vielleicht behaupten, daß er das absichtlich getan hat?«

»Wollte er denn Vorlesungen in Oslo halten?« erkundigte sich Laura.

»Anzunehmen – na ja, ich weiß es nicht.«

»Interessant«, sagte Laura boshaft und legte auf.

2

Richard Cauldfiel kaufte einen Strauß Osterglocken im Blumenladen an der Ecke.

Er fühlte sich ausgesprochen wohl. Nach anfänglichen Schwierigkeiten gewöhnte er sich langsam an die Arbeit, die seine neue Stellung mit sich brachte. Sein Chef Merrick Hellner zeigte sich sehr verständnisvoll. Ihre Freundschaft, die in Burma begonnen hatte, erwies sich auch in England als stabil. Die Arbeit hatte mit Technik nichts zu tun. Es ging dabei vielmehr um routinemäßige Verwaltungsaufgaben. Daß er Burma und den Fernen Osten kannte, kam ihm dabei sehr zustatten. Richard war zwar kein Genie, aber sehr gewissenhaft und arbeitsam. Er besaß eine gehörige Portion gesunden Menschenverstand.

War er bei seiner Rückkehr nach England anfänglich entmutigt worden, so vergaß er das jetzt schnell. Er fühlte sich so, als finge ein neues leben für ihn an. Alles sprach zu seinen Gunsten. Er hatte eine angenehme Arbeit, einen freundlichen, verständnisvollen Chef und würde bald die Frau, die er liebte, zum Traualtar führen.

Er staunte jeden Tag darüber, daß Ann sich wirklich etwas aus ihm machte. Wie lieb sie war, so sanft und so überaus reizvoll! Doch manchmal, wenn er sich dazu hinreißen ließ, sich unduldsam als Autorität aufzuspielen, verzog sie das Gesicht zu einem Lächeln, wenn er sie zufällig ansah. Es war noch nicht oft vorgekommen, daß ihn jemand auslachte. Anfänglich mißfiel ihm das, doch bald mußte er sich eingestehen, daß es ihn bei Ann nicht störte, daß es ihm sogar gefiel.

Wenn Ann sagte: »Liebling, wie wichtigtuerisch und aufgeblasen wir uns wieder geben«, pflegte er die Stirn zu runzeln. Doch bald fiel er in ihr Gelächter ein und gab zu: »Ich habe mich mal wieder autoritär benommen.« Einmal sagte er zu ihr: »Ann, du bist eine Wohltat für mich. Du machst mich viel menschlicher.«

Da erklärte sie hastig: »Du bist auch ein Segen für mich.«

»Aber ich kann dir nicht viel bieten. Ich kann nur für dich sorgen und mich um dich kümmern.«

»Nimm mir nicht zuviel ab. Damit würdest du meine Schwächen nur verstärken.«

»Was für Schwächen? Mir sind an dir noch keine aufgefallen.«

»Und ob ich Schwächen habe, Richard. Ich lege zum Beispiel Wert darauf, daß mich die Leute mögen. Ich möchte niemanden verärgern und niemandem zu nahetreten. Ich verabscheue Streitigkeiten und unnötiges Theater.«

»Aber das ist doch ein Glück! Mit einer streitsüchtigen Frau, die ständig keift, könnte ich nicht zusammensein. Ich habe so was schon erlebt, das kann ich dir versichern! Daß du immer lieb und sanft bist, mag ich ja gerade so an dir, Ann. Ach, Liebling, wie glücklich werden wir miteinander sein!«

»Ja, das glaube ich auch«, pflichtete sie ihm bei.

Richard hat sich seit dem Abend, an dem ich ihm zum erstenmal begegnet bin, sehr verändert, dachte sie bei sich. Er verhielt sich nicht mehr so aggressiv wie jemand, der sich in die Defensive gedrängt sieht. Er war viel menschlischer geworden, besaß jetzt viel mehr Selbstvertrauen und war daher toleranter und liebenswürdiger.

Richard ging mit dem Strauß Osterglocken zu dem Haus, in dem Ann zur Miete wohnte. Ihre Wohnung lag im dritten Stock. Der Portier, der ihn vom Sehen kannte, grüßte ihn freundlich. Richard Cauldfield fuhr im Lift zum dritten Stock hinauf.

Edith machte ihm die Tür auf. Er hörte, wie Ann vom anderen Ende des Flurs her völlig außer Atem rief:

»Edith – Edith, haben Sie meine Tasche nicht gesehen? Ich habe sie offenbar verlegt.«

»Guten Tag, Edith«, sagte Cauldfield und trat ein.

Er fühlte sich nie so richtig wohl in Ediths Gegenwart. Das versuchte er zu verbergen, indem er sich besonders leutselig gab, doch das klang nicht sehr natürlich.

»Guten Tag, Sir«, entgegnete Edith höflich.

»Edith!« rief Ann ungeduldig aus dem Schlafzimmer. »Haben Sie nicht gehört? Kommen Sie und helfen Sie mir suchen!«

Sie trat in den Flur hinaus, als Edith sagte: »Mr. Cauldfiel ist gekommen, Madam.«

»Richard?« Ann war erstaunt. Sie ging auf ihn zu und schob ihn in den Salon. Sie rief Edith über die Schulter zu: »Sie *müssen* die Tasche finden. Sehen Sie doch mal nach, ob ich sie in Sarahs Zimmer liegengelassen habe.«

»Irgendwann verlieren Sie auch noch Ihren Kopf«, murrte Edith, als sie sich umdrehte.

Richard runzelte die Stirn. Er hielt es für unschicklich, daß Edith solche Sachen von sich gab. Vor fünfzehn Jahren hätten sich die Dienstboten so etwas noch nicht herausgenommen.

»Richard, heute habe ich nicht mit dir gerechnet. Ich dachte, du würdest morgen zum Essen kommen.«

Sie war verblüfft, schien sich nicht sehr wohl zu fühlen.

»Die Zeit bis morgen ist mir so lang vorgekommen«, meinte er lächelnd. »Ich habe dir Blumen mitgebracht.«

Als er ihr den Strauß Osterglocken reichte, die ihr einen kleinen Freudenschrei entlockten, fiel ihm plötzlich auf, daß das ganze Zimmer an ein Blumenmeer erinnerte. Auf dem kleinen Tischchen am Kamin stand eine eingetopfte Hyazinthe. Überall standen Schalen mit Tulpen und Narzissen.

»Alles sieht sehr festlich aus, du selbst nicht ausgenommen«, konstatierte er.

»Ja, natürlich, Sarah kommt heute wieder.«

»Ach richtig. Stell dir vor, das hatte ich ganz vergessen.«

»Aber Richard.«

Das klang vorwurfsvoll. Er hatte tatsächlich vergessen, daß Sarah heute zurückerwartet wurde. Ursprünglich war ihm der Termin natürlich bekannt, doch als Ann und er am Abend zuvor zusammen ein Theater besuchten, wurde über Sarahs Heimkehr nicht gesprochen. Aber sie waren sich schon früher darüber einig geworden, daß Sarah ihre Mutter am ersten Abend ganz für sich alleine haben sollte. Er wollte dann am nächsten Tag zum Mittagessen kommen, um seine Stieftochter in spe kennenzulernen.

»Entschuldige bitte, Ann. Es war mir tatsächlich entfallen. Du wirkst sehr aufgeregt«, fügte er leicht indigniert hinzu.

»Es ist doch immer etwas Besonders, wenn jemand nach einer Reise wieder heimkommt, findest du nicht?«

»Mag sein.«

»Ich muß jetzt zum Bahnhof, um sie abzuholen.« Sie warf einen Blick auf ihre Armbanduhr. »Na ja, ich werde es schon noch schaffen. Der Zug war schließlich auf der Fähre. Da hat er sicher Verspätung.«

Edith kam ins Zimmer, mit Anns Tasche in der Hand.

»Sie war im Wäscheschrank – da haben Sie sie deponiert.«

»Ach ja, als ich nach den Kissenbezügen gesucht habe. Haben Sie daran gedacht, Sarahs Bett mit ihrer grünen Lieblingsbettwäsche zu beziehen?«

»Habe ich schon je etwas vergessen?«

»Haben Sie auch die Zigaretten besorgt?«

»Ja.«

»Und an Toby und Jumbo gedacht?«

»Aber ja doch.«

Mit einem nachsichtigen Kopfschütteln ging Edith aus dem Zimmer.

Edith!« rief Ann sie zurück und hielt ihr die Osterglocken hin. »Stellen Sie die Blumen bitte in eine Vase.«

»Wird gar nicht so leicht sein, noch eine Vase zu finden. Aber machen sie sich keine Sorgen, irgend etwas werde ich schon auftreiben.«

Sie griff nach dem Strauß und ging.

»Ann, du bist ja aufgeregt wie ein kleines Mädchen«, sagte Richard.

»Ich freue mich ja so auf Sarah.«

Er neckte sie, doch es klang nicht besonders erfreut: »Schließlich hast du sie ja auch schon seit drei langen Wochen nicht mehr zu Gesicht bekommen.«

»Ich weiß ja, daß ich mich lächerlich benehme.« Ann lächelte entwaffnend. »Aber ich liebe Sarah sehr. Du würdest doch sicher gar nicht wollen, daß es anders ist, oder irre ich mich da?«

»Natürlich freut es mich, daß du deine Tochter liebst. Und ich kann es kaum erwarten, sie kennenzulernen.«

»Sie ist so impulsiv und zärtlich. Ich bin sicher, daß ihr gut miteinander auskommt.«

»Das glaube ich auch.«

Lächelnd fügte er hinzu: »Sie ist schließlich deine Tochter – da muß sie ja ein ganz entzückendes Geschöpf sein.«

»Wie lieb von dir, daß du das sagst, Richard.« Sie legte ihm die Hände auf die Schultern und hob das Gesicht zu ihm empor. »Lieber Richard«, murmelte sie und küßte ihn. »Du wirst doch Geduld mit ihr haben, nicht war, Liebling? Weißt du, vielleicht ist es ja ein Schock für sie, wenn sie erfährt, daß wir heiraten wollen. Hätte ich den Brief doch bloß richtig adressiert.«

»Laß dich doch dadurch nicht aus der Fassung bringen, Liebling. Mach dir keine Sorgen, du kannst dich auf mich verlassen. Vielleicht fällt es Sarah anfänglich noch schwer, sich an den Gedanken zu gewöhnen. Deshalb müssen wir sie davon überzeugen, daß es eine gute Idee ist. Ich versichere dir, daß ich ihr nichts übelnehme – was sie auch sagen mag.«

»Ach, Sarah wird gar nichts sagen. Sie hat ausgezeichnete Manieren. Doch sie haßt Veränderungen jeglicher Art.«

»Liebes, laß den Kopf nicht hängen. Sie kann das Aufgebot schließlich nicht verhindern.«

Ann fand das gar nicht komisch. Sie wirkte immer noch besorgt.

»Hätte ich ihr nur sofort geschrieben!«

Richard brach in Gelächter aus und sagte:

»Jetzt siehst du wie ein kleines Mädchen aus, das gerade beim Stibitzen von Marmelade erwischt worden ist. Du wirst sehen, Schatz, es geht alles glatt. Sarah und ich werden schon bald die besten Freunde sein.«

Ann sah ihn zweifelnd an. Daß er so sorglos und zuversichtlich war, konnte sie nicht begreifen. Ihrer Meinung nach hätte es ihm besser gestanden, auch ein wenig nervös zu sein.

Richard fuhr fort:

»Liebling, du darfst dich von solchen Dingen nicht so aus der Bahn werden lassen!«

»Das kommt auch sonst nicht vor«, versicherte ihm Ann.

»Aber du zitterst ja regelrecht vor Angst und Aufregung! Dabei ist doch alles ganz unproblematisch.«

»Ich schrecke davor zurück, es meinem Kind zu sagen. Das macht mich ganz verlegen. Ich weiß nicht, wie ich es ihr beibringen soll.«

»Aber Ann, du brauchst doch nur zu sagen: Sarah, das ist Richard Cauldfield. Wir heiraten in drei Wochen.«

»So ganz unverblümt?« Ann mußte wider Willen lächeln. Richard erwiderte das Lächeln.

»Aber ist es denn so nicht am besten?«

»Das mag ja sein.« Sie zögerte. »Aber ich komme mir dabei so albern vor. Das verstehst du sicher nicht.«

»Albern? Wieso denn das?« Er sah sie etwas ungehalten an.

»Es kommt mir eben komisch vor, meiner fast erwachsenen Tochter mitzuteilen, daß ich noch einmal heiraten will.«

»Ich wüßte wirklich nicht, was daran so komisch ist.«

»Die jungen Leute denken doch, daß man mit alldem längst abgeschlossen hat. In ihren Augen sind wir *alt*. Sie glauben, die

Liebe und Verliebtheit seien das Vorrecht der Jugend. Sie stehen sicher auf dem Standpunkt, daß das älteren Leuten nicht mehr zusteht. Deshalb muß es ja lächerlich auf sie wirken, wenn sich Leute in mittleren Jahren noch ineinander verlieben und heiraten.«

»Das ist ganz und gar nicht lächerlich«, erwiderte Richard ärgerlich.

»In *unseren* Augen selbstverständlich nicht. Wir *sind* ja schließlich Leute mittleren Alters.«

Richard blickte finster drein. Als er sprach, klang seine Stimme ziemlich rauh.

»Sieh mal, Ann, ich weiß ja, daß ihr sehr aneinander hängt, du und deine Tochter. Ich kann mir auch vorstellen, daß das Mädchen meinetwegen ziemlich aufgebracht und eifersüchtig sein wird. Das ist nur natürlich, das verstehe ich sehr gut. Ich will auch Nachsicht üben. Wahrscheinlich wird deine Tochter anfänglich eine starke Abneigung gegen mich hegen – aber das gibt sich dann schon mit der Zeit. Man muß ihr nur klarmachen, daß es dein gutes Recht ist, dein Leben so zu gestalten, wie es dir richtig erscheint. Du hast ein Recht darauf, glücklich zu sein.«

Anns Wangen verfärbten sich zartrot.

»Es ist nicht etwa so, daß Sarah mir mein ›Glück‹ mißgönnt, wie du es nennst«, erklärte Ann. »Kleinlichkeit und Mißgunst sind Sarah völlig fremd. Sie ist das großzügigste Geschöpf, das man sich vorstellen kann.«

»Ann, worüber regst du dich bloß auf? Das ist wirklich völlig überflüssig. Sarah ist vielleicht ganz froh darüber, daß du wieder heiratest. Da kann sie eher auf eigenen Füßen stehen.«

»Auf eigenen Füßen stehen«, wiederholte Ann mit einem Anflug von Spott in der Stimme. »Weißt du, Richard, das klingt wie eine Redewendung aus einem viktorianischen Roman.«

»Das ändert nichts an der Tatsache, daß ihr Mütter euch dagegen wehrt, daß eure Kinder flügge werden.«

»Da irrst du dich gewaltig, Richard.«

»Liebling, ich will dich wirklich nicht verärgern, aber manchmal ist sogar die Liebe der hingebungsvollsten Mutter zuviel des Guten. Ich erinnere mich noch sehr gut an die Zeit, als ich noch ein junger Mann war. Ich hing sehr an meinen Eltern, doch das Zusammenleben mit ihnen trieb mich manchmal schier zur Verzweiflung. Meine Eltern haben mich ständig mit Fragen gelöchert und mir Vorhaltungen gemacht. ›Wo gehst du hin? Wann kommst du wieder? Vergiß deinen Schlüssel nicht. Sei leise, wenn du heimkommst. Du hast gestern abend vergessen, das Flurlicht auszumachen. Was, du gehst schon wieder weg? Dein Elternhaus läßt dich anscheinend völlig kalt – nach allem, was wir für dich getan haben.‹« Er verstummte. »mein Zuhause war mir sehr wohl wichtig, aber ich wollte trotzdem ein freier Mensch sein. Das ist doch nicht zuviel verlangt.«

»Das verstehe ich natürlich.«

»Deshalb darfst du nicht verletzt sein, falls es sich herausstellen sollte, daß Sarah weit mehr darauf aus ist, selbständig zu werden als du es ihr je zugetraut hättest... Denk daran, daß den Mädchen heute zahlreiche Berufe offenstehen.«

»Sarah liegt nicht viel an einer beruflichen Karriere.«

»Ja, das sagst du so, aber du darfst nicht vergessen, daß die meisten Mädchen heutzutage berufstätig sind.«

»In vielen Fällen hat das ja wohl wirtschaftliche Gründe.«

»Was willst du damit sagen?«

Ann erklärte ungeduldig:

»Richard, die letzten fünfzehn Jahre sind offensichtlich spurlos an dir vorübergegangen. Früher war es einmal sehr in Mode, ›auf eigenen Füßen zu stehen‹ und sich ›in der Welt umzutun‹. Es gibt noch immer viele Mädchen, die das tun, doch es übt keine Faszination mehr auf sie aus. Bei den Steuern und Erbschaftssteuern und was sonst noch alles dazukommt, tun die Mädchen für gewöhnlich gut daran, einen Beruf zu erlernen. Sarah ist auf nichts sonderlich erpicht. Sie beschäftigt sich mit modernen Sprachen und lernt in einem Kursus, wie man Blumen am vorteilhaftesten arrangiert. Eine Freundin hat ein Geschäft für solche Blumenarrangements. Sarah kann dort jederzeit anfangen. Ich glaube, das wird ihr Freude machen, aber es ist eben nur ein Job und weiter nichts. Es ist völlig unsinnig, da großartig von Unabhängigkeitsbestrebungen zu reden. Sarah lebt sehr gern mit mir zusammen. Sie hängt an ihrem Zimmer und ist hier glücklich und zufrieden.«

»Ann, es tut mir leid, wenn du jetzt verärgert bist.«

Er verstummte auf der Stelle, als Edith den Kopf zur Tür hereinsteckte. Sie trug die selbstgefällige Miene eines Menschen zur Schau, der weit mehr mitbekommen hat von dem, was vorgeht, als er zugeben würde.

»Ich möchte zwar nicht stören, Madam, aber wissen Sie, wie spät es ist?«

Ann sah auf ihre Armbanduhr.

»Ich habe noch genügend – o je, auf meiner Uhr ist es ja noch genauso spät wie vorher, als ich auf die Uhr gesehen habe.« Sie hielt die Armbanduhr ans Ohr. »Richard – meine Uhr ist stehengeblieben. Wie spät ist es denn eigentlich, Edith?«

»Zwanzig nach.«

»Großer Gott, da komme ich bestimmt zu spät. Aber diese Züge haben doch meistens Verspätung, oder nicht? Wo ist meine Tasche? Ach, da ist sie ja. Zum Glück bekommt man um diese Zeit leicht ein Taxi. Nein, Richard, komm nicht mit. Bleib lieber hier und trink dann Tee mit uns. Ja, das ist mein Ernst. Das halte ich für das Beste. Wirklich. Aber jetzt *muß* ich los.«

Sie stützte aus dem Zimmer. Die Wohnungstür fiel zu. Im Vorbeigehen hatte sie zwei Tulpen aus der Vase gefegt. Edith bückte sich sofort und hob sie wieder auf. Sie steckte sie sorgfältig zwischen die anderen Blumen und erklärte:

»Tulpen sind Miß Sarahs Lieblingsblumen, das ist schon immer so gewesen. Am liebsten hat sie malvenfarbene.«

Richard sagte leicht gereizt?

»Hier scheint sich alles nur um Miß Sarah zu drehen.«

Edith warf ihm einen verstohlenen Blick zu. Ihre Miene blieb dabei undurchdringlich, drückte höchstens das übliche Mißfallen aus. Mit ihrer tonlosen Stimme sagte sie ganz unbewegt:

»Also, Miß Sarah hat was an sich. Sie hat eine Art, mit einem umzugehen, kann ich Ihnen sagen... Das läßt sich nicht bestreiten. Es gibt junge Damen, die einfach alles herumliegen lassen und erwarten, daß man ihre Sachen stopft und ausbessert und ständig hinter ihnen herputzt – trotzdem gibt es rein gar nichts, was man nicht gern für sie täte! Andere dagegen machen überhaupt keine Arbeit, sie halten alles selbst in Ordnung. Man hat mit ihnen keine Mühe. Trotzdem mag man sie nicht so besonders und weiß ihre Art oft gar nicht so recht zu schätzen. Es gibt Menschen, die verstehen es eben, andere für sich einzunehmen und andere lassen einen kalt, so ist es nun einmal.«

Während sie sprach, ging sie durch das Zimmer, rückte Stühle zurecht und schüttelte ein Kissen auf.

Richard steckte sich eine Zigarette an und fragte freundlich: »Edith, Sie sind schon sehr lange bei Mrs. Prentice, nicht war?«

»Schon seit über zwanzig Jahren. Genaugenommen zweiundzwanzig. Ich bin schon zu ihrer Mutter gekommen, bevor Miß Ann Mr. Prentice geheiratet hat. Er war übrigens ein sehr sehr netter Mann.«

Richard sah sie forschend an. Wegen seiner Überempfindlichkeit hegte er den Verdacht, daß eine merkwürdige Betonung auf dem Wörtchen ›er‹ gelegen hatte.

Seine Stimme klang belegt als er fragte:

»Hat Ihnen Mrs. Prentice gesagt, daß wir bald heiraten?«

Edith nickte.

»Als ob sie mir das hätte sagen müssen«, meinte sie.

»Ich – ich hoffe, daß wir uns gut verstehen werden, Edith.« Richard war so befangen, daß er vor Verlegenheit ins Stocken geriet.

Edith erwiderte mit finsterer Miene: »Das hoffe ich auch, Sir.«

Als Richard weiterredete, fühlte er sich immer noch nicht wohl in seiner Haut.

»Für Sie könnte das Mehrarbeit mit sich bringen. Aber da ziehen wir noch eine Hilfskraft hinzu.«

»Ich habe nichts für diese Frauen übrig, die man so bekommt. Wenn ich ganz auf mich gestellt bin, weiß ich, wo ich dran bin. Dann behalte ich den Überblick. Natürlich bringt es Veränderungen mit sich, wenn ein Mann im Haus ist. Angefangen bei den Mahlzeiten.«

»Ich bin eigentlich kein großer Esser«, versicherte ihr Richard.

»Ich spreche vom Anrichten der Mahlzeiten«, erklärte Edith. »Einem Mann kann man nicht einfach nur ein paar Häppchen auf einem Tablett servieren.«

»Worauf die Frauen oft ganz versessen sind.«

»Schon möglich«, Ediths Stimme klang merkwürdig kummervoll, als sie hinzufügte: »Ich bestreite gar nicht, daß eine viel fröhlichere Atmosphäre herrscht, wenn ein Mann im Haus ist.«

Eine fast überschwengliche Dankbarkeit stieg in Richard auf.

»Es ist sehr lieb von Ihnen, das zu sagen, Edith.«

»Sie können auf mich zählen, Sir. Ich lasse Mrs. Prentice nicht im Stich. Ich würde um nichts in der Welt gehen. Außerdem ist es nicht meine Art, das Feld zu räumen, sobald es Ärger gibt.«

»Ärger? Warum sollte es denn Ärger geben?«

»Na ja, es wird wohl stürmisch zugehen.«

»Wieso stürmisch?«

Edith sah ihn an, ohne mit der Wimper zu zucken.

»Niemand hat mich um meinen Rat gebeten«, sagte sie, »und deshalb mische ich mich auch nicht ein. Ich will nur soviel sagen: Es wäre besser gewesen, wenn Sie vor Miß Sarahs Rückkehr geheiratet hätten und es nichts mehr daran zu rütteln gäbe.«

Es läutete an der Wohnungstür. Wieder und Wieder wurde auf den Klingelknopf gedrückt.

»Wer das ist, weiß ich ganz genau. Nur eine läutet so«, erklärte Edith.

Sie ging in den Flur hinaus. Als sie die Wohnungstür aufmachte, hörte man zwei Stimmen, eine männliche und eine weibliche. Gelächter und freudige Begrüßung.

»Edith, du gutes altes Haus«, vernahm Richard die warme Altstimme eines Mädchens. »Wo ist meine Mutter? Komm rein, Gerra. Schieb die Skier in die Küche.«

»Kommt nicht in Frage! Nicht in meine Küche!«

»Wo bleibt denn meine Mutter?« fragte Sarah Prentice noch einmal, als sie das Wohnzimmer betrat.

Sarah war ein großes, dunkelhaariges Mädchen. Richard Cauldfiel stand fassungslos da angesichts ihrer überschäumenden Lebensfreude und unglaublichen Vitalität. In der Wohnung standen mehrere Fotos von Sarah, aber ein Foto ist nur ein schwacher Abglanz eines lebendigen Menschen. Er hatte eine jüngere Ausgabe von Ann erwartet – sozusagen ein härteres moderneres Exemplar – aber doch zumindest ganz genau den gleichen Typ. Aber Sarah Prentice schien mehr ihrem Vater zu ähneln. Sie wirkte so fremdartig und vital, daß ihm sogar die Wohnung verändert erschien. Es herrschte gleich eine ganz andere Atmosphäre.

»Ach, die schönen Tulpen!« rief sie aus und beugte sich über die Vase. »Sie riechen ganz schwach nach Limonen. Das ist für mich der Inbegriff des Frühlings. Ich –«

Sie riß erstaunt die Augen auf, als sie sich wieder aufrichtete und Richard Cauldfield in ihr Blickfeld geriet.

Er ging auf sie zu und stellte sich vor.

»Ich bin Richard Cauldfield.«

Sarah gab ihm artig die Hand und erkundigte sich höflich:

»Warten Sie auf meine Mutter?«

»Ja.Sie ist gerade zum Bahnhof gefahren, um Sie abzuholen –vor etwa fünf Minuten.«

»Ach, wie dumm von ihr. Die Ärmste. Warum hat denn Edith nicht dafür gesorgt, daß sie rechtzeitig aus dem Haus geht? Edith!«

»Ihre Uhr war stehengeblieben.«

»Mutter und ihre Uhren. Gerry! Wo steckst du denn bloß?«

Ein ziemlich gutaussehender junger Mann mit unzufriedener Miene sah kurz herein, in jeder Hand einen Koffer.

»Gerry der Robotermensch«, bemerkte er. »Wo soll ich denn die Koffer hinstellen, Sarah? Warum gibt es denn hier keinen Portier?«

»Gibt es selbstverständlich. Doch der ist nie da, wenn man ihn braucht, damit er einem die Koffer in die Wohnung raufträgt. Bring die Koffer in mein Zimmer, Gerry. Ach ja, das ist Mr. Lloyd. Mr.... hm...«

»Cauldfield«,half ihr Richard aus der Patsche.

Edith kam herein. Sarah umarmte sie und gab ihr einen lauten Kuß.

»Ach, Edith, was für eine Freude, dein geliebtes altes sauertöpfisches Gesicht zu sehen!«

»Was heißt hier sauertöpfisch«, murrte Edith indigniert. »Und küssen Sie mich nicht, Miß Sarah. Sie sollten doch allmählich wissen, daß sich das nicht gehört.«

»Ach, Edith, tu doch nicht, als ob du dich ärgerst. Ich weiß doch, daß du selig bist, daß ich wieder da bin. Alles glänzt vor Sauberkeit! Alles ganz genau wie immer. Die Möbel und Mutters Muschelkästchen. Ach, ihr habt das Sofa umgestellt, und den Schreibtisch auch. Vorher stand er da drüben.«

»Ihre Mutter findet, daß das Zimmer so geräumiger wirkt.«

»Nein, ich möchte, daß die Möbel wieder da hinkommen, wo sie vorher waren. Gerry, Gerry, wo steckst du denn schon wieder?«

»Gerra erschien auf der Bildfläche und fragte: »Was ist denn jetzt schon wieder los?« Sarah zerrte schon an dem Schreibtisch herum. Richard eilte herbei, um ihr zu helfen, aber Gerry meinte aufgeräumt: »Lassen Sie nur, Sir, ich mache das schon. Wo soll er denn hin, Sarah?«

»Wo er vorher war. Da drüben.«

Als der Schreibtisch und das Sofa wieder an der alten Stelle standen, stieß Sarah einen Seufzer der Erleichterung aus und sagte:

»So ist es besser.«

»Da bin ich mir aber nicht so sicher«, wandte Gerry ein. Er trat ein paar Schritte zurück, um das Zimmer kritisch in Augenschein zu nehmen.

»Aber ich«, erklärte Sarah. »Ich will, daß alles so bleibt wie es ist. Sonst fühle ich mich nicht zu Hause. Edith, wo ist denn das Kissen mit den Vögeln drauf?«

»In der Reinigung.«

»Ach so, dann ist es ja gut. Jetzt muß ich mir mein Zimmer mal ansehen.« An der Tür blieb sie noch einmal stehen. »Gerry, mix doch bitte Drinks. Auch für Mr. Cauldfield. Du weißt ja, wo du alles findest.«

»Aber sicher.« Gerry sah Richard fragend an. »Was möchten Sie denn trinken, Sir? Einen Martinie – Gin und Organgensaft? Pink Gin?«

Richard stand entschlossen auf. »Nein danke. Für mich bitte nichts, ich muß jetzt los.«

»Aber möchten Sie denn nicht auf Mrs. Prentice warten?« Gerry war ein sehr liebenswürdiger charmanter junger Mann. »Sie kommt sicher zurück, sobald sie erfährt, daß der Zug schon längst eingelaufen ist.«

»Nein, ich muß jetzt gehen. Richten Sie Mrs. Prentice bitte aus, daß es bei der ursprünglichen Verabredung für morgen bleibt.«

Er nickte Gerry zu und trat auf den Gang hinaus. Aus Sarahs Zimmer am anderen Ende des Ganges hörte man ein lebhaftes Gespräch. Eine wahre Sturzflut von Worten ergoß sich über Edith.

Es ist besser, wenn ich jetzt gehe, dachte er. Sie sollten bei dem bleiben, was er und Ann sich ursprünglich vorgenommen hatten. Am Abend konnte Ann Sarah alles sagen. Er würde dann am nächsten Tag zum Mittagessen kommen, um so rasch wie möglich Freundschaft mit seiner künftigen Stieftochter zu schließen.

Er war ganz durcheinander, weil Sarah so anders war als er sie sich vorgestellt hatte. Seine Annahme, ein unselbständiges junges Mädchen kennenzulernen, das Ann ständig in übertriebenem Maße bemutterte, war ganz falsch gewesen. Ihre Schönheit, ihre Vitalität und ihr Selbstbewußtsein hatten ihn erschreckt.

Bisher war Sarah für ihn etwas Abstraktes gewesen, aber nun hatte er sie tatsächlich erlebt.

6. Kapitel

Sarah betrat das Wohnzimmer und schlang einen Gürtel um ihren Hausmantel.

»Ich mußte einfach aus diesem Skianzug raus. Am liebsten nähme ich sofort ein Bad. Wie schmutzig es in diesen Zügen ist! Gerry, hast du für mich auch etwas zu trinken?«

»Bitte sehr.«

Sarah griff nach dem Glas.

»Danke. Ist der Mann gegangen? Das hast du gut gemacht.«

»Wer war das denn?«

»Ich habe ihn noch nie gesehen«, sagte Sarah. Sie mußte lachen. »Sicher einer von den Männern, die Mutter aufgelesen hat.«

Edith kam ins Zimmer, um die Vorhänge zurechtzuziehen.

Sarah fragte sie:

»Edith, wer war denn dieser Mann?«

»Ein Bekannter Ihrer Mutter, Miß Sarah«, sagte Edith.

Sie zog heftig an dem Vorhang und trat dann an das zweite Fenster.

Sarah meinte fröhlich: »Ein Glück, daß ich wieder zu Hause bin. Da kann ich ihr die Freunde aussuchen.«

»Aha«, murmelte Edith und zog an dem zweiten Vorhang.

Sie sah Sarah eindringlich an und fragte. »Er hat Ihnen wohl nicht sonderlich gefallen?«

»Nein, wahrhaftig nicht.«

Edith murmelte etwas vor sich hin und ging aus dem Zimmer.

»Gerry, was meinte sie?«

»Ich glaube, sie hat gesagt: ›Was für ein Jammer.‹«

»Komisch.«

»Hat sich richtig geheimnisvoll angehört.«

»Ach, du kennst doch Edith. Wo meine Mutter nur bleibt? Warum kann sie auch nie pünktlich sein?«

»Das sieht ihr eigentlich gar nicht ähnlich – finde ich jedenfalls.«

Es war sehr nett von dir, daß du mich abgeholt hast, Gerry. Tut mir leid, daß ich dir nicht geschrieben habe, aber du weißt ja, wie das ist. Wie hast du es bloß geschafft, dich so früh loszueisen? Um diese Zeit mußt du doch im Büro sein.

Gerry antwortete nicht gleich. Aber schließlich sagte er: »Ach, unter den gegebenen Umständen war das nicht weiter schwierig.«

Sarah wurde hellhörig. Sie fuhr auf und sah ihn an.

»Na los schon, Gerry, raus damit. Was ist eigentlich los?«

»Nichts ist los. Aber es sieht auch nicht besonders gut aus.«

»Aber du hast mir doch versprochen, daß du die Geduld nicht verlieren und dein Temperament zügeln willst«, hielt ihm Sarah vor.

Gerry blickte finster drein.

»Liebling, du hast ja völlig recht. Aber du kannst dir nicht vorstellen, was ich da durchgemacht habe. Lieber Himmel, aber wenn man aus einem Krieg zurückkommt, wo es wirklich höllisch zugeht, um sich dann in einem Großstadtbüro zu vergraben, so ist das schon eine gewaltige Umstellung. Du kannst dir gar nicht denken, was Onkel Lukas für ein Mensch ist. Ein asthmatischer Fettkloß mit blitzschnellen Schweinsäuglein. ›Freut mich, dich wieder dazuhaben, mein Junge.‹ Gerry war ein glänzender Schauspieler. ›Hm – ja – ich hoffe, daß du jetzt, wo sich all die Aufregung gelegt hat, in meine Firma eintrittst und – hm – ja – dich wirklich mal ins Zeug legst. Wir – hm ja – wir können jemanden brauchen. Ich kann dir versichern, daß die glänzende Aufstiegschancen hast, wenn du dich wirklich reinkniest. Natürlich mußt du alles von der Pike auf lernen. Keine – hm ja – keine Vergünstigungen, das habe ich mir zur Devise gemacht. Du hast lange genug herumgespielt – nun wollen wir mal sehen, ob wir dich dazu bringen können, daß du ernsthaft arbeitest.‹« Er stand auf und ging im Zimmer auf und ab.

»Herumspielen – darin besteht für diesen Fettsack der Militärdienst an der Front. Ich würde es ihm gönnen, daß ein Rotchinese aus dem Hinterhalt auf ihn schießt. Da sitzen die reichen Blutsauger auf ihren dicken Hintern. Sie denken immer nur ans Geld, alles andere läßt sie kalt –«

»Gerry, hör schon auf«, unterbrach ihn Sarah ungeduldig. »Dein Onkel ist eben fantasielos. Außerdem hast du ja selbst gesagt, daß du eine Stellung brauchst und Geld verdienen willst. Sicher ist das alles nicht sehr angenehm, aber nenn mir eine andere Möglichkeit. Du kannst froh sein, daß du einen reichen Onkel in der Stadt hast. Die meisten Leute würden sich um so einen Onkel reißen!«

»Und warum ist er so reich?« fuhr Gerry fort. »Weil er mit dem Geld arbeitet, das *mir* zugestanden hätte. Mein Großonkel Harry hat es ihm vermacht und nicht meinem Vater, der der Ältere war.«

»Spielt doch keine Rolle«, sagte Sarah. »Nach Abzug der Erbschaftsteuer hättest du von dem Geld wahrscheinlich nicht mehr viel gesehen.«

»Aber es war unfair, das gibst du doch wohl zu.«

»Was ist nicht unfair?« antwortete Sarah mit einer Gegenfrage. »Es hat doch keinen Sinn, sich ständig darüber aufzuregen, und es ist so ermüdend, immer wieder hören zu müssen, daß alle Welt vom Pech verfolgt ist.«

»Sarah, ich muß schon sagen, du bringst nicht viel Verständnis auf.«

»Nein. Weißt du, ich bin dafür, daß man ganz offen ist. Ich finde, du solltest die Konsequenzen ziehen und die Stellung entweder aufgeben oder mit dem ewigen Gejammer aufhören und dem Himmel danken, daß du hier in London einen reichen Onkel mit Asthma und Schweinsäuglein hast. Ach, ich glaube, da kommt meine Mutter – endlich.«

Ann hatte gerade aufgeschlossen. Sie kam ins Wohnzimmer gerannt.

»Sarah, mein Liebling.«

»Mutter, da bist du ja endlich.« Sarah streckte die Arme nach ihrer Mutter aus und zog sie ganz fest an sich. »Was hast du dir denn da bloß wieder einfallen lassen?«

»Das liegt an meiner Uhr. Die war stehengeblieben.«

»Gerry hat mich abgeholt, ich hatte also einen großen Bahnhof.«

»Guten Tag, Gerrry. Ich habe Sie gar nicht gesehen.«

Ann begrüßte ihn scheinbar bestens gelaunt, doch in Wirklichkeit war sie verärgert. Sie hatte so gehofft, daß die Geschichte mit Gerry allmählich im Sande verlief.

»Laß dich einmal ansehen, Mutter«, sagte Sarah. »Du bist ja so elegant. Ist das ein neuer Hut? Mutter, du siehst fantastisch aus.«

»Du auch. Und so schön braun.«

»Kein Wunder bei Sonne und Schnee. Edith ist sehr enttäuscht, daß ich nicht ganz bandagiert hier eingetroffen bin. Es hätte dich doch sehr gefreut, wenn ich mir ein paar Knochen gebrochen hätte, Edith – stimmt's?«

Edith, die gerade mit dem Teetablett hereinkam, ging gar nicht darauf ein.

»Ich habe drei Tassen gebracht«, erklärte sie, »obwohl ich gar nicht glaube, daß Mr. Lloyd und Miß Sarah Tee möchten, weil sie ja Gin getrunken haben.«

»Aus deinem Mund klingt das so nach Ausschweifung, Edith«, sagte Sarah.

»Jedenfalls haben wir auch diesem Herrn etwas zu trinken angeboten. Wer war denn das, Mutter? Sein Name klang so ähnlich wie Kornfeld.«

Edith wandte sich an Ann: »Mr. Cauldfield hat gesagt, er könnte nicht mehr auf Sie warten, Madam. Er kommt morgen zur verabredeten Zeit wieder.«

»Wer ist denn dieser Cauldfield, Mutter, und warum kommt er morgen wieder? Wir können gut auf ihn verzichten.«

Ann sagte hastig: »Trinken Sie noch etwas, Gerry.«

»Nein danke, Mrs. Prentice, ich muß jetzt wirklich gehen. Auf Wiedersehen, Sarah.«

Sarah ging mit ihm hinaus. Er fragte sie: »Was hältst du davon, wenn wir heute abend ins Kino gingen? Im Academy läuft ein guter Film.«

»O ja, schön. Nein, ich glaube, das kann ich nicht machen. Ich bin doch gerade erst zurückgekommen. Den ersten Abend bleibe ich besser zu Hause bei meiner Mutter. Die Ärmste wäre ganz bestimmt enttäuscht, wenn ich mich gleich wieder aus dem Staub machen würde.«

»Sarah, du bist wirklich eine wunderbare Tochter.«

»Na ja, Mutter ist ja auch sehr lieb.«

»Ja, das weiß ich.«

»Natürlich löchert sie mich mit Fragen. Wen ich so kennengelernt und was ich gemacht habe. Aber abgesehen davon ist sie für eine Mutter ganz vernünftig. Weißt du was, Gerry? Falls es sich doch machen läßt, rufe ich dich noch an.«

Sarah ging ins Wohnzimmer zurück und knabberte an den Keksen herum.

»Ediths Spezialrezept«, bemerkte sie. »Unheimlich gehaltvoll. Ich weiß gar nicht, wo sie all die Sachen herbekommt, die sie dafür braucht. Wie kommt sie bloß an die Zutaten? Mutter, erzähl mir mal, was du inzwischen so gemacht hast. Bist du viel mit Colonel Grant und deinen anderen Bekannten ausgegangen und hast du dich gut unterhalten?«

»Nein – ja, irgendwie schon...«

Ann verstummte. Sarah starrte sie verwundert an.

»Mutter, was ist denn los?«

»Nichts. Wieso?«

»Du siehst so komisch aus.«

»Ja?«

»Mutter, irgend etwas muß doch vorgefallen sein. Du kommst mir wirklich ganz merkwürdig vor. Nun erzähl mir schon. Du wirkst ja richtig schuldbewußt. Jetzt sag schon, Mutter, was hast du angestellt?«

»Ach, gar nichts, Sarah, Liebling, du mußt mir glauben, daß sich für dich nichts ändert. Alles bleibt beim alten, nur –«

Ann geriet immer mehr ins Stocken und verstummte schließlich ganz. ›Wie kommt es nur, daß man seiner eigenen Tochter gegenüber solche Scheu empfindet?‹

Sarah sah sich höchst erstaunt an. Plötzlich verzog sich das Gesicht zu einem liebevollen Grinsen. »Ich glaube fast... Na los schon, Mutter, raus mit der Sprache. Jetzt heißt es Farbe bekennen. Versuchst du womöglich, mir behutsam beizubringen, daß ich einen Stiefvater bekomme?«

»Ach Sarah.« Ann stieß einen abgrundtiefen Seufzer der Erleichterung aus. »Wie hast du das bloß erraten?«

»Das war gar nicht weiter schwierig. Du hast ja regelrecht gezittert vor Angst und Aufregung. Denkst du vielleicht, daß ich nicht damit einverstanden bin?«

»Ja. Hast du denn wirklich nichts dagegen?«

»Aber nein«, versicherte ihr Sarah ernsthaft. »Ich finde, du handelst völlig richtig. Vater ist schließlich seit sechzehn Jahren tot. Du solltest den Sex noch mal genießen können, bevor es endgültig zu spät ist. Du befindest dich gerade im gefährlichsten Alter, wie man das so schön nennt. Und du bist viel zu altmodisch, um dich mit einer Affäre zufriedenzugeben.«

Ann fühlte sich ihrer Tochter gegenüber hilflos. Alles verlief ganz anders, als sie sich das vorgestellt hatte.

Sarah nickte. »Da heiratest du lieber gleich.«

Was sie doch noch für ein Kind ist. Absurd, was sie da denkt. Aber Ann hütete sich, auch nur ein Wort davon verlauten zu lassen.

»Du siehst wirklich noch sehr gut aus«, fuhr Sarah mit unbekümmerter Offenherzigkeit fort. »Das liegt daran, daß deine Haut so glatt ist. Aber es wäre noch besser, wenn du dir die Augenbrauen zupfen würdest.«

»Mir gefallen sie so wie sie sind«, sagte Ann störrisch.

»Mutter, du bist wirklich unheimlich attraktiv«, lobte Sarah ihre Mutter über den grünen Klee. »Es wundert mich, daß du nicht schon längst wieder unter der Haube bist. Wer ist denn übrigens der Glückliche? Warte, laß mich raten. Dreimal darf ich es versuchen. Ich tippe auf Colonel Grant oder auf Professor Fane oder aber auf den melancholischen Polen mit dem unaussprechlichen Namen. Aber vermutlich ist es Colonel Grant. Er bittet dich ja schon seit Jahren, seine Frau zu werden.«

Ann sagte verängstigt: »Der Colonel ist es aber nicht. Ich werde Richard Cauldfields Frau.«

»Wer ist denn Richard Cauld... Mutter, du meinst doch wohl nicht den Mann, der vorher hier war?«

Ann nickte.

»Aber das darf doch wohl nicht wahr sein, Mutter. Der ist so selbstgefällig, einfach fürchterlich.«

»Sarah, du weißt ja nicht, was du da sagst. Ich – ich hänge sehr an ihm.«

»Willst du etwa behaupten, daß du ihn wirklich liebst?« Sarah konnte es nicht glauben. »Du liebst ihn ernsthaft?«

»Ja.«

»Weißt du, ich kann es einfach nicht fassen«, sagte Sarah.

Ann reckte die Schultern.

»Du hast Richard ja nur ganz kurz gesehen«, gab sie zu bedenken. »Wenn du ihn erst einmal besser kennst, wird er dir sicher sehr gefallen.«

»Er macht so einen aggressiven Eindruck.«

»Weil er schüchtern und verlegen war.«

»Na ja, schließlich ist es ja deine Beerdigung«, sagte Sarah gedehnt.

Mutter und Tochter saßen schweigend da. Beiden war das alles denkbar peinlich.

Schließlich brach Sarah das Schweigen. »Weißt du, Mutter«, sagte sie. »Du brauchst tatsächlich jemanden, der sich um dich kümmert. Da fahre ich bloß mal ein paar Wochen weg, und schon begehst du eine solche Dummheit.«

»Sarah!« Ann kannte sich nicht mehr vor Wut. »Das ist wirklich ungehörig.«

»Tut mir leid, mein liebes Mütterlein, aber ich stehe nun mal auf dem Standpunkt, daß man ganz offen und ehrlich sein sollte.«

»Da bin ich mir nicht so sicher.«

»Wie lange geht denn das schon?« wollte Sarah wissen.

Ann mußte wider Willen lachen.

»Also wirklich, Sarah, du redest wie ein gestrenger Vater in einem Drama aus der Zeit der Queen Victoria. Ich habe Richard vor drei Wochen kennengelernt.«

»Und wo?«

»Durch James Grant. James kennt ihn schon seit Jahren. Er ist vor kurzem aus Burma zurückgekehrt.«

»Hat er wenigstens Geld?«

Ann war ärgerlich und gerührt zugleich. Wie lächerlich sich Sarah doch benahm, indem sie solche Fragen stellte. Ann bemühte sich, ihrer Gereiztheit Herr zu werden und sagte ganz trocken und ironisch:

»Richard verdient gut und kann mich durchaus ernähren. Er hat eine Stellung bei Hellner Bros., einer großen Firma in der Stadt. Weißt du, Sarah, man könnte wirklich glauben, *ich* sei *deine* Tochter und nicht umgekehrt.«

Worauf Sarah todernst erwiderte: »Weißt du, meine Liebe, irgend jemand muß sich ja schließlich um dich kümmern. Du bist überhaupt nicht fähig, allein zurechtzukommen. Ich habe dich sehr gern und möchte nicht, daß du eine Riesendummheit machst. Ist er Junggeselle, geschieden oder Witwer?«

»Seine Frau ist vor vielen Jahren gestorben. Bei der Geburt des ersten Kindes. Das Baby ist auch gestorben.«

Sarah seufzte und schüttelte den Kopf.

»Jetzt ist mir alles klar. Auf die Tour hat er dich rumgekriegt. Für solche Schnulzen hattest du schon immer eine Schwäche.«

»Rede nicht so einen Blödsinn, Sarah!«

»Hat er Geschwister? Lebt seine Mutter noch?«

»Ich glaube, er hat gar keine nahen Verwandten mehr.«

»Das ist ja ein wahrer Segen. Hat er wenigstens ein Haus? Wo wollt ihr denn leben?«

»Ich dachte hier. Wir haben ja genug Platz, und er arbeitet in London. Du hast doch sicher nichts dagegen, oder?«

»Ach, mir macht das nichts aus. Ich denke dabei nur an dich.«

»Das ist sehr lieb von dir. Aber ich weiß selbst am besten, was gut für mich ist und was nicht. Ich bin fest davon überzeugt, daß ich mit Richard glücklich werde.«

»Wann wollt ihr denn heiraten?«

»In drei Wochen.«

»In drei Wochen schon? Du darfst das doch nicht überstürzen.«

»Es hat doch keinen Sinn, die Hochzeit aufzuschieben.«

»Bitte, Mutter, tu es mit zu Gefallen. Gönn mir noch ein bißchen Zeit, mich an den Gedanken zu gewöhnen. Bitte, Mutter, ich flehe dich an.«

»Ich weiß nicht recht... mal sehen...«

»Verschieb die Hochzeit um drei Wochen. Dann habe ich sechs Wochen Zeit, mich daran zu gewöhnen.«

»Es ist ja noch nichts entschieden. Richard kommt morgen zum Essen. Sei bitte nett zu ihm, Sarah.«

»Natürlich bin ich nett zu ihm. Was denkst du denn von mir?«

»Danke, Liebling.«

»Kopf hoch, Mutter, und mach dir keine Sorgen.«

»Ich bin sicher, daß ihr euch mit der Zeit sehr gut versteht«, sagte Ann lahm.

Sarah schwieg dazu.

Ann wurde plötzlich ärgerlich.

»Du könntest dir zumindest ein wenig Mühe geben.«

»Ich habe dir doch gesagt, daß du ganz unbesorgt sein kannst.« Sarah fügte noch hinzu: »Es ist dir doch sicher lieber, wenn ich heute abend bei dir bleibe.«

»Warum fragst du? Möchtest du weggehen?«

»Ich habe allerdings daran gedacht, aber ich will dich nicht allein lassen, Mutter.«

Ann sah ihre Tochter lächelnd an. Ihr gutes Verhältnis hatte wohl doch keinen Sprung bekommen.

»Ich werde mich schon nicht einsam fühlen. Laura hat mich gebeten, zu einer Vorlesung zu kommen.«

»Wie geht es denn dem alten Streitroß? Ist sie immer noch so unermüdlich?«

»Ja, sie ist noch ganz die alte. Ich habe es abgelehnt, zu dem Vortrag zu gehen, aber ich kann sie ja immer noch anrufen.«

Natürlich würde sich auch Richard über ihren Anruf freuen. Doch irgendwie schreckte sie davor zurück. Sie wollte sich lieber von Richard fernhalten, bis er und Sarah sich kennengelernt hatten.

»Wenn du also nichts dagegen hast, ruft ich jetzt Gerry an.»

»Ach, du willst mit Gerry weggehen?«

Sarah sagte trotzig:

»Ja, warum auch nicht?«

Doch Ann ging nicht darauf ein. Statt dessen sagte sie ganz freundlich:

»Ich wollte es nur wissen.«

7. Kapitel

1

»Gerry?
»Ja, Sarah?«
»Ich möchte diesen Film lieber doch nicht sehen. Gehen wir irgendwohin, wo wir uns unterhalten können.«
»Natürlich, wenn du möchtest. Sollen wir essen gehen?«
»Nein, ich bringe keinen Bissen mehr hinunter. Edith hat mich regelrecht genudelt.«
»Dann gehen wir nur etwas trinken.«
Er warf Sarah einen verstohlenen Blick zu und fragte sich, warum sie wohl so durcheinander war. Sarah sprach erst, als ihre Gläser vor ihnen standen.
»Gerry, meine Mutter will wieder heiraten.«
»Na sowas!« Damit hatte Gerry nicht gerechnet.
»Hast du das denn nicht geahnt? Kam das völlig überraschend?«
»Woher hätte ich es denn wissen sollen? Meine Mutter hat den Mann ja erst kennengelernt, als ich in der Schweiz war.«
»Das ging aber schnell. Da hat sie wirklich keine Zeit verloren.«
»Das ging entschieden zu schnell. In manchen Dingen ist Mutter wirklich unvernünftig.«
»Wen will sie den heiraten?«
»Den Mann, der heute nachmittag bei uns war. Er heißt Kornfeld oder so ähnlich.«
»Ach, *den* meinst du.«
»Ja. Findest du ihn nicht auch unmöglich?«
»Also, mir ist weiter nichts an ihm aufgefallen«, meinte Gerry nachdenklich. »Mir kam er ganz normal vor. Ich konnte nichts Außergewöhnliches an ihm feststellen.«
»Er ist nicht der richtige Partner für meine Mutter. Er paßt überhaupt nicht zu ihr.«
»Ich glaube, das kann sie wohl selbst am besten beurteilen«, meinte Gerry nachdenklich.
»Nein, eben nicht. Sie läßt sich leicht beeinflussen. Alle Leute

tun ihr immer gleich leid. Meine Mutter braucht tatsächlich jemanden, der auf sie aufpaßt.«

»Der Ansicht scheint sie auch zu sein«, warf Gerry grinsend ein.

»Mach dich nicht darüber lustig, Gerry, die Sache ist leider bitterernst. Kornfeld ist nicht der richtige Mann für meine Mutter.«

»Ich finde, das geht nur sie etwas an.«

»Aber ich muß mich doch um sie kümmern und auf sie aufpassen. Der Meinung war ich schon immer. Ich habe bereits jetzt mehr Lebenserfahrung als sie, und ich bin doppelt so zäh.«

Gerry stritt das gar nicht ab. Bis zu einem gewissen Grad mußte er ihr sogar recht geben. Trotzdem hatte er Einwände.

Vorsichtig deutete er an: »Sarah, wenn deine Mutter noch einmal heiraten möchte, so ist das...«

Sarah fiel im rasch ins Wort. »Aber *dagegen* habe ich ja auch nichts einzuwenden. Meine Mutter sollte tatsächlich eine neue Ehe eingehen. Das habe ich ihr auch schon oft gesagt. Was ihr fehlt, ist ein geregeltes Leben im Hinblick auf die Sexualität. Aber Kornfeld darf sie auf keinen Fall heiraten.«

»Aber glaubst du nicht...« Gerry schwieg völlig verunsichert.

»Sprich doch weiter.«

»Glaubst du nicht, daß du gegen jeden Mann im Leben deiner Mutter etwas einzuwenden hättest?« Gerry war etwas nervös, doch er zwang sich, das zu sagen, was ihm durch den Kopf ging. »Schließlich kannst du ja gar nicht wissen, ob dieser Kornfeld der richtige oder der falsche Partner für deine Mutter ist. Du hast ja kaum ein paar Worte mit ihm gesprochen. Könnte deine Aversion nicht daher rühren –« es erforderte viel Mut, das auch noch auszusprechen, doch er schaffte es, »nun ja, daß du eifersüchtig bist?«

Sarah ging sofort in Abwehrstellung.

»Ich und eifersüchtig? Weil die Gefahr besteht, daß ich einen Stiefvater bekomme? Also weißt du, Gerry! Habe ich nicht schon lange, bevor ich in die Schweiz gefahren bin, zu dir gesagt, daß ich finde, meine Mutter sollte noch einmal heiraten?«

»Ja, das schon. Aber es ist doch etwas völlig anderes, ob man etwas nur so sagt oder ob es tatsächlich geschieht.« Diese Erkenntnis hatte Gerry blitzschnell überfallen.

»Ich neige nicht zur Eifersucht«, versicherte ihm Sarah. »Mir geht es nur darum, daß meine Mutter glücklich ist bzw. glücklich wird«, fügte sie nachdenklich hinzu.

»Ich würde an deiner Stelle nicht Schicksal spielen. Misch dich doch da nicht ein«, riet ihr Gerry ganz entschieden.

»Aber es geht doch um meine *Mutter.*«

»Sie weiß doch selbst am allerbesten, was ihr guttut.«

»Wenn ich es dir doch sage – meine Mutter ist unselbständig.«

»Du kannst sowieso nichts ändern.«

In Gerrys Augen machte Sarah ein Riesentheater um nichts. Er war es müde, sich über Ann und ihre Angelegenheiten zu unterhalten. Er wollte auf sich selbst zu sprechen kommen.

Deshalb sagte er ganz plötzlich?

»Ich glaube, ich schmeiße alles hin.«

»Du meinst, du schmeißt die Arbeit in der Firma deines Onkels hin? Aber Gerry, überleg doch mal!«

»Ich halte es einfach nicht mehr aus. Jedesmal wenn ich auch nur eine Viertelstunde zu spät komme, gibt es ein Mordsgeschrei.«

»Ja, man muß nun mal pünktlich zur Arbeit erscheinen.«

»Was für ein Haufen rückständiger Trottel. Sitzen von morgens bis abends über den Büchern und denken an nichts als an Geld.«

»Aber Gerry, was willst du denn machen, wenn du deine Stellung an den Nagel hängst?«

»Ach, irgend etwas findet sich dann schon«, meinte er leichthin.

»Du hast ja schon allerhand versucht«, sagte Sarah zweifelnd.

»Willst du damit sagen, daß ich immer an die Luft gesetzt worden bin? Also, diesmal warte ich das gar nicht erst ab.«

»Gerry, glaubst du wirklich, daß das ratsam ist?« Sarah warf ihm einen fast schon mütterlich besorgten Blick zu. »Schließlich ist er doch dein Onkel und so ziemlich der einzige Verwandte, den du hast. Außerdem hast du gesagt, er schwimmt in Geld.«

»Und er hinterläßt mir all sein Geld, wenn ich mich anständig benehme. Das willst du doch wohl damit sagen.«

»Na ja, du regst dich doch immer wieder darüber auf, daß dein Großonkel sein Geld nicht deinem Vater hinterlassen hat.«

»Hätte er Familiensinn bewiesen, bräuchte ich jetzt nicht vor diesen Magnaten zu Kreuze kriechen. Ich finde, das ganze Land ist bis ins Innerste verfault. Ich hätte nicht übel Lust, England ganz den Rücken zu kehren.«

»Du meinst, du möchtest gern ins Ausland gehen?«

»Ja. Irgendwohin, wo man mehr *Bewegungsfreiheit* hat und es zu etwas bringen kann.«

Sie verstummten und hingen ihren Gedanken nach. Beide dachten über ein Leben ohne Geldsorgen nach, wo man sich nicht eingeengt fühlte.

Sarah, die weit mehr als Gerry mit beiden Beinen fest auf der Erde stand, bewies ihren Sinn fürs Praktische, als sie sagte: »Aber ohne Kapital kannst du nicht viel ausrichten. Wenn ich mich nicht irre, hast du gar kein Geld.«

»Nein, da hast du völlig recht. Aber ich könnte mir vorstellen, daß man trotzdem alles mögliche unternehmen könnte.«

»Was denn zum Beispiel?«

»Sarah, du bist richtig deprimierend. Muß das sein?«

»Entschuldige bitte. Ich wollte damit nur sagen, daß du keine Fachausbildung hast.«

»Ich kann gut mit Menschen umgehen, und ein Leben im Freien liegt mir am meisten. Nicht eingesperrt in ein Büro.«

»Ach, Gerry«, seufzte Sarah.

»Was ist denn los?«

»Ich weiß nicht. Das Leben ist wirklich nicht leicht. Durch diese Kriege ist alles aus dem Lot.«

Sie starrten trübsinnig vor sich hin.

Dann raffte sich Gerry großmütig zu dem Versprechen auf, er wolle seinem Onkel doch noch einmal eine Chance einräumen. Sarah beglückwünschte ihn zu dem Entschluß.

»Ich glaube, jetzt gehe ich wohl besser heim«, beschloß sie dann. »Mutter ist bestimmt schon von ihrer Vorlesung zurück.«

»Worum ging es denn dabei?«

»Das weiß ich nicht genau. ›Wohin führt uns unser Weg und warum‹ oder so ähnlich.«

Sie stand auf. »Danke, Gerry. Du warst mir eine große Hilfe.«

»Du mußt dich freimachen von Vorurteilen, Sarah. Die Hauptsache ist doch, daß dieser Mann deiner Mutter gefällt und daß sie mit ihm glücklich wird.«

»Wenn er Mutter glücklich macht, ist alles in bester Ordnung.«

»Vermutlich heiratest du ja eines Tages selbst – vielleicht sogar schon bald...«

Bei diesen Worten sah er sie nicht an. Sarah starrte wie gebannt auf ihre Handtasche.

»Vielleicht eines Tages«, murmelte sie. »Aber ich habe es weiß Gott nicht eilig...«

Verlegenheit, aber mit einem irgendwie angenehmen Beigeschmack kam zwischen ihnen auf...

2

Ann atmete am nächsten Tag beim Mittagessen ganz erleichtert auf. Sarah verhielt sich geradezu vorbildlich. Sie begrüßte Richard freundlich und machte beim Essen artig Konversation.

Ann war stolz darauf, daß ihre lebhafte Tochter so gute Manieren an den Tag legte. Sie hätte wissen müssen, daß sie sich auf Sarah verlassen konnte. Sarah würde sie nie im Stich lassen oder blamieren.

Viel hätte sie jedoch darum gegeben, wenn Richard sich in einem besseren Licht gezeigt hätte. Ihr fiel auf, daß er nervös war. Ihm lag viel daran, einen guten Eindruck zu machen, und gerade die Tatsache, daß er sich solche Mühe gab, wirkte sich zum Nachteil für ihn aus. Er gab sich schulmeisterhaft und aufgeblasen, wollte aber unbedingt so tun, als fühlte er sich wohl, als gäbe er sich völlig ungezwungen. Dadurch, daß sich Sarah so rücksichtsvoll und höflich verhielt, wurde der Eindruck, den Richard Cauldfield machte, noch verstärkt. Seine Behauptungen schienen keinen Widerspruch zu dulden. Er erweckte stets den Anschein, als sei in seinen Augen nur seine Meinung maßgebend und richtig. Das irritierte Ann, denn sie wußte ja nur allzugut, daß er eher an einem Mangel an Selbstvertrauen litt.

Aber wie sollte Sarah das erkennen? Sie erlebte ihn von seiner schlimmsten Seite, wo es doch so wichtig gewesen wäre, daß sie ihn von der besten Seite kennengelernt hätte. Der bloße Gedanke daran machte Ann nervös. Sie fühlte sich immer unbehaglicher, und es entging ihr nicht, daß Richard sich darüber ärgerte.

Nach dem Essen servierte Edith den Kaffee. Ann zog sich unter dem Vorwand zurück, einen Anruf tätigen zu müssen. Im Schlafzimmer befand sich ein Nebenanschluß. Sie hoffte, daß Richard sich ungezwungener geben würde, wenn sie die beiden wenigstens vorübergehend sich selber überließ. Vielleicht fiel es ihm dann leichter, sich so zu geben wie er wirklich war. Es lag wohl an ihr, daß die Atmosphäre so gespannt war. Vielleicht würde sich das ändern, sobald sie sich zurückgezogen hatte.

Sarah reichte Richard seine Kaffeetasse und ließ ein paar höfliche Gemeinplätze vom Stapel. Das Gespräch verlief schon bald im Sande.

Richard wappnete sich und baute darauf, daß er am weitesten käme, wenn er ganz offen wäre. Sarah machte gar keinen schlechten Eindruck auf ihn, wenigstens hatte sie sich ihm gegenüber nicht feindselig verhalten. Am besten ließ er durchblikken, daß er Verständnis für ihre Lage hatte. Bevor er hergekommen war, hatte er geprobt, was er sagen wollte. Doch wie alles, was man vorher probt, klangen seine Worte jetzt gekünstelt und alles andere als überzeugend. Um zu retten, was noch zu retten war, gab er sich leutselig und selbstbewußt, obwohl er sich in Wahrheit in einem Zustand der Verlegenheit befand, der schmerzte und an Panik grenzte.

»Es gibt ein paar Dinge, die ich Ihnen gerne sagen möchte, meine liebe junge Dame.«

»So?« Sarah konnte sehr attraktiv aussehen, doch jetzt wandte sie ihm ein völlig ausdrucksloses Gesicht zu. Sie wartete höflich ab, was Richard ihr zu sagen hatte. Das kostete ihn noch mehr Nerven.

»Ich kann mir denken, was in Ihnen vorgeht. Ich verstehe Sie sehr gut. Das alles kam so plötzlich, daß es ein Schock für Sie gewesen sein muß. Sie und Ihre Mutter haben sich immer sehr nahegestanden. Da ist es doch ganz klar, daß Sie Ressentiments gegen jeden Menschen hegen, der sich für Ihre Mutter interessiert und fortan aus ihrem Leben nicht mehr wegzudenken ist. Da kann es ja nicht ausbleiben, daß Sie erbost und eifersüchtig sind.«

Sarah erklärte rasch und sehr förmlich, aber keineswegs unfreundlich: »Ich versichere Ihnen, daß das noch nicht der Fall ist.«

Richard war nicht auf der Hut, und so entging ihm, daß das eine Warnung war.

Unbesonnen fuhr er fort: »Wie gesagt, das ist alles ganz normal. Lassen Sie sich ruhig Zeit. Ich setze Ihnen ganz bestimmt nicht die Pistole auf die Brust. Sie können sich mir gegenüber so lange kühl verhalten, wie Sie wollen. Wenn Sie bereit sind, Freundschaft mit mir zu schließen, komme ich Ihnen gern auf halbem Weg entgegen. Sie dürfen nicht vergessen, daß es vor allem darum geht, daß Ihre Mutter glücklich ist.«

»Genau daran denke ich ja die ganze Zeit«, entgegnete Sarah.

»Bisher hat sie alles nur Menschenmögliche für Sie getan. Jetzt soll sie es sich auch einmal gutgehen lassen. Sie möchten doch sicher auch, daß Ihre Mutter glücklich ist. Vergessen Sie nicht, daß das ganze Leben noch vor Ihnen liegt und daß Sie irgendwann einmal auf eigenen Füßen stehen müssen. Sie haben Ihren eigenen Freundeskreis, Ihren Ehrgeiz und Ihre ureigenen Hoffnungen. Wenn Sie einmal heiraten oder eine Stellung antreten, ist Ihre Mutter ganz allein. Dann wäre sie sehr einsam. Schon allein deshalb müssen Sie zuerst an das Wohl Ihrer Mutter denken und das eigene Wohl hintanstellen.«

Richard Cauldfield schwieg. Er fand, daß er das gut formuliert und ihr seinen Standpunkt hinreichend klargemacht hatte.

Sarah riß ihn jäh aus seiner Selbstbewunderung. Sie fragte höflich, aber mit einem kaum merklichen unverschämten Unterton: »Halten Sie oft Reden?«

Er konterte erschrocken: »Wie kommen Sie denn darauf?«

»Ich glaube, das müßte Ihnen liegen«, murmelte Sarah.

Sie lehnte sich zurück und betrachtete angelegentlich ihre Fingernägel. Das reizte Richard noch mehr, denn er fand diese grellrot lackierten Fingernägel widerwärtig. Inzwischen war ihm klargeworden, daß sich Sarah ihm gegenüber feindselig verhielt.

Er mußte an sich halten, damit er die Beherrschung nicht verlor. Infolgedessen sprach er jetzt herablassend, beinahe gönnerhaft.

»Das hat sich vielleicht ein wenig dozierend angehört, mein

Kind. Aber mir lag daran, Sie auf ein paar Dinge aufmerksam zu machen, die Ihnen bisher wohl entgangen sind. Eines versichere ich Ihnen, und daran dürfen Sie nie zweifeln: Ihre Mutter hat Sie dadurch nicht weniger lieb, daß sie jetzt mich liebt.«

»Tatsächlich? Wie nett von Ihnen, daß Sie mir das sagen.«

Jetzt konnte er sich nicht mehr in der Hoffnung wiegen, daß er sich Sarahs Feindseligkeit nur eingebildet hatte.

Hätte Richard keinen Schutzwall um sich herum aufgebaut, hätte er einfach nur gesagt: ›Ach, Sarah, ich weiß nicht, was ich sagen soll. Ich bringe alles durcheinander. Ich bin schrecklich unbeholfen und ganz eingeschüchtert. Deshalb kann ich auch nicht zum Ausdruck bringen, was ich gern sagen möchte. Aber ich habe Ann sehr lieb, und mir liegt sehr viel daran, daß Sie mich mögen – wenn Sie das über sich bringen‹, dann hätte Sarah ihre Abwehrhaltung vielleicht aufgegeben. Denn im Grunde ihres Herzens war sie großzügig und nicht abweisend.

Doch statt dessen sprach er sozusagen mit erhobenem Zeigefinger.

»Junge Leute neigen dazu, egoistisch zu sein«, fuhr er fort. »Sie denken für gewöhnlich nur an sich selbst. Aber Sie dürfen nicht vergessen, daß auch Ihre Mutter ein Recht darauf hat, glücklich zu sein. Sie muß ihr Leben so gestalten können, wie sie will, und sie darf glücklich sein, wenn es sich so trifft, daß sie noch einmal einen Partner findet. Sie braucht jemanden, der für sie sorgt und der sich um sie kümmert.«

Sarah hob den Kopf und sah ihm ins Gesicht. Er konnte ihren Blick nicht deuten. Es war ein harter Blick, in dem Berechnung lag.

»Da haben Sie völlig recht«, sagte sie dann wider Erwarten.

Ann kam ins Wohnzimmer zurück. Sie wirkte ziemlich nervös.

»Ist noch Kaffee da?« erkundigte sie sich.

Sarah schenkte vorsichtig eine Tasse ein. Dann stand sie auf und reichte ihrer Mutter die Tasse.

»Bitte, Mutter«, sagte sie, »du bist genau im richtigen Moment zurückgekommen. Wir haben unser kleines Gespräch gerade hinter uns.«

Sie ging. Ann sah Richard fragend an. Sein Gesicht war feuerrot.

»Deine Tochter ist wild entschlossen, mich nicht zu akzeptieren.«

»Du mußt Geduld mit ihr haben, Richard. Bitte, gedulde dich noch eine Weile.«

»Mach dir keine Sorgen, Ann. Ich werde mich gedulden.«

»Weißt du, für Sarah kam das ein bißchen plötzlich. Das hat sie noch nicht verkraftet.«

»Selbstverständlich.«

»Eigentlich ist Sarah ein sehr liebevoller Mensch. Sie ist so ein liebes Kind.«

Richard äußerte sich nicht dazu. In seinen Augen war Sarah ein widerliches junges Ding, doch das konnte er ihrer Mutter nicht gut sagen.

»Es wird schon noch«, versuchte er sie zu trösten.

»Ganz bestimmt. Aber das braucht seine *Zeit*.«

Die Situation bedrückte sie, und sie wußten beide nicht, was es da noch zu sagen gab.

3

Sarah war in ihr Zimmer gegangen. Ohne daß sie wußte, was sie tat, nahm sie Kleidungsstücke aus dem Kleiderschrank und breitete sie auf dem Bett aus.

Edith kam herein. »Was machen Sie denn da, Miß Sarah?«

»Ach, ich sehe meine Sachen durch. Vielleicht müssen sie in die Reinigung. Oder etwas muß ausgebessert werden.«

»Darum habe ich mich schon gekümmert. Das brauchen doch Sie nicht zu tun.«

Sarah schwieg. Edith warf ihr einen verstohlenen Blick zu. Sie sah, daß Sarah Tränen in den Augen hatte.

»Aber, aber – nehmen Sie es doch nicht so schwer.«

»Er ist abscheulich, Edith, einfach ekelhaft. Wie konnte sich meine Mutter nur in diesen Mann verlieben? Alles hat er verdorben und kaputtgemacht – es wird nie wieder so sein wie früher!«

»Na, na, Miß Sarah – wer wird sich denn so aufregen. Immer wenn du denkst, es geht nicht mehr, kommt von irgendwo ein Lichtlein her, daß man es noch einmal zwingt, und von Sonnenschein und Freude singt.«

Sarah brach in ein hysterisches Gelächter aus.

»Was du heute kannst besorgen, das verschiebe nicht auf morgen! Wer nicht rastet, der nicht rostet! Jetzt reicht es aber. Geh schon, Edith, geh – laß mich in Ruhe.«

Edith schüttelte mitleidig den Kopf ung ging.

Sarah weinte heftig wie ein kleines Kind. Sie war todunglücklich, fühlte sich zerrissen, wußte nicht mehr ein noch aus. Wie ein Kind sah sie alles nur schwarz und nicht den kleinsten Hoffnungsschimmer.

»Mutter, ach Mutter«, schluchzte sie, wann immer sie zu Atem kam.

8. Kapitel

1

»Ach, Laura, welche Freude, Sie zu sehen.«

Laura Whitstable nahm auf einem Stuhl mit gerader Lehne Platz. Sie ließ sich niemals gehen.

»Na, Ann, wie entwickeln sich die Dinge?«

Ann seufzte.

»Sarah macht leider große Schwierigkeiten.«

»Das war doch wohl zu erwarten, oder nicht?«

Laura Whitstable sagte das so unbeschwert, als berühre sie das alles nicht. Doch in ihrem Blick lag Sorge.

»Meine Liebe, Sie sehen nicht gerade gut aus.«

»Das kann ich mir denken. Ich leide an Schlaflosigkeit und habe ständig Kopfweh.«

»Sie dürfen das nicht so tragisch nehmen.«

»Sie haben gut reden, Laura. Sie können sich nicht vorstellen, wie es hier ständig zugeht.« Gereizt fuhr sie fort: »Sarah und Richard streiten sich, sobald man sie auch nur einen Augenblick allein läßt.«

»Sarah ist natürlich eifersüchtig.«

»Ja, das fürchte ich auch.«

»Also, wie gesagt, damit mußten Sie ja rechnen. Sarah ist eben noch ein richtiges Kind. Alle Kinder reagieren rebellisch, wenn ihre Mütter auch noch einem anderen Menschen Zeit und Aufmerksamkeit widmen und sie nicht mehr die ungeteilte Aufmerksamkeit genießen. Darauf mußten Sie doch vorbereitet sein.«

»Ja, das schon. Obwohl mir Sarah immer sehr selbständig und erwachsen vorgekommen ist. Trotzdem war ich darauf vorbereitet. Aber ich hätte nicht gedacht, daß auch Richard auf Sarah eifersüchtig ist.«

»Sie haben also damit gerechnet, daß Sarah sich zum Narren macht und daß Richard die Situation souveräner meistert?«

»Ja.«

»Im Grunde genommen fehlt es ihm an Selbstvertrauen. Ein selbstbewußterer Mann würde einfach nur darüber lachen und Sarah nahelegen, sie solle doch zum Teufel gehen.«

Ann fuhr sich verzweifelt mit der Hand über die Stirn.

»Laura, Sie können sich nicht vorstellen, wie es hier bei uns zugeht! Wegen der albernsten Dinge geraten sie sich in die Haare. Und dann liegen sie auf der Lauer, um zu sehen, auf wessen Seite ich mich schlage.«

»Das ist ja hochinteressant.«

»Für Sie mag das ja interessant sein, aber für mich ist das alles andere als amüsant.«

»Auf wessen Seite stehen Sie denn nun wirklich?«

»Auf keiner. Wenn es sich machen läßt, bleibe ich unparteiisch... Aber manchmal...«

»Ja?«

Ann sagte: »Wissen Sie, Laura, Sarah zeigt sich im Hinblick auf das alles raffinierter als Richard.«

»Wie meinen Sie das denn?«

»Also, Sarah verhält sich immer ganz korrekt – nach außen hin. Überaus höflich, wissen Sie. Doch sie weiß ganz genau, womit sie Richard treffen kann. Sie peinigt ihn heimlich. Dann kommt es zu einem Ausbruch seinerseits, und er schlägt alle Logik völlig in den Wind. Warum mögen sie sich nur nicht?«

»Ich vermute, weil jeder eine starke Abneigung gegen den anderen hegt. Sehen Sie das nicht ein? Glauben Sie, daß es sich ausschließlich um Eifersucht Ihretwegen handelt?«

»Nein, Laura, Sie haben sicher recht, so leid mir das auch tut.«

»Worum geht es denn bei diesen Streitigkeiten?«

»Ach, um lächerliche Dinge. Sie erinnern sich doch sicher noch daran, daß ich die Möbel umgestellt habe – den Schreibtisch und das Sofa. Sarah hat dann alles wieder so hingerückt, wie es vorher war. Sie haßt Veränderungen, welcher Art auch immer. Eines Tages sagte Richard plötzlich: ›Ann, ich dachte, es gefällt Ihnen besser, wenn der Schreibtisch da drüben steht.‹ Ich erklärte ihm, daß meiner Meinung nach das Zimmer dann geräumiger wirkt. Sarahs Kommentar lautete: ›Und mir gefällt es so, wie es immer war.‹ Da fuhr Richard auf und sagte in dem gebieterischen Tonfall, den er manchmal an sich hat: ›Es geht gar nicht darum, was *Ihnen* gefällt, Sarah, sondern darum, was Ihrer Mutter gefällt. Wir stellen die Möbel auf der Stelle wieder um, so wie sie es haben möchte.‹ Er machte sich sofort daran, den Schreibtisch wieder zu verrücken. Dann fragte er mich: ›So hast du es doch gewollt, nicht wahr?‹ Es blieb mir gar nichts anderes übrig, als das zu bejahen. Richard wandte sich an Sarah und fragte sie: ›Irgendwas dagegen einzuwenden, junge Dame?‹ Da sah Sarah ihn seelenruhig an und entgegnete höflich: ›Aber nein. Meine Mutter trifft die Entscheidungen, auf mich kommt es gar nicht an.‹ Obwohl ich mich ja offiziell auf Richards Seite geschlagen hatte, konnte ich Sarah nur allzugut verstehen. Sie liebt ihr Zuhause und hängt an allem hier – Richard begreift das überhaupt nicht. Ach Gott, ich weiß wirklich langsam nicht mehr, wie ich mich verhalten soll.«

»Ja, es ist wirklich nervenaufreibend für Sie.«

»Ich hoffe, daß sich das mit der Zeit gibt.«

»Darauf würde ich mich nicht verlassen.«

»Laura, Sie machen einem nicht gerade Mut, das muß ich schon sagen!«

»Es hat doch keinen Sinn, sich etwas vorzumachen.«

»Es ist wirklich eine Schande, wie sich die beiden aufführen. Sie müßten doch begreifen, was sie mir damit antun. Ich fühle mich *hundeelend*.«

»Selbstmitleid hilft nicht, Ann. Es hat noch nie irgend jemandem geholfen.«

»Aber ich bin ganz verzweifelt.«

»Meine Liebe, das sind die beiden auch. Sie sollten mit Richard und Sarah Mitleid haben. Sarah, dieses arme Ding, fühlt sich vermutlich gräßlich, und Richard wird es auch nicht anders gehen.«

»Ach Gott, und wir waren so glücklich miteinander – bis zu Sarahs Heimkehr.«

Laura zog die Augenbrauen hoch. Sie zögerte ganz kurz und fragte dann:

»Wann wollten Sie heiraten?«

»Am 13. März.«

»Noch fast zwei Wochen. Sie haben den Hochzeitstermin verschoben? Warum denn eigentlich?«

»Sarah hat mich angefleht, die Hochzeit zu verschieben. Mit der Begründung, dann hätte sie mehr Zeit, sich an den Gedanken zu gewöhnen. Sie hat einfach nicht lockergelassen, bis ich schließlich nachgegeben habe.«

»Aha. War Richard sehr verärgert?«

»Natürlich hat er sich geärgert. Er war sogar furchtbar wütend. Er hält mir ständig vor, daß ich Sarah viel zu sehr verwöhne. Laura, finden Sie das auch?«

»Nein, das finde ich ganz und gar nicht. Obwohl Sie Sarah so sehr lieben, sind Sie niemals zu nachsichtig bzw. nachgiebig gewesen. Und bisher hat sich Sarah Ihnen gegenüber ja auch nicht auffallend rücksichtslos benommen – wenn man einmal von dem üblichen Egoismus der jungen Leute absieht.«

»Laura, glauben Sie, ich sollte . . .«

Ann verstummte.

»Sie sollten was?«

»Ach nichts. Aber manchmal habe ich ganz deutlich das Gefühl, daß ich das nicht mehr lange aushalte . . .«

Sie unterbrach sich als sie hörte, daß die Wohnungstür aufgeschlossen wurde. Sarah kam ins Zimmer und freute sich ganz offensichtlich, Laura Whitstable anzutreffen.

»Laura, ich wußte gar nicht, daß du hier bist.«

»Wie geht es meinem Patenkind?«

Sarah ging zu Laura und gab ihr einen Kuß. Ihre Wange fühlte sich von der kalten Luft draußen kühl und frisch an.

»Danke, gut.«

Ann murmelte eine Entschuldigung und ging aus dem Zimmer. Sarah sah ihr nach. Als sie dann Laura wieder ansah, errötete sie schuldbewußt.

Laura Whitstable nickte heftig.
»Ja, deine Mutter hat geweint.«
Sarah sagte indigniert, aber mit Unschuldsmiene:
»Das ist doch nicht *meine* Schuld.«
»So, glaubst du wirklich? Du hängst doch an deiner Mutter, oder nicht?«
»Das weißt du doch. Ich liebe meine Mutter.«
»Warum quälst du sie dann so?«
»Aber das mache ich doch gar nicht. Ich tue ihr doch nichts.«
»Du streitest dich andauernd mit Richard, oder etwa nicht?«
»Ach so, *davon* redest du. Aber dieser Mensch ist auch wirklich unmöglich! Könnte ich meiner Mutter doch nur klarmachen, daß er unmöglich ist! Ich glaube, eines Tages wird sie das selbst einsehen.«
Laura Whitstable sagte:
»Sarah, du darfst dich auf keinen Fall in das Leben anderer Leute einmischen. Du darfst nicht Schicksal spielen. Zu meiner Zeit warf man den Eltern vor, daß sie über das Leben ihrer Kinder bestimmten. Heute scheint es umgekehrt zu sein.«
Sarah setzte sich auf Laura Whitstables Armlehne. Sie wollte Laura offensichtlich etwas anvertrauen.
»Ich mache mir ernsthafte Sorgen«, gestand sie ihrer Patentante. »Weißt du, sie kann unmöglich mit ihm glücklich werden.«
»Sarah, das geht dich gar nichts an. Du darfst dich nicht einmischen.«
»Aber ich kann es einfach nicht mit ansehen. Ich will nicht, daß meine Mutter unglücklich wird. Und das wird sie mit diesem Mann an ihrer Seite. Meine Mutter ist so hilflos. Jemand muß sich um sie kümmern.«
Laura Whitstable umschloß Sarahs braungebrannte Hände mit ihren Händen. Sie sprach jetzt so eindringlich, daß Sarah ihr tiefbeeindruckt lauschte.
»Nun hör mir einmal gut zu, Sarah. Hör zu, was ich dir zu sagen habe. *Sei vorsichtig!* Sei um Himmels willen auf der Hut.«
»Was willst du denn damit sagen?«

Als Laura fortfuhr, ließ sie keinen Zweifel daran, wie wichtig ihr das war, was sie Sarah begreiflich machen wollte.

»Paß auf, daß du deine Mutter nicht zu etwas bringst, was sie ihr Leben lang bedauern wird.«

»Aber genau das...«

Laura gebot ihr mit einer Handbewegung Einhalt.

»Ich warne dich.« Sie schnaubte und sog die Luft heftig in die Nase ein. »Sarah, es liegt etwas in der Luft. Ich rieche es. Ich will dir sagen, was das ist. *Ich rieche ein Brandopfer*, und ich mag keine Brandopfer.«

Bevor sich Sarah noch dazu äußern konnte, kam Edith herein und verkündete: »Mr. Lloyd ist da.«

Sarah sprang auf.

»Grüß dich, Gerry.« Sie wandte sich an Laura Whitstable. »Ich möchte dir Gerry Lloyd vorstellen, das ist meine Patentante Mylady Laura Whitstable.«

Gerry gab ihr die Hand und sagte:

»Ich glaube, ich habe Sie gestern abend im Radio gehört.«

»Das freut mich.«

»Sie hielten die zweite Rede zu dem Thema ›Wie man das Leben heutzutage meistert‹. Wirklich eindrucksvoll.«

»Bitte nicht unverschämt werden«, meinte Laura augenzwinkernd.

»Nein, ganz im Ernst. Ich war wirklich beeindruckt. Sie hatten offensichtlich auf alles eine Antwort.«

»Na ja, es ist ja auch viel leichter, jemandem zu sagen, wie man einen Kuchen bäckt, als selbst einen zu backen. Und auch viel angenehmer. Allerdings sehr schlecht für den Charakter. Ich weiß ja, daß ich immer unerträglicher werde.«

»Das stimmt doch gar nicht«, widersprach ihr Sarah.

»O doch, mein liebes Kind. Ich bin schon fast soweit, daß ich den Leuten Ratschläge erteile – eine unverzeihliche Sünde. So, Sarah, jetzt werde ich mich mal auf die Suche nach deiner Mutter machen.«

2

Kaum war Laura Whitstable gegangen, da sagte Gerry: »Sarah, ich kehre diesem Land den Rücken.«

Sarah starrte ihn entsetzt an.

»Aber Gerry – wann denn?«

»Eigentlich sofort. Am Donnerstag.«

»Und wo willst du hin?«

»Nach Südafrika.«

»Aber das ist ja furchtbar weit weg!« rief Sarah.

»Ja, leider.«

»Und du kommst jahrelang nicht wieder?«

»Wahrscheinlich nicht.«

»Aber was willst du denn da machen?«

»Orangen züchten. Ich tue mich mit ein paar anderen Burschen zusammen. Das macht sicher Spaß.«

»Aber Gerry, *muß* das sein? Steht dein Entschluß schon fest?«

»Ja, ich habe dieses Land so satt! Hier geht es viel zu zahm zu, hier ist alles so geschniegelt und gebügelt. Ich fühle mich hier einfach nicht mehr wohl und bin auch kaum von Nutzen für mein Vaterland.«

»Und was ist mit deinem Onkel?«

»Ach, wir sprechen nicht mehr miteinander. Aber Tante Lena ist sehr nett zu mir gewesen. Sie hat mir einen Scheck ausgeschrieben und mir ein Mittel gegen Schlangengift gegeben.«

Gerry grinste.

»Aber verstehst du denn überhaupt etwas von Orangenplantagen, Gerry?«

»Nicht das geringste. Aber das kommt dann ganz von selbst, könnte ich mir denken.«

Sarah seufzte.

»Du wirst mir schrecklich fehlen...«

»Vielleicht zu Anfang, aber ganz bestimmt nicht lange.« Gerry sprach mit rauher Stimme. Er mied Sarahs Blick. »Wenn man erst einmal fort ist und am anderen Ende der Welt lebt, gerät man schnell in Vergessenheit.«

»Nein, ich vergesse dich bestimmt nicht...«

Er warf ihr einen raschen Blick zu.

»Glaubst du, daß einen manche Leute nicht vergessen?«

Sarah schüttelte den Kopf.

Sie waren so verlegen, daß keiner dem Blick des anderen standhielt. Also blicken sie in verschiedene Richtungen.

»Das Zusammensein mit dir war schön«, erklärte Gerry.

»Ja, ich war auch gern mit dir zusammen.«

»Es gibt Leute, die reich dadurch werden, daß sie Orangen anbauen.«

»Ja, das glaube ich auch.«

Gerry wählte seine Worte sorgsam, als er sagte:

»Ich glaube, das ist ein ganz angenehmes Leben – für eine Frau, meine ich. Das Klima ist sehr angenehm, man hat genügend Personal und so.«

»Ja.«

»Aber wahrscheinlich heiratest du irgendeinen anderen Mann...«

»Nein, wo denkst du hin.« Sarah schüttelte den Kof. »Es ist ein großer Fehler, allzu jung zu heiraten. Ich heirate noch lange nicht.«

»Das sagst du jetzt, aber dann kommt irgend so ein Kerl daher, und du änderst deine Meinung«, klagte Gerry mit finsterer Miene.

»Ich bin vom Wesen her kühl und vernünftig«, versuchte Sarah ihn zu trösten.

Sie standen unsicher da und wagten es immer noch nicht, sich anzusehen. Gerry war leichenblaß und sagte schließlich mit erstickter Stimme:

»Meine geliebte Sarah, ich bin ganz vernarrt in dich. Weißt du das überhaupt?«

»Wirklich?«

Es zog sie ganz automatisch zueinander. Gerry schloß Sarah in die Arme. Schüchtern und voller Verwunderung küßten sie sich...«

Komisch, daß ich mich so steif und ungeschickt benehme, dachte Gerry. Er war ein unbeschwerter junger Mann und im Hinblick auf Mädchen alles andere als unerfahren. Aber Sarah war nicht irgendein Mädchen, sondern seine innigst geliebte Sarah...

»Gerry.«

»Sarah...«

Er klüßte sie noch einmal.

»Bitte, Sarah, vergiß nichts. Es war doch immer schön, wenn wir zusammen waren, wir haben uns gut unterhalten. Bitte, vergiß das alles nicht.«

»Nein, natürlich nicht.«

»Schreibst du mir mal?«

»Das Briefeschreiben liegt mir nicht besonders.«

»Aber mir mußt du schreiben. Bitte, Liebling. Ich werde schrecklich einsam sein.«

Sarah entzog sich ihm und lachte ein wenig zittrig.

»Dort gibt es sicher viele Mädchen, die dir die Einsamkeit vertreiben werden.«

»Wenn es dort wirklich viele Mädchen geben sollte, so taugen sie bestimmt nichts. Ich möchte mir lieber einbilden, daß es dort nichts als Orangen gibt.«

»Schick mir doch hin und wieder eine Kiste.«

»Ja, das mache ich. Ach, Sarah, es gibt nichts, was ich für dich nicht täte.«

»Also, dann streng dich an und arbeite tüchtig. Sieh zu, daß es mit deiner Orangenplantage klappt.«

»Ja, das verspreche ich dir.«

Sarah seufzte. »Ich wünschte, du müßtest nicht ausgerechnet jetzt weg«, sagte sie bedauernd. »Es war so ein Trost für mich, daß ich mit dir über alles sprechen konnte.«

»Was macht denn Kornfeld? Ist er dir jetzt schon sympathischer?«

»Nein, nicht die Spur. Wir geraten uns immer wieder in die Haare. Aber ich glaube, bald habe ich gewonnen«, fügte sie triumphierend hinzu.

Gerry war dabei nicht so recht wohl.

»Soll das heißen, deine Mutter –«

Sarah nickte strahlend.

»Ich glaube, sie sieht allmählich ein, daß er ein unmöglicher Mensch ist.«

Gerry fühlte sich immer unbehaglicher.

»Sarah, ich finde, du dürftest keinesfalls...«

»Nicht gegen Kornfeld ankämpfen? Ich lasse bestimmt nichts

unversucht, um ihn rauszuekeln. Ich *muß* meine Mutter vor ihm retten.«

»Sarah, du darfst dich da nicht einmischen. Deine Mutter muß doch selber wissen, was sie will.«

»Meine Mutter ist schwach, das habe ich dir doch schon gesagt. Wenn ihr jemand leidtut, büßt sie ihre Urteilskraft ein. Ich bewahre sie ja nur vor einer unglücklichen Ehe.«

Gerry nahm all seinen Mut zusammen.

»Ich glaube, du bist nur eifersüchtig.«

Sarah sah ihn wütend an.

»Bitte! Denk doch, was du willst. Du gehst jetzt wohl besser.«

»Nun sei mir doch nicht böse. Du wirst schon wissen, was du tust.«

»Und ob ich das weiß«, entgegnete Sarah.

3

Ann saß in ihrem Schlafzimmer vor der Frisierkommode, als Laura eintrat.

»Na, meine Liebe, fühlen Sie sich jetzt besser?«

»Ja. Das war wirklich dumm von mir. Ich darf mich dadurch nicht unterkriegen lassen.«

»Gerade ist ein junger Mann gekommen – Gerald Lloyd. Ist das der junge Mann ...?«

»Ja. Was halten Sie von ihm?«

»Sarah ist bis über beide Ohren in ihn verliebt.«

Ann sah besorgt drein. »Um Himmels willen, das will ich doch nicht hoffen.«

»Das wird Ihnen auch nichts nutzen.«

»Wissen Sie, das kann doch zu nichts führen.«

»Er macht also auf Sie einen sehr unzulänglichen Eindruck.«

»Ich fürchte, ja.« Ann seufzte. »Er bleibt nie bei der Stange, wirft alles nach kurzer Zeit schon wieder hin. Allerdings ist er sehr anziehend. Man muß ihn einfach mögen, aber ...«

»Er hat kein Durchhaltevermögen?«

»Man hat ganz einfach das Gefühl, daß er es *nie* zu etwas bringen wird. Sarah behauptet immer, er sei vom Pech verfolgt, aber ich glaube, das ist es nicht allein.« Sie fuhr nach einer Pause fort: »Sarah kennt auch viele andere wirklich nette Männer.«

»Aber die findet sie vermutlich sterbenslangweilig. Nette tüchtige Mädchen – und dazu zählt Sarah unbedingt – fühlen sich immer zu Versagern hingezogen. Das ist anscheinend ein Naturgesetz. Ich muß gestehen, daß auch ich den jungen Mann sehr anziehend finde.«

»Was, Sie auch, Laura?«

»Ann, auch ich habe weibliche Schwächen. Gute Nacht, meine Liebe. Und viel Glück!«

4

Richard erschien kurz vor acht bei Ann. Sie wollten zusammen zu Abend essen, in Anns Wohnung. Sarah wollte zum Abendessen ausgehen, und hinterher zum Tanzen. Als Richard ankam, saß sie im Salon und lackierte sich die Fingernägel. Es roch unangenehm und süßlich. Sarah sah kurz auf und sagte: »Hallo, Richard.« Dann lackierte sie weiter ihre Fingernägel. Richard beobachtete sie gereizt. Er war selbst bestürzt darüber, daß er eine immer stärkere Abneigung gegen Anns Tochter empfand. Er hatte es wirklich gut mit ihr gemeint, hatte sich schon als netter, liebevoller Stiefvater gesehen, voller Nachsicht, der richtig an dem Mädchen hing. Auf ein anfängliches Mißtrauen war er vorbereitet gewesen, doch hatte er sich gesagt, daß er diese kindische Voreingenommenheit bald überwinden würde.

Statt dessen mußte er sich jetzt eingestehen, daß er Sarah nicht gewachsen war. Anstatt daß er ihr Vernunft beigebracht hätte, war sie Herr der Lage und nicht er. Ihre eiskalte Verachtung und die Antipathie, die sie ihn spüren ließ, schmerzten ihn sehr. Er fühlte sich gedemütigt. Richard hatte nie übermäßig viel von sich gehalten. Aufgrund der Behandlung, die ihm durch Sarah zuteil wurde, sank seine Selbstachtung auf den Nullpunkt. All seine Bemühungen, sie versöhnlich zu stimmen, um schließlich die Oberhand über sie zu gewinnen, waren kläglich im Sande verlaufen. Ständig schien er das Falsche zu sagen und zu tun. Sarah wurde ihm nicht nur immer unsympathischer, er verstand auch Ann immer weniger. Ann müßte ihn doch unterstützen. Ann sollte Sarah die Leviten lesen und sie auf ihren Platz verweisen. Ann sollte auf seiner Seite stehen. Wenn er sah, wie sie sich bemühte, ihrer Rolle als Friedensengel gerecht zu werden und einen Mittelweg einzuschlagen, so machte ihn das nur wütend. Ann wollte einfach nicht begreifen, daß das völlig sinnlos war!

Sarah wedelte mit einer Hand in der Luft herum, damit der Nagellack schneller trocken wurde.

Richard wußte zwar, daß er besser geschwiegen hätte, doch er ließ sich zu der Bemerkung hinreißen:

»Sieht aus, als hätten Sie Ihre Hand in Blut getaucht. Ich verstehe wirklich nicht, warum ihr jungen Mädchen euch dieses Zeug auf die Nägel schmiert.«

»So, das verstehen Sie nicht?«

Richard suchte schnell nach einem unverfänglichen Thema und fuhr fort:

»Heute abend habe ich Ihren Freund Gerald Lloyd kennengelernt. Er hat mir erzählt, daß er nach Südafrika gehen will.«

»Ja, am Donnerstag.«

»Da wird er sich aber wirklich dahinterklemmen müssen, wenn er es dort zu etwas bringen will. Das ist nämlich keine Gegend für einen Mann, der die Arbeit nicht gerade erfunden hat.«

»Sie scheinen sich in Südafrika ja bestens auszukennen.«

»Ach, alle diese Länder gleichen sich so ziemlich. Dort werden Männer mit Unternehmungsgeist gebraucht.«

»Daran fehlt es Gerry nun weiß Gott nicht«, verteidigte Sarah ihren Freund.

»Da unten braucht er all seinen Mumm«, erklärte Richard.

»Bitte – wenn sie darauf bestehen, es so auszudrücken«, meinte Sarah.

»Was ist dagegen einzuwenden?«

Sarah hob den Kopf und sah ihn verächtlich an.

»Ich finde diesen Ausdruck unpassend.«

Richards Gesicht verfärbte sich.

»Was für ein Jammer, daß Ihre Mutter Sie nicht besser erzogen hat. Ihre Manieren lassen sehr zu wünschen übrig«, warf er ihr an den Kopf.

»War ich etwa taktlos?« Sie riß die Augen auf und sah ihn mit Unschuldsmiene an. »Es tut mir ja *so* leid.«

Diese übertriebene Entschuldigung besänftigte ihn auch nicht, und er fragte ganz abrupt:

»Wo bleibt denn Ihre Mutter?«

»Sie zieht sich um. Sie wird gleich hier sein.«

Sarah hielt sich den Spiegel vors Gesicht und nahm ihr Gesicht genauestens unter die Lupe. Sie zog sich einen Lidstrich, schminkte die Lippen nach und kontrollierte ihr Make-up. Eigentlich war sie damit schon seit einer ganzen Weile fertig. Mit dem, was sie tat, wollte sie Richard auf die Palme bringen. Sie wußte, daß er es – altmodisch wie er war – als Zumutung empfand, wenn sich eine Frau in aller Öffentlichkeit schminkte.

Es sollte scherzhaft klingen, als er sagte: »Sarah, nun hören Sie schon auf damit. Übertreiben Sie es nicht.«

Sarah ließ den Spiegel sinken.

»Was soll das heißen?«

»Ich rede von all der Schminke und dem Puder. Ich kann Ihnen versichern, daß Männer so stark geschminkte Frauen gar nicht mögen. Dadurch erreichen Sie nur, daß Sie aussehen...«

»Wie ein Flittchen, wollten Sie wohl sagen.«

Richard fuhr sie wütend an:

»Das habe ich nicht gesagt. Das legen Sie mir in den Mund.«

»Aber Sie haben es gemeint.« Sarah stopfte ihre Schminkutensilien in die Handtasche zurück. »Und was, zum Teufel, geht Sie das überhaupt an?«

»Hören Sie mal, Sarah...«

»Was ich mir ins Gesicht schmiere und wie ich mich schminke, ist ausschließlich meine Sache. Das geht Sie überhaupt nichts an, Sie mieser Schnüffler.«

Sarah zitterte vor Wut und war den Tränen nahe.

Da konnte Richard nicht mehr an sich halten. Er schrie aus Leibeskräften: »Sie sind die unerträglichste, übellaunigste kleine Xanthippe, die mir je über den Weg gelaufen ist. Sie sind einfach unmöglich!«

In diesem Augenblick kam Ann herein. Sie blieb in der Tür

stehen und sagte zu Tode erschrocken: »Meine Güte, was ist denn jetzt schon wieder los?«

Sarah stürzte an ihr vorbei aus dem Zimmer. Ann sah Richard an.

»Ich habe ihr geraten, sich nicht so stark zu schminken.«

Ann stieß einen mißbilligenden Seufzer aus.

»Also weißt du, Richard, da hätte ich dir doch ein bißchen mehr Verstand zugetraut. Was um alles in der Welt geht dich das denn an?«

Richard lief wütend hin und her.

»Sieh mal einer an! Dich stört es also nicht, wenn deine Tochter wie ein Flittchen aus dem Haus geht?«

Ann setzte sich heftig dagegen zur Wehr. »Sarah sieht nicht wie ein Flittchen aus. Wie kannst du etwas so Ungeheuerliches sagen. Alle jungen Mädchen schminken sich heutzutage. Richard, du bist wirklich furchtbar rückständig.«

»Altmodisch, rückständig! Du scheint ja nicht besonders viel von mir zu halten, Ann.«

»Ach, Richard, müssen wir uns denn wirklich streiten? Mit dem, was du über Sarah gesagt hast, kritisierst du in Wahrheit *mich,* siehst du das denn nicht?«

»Ich kann nicht behaupten, daß ich dich für eine besonders umsichtige Mutter halte, da Sarah ein Produkt deiner Erziehung ist.«

»Was du mir da an den Kopf wirfst, ist ja wirklich schlimm. Und es entspricht nicht der Wahrheit. Sarah ist wirklich ein gutes Mädchen.«

Richard ließ sich auf das Sofa sinken.

»Ein Mann, der eine Frau mit einer einzigen Tochter heiratet, ist wirklich nicht zu retten«, seufzte er.

Ann war den Tränen nahe.

»Als du mich gebeten hast, deine Frau zu werden, hast du ja schließlich von Sarah gewußt. Ich habe dir gesagt, daß ich unbeschreiblich an ihr hänge und daß sie mir sehr wichtig ist.«

»Ich konnte allerdings nicht ahnen, daß du so hoffnungslos vernarrt in sie bist! Von morgens bis abends dreht sich alles nur um Sarah!«

»Ach Gott«, flüsterte Ann. Sie setzte sich neben Richard. »Richard, nimm doch mal Vernunft an. Ich habe mir natürlich gleich gedacht, daß Sarah eifersüchtig auf dich sein würde, aber ich wäre nie darauf gekommen, daß du auf Sarah eifersüchtig sein könntest.«

»Ich bin nicht eifersüchtig«, behauptete Richard mit finsterer Miene.

»Doch, mein Lieber, und ob du das bist.«

»Immer nimmt Sarah bei dir den ersten Platz ein.«

»Meine Güte!« Ann lehnte sich erschöpft zurück und schloß die Augen. »Ich weiß wirklich nicht mehr weiter.«

»Welchen Platz nehme ich bei dir eigentlich ein? Gar keinen. Für dich zähle ich überhaupt nicht. Du verschiebst unsere Hochzeit – ganz einfach, weil Sarah dich darum gebeten hat...«

»Ich wollte ihr ein bißchen länger Zeit lassen, sich an den Gedanken zu gewöhnen.«

»Und hat sie sich inzwischen ein bißchen mehr daran gewöhnt? Sie verbringt ihre ganze Zeit damit, alles nur Erdenkliche zu tun, womit sie mich ärgern kann.«

»Ich gebe ja zu, daß sie es dir nicht leichtgemacht hat, Richard, aber ich finde trotzdem, daß du übertreibst. Die arme Sarah kann es ja kaum wagen, irgendwas zu sagen, ohne daß du einen Wutanfall bekommst.«

»Die arme Sarah! Immer nur die arme Sarah! Wenn ich das schon höre. Was auch kommt, du stehst ihr immer bei.«

»Aber Richard, Sarah ist schließlich fast noch ein Kind. Da muß man doch Zugeständnisse machen. Aber du bist ein Mann – ein Erwachsener.«

Ganz plötzlich schien er entwaffnet:

»Ach, Ann, ich liebe dich ja so.«

»Mein Lieber.«

»Wir waren doch so glücklich miteinander – bis zu Sarahs Heimkehr.«

»Ja, ich weiß.«

»Und jetzt kommt es mir immer öfter vor, als könnte ich dich verlieren.«

»Aber Richard, du verlierst mich doch nicht.«

»Meine allerliebste Ann, liebst du mich denn überhaupt noch?«

Ann schwor ihm leidenschaftlich:

»Mehr als je zuvor, mein Lieber. Mehr denn je.«

5

Das Abendessen war ein voller Erfolg. Edith hatte sich große Mühe damit gegeben, und ohne die stürmische Sarah herrschte in der Wohnung wieder die alte, friedliche Atmosphäre.

Ann und Richard unterhielten sich angeregt, sie lachten miteinander und riefen sich gegenseitig Dinge in Erinnerung, die sie zusammen erlebt hatten. Beide genossen die wiedereingekehrte Ruhe.

Als sie wieder in den Salon gingen und ihren Kaffee und Benediktiner ausgetrunken hatten, meinte Richard:

»Das war ein wunderschöner Abend. So friedlich! Ach, Ann, meine Liebe, wenn es doch immer so sein könnte.«

»Das kommt schon noch, Richard.«

»Ann, das glaubst du doch wohl selber nicht. Weißt du, ich habe gründlich darüber nachgedacht. Die Wahrheit ist nicht immer angenehm, doch wir können uns ihr auf die Dauer nicht entziehen. Ich fürchte, offen gesagt, daß Sarah und ich nie miteinander auskommen werden. Wenn wir drei versuchen, unter einem Dach zu leben, ist das eine Qual für alle. Daher bleibt uns praktisch nur eine Möglichkeit.«

»Ich weiß nicht, was du damit sagen willst.«

»Ich will es ganz klar und deutlich ausdrücken: Sarah muß hier raus.«

»Kommt nicht in Frage, Richard. Das ist völlig ausgeschlossen.«

»Wenn Mädchen zu Hause nicht mehr glücklich sind, ziehen sie aus und führen ihr eigenes Leben.«

»Aber Sarah ist erst neunzehn, Richard.«

»Es gibt doch Wohnheime für junge Mädchen. Oder sie könnte auch als zahlender Gast bei einer geeigneten Familie unterkommen.«

Ann schüttelte den Kopf. Sie war strikt dagegen.

»Ich glaube, dir ist gar nicht klar, was du da von mir verlangst. Du erwartest von mir, daß ich meine noch kaum erwachsene Tochter vor die Tür setze und ihr das Zuhause nehme, weil ich wieder heiraten will.«

»Aber junge Mädchen legen doch heutzutage großen Wert darauf, selbständig zu sein und allein zu leben.«

»Das trifft aber nicht auf Sarah zu. Es ist nämlich absolut nicht so, daß sie ausziehen möchte, um allein zu leben. Dies ist ihr Zuhause, Richard.«

»Also, *ich* hielte das für eine glänzende Idee. Wir könnten dafür sorgen, daß sie genügend Geld zur Verfügung hat. Ich trage dazu bei. Sie soll ja nicht kurzgehalten werden. Sie wird froh sein, wenn sie ganz auf sich gestellt ist, und wir sind dann ganz ungestört. Ich sehe wirklich nicht, was daran so schlimm ist.«

»Du setzt also voraus, daß Sarah ganz auf sich gestellt zufrieden wäre?«

»Ja, es wird ihr gefallen. Ich versichere dir, daß junge Mädchen es kaum erwarten können, auf eigenen Füßen zu stehen.«

»Richard, von jungen Mädchen hast du wirklich nicht die leiseste Ahnung. Du denkst nur daran, was für *dich* am besten ist.«

»Ich habe dir nur einen ganz vernünftigen Vorschlag gemacht.«

Ann erklärte gedehnt: »Vor dem Abendessen hast du gesagt, Sarah käme bei mir an erster Stelle. Da ist wohl etwas Wahres dran... Es geht gar nicht einmal darum, wen von euch beiden ich am meisten liebe. Aber wenn ich an euch beide denke, so steht für mich ganz fest, daß Sarahs Interessen den Vorrang haben müssen. Denn ich trage schließlich die Verantwortung für Sarah. Und ich trage diese Verantwortung, bis sie voll erwachsen ist. Sarah *ist* aber noch nicht voll erwachsen.«

»Die Mütter wollen gar nicht, daß ihre Kinder irgendwann einmal erwachsen werden.«

»Zuweilen trifft das sicher zu, aber ich glaube wirklich nicht, daß es auf mich und Sarah zutrifft. Ich erkenne, was du unmöglich erkennen kannst – daß Sarah noch sehr jung und wehrlos ist.«

Richard schnaubte entrüstet.

»Wehrlos!«

»Ja, genau das. Ihr fehlt es noch an Selbstvertrauen, sie steht dem Leben noch sehr zaghaft gegenüber. Wenn sie soweit ist, daß sie auf eigenen Füßen stehen und sich den Wind um die Ohren wehen lassen kann, dann wird sie das auch *wollen*. Dann schreckt sie der Gedanke, hier auszuziehen, nicht mehr. Dann werde ich sie auch nach Kräften unterstützen. Aber soweit ist sie *noch lange nicht*.«

Richard meinte seufzend: »Ich fürchte, mit Muttern darf man sich nicht anlegen.«

Ann entgegnete fest: »Ich denke nicht im Traum daran, meiner Tochter die Tür zu weisen und ihr das Zuhause zu nehmen. Es wäre unverzeihlich, ihr so etwas anzutun, solange sie nicht selber weg will.«

»Das liegt dir offensichtlich sehr am Herzen.«

»Ja, das kann man wohl sagen. Richard, mein Lieber, wenn du dich doch nur gedulden wolltest. Nicht *du* bist der Außenseiter, sondern Sarah. Das Gefühl hat sie ganz eindeutig. Aber ich bin mir ganz sicher, daß ihr euch mit der Zeit noch anfreunden werdet. Denn sie hängt wirklich sehr an mir. Sie liebt mich, Richard. Sie will ja schließlich nicht, daß ich unglücklich bin.«

Richard sah sie mit einem seltsamen Lächeln an.

»Meine liebe, süße Ann, du bist wirklich unverbesserlich. Was redest du dir da nur ein.«

Er breitete die Arme aus. Ann legte ihren Kopf an seine Schulter.

»Ach, Richard, ich liebe dich so sehr... Ich wünschte nur, ich hätte nicht solche Kopfschmerzen...«

»Ich hole dir Aspirin...«

Ihm fiel auf, daß Ann in letzter Zeit nach jedem Gespräch mit ihm zu Aspirin griff.

9. Kapitel

1

Zwei Tage ging es wider Erwarten wohltuend friedlich zu. Ann faßte wieder Mut. So schlimm war es eigentlich gar nicht. Wie gesagt würde sich mit der Zeit schon alles einrenken. Es war richtig gewesen, an Richards Vernunft zu appellieren. In einer Woche fand die Hochzeit statt, und sie glaubte fest daran, daß das Leben dann wieder in geregelteren Bahnen verlaufen würde. Sarah würde sich dann wohl nicht mehr so gegen Richard sträuben und sich wieder verstärkt anderen Dingen zuwenden.

»Heute fühle ich mich endlich einmal besser«, bemerkte sie Edith gegenüber, weil ihr selbst schon auffiel, daß ein Tag ohne Kopfweh schon eine Seltenheit geworden war.

»Eine vorübergehende Flaute oder Windstille, die Ruhe vor dem nächsten Sturm, wie man so schön sagt«, entgegnete Edith. »Miß Sarah und Mr. Cauldfield sind wie Hund und Katze. Eine angeborene starke Abneigung, anders kann man das nicht nennen.«

»Aber ich finde, Sarah kommt schon ein bißchen davon ab, finden Sie nicht auch?«

»Ich würde mich an Ihrer Stelle keinen falschen Hoffnungen hingeben, Madam«, sagte Edith düster.

»Aber es kann doch nicht ewig so weitergehen.«

»Da wäre ich mir nicht so sicher.«

Edith sieht immer alles im schwärzesten Licht, dachte Ann. Es gibt für sie nichts Schöneres, als sich Katastrophen auszumalen.

»Aber in der letzten Zeit ist es *tatsächlich* besser geworden«, behauptete sie steif und fest.

»Ja, aber das liegt daran, daß Mr. Cauldfield meistens tagsüber da war, während Miß Sarah in ihrem Blumengeschäft gearbeitet hat, und abends hat Miß Sarah Sie dann ganz für sich allein gehabt. Außerdem beschäftigt es sie sehr, daß dieser Mr. Gerry schon so bald ins Ausland geht. Aber wenn Sie erst einmal verheiratet sind, leben Sie alle unter einem Dach. Dann können sich Miß Sarah und Mr. Cauldfield nicht mehr aus dem Weg gehen. Die werden Sie in Stücke reißen und zwischen sich aufteilen.«

»Ach, Edith.« Ann war verzweifelt. Das waren ja grauenhafte Aussichten. Doch schließlich befürchtete sie ja dasselbe.

Sie sagte ganz geknickt: »Ich halte das nicht aus. Ich habe Szenen und Streitigkeiten gehaßt, solange ich denken kann.«

»Ja, das stimmt. Sie haben immer ein ruhiges, behütetes Leben gehabt, und so ist es Ihnen auch am liebsten.«

»Aber was soll ich denn bloß tun? Edith, was würden *Sie* an meiner Stelle tun?«

Edith meinte genüßlich: »Da nutzt kein Murren und kein Klagen. Das habe ich schon als Kind gelernt. *Unser Erdenleben ist ein Jammertal.*«

»Mehr fällt Ihnen zu meinem Trost wohl nicht ein.«

»Solche Dinge werden uns geschickt, um uns auf die Probe zu stellen«, sagte Edith salbungsvoll. »Ja, wenn Sie eine dieser Ladys wären, für die es nichts Schöneres gibt, als sich zu streiten. Davon gibt es nämlich viele. Zum Beispiel die zweite Frau meines Onkels. Nichts macht ihr mehr Spaß, als sich da so richtig reinzusteigern. Sie hat eine scharfe Zunge, ein gottloses Mundwerk, aber wenn sich der Sturm gelegt hat, hegt sie keinen Groll mehr gegen irgend jemanden, dann ist die Sache für sie ausgestanden. Reinigt die Atmosphäre, wie man so schön sagt. Ich schreibe das den irischen Erbanlagen zu. Ihre Mutter stammt aus Limerick. Die sind nicht von Natur aus bösartig, aber sie streiten sich halt gern. In Miß Sarah steckt auch etwas davon. Sie haben mir doch mal erzählt, daß Mr. Prentice halb Engländer und halb Ire war. Die lassen gern mal Dampf ab. Miß Sarah braucht das jedenfalls von Zeit zu Zeit, aber ein gutherzigeres junges Mädchen kann es gar nicht geben. Wenn Sie mich fragen – es ist gut, daß Mr. Gerry nach Übersee geht. Der kommt doch nie zur Ruhe und bleibt nie bei der Stange. Da kann Miß Sarah weiß Gott etwas Besseres finden.«

»Ich fürchte aber, daß sie sehr an ihm hängt, Edith.«

»Ach, da würde ich mir an Ihrer Stelle keine übertriebenen Sorgen machen. Es heißt zwar: *Die Liebe wächst mit dem Quadrat der Entfernung,* aber für mich klingt ein anderes Sprichwort viel wahrscheinlicher: *Aus den Augen, aus dem Sinn.* Machen Sie sich ihretwegen und auch sonst mal keine Sorgen. Hier ist das Buch aus der Bibliothek, das Sie so gern lesen wollten, und ich bringe Ihnen auch noch eine schöne Tasse Kaffee und ein paar Kekse. Lassen Sie es sich doch einmal richtig gutgehen – solange das noch möglich ist.«

Ann ignorierte die düstere Prophezeiung, die dieser Nachsatz beinhaltete. Sie sagte: »Edith, Sie verstehen es wirklich, einen zu trösten.«

Am Donnerstag reiste Gerry Lloyd ab. Als Sarah abends heimkam, brach sie mit Richard einen schlimmeren Streit als je zuvor vom Zaun.

Ann überließ die Kampfhähne sich selbst und entfloh in ihr Zimmer. Dort lag sie dann im Dunkeln, fuhr sich mit den Händen über die Augen und preßte sie an die pochenden Schläfen. Sie litt an fast unerträglichen Kopfschmerzen. Die Tränen strömten ihr übers Gesicht.

Immer wieder flüsterte sie vor sich hin: »Ich halte das nicht aus... Ich kann nicht mehr...«

Sie bekam gerade noch den letzten halben Satz mit, den Richard ihrer Tochter entgegenschleuderte, als er aus dem Wohnzimmer gestürmt kam:

»...und Ihre Mutter kann sich nicht immer allem entziehen, indem sie sich davonschleicht, weil sie ewig Kopfweh hat.«

Dann hörte Ann noch, wie die Wohnungstür mit Aplomb zugeschlagen wurde.

Dann Sarahs Schritte im Flur. Sie kam langsam und zögernd auf das Zimmer ihrer Mutter zu. Ann rief: »Sarah!«

Die Tür ging auf. Sarahs Stimme klang etwas schuldbewußt, als sie verwundert fragte:

»Warum liegst du denn im Dunkeln da?«

»Mein Kopf schmerzt zum Zerspringen. Knips die kleine Lampe in der Ecke an.«

Das machte Sarah. Dann kam sie mit gesenktem Blick ganz langsam auf das Bett zu. Sie wirkte so kindlich und verloren, daß es Ann zu Herzen ging, obwohl sie noch vor kurzem furchtbar wütend auf ihr Kind gewesen war.

»Sarah, mußte das denn wieder sein?«

»Was denn?«

»Mußtest du dich wirklich schon wieder die ganze Zeit mit Richard streiten? Kannst du dir nicht vorstellen, wie mir dabei zumute ist? Hast du denn gar nichts für mich übrig? Du mußt doch wissen, was du mir damit antust. Willst du denn nicht, daß ich glücklich bin?«

»Aber natürlich will ich das. Das *ist* es ja gerade!«

»Ich verstehe dich einfach nicht. Du setzt mir wirklich furchtbar zu. Manchmal habe ich das Gefühl, daß ich es nicht mehr ertrage... Nichts ist mehr, wie es war.«

»Eben, alles ist jetzt anders. Dieser Mann hat alles kaputtgemacht. Er will mich hier raushaben. Du läßt dich doch von ihm nicht dazu bringen, mich wirklich wegzuschicken, oder?«

Ann konnte es nicht fassen.

»Natürlich nicht. Davon ist doch keine Rede. Wie kommst du denn darauf?«

»Er hat das Thema gerade angeschnitten. Aber du schickst mich doch nicht weg, nicht wahr? Alles wird immer mehr zu einem Alptraum.« Sarah brach in Tränen aus. »Alles ist schiefgelaufen. Aber auch wirklich alles, seit ich aus der Schweiz zurückgekommen bin. Gerry ist ausgewandert. Wahrscheinlich sehe ich ihn niemals wieder. Und du hast dich von mir abgewandt...«

»Ich hätte mich von dir abgewandt? Wie kannst du so was sagen.«

»Ach, Mutter, Mutter!«

Das Mädchen ließ sich vor dem Bett auf die Knie fallen und schluchzte herzzerreißend.

Immer wieder stieß sie das gleiche Wort hervor: »Mutter...«

2

Am nächsten Morgen fand Ann auf ihrem Frühstückstablett einen Brief von Richard vor.

Liebe Ann,
so kann es nicht weitergehen. Wir müssen uns etwas einfallen lassen. Sarah wird einsichtiger sein müssen.

In Liebe,
Dein Richard

Ann runzelte die Stirn. Machte sich Richard wissentlich etwas vor? Oder war Sarahs Ausbruch gestern abend reine Hysterie gewesen? Das war durchaus möglich. Ann war davon überzeugt, daß Sarah der ersten jugendlichen Schwärmerei anheimgefallen war, daß sie der Abschied von Gerry furchtbar mitnahm und daß sie Liebeskummer hatte. Und da ihr Sarah so zuwider war, würde sie sich anderswo vielleicht tatsächlich wohler fühlen...

Ann griff ganz impulsiv nach dem Telefonhörer und wählte Laura Whitstables Nummer.

»Laura? Hier ist Ann.«

»Guten Morgen. Sie rufen aber früh an.«

»Ach, ich weiß mir nicht mehr zu helfen. Ich habe ständig Kopfweh und fühle mich schon richtig krank. So kann und darf es nicht mehr weitergehen. Deshalb wollte ich Ihren Rat einholen.«

»Ich erteile niemals Ratschläge. Das wäre mir viel zu gefährlich.«

Ann maß dem keinerlei Bedeutung bei.

»Hören Sie mal, Laura, meinen Sie nicht, daß es vielleicht gar nicht so schlecht wäre, wenn..., wenn Sarah hier ausziehen würde? Sie könnte doch zusammen mit einer Freundin eine eigene Wohnung nehmen – oder etwas in der Art.«

Einen Augenblick lang rührte sich nichts, dann wollte Laura wissen:

»Will Sarah denn ausziehen?«

»Na ja, das kann man eigentlich nicht sagen. Ich will damit sagen, das ist vorerst nur so eine *Idee*.«

»Wer ist denn darauf verfallen? Richard?«

»Hm – ja.«

»Sehr vernünftig.«

»Sie halten das für richtig?«

»Ich will damit nur ausdrücken, daß es aus Richards Sicht die einzig vernünftige Lösung ist. Richard weiß anscheinend, was er will und er setzt alles dran, sein Ziel auch zu erreichen.«

»Aber was halten *Sie* von seinem Vorschlag?«

»Ann, ich habe Ihnen doch gesagt, daß ich niemals einen Rat erteile. Was sagt denn Sarah eigentlich dazu?«

Ann zögerte.

»Na ja, ich habe es noch gar nicht so richtig mit ihr besprochen.«

»Aber Sie können sich doch sicher denken, wie sie auf diesen Vorschlag reagieren würde.«

Ann entgegnete widerstrebend: »Ich glaube, es käme ihr nicht in den Sinn, hier auszuziehen. Sie wäre vermutlich strikt dagegen.«

»Na also.«

»Aber vielleicht sollte ich darauf bestehen?«

»Warum denn das? Um Ihre Kopfschmerzen wieder loszuwerden?«

»Nein, nein!« rief Ann entsetzt. »Ausschließlich zu Sarahs eigenem Besten.«

»Das klingt ja großartig! Ich bin solch noblen Anwandlungen gegenüber immer äußerst mißtrauisch. Haben Sie sich das auch gut überlegt?«

»Ich frage mich, ob ich nicht zu diesen Müttern gehöre, die sich übermäßig an ihre Kinder klammern. Ob Sarah nicht viel mehr damit gedient ist, wenn sie Abstand von mir gewinnt. Damit sie sich zu einer eigenständigen Persönlichkeit entwickeln kann.«

»Ja, ja, ganz moderne Ansichten.«

»Wissen Sie, ich könnte mir schon vorstellen, daß sie gar nicht einmal abgeneigt ist. Anfänglich hatte ich noch meine Zweifel, doch inzwischen..., aber verraten Sie mir doch, was Sie davon halten.«

»Arme Ann.«

»Was soll das heißen, ›arme Ann‹?«

»Sie wollen doch wissen, was ich davon halte.«

»Sie sind keine große Hilfe, Laura.«

»Das will ich auch gar nicht sein – zumindest nicht so, wie Sie sich das vorstellen.«

»Wissen Sie, es wird immer schwieriger, vernünftig mit Richard zu reden. Er hat mir heute morgen geschrieben. Fast schon ein Ultimatum. Es dauert nicht mehr lange, dann fordert er mich auf, daß ich mich zwischen ihm und Sarah entscheiden soll.«

»Für wen würden Sie sich denn entscheiden?«

»Bitte, lassen wir das, Laura. Soweit muß es ja nicht kommen.«

»Es könnte aber.«

»Sie treiben mich noch zum Wahnsinn, Laura. Sie machen nicht den leisesten Versuch, mir zu helfen.«

Wütend knallte Ann den Hörer auf.

3

Um sechs Uhr nachmittags rief Richard Cauldfield an.

Edith ging ans Telefon.

»Ist Mrs. Prentice da?«

»Nein, Sir. Sie ist auf einer Ausschußsitzung. Es geht da um ein Seniorenheim für alte Damen oder sowas. Vor sieben wird sie wohl kaum zurück sein.«

»Und Miß Sarah?«

»Ist gerade heimgekommen. Wollen Sie sie sprechen?«

»Nein, ich komme gleich.«

Richard legte den Weg von seiner zu Anns Wohnung mit festen Schritten und in schnellem Tempo zurück. Er hatte eine schlaflose Nacht hinter sich und hatte schließlich einen festen Entschluß gefaßt. Obwohl er eigentlich ein Mensch war, der eine ganze Weile brauchte, bis er sich zu etwas entschloß, beharrte er dann fest auf seiner Entscheidung.

So wie die Dinge standen, konnte es nicht weitergehen. Das würde er erst Sarah und dann auch Ann klarmachen. Dieses Mädchen würde seine Mutter mit ihren Wutanfällen und dem Starrsinn, den es an den Tag legte, noch zum Wahnsinn treiben. Seine liebe, sanfte Ann. Aber er dachte nicht nur liebevoll an sie. Ohne daß er sich dessen bewußt war, kamen Ressentiments gegen sie in ihm auf. Sie ging der Entscheidung mit typisch weiblichen Mitteln immer wieder aus dem Weg – mit ihrem ewigen Kopfweh oder einem Zusammenbruch, wann immer es zu Streitigkeiten kam... Ann mußte sich zu einer Entscheidung durchringen! Sie konnte nicht ewig den Kopf in den Sand stekken.

Diese beiden Frauen... Jetzt mußte endlich einmal *Schluß* sein mit dem Weiberkram!

Er läutete. Edith ließ ihn ein. Er ging ins Wohnzimmer. Sarah stand mit einem Glas in der Hand am Kaminsims. Sie wandte sich ihm zu.

»Guten Abend, Richard.«

»Guten Abend, Sarah.«

»Es tut mir leid wegen gestern abend, Richard. Ich fürchte, ich habe mich unmöglich benommen.« Es fiel Sarah nicht leicht, das zuzugeben.

»Ist schon gut.« Richard winkte großmütig ab. »Vergessen wir das einfach.«

»Wie wär's mit einem Drink?«

»Nein danke.«

»Ich fürchte, meine Mutter kommt noch nicht so bald. Sie ist auf einer...«

Er fiel ihr ins Wort: »Das ist schon in Ordnung. Ich wollte ja mit Ihnen sprechen.«

»Was, mit mir?«

Sarahs Augen wurden ganz dunkel und verengten sich zu schmalen Schlitzen. Sie ging auf ihn zu und setzte sich, ohne ihn dabei auch nur einen Moment aus den Augen zu lassen. Das Mißtrauen, das sie ihm entgegenbrachte, war nicht zu übersehen.

»Ich möchte mit Ihnen über die Lage der Dinge sprechen. Es ist doch wohl sonnenklar, daß es so nicht weitergehen kann. All das Gezänk und diese Wortgefechte. Das ist Ihrer Mutter gegenüber einfach nicht fair. Sie hängen doch an Ihrer Mutter, oder nicht?«

»Selbstverständlich«, meinte Sarah völlig unbewegt.

»Also, unter uns gesagt, dann müssen wir ihr endlich mal ein bißchen Ruhe gönnen. In einer Woche findet die Hochzeit statt. Wie, glauben Sie, soll unser Leben aussehen, wenn wir alle drei zusammen hier in dieser Wohnung wohnen, sobald wir von unserer Hochzeitsreise zurückkommen?«

»Ich würde sagen, es wäre die reine Hölle.«

»Na also, Sie sehen es ja ein. Ich möchte gleich zu Anfang festhalten, daß das nicht nur Ihre Schuld ist.«

»Das ist sehr großmütig von Ihnen, Richard«, entgegnete Sarah.

Das klang ganz ernst und höflich. Richard kannte Sarah immer noch nicht gut genug, um zu erkennen, daß Gefahr im Anzug war.

»Es ist schade, daß wir einfach nicht miteinander auskommen. Sie können mich eben nicht leiden.«

»Wenn Sie es genau wissen wollen – ja, Sie haben recht.«

»Gut, das ist nicht zu ändern. Sie sind mir ja auch nicht sonderlich sympathisch.«

»Sie hassen mich wie die Pest«, konstatierte Sarah.

»Nun hören Sie aber auf«, versuchte Richard sie zu beschwichtigen. »So würde ich das nicht gerade nennen.«

»Ich schon.«

»Wir wollen es einmal so ausdrücken: Wir mögen uns nicht, wir haben absolut nichts füreinander übrig. Es interessiert mich aber gar nicht, ob Sie mich mögen oder nicht. Ich heirate ja schließlich Ihre Mutter und nicht Sie. Ich habe mich redlich bemüht, Freundschaft mit Ihnen zu schließen, aber Sie sind nicht darauf eingegangen, um es einmal milde auszudrücken... Wir müssen also eine Lösung finden. Ich will anderweitig tun, was in meiner Macht steht.«

»Was meinen Sie mit anderweitig?« fragte Sarah mißtrauisch.

»Da Sie es zu Hause nicht mehr aushalten, will ich so weit wie möglich dazu beitragen, daß Sie anderswo Ihr eigenes Leben führen können, wo Sie sich entschieden besser fühlen als hier. Wenn Ann erst einmal meine Frau ist, komme ich voll und ganz für sie auf. Dann fällt auch für Sie noch eine ganze Menge ab. Wir mieten Ihnen irgendwo eine hübsche kleine Wohnung, die Sie mit einer Freundin teilen können. Ich sorge auch für die Einrichtung und alles – ganz wie Sie es wünschen.«

Sarahs Augen verengten sich noch mehr. Sie sagte: »Was für ein großzügiger Mann Sie doch sind, Richard. Wirklich fantastisch.«

Ihr Sarkasmus entging ihm, und er beglückwünschte sich insgeheim. Eigentlich ließ sich alles ganz gut an. Das Mädchen wußte ganz genau, wo sein Vorteil lag. Es würde sich schon noch alles freundschaftlich regeln lassen.

Plötzlich war er bestens aufgelegt und sah sie lächelnd an.

»Ich kann es einfach nicht sehen, wenn jemand unglücklich ist. Im Gegensatz zu Ihrer Mutter weiß ich, daß junge Leute immer ganz versessen darauf sind, so zu leben, wie es ihnen paßt, daß sie eines Tages dem Nest den Rücken kehren wollen. Ganz auf sich gestellt sind Sie bestimmt viel glücklicher, als wenn wir hier wie Hund und Katze unter einem Dach zusammenlebten.«

»Das schlagen Sie mir also vor?«

»Eine glänzende Idee, nicht wahr? Damit ist uns allen gedient.«

Sarah lachte. Richard fuhr herum und sah sie scharf an.

»So leicht werden Sie mich nicht los!« rief Sarah.

»Aber...«

»Ich bleibe hier, darauf können Sie sich verlassen. Ich ziehe hier nicht aus...«

Sie hörten nicht, wie Ann die Wohnungstür aufschloß. Als sie die Wohnzimmertür aufstieß, standen sich Richard und Sarah gegenüber und starrten sich haßerfüllt an. Sarah zitterte am ganzen Leib und schrie immer wieder hysterisch: »Ich will nicht weg – ich will nicht weg – ich will nicht weg...«

»Sarah...«

Sie fuhren beide herum. Sarah stürzte auf ihre Mutter zu.

»Mutter, Mutter, du läßt es doch nicht zu, daß er mich wegschickt, nicht? Er will, daß ich mir zusammen mit einer Freundin eine Wohnung nehme. Ich *hasse* Freundinnen. Ich will auch nicht alleine wohnen. Ich will bei dir bleiben. Bitte, Mutter, schick mich nicht weg. Bitte, bitte nicht!«

»Wo denkst du hin? Natürlich nicht. Ist ja schon gut, mein Liebling.« Dann wandte Ann sich Richard zu und fragte ihn eisig: »Was hast du ihr da eingeredet?«

»Ich habe ihr nur einen ganz vernünftigen Vorschlag gemacht.«

»Mutter, er haßt mich, und er wird dich dahin bringen, daß auch du mich haßt.«

Sarah konnte vor Schluchzen kaum mehr weitersprechen. Sie gebärdete sich wie ein hysterisches kleines Mädchen.

Um sie zu trösten und zu beruhigen, versicherte Ann ihr rasch: »Das wird nie geschehen, Sarah. Was redest du dir da bloß ein? Das glaubst du doch wohl selber nicht.«

Sie machte Richard ein Zeichen und sagte: »Wir sprechen ein andermal darüber.«

»Nein!« Richard schob entschlossen das Kinn vor. »Wir besprechen das hier und jetzt! Wir müssen endlich einmal Klarheit schaffen.«

»Bitte nicht jetzt.« Ann preßte die Hand an den Kopf und ließ sich auf das Sofa sinken.

»Du kannst dich nicht schon wieder drücken, weil du Kopfschmerzen hast. Ann, ich möchte eines von dir wissen: Wer kommt bei dir zuerst, wer ist dir wichtiger? Ich oder deine Tochter Sarah?«

»Darum geht es doch überhaupt nicht.«

»Und ob es darum geht! Wir wollen das ein- für allemal klarstellen. Ich mache das nämlich nicht mehr länger mit.«

Richard sprach so laut, daß Ann das Gefühl hatte, alle Nerven in ihrem Kopf würden vibrieren. Sie hatte eine schwierige Ausschußsitzung hinter sich, war schon müde heimgekommen und hatte jetzt das Gefühl, daß sich ihr Leben von Tag zu Tag unerträglicher gestaltete.

Sie gab Richard mit schwacher Stimme zu verstehen: »Ich kann jetzt nicht mit dir reden, Richard. Ich bin einfach nicht dazu imstande. Das geht über meine Kraft.«

»Und ich sage dir, daß das keinen Aufschub duldet. Wenn Sarah hier nicht auszieht, gehe ich.«

Sarah erschauerte. Sie hob den Kopf und starrte Richard an.

»Ich habe einen durchaus vernünftigen Vorschlag gemacht. Den habe ich Sarah unterbreitet. Sie hatte offenbar gar nichts dagegen einzuwenden – bis du gekommen bist.«

»Ich will nicht weg«, erklärte Sarah noch einmal.

»Mein liebes Kind, Sie können ihre Mutter doch jederzeit besuchen.«

»Mutter, Mutter, du setzt mich doch nicht vor die Tür? Das kannst du doch nicht tun! Du bist doch meine Mutter.«

Ann stieg die Zornesröte ins Gesicht. Sie sagte mit erstaunlich fester Stimme: »Ich setze meine einzige Tochter bestimmt nicht vor die Tür, wenn sie nicht selbst den Wunsch hat auszuziehen.«

Richard schrie: »Sie würde schon ausziehen wollen – es ist nur Schikane, daß sie das Gegenteil behauptet! Sie will mich nur ärgern!«

»Das sieht Ihnen ähnlich, mir so etwas zu unterstellen«, schleuderte ihm Sarah entgegen.

»Halten Sie den Mund!« schrie Richard erneut.

Ann preßte die Hände an den Kopf.

»Ich halte das einfach nicht mehr aus«, flüsterte sie. »Ich warne euch – alle beide. Ich kann einfach nicht mehr...«

Sarah bat flehentlich: »Mutter...«

Richard wandte sich wütend an Ann: »Du und deine Kopfschmerzen, Ann! Das hat doch alles keinen Sinn. Verdammt noch mal, du mußt dich entscheiden und zwischen uns beiden wählen.«

»Mutter!« Sarah war jetzt völlig außer sich. Sie klammerte sich wie ein verschrecktes Kind an Ann. »Laß dich von ihm nicht gegen mich aufwiegeln. Mutter, laß das bitte, bitte nicht zu...«

Ann preßte die Hände noch immer an den Kopf. Sie war am Ende ihrer Kraft. »Ich ertrage es nicht mehr. Du gehst wohl besser, Richard.«

»Was?« Er starrte sie fassungslos an.

»Geh bitte. Verzeih mir..., aber es hat keinen Sinn...«

Sein Zorn kannte keine Grenzen. Er fragte erbittert: »Weißt du überhaupt, was du da sagst?«

Ann flüsterte gepeinigt: »Ich kann nicht mehr. Ich brauche Ruhe und Frieden...«

Sarah bat wieder: »Mutter...«

»Ann...« In Richards Stimme lag ungläubiger Schmerz.

Ann war verzweifelt: »Es hat keinen Zweck, Richard, siehst du das nicht ein?«

Und Sarah schrie wütend: »Gehen Sie doch endlich! Wir brauchen Sie nicht, haben Sie verstanden?«

Hätte sie dabei nicht wie ein kleines Kind ausgesehen, der unverhohlene Triumph hätte sie häßlich gemacht.

Er achtete nicht auf Sarahs Worte, er sah nur Ann an. Dann fragte er ganz leise und ruhig: »Ist das wirklich dein Ernst? Du willst, daß ich für immer gehe?«

Ann sagte zu Tode erschöpft: »Richard – es geht nicht anders. Auf Wiedersehen...«

Er ging langsam aus dem Zimmer.

Sarah rief weinend: »Mutter!« und vergrub den Kopf in Anns Schoß.

Ann strich ihrer Tochter mechanisch übers Haar, doch ihr Blick wanderte zur Tür, durch die Richard eben erst verschwunden war.

Gleich darauf hörte sie die Wohnungstür mit einem lauten Knall ins Schloß fallen.

Eisige Kälte durchdrang sie, genau wie an dem Tag, an dem sie Sarah zum Zug begleitet hatte. Ihr war trostlos zumute...

Richard ging jetzt die Treppe hinunter, über den Hof und die Straße entlang...

Er verschwand aus ihrem Leben...

Buch II

1. Kapitel

1

Durch das Fenster des Flughafenbusses betrachtete Laura Whitstable gerührt die vertrauten Straßen von London. Sie war ziemlich lange fortgewesen. Ein Regierungsauftrag hatte sie auf einer ausgedehnten, hochinteressanten Reise rund um die Welt geführt. Besonders die letzte Zeit in den Vereinigten Staaten hatte sie sehr angestrengt. Mylady Laura hatte Vorträge und Vorlesungen gehalten, bei Veranstaltungen häufig den Vorsitz geführt, an offiziellen Lunches und Dinners teilgenommen und bei all der Hektik kaum noch Zeit gefunden, ihre Freunde zu besuchen. Nun, das lag jetzt hinter ihr. Sie war endlich wieder daheim – mit einem ganzen Koffer voller Notizen, Statistiken und allen möglichen Unterlagen. Ihrer harrte auch jetzt noch eine Unmenge überaus anstrengender Arbeit, die in absehbarer Zeit getan werden sollte.

Laura Whitstable war eine ungeheuer vitale, physisch sehr starke Frau. Die Aussicht auf Arbeit behagte ihr weit mehr als Muße, doch im Gegensatz zu den meisten anderen Leuten bildete sie sich darauf gar nichts ein. Manchmal gab sie mit entwaffnender Offenheit zu, daß es wohl eher eine Schwäche als eine Tugend war, daß sie die Arbeit angenehmeren Dingen vorzog. In ihren Augen war Arbeit ein gutes Mittel, um sich vor sich selbst zu verstecken, meinte sie.

Laura Whitstable konzentrierte sich immer nur auf eine Sache. Es hatte ihr nie sonderlich gelegen, ihren Freunden lange Briefe zu schreiben. Wenn sie weg war, war sie eben weg – nicht nur körperlich, sondern auch in Gedanken.

Sie schrieb ihren Hausangestellten pflichtbewußt schöne bunte Ansichtskarten. Hätte sie das nicht getan, hätten sie ihr das sehr verübelt. Aber ihre Freunde und Vertrauten wußten ganz genau, daß sie von Laura erst nach ihrer Heimkehr wieder hören würden – wenn sie nämlich ihre tiefe, barsche Stimme am Telefon vernahmen.

Es ist schön, wieder daheim zu sein, dachte Laura kurz darauf, als sie sich in ihrem gemütlichen Wohnzimmer umsah, das den meisten Gästen wie ein Herrenzimmer vorkam. Sie hörte gar nicht richtig hin, als ihr der melancholische Bassett teilnahmslos berichtete, welche kleinen Unannehmlichkeiten sich im Hause zugetragen hatten, während die Hausherrin unterwegs war.

Schließlich entließ sie Bassett mit einem: »Gut, daß Sie mir das gesagt haben« und versank regelrecht in dem großen, schäbigen, lederbezogenen Sessel. Auf einem kleinen Tischchen stapelten sich Zeitschriften und Briefe, doch die rührte sie nicht an. Was dringend war, hatte ihre tüchtige Sekretärin sowieso schon erledigt.

Sie zündete sich eine Zigarette an und lehnte sich mit halbgeschlossenen Augen im Sessel zurück.

Damit endete ein Abschnitt ihres Lebens. Der nächste begann...

Sie entspannte sich und ließ es zu, daß ihre Gedanken eine langsamere Gangart einschlugen. Die anderen Regierungsbeauftragten – die Probleme, die entstanden – Spekulationen – Ansichten – Persönlichkeiten in Amerika – ihre amerikanischen Freunde... Alles trat ganz allmählich in den Hintergrund, wurde immer schemenhafter...

Dafür stand ihr bald klar vor Augen, wen sie in London aufsuchen mußte, mit welchen hohen Tieren sie sich anlegen würde, in welchen Ministerien sie vorsprechen und sich unbeliebt machen wollte. Sie dachte an die praktischen Maßnahmen, die sie ergreifen mußte, Berichte, die es zu schreiben galt. Die künftige Kampagne, das leidige tägliche Einerlei, das einem nicht erspart blieb...

Doch dazwischen lag noch eine Phase der Wiedereingewöhnung. Da wollte sie Beziehungen zu anderen Menschen auffrischen und ausschließlich ihrem Vergnügen nachgehen. Sie würde ihre Freunde besuchen, um an deren Sorgen und Freuden teilzuhaben. Sie wollte wiederauferstehen lassen, was sie quälte und verfolgte, sich aber auch alles gönnen, was ihr Freude machte. Sie wollte Geschenke verteilen, die sie mitgebracht hatte... Ihr zerfurchtes Gesicht nahm einen weichen Ausdruck an. Sie lächelte. Namen tauchten vor ihrem geistigen

Auge auf: Charlotte, der kleine David, Geraldine und ihre Kinder, der alte Walter Emlyn, Ann und Sarah, und dann Professor Parkes...

Wie es ihnen allen wohl während ihrer Abwesenheit ergangen war?

Sie wolte Geraldine in Sussex besuchen – übermorgen schon, wenn Geraldine das recht war. Sie griff nach dem Telefon, kam durch, machte das Datum und die Uhrzeit aus. Dann rief sie Professor Parkes an, der blind und so gut wie taub war. Trotzdem war er ansonsten körperlich und geistig völlig auf der Höhe und freute sich auf einen vehementen Streit mit seiner alten Freundin Laura.

Schließlich rief sie Ann Prentice an.

Edith nahm den Hörer ab.

»Na, das ist mal eine Überraschung, Madam. Wir haben schon ewig nichts mehr von Ihnen gehört. Vor einem oder zwei Monaten habe ich einen Artikel über Sie in der Zeitung gelesen. Nein, tut mir leid, Mrs. Prentice ist ausgegangen. Geht in letzter Zeit abends fast immer aus. Ist kaum je zu Hause. Nein, Miß Sarah ist auch nicht da. Ja, Madam, ich richte Mrs. Prentice aus, daß Sie angerufen haben und daß Sie wieder da sind.«

Laura Whitstable legte auf und wählte gleich die nächste Nummer.

Während der folgenden Telefongespräche verbannte Laura Whitstable eine Kleinigkeit aus ihren Gedanken, mit der sie sich später noch befassen wollte.

Erst als sie schon im Bett lag, gab ihr analytischer Verstand ihr ein, über etwas Sonderbares nachzudenken. Edith hatte es ihr erzählt. Sie kam nicht sofort darauf, doch schon sehr bald fiel es ihr wieder ein. Edith hatte gesagt, daß Ann ausgegangen sei. Sie gehe in letzter Zeit fast jeden Abend aus.

Laura runzelte die Stirn. Das war doch sonst nicht Anns Gewohnheit. Ann mußte sich sehr geändert haben. Bei Sarah war es ja nicht verwunderlich, daß sie sich allabendlich amüsieren wollte, so waren junge Mädchen nun einmal. Aber Ann war an und für sich ein ruhiger Mensch. Sie nahm zwar gelegentlich eine Einladung zum Abendessen an, ging ins Kino oder ins Theater, doch es lag ihr nicht, jeden Abend auszugehen.

Laura Whitstable dachte vor dem Einschlafen noch eine ganze Weile über Ann Prentice nach...

2

Zwei Wochen später läutete Laura an der Wohnungstür von Ann.

Edith machte ihr die Tür auf. Ihr mürrisches Gesicht entspannte sich kaum merklich, was darauf schließen ließ, daß sie sich freute.

Sie trat beiseite und bat Laura herein.

»Mrs. Prentice zieht sich gerade um, weil sie noch ausgeht«, sagte Edith. »Aber ich weiß, daß sie Sie sprechen möchte.«

Sie führte Laura ins Wohnzimmer und ging dann, schweren Schritts wie üblich, durch den Gang zu Anns Zimmer.

Laura sah sich erstaunt im Wohnzimmer um. Es war kaum mehr wiederzuerkennen. Einen Augenblick kam ihr der absurde Gedanke, sie habe sich in der Wohnung geirrt.

Ein paar schöne Stücke des ursprünglichen Mobiliars waren noch vorhanden, doch in der gegenüberliegenden Ecke befand sich jetzt eine große Cocktailbar. Die neue Einrichtung war eine moderne Version des französischen Empire – elegant gestreifte Satinvorhänge, viele vergoldene Schalen und Vasen. Die wenigen Bilder an der Wand waren modern. Man hätte diesen Raum nie für ein Zimmer in einer Privatwohnung gehalten, sondern eher für die Kulisse in einem Theaterstück.

Edith steckte den Kopf zur Tür herein und sagte: »Mrs. Prentice kommt gleich, Madam.«

»Das ist ja eine richtige Verwandlungsszene«, bemerkte Laura Whitstable und wies auf alles um sich herum.

»Hat auch eine Stange Geld gekostet«, erklärte Edith mißbilligend. »Und ein paar sehr merkwürdige junge Männer haben sich um all das gekümmert. Sie würden es nicht für möglich halten.«

»O doch«, widersprach Laura. »Sie haben ihre Sache offenbar sehr gut gemacht.«

»Nichts als Mätzchen«, meinte Edith naserümpfend.

»Aber Edith, man muß doch mit der Zeit gehen. Ich könnte mir gut vorstellen, daß es Miß Sarah sehr gefällt.«

»Nein, Miß Sarahs Geschmack ist das nicht. Miß Sarah hat nichts übrig für Veränderungen. Das war schon immer so. Sie wissen doch bestimmt noch, Madam, wie sie sich aufgeregt hat, als das Sofa nur einmal andersrum gestanden hat! Nein, *Mrs. Prentice war ganz wild darauf.*«

Laura zog kaum merklich die Augenbrauen hoch. Ann Prentice mußte sich sehr verändert haben. Doch da hörte sie Schritte im Flur. Ann stürzte mit ausgestreckten Händen auf Laura zu.

»Meine liebe Laura, ich freue mich ja so! Ich habe Sie schrecklich vermißt.«

Sie küßte Laura rasch und hektisch, und Laura sah sie sehr verwundert an.

Ja, Ann Prentice hatte sich wahrhaftig sehr verändert. Ihr weiches braunes Haar mit den grauen Strähnen war mit Henna gefärbt; ihr supermoderner Haarschnitt entsprach dem letzten Schrei. Anns Augenbrauen waren gezupft, und sie war sorgfältig geschminkt. Sie trug ein kurzes Cocktailkleid mit ganzen Trauben von bizarren Modeschmuck. Laura fiel auch auf, daß Ann sich rastlos bewegte und daß ihre Gesten etwas Gekünsteltes hatten. Das war in Lauras Augen die auffallendste Veränderung, die mit Ann vorgegangen war. Denn das Hauptmerkmal der Ann Prentice, die sie vor zwei Jahren gekannt hatte, war die sanfte, erholsame Ruhe gewesen, die von ihr ausging. Sie schien es nie eilig zu haben.

Jetzt ging sie nervös im Zimmer hin und her, sprach unaufhörlich, regte sich über Kleinigkeiten auf und hörte kaum zu, wenn Laura etwas sagte.

»Sie waren so lange weg – fast eine Ewigkeit. Natürlich habe ich hin und wieder in der Zeitung über Sie gelesen. Wie war es denn in Indien? Hat man in den Vereinigten Staaten nicht einen unglaublichen Wirbel um Sie gemacht? Wahrscheinlich haben Sie sehr gut gegessen – Steaks und dergleichen, stimmt's? Wann sind Sie denn zurückgekommen?«

»Vor zwei Wochen. Ich habe angerufen. Aber Sie waren nicht zu Hause. Ich fürchte, Edith hat vergessen, es Ihnen auszurichten.«

»Die arme alte Edith. Ihr Gedächtnis ist nicht mehr, was es einmal war. Nein, ich glaube, sie hat nichts gesagt. Ich wollte eigentlich selbst schon anrufen, aber ich bin nicht dazu gekommen. Sie wissen ja, wie es einem gehen kann.« Ann lachte nervös. »Das Leben ist eine einzige Hetzerei.«

»Früher haben Sie kein so hektisches Leben geführt, Ann.«

»Nein?« Ann ging nicht drauf ein. »Man kann sich dem wohl nicht entziehen. Etwas zu trinken, Laura? Vielleicht einen Gin mit Limone?«

»Nein, danke. Ich trinke keine Cocktails.«

»Ach ja, richtig. Brandy mit Soda trinken Sie am liebsten. So, bitte sehr.« Sie reichte Laura das Glas und mixte sich dann selbst etwas zu trinken.

»Wie geht es Sarah?« erkundigte sich Laura.

»Ach, sie amüsiert sich blendend. Ich bekomme sie kaum noch zu Gesicht. Wo ist denn der Gin? Edith! Edith!«

Edith kam sofort.

»Warum ist kein Gin da?«

»Ist noch nicht geliefert worden«, sagte Edith.

»Ich habe doch extra gesagt, daß wir immer eine Flasche in Reserve haben müssen. Man könnte überschnappen. Sie müssen dafür sorgen, daß immer genug zu trinken da ist.«

»Es wird ja auch weiß Gott genügend angeliefert«, murrte Edith. »Für meinen Geschmack entschieden zuviel.«

»Jetzt reicht es aber, Edith!« schrie Ann sie wütend an. »Gehen Sie schon und holen Sie eine Flasche Gin.«

»Was – jetzt?«

»Ja, sofort.«

Edith zog sich mit grimmiger Miene zurück. Ann fuhr wütend fort: »Sie vergißt aber auch alles. Sie ist ein hoffnungsloser Fall!«

»Meine Liebe, regen Sie sich doch nicht auf. Setzen Sie sich und erzählen Sie mir von sich.«

»Da gibt es nicht viel zu erzählen«, lachte Ann.

»Sie wollten ausgehen. Halte ich Sie da nicht auf?«

»Nein, keine Sorge. Mein Freund kommt mich abholen.«

»Colonel Grant?« erkundigte sich Laura lachend.

»Der arme alte James? Um Himmels willen, nein. Wir sehen uns eigentlich kaum noch.«

»Wie kommt denn das?«

»Diese alten Männer sind ja so entsetzlich langweilig. James ist ein Schatz, ich weiß – aber ewig diese langen, umständlichen Geschichten... Ich kann sie einfach nicht mehr hören.« Ann zuckte die Schultern. »Ich weiß, daß das häßlich von mir ist, aber so bin ich nun einmal.«

»Sie haben mir noch gar nichts von Sarah erzählt. Hat sie einen Freund?«

»Ach, sie hat viele Freunde. Sie ist wahnsinnig beliebt – zum Glück. Ich bin heilfroh, daß ich eine Tochter habe, die nicht nur herumsitzt und sich blöd benimmt.«

»Es gibt also keinen ganz speziellen jungen Mann, in den sie verliebt ist?«

»Ich weiß nicht. Schwer zu sagen. Die jungen Mädchen erzählen ihren Müttern nie etwas.«

»Was macht denn der junge Gerald Lloyd – seinetwegen waren Sie doch sehr besorgt.«

»Ach, der ist, glaube ich, nach Südamerika gegangen oder sonstwohin. Das ist zum Glück schon längst vergessen. Erstaunlich, daß Sie sich daran erinnern!«

»Ich vergesse nichts, was Sarah angeht. Ich habe sie nämlich sehr gern.«

»Das ist sehr lieb von Ihnen, Laura. Sarah ist schon in Ordnung. In mancher Hinsicht furchtbar eigensüchtig und ermüdend, aber in ihrem Alter muß das wohl so sein. Sie wird jeden Moment kommen, und dann...«

Das Telefon läutete. Ann nahm den Hörer ab.

»Hallo? Ach, du bist es, Liebling... Aber natürlich, liebend gern... Ja, aber ich muß erst in meinem kleinen Terminkalender nachsehen... Lieber Himmel, wo ist er denn, ich finde ihn mal wieder nicht... Ja, da bin ich ganz bestimmt noch frei... Also, am Donnerstag... im *Petit Chat*... Stimmt doch, oder? Komisch, daß Johnny besinnungslos betrunken war... Na ja, wir hatten schließlich mehr oder weniger alle einen sitzen... Ja, finde ich auch...«

Ann legte den Hörer wieder auf.

»Dieses Telefon! Es steht den ganzen Tag nicht still!«

Aus ihrer Stimme klang Verärgerung, doch das wirkte nicht sehr überzeugend.

»Das haben Telefone nun einmal so an sich«, bemerkte Laura Whitstable trocken. Sie fügte hinzu: »Sie scheinen das Leben ja in vollen Zügen zu genießen, Ann.«

»Es hat doch keinen Sinn, einfach vor sich hinzuvegetieren, meine Liebe. Ach, das hört sich ganz nach Sarah an.«

Sie hörten Sarahs Stimme draußen im Gang.

»Wer? Mylady Whitstable? Ach, das freut mich!«

Sarah riß die Wohnzimmertür auf und kam hereingestürzt. Laura war sprachlos, wie schön ihr Patenkind geworden war. Sie wirkte nicht mehr linkisch wie ein Füllen, aus ihr war eine bemerkenswert attraktive Frau geworden mit zauberhaften Zügen und einer fantastischen Figur.

Beim Anblick ihrer Patentante strahlte sie vor Glück. Sie küßte Laura zärtlich.

»Laura, wie ich mich freue! Der Hut steht dir wirklich blendend. Damit wirkst du königlich, aber auch ein kleines bißchen wie eine militante Tirolerin.«

»Freches Gör!« sagte Laura lachend.

»Wirklich, das ist mein Ernst. Du bist eine bedeutende Persönlichkeit, das kannst du nicht bestreiten.«

»Und du bist eine ausnehmend hübsche junge Frau!«

»Ach, das scheint nur so, das liegt an meinem teuren Makeup.«

Das Telefon läutete wieder. Sarah nahm den Hörer ab.

»Ja? Wer ist da, bitte? Ja, sie ist zu Hause. Für dich, Mutter – wie gewöhnlich.«

Ann griff nach dem Hörer. Sarah nahm auf der Lehne von Lauras Sessel Platz.

»Ständig kommen Anrufe für meine Mutter«, sagte sie lachend.

Ann fuhr sie an: »Sarah, sei gefälligst still. Ich kann ja nichts verstehen. Ja, ich glaube schon, aber nächste Woche habe ich schon sehr viel vor... Ich sehe mal in meinem kleinen Büchlein nach.« Sie wandte sich an Sarah. »Such mir das Büchlein, Sarah. Wahrscheinlich liegt es auf meinem Nachtschränkchen...« Sarah ging. Ann telefonierte weiter. »Ja, natürlich weiß ich, was du damit sagen willst... Ja, so etwas ist eine fürchterliche Last... Wirklich, Liebling? also, was mich angeht, so habe ich ja Edward gehabt... Ich... Ach, da ist mein Büchlein.« Sie nahm es Sarah ab und blätterte darin. »Nein, am Freitag geht es nicht... Ja, vielleicht im Anschluß daran... Also gut, dann treffen wir uns bei Lumley Smith... Ja, finde ich auch. Sie ist blöd.«

Sie legte den Hörer auf. »Dieses Telefon! Ich verliere noch den Verstand...«

»Ja, von wegen, du bist ganz versessen auf das Telefon. Und du bist ganz wild darauf, auszugehen und viel herumzukommen. Gib es ruhig zu.« Sarah wandte sich an Laura und fragte: »Findest du nicht auch, daß Mutter mit dieser neuen Frisur fantastisch aussieht? Entschieden jünger.«

Ann lachte gezwungen und meinte: »Sarah will mich nicht mit Würde altern lassen. Schließlich bin ich eine Frau in mittleren Jahren.«

»Mutter, gib doch zu, daß du dich gern amüsierst. Laura, sie hat weit mehr Freunde als ich, und meistens kommt sie erst im Morgengrauen heim.«

»Sei nicht albern, Sarah«, sagte Ann.

»Mit wem gehst du denn heute abend weg? Mit Johnnie?«

»Nein, mit Basil.«

»Das darf doch nicht wahr sein. Ich finde, Basil ist wirklich das Letzte.«

Ann verbat sich das. »Unsinn, er ist sehr unterhaltsam. Und was ist mit dir, Sarah? Du gehst doch sicher auch aus.«

»Ja, Lawrence holt mich ab. Ich muß mich schleunigst umziehen.«

»Na, dann beeil dich mal. Und noch etwas, Sarah, laß deine Sachen nicht wieder überall herumliegen. Nimm deinen Pelzmantel und deine Handschuhe mit. Bitte auch das Glas. Es geht sonst noch kaputt.«

»Ist ja schon gut, Mutter, reg dich bloß nicht auf.«

»Und ob ich mich aufrege. Du räumst nie was weg. Manchmal geht das wirklich über meine Kraft. Nein, du sollst die Sachen *mitnehmen*!«

Ann seufzte erschöpft, als Sarah draußen war.

»Also, diese jungen Mädchen rauben einem wirklich den Verstand. Sie können sich nicht vorstellen, wie ich mich manchmal über Sarah ärgern muß!«

Laura sah Ann rasch von der Seite an. Ihre Stimme hatte wirklich übellaunig und gereizt geklungen.

»Wird es Ihnen nicht zuviel, ständig so herumzuhetzen, Ann?«

»Doch, natürlich. Manchmal bin ich völlig übermüdet. Aber man darf nichts unversucht lassen, um sich zu amüsieren.«

»Es ist Ihnen früher nie schwergefallen, sich zu amüsieren.«

»Soll ich vielleicht mit einem guten Buch zu Hause herumsitzen und mir das Essen auf einem Tablett servieren lassen? So eine trübselige Zeit macht wohl jeder mal durch. Ich durchlebe meinen zweiten Frühling. Übrigens haben Sie diesen Ausdruck zuallererst benutzt, liebe Laura. Freut es Sie nicht, daß das jetzt in Erfüllung geht?«

»So habe ich das eigentlich nicht gemeint. Das gesellschaftliche Leben hatte ich dabei nicht im Sinn.«

»Nein, natürlich nicht. Sie wollten, daß ich mich mit etwas Sinnvollem befasse. Aber es kann ja nicht jeder im Licht der Öffentlichkeit stehen. Nicht jeder interessiert sich für Politik und Wissenschaft und ist so ernsthaft bei der Sache wie Sie. Ich amüsiere mich eben lieber.«

»Und wie steht es mit Sarah? Geht es ihr auch in erster Linie darum, sich zu amüsieren? Wie geht es ihr denn wirklich? Ist Sarah glücklich?«

»Ja, natürlich. Sie genießt das Leben.«

Ann sagte das gleichmütig und sorglos, doch Laura Whitstable grübelte darüber nach. Als Sarah aus dem Zimmer ging, war Laura aufgefallen, daß eine tiefe Erschöpfung die Züge des jungen Mädchens prägte. Es war, als habe Sarah sie ganz kurz einen Blick hinter die lächelnde Maske werfen lassen. Laura bildete sich ein, Unsicherheit und Schmerz entdeckt zu haben.

Ob Sarah *wirklich* glücklich war? Ann schien nicht daran zu zweifeln. Und sie mußte es schließlich wissen.

Rede dir nichts ein, ging Laura streng mit sich ins Gericht. Trotzdem war sie verstört und fühlte sich unbehaglich. In der Wohnung herrschte eine seltsame Atmosphäre, irgend etwas stimmte nicht. Allen war das bewußt – Ann, Sarah und auch Edith. Laura sagte sich, daß wohl alle etwas zu verbergen hatten. Ediths ganze Haltung drückte Mißfallen aus. Ann wirkte ruhelos und benahm sich überaus gekünstelt. Sarahs aufgesetzte Munterkeit bedrückte sie am meisten. Wirklich, etwas stimmte nicht.

Es läutete an der Wohnungstür. Edith setzte eine besonders grimmige Miene auf, als sie Mr. Mowbray meldete.

Mr. Mowbray kam hereingestürzt, hereingeschossen; anders konnte man das wirklich nicht nennen. Er flatterte herum wie ein fröhliches Insekt, war jung und benahm sich affektiert.

»Ann! rief er. »Du trägst es also! Meine Liebe, du siehst darin wirklich blendend aus.«

Er verstummte, legte den Kopf auf die Seite und nahm Anns Kleid genauestens in Augenschein. Ann stellte ihn Mylady Whitstable vor.

Er trat auf sie zu und rief aufgeregt: »Eine Kameenbrosche! Das ist ja wirklich *zauberhaft*! Ich habe eine Schwäche für Kameen. Ich schwärme regelrecht dafür!«

»Basil ist ganz vernarrt in viktorianischen Schmuck«, erklärte Ann.

»Meine Liebe, damals hatten die Leute eben noch Fantasie. Diese himmlischen, himmlischen Medaillons. Das Haar von zwei Menschen zu einer Locke gedreht, oder eine Trauerweide, eine Urne daraus geformt. So was bringt man heutzutage mit Haar nicht mehr zustande. Diese Kunst gehört der Vergangenheit an. Und Wachsblumen, ich bin ganz vernarrt in Wachsblumen. Oder diese kleinen Tischchen! Ann, du mußt uns dein wirklich entzückendes Tischchen zeigen. Sündhaft teuer, aber es lohnt sich.«

Laura Whitstable erhob sich.

»Ich muß jetzt gehen. Lassen Sie sich nicht aufhalten.«

»Bleiben Sie doch noch, und unterhalten Sie sich mit Sarah«, schlug ihr Ann vor. »Sie haben ja noch kaum mit ihr gesprochen. Lawrence Steene holt sie erst später ab.«

»Steene? Lawrence Steene?« Laura traute ihren Ohren nicht.

»Ja, der Sohn von Sir Harry Steene. Sehr attrkativ, der junge Mann.«

»Findest du wirklich, Liebling?« meinte Basil. »Mir kommt er immer furchtbar *melodramatisch* vor, wie aus einem schlechten Film. Aber die Frauen sind offensichtlich alle ganz verrückt nach ihm.«

»Er ist sagenhaft reich«, erklärte Ann.

»Ja, aber das ist es ja eben. Die meisten Reichen sind alles andere als attraktiv. Es ist eigentlich unfair, daß ein Mensch mit soviel Geld auch noch eine solche Anziehungskraft ausübt.«

»So, ich glaube, jetzt gehen wir wohl besser«, sagte Ann. »Laura, ich rufe Sie an, dann treffen wir uns irgendwo und unterhalten uns ausgiebigst.«

Sie gab Laura einen Kuß. Auch das wirkte gekünstelt. Dann gingen sie und Basil Mowbray.

Laura hörte Basil im Flur draußen sagen: »Sie ist ja ein wahres Kleinod ihrer Zeit – so herrlich hart und unerbittlich. Wieso lerne ich sie jetzt erst kennen?«

Schon nach ein paar Minuten kam Sarah hereingestürzt.

»Na, ging das nicht schnell? Ich habe mich beeilt und mich kaum geschminkt.«

»Dein Kleid gefällt mir, Sarah.«

Sarah drehte sich im Kreis. Sie trug ein nilgrünes Seidenkleid, das ihre entzückende Figur sehr gut zur Geltung brachte.

»Schön, daß es dir gefällt. Es war sündhaft teuer. Wo ist Mutter? Sind sie und Basil schon gegangen? Er ist schrecklich, findest du nicht auch? Aber immerhin sehr amüsant und boshaft. Er treibt einen richtigen Kult mit älteren Frauen.«

»Wahrscheinlich hat er festgestellt, daß sich das bezahlt macht«, gab Laura grimmig zu bedenken.

»Du bist richtig zynisch, aber du hast völlig recht. Na ja, Mutter muß sich schließlich auch mal ein Vergnügen gönnen. Die Ärmste amüsiert sich königlich. Uns sie ist ja auch wirklich noch sehr attraktiv, findest du nicht auch? Ach, alt zu werden, muß ganz schrecklich sein!«

»Ich trage es mit Fassung. Es ist ganz angenehm, das kann ich dir versichern, liebes Kind«, widersprach Laura.

»Ja, *du* hast natürlich gut reden, aber nicht jeder Mensch ist eine so starke Persönlichkeit! Was hast du übrigens in all der Zeit gemacht, seit wir dich zuletzt gesehen haben?«

»Ich bin viel herumgereist. Ich habe mich in das Leben anderer Leute eingemischt und ihnen weisgemacht, sie hätten den Himmel auf Erden und könnten glücklich sein, vorausgesetzt sie lebten so, wie ich es ihnen sage. Ich habe also meine Zeit damit verbracht, mich unbeliebt zu machen und anderen Menschen meine Meinung aufzudrängen.«

Sarah lachte entzückt.

»Vielleicht kannst du auch mir verraten, wie ich mein Leben am besten meistere.«

»Weißt du das denn nicht selbst?«

»Ich bin mir nicht sicher, ob ich es richtig anfange.«

»Stimmt irgend etwas nicht?«

»Ach, das kann man eigentlich nicht sagen. Mir geht's nicht schlecht, ich gehe viel aus..., aber vielleicht sollte ich endlich einmal etwas Vernünftiges tun.«

»Was zum Beispiel?«

Sarah ging nicht näher darauf ein.

»Ach, ich weiß nicht. Ich sollte mich ernsthaft mit etwas beschäftigen. Etwas lernen, einen Kursus belegen. Mich mit Archäologie befassen – oder Stenographie und Schreibmaschine lernen, Masseuse werden oder Architektin.«

»Was für eine umfangreiche Skala! Hast du nicht irgendein Hauptinteressengebiet?«

»Nein, eigentlich nicht. Die Arbeit im Blumenladen ist gar nicht mal so übel, aber sie fasziniert mich nicht gerade. Ich bekomme sie allmählich satt. Ich könnte nicht mal sagen, was mir vorschwebt...«

Sarah ging ziellos im Zimmer auf und ab.

»Hast du denn noch nicht daran gedacht, zu heiraten?«

»Heiraten!« Sarah verzog das Gesicht zu einer ausdrucksvollen Grimasse. »Da habe ich den Eindruck, daß das meistens schiefgeht.«

»Das muß nicht unbedingt so sein.«

Sarah wandte ein: »Die meisten meiner Freunde haben sich auseinandergelebt und wieder getrennt. Ein oder zwei Jahre geht es gut, doch dann geht es unweigerlich schief. Wenn man allerdings einen irrsinnig reichen Mann heiratet, ist wohl nichts dagegen einzuwenden.«

»Glaubst du wirklich?«

»Das ist doch ein ganz vernünftiger Standpunkt. Irgendwie hat die Liebe ja auch ihre Daseinsberechtigung«, fuhr Sarah ungezwungen fort, »trotzdem beruht sie ja nur auf der sexuellen Anziehungskraft. Das kann doch nicht lange gutgehen.«

»Du scheinst ja bestens informiert zu sein. Das reinste Lexikon«, meinte Laura trocken.

»Aber es stimmt doch, oder etwa nicht?«

»Du hast völlig recht«, stimmte ihr Laura prompt zu.

Sarah schien fast etwas enttäuscht zu sein.

»Daher ist es das einzig Vernünftige, einen steinreichen Mann zu heiraten.«

Auf Lauras Lippen lag ein feines Lächeln.

»Das muß aber auch nicht unbedingt gutgehen«, sagte sie.

»Ja, ich fürchte, man kann sich heutzutage auf rein gar nichts mehr verlassen. Nicht mal auf das Geld.«

»Das wollte ich damit nicht sagen«, erklärte Laura Whitstable. »Ich habe gemeint, daß die Freude am Geldausgeben mit der sexuellen Anziehungskraft gleichzusetzen ist. Da setzt nämlich auch bald die Gewöhnung ein. Das Geld verliert wie alles andere irgendwann seinen Reiz.«

»Das trifft auf mich bestimmt nicht zu«, wehrte Sarah ab. »Schöne Kleider... Pelze – und wertvoller Schmuck – und vielleicht sogar eine Jacht...«

»Sarah, du bist wirklich noch ein Kind.«

»Nein, Laura, wirklich nicht. Manchmal fühle ich mich ganz alt und vom Leben enttäuscht.«

»Tatsächlich?« Laura mußte wider Willen lächeln angesichts von Sarahs Schönheit und Jugend und ihrer ernsten Miene.

Ich glaube, ich sollte wirklich zusehen, daß ich hier herauskomme«, sagte Sarah völlig unerwartet. »Ich sollte eine Stellung annehmen oder heiraten. Jedenfalls muß ich irgend etwas unternehmen. Ich gehe Mutter nämlich schrecklich auf die Nerven. Ich bemühe mich natürlich, nett zu ihr zu sein, doch das hilft anscheinend nichts. Na ja, vielleicht bin ich ja wirklich schwierig. Ist das Leben nicht seltsam, Laura? Zuerst macht alles solchen Spaß und man ist ganz glücklich, und dann sieht es aus, als ginge alles schief. Man weiß gar nicht, wie es weitergehen und was man machen soll. Und man kann mit niemandem darüber reden. Manchmal überfällt mich ein ganz komisches Gefühl. Dann bekomme ich es mit der Angst zu tun – ohne zu wissen, warum ich mich fürchte und wovor..., dann habe ich einfach nur Angbst. Vielleicht sollte ich zu einem Psychotherapeuten gehen oder so was.«

Es läutete an der Wohnungstür. Sarah sprang auf.

»Das ist sicher Lawrence.«

»Lawrence Steene?« fragte Laura in scharfem Ton.

»Ja. Kennst du ihn etwa?«

»Ich habe von ihm gehört«, erklärte Laura nicht sehr freundlich.

Sarah lachte.

»Ich wette, dir ist nichts Gutes über ihn zu Ohren gekommen«, sagte sie. Edith kam herein und meldete Mr. Steene.

Lawrence Steene war groß und dunkelhaarig. Er war etwa vierzig Jahre alt. Seine sonderbaren Augen fielen sofort auf, sie wurden fast von den Augenlidern bedeckt. Er bewegte sich mit animalischer Grazie und gehörte wohl zu den Männern, die Frauenherzen höher schlagen lassen.

»Hallo, Lawrence«, sagte Sarah. »Darf ich vorstellen – Lawrence Steene, meine Patentante Mylady Laura Whitstable.«

»Lawrence Steene ging auf Laura zu und beugte sich über ihre Hand. Das wirkte etwas theatralisch und fast ein wenig unverschämt.

»Ich fühle mich geehrt«, erklärte er.

»Siehst du, meine Liebe«, sagte Sarah, »du hast *wirklich* etwas Königliches an dir! Du trägst deinen Titel ganz zu Recht. Es muß schön sein, den Titel Mylady zu führen. Was meinst du, ob ich mich wohl auch einmal so nennen kann?«

»Das halte ich für ziemlich unwahrscheinlich«, mischte sich Lawrence ein.

»So? Warum denn?«

»Deine Begabungen liegen auf anderen Gebieten.«

Er wandte sich Laura zu.

»Erst gestern habe ich einen Artikel von Ihnen gelesen. Im *Commentator*.«

»Achja«, sagte Laura. »Über die Beständigkeit der Ehe.«

Lawrence murmelte: »Sie setzen als selbstverständlich voraus, daß eine Ehe Bestand haben sollte. Aber ich neige zu der Ansicht, daß es ja gerade den größten Charme und Zauber der Ehe ausmacht, daß sie nicht von Bestand ist.«

»Lawrence war schon etliche Male verheiratet«, warf Sarah mit einem schelmischen Lächeln ein.

»Nur dreimal, Sarah.«

»Meine Güte.« Laura hob die Hände. »Sie haben die Damen doch hoffentlich nicht um die Ecke gebracht?«

»Er hat sie ganz legal vor den Scheidungsrichter gezerrt und ist sie auf diese Weise losgeworden«, sagte Sarah. »Das ist doch viel einfacher, als sich ihrer durch Mord zu entledigen.«

»Aber leider sehr viel teurer«, meinte Lawrence.

»Ich glaube, ich habe Ihre zweite Frau als Kind und junges Mädchen gekannt«, sagte Laura. »Sie hieß doch Moira Denham, stimmt's?«

»Ja, ganz richtig.«

»Ein zauberhaftes Mädchen.«

»Da kann ich Ihnen nur beipflichten. Sie war ganz entzükkend. So ganz und gar nicht intellektuell.«

»Das rächt sich manchmal fürchterlich«, entgegnete Laura Whitstable und erhob sich. »Ich muß jetzt gehen.«

»Wir könnten dich nach Hause bringen oder irgendwo absetzen«, schlug Sarah vor.

»Nein, vielen Dank. Mir ist jetzt mehr nach einem langen Spaziergang zumute. Auf Wiedersehen, meine Liebe.«

Die Tür fiel hinter ihr ins Schloß.

»Sie hat keinen Hehl aus ihrem Mißfallen gemacht«, bemerkte Lawrence. »Sarah, ich habe einen schlechten Einfluß auf dich. Edith, dieser Drache, spuckt regelrecht Feuer, wenn sie mich reinläßt.«

»Psst«, ermahnte ihn Sarah. »Sonst bekommt sie das noch mit.«

»Diese Wohnung ist wirklich ein Alptraum. Hier ist man nie für sich.«

Er war ihr sehr nahe gekommen. Sarah entzog sich ihm, indem sie ein paar Schritte zurücktrat. »Nein, in einer Mietwohnung hat man niemals seine Ruhe. Selbst die Wasserhähne und die Spülung machen einen Höllenlärm.«

»So steckt denn deine Mutter heute abend?«

»Sie ist zum Abendessen eingeladen.«

»Deine Mutter ist eine der klügsten Frauen, die ich kenne.«

»Wie meinst du das?«

»Sie mischt sich niemals ein.«

»Nein, wirklich nicht...«

»Eine kluge Frau, wie schon gesagt. Na, dann wollen wir mal gehen.« Er sah sie an. »Sarah, du siehst heute abend wirklich blendend aus. Ganz wie es dem Anlaß entspricht.«

»Warum machst du denn so ein Getue? Ich weiß nicht, wovon du sprichst. Was für einen Anlaß meinst du denn?«

»Es gibt etwas zu feiern. Um was es geht, erzähle ich dir später.«

2. Kapitel

Nach ein paar Stunden wiederholte Sarah ihre Frage.

Sie saßen in einem der teuersten Nachtclubs von London. Eine feine Dunstschicht schien über dem Publikum zu schweben. Der Nachtclub war sehr gut besucht, obwohl es nicht ersichtlich war, was ihn von anderen Nachtclubs unterschied. Er war eben zur Zeit en vogue.

Sarah hatte schon ein- oder zweimal versucht, die Sprache darauf zu bringen, was es eigentlich zu feiern gab, doch Steene war ihr immer ausgewichen. Er verstand sich fabelhaft darauf, die Spannung auf den Höhepunkt zu treiben.

Während Sarah rauchte und sich umsah, meinte sie: »Viele von Mutters muffigen alten Bekannten finden es schrecklich, daß sie es mir erlaubt, in diesen Nachtclub zu gehen.«

»Und zu allem Unglück auch noch in meiner Gesellschaft, ist es nicht so?«

Sarah lachte. »Warum hält man dich eigentlich für so gefährlich, Larry? Verführst du vielleicht reihenweise unschuldige junge Mädchen?«

Lawrence schüttelte sich theatralisch. »Nichts liegt mir ferner als so etwas Ordinäres.«

»Warum halten die Leute dich dann für verrucht?«

»Mir wird vorgeworfen, daß ich an obskuren Orgien teilnehme. Wenigstens steht das in den Zeitungen.«

Sarah gab offen zu: »Ich habe allerdings gehört, daß du sehr sonderbare Partys gibst.«

»Mancher würde das wohl so bezeichnen. In Wahrheit ist es aber einfach so, daß ich nichts von Konventionen halte. Das Leben kann einem so viel bieten, wenn man wagemutig und experimentierfreudig ist.«

Sarah fing Feuer und stimmte ihm begeistert zu.

»Das allerdings finde ich auch.«

Steene fuhr fort: »Aus jungen Mädchen mache ich mir eigentlich nicht viel. Meist sind es alberne, primitive kleine Dinger. Aber du bist anders, Sarah. Du bist mutig, in dir glüht ein Feuer – dieses Feuer fasziniert mich.« Er ließ die Blicke zärtlich auf ihr ruhen, und sie spürte sie wie eine Liebkosung. »Und du hast eine hinreißende Figur. Einen Körper, der etwas empfindet, spürt und fühlt... Du hast deine Fähigkeiten nur noch nicht voll ausgekostet.«

Sarah bemühte sich, ihm nicht zu zeigen, was bei seinen Worten in ihr vorging. Daher sagte sie leichthin: »Dieses Sprüchlein macht sich sicher gut. Es geht den Mädchen und Frauen bestimmt runter wie Öl.«

»Weißt du, meine Liebe, die meisten Mädchen langweilen mich ganz entsetzlich. Du aber nicht. Daher«, er prostete ihr zu, »haben wir etwas zu feiern.«

»Sag mir doch endlich, was wir feiern. Was soll denn die Geheimnistuerei?«

Lawrence sah sie lächelnd an.

»Es ist kein Geheimnis, sondern eigentlich ganz simpel. Ich bin frisch geschieden. Heute ist das Scheidungsurteil ausgesprochen worden. Rechtskräftig geschieden.«

»Ach...« Sarah sah ihn erschrocken an. Steene ließ sie nicht aus den Augen.

»Ja, diese Hürde ist genommen. Na, was hältst du davon?«

»Ich weiß nicht, was du meinst«, sagte Sarah.

Da brach es mit einer urplötzlichen, sehr eindrucksvollen Wildheit aus Lawrence Steene heraus: »Sarah, gebärde dich mir gegenüber nicht wie ein Unschuldslamm mit weitaufgerissenen Augen. Du weißt ganz genau, daß ich dich haben will. Und zwar schon seit geraumer Zeit.«

Sarah wich seinen Blicken aus, doch ihr Herz schlug freudig. Larry hatte etwas ungeheuer Erregendes an sich.

»Aber dich reizt doch fast jede Frau«, meinte sie leichthin.

»In letzter Zeit nur noch die wenigsten. Genaugenommen reizt mich keine außer dir.« Er verstummte. Nach einer Weile sagte er ganz ruhig und fast beiläufig: »Sarah, ich will, daß du meine Frau wirst.«

»Ich will aber nicht heiraten. Außerdem solltest du dich

freuen, daß du wieder frei bist und dich nicht sofort wieder binden.«

»Die Freiheit ist doch nichts als Illusion.«

»Du kannst nicht gerade Reklame für die Ehe machen. Deine geschiedene Frau muß sehr unglücklich gewesen sein.«

Lawrence entgegnete seelenruhig: »In den letzten zwei Monaten, die wir zusammen waren, hat sie fast ununterbrochen geweint.«

»Wahrscheinlich, weil sie so an dir gehangen hat.«

»Ja, es sieht so aus. Sie ist schon immer unglaublich dumm gewesen.«

»Warum hast du sie dann geheiratet?«

»Weil sie so sehr an eine der frühen primitiven Madonnen erinnerte. Das ist mir die liebste Kunstepoche. Aber zu Hause verliert so etwas bald seinen Reiz.«

»Larry, findest du das nicht selber grausam? Du bist ja ein wahrer Teufel in Menschengestalt.« Sarah war gleichermaßen fasziniert und abgestoßen.

»Aber genau das gefällt dir ja an mir. Wenn ich einen guten, treuen, zuverlässigen Ehemann abgäbe, würdest du mich überhaupt nicht in Erwägung ziehen.«

»Na, du nimmst jedenfalls kein Blatt vor den Mund.«

»Sarah, willst du zahm oder gefährlich leben?«

Sarah äußerte sich nicht dazu. Sie spielte mit einem Stückchen Brot auf ihrem Teller. Schließlich sagte sie: »Vielleicht erzählst du mir, was es mit deiner zweiten Frau, dieser Moira Denham, die Laura kennt, eigentlich auf sich hat.«

»Da erkundigst du dich besser bei deiner Patentante.« Larry sah sie lächelnd an. »Sie weiß genau Bescheid und wird es dir in allen Einzelheiten anvertrauen. Ein süßes, unverfälschtes Mädchen. Ich habe ihr das Herz gebrochen, um es einmal ganz romantisch auszudrücken.«

»Du bist eine richtige Gefahr, das muß ich schon sagen.«

»Meiner ersten Frau habe ich nicht das Herz gebrochen, das kann ich dir versichern. Moralische Entrüstung war der Grund dafür, daß sie mich verlassen hat. Eine sehr moralische Frau mit eisernen Prinzipien. Weißt du, Sarah, die Frauen geben sich nie damit zufrieden, den Menschen zu heiraten, der man nun einmal ist. Sie möchten, daß man anders ist, versuchen einen umzukrempeln. Du mußt doch wohl zugeben, daß ich dir nicht verheimliche, wie ich wirklich bin. Ich lebe gern gefährlich, mir steht der Sinn stets nach Verbotenem. Mit meiner Moral ist es nicht sehr weit her, und ich gebe nicht vor zu sein, was ich nicht bin.«

Er senkte die Stimme.

»Sarah, ich kann dir sehr viel bieten. Nicht nur alles, was man für Geld kaufen kann – Pelzmäntel, in die du deinen wunderschönen Körper hüllen kannst, und Schmuck, der auf deiner schneeweißen Haut erst so richtig zur Geltung kommt. An meiner Seite kannst du die ganze Skala der Sinneslust erleben. Sarah, ich kann dich zum Leben erwecken, dafür sorgen, daß du alles Menschenmögliche fühlst und empfindest. Denk daran, daß die Erfahrungen das Leben ausmachen.«

»Ja, da hast du sicher recht.«

Sie sah ihn an. Ihre Miene drückte eine seltsame Mischung aus Faszination und Widerwillen aus. Er rückte näher an sie heran.

»Was weißt du schon vom Leben, Sarah? Weniger als nichts! Ich kann dich dahin mitnehmen, wo das Leben wild und dunkel ist, in schmutzige Lokale, in Lasterhöhlen, wo du alles sehen wirst, was es nur gibt – bis du selbst in jede dunkle Ekstase tauchst!«

Mit zusammengekniffenen Augen beobachtete er, wie seine Worte auf sie wirkten. Dann brach er den Zauber, jedoch mit voller Absicht.

»So, jetzt gehen wir wohl besser«, sagte er aufgeräumt und bedeutete dem Kellner, ihm die Rechnung zu bringen.

Lächelnd sah er Sarah an und schien weit weg zu sein.

»Jetzt bringe ich dich nach Hause.«

Im Dunkel des luxuriösen Wagens saß Sarah steif und kerzengerade da. Sie war auf der Hut vor Lawrence. Doch der machte nicht einmal den Versuch, sie zu berühren. Sarah mußte sich eingestehen, daß sie enttäuscht war. Lawrence lächelte in sich hinein. Sarahs Enttäuschung war ihm nicht entgangen. Vom rein technischen Standpunkt aus verstand er viel von Frauen.

Er begleitete Sarah zur Wohnung hinauf. Sarah schloß die Tür auf, ging ins Wohnzimmer und knipste dort das Licht an.

»Larry, einen Drink?«

»Nein, danke. Gute Nacht, Sarah.«

Irgend etwas zwang sie, ihn zurückzuhalten. Damit hatte er gerechnet.

»Larry?«

»Ja.«

Er stand an der Tür, blickte über die Schulter zurück und betrachtete sie mit Kennermiene. Vollkommen – absolut vollkommen. Ja, er mußte sie unbedingt besitzen. Sein Puls ging rascher, doch das sah man ihm nicht an.

»Weißt du, ich glaube...«

»Ja?«

Er ging zu ihr zurück. Sie sprachen ganz leise, denn es war ja anzunehmen, daß Sarahs Mutter und Edith schon schliefen.

Sarah flüsterte hastig. »Weißt du, Larry, Tatsache ist, daß ich nicht in dich verliebt bin.«

»Nein?«

Durch seinen Tonfall sah sie sich veranlaßt, schnell weiterzusprechen. Sie geriet ein wenig ins Stottern.

»Nein – eigentlich nicht. Jedenfalls nicht so, wie es sich gehört. Ich meine, wenn du zum Beispiel dein gesamtes Vermögen einbüßen solltest und dann irgendwo eine Orangenplantage betreiben müßtest, würde ich dich sofort fallenlassen.«

»Sehr vernünftig.«

»Aber das beweist doch, daß ich dich nicht liebe.«

»Ich kann mir nichts Langweiligeres vorstellen als eine romantische Verliebtheit. *Das* erwarte ich nicht von dir, Sarah.«

»Was erwartest du denn dann?«

Keine sehr geschickte Frage, doch sie wollte es unbedingt wissen. Sie wollte sich weiter vorwagen. Sie wollte sehen, was...

Er stand ganz dicht neben ihr. Ganz plötzlich neigte er sich über sie und küßte ihren Nacken. Dann umfaßte er sie und hielt ihre Brüste in den Händen.

Sie wollte sich ihm entziehen, doch dann hielt sie still. Ihr Atem ging stoßweise.

Gleich darauf ließ er sie wieder los.

»Sarah, es ist eine Lüge, zu behaupten, daß du nichts für mich empfindest«, sagte er unendlich sanft.

Damit ging er.

3. Kapitel

Ann war etwa fünfundvierzig Minuten vor Sarah heimgekommen. Sie hatte die Wohnungstür selbst aufgeschlossen, doch Edith steckte den Kopf mit altmodischen Lockenwicklern aus ihrem Zimmer. Ann ärgerte sich sofort maßlos, Edith ging ihr in letzter Zeit immer mehr auf die Nerven.

Auch jetzt fiel sie gleich mit der Tür ins Haus. »Miß Sarah ist noch nicht da.«

Die Kritik, die sich hinter dieser Bemerkung verbarg, brachte Ann auf die Palme. Sie fauchte: »Na und? Was ist daran so schlimm?«

»Zu nachtschlafenderr Zeit noch unterwegs – sie ist doch noch so jung!«

»Das ist doch albern, Edith. Die Zeiten haben sich geändert, seit ich ein junges Mädchen war. Die Mädchen werden jetzt dazu erzogen, selbst auf sich aufzupassen.«

»Um so schlimmer«, sagte Edith. »Deshalb nehmen ja wohl auch so viele Schaden oder gehen zugrunde.«

»Als ich noch jung war, haben sie auch Schaden genommen«, gab Ann ihr zu bedenken. »Sie waren zu vertrauensselig und völlig ahnungslos, und wenn sie auch noch so wohlbehütet waren, hat sie das nicht davor bewahrt, sich zum Narren zu machen, wenn sie zu dieser Art von Mädchen gehörten. Heutzutage lesen junge Mädchen alles, machen alles und gehen überallhin.«

»Aha«, sagte Edith mit finsterer Miene, »ein Gramm Erfahrung wiegt ein Pfund Bücherwissen auf. Nun, wenn Sie nichts dagegen einzuwenden haben – mich geht es ja nichts an. Aber es gibt Gentlemen und Männer, die keine Gentlemen sind, wenn Sie wissen, was ich damit sagen will. Der Mann, mit dem Sarah jetzt noch unterwegs ist, gefällt mir ganz und gar nicht. Ein solcher Mann hat die zweitälteste Tochter meiner Schwester Nora ins Unglück gestürzt. Hinterher, wenn das Malheur geschehen ist, weint man sich dann die Augen aus.«

Obwohl Ann sich ärgerte, mußte sie doch auch lachen. Edith und ihre unzähligen Verwandten! Außerdem konnte sie sich die selbstsichere Sarah nur schlecht als betrogene Unschuld vom Lande vorstellen. Der bloße Gedanke daran war ja schon grotesk.

»Edith, regen Sie sich darüber nicht auf. Gehen Sie lieber ins Bett«, riet sie dem Mädchen. »Haben Sie mir das Schlafmittel besorgt?«

»Ja, es liegt auf Ihrem Nachtschränkchen«, murrte Edith. »Fangen Sie bloß nicht damit an, Schlafmittel zu nehmen. Das schadet der Gesundheit. Nach einer Weile können Sie dann ohne diese Mittel nicht mehr schlafen. Und Sie werden noch nervöser, als Sie es jetzt schon sind.«

Ann fuhr sie wütend an: »Wieso nervös? Ich bin nicht nervös.«

Edith schwieg. Sie zog sich mit hängenden Mundwinkeln in ihr Zimmer zurück, wobei sie scharf die Luft einsog.

Ann ging wütend in ihr Zimmer.

Edith wird von Tag zu Tag unmöglicher, dachte sie bei sich. Ich weiß wirklich nicht, warum ich mir das bieten lasse.

Nervös? Sie war nicht die Spur nervös. In letzter Zeit fand sie zwar immer lange keinen Schlaf, aber das war auch schon alles. Jeder litt manchmal an Schlaflosigkeit. Da war es doch viel angebrachter, etwas einzunehmen, damit man schlafen konnte, als Stunde um Stunde wachzuliegen, die Uhren immer wieder schlagen zu hören und sich den quälenden Gedanken nicht entziehen zu können, die im Kopf herumgeisterten wie Eichhörnchen in einem Käfig.

Dr. McQueen hatte das eingesehen und ihr etwas verschrieben – ein ganz harmloses Mittel, das nicht schadete. Vermutlich Bromid. Das beruhigte und verhinderte, daß man ins Grübeln geriet...

Ach, wie lästig und ermüdend alle waren. Edith sowohl als auch Sarah, sogar die gute alte Laura. Sie fühlte sich ein wenig schuldbewußt, was Laura anging. Natürlich hätte sie Laura vor einer Woche anrufen sollen, Laura war schließlich eine ihrer ältesten Freundinnen. Doch es widerstrebte ihr im Augenblick, sich mit Laura auszusprechen. Manchmal erwies sich Laura doch als ziemlich schwierig...

Was hatte es mit Sarah und Lawrence Steene auf sich? Ob da wirklich etwas dran war? Die Mädchen gingen gern mit Männern aus, die einen schlechten Ruf hatten. Sarah lag wohl gar nicht übermäßig viel an ihm. Und selbst wenn...

Das Bromid tat seine Wirkung. Ann schlief ein, doch selbst im Schlaf warf sie sich noch ruhelos im Bett hin und her.

Als sie am nächsten Morgen gerade Kaffee trank, läutete das Telefon an ihrem Bett. Sie nahm den Hörer ab und war verärgert, als sie die barsche Stimme von Laura Whitstable vernahm.

»Ann, ist Sarah viel mit Lawrence Steene zusammen?«

»Lieber Himmel, Laura – Sie rufen mich in aller Herrgottsfrühe an, um mich das zu fragen? Woher soll ich das denn wissen?«

»Immerhin sind Sie ja Sarahs Mutter, oder etwa nicht?«

»Ja, aber man horcht seine Kinder doch nicht aus und fragt sie ständig, wohin sie gehen und mit wem. Sie würden sich das ganz energisch verbitten.«

»Ann, ich bitte Sie – legen Sie sich doch nicht mit mir an. Er ist doch hinter ihr her, oder nicht?«

»Ach, das glaube ich eigentlich nicht. Vermutlich ist er noch nicht einmal rechtskräftig geschieden.«

»Doch, gestern wurde die Scheidung rechtskräftig. Ich habe es in der Zeitung gelegen. Was wissen Sie eigentlich über ihn?«

»Daß er der einzige Sohn des alten Sir Harry Steene ist. Er schwimmt im Geld.«

»Wissen Sie auch, daß er einen sehr schlechten Ruf hat?«

»Na wenn schon. Mädchen fühlen sich immer zu Männern hingezogen, die einen schlechten Ruf haben. Das ist schon seit der Zeit Lord Byrons so. Das hat doch gar nichts zu bedeuten.«

»Ann, ich muß Sie unbedingt sprechen. Sind Sie heute abend zu Hause?«

Ann erklärte hastig: »Nein, ich gehe aus.«

»Also, dann so gegen sechs.«

»Laura, es tut mir leid, aber ich gehe auf eine Cocktailparty...«

»Machts nichts, dann komme ich eben schon um fünf – oder soll ich lieber *jetzt gleich* kommen?« Laura Whitstable ließ keinen Zweifel daran, daß sie wild entschlossen war. Ihre Stimme klang schroff und unnachgiebig.

Ann gab sich geschlagen.

»Also gut, um fünf. Ich freue mich.«

Erschöpft legte sie den Hörer auf. Sie seufzte abgrundtief. Laura war wirklich unmöglich. All diese Ausschußsitzungen, die Unesco und die Uno waren ihr zu Kopf gestiegen. Das konnte einer Frau ja nicht bekommen.

Doch als ihre Freundin dann bei ihr erschien, empfing sie sie mit allen Anzeichen der Freude. Sie schwatzte fröhlich drauflos, während Edith den Tee servierte. Allerdings war ihre Nervosität nicht zu übersehen. Laura Whitstable verhielt sich ungewöhnlich passiv. Sie hörte zu und antwortete auf Fragen, aber das war auch schon alles.

Als ihnen der Gesprächsstoff ausging, stellte Laura ihre Tasse weg und sagte geradeheraus, wie es nun einmal ihre Art war: »Ann, es tut mir leid. Ich will Sie wirklich nicht ängstigen. Aber zufällig habe ich auf dem Rückflug von den Vereinigten Staaten mitangehört, wie sich zwei Männer über Larry Steene unterhielten, und was sie sagten, war nicht gerade angenehm.«

Ann zuckte die Schultern.

»Ach, was man so zu hören kriegt, wenn man jemanden belauscht...«

»Das sind oft hochinteressante Dinge«, fiel ihr Laura ins Wort. »Es waren grundanständige, ehrenwerte Männer. Sie haben Steene in Grund und Boden verdammt. Ich kannte seine zweite Frau Moira Denham vor und nach ihrer Ehe mit ihm. Sie war hinterher nervlich ein Wrack.«

»Wollen Sie damit sagen, daß Sarah...«

»Ich will nicht behaupten, daß Sarah auch bald ein nervliches Wrack wäre, falls sie Lawrence Steene heiraten sollte. Sie ist kein zartes Pflänzchen. Sie hat mehr Widerstandskraft.«

»Na also, wenn das so ist...«

»Aber ich fürchte, sie würde in ihr Unglück rennen. Und das ist noch nicht alles. Haben Sie in der Zeitung über eine junge Frau namens Sheila Vaughan Wright gelesen?«

»Dieses Mädchen, das rauschgiftsüchtig war?«

»Ja. Sie steht schon zum zweitenmal vor Gericht. Lawrence Steene war mit ihr befreundet. Ann, ich will Sie doch nur warnen und Ihnen klarmachen, daß Lawrence Steene mit Vorsichtig zu genießen ist. Er ist wirklich ein übles Subjekt. Ich sage Ihnen das nur für den Fall, daß Sie das noch nicht wissen sollten. Aber vielleicht wissen Sie es längst.«

»Ich weiß natürlich, daß viel über ihn geredet wird«, gab Ann widerstrebend zu. »Aber was kann ich da machen – sagen Sie doch selbst. Ich kann Sarah nicht verbieten, mit ihm auszugehen. Wenn ich das nämlich täte, würde ich wahrscheinlich genau das Gegenteil bewirken. Und wenn es nur eine Trotzreaktion wäre. Wie Sie ja wohl wissen, lassen sich die Mädchen heutzutage nichts mehr vorschreiben. Dadurch würde man der ganzen Sache nur übermäßig viel Gewicht beimessen. So wie die Dinge stehen, käme ich nie darauf, daß es sich um etwas Ernstes handeln könnte. Er bewundert Sarah, und sie fühlt sich geschmeichelt, weil man ihm nachsagt, daß man sich besser von ihm fernhält. Aber Sie scheinen anzunehmen, daß er sie heiraten will...«

»Ja, ich bin davon überzeugt, daß er sie heiraten möchte. Er gehört zu den Männern, die ich Sammler nenne.«

»Ich weiß nicht, was das heißen soll.«

»Das ist so ein ganz bestimmter Typ, und wirklich nicht der beste. Was würden Sie denn dazu sagen, wenn sie ihn heiraten wollte?«

Ann entgegnete erbittert: »Was ich davon hielte, tut doch nichts zur Sache. Die Mädchen machen heutzutage, was sie wollen, und heiraten, wen sie wollen.«

»Aber Sie haben doch großen Einfluß auf Sarah.«

»Nein, Laura, da irren Sie sich gewaltig. Sarah tut, was sie will. Ich mische mich da nicht ein.«

Laura Whitstable starrte sie entgeistert an.

»Ann, ich werde nicht schlau aus Ihnen. Wären Sie nicht entsetzt, wenn Sarah diesen Mann heiratete?«

Ann steckte sich eine Zigarette an und zog nervös daran.

»Es ist alles ziemlich schwierig. Es hat schon viele Männer mit einem schlechten Ruf gegeben, die vorbildliche Ehemänner abgegeben haben, wenn sie sich erst einmal die Hörner abgestoßen hatten. Und wenn man es einmal von der praktischen Seite betrachtet, so ist Lawrence Steene eine sehr gute Partie.«

»Davon lassen Sic sich doch wohl nicht beeinflussen. Ihnen

wird doch wohl vor allem Sarahs Glück am Herzen liegen und nicht die materiellen Interessen.«

»Ja, natürlich. Aber Sarah ledgt großen Wert auf schöne Dinge. Das ist Ihnen sicher auch schon aufgefallen. Ihr liegt viel an einem luxuriösen Leben – entschieden mehr als mir.«

»Aber würde sie einen Mann nur deshalb heiraten, weil er ihr jeden nur erdenklichen Luxus bieten kann?«

»Nein, das glaube ich eigentlich nicht.« Doch Ann schien da ihre Zweifel zu haben. »Ich glaube vielmehr, daß sie sich wirklich sehr zu Lawrence hingezogen fühlt.«

»Trotzdem glauben Sie, daß das Geld dabei den Ausschlag gibt.«

»Ich weiß nicht, was ich glauben soll – ich weiß es *wirklich* nicht. Ich bin mir allerdings ziemlich sicher, daß es Sarah niemals in Erwägung ziehen würde, einen mittellosen Mann zu heiraten. Ja, wir wollen es einmal so ausdrücken.«

»Wer weiß«, meinte Laura nachdenklich.

»Ich habe fast den Eindruck, als ob die jungen Mädchen heutzutage nur noch ans Geld denken und von nichts anderem reden.«

»*Reden*, ja! Ich habe Sarah reden hören. Was sie sagt, klingt ganz vernünftig, realistisch, wohldurchdacht. Keine Spur von Sentimentalität. Aber die Sprache ist uns nicht nur zu dem Zweck gegeben worden, damit wir mit ihrer Hilfe unsere Gedanken ausdrücken, sondern auch, damit wir unsere Gedanken verbergen können. Das gilt natürlich auch für junge Mädchen, welcher Generation sie auch angehören mögen. Es fragt sich nur, was Sarah *wirklich* will.«

»Ich habe keine Ahnung«, sagte Ann. »Ich könnte mir vorstellen, daß sie sich vor allem amüsieren will.«

Laura warf ihr einen raschen Blick zu.

»Glauben Sie, daß Sarah glücklich ist?«

»Aber ja! Wirklich, Laura, sie genießt das Leben.«

Laura meinte nachdenklich: »Sie hat aber keinen sehr glücklichen Eindruck gemacht.«

Ann erwiderte heftig: »Die jungen Mädchen sehen heutzutage alle unzufrieden aus. Sie gefallen sich in dieser Pose.«

»Mag sein. Sie meinen also nicht, daß Sie wegen Lawrence Steene irgend etwas unternehmen sollten?«

»Ich wüßte wirklich nicht, was ich da machen sollte. Sprechen Sie doch mal mit ihr darüber.«

»Nein, auf keinen Fall. Das steht mir nicht zu, das ist nicht meine Sache. Schließlich bin ich ja nur Sarahs Patentante.«

Ann stieg die Zornesröte ins Gesicht.

»Das soll wohl heißen, daß es *meine* Sache ist, mit ihr zu reden.«

»Nein, das wollte ich damit nicht sagen. Reden hilft nicht viel.«

»Aber Sie meinen, ich müßte etwas tun?«

»Nicht unbedingt.«

»Aber was meinen Sie denn dann?«

Laura Whitstable starrte nachdenklich vor sich hin.

»Ich habe mich nur gefragt, was in Ihrem Kopf vorgeht.«

»In *meinem* Kopf?«

»Ja.«

»Gar nichts. Überhaupt nichts.«

Laura Whitstable richtete den Blick auf Ann. Es war ein blitzschneller, eindringlicher Raubvogelblick.

»Eben«, sagte sie. »Das habe ich befürchtet.«

»Mir ist schleierhaft, wovon Sie reden.«

Laura Whitstable erklärte:

»In Ihrem Kopf spielt sich nichts ab. Es sitzt viel tiefer.«

»Ach, jetzt kommt dieser Unsinn mit dem Unterbewußtsein! Laura, Sie machen mir Vorwürfe, Sie beschuldigen mich.«

»Nein, *ich* werfe Ihnen gar nichts vor.«

Ann stand auf und ging ruhelos im Zimmer auf und ab.

»Ich weiß wirklich nicht, wovon Sie reden ... Ich tue doch alles für Sarah ... Sie können sich gar nicht vorstellen, wieviel sie mir immer bedeutet hat. Schließlich habe ich alles für sie aufgegeben!«

Laura sagte ernst: »Ich weiß, daß Sie ihr vor zwei Jahren ein großes Opfer gebracht haben.«

»Na, ist das nicht der beste Beweis?«

»Beweis wofür?« fragte Laura.

»Das zeigt doch, wie sehr ich an Sarah hänge und daß ich alles für sie tue.«

»Meine Liebe, das habe ich ja nicht bestritten! Sie verteidigen sich, obwohl ich Ihnen keinen Vorwurf mache.« Laura erhob sich. »Ich muß jetzt gehen. Vielleicht war es gar nicht angebracht, daß ich hergekommen bin –«

Ann brachte sie zur Tür.

»Wissen Sie, es ist alles so vage. Es gibt einfach nichts Greifbares, woran man sich halten könnte...«

»Ja, ja.«

Laura schwieg. Dann sagte sie plötzlich erschreckend energisch: »Das Schlimme an diesen Sachen ist, daß man sie nicht beenden kann, wenn sie einmal angefangen haben. Sie entwikkeln sich weiter und weiter...«

Ann starrte sie verdattert an.

»Laura, was wollen Sie damit sagen?«

»Ach, gar nichts. Gott segne Sie, meine Liebe. Und ich möchte Ihnen raten – das bringt mein Beruf so mit sich – leben Sie nicht in so einem Wahnsinnstempo, daß Ihnen keine Zeit zum Denken bleibt.«

Da lachte Ann. Ihre gute Laune war wiederhergestellt.

»Ich kann mich ja immer noch ausruhen und denken, wenn ich zu alt bin, um etwas anderes zu tun«, erklärte sie beschwingt und verabschiedete sich von Laura.

Edith kam herein, um abzuräumen. Ann warf einen Blick auf die Uhr, erschrak und lief in ihr Zimmer.

Sie schminkte sich besonders sorgfältig und betrachtete sich aus allernächster Nähe im Spiegel. Sie fand, daß ihr der neue Haarschnitt ausgezeichnet stand. Mit dieser Frisur sah sie viel jünger aus. Es klopfte an der Wohnungstür. Sie rief Edith zu: »Ist Post gekommen?«

Edith sah die Briefe durch und sagte: »Nichts als Rechnungen, Madam – und ein Brief für Miß Sarah, aus Südafrika.«

Edith betonte die letzten beiden Wörter, doch das fiel Ann nicht auf. Sie ging ins Wohnzimmer zurück. Sarah schloß gerade die Wohnungstür.

»An den Chrysanthemen stört mich, daß sie so eklig riechen«, grollte Sarah. »Ich glaube, ich schmeiße die Arbeit bei Noreen hin und arbeite als Mannequin. Sandra ist ganz wild darauf, mich anzuheuern. Die Arbeit ist auch viel besser bezahlt. Sieh mal einer an, hier hat wohl eine Teeparty stattgefunden«, meinte sie, als Edith eintrat, um die letzte Teetasse wegzutragen.

»Laura ist hiergewesen.«

»Laura? Schon wieder? Sie war doch erst gestern hier.«

»Ja.« Ann zögerte, dann sagte sie: »Sie ist hergekommen, um mir ins Herz zu legen, daß ich nicht zulasse, daß du dich mit Larry Steene abgibst.«

»Laura ist ja rührend besorgt um mich. Sie hat wohl Angst, der große böse Wolf könnte mich verschlingen.«

»Ja, es sieht so aus. Er scheint aber auch wirklich einen furchtbar schlechten Ruf zu haben«, fügte sie noch hinzu.

»Klar, *das* weiß doch jeder! Ich glaube, es ist Post gekommen.« Sarah ging in den Flur hinaus und kam mit einem Brief zurück, der mit einer afrikanischen Marke frankiert war.

Ann sagte: »Laura findet, ich sollte dem Einhalt gebieten.«

Sarah sah auf den Brief. Sie fragte geistesabwesend: »Was?«

»Laura findet, ich sollte dir verbieten, daß du dich mit Lawrence triffst.«

Das schien Sarah sehr zu amüsieren. Lachend fragte sie: »Aber meine Liebe, was willst du denn dagegen machen?«

»Das habe ich ihr ja auch gesagt«, erklärte Ann triumphierend. »Die Mütter sind heutzutage ziemlich machtlos.«

Sarah setzte sich auf die Armlehne und machte ihren Brief auf. Sie strich die beiden Seiten glatt und fing an zu lesen.

Ann fuhr fort: »Man vergißt manchmal ganz, daß Laura sich einfach ihrem Alter entsprechend verhält! Sie ist so alt geworden, daß sie bei modernen Auffassungen einfach nicht mehr mitkommt. Aber – um ehrlich zu sein – *ich* habe mir *auch* Sorgen gemacht. Es gefällt mir nicht, daß du so viel mit Larry Steene zusammen bist. Doch ich habe mir gesagt, wenn ich versuche, dich daran zu hindern, mache ich alles nur noch schlimmer. Ich weiß ja, daß ich bei dir ganz sicher sein kann, daß du keine Dummheiten machst...«

Sie unterbrach sich. Sarah war ganz in ihren Brief vertieft und murmelte nur abwesend: »Da hast du recht.«

»Es muß dir freistehen, dir deine Freunde selber auszusuchen. Ich glaube, manchmal kommt es nur zu Reibungen, weil...«

Das Telefon läutete.

»Ach, dieses Telefon!« rief Ann. Freudig stürzte sie zu dem Apparat und nahm erwartungsvoll den Hörer ab.

»Hallo? Ja, hier ist Mrs. Prentice ... Ja ... Wer? Ich habe Ihren Namen nicht verstanden ... Ach so, mein Gott, wie dumm von mir! Richard, bist du es ...? Ja, inzwischen ist viel Zeit vergangen ... Das ist aber furchtbar nett von dir ... Nein, natürlich nicht ... Nein, ich freue mich ... Wirklich, das ist mein Ernst ... Ich habe mich schon oft gefragt ... Wie ist es dir denn so ergangen? Wie? Ach, wirklich ...? Das freut mich sehr für dich. Herzlichen Glückwunsch ... Sie ist sicher sehr charmant ... Das ist nett von dir ... Ja, ich möchte sie gern kennenlernen ...«

Sarah erhob sich von der Sessellehne, auf der sie gesessen hatte. Sie ging ganz langsam auf die Tür zu, mit weitaufgerissenen Augen, doch ohne etwas zu sehen. Sie hatte ihren Brief zerknüllt und hielt ihn fest umklammert.

Ann sprach weiter in den Hörer. »Nein, morgen kann ich nicht. Einen Augenblick mal. Ich hole meinen kleinen Terminkalender ...« Sie rief ›Sarah‹, und es klang sehr eindringlich.

Sarah wandte sich in der Tür um.

»Ja?«

»Wo ist mein kleines Büchlein?«

»Dein Büchlein? Woher soll ich das wissen?«

Sarah war nicht bei der Sache, war meilenweit entfernt. Ann rief gereizt: »Dann such es mir doch bitte! Irgendwo muß es ja schließlich sein. Wahrscheinlich liegt es auf meinem Nachttischchen. *Beeil dich* bitte, Liebling.«

Sarah ging und kam kurz darauf mit Anns Terminkalender wieder.

»Hier, Mutter.«

Ann blätterte in dem Büchlein herum.

»Richard, bist du noch da? Nein, Lunch geht auch nicht. Aber kommt doch am Donnerstag auf einen Drink zu mir ... Ach so, das tut mir leid. Und zum Lunch geht es auch nicht? Aber mußt du denn unbedingt schon mit dem *Morgenzug* fahren? ... Wo wohnt ihr denn ...? Aber das Hotel ist ja gleich um die Ecke. Dann kommt ihr am besten gleich auf einen Drink herüber ... Ich gehe zwar später noch aus, aber bis dahin bleibt mir noch genügend Zeit ... Ja, ich freue mich. Kommt nur gleich herüber.«

Sie legte den Hörer auf, stand geistesabwesend da und starrte ins Leere.

Sarah fragte ohne sonderliches Interesse: »Wer war denn

das?« Sie zwang sich, noch hinzuzufügen: »Mutter, Gerry hat mir geschrieben...«

Ann erwachte aus ihrer Erstarrung.

»Sag Edith, sie soll die besten Gläser und Eis hereinbringen. Aber schnell. Sie kommen auf einen Drink herüber.«

Sarah setzte sich gehorsam in Bewegung.

»Wer denn?« fragte sie noch einmal, doch es interessierte sie noch immer nicht.

»Richard – Richard Cauldfield!« sagte Ann.

»Wer ist das denn?« fragte Sarah.

Ann sah ihre Tochter eindringlich an, doch Sarah verzog keine Miene. Sie ging hinaus, um Edith auszurichten, was ihre Mutter wollte. Als sie zurückkam, sagte Ann wieder: »Das war Richard Cauldfield.«

»Wer ist denn Richard Cauldfield?« Sarah wirkte ganz verwirrt.

Ann preßte die Hände aufeinander. Ihr Zorn kannte keine Grenzen. Sie schwieg, bis sie ihre Stimme wieder in der Gewalt hatte.

»Du erinnerst dich also nicht einmal mehr an seinen Namen?«

Sarahs Blick fiel wieder auf den Brief, den sie noch immer in der Hand hielt. Sie entgegnete ganz unbefangen: »Kenne ich ihn denn? Erzähl mir was von ihm.«

Anns Stimme klang heiser. Sie sagte scharf und unmißverständlich: *»Ich spreche von Richard Cauldfield!«*

Sarah fuhr zusammen. Plötzlich begriff sie.

»Was? Doch nicht etwa...!«

»Doch.«

Sarah hielt das für einen schlechten Witz. »Daß der wieder auftaucht«, lästerte sie fröhlich. »Ist er denn immer noch hinter dir her, Mutter?«

Ann sagte kurzangebunden: »Nein, er hat geheiratet.«

»Das freut mich«, sagte Sarah. »Wie die Frau wohl ist?«

»Er kommt mit ihr auf einen Drink her. Und zwar sofort. Sie wohnen im Hotel Langport. Sarah, räum die Bücher weg. Und bring deine Sachen in den Flur hinaus. Vergiß die Handschuhe nicht.«

Ann ließ ihre Handtasche aufschnappen und betrachtete

sich besorgt im Spiegel. Als Sarah zurückkam, fragte sie: »Wie sehe ich denn aus?«

»Wunderbar wie immer«, antwortete Sarah automatisch.

Sie stand mit gerunzelter Stirn da. Ann ließ die Handtasche wieder zuschnappen und ging rastlos im Zimmer auf und ab. Sie rückte einen Stuhl zurecht, klopfte ein Kissen glatt.

»Mutter, Gerry hat mir geschrieben.«

»Ja?«

Die Vase mit den Chrysanthemen würde auf dem Ecktisch besser aussehen.

»Er hat wirklich Pech gehabt. War regelrecht vom Pech verfolgt.«

»Was du nicht sagst.«

Die Zigarettendose machte sich hier am besten, die Streichhölzer gleich daneben.

»Ja, die Orangen sind von irgendeiner Krankheit befallen worden. Gerry und sein Partner mußten Schulden machen, und dann waren sie gezwungen, alles zu verkaufen. Das Ganze ist eine Riesenpleite.«

»Was für ein Jammer. Doch daß es mich wundert, kann ich wirklich nicht behaupten.«

»Wieso denn nicht?«

»Bei Gerry scheint alles schiefzulaufen«, sagte Ann. Es schien sie nicht weiter zu berühren.

»Ja, es sieht ganz danach aus.« Sarah war niedergeschlagen. Im Grunde hatte sie ihm früher nie etwas angelastet, aber jetzt sagte sie nur halbherzig: »Ihn trifft keine Schuld ...« Aber sie war gar nicht mehr so überzeugt davon.

»Kann schon sein«, sagte Ann geistesabwesend. »Ich fürchte nur, daß er immer alles falsch anfängt.«

»Glaubst du wirklich?« Sarah setzte sich wieder auf die Sessellehne. »Mutter, glaubst du wirklich, daß Gerry es nie zu etwas bringen wird?«

»Es sieht ganz danach aus.«

»Trotzdem bin ich mir ganz sicher – ich weiß es einfach –, daß sehr viel in Gerry steckt.«

»Er ist ein lieber Junge«, sagte Ann. Aber ich fürchte, er ist ein Versager.«

»Vielleicht«, seufzte Sarah.

»Wo ist denn der Sherry? Richard hat lieber Sherry getrunken als Gin. Ach, da ist er ja.«

Sarah erzählt: »Gerry schreibt, daß er nach Kenia will – zusammen mit einem Freund. Dort wollen sie Autos verkaufen und sich eine Werkstatt einrichten.«

»Unglaublich«, lautete Anns Kommentar, »wie viele Nichtsnutze und Versager bei einer Tankstelle mit Autowerkstatt enden.«

»Aber Gerry hat schon immer viel von Autos verstanden. Den Wagen, den er für zehn Pfund gekauft hat, hat er sehr gut wieder hingekriegt. Weißt du, Mutter, es ist nicht etwa so, daß Gerry faul oder arbeitsscheu wäre. Er arbeitet schon, manchmal sogar schwer. Ich glaube, es liegt vielmehr daran, daß ihn sein Urteilsvermögen immer wieder im Stich läßt.« Nun hatte sie es richtig ausgedrückt.

Da widmete Ann ihrer Tochter zum erstenmal ihre volle Aufmerksamkeit. Sie sagte freundlich, aber sehr entschieden: »Weißt du, Sarah, an deiner Stelle würde ich nicht mehr an Gerry denken. Du schlägst ihn dir am besten aus dem Kopf.«

Sarah schien sehr nervös zu sein. Ihre Lippen bebten.

»Meinst du wirklich?« fragte sie verunsichert.

Es läutete lang und anhaltend an der Wohnungstür.

»Da sind sie«, sagte Ann.

Sie nahm eine hübsche Pose vor dem Kamin ein.

4. Kapitel

Richard betrat das Zimmer eine Spur zu selbstsicher. Diese Haltung nahm er immer an, wenn er verlegen war. Er tat das nur für Doris. Sie war neugierig auf Ann gewesen und hatte ihm ständig damit in den Ohren gelegen, ja, sie hatte ihn gequält, schlechte Laune an den Tag gelegt und geschmollt. Doris war sehr jung und hübsch, und Richard war sehr viel älter. Was Doris wollte, setzte sie auch durch.

Ann ging auf ihre Gäste zu, ein liebenswürdiges Lächeln lag um ihren Mund. Sie kam sich vor wie auf der Bühne, sie spielte eine Rolle.

»Richard, wie ich mich freue! Und das ist also deine Frau.«

Die höfliche Begrüßung, die nichtssagenden unverbindlichen Floskeln waren nur Fassade. Dahinter jagten und überstürzten sich die Gedanken.

Richard dachte insgeheim: ›Sie ist kaum mehr wiederzuerkennen. Ich hatte sie ganz anders in Erinnerung...‹

Erleichtert kam er zu dem Schluß: ›Sie hätte nicht zu mir gepaßt – jedenfalls nicht sehr gut. Zu elegant, zu modisch. Ausgesprochen vergnügungssüchtig. Nicht mein Fall.‹

Eine Welle der Zuneigung zu seiner Frau überflutete ihn. Er war ganz vernarrt in seine Doris – sie war ja noch so jung. Doch zuweilen gestand er sich voller Unbehagen ein, daß ihm ihr sorgsam kultivierter Redestrom gewaltig auf die Nerven ging. Die meisten ihrer Äußerungen irritierten ihn. Auch ihre ständige Launenhaftigkeit ertrug er fast nicht mehr. Er gab nicht zu, daß er keine Frau seines Standes geheiratet hatte. Er hatte sie in einem Hotel an der Südküste kennengelernt. Ihre Eltern waren reich, ihr Vater war Baumeister und schon in Pension. Die Eltern hatten ihn zuweilen unangenehm berührt, doch hatte sich das inzwischen gelegt. Jetzt betrachtete er die Freunde von Doris auch schon als ihrer beider Freunde. Seine Ehe war nicht das, was er sich erträumt hatte... Aline, die nun schon so lange tot war, würde ihm Doris nie ersetzen können. Doch mit ihr erlebte er den zweiten Frühling. Vorerst genügte das.

Doris war im Hinblick auf Ann Prentice äußerst mißtrauisch gewesen, fast ein wenig eifersüchtig. Doch nun war sie angenehm überrascht. Anns äußere Erscheinung entsprach nämlich keineswegs dem Bild, das sie sich von ihr gemacht hatte.

›Meine Güte, so alt hätte ich sie mir nicht vorgestellt‹, dachte sie grausam und so intolerant, wie junge Leute oft sind.

Von dem Zimmer und dem Mobiliar dagegen war sie sehr beeindruckt. Auch die Tochter sah sehr schick aus – wie der Zeitschrift ›Vogue‹ entstiegen. Immerhin war ihr Richard einmal mit dieser hochmodischen Frau befreundet gewesen, und dadurch stieg er in ihrer Achtung.

Für Ann war der Anblick Richards ein Schock. Der Mann, der da so selbstverständlich mit ihr sprach, war ihr ganz fremd geworden. Das beruhte auf Gegenseitigkeit. Auch sie war jetzt eine Fremde für ihn. Sie hatten sich auseinandergelebt, in verschiedene Richtungen bewegt und fanden nun keine gemeinsame Basis mehr. Sie war sich Richards Doppelnatur immer bewußt gewesen. Er hatte immer zur Wichtigtuerei geneigt und gleichzeitig zur Engstirnigkeit.

Nun gut, jetzt hatte er dieses überaus gewöhnliche Kind kennengelernt und geheiratet; ein Mädchen, das weder Herz noch Hirn besaß, das nichts als ein hübsches Lärvchen mit ein wenig jugendlichem Sex-Appeal war.

Sarah brachte ihnen Drinks und machte höflich Konversation. Was in ihr vorging, war ganz simpel und ließ sich in einem Satz zusammenfassen: ›Diese Leute sind ja sterbenslangweilig!‹ Alles Unterschwellige entging ihr. Nur bei dem Gedanken an Gerry überkam sie immer noch ein dumpfer Schmerz.

»Du hast dich ganz neu eingerichtet, wie ich sehe.«

Richard sah sich um.

»Es ist ganz entzückend, Mrs. Prentice«, säuselte Doris. »All das ist doch der letzte Schrei, nicht wahr? Was für Möbel hatten Sie denn vorher?«

»Altmodische rosa Polstermöbel«, sagte Richard unverfänglich. Er mußte an den warmen Schein des Kaminfeuers denken. Er und Ann hatten auf dem alten Sofa gesessen, das der Empire-Couch hatte weichen müssen. »Mir haben die alten Möbel besser gefallen.«

»Die Männer hängen immer am Althergebrachten und sind furchtbar altmodisch, finden Sie nicht auch, Mrs. Prentice?« Doris lächelte affektiert.

»Meine Frau ist wild entschlossen, einen ganz modernen Mann aus mir zu machen«, sagte Richard.

»Das ist doch ganz klar, mein Liebling. Ich lasse ganz bestimmt nicht zu, daß du vorzeitig zu einem alten Trottel wirst«, erklärte Doris zärtlich. »Finden Sie nicht, daß er jetzt viel jünger aussieht als zu der Zeit, als Sie mit ihm befreundet waren, Mrs. Prentice?«

Ann vermied es, Richard anzusehen.

»Ich finde, er sieht blendend aus«, versicherte sie Doris.

»Ich spiele jetzt Golf«, erklärte Richard.

»Wir haben ein Haus in der Nähe von Bathing Heath entdeckt. Da haben wir wirklich Glück gehabt. Die Bahnverbindung ist ausgezeichnet, so daß Richard täglich hin und her fahren kann. Und ein ganz fantastischer Golfplatz. An den Wochenenden ist er natürlich sehr bevölkert.«

»Heutzutage ist es wirklich ein Glücksfall, wenn man genau das Haus findet, das man sucht«, meinte Ann höflich.

»Ja. Da steht zwar noch ein alter Kochherd drin, aber ansonsten ist alles supermodern. Richard wollte lieber in eines dieser schrecklichen alten, abbruchreifen Häuser aus der Gründerzeit ziehen! Aber die Frauen haben doch entschieden mehr Sinn fürs Praktische, finden Sie nicht auch?«

Ann raffte sich zu der Behauptung auf: »Ein modernes Haus erspart einem viel Ärger. Gehört zu dem Haus auch ein Garten?«

Richard sagte: »So kann man das kaum nennen.«

Gleichzeitig fiel Doris ein: »Ja, *und ob*!«

Sie sah Richard vorwurfsvoll an.

»Aber Liebling, wie kannst du das nur behaupten! Nachdem wir all die Blumenzwiebeln eingepflanzt haben.«

»Tausend Quadratmeter um das Haus herum«, erklärte Sarah.

Anns und seine Blicke kreuzten sich ganz kurz. Sie hatten sich manchmal über den Garten unterhalten, den sie anlegen wollten, wenn sie erst einmal auf dem Lande lebten. Einen eingezäunten Obstgarten und eine Blumenwiese...

Richard wandte sich hastig an Sarah: »Na, junge Frau, und was haben Sie inzwischen so getrieben?« Sie machte ihn nervös. Auch jetzt noch. Deshalb sprach er so sonderbar gezwungen. »Wahrscheinlich besuchen Sie eine Unmenge wilder Partys, stimmt's?«

Sarah lachte ausgelassen und dachte insgeheim: ›Ich hatte ganz vergessen, wie widerwärtig dieser Kerl ist. Mutter kann sich glücklich schätzen, daß ich ihn rausgeekelt habe.‹

»Das kann man wohl sagen«, erwiderte sie boshaft. »Aber ich sehe zu, daß ich höchstens zweimal in der Woche sinnlos betrunken bin.«

»Die jungen Mädchen trinken heutzutage viel zuviel. Das verdirbt den Teint – was man bei Ihnen allerdings noch nicht behaupten kann.«

»Ich weiß noch, wie sehr Sie sich immer für Kosmetik interessiert haben«, sagte Sarah honigsüß.

Sie ging zu Doris, die mit Ann sprach.

»Darf ich Ihnen noch etwas zu trinken bringen?«

»Nein, vielen Dank, Miß Prentice. Das vertrage ich nicht. Auch dieses eine Glas ist mir schon zu Kopf gestiegen. Was für eine schöne Cocktailbar Sie haben. Alles sehr, sehr schick.«

»Und sehr praktisch«, sagte Ann.

»Sarah, sind Sie noch nicht verheiratet?« erkundigte sich Richard.

»Nein, noch nicht. Aber vielleicht schon bald.«

»Sie fahren sicher nach Ascot und all so was«, sagte Doris neidisch.

»Dieses Jahr hat der Regen mein bestes Kleid ruiniert«, entgegnete Sarah.

»Wissen Sie, Mrs. Prentice«, wandte sich Doris an Ann, »Sie sind ganz und gar nicht so, wie ich Sie mir vorgestellt hatte.«

»Was haben Sie denn erwartet?«

»Männer können eine Frau nur schlecht beschreiben, finden Sie nicht auch?«

»Wie hat mich Richard denn beschrieben?«

»Ach, ich weiß nicht. Entscheidend war nicht, was er *sagte*. Wichtig war die Vorstellung, die ich hatte. Ich habe mir Sie als stille graue Maus vorgestellt.« Sie lachte schrill.

»Eine stille kleine graue Maus? Das klingt ja furchtbar langweilig!«

»Nein, nein. Richard hat Sie sehr *bewundert*. Wirklich, das können Sie mir glauben. Manchmal war ich schrecklich eifersüchtig, wissen Sie.«

(Denkst du noch manchmal an mich, Richard? Ist das wirklich wahr? Ich glaube es nämlich nicht. Du gibst dir Mühe, nicht mehr an mich zu denken – genau wie ich mich bemühe, nie mehr an dich zu denken.)

»Wenn Sie je in der Gegend von Bathing Heath sind, müssen Sie uns *unbedingt* besuchen, Mrs. Prentice.«

»Aber gern. Das ist sehr nett von Ihnen.«

»Natürlich ist es dort wie überall sehr schwer, Hauspersonal zu finden. Es gibt nur Tageskräfte, und die sind oft unzuverlässig.«

Richard gab das schleppende Gespräch mit Sarah auf. Er wandte sich an Ann.

»Wie ich sehe, hast du deine alte Edith immer noch.«

»Ja. Ohne Edith wären wir verloren.«

»Sie hat sehr gut gekocht. Hat uns abends immer nette kleine Mahlzeiten serviert.«

Betretenes Schweigen.

Ja, die kleinen Mahlzeiten, die Edith zauberte..., das Feuer im Kamin, die chintzbezogenen Polstermöbel mit dem Rosenmuster... Ann mit ihrer sanften Stimme und dem kastanienbraunen Haar... Gespräche, Pläneschmieden... eine glückverheißende Zukunft... Die Tochter wurde aus der Schweiz zurückerwartet, doch was für eine Rolle sie einmal spielen würde, hätte er sich nicht träumen lassen...

Ann ließ ihn nicht aus den Augen. Ganz kurz kam der wahre Richard zum Vorschein – ihr Richard. Er sah sie traurig an und dachte an ihre gemeinsame Zeit zurück.

Der wahre Richard? War der Richard von Doris nicht auch der wahre Richard?

Doch ihren Richard gab es schon nicht mehr. Der Richard von Doris verabschiedete sich. Wieder wurde Konversation gemacht, wurden Phrasen gedroschen, die Einladung noch einmal ausgesprochen. Gingen sie denn niemals? Dieses widerliche raffgierige Weibchen mit der affektierten Kleinmädchenstimme. Der arme Richard, der arme, arme Richard. Sie war schuld daran. Sie hatte ihn ja weggeschickt, und so war er in der Hotelhalle gelandet, wo Doris auf ihn lauerte.

Aber konnte man wirklich von dem ›armen Richard‹ sprechen? Er hatte eine hübsche junge Frau und war vermutlich überglücklich.

Endlich gingen sie. Sarah begleitete sie höflich bis zur Tür. Als sie wieder ins Zimmer zurückkam, seufzte sie kolossal erleichtert: »Puh!«

»Gottlob, *das* liegt nun endlich hinter uns! Weißt du, Mutter, du kannst wirklich von Glück sagen, daß du noch rechtzeitig abgesprungen bist.«

»Ja, da hast du sicher recht.« Ann sprach wie im Traum.

»Na, würdest du ihn jetzt noch heiraten wollen?«

»Nein«, sagte Ann, »ich würde ihn jetzt nicht mehr heiraten wollen.«

(Wir haben uns beide von der Stelle entfernt, an der sich unsere Wege kreuzten. Und zwar in entgegengesetzte Richtungen. Richard, ich bin nicht die Frau, mit der du im St. James' Park spazierengegangen bist, und du bist nicht der Mann, mit dem zusammen ich alt werden wollte… Wir sind ganz andere Menschen – Fremde. Ich gefalle dir nicht mehr, so wie ich jetzt aussehe, und ich halte dich für einen Langweiler und Wichtigtuer…)

»Du würdest dich mit ihm unsterblich langweilen, aber das weißt du ja wohl selbst«, sagte Sarah mit ihrer festen jungen Stimme, aus der nicht der geringste Zweifel klang.

»Ja«, sagte Ann gedehnt, »das stimmt. Ich würde mich mit ihm zu Tode langweilen.«

(Ich kann jetzt nicht mehr einfach dasitzen und zusehen, wie ich immer älter werde. Ich muß ausgehen und mich amüsieren. Um mich herum muß immer etwas los sein.)

Sarah legte ihrer Mutter liebevoll die Hand auf die Schulter.

»Du stürzt dich gern ins Vergnügen. Du brauchst Jubel, Trubel, Heiterkeit. Du würdest dich entsetzlich langweilen, wenn du irgendwo in einem Vorort in einem Haus mit einem kleinen Garten wohnen müßtest und nichts zu tun hättest als auf Richard zu warten, der um sechs Uhr heimkommt oder dir haarklein erzählt, wie er beim Golfspiel abgeschnitten hat. Das Landleben ist nun mal nichts für dich.«

»Ich war aber einmal sehr dafür zu haben.«

(Ein alter Garten mit einer Mauer drumherum, eine baumbestandene Wiese und mittendrin ein kleines rosarotes Ziegelhaus im Queen Anne Stil. Richard hätte gar nicht Golf gespielt. Er hätte die Rosen besprengt und unter den Bäumen Glockenblumen angepflanzt. Und selbst wenn er tatsächlich angefangen hätte, Golf zu spielen, wäre sie stolz auf ihn gewesen – selbst wenn er dabei gar nicht so gut abgeschnitten hätte.)

Sarah küßte ihre Mutter zärtlich auf die Wange.

»Meine Liebe, du solltest mir wirklich dankbar dafür sein, daß ich dich vor dieser Ehe bewahrt habe. Wäre ich nämlich nicht gewesen, hättest du ihn ganz bestimmt geheiratet.«

Ann entzog sich Sarah. Sie starrte ihre Tochter mit weitaufgerissenen Augen an.

»*Wenn du nicht gewesen wärst, hätte ich ihn geheiratet.* Aber jetzt käme mir das nicht mehr in den Sinn. Er bedeutet mir nichts mehr.«

Sie ging langsam zum Kamin und fuhr mit dem Zeigefinger den Kaminsims entlang. Ihre dunklen Augen drückten Verwunderung und Schmerz aus. Sie sagte leise: »Nichts mehr... nichts... Das Leben ist ein schlechter Witz!«

Sarah ging zur Bar und genehmigte sich noch einen Drink. Sie stand ein wenig unschlüssig da. Ohne sich umzudrehen sagte sie schließlich betont unbeschwert und sachlich: »Mutter, du mußt es schließlich irgendwann erfahren. Larry hat mich gebeten, seine Frau zu werden.«

»Lawrence Steene?«

»Ja.«

Schweigen. Ann sagte eine ganze Weile nichts. Dann fragte sie: »Und wie lautet deine Antwort?«

Sarah drehte sich um. Sie warf ihrer Mutter einen flehentlichen Blick zu, doch Ann sah in diesem Augenblick nicht hin.

»Ich weiß nicht, was ich tun soll«, sagte Sarah.

Das klang ganz verloren. Sie sagte das verschreckt wie ein kleines Mädchen. Sarah erhoffte sich Hilfe von ihrer Mutter, doch Anns Miene blieb hart und undurchdringlich. Erst nach einer Weile meinte sie: »Du mußt selber wissen, was du tust.«

»Ja, natürlich.«

Sarah griff nach Gerrys Brief, der auf dem Tisch lag, und hielt ihn fest umklammert. Sie stieß hervor: »Ich weiß aber nicht, wie ich mich entscheiden soll!« Es klang fast wie ein Aufschrei.

»Und ich weiß nicht, wie ich dir da helfen soll«, erklärte Ann.

»Aber was würdest du mir *raten,* Mutter? Sag doch um Himmels willen etwas.«

»Ich habe dir ja schon gesagt, daß er keinen guten Ruf hat.«

»Ach, wenn's weiter nichts ist! Das macht mir nichts aus. Ein Tugendbold würde mich nur langweilen.«

»Er schwimmt in Geld, das ist auch nicht zu verachten«, sagte Ann. »Er kann dir alles schenken, was dein Herz begehrt. Kein Luxus wäre ihm zu teuer. Aber wenn du dir nichts aus ihm machst, solltest du ihn auch nicht heiraten.«

»Ich mache mir schon etwas aus ihm«, entgegnete Sarah gedehnt.

Ann sah auf die Uhr.

»Dann verstehe ich nicht, warum du zögerst«, erklärte sie lebhaft. »Mein Gott, ich habe ja ganz vergessen, daß ich zu den Eliots muß. Ich komme viel zu spät.«

»Trotzdem bin ich mir nicht sicher...« Sarah verstummte. »Weißt du...«

Ann fragte: »Gibt es noch einen anderen Mann, der dir mehr bedeutet?«

»Ach, das kann man eigentlich nicht sagen«, meinte Sarah. Wieder sah sie auf Gerrys Brief hinunter, den sie noch immer in der Hand hielt.

Ann sagte rasch: »Ach, du denkst an Gerry. Sarah, den solltest du dir wirklich endgültig aus dem Kopf schlagen. Gerry taugt nichts, und je eher du das einsiehst, desto besser.«

»Vermutlich hast du recht«, gab Sarah zögernd zu.

»Und ob ich recht habe«, versicherte ihr Ann. »Denk nicht mehr an Gerry. Wenn dir an Lawrence Steene nichts liegt, dann heirate ihn nicht. Laß dir dann ruhig Zeit. Du bist ja noch sehr jung.«

Sarah ging nachdenklich zum Kamin.

»Aber es spricht eigentlich auch nichts dagegen, daß ich Larry heirate. Schließlich ist er ungeheuer attraktiv. Ach, Mutter«, ein richtiger Aufschrei, »was soll ich bloß *tun*?«

Ann fuhr sie wütend an: »Also wirklich, Sarah, du führst dich auf wie ein zweijähriges Kind! Ich kann das schließlich nicht entscheiden, das mußt du schon selber tun. Die Verantwortung liegt ganz allein bei dir.«

»Ja, ich weiß.«

»Also, was gibt es da noch zu bereden?« Ann konnte ihre Ungeduld kaum noch zügeln.

Sarah entgegnete trotzig wie ein kleines Mädchen: »Ich habe gedacht, du könntest – du könntest mir trotzdem irgendwie helfen.«

»Ich habe dir doch schon gesagt, daß du *niemanden* zu heiraten braucht, wenn du es nicht wirklich willst.«

Sarah sah immer noch ganz kindlich aus, als sie völlig unerwartet antwortete: »Aber du wärst mich doch gern los, nicht wahr?«

»Sarah, wie kannst du so etwas behaupten? Ich will dich natürlich *nicht* loswerden! Was für eine Idee!«

»Entschuldige, Mutter. Ich habe das nicht so gemeint. Aber alles ist jetzt so anders, findest du nicht auch? Wir hatten es doch immer so schön zusammen und haben uns immer so gut verstanden. Jetzt gehe ich dir anscheinend nur noch auf die Nerven.«

»Ich bin jetzt leider manchmal sehr nervös«, sagte Ann kalt. »Aber du bist schließlich auch nicht leicht zu haben und neigst zu Temperamentsausbrüchen, Sarah.«

»Na ja, ich gebe ja zu, daß das alles meine Schuld ist«, meinte Sarah. Nachdenklich fuhr sie fort: »Fast alle meine Freundinnen sind schon verheiratet. Pam, Betty und auch Susan. Joan allerdings noch nicht, aber dafür ist sie in die Politik gegangen.« Sie unterbrach sich und fuhr dann fort: »Eigentlich muß es Spaß machen, mit Lawrence verheiratet zu sein. Denk doch nur mal an all die schönen Kleider und Pelze. Er kann sich jeden Luxus leisten.«

Ann erklärte trocken: »Ich finde, du solltest wirklich einen reichen Mann heiraten, Sarah. Du hast einen sehr teuren Geschmack. Du kommst nie mit deinem Geld aus.«

»Es wäre mir wirklich gräßlich, arm zu sein«, erklärte Sarah.

Ann holte tief Luft. Sie kam sich unaufrichtig vor, doch sie wußte einfach nicht mehr, was sie sagen sollte.

»Liebes, ich weiß wirklich nicht, was ich dir raten könnte. Ich finde, das ist ganz allein deine Angelegenheit. Es wäre völlig falsch, wenn ich dir zu- oder abraten würde. Siehst du denn nicht ein, daß du selber wissen mußt, was das Beste für dich ist?«

Sarah beeilte sich, ihrer Mutter zu versichern: »Doch, natürlich. Ich fürchte, ich bin furchtbar lästig. Ich will nicht, daß du dir Sorgen um mich machst. Aber eines kannst du mir noch sagen: Was macht Larry denn auf *dich* für einen Eindruck?«

»Ich weiß nicht recht. Weder einen positiven, noch einen negativen. Ich bin weder für noch gegen ihn.«

»Manchmal habe ich fast ein bißchen Angst vor ihm.«

»Aber Liebling!« Das schien Ann zu amüsieren. »Das ist doch wirklich albern.«

»Ja, wahrscheinlich...«

Langsam machte sich Sarah daran, Gerrys Brief zu zerreißen, zuerst in Streifen und dann in kleine Schnipsel. Die warf sie ganz hoch in die Luft und sah dann zu, wie sie Schneeflocken gleich herunterwirbelten.

»Armer Gerry«, sagte sie.

Sie sah ihre Mutter kurz von der Seite an und fragte: »Mein Wohl liegt dir doch am Herzen, wie man so schön sagt – oder irre ich mich da?«

»Sarah, ich bitte dich!«

»Tut mir leid, daß ich einfach keine Ruhe gebe. Aber mir ist ganz *merkwürdig* zumute. Mir ist, als steckte ich in einem Schneesturm und hätte mich verlaufen, als wüßte ich nicht mehr, wo es nach Hause geht... Das ist ein schreckliches Gefühl. Alles ist so fremd. Auch die Menschen. Du bist auch nicht mehr wie früher, Mutter.«

»Aber Schätzchen, was redest du da für einen Unsinn! Jetzt muß ich aber wirklich gehen.«

»Wenn du meinst... Ist diese Party denn so wichtig?«

»Na ja, ich möchte unbedingt die neuen Wandmalereien sehen, die Kit Eliot hat anbringen lassen.«

»Ach so.« Sarah schwieg und fügte dann hinzu: »Weißt du, Mutter, wahrscheinlich bin ich viel versessener auf Lawrence, als mir selber klar ist.«

»Das würde mich nicht wundern«, meinte Ann leichthin. »Aber laß dir Zeit. Auf Wiedersehen, meine Süße, jetzt muß ich schleunigst los.«

Die Wohnungstür fiel hinter Ann ins Schloß.

Edith kam aus der Küche und brachte die Gläser auf einem Tablett ins Wohnzimmer zurück.

Sarah hatte eine platte aufgelegt und hörte melancholisch zu, wie Paul Robeson ›Sometimes I feel like a motherless child‹ sang.

»Diese traurige Musik«, wunderte sich Edith. »Da wird einem ja ganz elend.«

»Mir gefällt es.«

»Das ist eben Geschmackssache«, knurrte Edith ärgerlich. »Es gibt Leute, bei denen landet die Asche nie im Aschenbecher. Im ganzen Zimmer wird sie rumgeschnippt.«

»Das tut dem Teppich gut.«

»Das wird schon seit ewigen Zeiten behauptet, aber das heißt nicht, daß es stimmt. Ich verstehe auch nicht, warum das Papier überall auf dem Fußboden rumliegen muß, wo der Papierkorb doch da drüben an der Wand steht...«

»Tut mir leid, Edith. Das war gedankenlos. Ich habe meine Vergangenheit zerrissen, das sollte eine Geste sein.«

»Die Vergangenheit, das darf doch wohl nicht wahr sein!« schnaubte Edith. Doch ein Blick in Sarahs Gesicht ließ sie umschwenken. »Stimmt was nicht, mein Liebchen?«

»Alles in Ordnung, Edith. Aber es kann sein, daß ich bald heirate.«

»Damit hat es keine Eile. Sie sollten warten, bis der Richtige kommt.«

»Ich glaube, es spielt keine Rolle, wen man heiratet. Es geht sowieso nicht lange gut.«

»Aber Miß Sarah, reden Sie doch nicht solchen Unsinn! Was soll das überhaupt?«

»Ich will hier weg.«

»Ich möchte wirklich einmal wissen, was es an Ihrem Zuhause auszusetzen gibt«, sagte Edith verblüfft.

»Ich weiß es nicht. Nichts ist mehr so wie früher. Warum ist jetzt alles anders, Edith?«

Edith erwiderte sanft: »Es könnte daran liegen, daß Sie erwachsen werden. Da sieht man vieles mit ganz anderen Augen.«

»Und daran soll es liegen?«

»Es könnte sein.«

Edith ging auf die Tür zu. Doch dann überlegte sie es sich anders. Sie kam zurück und strich Sarah über das schwarze Haar. Das hatte sie sehr oft getan, als Sarah noch ein kleines Mädchen war.

»Ist ja schon gut, mein Kleines. Alles halb so schlimm.«

Sarahs Stimmung schlug plötzlich um. Sie sprang auf, packte Edith um die Taille und schwenkte sie übermütig im Walzertakt herum.

»Edith, ich heirate! Ist das nicht schön? Ich heirate Mr. Steene. Der schwimmt im Geld und ist sagenhaft attraktiv. Bin ich nicht ein Glückspilz?«

Edith machte sich schnell wieder los und murrte: »Immer schön der Reihe nach. Miß Sarah, was ist denn los mit Ihnen?«

»Ich glaube, ich spinne ein bißchen. Du bist auch zu meiner

Hochzeit eingeladen, Edith. Ich kaufe dir dazu ein wunderschönes neues Kleid. Roten Samt, wenn der dir gefällt.«

»Eine Hochzeit ist doch keine Krönung.«

Sarah drückte Edith das Tablett wieder in die Hand und schob sie zur Tür.

»Geh schon, du lieber alter Drachen, und hör auf zu schnauben.«

Edith schüttelte den Kopf und ging.

Sarah drehte sich langsam um. Plötzlich warf sie sich in den großen Sessel und weinte bitterlich. Lange konnte sie sich nicht beruhigen.

Die Platte lief allmählich aus. Die tiefe, melodiöse Stimme erklang noch ein letztesmal.

Sometimes I feel like a motherless child – a long way from home…

Buch III

1. Kapitel

Langsam und ein wenig steif verrichtete Edith ihre Küchenarbeit. In letzter Zeit spürte sie ihr Rheuma immer stärker. Es machte ihr immer mehr zu schaffen, und man konnte nicht behaupten, daß das ihre Laune besserte. Trotzdem lehnte sie es kategorisch ab, sich zumindest einen Teil ihrer Aufgaben abnehmen zu lassen.

Eine Frau, die Edith naserümpfend ›diese Mrs. Hopper‹ nannte, kam einmal in der Woche, um unter den Augen der eifersüchtigen Edith bestimmte Dinge zu erledigen. Doch darüber hinaus lehnte sie jegliche Unterstützung dermaßen heftig und haßerfüllt ab, daß sich die Putzfrauen geschlagen gaben und sich nicht um die Stellung rissen.

»Schließlich bin ich immer allein zurechtgekommen, oder etwa nicht?« betonte Edith immer wieder.

Sie kam auch weiterhin zurecht, doch sie tat ihre Arbeit mit Märtyrermiene und wurde immer mürrischer. Sie hatte es sich auch angewöhnt, fast den ganzen Tag zu murren und vor sich hinzuschimpfen. So auch jetzt.

»Die Milch erst mittags zu bringen, das muß man sich mal vorstellen! Die Milch muß vor dem Frühstück geliefert werden und nicht erst Stunden später. Unverschämte junge Burschen, kommen da pfeifend in ihren weißen Mänteln an... Was bilden die sich eigentlich ein...?«

Der Schlüssel, der ins Schloß der Wohnungstür gesteckt wurde, unterbrach ihren Redefluß.

Edith murmelte: »Gleich ist alles wieder in heller Aufregung!« Wütend spülte sie mit heftig kreisenden Bewegungen eine Schüssel unter dem fließenden Wasser aus.

Ann rief: »Edith!«

Edith stellte die Schüssel weg und trocknete sich die Hände sorgsam an dem Handtuch der Handtuchrolle ab.

»Edith... Edith...«

»Ich komme ja schon, Madam.

»Edith!«

Edith riß die Augenbrauchen hoch, verzog den Mund und stampfte aus der Küche. Sie ging durch den Flur ins Wohnzimmer, wo Ann Prentice hastig ihre Rechnungen und Briefe durchsah. Sie wandte sich an Edith: »Haben Sie Mylady Laura angerufen?«

»Ja, natürlich.«

»Haben Sie ihr auch ausgerichtet, daß es dringend ist – daß ich sie unbedingt sprechen muß? Hat sie versprochen, herzukommen?«

»Sie hat gesagt, sie macht sich sofort auf den Weg.«

»Warum ist sie dann noch nicht da?« fragte Ann wütend.

»Ich habe ja erst vor zwanzig Minuten angerufen. Gleich nachdem Sie gegangen sind.«

»Kommt mir vor wie eine Stunde. Warum kommt sie denn nicht endlich?«

Edith versuchte, sie zu besänftigen: »Es geht nicht immer alles gleich – nicht so schnell, wie man es möchte. Es hat doch keinen Sinn, sich aufzuregen.«

»Haben Sie ihr gesagt, daß ich krank bin?«

»Ich habe ihr gesagt, daß Sie einen Ihrer Zustände haben.«

»Was soll das heißen – einen meiner Zustände?« fuhr Ann sie an. »Es sind die Nerven. Sie sind zum Zerreißen gespannt.«

»Ja, genau.«

Ann sah ihre getreue Haushälterin ärgerlich an. Ruhelos ging sie zuerst zum Fenster und dann zum Kamin. Edith stand da und sah ihr nach. Ihre großen, plumpen, verarbeiteten Hände mit den geschwollenen Gelenken wischte sie immer wieder an der Schürze ab.

»Ich kann keinen Augenblick stillstehen«, klagte Ann. »Letzte Nacht habe ich kein Auge zugetan. Ich fühle mich ganz schrecklich, wirklich hundeelend...« Sie setzte sich und preßte beide Hände an die Schläfen. »Ich weiß nicht, was mit mir los ist.«

»Ich kann es Ihnen sagen«, meinte Edith. »Sie sind ständig unterwegs, immer nur auf Achse. In Ihrem Alter ist das viel zu anstrengend.«

»Das ist eine Unverschämtheit, Edith!« schrie Ann sie wütend an. »Mit Ihnen wird es immer schlimmer. Sie sind schon lange bei mir, und ich weiß Ihre Hilfe wirklich sehr zu schätzen. Aber lassen Sie sich eines gesagt sein: Wenn Sie sich weiterhin soviel herausnehmen, können Sie nicht bei mir bleiben.«

Edith verdrehte die Augen, blickte zur Decke und setzte ihre Märtyrermiene auf.

»Ich denke nicht daran zu gehen«, sagte sie. »Und damit basta.«

»Wenn ich Ihnen kündige, bleibt Ihnen wohl nichts anderes übrig«, sagte Ann.

»Sie wären dümmer als ich dachte, wenn Sie das wirklich täten. Ich finde im Handumdrehen eine neue Stelle. Diese Agenturen für Hauspersonal vermitteln mich mit Handkuß. Aber wie wollen *Sie* alleine fertigwerden? Sie bekämen höchstens eine Tageskraft vermittelt, wenn überhaupt – aber bestimmt keine ständige Haushälterin. Allenfals eine Ausländerin. Bei denen schwimmt jedes Essen in Öl, so daß sich Ihnen der Magen umdreht – ganz zu schweigen davon, wie es dann in der Wohnung riecht. Und am Telefon können sich diese Ausländerinnen nicht verständigen – sie könnten sich keinen Namen merken. Vielleicht bekommen Sie aber auch eine nette, saubere Frau – zu schön, um wahr zu sein –, und eines Tages kommen Sie dann heim und stellen fest, daß sie sich mit Ihrem Schmuck und Ihren Pelzen aus dem Staub gemacht hat. Ich habe gerade erst von einem solchen Fall gehört. Nein, Sie gehören zu den Menschen, die wollen, daß man alles richtig macht, so wie es sich gehört. Ich koche Ihnen gute kleine Gerichte, und ich lasse Ihr schönes Geschirr nicht fallen, wenn ich spüle. Vor allem aber kenne ich Sie schon lange und weiß, wie Sie alles haben möchten – im Gegensatz zu einer dieser Schlampen. Ich weiß ganz genau, daß Sie ohne mich gar nicht auskommen, und deshalb bleibe ich bei Ihnen. Sie sind manchmal ganz schön anstregend, aber jeder hat sein Kreuz zu tragen. Das steht schon in der Heiligen Schrift. Sie sind mein Kreuz, und ich bin eine Christin.«

Ann kniff die Augen zu und wiegte sich stöhnend hin und her.

Mein Kopf, mein armer Kopf...«

Ediths üble Lauen verflog, plötzlich sprachen Mitgefühl und Zärtlichkeit aus ihr.

»Na, na, ich mache Ihnen eine schöne Tasse Tee.«

Ann rief widerspenstig: »Ich will aber keine schöne Tasse Tee. Bloß das nicht!«

Edith seufzte und sandte einen Blick gen Himmel.

»Des Menschen Wille ist sein Himmelreich«, sagte sie und ging.

Ann griff nach der Zigarettendose, nahm sich eine Zigarette, zündete sie an, rauchte ein paar Züge und drückte sie im Aschenbecher aus. Sie erhob sich und ging ruhelos im Zimmer auf und ab.

Schließlich eilte sie ans Telefon und wählte eine Nummer.

»Hallo, hallo, ich möchte Lady Ladscombe sprechen... Ach, sind Sie es, liebe Marcia?« Ihre Stimme nahm einen gewollt fröhlichen, unbeschwerten Klang an. »Wie geht es Ihnen? Ach, eigentlich nichts Konkretes. Mir ist gerade eingefallen, daß ich Sie einmal anrufen könnte. Ich weiß nicht, meine Liebe – ich war einfach furchtbar deprimiert. Sie wissen, wie es einem manchmal geht. Sind Sie morgen zum Mittagessen schon verabredet? Ach so... Donnerstag abend? Ja, das geht. Da habe ich nichts vor. Ich freue mich. Ich werde Lee oder sonst irgend jemanden mitbringen, dann sind wir eine richtige Gesellschaft. Ja, ganz fantastisch... Ich rufe Sie dann morgen an.«

Sie legte auf. Und ging sofort wieder ruhelos im Zimmer auf und ab, bis es an der Wohnungstür läutete. Ann blieb erwartungsvoll stehen.

Sie hörte Edith sagen: »Madam wartet im Wohnzimmer auf Sie.« Laura Whitstable kam herein. Hochgewachsen, unnachgiebig, irgendwie erschreckend, aber so zuverlässig wie ein Fels in der Brandung.

Ann lief mit hysterischen Ausrufen auf sie zu.

»Ach Laura, Laura, ich bin ja *so* froh, daß Sie gekommen sind...«

Laura zog die Augenbrauen hoch. Sie war eine gute Beobachterin, legte Ann die Hände auf die Schultern und schob sie sachte zum Sofa. Als sie dann nebeneinander saßen, fragte sie: »Nun erzählen Sie mal – was gibt es denn?«

Anns Hysterie war noch nicht verflogen.

»Ich bin ja *so* glücklich, daß Sie gekommen sind. Ich glaube, ich verliere den Verstand.«

»Unsinn.« Laura nahm kein Blatt vor den Mund. »Was beunruhigt Sie denn so?«

»Gar nichts. Überhaupt nichts. Meine Nerven machen nicht mehr mit. Das ist so beängstigend. Ich kann keinen Augenblick mehr stillsitzen. Ich weiß einfach nicht, was mit mir los ist.«

»Hm.« Laura sah sie forschend an, mit einem durch und durch professionellen Blick. »Sie sehen nicht besonders gut aus.«

Das war noch milde ausgedrückt. Sie war entsetzt darüber, wie Ann aussah. Unter dem dick aufgetragenen Make-up wirkte Ann todmüde. Laura hatte sie seit ein paar Monaten nicht mehr gesehen und dachte, daß sie jetzt um Jahre älter wirkte.

Ann erklärte ausgesprochen gereizt: »Mir geht es *blendend*. Nur – ich weiß nicht, warum – ich kann nicht einschlafen; jedenfalls nicht ohne Schlaftabletten. Und ich bin ständig nervös und schlecht gelaunt.«

»Schon beim Arzt gewesen?«

»Eine ganze Weile nicht mehr. Die Ärzte verschreiben nur Bromid und raten einem, sich nicht zu überanstrengen.«

»Der Rat ist sicherlich begründet.«

»Ja – aber ist das nicht grotesk? Ich bin doch nie nervös gewesen, Laura, das können Sie bestätigen. Ich habe früher nicht einmal gewußt, was Nerven sind.«

Laura Whitstable sagte eine Weile nichts. Sie mußte daran denken, wie Ann Prentice vor drei Jahren noch gewesen war. Sie erinnerte sich noch gut an Anns Gelassenheit, ihre Sanftmut und ihr ausgeglichenes Temperament. Der derzeitige Zustand ihrer Freundin bekümmerte sie zutiefst.

»Was nutzt es, wenn Sie sagen, daß Sie nie nervös gewesen sind? Schließlich hat jemand, der sich ein Bein bricht, sich höchstwahrscheinlich auch noch nie zuvor ein Bein gebrochen!«

»Aber weshalb bin ich auf einmal so ein Nervenbündel?«

Laura Whitstable wählte ihre Worte sorgsam: »Ihr Arzt hat recht. Sie muten sich wahrscheinlich zuviel zu.«

Ann entgegnete mit scharfer Stimme: »Ich kann doch nicht den ganzen Tag zu Hause sitzen und Trübsal blasen.«

»Man kann schließlich auch mal zu Hause bleiben, ohne daß man deshalb Trübsal blasen muß«, gab Laura zu bedenken.

»Nein.« Anns Hände flatterten nervös. »Ich kann nicht einfach tatenlos herumsitzen.«

»Und warum nicht?« erkundigte sich Laura prompt. Die Frage glich einem spitzen Geschoß.

»Ich weiß es nicht.« Ann wurde immer zittriger. »Ich kann einfach nicht allein sein. Ich halte das nicht aus...« Sie sah Laura völlig verzweifelt an. »Sie halten mich wahrscheinlich für verrückt, wenn ich Ihnen eingestehe, daß ich *Angst* vor dem Alleinsein habe.«

»Das ist das Vernünftigste, was Sie bisher von sich gegeben haben«, erwiderte Laura prompt.

»Wieso vernünftig?« fragte Ann erschreckt.

»Weil es die reine Wahrheit ist.«

»Die Wahrheit?« Ann senkte den Kopf. »Ich weiß nicht, was das heißen soll.«

»Ich will damit nur sagen, daß wir nicht weiterkommen, wenn Sie nicht ehrlich sind.«

»Nein.«

»Dann können Sie das auch nicht verstehen.«

»O doch, und ob ich das verstehe. Warum wollten Sie denn, daß ich komme, meine Liebe?«

»Weil ich unbedingt mit jemandem sprechen mußte... Ich habe es einfach nicht mehr ausgehalten..., und ich dachte, daß Sie mir vielleicht *helfen* könnten.«

Sie sah ihre Freundin erwartungsvoll an.

Laura nickte seufzend.

»Verstehe. Ihnen schwebt ein Zauberkunststück vor.«

»Ja, vielleicht würde mir ein Zauberkunststück helfen, Laura. Vielleicht Psychoanalyse oder auch Hypnose oder irgend etwas in der Art.«

»Mit anderen Worten – ich soll den Medizinmann spielen.« Laura schüttelte den Kopf. »Ann, ich kann für Sie keine Kaninchen aus dem Zylinderhut zaubern. Das müssen Sie schon selbst tun. Aber zunächst müssen Sie herausbekommen, was sich eigentlich in dem Hut befindet.«

»Ich verstehe nicht, wie Sie das meinen.«

Laura Whitstable ließ eine Minute verstreichen. Dann erst sagte sie: »Ann, Sie sind nicht glücklich.«

Das war eine Feststellung und keine Frage.

Ann ließ das nicht auf sich sitzen, sie reagierte schnell, vielleicht ein wenig zu schnell darauf.

»Und ob ich glücklich bin – jedenfalls auf eine ganz bestimmte Art und Weise. Ich genieße das Leben und amüsiere mich dabei.«

Laura ließ sich nicht überzeugen. »Nein, Ann, Sie sind nicht glücklich.«

Ann zuckte die Schultern und machte eine wegwerfende Geste. »Wer kann schon von sich behaupten, daß er glücklich ist?«

»Zum Glück kann das so mancher von sich behaupten«, meinte Laura aufgeräumt. »*Warum* sind Sie nicht glücklich, Ann?«

»Ich weiß es nicht.«

»Wie schon gesagt, Ann – ohne die Wahrheit kommen wir nicht weiter. Sie können sich die Frage am besten selbst beantworten.«

Ann schwieg. Dann nahm sie offensichtlich all ihren Mut zusammen, und es brach aus ihr heraus: »Wenn ich ehrlich sein soll, so liegt es sicherlich daran, daß ich alt werde. Ich bin eine Frau in mittleren Jahren und sehe nicht mehr so gut aus. Ich habe keine Zukunft und habe an nichts mehr Freude.«

»Aber meine Liebe, Sie können sich doch wirklich nicht beklagen! Sie sind kerngesund und auch nicht gerade dumm. Es gibt so vieles, wofür man keine Zeit hat, solange man noch jung ist. Damit kann man sich dann in mittleren Jahren befassen. Das habe ich Ihnen doch schon einmal erklärt. Schließlich gibt es ja Bücher, Blumen, Musik, die Malerei, die Menschen und die Sonne – das ganze ineinander verwobene, unlösbar miteinander verbundene Universum, das wir Leben nennen.«

Ann schwieg zunächst, doch dann sagte sie trotzig: »Ich behaupte, daß das alles eine Frage der Sexualität ist. Wenn man nicht mehr auf die Männer wirkt, zählt gar nichts mehr.«

»Auf manche Frauen trifft das sicher zu, Ann, aber nicht auf Sie. Haben Sie den *Göttlichen Augenblick* gesehen oder vielleicht gelesen? Da heißt es nämlich: *Es gibt einen ganz bestimmten Moment, der – wenn man ihn erkennt – dazu führen kann, daß ein Mensch sein Leben lang glücklich ist.* Bei Ihnen wäre das fast so gekommen.«

Ann entspannte sich. Ihre Züge wurden weicher. Sie sah mit einemmal viel jünger aus.

Sie murmelte: »Ja, das hat es einmal gegeben. Mit Richard hätte ich glücklich werden können. Mit ihm zusammen hätte ich dem Alter getrost entgegensehen können.«

Laura sagte tief bewegt und voller Mitgefühl: »Ich weiß.«

Ann fuhr fort: »Aber jetzt bedaure ich nicht einmal mehr, daß ich ihn verloren habe! Wissen Sie, ich habe ihn nämlich inzwischen wiedergesehen – vor etwa einem Jahr. Da hatten wir uns nichts mehr zu sagen. Er hat mir nichts mehr bedeutet, absolut nichts mehr. Ist das nicht eine Tragödie, ja geradezu grotesk? Uns verband nichts mehr. Wir hatten nicht mehr das Geringste füreinander übrig. Er war nur noch ein ganz gewöhnlicher Mann in mittleren Jahren – ein bißchen aufgeblasen, ziemlich öde und ganz vernarrt in seine hübsche kleine Frau, einen aufdringlichen Hohlkopf. Ganz nett, wissen Sie – aber entsetzlich langweilig. Trotzdem bin ich davon überzeugt, daß wir glücklich geworden wären, wenn wir geheiratet hätten. Das weiß ich *ganz genau.*«

»Ja«, sagte Laura nachdenklich, »das glaube ich auch.«

»Das Glück war zum Greifen nah«, Anns Stimme zitterte vor Selbstmitleid, »doch es war mir nicht vergönnt, danach zu greifen.«

»Und warum nicht?«

»Sarah zuliebe habe ich darauf verzichtet, ich habe alles aufgegeben!«

»Stimmt«, bestätigte Laura. *»Und Sie haben ihr das nie verziehen.«*

Ann erschrak und kam wieder zur Besinnung.

»Was soll das denn heißen?«

Laura Whitstable fauchte boshaft: »Und jetzt fühlen Sie sich als Opfer! Dieses gräßliche Sichaufopfern! Ann, überlegen Sie doch mal, was so ein Opfer bedeutet. Zu einem Opfer gehört ja nicht nur der eine heroische Moment, in dem einem das Herz überläuft, in dem man sich großmütig gebärdet und bereit ist, ohne weiteres alles zu tun. Es ist leicht, ein Opfer zu bringen, bei dem man mit entblößter Brust freiwillig ins Messer läuft, denn damit hat es sich dann auch – es endet mit dem Augenblick, in dem man *über sich selbst hinauswächst*. Aber mit den meisten Opfern muß man auch *hinterher* noch leben – Tag für Tag und Nacht für Nacht. Und das ist *nicht* so einfach. Dazu bedarf es schon menschlicher Größe. Daran hat es Ihnen leider gemangelt, Ann...«

Ann sah Laura wütend an und setzte sich vehement zur Wehr: »Ich habe doch Sarah zuliebe auf alles verzichtet, als sich mir die einmalige Chance bot, glücklich zu werden. Und da behaupten Sie auch noch, ich hätte nicht genug getan!«

»Das habe ich nicht behauptet.«

»Wahrscheinlich bin *ich* wieder mal an allem schuld!« Ann glühte immer noch vor Zorn.

Laura entgegnete ernst: »Ein Großteil des Elends und der Schwierigkeiten im Leben rührt daher, daß man sich für einen besseren und edleren Menschen hält als den, der man ist.«

Doch Ann hörte ihr gar nicht zu. All ihre aufgestauten Ressentiments brachen sich jetzt Bahn.

»Sarah ist wie alle jungen Mädchen heutzutage. Sie hält sich für den Mittelpunkt der Welt und sieht über ihre eigene Nasenspitze nicht hinaus. Es kümmert sie nicht, was in anderen Menschen vorgeht! Als Richard vor einem Jahr hier anrief, konnte Sarah sich nicht einmal mehr an ihn erinnern. Sein Name sagte ihr nichts – überhaupt nichts.«

Laura Whitstable nickte ernst. An ihrer Miene ließ sich ablesen, daß sie ihre Diagnose dadurch bestätigt sah.

»Ja, ich verstehe«, sagte sie.

Ann fuhr fort: »Was sollte ich denn machen? Sie lagen sich ja ständig in den Haaren. Es war eine furchtbare Strapaze. Ich war am Ende meiner Nervenkraft! Wenn das so weitergegangen wäre, hätten wir niemals Frieden gefunden.«

»Ann, vielleicht sollten Sie einmal ernst darüber nachdenken, ob Sie um Sarahs willen oder um Ihres eigenen Seelenfriedens willen auf Richard Cauldfield verzichtet haben.«

Ann sah Laura vorwurfsvoll an.

»Ich habe Richard wirklich geliebt«, erklärte sie. »Aber Sarah war mir wichtiger...«

»Nein, Ann – ganz so einfach ist das nicht. Es hat wohl wirklich einen Zeitpunkt gegeben, zu dem Sie Richard mehr als Sarah geliebt haben. Ich glaube, daß Ihr ganzes Unglück und Ihre Ressentiments genau daher rühren. Wenn Sie sich von Richard getrennt hätten, weil Sie Sarah mehr geliebt haben, wären Sie jetzt nicht in diesem Zustand. Wenn Sie aber aus Schwäche auf Richard verzichtet haben, weil Sarah Sie so dazu gedrängt hat, weil Sie das ewige Gezänke und die Streitigkeiten nicht mehr ertragen konnten – wenn es also eine Niederlage und kein Verzicht war, so fällt es Ihnen jetzt sicher schwer, sich das einzugestehen. Richard hat Ihnen viel bedeutet. Sie haben sehr an ihm gehangen.«

»Und jetzt bedeutet er mir gar nichts mehr!« meinte Ann verbittert.

»Und wie steht es mit Sarah?«

»Mit Sarah?«

»Ja. Bedeutet Ihnen Sarah viel?«

Ann zuckte die Schultern.

»Seit ihrer Heirat habe ich sie kaum mehr zu Gesicht bekommen. Ich glaube, sie hat sehr viel um die Ohren und führt ein höchst ausgelassenes Leben. Aber wie gesagt – ich sehe sie ja kaum noch.«

»*Ich* habe sie erst gestern abend gesehen...« Laura machte eine kurze Pause und fuhr fort: »In einem Restaurant, zwischen lauter betrunkenen Leuten.« Sie unterbrach sich wieder und sagte dann ganz frei heraus: »Sarah war auch betrunken.«

»Betrunken?« Das klang entsetzt. Doch dann brach Ann in Gelächter aus. »Meine liebe Laura, wie altmodisch Sie doch sind. Die Zeiten haben sich geändert. Heutzutage trinken die jungen Leute nun mal mehr als früher. Das Ausgehen macht ihnen offensichtlich keinen Spaß mehr, wenn sie nicht zumindest stark angeheitert oder *high* sind oder wie auch immer man das heute nennt.«

Doch Laura ließ sich nicht aus dem Konzept bringen.

»Mag sein. Vielleicht ist es altmodisch, aber ich sehe es nicht gern, wenn sich eine junge Dame meiner Bekanntschaft in aller Öffentlichkeit betrinkt. Noch dazu mein Patenkind. Aber das ist noch nicht alles, Ann. Ich habe mich mit Sarah unterhalten. Ihre Pupillen waren stark erweitert.«

»Was hat das denn zu bedeuten?«

»Das *könnte* zum Beispiel bedeuten, daß Sarah Kokain schnupft.«

»Sarah soll rauschgiftsüchtig sein?«

»Ja. Ich habe Ihnen gegenüber ja schon einmal den Verdacht geäußert, daß Lawrence Steene in der Rauschgiftszene eine Rolle spielt. Nicht etwa um des Geldes willen. Ihm geht es dabei um den Nervenkitzel.«

»Er ist mir immer ganz normal vorgekommen.«

»Dem macht das Rauschgift auch nicht viel aus. Ich kenne diese Sorte Menschen. Die brauchen den Nervenkitzel wie die Luft zum Atmen und lassen in ihrer Gier nach Sensationen rein gar nichts unversucht. Menschen wie Lawrence Steene werden davon nicht süchtig. Aber Frauen reagieren ganz anders. Wenn eine Frau erst einmal unglücklich ist, verfällt sie dieser Sucht und kommt nicht mehr davon los.«

»Unglücklich?« Ann konnte es nicht fassen. »Sarah soll unglücklich sein?«

Laura sah sie forschend an und meinte dann trocken: »Das sollten Sie am besten wissen. Sie sind Sarahs Mutter.«

»Das spielt keine Rolle. Sarah vertraut sich mir nicht an.«

»Aber warum denn nicht?«

Ann erhob sich, ging zum Fenster und kam dann langsam zum Kamin zurück. Laura saß unbeweglich da und beobachtete sie. Als Ann sich eine Zigarette anzündete, erkundigte sich Laura ruhig: »Ann, was geht in Ihnen vor, wenn Sie gesagt bekommen, daß Sarah unglücklich ist?«

»Was für eine Frage! Das ist ein Schock für mich – ein fürchterlicher Schock!«

»Tatsächlich?« Laura erhob sich. »So, jetzt muß ich aber los. In zehn Minuten muß ich auf einer Ausschußsitzung sein. Wenn ich Glück habe, komme ich gerade noch zurecht.«

Sie ging zur Tür. Ann folgte ihr.

»Laura, was sollte dieses hingeworfene ›tatsächlich‹?«

»Wo sind denn meine Handschuhe geblieben? Wo habe ich sie bloß hingelegt?«

Es läutete an der Wohnungstür. Edith kam aus der Küche getrottet, um die Tür aufzumachen.

Ann ließ nicht locker. »Sie haben sich doch etwas dabei gedacht.«

»Ach, da sind sie ja.«

»Laura, ich finde, daß Sie sich mir gegenüber unfreundlich benehmen, wirklich unfreundlich!«

Edith kam herein und verkündete mit einem Gesicht, auf dem man fast ein Lächeln zu erkennen glaubte: »Ein völlig Fremder ist da, Madam. Mr. Lloyd.«

Im ersten Augenblick starrte Ann Gerry Lloyd so fassungslos an, als könne sie kaum glauben, daß sie ihn leibhaftig vor Augen hatte.

Seit über drei Jahren hatte sie ihn nicht mehr gesehen, und Gerry war in dieser Zeit um mehr als drei Jahre gealtert. Er sah sehr mitgenommen aus, der Mißerfolg hatte sich tief in seine Züge eingegraben. Er trug einen groben Tweed-Anzug, der so aussah, als hätte er ihn aus zweiter Hand erstanden. Seine Schuhe wirkten schäbig. Es ließ sich nicht verleugnen, daß er geschäftlich kein Glück gehabt hatte.

Ann begrüßte er mit einem ernsten Lächeln und machte überhaupt einen sehr ernsten – um nicht zu sagen regelrecht verstörten Eindruck.

»Gerry, das ist aber wirklich eine Überraschung!«

»Es freut mich jedenfalls, daß Sie sich noch an mich erinnern. Ich war ja dreieinhalb Jahre fort. Das ist eine lange Zeit.«

»Ich erinnere mich auch noch gut an Sie, junger Mann«, sagte Mylady Whitstable, »aber Sie werden sich wohl kaum an mich erinnern.«

»Selbstverständlich erinnere ich mich an Sie, Mylady. Wer könnte *Sie* vergessen?«

»Danke, das haben Sie sehr nett gesagt. Jetzt muß ich mich aber wirklich auf den Weg machen. Auf Wiedersehen, Ann. Auf Wiedersehen, Mr. Lloyd.«

Sie ging aus dem Zimmer. Gerry ging hinter Ann her zum Kamin, setzte sich und griff zu, als sie ihm eine Zigarette anbot.

Ann gab sich heiter und lebhaft.

»Gerry, erzählen Sie mir von sich. Was haben Sie so lange im Ausland gemacht? Bleiben Sie lange hier?«

»Das weiß ich noch nicht.«

Er sah sie unverwandt an. Ann fühlte sich allmählich unbehaglich. Sie hätte gern gewußt, was in ihm vorging. Dieser Blick paßte so gar nicht zu dem Gerry, den sie kannte.

»Darf ich Ihnen etwas zu trinken anbieten? Möchten Sie lieber Gin mit Orange oder Pink Gin?«

»Nein danke, weder noch. Ich bin nur gekommen, um mich mit Ihnen zu unterhalten.«

»Das ist aber nett von Ihnen. Haben Sie Sarah schon getroffen? Sie ist jetzt verheiratet, wissen Sie das? Mit einem Mann namens Lawrence Steene.«

»Ich weiß. Sie hat es mir geschrieben. Ich habe sie auch gesehen. Gestern abend. Eben deshalb wollte ich Sie sprechen.« Er unterbrach sich kurz und fuhr gleich darauf fort: »Mrs. Prentice, ich verstehe nicht, wie Sie es zulassen konnten, daß Sarah diesen Mann heiratete.«

Ann war fassungslos.

»Also wirklich, Gerry, wie können Sie so etwas sagen!«

Ihm war es jedoch so ernst, daß ihr Protest seine Wirkung verfehlte. Er sprach so eindringlich, wie Ann das früher nicht an ihm gekannt hatte.

»Sarah ist nicht glücklich, das wissen Sie doch. Sie ist ganz und gar nicht glücklich.«

»Hat sie Ihnen das gesagt?«

»Nein, natürlich nicht. So etwas sähe Sarah nicht ähnlich. Aber sie brauchte auch kein Wort darüber zu verlieren. Ich habe es ihr sofort angesehen. Sie befand sich in größerer Gesellschaft, und ich konnte nur ein paar Worte mit ihr wechseln. Aber es ist sonnenklar. Wie konnten Sie das nur geschehen lassen, Mrs. Prentice?«

Ann spürte, wie ihr die Zornesröte ins Gesicht stieg.

»Mein lieber Gerry, finden Sie nicht selbst, daß das zu weit geht?«

»Nein, das finde ich nicht.« Er überlegte einen Augenblick. Seine Aufrichtigkeit und sein Eifer waren entwaffnend. »Wissen Sie, Mrs. Prentice, Sarah bedeutet mir sehr viel. Das ist schon immer so gewesen. Ich hänge mehr an ihr als an irgend jemandem oder irgend etwas auf der Welt. Deshalb möchte ich auch wissen, ob sie glücklich ist oder nicht. Sie hätten wirklich nicht zulassen dürfen, daß sie Steene heiratet.«

Ann fuhr ihn wütend an: »Also wirklich, Gerry – Sie reden daher, als lebten Sie zur Zeit von Queen Victoria. Ich konnte Sarah weder erlauben noch verbieten, Larry Steene zu heiraten. Die

Mädchen heiraten heutzutage genau den Mann, der ihnen gefällt. Die Eltern werden nicht gefragt, die haben nichts zu melden. Und Sarah hat sich nun einmal entschlossen, Larry Steene zu heiraten. Mehr gibt es dazu nicht zu sagen.«

Gerry entgegnete ganz ruhig und mit untrüglicher Sicherheit: »Sie hätten es verhindern können.«

»Mein lieber Junge, wenn man versucht, die Menschen daran zu hindern, das zu tun, was sie gern tun möchten, werden sie nur um so bockiger und störrischer.«

Er sah sie so eindringlich an, daß es kein Entkommen gab. »Haben Sie denn versucht, ihr diese Heirat auszureden?«

Der klare Blick seiner Augen bewirkte, daß Ann schwankend wurde und nur noch stammeln konnte: »Ich... ich... Natürlich ist er viel älter als Sarah und hatte einen sehr schlechten Ruf. Darauf habe ich sie aufmerksam gemacht, aber...«

»Er ist ein solcher Mistkerl, daß es sich gar nicht beschreiben läßt.«

»Aber Gerry, was wissen Sie schon über ihn? Sie waren doch seit Jahren nicht mehr in England.«

»Sowas spricht sich rum. Es ist allgemein bekannt. Jeder weiß das. Vermutlich wissen Sie nicht bis in alle Einzelheiten Bescheid, Mrs. Prentice. Die Haare würden Ihnen zu Berge stehen, das können Sie mir glauben. Aber Sie müssen doch *gespürt* haben, daß dieser Kerl ein Gauner ist.«

»Er war immer sehr höflich und zuvorkommend zu mir, ein ausgesprochener Charmeur«, setzte sich Ann zur Wehr. »Und ein Mann mit Vergangenheit muß ja nicht unbedingt einen schlechten Ehemann abgeben. Die Leute lästern gern und sind sehr boshaft. Sarah hat sich zu ihm hingezogen gefühlt. Sie war fest entschlossen, ihn zu heiraten. Er ist ungeheuer reich...«

Gerry fiel ihr ins Wort: »Ja, das ist er. Aber, Mrs. Prentice, Sie gehören doch nicht zu den Frauen, die ihre Töchter unbedingt mit einem reichen Mann verheiratet sehen wollen, für die nur eine Geldheirat in Frage kommt. Sie waren doch nie das, was man berechnend nennt. Sie wollten doch sicher nur, daß Sarah glücklich ist. Jedenfalls habe ich mir das immer eingebildet.«

Neugierig und verwirrt sah er sie an.

»Natürlich habe ich mir immer gewünscht, daß mein einziges Kind glücklich wird«, sagte Ann. »Das versteht sich doch wohl von selbst. Aber Tatsache ist, daß man sich nicht *einmischen* darf, Gerry.« Sie wollte ihm das noch deutlicher vor Augen führen. »Selbst wenn man das, was der andere tut, für falsch hält, kann man nichts dagegen machen, weil man kein Recht hat sich da einzumischen.«

Sie sah ihn trotzig an.

Gerry wandte noch immer keinen Blick von ihr und trug immer noch diese nachdenkliche Miene zur Schau.

»War Sarah wirklich so versessen darauf, ihn zu heiraten?«

»Sie war ganz vernarrt in ihn«, erklärte Ann mit Bestimmtheit.

Als Gerry sich nicht dazu äußerte, fügte sie hinzu: »Ihnen ist das wohl kaum aufgefallen, aber Lawrence übt eine starke Anziehungskraft auf Frauen aus.«

»Ja, ja, darüber bin ich mir im klaren.«

Unter Aufbietung all ihrer Kräfte fuhr Ann fort: »Wissen Sie, Gerry, Sie sind wirklich ungerecht. Sie kommen hierher und machen mir Vorwürfe, bloß weil Sie und Sarah als halbe Kinder mal miteinander befreundet gewesen sind. Als sei es meine Schuld, daß Sarah einen anderen Mann geheiratet hat.«

Er unterbrach sie.

»Das *ist* auch Ihre Schuld.«

Sie starrten sich an. Gerry verfärbte sich rot, Ann dagegen erbleichte. Beide hielten der Anspannung kaum mehr stand.

Schließlich sprang Ann auf. »Das geht zu weit!«

Da erhob sich Gerry ebenfalls. Er blieb ganz ruhig und höflich, doch Ann erkannte, daß sich hinter der ruhigen Fassade Unversöhnlichkeit verbarg.

»Es tut mir leid, wenn ich ihnen zu nahegetreten bin...«

»Es ist unverzeihlich!«

»Ja, vielleicht. Aber sehen Sie, mir liegt so ungeheuer viel an Sarah. Mich interessiert nichts außer ihr. Ich kann mir nicht helfen, aber ich habe nun mal das Gefühl, daß Sie es zugelassen haben, daß sie eine Ehe eingegangen ist, die gar nicht gutgehen konnte.«

»Also wissen Sie!«

»Aber ich hole sie da raus.«

»Was? Ich höre wohl nicht recht?«

»Ja, ich werde Sarah dazu bringen, daß sie diesen Schweinehund verläßt.«

»Das ist doch barer Unsinn. Nur weil Sie als halbe Kinder einmal ineinander verliebt gewesen sind.«

»Ich verstehe Sarah – und sie versteht mich auch.«

Ann lachte hart und grausam.

»Mein lieber Gerry, Sie werden ganz schnell merken, daß Sarah sich sehr verändert hat, seit Sie sie vor Jahren zuletzt gesehen haben.«

Gerry wurde leichenblaß.

»Ich weiß«, sagte er ganz leise. »Das habe ich sofort gemerkt...«

Er zögerte eine Weile und meinte dann ganz ruhig: »Mrs. Prentice, es tut mir leid, wenn Sie jetzt den Eindruck haben, daß ich unverschämt gewesen bin. Aber Sarah geht mir eben über alles, wissen Sie.«

Er ging.

Ann trat an die Bar und goß sich einen Gin ein. Sie trank einen Schluck und murmelte dann vor sich hin: »Wie kann er es wagen? Was fällt ihm eigentlich ein? Und zu allem Unglück auch noch Laura. *Auch sie ist gegen mich.* Alle sind gegen mich. Das ist einfach nicht fair. Was habe ich denn verbrochen? Nichts, überhaupt nichts...«

2. Kapitel

1

Der Butler, der Gerry am Pauncefoot Square Nr. 18 die Tür öffnete, rümpfte die Nase, nachdem er Gerry gemustert hatte. Ein Blick in seine Augen veränderte seine Einstellung, und er versprach nachzusehen, ob Mrs. Steene zu Hause sei.

Bald darauf wurde Gerry in einen großen, dämmrigen Raum mit einer Fülle exotischer Blumen geführt. Die Möbel waren mit Brokat bezogen.

Sarah betrat das Zimmer nach ein paar Minuten. Sie lächelte erfreut, als sie ihn erblickte.

»Ach, Gerry, wie nett von dir, mich zu besuchen. Neulich abends konnten wir ja kaum ein paar Worte miteinander wechseln. Möchtest du etwas trinken?«

Sie machte ihm einen Drink und nahm sich selbst auch einen. Dann ließ sie sich auf ein Sitzkissen dicht vor dem offenen Kamin fallen. Der Duft eines teuren Parfums, das er von früher her nicht an ihr kannte, umgab sie.

»Na, Gerry?« fragte sie leichthin.

»Na, Sarah?« erwiderte er lächelnd und tippte ihr mit dem Finger auf die Schulter: »Du trägst jetzt die ganze Tierwelt zur Schau, was?«

Sarah trug einen Hauch von Chiffon, ein Kleid, das mit einer Unmenge von weichem, hellem Pelz besetzt war.

»Trägt sich gut!« versicherte ihm Sarah.

»Das kann ich mir denken. Du siehst sündhaft teuer aus!«

»Ja, das bin ich auch. Komm schon, Gerry, erzähl mir, was es Neues gibt. Seit du von Südafrika nach Kenia gegangen bist, habe ich nichts mehr von dir gehört.«

»Ja, weißt du, ich habe seitdem auch kein Glück mehr gehabt...«

»Wie könnte es auch anders sein!«

Gerry nahm das nicht so einfach hin. »Was soll das heißen – wie könnte es auch anders sein?«

»Na ja, das Glück war dir nie hold, oder irre ich mich da?«

Das war die alte Sarah, die ihn neckte und dabei den Nagel auf den Kopf traf. Die schöne Frau mit dem harten Gesicht, die exotische Fremde gab es in diesem Augenblick nicht mehr. Sarah, seine Sarah, las ihm die Leviten.

Er ging genau wie früher darauf ein, indem er murrte: »Es hat einfach nichts geklappt. Das ging Schlag auf Schlag. Eines kam zum andern, bis ich auf dem Trocknen saß. Zuerst eine Mißernte, an der ich ja nicht schuld war. Dann ist diese Rinderseuche ausgebrochen...«

»Ich weiß. Es ist immer die gleiche traurige Geschichte.«

»Und dann hatte ich natürlich nicht mehr genügend Kapital. Wenn ich mehr Geld gehabt hätte...«

»Ich weiß, ich weiß.«

»Ach, Sarah, du mußt doch zugeben, daß das nicht nur *meine* Schuld ist.«

»Dich trifft nie die Schuld. Warum bist du eigentlich nach England zurückgekommen?«

»Also, meine Tante ist gestorben...«

»Tante Lena?« fragte Sarah.

»Ja. Auch mein Onkel Luke ist vor zwei Jahren gestorben. Der alte Geizhals hat mir aber keinen Penny hinterlassen...«

»Ein kluger Mann.«

»Aber Tante Lena...«

»Hast du von deiner Tante etwas geerbt?«

»Ja, zehntausend Pfund.«

»Hm.« Sarah überlegte. »Gar nicht mal so schlecht. Das ist auch heute noch ein hübsches Sümmchen.«

»Ich tue mich mit einem Mann zusammen, der eine Ranch in Kanada hat.«

»Mit was für einem Mann? Das ist immer das gleiche Problem. Was ist denn mit der Werkstatt und Garage, die du zusammen mit einem Partner aufziehen wolltest, nachdem du Südafrika den Rücken gekehrt hattest?«

»Ach, das ist nicht lange gutgegangen. Zu Beginn lief es ganz leidlich, doch dann haben wir uns vergrößert. Das Geschäft ging nicht mehr so gut. Es kam zu einer Flaute...«

»Du brauchst gar nicht weiterzuerzählen. Wie gut ich das kenne. Wie oft habe ich das von dir schon zu hören gekriegt. Bei *dir* endet es immer so.«

»Ja«, stimmte ihr Gerry zu, »ich bringe es wirklich zu nichts, da hast du wahrscheinlich ganz recht. Trotzdem glaube ich, daß ich auch vom Pech verfolgt war. Natürlich habe ich mich auch sehr dämlich angestellt. Doch das kommt nicht wieder vor. Von jetzt an wird alles anders.«

Sarah meinte bissig: »Schön wär's.«

»Na hör mal, Sarah, glaubst du nicht, daß ich aus meinen Fehlern gelernt habe?«

»Nein, glaube ich nicht«, entgegnete Sarah. »Die Menschen lernen nie aus ihren Fehlern. Ganz im Gegenteil. Sie machen immer wieder die gleichen Fehler. Du brauchst einen Manager, Gerry – so wie die Filmstars und Schauspielerinnen. Es müßte jemand sein, der viel Sinn fürs Praktische hat und geschäftstüchtig ist – der dich davor bewahrt, zum falschen Zeitpunkt allzu optimistisch zu sein.«

»Klingt eigentlich ganz vernünftig. Aber glaub mir, Sarah, dieses Mal läuft alles glatt. Ich habe mir nämlich vorgenommen, auf der Hut zu sein.«

Es entstand eine kleine Pause. Gerry brach das Schweigen: »Gestern war ich bei deiner Mutter.«

»Ja? Das ist aber nett von dir. Was macht sie denn? Hetzt sie immer noch von einer Party zur nächsten?«

Gerry sagte langsam und gedehnt: »Deine Mutter hat sich sehr geändert. Sie ist kaum mehr wiederzuerkennen.«

»Wirklich?«

»Ja.«

»Inwiefern hat sie sich geändert?«

»Ich weiß nicht, wie ich es sagen soll.« Gerry zögerte. »Vor allem ist mir aufgefallen, daß sie fürchterlich nervös ist.«

Sarah meinte leichthin: »Wer ist das heutzutage nicht?«

»Sie ist aber früher nicht nervös gewesen. Von ihr ging immer soviel Ruhe aus. Sie war immer lieb und sanft...«

»Klingt wie eine Lobeshymne.«

»Du weißt ganz genau, wie ich das meine. Sie ist wirklich kaum mehr wiederzuerkennen. Alles an ihr ist anders – sie hat jetzt eine andere Haarfarbe und Frisur, sie kleidet sich ganz anders, nichts an ihr erinnert mehr an früher.«

»Sie geht jetzt eben viel mehr aus. Warum sollte sie auch nicht, die Arme? Alt zu werden, muß ja furchtbar sein! Jedenfalls ist es nun einmal so, daß sich die Menschen ändern.« Sarah verstummte. Nach einer Weile fügte sich trotzig hinzu: »Wahrscheinlich habe ich mich auch verändert...«

»Ach, eigentlich nicht.«

Sarah errötete, und Gerry sagte ganz bewußt: »Trotz des Fells, das du am Leibe trägst«, er fuhr mit der Fingerspitze über den teuren, weichen Pelz, »und des Klunker-Sortiments von Woolworth«, er tippte auf den Blütenzweig aus Diamanten, den sie an der Schulter trug, »und der luxuriösen Aufmachung bist du doch noch so ziemlich die gleiche gute alte Sarah...« Er zögerte und fügte dann hinzu: »*Meine* Sarah.«

Sarah wandte sich unbehaglich zur Seite. Sie sagte übertrieben fröhlich: »Und du bist immer noch der gleiche gute alte Gerry. Wann brichst du denn auf nach Kanada?«

»Schon bald. Sobald der Anwalt alles unter Dach und Fach

hat.« Er erhob sich. »So, jetzt muß ich aber gehen. Sehen wir uns bald einmal wieder, Sarah? Laß uns zusammen ausgehen.«

»Nein, komm doch lieber zum Essen zu uns. Wir könnten eine Party geben. Du mußt doch Larry kennenlernen.«

»Ich habe ihn doch neulich abends schon kennengelernt.«

»Da hast du ihn doch nur ganz kurz gesehen.«

»Ich fürchte, ich habe keine Zeit für Partys. Wir können doch morgens mal einen Spaziergang machen, Sarah.«

»Ach, mein Lieber, morgens bin ich zu rein gar nichts zu gebrauchen. Das ist eine fürchterliche Tageszeit.«

»Aber da sieht man am klarsten.«

»So? Und wer will denn das?«

»*Wir* müssen klarsehen. Na, nun sag schon ja. Gleich morgen früh gehen wir zweimal um den Regent's Park herum. Wir treffen uns am Hanover Gate.«

»Gerry, was für eine Schnapsidee! Und was du für einen gräßlichen Anzug anhast.«

»Trägt sich aber gut.«

»Dieser Schnitt, wirklich unmöglich!«

»Was Kleidung angeht, bist du ein Snob geworden! Also, morgen um zwölf am Hanover Gate! Das ist doch nun wirklich nicht zu früh. Und bleib heute abend einigermaßen nüchtern, damit du morgen keinen Kater hast.«

»Soll das vielleicht heißen, daß ich gestern abend einen sitzen hatte?«

»Stimmt doch, oder etwa nicht?«

»Die Leute waren so furchtbar langweilig. Was kann man da anders machen? Das steht man nur durch, wenn man ein bestimmtes Quantum Alkohol intus hat.«

Gerry wiederholte: »Also, morgen um zwölf am Hanover Gate.«

2

»Siehst du, ich bin gekommen«, sagte Sarah herausfordernd.

Gerry nahm sie ganz genau in Augenschein. Sie war unbeschreiblich schön – noch viel schöner, als sie es als junges Mädchen gewesen war. Ihm fiel ihre betont einfache, doch sehr teure Kleidung auf. Sarahs großer Smaragdring stach ihm in die Augen. Ich muß verrückt sein, dachte er. Trotzdem wurde er nicht schwankend.

»Komm, wir gehen spazieren«, schlug er vor.

Er schritt tüchtig aus. Sie gingen um den See herum, dann durch den Rosengarten. Schließlich setzten sie sich in einem wenig besuchten Teil des Parks auf Stühle. Außer ihnen saß hier kaum jemand, denn eigentlich war es dafür viel zu kalt.

Gerry holte tief Luft.

»So, nun wollen wir mal zur Sache kommen«, sagte er. »Sarah, kommst du mit nach Kanada?«

Sie starrte ihn völlig verdattert an.

»Was um alles in der Welt soll das denn heißen?«

»Du hast mich ganz genau verstanden.«

»Schlägst du mir vor, zu verreisen?« fragte Sarah zweifelnd.

Gerry lachte.

»Nein, du sollst für immer mitkommen. Verlaß deinen Mann und bleib bei mir.«

Jetzt lachte Sarah.

»Gerry, hast du den Verstand verloren? Hör mal, wir haben uns seit fast vier Jahren nicht gesehen und ...«

»Als ob das eine Rolle spielte.«

»Da hast du allerdings recht.« Das klang schon ziemlich verunsichert. »Nein, das spielt natürlich überhaupt keine Rolle.«

»Ich glaube, bei uns würde es nicht einmal eine Rolle spielen, wenn wir uns zehn oder sogar zwanzig Jahre nicht gesehen hätten. Wir gehören nun einmal zusammen. Das habe ich schon immer gewußt, und daran hat sich nichts geändert. Spürst du das nicht auch?«

»Irgendwie schon«, gab Sarah zu. »Trotzdem – was du mir da vorschlägst, ist völlig ausgeschlossen.«

»Ich sehe nicht ein, was daran so unmöglich sein sollte. Wenn du mit einem netten, anständigen Mann verheiratet wärst und eure Ehe wäre glücklich, würde es mir natürlich nicht im Traum einfallen, mich zwischen euch zu drängen.« Er fragte sie ganz leise: »Aber du bist doch nicht glücklich, Sarah, stimmt's?«

»Vermutlich bin ich nicht unglücklicher oder glücklicher als die meisten Leute«, behauptete Sarah kühn.

»Ich glaube eher, daß du todunglücklich bist.«

»Und wenn es so ist, so habe ich mir das ganz allein zuzuschreiben. Wenn man einen Fehler macht, muß man auch die Folgen tragen.«

»Von Lawrence Steene kann man sicher nicht behaupten, daß er ausbadet, was er angerichtet hat.«

»Das ist gemein! Wie kannst du sowas sagen?«

»Was ist daran gemein? Das ist die reine Wahrheit.«

»Jedenfalls ist das, was du mir da vorschlägst, Gerry, völlig irre. Der reine Wahnsinn!«

»Bloß weil ich nicht ständig um dich rum war und schrittchenweise vorgegangen bin? Als ob das nötig wäre! Wie gesagt – wir gehören zusammen, du und ich. Das weißt du doch genauso gut wie ich.«

Sarah seufzte.

»Ich gebe ja zu, daß ich dich einmal sehr gern gehabt habe.«

»Es geht viel tiefer, meine Liebe.«

Sie wandte sich ihm zu und sah ihn an. Alle ihre Vorwände lösten sich in nichts auf.

»Glaubst du wirklich? Bist du dir da ganz sicher?«

»Hundertprozentig sicher.«

Sie verstummten beide. Nach einer Weile fragte Gerry sanft: »Sarah, kommst du mit nach Kanada?«

Sarah seufzte. Sie setzte sich gerade hin und zog ihren Pelzmantel fester um sich. Durch die Bäume fuhr eine kalte Brise.

»So leid es mir tut, Gerry – aber die Antwort lautet nein.«

»Warum?«

»Ganz einfach – ich bringe es nicht fertig.«

»Tag für Tag verlassen Frauen ihre Ehemänner. Beziehungsweise Ehemänner ihre Frauen.«

»Ich kann nicht.«

»Willst du mir etwa weismachen, daß du Lawrence Steene liebst?«

Sarah schüttelte den Kopf.

»Nein, ich liebe ihn nicht. Ich habe ihn nie geliebt. Aber er hat mich fasziniert. Er – er weiß genau, wie man mit Frauen umgehen muß, um sie für sich zu gewinnen.« Der Ekel übermannte sie. Es schauderte sie. »Man hat nur bei wenigen Menschen das Gefühl, daß sie durch und durch schlecht und verdorben sind. Wenn dieses Gefühl in mir aufkommt – dann im Zusammenhang mit Lawrence Steene. Weil das, was er anrichtet, nicht aus Leidenschaft oder im Affekt geschieht. Er tut es nicht, weil er nicht anders kann. Er hat einfach Freude daran, mit Menschen und Dingen Experimente zu machen.«

»Wenn das so ist, brauchst du doch keine Skrupel zu haben, ihn zu verlassen.«

Sarah schwieg und überlegte. Dann sagte sie ganz leise: »Ich habe keine Skrupel. Ach, rief sie sich ungeduldig zur Ordnung, es ist einfach widerlich, daß man sich immer etwas vorlügt! Also schön, Gerry, da du es nicht anders willst, sollst du erfahren, wie ich wirklich bin. Durch das Zusammenleben mit Lawrence habe ich mich an bestimmte Dinge gewöhnt. Und darauf will ich nicht verzichten. Ich meine die Kleider, Pelze, das viele Geld, die teuren Restaurants, die Partys, die Zofe, die Luxuswagen und die Jacht... Ich brauche mich nicht anzustrengen, der Luxus fällt mir in den Schoß. Und da erwartest du von mir, daß ich dich nach Kanada begleite und mich meilenweit von jeglicher Zivilisation entfernt auf einer Farm abschufte? Das bringe ich nicht über mich, und ich will auch gar nicht! Ich bin ein Luxusweibchen – total versnobt. Der Luxus hat mich korrumpiert. Ich kann ohne diesen Luxus nicht mehr leben.«

Gerry entgegnete völlig ungerührt: »Dann ist es höchste Zeit, daß du da herausgerissen wirst.«

»Ach, Gerry!« Sarah wußte nicht, ob sie lachen oder weinen sollte. »Wie nüchtern und prosaisch du das alles siehst.«

»Ich stehe mit beiden Beinen ganz fest auf der Erde.«

»Mag ja sein, aber du weißt noch längst nicht alles.«

»Nein?«

»Es geht mir nicht nur um das Geld, sondern auch um andere Dinge. Begreifst du denn nicht? Gerry, ich bin ein schrecklicher Mensch geworden. Weißt du, die Partys, die wir geben, und die Etablissements, die wir besuchen...«

Sie wurde rot und konnte nicht mehr weitersprechen.

»Na schön«, sagte Gerry seelenruhig. »Du bist lasterhaft und verkommen. Ist das alles?«

»Nein. Weißt du, ich habe mir Dinge angewöhnt, die ich nun nicht mehr lassen kann.«

»Was hast du dir angewöhnt?« Er packte sie am Kinn und

drehte ihren Kopf zu sich herum. »Ich habe schon sowas läuten hören. Bist du rauschgiftsüchtig?«

Sarah nickte. »So schlimm ist es zwar noch nicht, aber ich nehme ziemlich regelmäßig Drogen. Es ist ein herrliches Gefühl.«

»Hör mal«, sagte Gerry schneidend scharf. »Du kommst mit nach Kanada, und damit hörst du sofort auf.«

»Und wenn ich das nicht kann?«

»Ich sorge schon dafür, daß das ein Ende hat.« Gerry sah sie grimmig an.

Sarah entspannte sich. Seufzend neigte sie sich zu ihm, doch Gerry machte einen Rückzieher.

»Nein, ich küsse dich nicht«, sagte er.

»Aha, ich muß also zuerst entscheiden, ganz kaltblütig.«

»Ja.«

»Du bist vielleicht ein komischer Heiliger!«

Sie saßen eine Weile schweigend da. Dann redete Gerry, und es fiel ihm offensichtlich schwer: »Ich weiß, daß ich nicht viel tauge. Bisher ist alles schiefgegangen, was ich angefaßt habe. Ich verstehe ja, daß du nicht übermäßig viel Vertrauen zu mir hast. Aber ich bin fest davon überzeugt, daß ich sehr viel klüger handeln würde, wenn du bei mir wärst. Sarah, du bist so gescheit. Und du weißt, wie man jemanden auf Trab bringt, der die Lust verliert, weil er nicht mehr durchblickt.«

»Wenn man dir glaubt, muß ich ein anbetungswürdiges Geschöpf sein!« sagte Sarah.

Doch Gerry ließ sich nicht aus der Fassung bringen. Unbeirrt fuhr er fort:

»Ich weiß auch, daß ich kein hoffnungsloser Fall bin und daß ich es noch zu etwas bringen kann. Du wirst ein höllisches Leben führen müssen. Schwerarbeit, da hilft kein Jammern und Klagen. Wirklich, die reine Hölle. Ich weiß gar nicht, woher ich den Mut nehme, dich zu bitten, mitzukommen. Aber es lohnt sich, Sarah. Das ist das *wahre* Leben...«

»Das... wahre... Leben...«, wiederholte Sarah.

Sie stand auf und ging. Gerry lief neben ihr her.

»Sarah, du kommst doch mit, nicht wahr?«

»Ich weiß es nicht.«

»Sarah... Liebling...«

»Bitte, Gerry, sag nichts mehr. Du hast doch schon alles gesagt. Es gibt nichts mehr zu sagen. Es liegt jetzt ganz bei mir. Ich muß es mir überlegen. Ich sage dir Bescheid...«

»Wann denn?«

»Bald...«

3. Kapitel

»Was für eine freudige Überraschung!«

Als Edith Sarah einließ, verzog sie ihr mürrisches Gesicht zu einem matten Lächeln.

»Tag, Edith, du gutes altes Haus. Ist meine Mutter da?«

»Sie muß jeden Augenblick zurück sein. Ich bin heilfroh, daß Sie gekommen sind. Sie könnten sie ein bißchen aufheitern.«

»Hat sie das denn nötig? Am Telefon klingt ihre Stimme immer ausgesprochen fröhlich.«

»Mit Ihrer Mutter stimmt irgend etwas nicht. Ich mache mir ernsthafte Sogen um sie.« Edith ging hinter Sarah her ins Wohnzimmer. »Sie ist so zappelig geworden, kann nicht mal zwei Minuten stillsitzen oder auch nur die Hände ruhig halten. Und wenn man eine harmlose Bemerkung macht, reißt sie einem fast den Kopf ab. Sie ist sicher krank. Jedenfalls würde mich das nicht wundern.«

»Ach, Edith, mal nicht den Teufel an die Wand. Wenn man dir glauben wollte, läge die halbe Welt im Sterben.«

»Also Sie ganz bestimmt nicht, Miß Sarah. Sie sehen blühend aus. Na, na, Sie können Ihren schönen Pelzmantel doch nicht einfach auf den Boden werfen. Das sieht Ihnen wieder ähnlich. Ein wunderschöner Pelz – muß einen Batzen Geld gekostet haben.«

»Stimmt, sowas kostet ein Vermögen.«

»So einen herrlichen Pelz hat die Dame des Hauses niemals gehabt. Miß Sarah, Sie haben wirklich viele schöne Sachen.«

»Das muß ja wohl auch so sein. Wenn man seine Seele schon verkauft, dann nur zu einem angemessenen Preis.«

»Was Sie für Reden führen«, rügte Edith sie mißbilligend. »Das Schlimmste an Ihnen sind Ihre Stimmungen, Miß Sarah.

Ich erinnere mich noch daran, als wäre es gestern gewesen. Hier, in diesem Zimmer, haben Sie mir gesagt, daß Sie Mr. Steene heiraten wollten. Sie haben mich wie eine Wahnsinnige im Zimmer rumgeschwenkt. ›Ich heirate – ich heirate!‹ haben Sie immer wieder gerufen.«

»Nicht, Edith, nicht!« fiel ihr Sarah ins Wort. »Ich kann es nicht mehr hören.«

Edith horchte auf und glaubte zu verstehen.

»Ist ja schon gut, Liebchen«, sagte sie tröstend. »Es heißt, die ersten zwei Jahre sind immer am schlimmsten. Wenn man die einmal überstanden hat, ist alles nur noch halb so schwer.«

»Das ist ja keine sehr optimistische Einstellung zur Ehe.«

Edith erklärte verächtlich: »Die Ehe ist nun mal eine armselige Angelegenheit, aber ohne diese Ehen geht es anscheinend nicht. Die Welt würde glatt aufhören, sich zu drehen. Entschuldigen Sie, wenn ich mir eine Frage erlaube: Ist denn noch nichts Kleines unterwegs?«

»Nein, Edith, *nein!*«

»Tut mir leid. Aber Sie wirken in letzter Zeit ein bißchen gereizt, und ich dachte, das könnte der Grund sein. Junge Ehefrauen benehmen sich manchmal höchst seltsam. Als meine ältere Schwester guter Hoffnung war, ging sie einmal zum Kaufmann und bekam ganz plötzlich Heißhunger auf eine große, saftige Birne in einer Obstkiste. Sie griff danach und biß sofort hinein. »He, was machen Sie denn da?« fragte sie der Ladengehilfe. Doch der Ladenbesitzer war selbst Familienvater. Er verstand, was in meiner Schwester vorgegangen war. »Schon gut, mein Junge«, sagte er. »Ich bediene diese Dame.« Er hat ihr die Birne nicht einmal berechnet. Er war sehr verständnisvoll, er hatte nämlich selber dreizehn Kinder.«

»Bringt es nicht Unglück, dreizehn Kinder zu haben?« meinte Sarah. »Du mußt in einer sehr netten Familie aufgewachsen sein, Edith. Als ich ein kleines Mädchen war, hast du mir immer wieder von deiner Familie erzählt.«

»Ja, ich habe Ihnen so manche Geschichte erzählt. Sie waren ja auch so ein ernsthaftes kleines Ding, und alles hat Sie brennend interessiert. Ach ja, da fällt mir ein: Dieser junge Mann, ein Freund von Ihnen, war neulich hier. Ich meine Mr. Lloyd. Haben Sie ihn getroffen?«

»Ja, wir haben uns gesehen.«

»Er sieht jetzt viel älter aus – aber herrlich braungebrannt ist er. Das kommt sicher daher, daß er so viel im Ausland war. Hat er sein Glück gemacht?«

»Das kann man nicht gerade sagen.«

»Ach, wie schade. Er hat nichts, wofür es sich lohnte zu arbeiten, und niemanden, der ihn antreibt. Das ist es, was ihm fehlt.«

»Kann schon sein. Was meinst du – ob Mutter wohl bald heimkommt?«

»Ganz bestimmt, Miß Sarah. Sie geht zum Abendessen aus. Da muß sie sich ja vorher umziehen. Wenn Sie mich fragen, Miß Sarah, es ist ein Jammer, daß sie sich nicht öfter Ruhe gönnt und mal zu Hause bleibt. Sie übernimmt sich ganz entschieden.«

»Dann macht es ihr anscheinend Spaß.«

»Sie hetzt von einem Vergnügen zum anderen.« Man sah Edith deutlich an, wie sehr ihr das mißfiel. »Das paßt gar nicht zu ihr. Sie war immer ein ruhiger Mensch.«

Sarah drehte den Kopf mit einem Ruck, als hätten Ediths Worte eine Saite in ihr zum Klingen gebracht und eine Erinnerung in ihr wachgerufen. Sie wiederholte nachdenklich: »Ein ruhiger Mensch? Ja, Mutter war immer ganz ruhig und ausgeglichen. Das hat Gerry auch gesagt. Merkwürdig, daß sie sich in den letzten drei Jahren so verändert hat. Edith, findest du, daß sie sich *sehr* verändert hat?«

»Manchmal könnte man fast glauben, das ist nicht mehr derselbe Mensch.«

»Früher war sie ganz anders ... Früher war sie ...« Sarah verstummte wieder, überlegte. Schließlich fuhr sie fort: »Edith, glaubst du, daß Mütter ihre Kinder immer lieben, auch wenn sie schon erwachsen sind, ganz gleich, was auch geschieht?«

»Ja, sicher, Miß Sarah. Das ist doch nur natürlich.«

»Aber ist es denn so natürlich, immer noch an seinen Sprößlingen zu hängen, auch wenn sie schon erwachsen und schon längst aus dem Haus sind? Bei Tieren ist das nicht so.«

Edith war schockiert.

»Tiere! Was ist das für ein Vergleich! Wir sind nicht nur Menschen, sondern auch noch Christen. Sie dürfen doch nicht solchen Unsinn reden, Miß Sarah. Kennen Sie nicht den Spruch: *Sohn bleibt Sohn – bis er sich eine Frau nimmt, Tochter bleibt Tochter bis an ihr Lebensende.«*

Sarah mußte lachen.

»Ich kenne viele Mütter, die ihre Töchter hassen und verabscheuen, und ich kenne Töchter, die von ihren Müttern ebensowenig wissen wollen.«

»Also wirklich, Miß Sarah, ich muß schon sagen... Ich finde das nicht schön.«

»Aber das ist eine viel gesündere und normalere Einstellung, Edith – das behaupten zumindest unsere Psychologen.«

»Denen ist auch gar nichts heilig.«

Sarah meinte nachdenklich: »Ich habe Mutter immer sehr lieb gehabt – als Menschen, nicht als Mutter.»

»Und Ihre Mutter hängt an Ihnen und würde alles für Sie tun, Miß Sarah.«

Sarah antwortete nicht gleich. Dann sagte sie nachdenklich: »Na, ich weiß nicht...«

Edith war entrüstet: »Wenn Sie wüßten, in welchem Zustand Ihre Mutter war, als Sie mit vierzehn Lungenentzündung hatten...«

»Damals, ja, da hat sie schon an mir gehangen, aber jetzt...«

Beide horchten auf, als der Schlüssel ins Schloß gesteckt wurde.

»Da kommt sie ja«, bemerkte Edith.

Ann kam atemlos herein und nahm ihren mit vielen bunten Federn geschmückten Hut ab.

»Sarah, das ist aber eine Überraschung! Meine Güte, tut mir der Kopf von diesem Hut weh! Wieviel Uhr ist es denn? Ich fürchte, ich bin furchtbar spät dran. Ich treffe mich um acht mit den Ladesburys bei Chaliano. Komm mit in mein Zimmer, während ich mich umziehe.«

Sarah folgte ihr gehorsam durch den Flur ins Schlafzimmer.

»Wie geht es Lawrence?« erkundigte sich Ann.

»Danke, gut.«

»Schön. Ich habe ihn seit einer Ewigkeit nicht mehr gesehen – dich übrigens auch nicht. Wir müssen mal zusammen ausgehen. Die neue Revue im ›Coronation‹ zum Beispiel wird sehr gelobt...«

»Mutter, ich möchte mit dir reden.«

»Ja, Liebling?«

»Kannst du nicht aufhören, an deinem Gesicht herumzupinseln und mir einfach nur zuhören?«

Ann sah ihre Tochter verwundert an.

»Lieber Himmel, Sarah, bist du aber gereizt.«

»Ich möchte mit dir reden! Es ist wirklich wichtig. Es geht nämlich um Gerry.«

»Ach so.« Ann ließ die Hände sinken und blickte nachdenklich drein.

Sarah platzte unverblümt mit ihrem Anliegen heraus.

»Gerry möchte, daß ich Lawrence verlasse und mit ihm nach Kanada gehe.«

Ann sog ein- oder zweimal die Luft ein. Dann meinte sie leichthin: »Das ist doch an den Haaren herbeigezogen. Was für ein Blödsinn! Der gute alte Gerry. Er ist wirklich dümmer als die Polizei erlaubt.«

Sarah fiel ihr ins Wort: »Gerry ist ganz in Ordnung.«

»Liebling, ich weiß ja, daß du dich immer für ihn eingesetzt hast. Aber nun mal ganz im Ernst: Findest du nicht selbst, daß du inzwischen längst über ihn hinausgewachsen bist, jetzt, wo du ihn wiedergesehen hast?«

»Mutter, du bist mir wirklich keine große Hilfe«, entgegnete Sarah mit zitternder Stimme. »Ich möchte mich ganz ernsthaft mit dir darüber unterhalten.«

Ann erwiderte beißend scharf: »Du nimmst doch diesen lächerlichen Blödsinn hoffentlich nicht ernst.«

»O doch!«

»Kind, das ist wirklich dumm von dir.« Ann war außer sich.

Sarah ließ sich nicht aus der Fassung bringen. Sie beharrte auf ihrem Standpunkt. »Ich habe schon immer an Gerry gehangen – genau wie er an mir.«

Ann lachte.

»Aber mein liebes Kind!«

»Ich wünschte, ich hätte Lawrence nie geheiratet. Das war der größte Fehler, den ich je begangen habe.«

»Ihr werdet euch schon noch zusammenraufen«, versuchte Ann ihr einzureden.

Da erhob sich Sarah und ging ruhelos im Zimmer auf und ab.

»Ich werde mich niemals daran gewöhnen, mich nie damit abfinden. Diese Ehe ist die Hölle auf Erden. Verstehst du? Mein Leben ist die Hölle!«

»Jetzt übertreibst du aber, Sarah.« Anns Stimme klang schneidend.

»Er ist ein Vieh – er hat nichts Menschliches an sich.«

»Aber er hängt doch sehr an dir«, hielt Ann ihr vor.

»Warum habe ich ihn bloß geheiratet? Was hat mich dazu getrieben? Ich wollte ihn doch eigentlich gar nicht heiraten.« Sie fuhr herum und starrte Ann an. »Und ich hätte ihn auch nicht geheiratet, wenn *du* nicht gewesen wärst.«

»Ich?« Ann stieg die Zornesröte ins Gesicht. »Ich hatte nichts damit zu tun!«

»Und ob!«

»Habe ich dir damals nicht gesagt, du mußt selber wissen, was du tust, *du* mußt dich entscheiden?«

»Du hast durchblicken lassen, daß du *für* diese Ehe bist und mir damit indirekt zugeraten.«

»Was für eine bösartige Behauptung! Das ist doch barer Unsinn. Ich habe dich sogar darauf aufmerksam gemacht, was er für einen schlechten Ruf hat und welches Risiko du eingehst...

»Ja, ich weiß. Aber *wie* du das gesagt hast. Als ob das keine Rolle spielte. Der genaue Wortlaut ist ja auch nicht wichtig. Daran ist nichts auszusetzen, doch der Ton macht die Musik. *Du wolltest, daß ich Larry heirate.* Mutter, ich weiß es ganz genau. Mir ist nur nicht klar, warum du für diese Ehe warst. Vielleicht war sie eine willkommene Gelelgenheit für dich, mich loszuwerden.«

Ann sah ihre Tochter wütend an.

»Also wirklich, Sarah, das ist ja ein ungeheuerlicher Vorwurf!«

Sarah trat ganz dicht vor ihre Mutter hin. In ihrem leichenblassen Gesicht wirkten ihre Augen ganz besonders groß und dunkel. Mit weitaufgerissenen Augen starrte sie ihrer Mutter ins Gesicht – auf der Suche nach der Wahrheit.

»Ich weiß, daß es so ist. *Du wolltest, daß ich Lawrence heirate.* Und das war ein großer Fehler. Ich bade das jetzt aus. Ich bin furchtbar unglücklich, aber dir ist das egal. Manchmal glaube ich sogar, daß dich das *freut*...«

»Sarah!«

»Ja, es *freut* dich.« Sie sah ihre Mutter noch immer forschend an. Ann fühlte sich sehr unbehaglich. »Es freut dich... Du willst, daß ich unglücklich bin... Du gönnst es mir...«

Ann wandte sich brüsk ab und ging zur Tür. Sarah folgte ihr.

»Aber warum bloß, Mutter, warum? Wenn ich es nur verstehen könnte.«

Ann rang sich die Worte ab: »Du weißt nicht, was du sagst.«

Doch Sarah ließ nicht locker.

»Ich möchte wissen, warum du wolltest, daß ich unglücklich werde.«

»Ich wollte nicht, daß du in dein Unglück rennst. Rede doch nicht solchen Unsinn!«

»Mutter...« Schüchtern, wie ein kleines Kind, faßte Sarah ihre Mutter am Arm. »Mutter... Ich bin doch deine Tochter... Du müßtest mich doch gerne haben.«

»Natürlich habe ich dich gern. Ich möchte wissen, was dir jetzt noch einfällt.«

»Ich glaube nicht, daß du mich magst«, behauptete Sarah. »Du hast mich schon lange nicht mehr gern... du hast dich ganz von mir gelöst und dich von mir zurückgezogen, irgendwohin, wo ich dich nicht erreichen kann...«

Ann rang um Selbstbeherrschung. Schließlich sagte sie ganz nüchtern: »Und wenn man noch so sehr an seinen Kindern hängt – sie müssen einmal lernen, auf eigenen Füßen zu stehen. Mütter dürfen nicht besitzergreifend sein.«

»Nein, das nicht. Aber wenn man Kummer oder Sorgen hat, sollte man sich seiner Mutter anvertrauen dürfen.«

»Aber Sarah, was erwartest du von mir?«

»Ich will, daß du mir sagst, ob ich mit Gerry gehen oder bei Lawrence bleiben soll.«

»Bleib bei deinem Mann.«

»Du scheinst dir ja sehr sicher zu sein.«

»Mein liebes Kind, was für eine Antwort hast du denn von einer Frau meiner Generation erwartet? Ich bin dazu erzogen worden, bestimmte Verhaltensregeln zu beachten.«

»Es entspricht den Moralvorstellungen, beim Ehemann auszuharren, und es ist unmoralisch, mit dem Geliebten wegzugehen. So meinst du das doch, oder?«

»Ja, natürlich. Ich glaube allerdings, daß deine modern eingestellten Freunde darüber anders denken. Aber du hast *mich* um meinen Rat gebeten.«

Sarah seufzte und schüttelte den Kopf.

»Es ist nicht entfernt so einfach, wie du mir einreden willst. Ich bin völlig durcheinander. Etwas in mir, der schlechtere Teil meines Wesens, würde gern bei Lawrence bleiben, um Armut und Schwierigkeiten zu vermeiden und um all das zu genießen, was man verbotene Wonnen nennt. Doch mein besseres Ich sehnt sich nach einem Leben an der Seite von Gerry. Glaub mir, eigentlich bin ich nicht flatterhaft und ich bin auch nicht nur vorübergehend in ihn verliebt. Ich glaube an Gerry mit allem, was gut in mir ist, und ich möchte ihm helfen. Es gibt Augenblicke, da versagt er einfach und vergeht vor Selbstmitleid. Dann braucht er mich, damit ich ihm beistehe! Ja – er braucht mich, *nur* mich...«

Sarah verstummte und sah ihre Mutter flehend an. Doch Ann kannte kein Erbarmen. Sie verschloß sich ihrer Tochter.

»Sarah, ich habe keine Lust, dir vorzuheucheln, daß ich beeindruckt bin. Was hätte das für einen Sinn? Es war dein freier Entschluß, Lawrence zu heiraten, ganz gleich, was du dir jetzt auch einredest, und du solltest bei ihm bleiben.«

»Vielleicht...«

Ann verstand den schwachen Augenblick zu nutzen.

»Weißt du, Liebling«, sie verlieh ihrer Stimme einen zärtlichen Klang, »ich fürchte, du bist nicht dafür geschaffen, ein entbehrungsreiches Leben zu führen und dich so abzustrampeln. Solange man nur darüber spricht, hört sich das nicht so schlimm an. Aber ich bin fest davon überzeugt, daß es dir grausen würde, wenn es wirklich soweit ist. Besonders wenn du das Gefühl haben müßtest, daß du Gerry eher im Weg bist als daß du ihm helfen kannst.« Auf diesen letzten Satz war sie besonders stolz.

Doch ihr wurde sofort klar, daß sie den Bogen überspannt hatte. Sie war zu weit gegangen.

Sarahs Züge verhärteten sich. Sie ging zur Frisierkommode und zündete sich eine Zigarette an.

»Mutter, es macht dir offensichtlich Spaß, dich als Advokat des Teufels zu betätigen.«

»Was soll das denn heißen?« Ann war bestürzt.

Sarah kam zurück und baute sich vor ihrer Mutter auf. Ihre Züge drückten jetzt Unversöhnlichkeit und Mißtrauen aus.

»Verrat mir doch bitte, was der wahre Grund dafür ist, daß du nicht willst, daß ich mit Gerry gehe.«

»Aber Sarah, ich habe dir doch eben schon gesagt...«

»Ich will den *wahren* Grund wissen...« Sie sah ihre Mutter so eindringlich an, daß sich diese ihren Blicken nicht entziehen konnte. »Du hast wohl Angst, *daß ich mit Gerry glücklich werden könnte,* stimmt's?«

»Ich fürchte, du würdest mit ihm sehr *unglücklich* werden!«

»Nein, das stimmt nicht«, schleuderte ihr Sarah erbittert entgegen. »Ob ich unglücklich bin oder werde, das schert dich nicht im geringsten. Aber du willst um jeden Preis verhindern, daß ich glücklich bin. Du magst mich nicht. Das ist noch viel zu milde ausgedrückt. Aus irgendeinem Grunde haßt du mich... Gib es doch wenigstens zu. Du haßt mich. Du haßt mich aus tiefstem Herzen!«

»Sarah, bist du verrückt geworden?«

»Nein, wahrhaftig nicht. Endlich liegen die Karten auf dem Tisch und es stellt sich heraus, wie wir wirklich zueinander stehen. Du haßt mich schon eine ganze Weile – schon seit Jahren. Aber *warum?«*

»Das stimmt doch einfach nicht...«

»Es *stimmt.* Aber warum haßt du mich? Es liegt doch nicht daran, daß du eifersüchtig auf mich bist, weil ich jünger bin. Natürlich gibt es Mütter, die so sind, aber zu denen gehörst du ganz bestimmt nicht... Mutter, ich muß wissen, warum du mich so haßt!«

»Ich hasse dich ja gar nicht!«

Sarah schrie sie an: »Hör doch endlich auf mit diesen Lügen! Sei doch einmal ehrlich! Warum haßt du mich so? Was habe ich dir getan? Ich habe dich immer liebgehabt und mir immer Mühe gegeben, nett zu dir zu sein und alles für dich zu tun.«

Ann wandte sich ihrer Tochter zu. Erbittert warf sie Sarah an den Kopf, wobei sie jedes Wort betonte: »Du tust ja gerade so, als ob nur du Opfer gebracht hättest!«

»Opfer? Was denn für Opfer?«

Ann rang die Hände und sagte mit zitternder Stimme: »Ich

habe alles für dich aufgegeben – alles, woran mir je etwas gelegen hat, und du weißt nicht einmal, wovon ich rede!«

Sarah hatte sich von ihrem Staunen noch immer nicht erholt. »Mein Gedächtnis läßt mich da offenbar im Stich. Ich weiß nicht, was du meinst.«

»Nein, das sehe ich. Du hast dich nicht einmal an Richard Cauldfields Namen erinnert. *Richard Cauldfield, wer ist das denn?* hast du mich gefragt.«

Allmählich dämmerte es Sarah. Bestürzt riß sie die Augen auf.

»Richard Cauldfield?«

»Ganz richtig, Richard Cauldfield.« Ann machte nun keinen Hehl mehr daraus, was sie Sarah vorwarf. *»Dir* war er unsympathisch. Aber *ich* habe ihn geliebt! Ich habe sehr an ihm gehangen. Wir wollten heiraten. Aber um deinetwillen mußte ich auf ihn verzichten.«

»Mutter...«

Sarah war entsetzt.

»Ich hatte schließlich ein Recht darauf, glücklich zu sein.«

»Ich konnte doch nicht wissen, daß dir soviel an ihm liegt«, stammelte Sarah schuldbewußt.

»Du hast die Augen davor verschlossen, du wolltest es nicht sehen. Du hast alles nur Erdenkliche getan, um diese Ehe zu verhindern. Stimmt das oder stimmt das nicht?«

»Ja, das stimmt...« Sarah dachte an die Zeit damals zurück und ihr wurde fast übel, als ihr einfiel, was sie sich als halbes Kind herausgenommen hatte. »Ich glaubte eben, du würdest mit ihm nicht glücklich werden...«

»Du hattest gar kein Recht, über das Leben eines anderen Menschen zu bestimmen!« Ann war jetzt alles gleichgültig.

Genau das hatte Sarah auch Gerry vorgehalten. Ihre Anmaßung hatte ihm gar nicht gefallen. Aber sie war sehr zufrieden mit sich gewesen. Ihr triumphaler Sieg über den verhaßten Richard hatte sie glücklich gemacht. Jetzt erst erkannte sie, daß das nichts als kindliche Eifersucht gewesen war! Ihretwegen hatte ihre Mutter so gelitten... Ihretwegen war eine so nervöse, unglückliche Frau aus ihr geworden, die ihr jetzt diesen Vorwurf machte, auf den sie keine Antwort wußte.

Sie flüsterte völlig entgeistert und mit zittriger Stimme: »Ich hatte ja keine Ahnung... Ach, Mutter, hätte ich das nur geahnt...«

Ann dachte wieder an die Vergangenheit zurück.

»Wir hätten so glücklich werden können«, sagte sie. »Er war sehr einsam. Seine erste Frau war bei der Geburt des Kindes gestorben. Das war für ihn ein fürchterlicher Schock. Er hat sehr um sie getrauert. Ich weiß, daß er seine Fehler hatte. Er hat dazu geneigt, sich aufzuspielen und herrisch aufzutreten – so etwas fällt jungen Leuten ganz besonders auf. Aber im Grunde seines Herzens war er ein ganz einfacher, lieber und guter Mensch. Wir hätten zusammen alt werden können. Statt dessen habe ich ihm sehr wehgetan. Ich habe ihn weggeschickt – und er ist in einem Hotel an der Südküste gelandet, wo sich ihm diese kleine, habgierige Person an den Hals geworfen hat, die sich gar nichts aus ihm macht.«

Sarah trat den Rückzug an. Jedes Wort war wie ein Nadelstich, tat weh. Trotzdem brachte sie etwas zu ihrer Verteidigung vor.

»Wenn du dich so sehr danach gesehnt hast, seine Frau zu werden«, sagte sie, »hättest du dich durchsetzen und ihn heiraten müssen.«

Ann fuhr herum und sagte schneidend scharf: »Erinnerst du dich denn nicht mehr an diese gräßlichen Szenen? Es gab ewig Streit. Ihr habt euch aufgeführt wie Hund und Katze. Du hast ihn ständig provoziert. Dir war jedes Mittel recht, um Richard rauszuekeln.«

Ja, daran war wohl nicht zu rütteln...

»So ging das Tag für Tag. Ich habe das einfach nicht mehr ausgehalten. Dann stand ich vor der Wahl: Ich mußte mich zwischen Richard und dir entscheiden – so hat es Richard ausgedrückt. Du warst meine Tochter, mein eigenes Fleisch und Blut. Also habe ich mich für dich entschieden.«

Sarah sah jetzt endlich klar. »Und seitdem haßt du mich...«

Nun lagen die Karten offen auf dem Tisch.

Sarah griff sich ihren Pelzmantel und wandte sich zur Tür.

»Jetzt wissen wir zumindest, was wir voneinander zu halten haben«, sagte sie.

Ihre Stimme klang hart und hell. Hatte sie sich zuerst Gedanken darüber gemacht, daß sie Anns Leben zerstört hatte, so ging es ihr jetzt nicht mehr aus dem Kopf, daß auch ihr eigenes Leben in Scherben lag.

In der Tür wandte sie sich noch einmal um und sagte zu der Frau mit dem verbitterten Gesicht, die den letzten Vorwurf gar nicht abgestritten hatte: »Mutter, du haßt mich, weil ich *dein* Leben zerstört habe«, sagte sie. »Und ich hasse dich, weil du *meines* zerstört hast.«

Ann hielt ihr scharf entgegen: »Was geht mich dein Leben an? Das ist deine Angelegenheit. Es war deine eigene Entscheidung.«

»Nein, das war es eben nicht. Mutter, mach dir doch nicht vor, sei doch einmal ehrlich. Ich bin zu dir gekommen, weil ich wollte, daß du mich davon abhältst, Larry zu heiraten. Du wußtest ganz genau, daß ich mich zwar zu ihm hingezogen fühlte, daß ich aber eigentlich von ihm loskommen wollte. Du hast es sehr schlau angestellt und dir genau überlegt, was du tun und sagen mußtest.«

»Was für ein Unsinn. Was sollte mir denn daran liegen, daß du Lawrence heiratest?«

»Ich glaube, du wußtest ganz genau, daß ich mit ihm nicht glücklich werden würde. Weil *du* unglücklich warst, wolltest du, daß ich es auch bin. Komm schon, Mutter, willst du mir dein Geheimnis nicht verraten? Hat es dich nicht gefreut zu wissen, daß ich in meiner Ehe nicht glücklich bin?«

Da brach es mit einemmal aus Ann heraus: »Ja, manchmal habe ich mir gesagt, daß dir das ganz recht geschieht!«

Mutter und Tochter starrten sich unversöhnlich an.

Sarah brach in Gelächter aus. Es war ein hartes, grausames, unangenehmes Lachen.

»Das wär's dann also! Auf Wiedersehen, *liebe* Mutter...«

Sie verließ das Zimmer. Ann hörte sie den Flur entlanggehen. Dann fiel die Wohnungstür mit einem lauten Knall ins Schloß. Ein Kapitel war endgültig abgeschlossen.

Ann blieb allein zurück.

Zitternd schwankte sie zu ihrem Bett und ließ sich darauf niedersinken. Tränen strömten ihr über die Wangen.

Sie weinte so heftig wie seit Jahren nicht mehr.

Weinte und schluchzte herzzerreißend...

Sie hätte nicht sagen können, wie lange sie so weinte, doch als das Schluchzen schließlich erstarb, hörte sie leise Porzellan klingen. Edith brachte ihr den Tee auf einem Tablett ans Bett. Sie stellte das Tablett auf dem Nachtschränkchen ab, setzte sich zu ihrer Herrin und klopfte ihr sanft auf die Schulter.

»Aber, aber, mein Lämmchen, meine Gute... Ich habe Ihnen eine schöne Tasse Tee gebracht, und der wird jetzt getrunken. Keine Widerrede.«

»Ach Edith, Edith...« Ann umschlang ihre getreue Bedienstete und Freundin und klammerte sich an ihr fest.

»Na, na, nehmen Sie es nicht so tragisch. Es wird sicher alles wieder gut.«

»Was ich alles gesagt habe, was ich ihr alles vorgeworfen habe...«

»Zerbrechen Sie sich nicht den Kopf darüber. Nun setzen Sie sich erst mal auf. Ich schenke Ihnen Tee ein. Der wird dann schön getrunken.«

Gehorsam setzte Ann sich auf und nippte an dem heißen Tee.

»Sie werden sehen, gleich fühlen Sie sich besser.«

»Die arme Sarah! Wie konnte ich nur...«

»Jetzt machen Sie sich mal keine Sorgen.«

»Wie konnte ich nur all das zu ihr sagen?«

»Besser Sie sagen es, als Sie denken es nur, finde ich.« Edith hielt mit ihrer Meinung nicht mehr hinterm Berg. »Es sind ja gerade die Sachen, die man nur denkt und nicht ausspricht, die einem so zusetzen. Tatsache, so ist es.«

»Ich war so grausam, so entsetzlich grausam...«

»Ich glaube, das hat Ihnen seit langem zugesetzt, daß Sie alles in sich hineingefressen und nichts herausgelassen haben. Es ist viel besser, man streitet sich mal richtig. Das reinigt die Atmosphäre. Das war schon immer meine Rede. Wenn Sie alles runterschlucken und tun, als ob nichts wäre, macht das auf die Dauer richtig krank. Alle Menschen haben zuweilen böse Gedanken und geben das nur nicht gerne zu.«

»Hasse ich Sarah wirklich? Meine kleine Sarah, die so ein fröhliches und süßes Kind war? Und ich soll sie hassen?«

»Aber nein«, wehrte Edith ab.

»Doch, es stimmt, ich habe sie gehaßt. Ich wollte, daß sie leidet, daß ihr wehgetan wird – so wie mir.«

»Was reden Sie sich da für einen Unsinn ein? Sie hängen sehr an Miß Sarah, und das ist schon immer so gewesen.«

Ann murmelte: »Und die ganze Zeit... all die Jahre... habe ich sie tief im Innersten gehaßt... Der Haß war unterschwellig schon seit Jahren da...«

»Schade, daß Sie das nicht schon viel früher losgeworden sind. Ein ordentlicher Streit muß manchmal sein.«

Ann sank erschöpft auf die Kissen zurück.

»Aber jetzt hasse ich sie nicht mehr«, flüsterte sie verwundert. »Das ist jetzt vorbei... Ja, es ist überstanden.«

Edith stand auf und klopfte Ann auf die Schulter.

»Quälen Sie sich nicht mehr, meine Beste. Es wird alles wieder gut.«

Ann schüttelte den Kopf.

»Nein, Edith, es wird nie wieder gut. Wir haben uns Dinge an den Kopf geworfen, die wir beide nicht vergessen können.«

»Da irren Sie sich aber, das können Sie mir glauben. Durch Worte kommt es nicht zum Bruch, Sie werden sehen.«

Doch Ann ließ sich nicht beirren.

»Es gibt aber Dinge, grundlegende Dinge, die man *nie* verwindet.«

Edith nahm das Tablett auf.

»*Nie* sollten Sie nicht sagen. Das ist ein viel zu starkes Wort«, meinte sie und ging.

4. Kapitel

Zu Hause angekommen, ging Sarah zu dem großen Raum auf der Rückseite des Hauses, den Lawrence als Atelier bezeichnete.

Dort packte er gerade eine kleine Statue aus, die er vor kurzem erst erworben hatte – das Werk eines jungen französischen Bildhauers.

»Na, Sarah, wie gefällt sie dir? Ist sie nicht wunderschön?«

Er fuhr zärtlich mit den Fingern über die Konturen der wollüstig hingestreckten Nackten.

Sarah überlief ein leiser Schauer. Eine Erinnerung stieg vage in ihr auf. Stirnrunzelnd sagte sie: »Ja, schon ist sie schon – aber auch obszön!«

»Na hör mal. Übrigens erstaunlich, daß du deine puritanische Haltung noch immer nicht ganz abgelegt hast, Sarah. Merkwürdig, daß sich das so lange hält.«

»Die Figur ist *wirklich* obszön.«

»Zugegeben – vielleicht ein bißchen dekadent, aber sehr gut gemacht. Zeugt von Fantasie. Paul raucht natürlich Haschisch. Das hat sich bei seiner Arbeit an der Statuette ausgewirkt.«

Er stellte sie wieder weg und wandte sich Sarah zu.

»Du siehst heute wieder bezaubernd aus, meine überaus charmante Frau, und du hast dich über irgend etwas schrecklich aufgeregt. Kummer hat dir schon immer gut gestanden.«

»Ich habe gerade einen fürchterlichen Streit mit meiner Mutter hinter mir«, erklärte Sarah.

»Tatsächlich?« Lawrence zog amüsiert die Augenbrauen hoch. »Kaum zu glauben. Das traut man ihr gar nicht zu, der lieben, sanften Ann.«

»Heute war sie alles andere als sanftmütig! Ich muß allerdings zugeben, daß ich auch nicht gerade zart mit ihr umgegangen bin. Was ich ihr alles an den Kopf geworfen habe!«

»Solche familiären Streitigkeiten sind völlig uninteressant, Sarah. Sprechen wir nicht mehr darüber.«

»Das hatte ich sowieso nicht vor. Wir haben uns wohl endgültig entzweit, meine Mutter und ich – darauf läuft es hinaus. Ich bin aus einem ganz anderen Grund zu dir gekommen, Lawrence. Ich glaube, ich verlasse dich.«

Lawrence Steene blieb ganz ruhig. Er hob lediglich die Augenbrauen, sah Sarah an und murmelte: »Du weißt doch sicher, daß das sehr unklug von dir wäre.«

»Das klingt wie eine Drohung.«

»Nein, nichts dergleichen – ich möchte dich nur warnen. Kannst du mir vielleicht sagen, warum du mich verlassen willst? Du wärst zwar nicht die erste Ehefrau, die mir wegläuft, aber wohl kaum aus den gleichen Gründen wie die anderen. So habe ich dir dein Herz zum Beispiel nicht gebrochen. Du empfindest sowieso nicht allzuviel für mich, und du bist immer noch...«

»...die derzeitige Favoritin?« ergänzte Sarah seinen Satz.

»Wenn du es so orientalisch formulieren willst, ja. Sarah, in meinen Augen bist du vollkommen. Sogar dieser Hauch von Puritanismus verleiht unserer – wie soll ich sagen – heidnischen Lebensweise eine ganz besondere Würze. Übrigens kannst du mich auch nicht aus dem gleichen Grund verlassen wollen wie meine erste Frau. Meine moralische Verkommenheit bzw. deine moralische Entrüstung können doch wohl kaum der Grund sein, wenn man es recht bedenkt.«

»Spielt es denn eine Rolle, warum ich dich verlasse? Willst du mir allen Ernstes weismachen, daß dich die Gründe interessieren?«

»Und ob ich Wert drauf lege, zu erfahren, warum du gehen willst! Du bist im Augenblick mein kostbarster Besitz – kostbarer als alles hier.«

Er wies auf die Schätze in dem Atelier.

»Ich wollte damit sagen – du *liebst* mich doch nicht etwa? Ich habe dir ja schon erklärt, daß mir diese romantische Schwärmerei nicht liegt.«

»Du sollst die Wahrheit wissen«, entgegnete Sarah. »Es gibt einen anderen Mann in meinem Leben. Ich gehe mit ihm weg.«

»Aha! Du lebst also hinfort frei von Sünden?«

»Soll das heißen ...«

»Ich bezweifle, daß das so leicht ist, wie du glaubst. Du bist eine gelehrige Schülerin gewesen, Sarah, du liebst es, das Leben in vollen Zügen auszukosten. Kannst du auf diese Sinneslust verzichten, auf diese Freuden, diese Wollust? Denk doch mal an den Abend im Mariana ... oder an Charcot und seine Zerstreuungen. All das kann man nicht so leicht aufgeben, Sarah.«

Sarah sah ihn an, Angst in den Augen. Aber nur vorübergehend.

»Das weiß ich. Aber man *kann* darauf verzichten!«

»Glaubst du? Du steckst schon sehr tief drin, mein Engel ...«

»Ich komme da schon wieder raus ... Ich habe es mir fest vorgenommen ...«

Sie wandte sich abrupt von Lawrence ab und stürzte aus dem Zimmer.

Lawrence, der die Statuette schon wieder in der Hand hielt, setzte sie mit Vehemenz ab.

Er ärgerte sich. Schließlich hatte er Sarah noch nicht satt und konnte sich nicht vorstellen, daß er sie je sattbekommen würde – ein so temperamentvolles, widerspenstiges Geschöpf, ein so zauberhaftes, kämpferisches Mädchen. Ein sehr seltenes Sammlerstück.

5. Kapitel

»Nanu, Sarah.« Laura sah erstaunt von ihrem Schreibtisch auf.

Sarah war völlig außer Atem und schrecklich aufgewühlt.

»Ich habe dich ja ewig nicht gesehen, Patenkind«, sagte Mylady Whitstable.

»Ich weiß ... Ach, Laura, ich sitze in der *Klemme*. Mein Leben ist ein einziges Chaos.«

»Komm, setz dich erst mal.« Laura führte sie behutsam zu der Couch. »So, und nun erzähle.«

»Ich dachte, du kannst mir vielleicht helfen ... Kann man ... Ich meine, ist es möglich aufzuhören, wenn man regelmäßig über einen längeren Zeitraum hinweg etwas eingenommen und sich daran gewöhnt hat?«

Sie fügte hastig hinzu: »Mein Gott, du weißt wahrscheinlich gar nicht, wovon die Rede ist.«

»Und ob ich das weiß. Du bist rauschgiftsüchtig, stimmt's?«

»Ja.« Sarah konstatierte erleichtert, daß Laura Whitstable ganz sachlich reagierte.

»Na ja, das hängt von mehreren Faktoren ab. Einfach ist es nicht – das auf keinen Fall. Frauen fällt es im allgemeinen schwerer davon loszukommen als Männern. Es hängt auch sehr davon ab, wie lange du das Zeug genommen hast, wie sehr du davon abhängig bist und wie es mit deinem allgemeinen Gesundheitszustand aussieht. Außerdem kommt es natürlich darauf an, wieviel Mut, Entschlossenheit und Willenskraft du aufbringst, wie sich dein Leben in Zukunft abspielt, was du für Aussichten hast und ob du jemand zur Seite hast, der dir dabei *hilft*, den Kampf durchzustehen.«

Sarahs Miene hellte sich auf.

»Unter den Umständen bin ich eigentlich fest davon überzeugt, daß alles gutgehen könnte.«

»Wenn du nur herumsitzt und nichts zu tun hast, ist das nicht sehr hilfreich«, warnte Laura sie.

Sarah mußte lachen.

»Ich werde kaum eine freie Minute haben, sondern von morgens bis abends schuften wie ein Berserker. Jemand wird mir schon beistehen und mir die Levitken lesen – und was meine Zukunft angeht, die sieht ausgesprochen rosig aus. Jetzt geht es endlich *aufwärts!*«

»Dann hast du eine ganz reelle Chance.« Laura sah ihre Patentochter an. Völlig unerwartet fügte sie hinzu: »Anscheinend bist du endlich erwachsen geworden.«

»Ja. Bei mir hat das lange gedauert... das erkenne ich jetzt. Ich habe Gerry schwach genannt, aber in Wirklichekit bin *ich* der Schwächling. Immer mußte mir jemand Mut machen.«

Sarahs Gesicht verfinsterte sich.

»Laura, ich habe mich Mutter gegenüber fürchterlich benommen. Ich habe erst heute begriffen, daß sie an Richard wirklich sehr gehangen hat. Als du mich im Hinblick auf Opfer bzw. Brandopfer gewarnt hast, wollte ich nichts davon hören. Ich war ja so selbstzufrieden und so stolz auf meinen Plan, den armen alten Richard loszuwerden. Erst jetzt sehe ich ein, daß ich nur eifersüchtig, kindisch und rachsüchtig war. Ich habe Mutter dazu gebracht, daß sie sich von ihm trennte. Von da an hat sie mich gehaßt, wenn sie das auch nie zugegeben hat, und von da an ist auch alles schiefgelaufen. Heute sind wir uns deswegen in die Haare geraten und haben uns angeschrien. Ich habe ihr schlimme Dinge an den Kopf geworfen und habe sie für alles verantwortlich gemacht, was ich erleben mußte. Eigentlich habe *ich* ihr die ganze Zeit gezürnt.«

»Verstehe.«

»Und jetzt«, Sarah sah ganz zerknirscht aus, »weiß ich nicht, was ich tun soll. Wenn ich das doch irgendwie wieder gutmachen könnte. Aber ich fürchte, dafür ist es jetzt zu spät.«

Laura Whitstable sprang lebhaft auf.

»Laß uns keine Zeit verschwenden«, meinte sie.

6. Kapitel

1

Edith nahm den Hörer ab, als sei er aus Dynamit. Sie holte tief Luft und wählte eine Nummer. Als sie es am anderen Ende läuten hörte, warf sie mißtrauisch einen Blick über die Schulter zurück. Irgendwie fühlte sie sich nicht recht wohl in ihrer Haut. Doch alles schien in bester Ordnung, außer ihr war niemand in der Wohnung. Sie fuhr zusammen beim Klang der lebhaften, professionellen Stimme am anderen Ende der Leitung.

»Welbeck 97438.«

»Ach – ist da Mylady Laura Whitstable?«

»Am Apparat.«

Edith schluckte erst einmal. Sie war sehr nervös.

»Hier ist Edith, Madam. Das Mädchen von Mrs. Prentice.«

»Guten Abend, Edith.«

Wieder mußte Edith schlucken. Sie erklärte düster: »Gräßliche Dinger, diese Telefone.«

»So? Wollten Sie über etwas ganz Bestimmtes mit mir sprechen?«

»Ja, über Mrs. Prentice, Madam. Ich mache mir Sorgen um sie – große Sorgen.«

»Aber Sie machen sich ihretwegen doch schon lange Sorgen, Edith, oder nicht?«

»Ja, aber nicht in diesem Maße, Madam. Jetzt ist alles noch viel schlimmer. Mrs. Prentice hat keinen Appetit mehr, ißt kaum noch etwas, sitzt nur noch tatenlos herum. Und sie weint jetzt immer häufiger. Sie ist zwar ruhiger geworden – wenn Sie wissen, wie ich das meine – das heißt, sie ist nicht mehr so ruhelos und sie schimpft nicht mehr soviel mit mir. Aber was nutzt das alles – in ihr steckt kein Leben mehr, sie ist wie tot. Es ist schrecklich, Madam, ganz entsetzlich.«

Die Stimme am anderen Ende meinte: »Interessant«, und das sagte sie ganz sachlich und distanziert. Damit hatte Edith nicht gerechnet.

»Das Herz würde Ihnen bluten, wenn Sie das mitansehen müßten, Madam, das können Sie mir glauben.«

»Edith, befleißigen Sie sich doch nicht so einer grotesken Ausdrucksweise. Ein Herz blutet nur, wenn es physisch Schaden genommen hat.«

Edith ließ nicht locker. Sie wollte ihr Anliegen unbedingt vorbringen.

»Es hängt mit Miß Sarah zusammen, Madam. Mutter und Tochter sind sich ganz schlimm in die Haare geraten, und Miß Sarah hat sich jetzt schon seit fast einem Monat nicht mehr blikken lassen.«

»Sie ist nicht in London, sondern auf dem Lande.«

»Ich habe ihr geschrieben.«

»Die Post ist ihr aber nicht nachgeschickt worden. Sie hat keine Briefe bekommen.«

Ediths Miene hellte sich ein wenig auf.

»Ach so. Wenn sie erst wieder in London ist...«

Laura fiel ihr gleich ins Wort: »Edith, ich fürchte, ich muß Ihnen einen Schock versetzen. Miß Sarah geht mit Mr. Gerald Lloyd nach Kanada.«

Edith stieß einen Laut des Mißfallens aus. Der hörte sich an wie das Prusten und Fauchen eines Sodawasser-Siphons.

»Das ist doch wirklich die Höhe! Verläßt mir nichts dir nichts ihren Mann!«

»Aber Edith, das ist doch Scheinheiligkeit und Frömmelei! Wieso maßen Sie sich an, andere Menschen wegen ihres Verhaltens zu verurteilen? Sarah wird in Übersee ein hartes, entbehrungsreiches Leben führen und auf all den Luxus verzichten müssen, an den sie bisher gewöhnt war.«

»Dann ist es vielleicht doch nicht so eine schwere Sünde«, lenkte Edith seufzend ein. »Und – entschuldigen Sie, daß ich das sage, Madam –, aber vor Mr. Steene hat es mir immer gegraust. Dem würde ich glatt zutrauen, daß er dem Teufel seine Seele verkauft hat.«

Mylady Whitstable bemerkte dazu trocken: »Wenn man unsere so ganz unterschiedliche Ausdrucksweise einmal außer acht läßt, so neige ich beinahe dazu, Ihnen recht zu geben.«

»Kommt Miß Sarah nicht, um sich zu verabschieden?«

»Anscheinend nicht.«

Edith fauchte indigniert: »Das finde ich ausgesprochen hartherzig.«

»Sie verstehen überhaupt nichts.«

»Ich weiß, wie sich eine Tochter ihrer Mutter gegenüber verhalten sollte. Das hätte ich nie von Miß Sarah gedacht! Können Sie da gar nichts machen, Madam?«

»Ich mische mich nie ein.«

Edith holte tief Luft.

»Also, entschuldigen Sie bitte – ich weiß ja, daß Sie sehr klug und berühmt sind, während ich nur ein Dienstmädchen bin –, aber ich finde, dieses eine Mal sollten Sie eine Ausnahme machen!«

Mit grimmiger Miene knallte Edith den Hörer auf die Gabel.

2

Erst als Edith ihre Herrin schon zweimal vergebens angesprochen hatte, rührte sich diese und raffte sich zu einer Reaktion auf.

»Edith, was haben Sie gesagt?«

»Ich habe gesagt, daß Ihr Haar an den Wurzeln komisch aussieht. Sie sollten es besser färben.«

»Die Mühe mache ich mir nicht mehr. Es ist mir ganz egal. Grau sieht es besser aus.«

»Zugegeben, das mag respektabler wirken, aber so halb und halb sieht es auf jeden Fall nicht sehr gut aus.«

»Das spielt keine Rolle.«

Nichts spielte mehr eine Rolle. Worum hätte Ann sich auch kümmern sollen? Ihr Leben bestand aus einer endlosen Reihe grauer Tage. Und wie jeden Tag so dachte sie auch heute wieder: Sarah wird mir nie verzeihen, nie...

Das Telefon läutete. Ann stand auf, ging hin und nahm den Hörer ab. »Ja, hallo?« sagte sie mit tonloser Stimme. Sie fuhr zusammen, als sie Laura am anderen Ende so scharf und bestimmt wie immer sprechen hörte.

»Ann?«

»Ja.«

»Ich mische mich nur ungern ein, aber ich muß Ihnen etwas sagen, was Sie wissen sollten. Sarah und Gerald Lloyd fliegen heute abend mit der Acht-Uhr-Maschine nach Kanada.«

»Was?« keuchte Ann. »Ich habe Sarah seit Wochen nicht mehr gesehen.«

»Ich weiß. Sie war in einem Pflegeheim auf dem Land. Sie hat sich wegen einer Entziehungskur freiwillig dort aufgehalten.»

»Meine Güte, Laura! Ist alles gutgegangen?«

»Ja, sie hat es bestens durchgestanden. Sie können sich vielleicht ahnungsweise vorstellen, wie sie dabei gelitten hat... Ich bin sehr stolz auf meine Patentochter. Sie hat Rückgrat bewiesen.«

»Ach, Laura«, Ann war außer sich, »erinnern Sie sich noch, wie Sie mich gefragt haben, ob ich mich selbst kenne? Inzwischen kann ich das bejahen. Ich habe durch meine Rachsucht und meine Ressentiments Sarahs Leben zerstört. Das wird sie mir nie verzeihen!«

»Blödsinn! Niemand kann das Leben eines anderen Menschen tatsächlich zerstören. Seien Sie nicht so melodramatisch und versinken Sie nicht in Selbstmitleid.«

»Aber es ist die reine Wahrheit. Ich weiß jetzt, wer ich bin und was ich angerichtet habe.«

»Nun gut, das läßt sich hören. Aber das wissen Sie ja schon eine ganze Weile. Also belassen Sie es jetzt dabei und wenden Sie sich etwas anderem zu.«

»Aber Laura, verstehen Sie denn nicht, wie mich das Gewissen plagt? Ich mache mir ja solche Vorwürfe...«

»Hören Sie mal, Ann, es gibt zwei Dinge, die ich auf den Tod nicht ausstehen kann – wenn mir jemand unter die Nase reibt, was für ein edler Mensch er ist und was für ehrenwerte Gründe ihn zu seinem Tun bewogen haben, und wenn mir jemand vorjammert, wie gräßlich er sich benommen hat. Das mag ja beides den Tatsachen entsprechen, und es ist natürlich gut, wenn man sich über seine Handlungen im klaren ist. Doch dann sollte man sich anderen Dingen zuwenden. Man kann die Uhr nicht zurückdrehen und nicht ungeschehen machen, was man angerichtet hat. Das Leben muß weitergehen.«

Laura Whitstable schnaubte: »Nun ja, ich habe eingegriffen, aber ich bin noch nicht so tief gesunken, daß ich Ratschläge erteile.«

Entschlossen legte sie den Hörer auf.

Ann ging wie im Traum zurück zum Sofa, setzte sich und starrte vor sich hin...

Ob es mit Sarah und Gerry gutgehen konnte? Würde ihr Kind, ihr innigst geliebtes Kind, dort endlich glücklich werden? Gerry war doch so schwach. Würde er auch weiterhin nichts als Fehlschläge erleiden? Würde er Sarah enttäuschen und im Stich lassen? Wäre Gerry doch nur ein anderer Mensch. Aber Gerry war nun mal der Mann, den Sarah liebte.

Die Zeit verging. Ann saß noch immer da, ohne sich zu rühren.

Das ging sie nichts mehr an. Sie hatte sich jegliches Recht auf Einflußnahme verscherzt. Zwischen ihr und ihrer Tochter gähnte eine tiefe, unüberbrückbare Kluft.

Edith sah einmal kurz nach ihrer Herrin, dann schlich sie sich wieder davon.

Da läutete es an der Haustür. Edith machte auf.

»Mr. Mowbray kommt Sie besuchen, Madam.«

»Was haben Sie gesagt?«

»Mr. Mowbray. Er wartet unten.«

Ann sprang auf und sah erschrocken auf die Uhr. Was hatte sie sich nur dabei gedacht, wie gelähmt hier herumzusitzen?

Sarah ging für immer fort. Sie flog noch heute abend ab, ans andere Ende der Welt...

Hastig griff Ann nach ihrem Pelzcape und rannte aus der Wohnung.

»Basil«, rief sie völlig außer Atem. »Bitte fahren Sie mich so schnell wie möglich zum Londoner Flughafen.

»Aber meine Liebe, was ist denn los?«

»Wegen Sarah. Sie fliegt nach Kanada. Ich habe sie seit einer Ewigkeit nicht mehr gesehen und konnte mich noch nicht von ihr verabschieden.«

»Und warum haben Sie damit bis zur letzten Minute gewartet?«

»Das frage ich mich jetzt auch. Weil ich eine Närrin war. Ich hoffe nur, es ist noch nicht zu spät. Fahren Sie doch, Basil – schnell!«

Basil Mowbray seufzte und ließ den Motor an.

»Ann, ich habe Sie immer für eine durch und durch vernünftige Frau gehalten«, sagte er vorwurfsvoll. »Ich bin heilfroh, daß ich kein Vater bin und auch niemals Kinder haben werde. Eltern verhalten sich oft sehr merkwürdig.«

»Fahren Sie doch schneller, Basil!«

Basil nickte ergeben.

Er fuhr durch Kensington und lenkte den Wagen geschickt durch ein Gewirr von Nebenstraßen, um den Engpaß von Hammersmith zu umgehen, dann ging es durch das verkehrsreiche Chiswick und schließlich auf die große Ausfallstraße, die nach Westen führte. Der Wagen raste an großen Fabriken vorbei und an hellbeleuchteten Wohnblocks. Überall lebten Mütter und Töchter, Väter und Söhne, Ehemänner und Ehefrauen – alle mit ihren eigenen Problemen, ihren Streitigkeiten und Zuneigungen. ›Genau wie ich‹, ging es Ann durch den Kopf. Sie fühlte sich plötzlich mit der gesamten Menschheit eins, brachte Verständnis für andere Menschen auf... Sie war nicht einsam und würde niemals einsam sein, denn sie lebte ja unter verwandten Seelen...

3

In Heathrow saßen oder standen die Passagiere in der Abflughalle und warteten darauf, daß ihr Flug aufgerufen wurde.

Gerry fragte Sarah: »Na, bereust du es auch nicht?«

Sarah warf ihm einen raschen, tröstenden Blick zu, der ihn aufmuntern sollte.

Sie hatte abgenommen, und man sah ihr an, daß sie viel durchgemacht hatte. Ihr Gesicht war von einer herben Erfahrung gezeichnet und sie wirkte älter, doch nicht minder schön. Ja, sie war reifer geworden, und sie dachte: Gerry wollte, daß ich mich von meiner Mutter verabschiede, aber er versteht das nicht... Wenn ich doch bloß wieder gutmachen könnte, was ich ihr angetan habe. Aber das kann ich leider nicht...

Richard Cauldfield konnte sie ihr nicht wiedergeben.

Nein, was sie ihrer Mutter angetan hatte, war wirklich unverzeihlich.

Sie war heilfroh, daß sie Gerry hatte, daß sie mit ihm zusammen ein neues Leben anfangen konnte, doch ihre innere Stimme rief verzweifelt: »Mutter, ich gehe *weg, weit weg...*«

Wenn sie doch nur...

Die Lautsprecherdurchsage ließ sie zusammenfahren: »Die Passagiere des Fluges Nr. 00946 nach Prestwick, Gander und Montreal werden gebeten, das grüne Licht zu beachten und sich zum Zoll zu begeben...«

Die Passagiere griffen nach ihrem Handgepäck und gingen auf die Tür zu. Sarah folgte Gerry, blieb aber ein Stück zurück, als gehorchten ihr die Füße nicht.

»Sarah!«

Ann kam auf ihre Tochter zugelaufen. Das Pelzcape glitt ihr von den Schultern. Sarah rannte ihr entgegen und ließ ihre kleine Reisetasche fallen.

»Mutter!«

Sie sanken sich in die Arme und hielten sich fest. Dann lösten sie sich wieder voneinander, um sich in die Augen zu sehen.

Alles, was Ann hatte sagen wollen, was sie sich auf dem Weg hierher überlegt hatte, war wie weggeblasen. Worte waren jetzt überflüssig, und auch Sarah hatte nicht das Gefühl etwas erklären zu müssen. Es war nicht mehr nötig, daß sie ihre Mutter um Verzeihung bat, und in eben diesem Augenblick fiel von Sarah das letzte Überbleibsel der Abhängigkeit des Kindes von seiner Mutter ab. Sie war jetzt eine Frau, die auf eigenen Füßen stehen und selbst über ihr Leben entscheiden konnte.

Instinktiv hatte Sarah das Gefühl, ihre Mutter trösten zu müsse: »Mutter, mach dir um mich keine Sorgen. Mir wird es an nichts fehlen.«

Und Gerry versicherte ihr strahlend: »Mrs. Prentice, ich passe auf sie auf.«

Ein Flughafenangestellter näherte sich ihnen. Rasch erkundigte sich Sarah noch: »Mutter, du kommst doch zurecht, nicht wahr?«

»Ja, Liebling. Ich komme schon zurecht. Alles Gute, und auf Wiedersehen – Gott segne euch.«

Gerry und Sarah gingen zum Flugsteig, ihrem neuen Leben entgegen. Ann lief zurück zum Wagen, wo Basil auf sie wartete.

»Diese gräßlichen Ungeheuer!« murrte er, als ein Flugzeug

dröhnend über sie hinwegfegte. »Wie riesenhafte, bösartige Insekten! Ich habe eine Todesangst davor!«

Der Wagen verließ das Flughafengebäude und fuhr in Richtung London.

Ann sagte: »Basil, seien Sie mir nicht böse, aber ich möchte heute abend nicht mit Ihnen ausgehen. Ich möchte lieber ganz friedlich zu Hause bleiben.«

»Gut, meine Liebe, dann bringe ich Sie dorthin.«

Ann hatte Basil Mowbray immer für recht boshaft, aber doch amüsant gehalten. Jetzt erkannte sie ganz plötzlich, daß er auch sehr *lieb* sein konnte – ein lieber kleiner Mann und furchtbar einsam.

Lieber Himmel, dachte Ann, wie lächerlich ich mich benommen habe. Was für ein Theater habe ich gemacht.

Basil fragte besorgt: »Liebe Ann, sollten Sie nicht etwas essen? Zu Hause ist doch nichts für Sie gekocht.«

Ann schüttelte den Kopf und lächelte. Vor ihrem inneren Auge entstand ein schönes Bild.

»Machen Sie sich keine Sorgen«, sagte sie. »Edith macht mir Rührei und serviert es mir, während ich vor dem Kamin sitze. Ja, und eine schöne Tasse heißen Tee bringt sie mir auch, die gute Seele!« Edith sah ihre Herrin forschend an, als sie sie einließ, sagte aber lediglich: »Setzen Sie sich schön vor den Kamin.«

»Ich lege nur diese dummen Sachen ab und ziehe mir etwas Bequemes an.«

»Vielleicht ziehen Sie besser den blauen Hausmantel aus Flanell an, den Sie mir vor vier Jahren geschenkt haben. Der ist doch viel bequemer als dieses alberne Négligé oder wie Sie das nennen. Ich habe ihn noch nie getragen. Er liegt in meiner untersten Kommodenschublade. Dort nutzt er keinem etwas.«

Ann lag auf dem Sofa im Salon, das blaue Hauskleid fest um sich geschlungen, und starrte in die Flammen.

Edith kam mit dem Tablett herein und stellte es auf dem niedrigen Couchtisch ab.

»Später bürste ich Ihnen noch das Haar«, versprach sie.

Ann sah lächelnd zu ihr auf.

»Edith, Sie behandeln mich ja heute abend wie ein kleines Mädchen. Warum denn eigentlich?«

Edith knurrte: »Weil Sie das in meinen Auch auch noch sind.«

»Edith...« Ann sah zu ihr auf. Es fiel ihr noch nicht ganz leicht weiterzusprechen. »Edith – ich habe Sarah noch gesehen. Es ist – alles in Ordnung.«

»Natürlich ist alles in Ordnung! War es schon immer! Habe ich Ihnen ja gesagt!«

Edith stand einen Augenblick da und sah auf ihre Herrin hinunter. Das ansonsten so mürrische alte Gesicht hatte einen sehr lieben, sanften Ausdruck angenommen.

Dann ging sie aus dem Zimmer.

Dieser himmlische Friede... dachte Ann. Längst vergessene Worte stiegen in ihr auf.

»Der Friede Gottes, welcher höher ist denn alle Vernunft...«

Nachwort

In dem Buch *Sie ist meine Tochter* geht es um die Beziehung zwischen Mutter und Kind – zwischen Ann Prentice und ihrer einzigen Tochter Sarah. Die Opposition der Tochter macht Anns Chance zunichte, noch einmal zu heiraten. Es ist schwer zu sagen, welche der beiden Frauen am meisten darunter leidet. Ann sucht sich zu zerstreuen, indem sie sich hektisch in den Strudel des Gesellschaftslebens stürzt. Sarah geht eine Ehe ohne Liebe ein. Beider Unglück beruht darauf, daß sie sich hassen. Doch Haß und Liebe sind verwandt. Vom Haß zur Liebe ist es nur ein kleiner Schritt. Als beide zu der Überzeugung gelangen, daß sich die Kluft nicht mehr überbrücken läßt und Sarah drauf und dran ist, ein neues Leben zu beginnen, greift ein Dritter ein, um beiden klarzumachen, wie sehr ihr Glück vom Glück der anderen abhängt.

Nur wenige der Millionen von Lesern Agatha Christies wissen, daß die unbestreitbare Königin des Kriminalromans unter dem Pseudonym Mary Westmacott auch noch sechs denkwürdige Romane zu Papier gebracht hat, in denen die tiefsten Mysterien des menschlichen Herzens enthüllt werden.

Mary Westmacott – besser bekannt als Agatha Christie – eine Meisterin der Spannung

Agatha Mary Clarissa Miller wurde 1890 im südenglischen Torquay geboren. Nach dem frühen Tod des Vaters kümmerte sich die Mutter, Clarissa Miller, allein um die Erziehung ihrer Tochter. Sie ermutigte Agatha zum Schreiben von Gedichten und Erzahlungen. Doch deren Interesse galt zunächst vor allem der Musik. Sie studierte Gesang und Klavier in Paris, aber für eine Karriere reichte ihre Begabung nicht aus.
1912 lernte sie Colonel Archibald Christie kennen, den sie zwei Jahre darauf heiratete. Als der Erste Weltkrieg ausbrach, ließ sich Agatha als Krankenschwester ausbilden und arbeitete in einem Krankenhaus bei Torquay. Während dieser Zeit entstand ihr erster Kriminalroman, ›Das fehlende Glied in der Kette‹. Anlaß dazu war ein aufsehenerregendes Ereignis an ihrem Krankenhaus gewesen: Eine beträchtliche Menge Arsen war spurlos verschwunden. Dieser Vorfall inspirierte Agatha Christie zu dem Kriminalroman, in dem der später weltberühmte Detektiv Hercule Poirot seinen ersten Fall lösen sollte.
Die Autorin bot ihr Ertslingswerk Londoner Verlegern an, doch erst nach eineinhalb Jahren gelang es ihr, die Rechte zu verkaufen. Mehr als einen Spottpreis erhielt die spätere Auflagenmillionärin dafür nicht, aber die Veröffentlichung ermutigte sie zum Schreiben weiterer Romane.
Als 1928 ihre Ehe mit Archibald Christie geschieden wurde, hatte sie sich als Schriftstellerin bereits einen Namen gemacht. Sie verbrachte nun einige Jahre auf Reisen und heiratete 1930 den Londoner Archäologie-Professor Max Mallowan, den sie fortan bei seinen Ausgrabungen im Irak und in Syrien tatkräftig unterstützte.
Während dieser Zeit und in den nachfolgenden Jahren entstanden zahlreiche Kriminalromane, die Agatha Christie allmählich

auf der ganzen Welt berühmt machten. Ihre Werke wurden in 103 Sprachen übersetzt und erreichten astronomische Auflagenzahlen. Christies Hercule Poirot und Miss Marple gehören bis heute zu den beliebtesten und bekanntesten Detektivgestalten der internationalen Kriminalliteratur.
Unter dem Pseudonym Mary Westmacott betätigte sich die Autorin außerdem mit großem Geschick auf dem Gebiet des psychologischen Romans.
Von dem Erfolg ihrer Theaterstücke zeugen gleich zwei Rekorde: Im Londoner West-End-Theater wurden einmal in derselben Spielzeit ganze drei Stücke Agatha Christies aufgeführt. Und ›Die Mausefalle‹, geschrieben als Geburtstagsgeschenk für Queen Mary, ist das am längsten gespielte Stück der ganzen Theatergeschichte – es wird in London seit 1952 bis heute ohne Unterbrechung aufgeführt.
1971 erhielt Agatha Christie den ›Order of the British Empire‹ und damit den Titel ›Dame‹.
Lady Agatha starb 1976 im Alter von 85 Jahren in ihrem Haus in Wallingford bei Oxford.

Mary Westmacott
– besser bekannt als Agatha Christie –
Verzeichnis lieferbarer Titel

(Stand Dezember 1991)

Das Agatha Christie Lesebuch
Alibi
Alter schützt vor Scharfsinn nicht
Auch Pünktlichkeit kann töten
Auf doppelter Spur
Der ballspielende Hund
Bertrams Hotel
Die besten Hercule Poirot Geschichten
Die besten Miss Marple Geschichten
Der blaue Express
Blausäure
Das Böse unter der Sonne oder Rätsel um Arlena
Die Botschaft der Madonna
Die Büchse der Pandora

Der Dienstagabend-Club
Ein diplomatischer Zwischenfall
Dreizehn bei Tisch
Elefanten vergessen nicht
Die ersten Abenteuer des Herkules
Es begab sich aber …
Das Eulenhaus
Das fahle Pferd
Der Fall der enttäuschten Hausfrau
Fata Morgana
Das fehlende Glied in der Kette
Ein gefährlicher Gegner
Das Geheimnis der Amseln
Das Geheimnis der Goldmine
Das Geheimnis der Schnallenschuhe
Das Geheimnis von Sittaford
Die großen Vier
Gutenacht Geschichten
Das Haus an der Düne
Hercule Poirot rechnet ab
Hercule Poirot schläft nie
Hercule Poirots größte Trümpfe
Hercule Poirots Weihnachten
Karibische Affäre
Karibischer Sommer
Die Katze im Taubenschlag
Die Kleptomanin
Das krumme Haus
Kurz vor Mitternacht
Lauter reizende alte Damen
Der letzte Joker
Die letzten Arbeiten des Herkules
Der Mann im braunen Anzug
Die Mausefalle und andere Fallen
Meine gute alte Zeit
Die Memoiren des Grafen
Mit offenen Karten
Mörderblumen
Mördergarn
Die Mörder-Maschen
Mord auf dem Golfplatz
Mord im Orientexpress
Mord im Pfarrhaus
Mord im Spiegel oder Dummheit ist gefährlich
Mord in Mesopotamien
Mord nach Maß
Ein Mord wird angekündigt
Die Morde des Herrn ABC
Morphium
Der Nemeische Löwe
Nikotin
Rächende Geister
Das Rätsel der Tänzerin
Rendezvous mit einer Leiche oder der Tod wartet
Die Rose und die Eibe (01/7743)

Der rote Kimono
Rotkäppchen und der böse Wolf
Ruhe unsanft
Die Schattenhand
Das Schicksal in Person
Schneewittchen-Party
Ein Schritt ins Leere
16.50 Uhr ab Paddington
Der seltsame Mr. Quin
Sie ist meine Tochter (01/7841)
Sie kamen nach Bagdad
Singendes Glas (01/6832)
Spätes Glück (01/6853)
Das Sterben im Wychood
Der Täter läßt bitten
Der Tod auf dem Nil
Tod in den Wolken
Der Todeswirbel
Tödlicher Irrtum oder Feuerprobe der Unschuld
Die Tote in der Bibliothek
Die Tür zum Tatort
Die Uhr war Zeuge
Der Unfall und andere Fälle
Der unheimliche Weg
Das unvollendete Bildnis
Das unvollendete Porträt (01/6955)
Verdrängter Verdacht (01/7680)
Die vergeßliche Mörderin
Die verschwundenen Goldbarren
Vier Frauen und ein Mord
Villa Nachtigall
Vorhang
Der Wachsblumenstrauß
Wiedersehen mit Mrs. Oliver
Zehn kleine Negerlein
Zeugin der Anklage

Mehrere Romane in einem Band:

Alter schützt vor Scharfsinn nicht / Die Kleptomanin
Meine Lieblingsromane: 13 bei Tisch / Alibi / Blausäure / Zehn kleine Negerlein / 16.50 Uhr ab Paddington
Der unheimliche Weg / Elefanten vergessen nicht
Das unvollendete Porträt / Spätes Glück / Singendes Glas (23/56)
Die vergeßliche Mörderin / Bertrams Hotel
Zeugin der Anklage / Der Prügelknabe

Die Bandnummern der Heyne-Taschenbücher sind jeweils in Klammern angegeben.